ATRIUM

»Für alle Liebhaber des klassischen englischen Detektivromans ein Genuss.«

Ileana Beckmann, Buchprofile/medienprofile

»P. D. James ist eine Legende!«

Focus

»P. D. James ist es gelungen, den Kriminalroman in den Bereich der hohen Literatur zu führen.«

Süddeutsche Zeitung

»P. D. James ist die erfolgreichste Krimiautorin, die England je hatte.«

Die Welt

»Ich würde gern einen so tollen Krimi schreiben können wie P. D. James. Aber das versuche ich gar nicht, weil sie dieses Genre zur Perfektion gebracht hat.«

Elfriede Jelinek, Nobelpreisträgerin

P.D. JAMES

DER TOD BETRITT DIE BÜHNE

KRIMINALROMAN

Aus dem Englischen von
Georg Auerbach

Atrium Verlag · Zürich

Ungekürzte Taschenbuchausgabe der überarbeiteten Neuausgabe
1. Auflage 2021

Die Originalausgabe erschien erstmals 1982 unter dem Titel
The Skull Beneath the Skin bei Faber und Faber, London

Aus dem Englischen von Georg Auerbach

Lektorat: Kirsten Gleinig, Hamburg
Umschlaggestaltung und Motiv: Hauptmann & Kompanie
Werbeagentur, Zürich, unter Verwendung eines Fotos von
© Westend61 / Getty Images und © W. Malgorzata Larys / Arcangel
Satz: Greiner & Reichel, Köln
Druck und Bindung: GGP Media GmbH, Pößneck
Printed in Germany
ISBN 978-3-03882-120-5

www.atrium-verlag.com
www.facebook.com/atriumverlag
www.instagram.com/atriumverlag

Selbst bei eifrigster Nachforschung in Atlanten und auf Karten wird man die Insel Courcy und ihr viktorianisches Schloss nicht entdecken, weil beide nur in der Vorstellung der Autorin und ihrer Leser existieren. Auch Courcys blutbefleckte Geschichte und Gegenwart sowie die darin verwickelten Menschen haben nichts mit tatsächlichen Ereignissen und lebenden Personen zu tun.

INHALT

Webster war ganz erfüllt vom Tod
Und sah den Schädel unterm Haar;
Brustlose Wesen in der Grube
Boten ihr lippenloses Grinsen dar.

In Knochenhöhlen statt der Augen
Narzissenknollen! Ihm war's bekannt
Wie sich ans tote Glied das Denken krallt
Worin sich seine Lust und Wollust so verrannt.

aus: T. S. Eliot *Unsterblichkeits-Wehen*

I.

EINLADUNG AUF EINE INSEL

1. KAPITEL

Es war nicht zu übersehen: Das neue Firmenschild hing schief. Cordelia brauchte sich nicht einmal wie Bevis durch den dichten Vormittagsverkehr auf der Kingly Street drängen und von der anderen Seite aus das Schild durch das Gewirr rumpelnder Lieferwagen und Taxis beäugen, um diese geometrisch unwiderlegbare Tatsache festzustellen. Das rechteckige Bronzeschild, das sie allerhand Überlegungen und viel Geld gekostet hatte, verfehlte die Waagrechte um gut einen Zentimeter. Trotz der simplen Aufschrift, dachte Cordelia, wirkt es in dieser Schräglage angeberisch und obendrein lächerlich. Es stellte geradezu zur Schau, was man hier antraf: übersteigerte Ansprüche und schlechte Unternehmensführung.

Prydes Detektivbüro
(2. Stock)
Inh.: Cordelia Gray

Wäre sie abergläubisch gewesen, hätte sie sicherlich gemeint, Bernies friedloser Geist protestiere auf diese Weise gegen die Weglassung seines Namens auf dem neuen Schild. Als sie auf dem Entwurf eigenhändig den Vornamen Bernie gestrichen hatte, war ihr das schließlich auch wie ein symbolischer Akt vorgekommen. Allerdings hatte sie nie an eine Änderung des Firmennamens gedacht. Solange die Ermittlungsagentur bestand, sollte sie Prydes Detektivbüro heißen. Irritiert hatte es sie freilich, wenn Klienten, verdutzt über ihr Geschlecht und ihre Jugend, immer wieder einwandten: »Ich dachte, ich hätte es mit einem Mr Pryde zu tun.« Jetzt wussten sie von Anfang an, dass es nur einen einzigen Inhaber gab und dass dieser eine Frau war.

Bevis, in dessen sonst so hübsches, ausdrucksvolles Gesicht sich sorgenvolle Falten gruben, stellte sich neben sie vor die Tür und erklärte: »Ich habs vom Boden aus gemessen. Ehrlich, Miss Gray.«

»Ich glaubs dir, Bevis. Das Pflaster muss hier uneben sein. Es ist meine Schuld. Wir hätten eine Wasserwaage kaufen sollen.«

Sie gab sich alle Mühe, die Ausgaben so gering wie möglich zu halten und mit den pro Woche einkalkulierten zehn Pfund zurechtzukommen, die sie in einer verbeulten, von Bernie geerbten Zigarettendose mit einer Darstellung der Schlacht um Jütland aufbewahrte. Doch das Geld schmolz trotz geringer Ausgaben auf geheimnisvolle Weise dahin. Darum hatte sie Bevis' Versicherung, er könne mit einem Schraubenzieher umgehen, auch bereitwillig geglaubt und nicht bedacht, dass dieser jedwede andere Tätigkeit der Arbeit vorzog, die er eigentlich verrichten sollte.

»Wenn ich das linke Auge zukneife und den Kopf schräg halte, hängt das Schild tadellos«, meinte Bevis.

»Aber Bevis! Wir können doch nicht damit rechnen, dass uns nur einäugige, schiefhalsige Kunden aufsuchen!«

Als Cordelia daraufhin in Bevis' Gesicht tiefste Verzweiflung sah, eine Miene, die der Ankündigung eines Atombombenangriffs durchaus angemessen gewesen wäre, überkam sie der unerklärliche Wunsch, ihn über sein Versagen hinwegzutrösten. Zu den befremdlichen Aufgaben im Dasein eines Arbeitgebers – eine Rolle, für die sie, je länger sie darüber nachdachte, beileibe nicht geschaffen war – gehörte wohl auch diese Überempfindsamkeit, zu der sich auch noch dumpfe Schuldgefühle gesellten. Im Grunde war das unsinnig, da sie, wenn man die Sache genau betrachtete, weder Bevis noch Miss Maudsley beschäftigte. Sie wurden nämlich jeweils nur für eine Woche von Miss Feeleys Arbeitsvermittlung geschickt, wenn die Zahl der Aufträge dies erforderte. Zudem wurden die Dienste der beiden anderswo höchst selten benötigt, beide waren nahezu immer verfügbar. Beide waren ehrlich, nahmen ihre Termine gewissenhaft wahr und hielten ihr die Treue. Zweifellos hätten beide ihr auch einen Gutteil der Schreibarbeiten abgenommen, wenn ihre Fähigkeiten dazu ausgereicht hätten. So verstärkten sie den Druck, der auf Cordelia lastete, da ein Misserfolg des Detektivbüros für die beiden, wie sie wohl wusste, ebenso verhängnisvoll sein würde wie für sie selbst. Am meisten hätte Miss Maudsley darunter gelitten. Sie war eine gutherzige Person, zweiundsechzig Jahre alt, Schwester eines Pastors, die sich mit einer kleinen Pension und einer winzigen Einzimmerwohnung in South Kensington zu begnügen suchte. Mit ihrer Wohlerzogenheit, ihrer Unbeholfenheit, ihrem altjüngferlichen Wesen hatte sie es in ihrem Alter mit all den Vermittlungsagenturen nicht leicht gehabt, an die sie sich seit dem Tod ihres Bruders gewandt hatte. Bevis hingegen mit seiner ungezwungenen, charmanten Art war für ein Leben im Londoner Großstadtdschungel besser gerüstet. Er war angeblich Tänzer und arbeitete nur vorübergehend als Stenotypist, um sich eine Erholungspause zu gönnen – eine höchst unzutreffende Erklärung angesichts dieses ruhelosen Jungen, der immerzu auf seinem Stuhl hin und her rutschte, als werde er gleich die Flucht ergreifen, wenn er nicht gerade mit gespreizten Fingern, weit aufgerissenen Augen und bekümmertem Blick auf den Zehenspitzen Pirouetten drehte. Laut dem Zeugnis einer Handelsschule, die sicher längst das Zeitliche gesegnet hatte, sollte er dreißig Wörter pro Minute tippen können. Dass er außerdem noch über die Fähigkeit verfügte, kleinere handwerkliche Arbeiten auszuführen, war ihm allerdings nicht bescheinigt worden.

Mit Miss Maudsley kam er erstaunlich gut aus. Wenn sie nicht gerade die Schreibmaschine malträtierten, plauderten die beiden im Vorzimmer weitaus häufiger, als es Cordelia von diesen ungleichen Charakteren erwartet hätte, die in so unterschiedlichen Welten zu Hause waren. Bevis breitete sich über all seine häuslichen oder beruflichen Probleme aus, die er mit aufgebauschtem, gelegentlich auch anstößigem Klatsch und Tratsch aus dem Theaterleben würzte. Miss Maudsley kommentierte diese verwirrende Welt mit einer Mischung aus Arglosigkeit, anglikanischen Glaubenssätzen, Pastorenhausmoral und gesundem Menschenverstand. Obwohl es im Vorzimmer mitunter ziemlich familiär zuging, vertrat Miss Maudsley recht altmodische Ansichten, was den Unterschied zwischen Arbeitgeber und Arbeitnehmer anging, und Cordelias Chefbüro blieb sakrosankt.

»Du meine Güte, das war doch Tomkins!«, rief Bevis plötzlich.

Ein kleines, schwarz-weiß geflecktes Kätzchen war in der Einfahrt aufgetaucht, hatte, scheinbar unbekümmert, zunächst nur eine Pfote vorgestreckt, dann den Schwanz steil aufgerichtet, hatte sich wohlig geschüttelt und war anschließend mit einem Satz unter ein Postauto gesprungen und somit außer Sichtweite geraten. Bevis rannte schreiend hinterher. Tomkins war sozusagen der lebende Beweis eines Misserfolgs des Detektivbüros: Eine alte Dame gleichen Namens hatte ihn nicht nehmen wollen, obgleich sie Cordelia beauftragt hatte, ihr entlaufenes Kätzchen – schwarz mit einem weißen Fleck ums Auge, zwei weißen Pfoten und einem gestreiften Schwanz – ausfindig zu machen. Zwar entsprach Tomkins dieser Beschreibung durchaus, aber seine mutmaßliche Herrin hatte ihm als betrügerischem Doppelgänger die Tür gewiesen. Nachdem sie Tomkins auf einer Baustelle hinter der Victoria Station vor dem Verhungern gerettet hatten und ihn nicht wieder aussetzen mochten, hauste er nun samt Katzentoilette und Körbchen im Vorzimmer, von dem aus er durch ein gekipptes Fenster Zugang zum Dach hatte, was ihm nächtliche Streifzüge ermöglichte. Auch er trug zum Schwinden der Rücklagen bei. Das lag weniger an den stetig steigenden Katzenfutterpreisen – obwohl Miss Maudsley bedauerlicherweise seinen Geschmackssinn verfeinert hatte, indem sie ihm schon zum Frühstück die teuerste Dose servierte und Tomkins, ein nicht übermäßig gescheiter Kater, offenbar die Dosenaufschriften entziffern konnte – als vielmehr daran, dass Bevis einen beträchtlichen Teil seiner Arbeitszeit damit verbrachte, Tomkins Tischtennisbälle zuzuwerfen oder eine Hasenpfote an einer Schnur über den Boden im Büro zu ziehen und dabei entzückt zu rufen: »Schauen Sie doch, Miss Gray, wie das Kerlchen springen kann!«

Nachdem das Kerlchen auf der Kingly Street ein Verkehrschaos ausgelöst hatte, huschte es, verfolgt vom lauthals brüllenden Bevis, in den Hintereingang einer Apotheke. Cordelia beschlich die dumpfe Ahnung, dass sie Tomkins und Bevis so schnell nicht wiedersehen würde. Bevis nämlich schloss neue Freundschaften ebenso zwanghaft, wie andere Menschen einen Wollfaden vom Teppich aufheben müssen. Und Tomkins würde ihm nun viele Möglichkeiten eröffnen. Bedrückt von dem Gedanken, dass der Vormittag, was Bevis betraf, wohl völlig unproduktiv ausfallen würde, verspürte Cordelia auf einmal eine zunehmende Abneigung, sich weiteren Anstrengungen auszusetzen. Gegen den Türpfosten gelehnt, schloss sie die Augen und hielt ihr Gesicht der ungewöhnlich warmen Sonne dieses Herbsttags entgegen. Sie zwang sich, das Lärmen und Tosen auf der Straße auszublenden ebenso wie den penetranten Benzingeruch und das Getrappel vorbeieilender Passanten, und spielte sogar kurz mit dem Gedanken, sich aus dem Staub zu machen und das schiefe Firmenschild einfach hängen zu lassen als Mahnmal für all ihre Bemühungen, dem toten Bernie und seinem unerfüllten Traum die Treue zu halten.

Dabei hätte sie eigentlich erleichtert sein sollen, da das Detektivbüro sich allmählich einen Namen machte, selbst wenn es vorerst nur darum ging, verschwundene Haustiere aufzustöbern. Unbestreitbar gab es ein Bedürfnis für derartige Dienste, das ihr vermutlich auch eine Art Monopolstellung verschaffte. Die weinenden, verzweifelten und über die Gefühlsrohheit der zuständigen Polizei empörten Klienten beanstandeten nie die Höhe der Rechnung und zahlten weitaus bereitwilliger, als sie es für das Wiederauffinden eines Familienmitglieds getan hätten, wie Cordelia mutmaßte. Auch wenn all ihre Bemühungen mit einem Misserfolg endeten und Cordelia die Rechnung mit bedauernden Worten vorlegen musste, erhielt sie ihr Honorar umgehend. Was die Tierbesitzer dazu veranlasste, war wohl das menschliche Bedürfnis, bei einem Verlust zumindest das Gefühl zu haben, es sei etwas unternommen worden, wie vage auch immer. Hin und wieder hatten sie ja auch Erfolge erzielen können. Vor allem Miss Maudsley war äußerst hartnäckig, wenn sie von Haustür zu Haustür wanderte und Ermittlungen anstellte. Hinzu kam noch ihr geradezu unheimlich anmutendes Einfühlungsvermögen in die Wesensart von Katzen, das gut einem halben Dutzend regennasser, halb verhungerter, kläglich miauender Miezen die Rückkehr zu ihren hochbeglückten Besitzern ermöglicht hatte, das aber bisweilen auch die Durchtriebenheit dieser Tiere aufdeckte, die nicht selten ein Doppelleben führten, wenn sie nicht sogar zeitweilig in ihr zweites Heim umgesiedelt waren. Bei der Verfolgung von Katzendieben unterdrückte Miss Maudsley ihre Ängstlichkeit und klapperte an Samstagvormittagen zielbewusst die lärmenden und oft zweifelhaften Londoner Straßenmärkte ab, als stehe sie unter dem besonderen Schutz Gottes, wovon sie selbst auch sicher ausging. Manchmal fragte Cordelia sich, was wohl der arme, ehrgeizige, empfindsame Bernie dazu gesagt hätte, was aus seinem Traum geworden war. Von den warmen Sonnenstrahlen in eine tranceartige, friedliche Stimmung versetzt, erinnerte sie sich erstaunlich deutlich, wie er damals zuversichtlich ausgerufen hatte: »Wir sind auf eine Goldmine gestoßen. Wir müssen nur anfangen zu schürfen.« Sie war froh, dass er nicht mehr hatte erleben müssen, wie klein die Nuggets waren, wie unergiebig die Goldader blieb.

Eine Stimme, die selbstsicher, männlich und herrisch klang, schreckte sie aus ihren Erinnerungen auf.

»Das Firmenschild hängt schief.«

»Ich weiß«, erwiderte Cordelia und öffnete die Augen.

Die Stimme hatte ein wenig getrogen: Der Sprecher war älter, als sie vermutet hatte. Sie schätzte ihn auf knapp sechzig. Trotz der Wärme trug er ein Tweedsakko, das zwar gut geschnitten, aber schon betagt und an den Ellenbogen mit Lederflecken besetzt war. Der Mann war zwar nicht groß, einen Meter siebzig etwa, aber er hielt sich kerzengerade, und er beeindruckte sie durch seine lässige, selbstbewusste, geradezu weltmännische Haltung, die vermutlich eine innere Anspannung überdeckte. Er schien jeden Augenblick einen Befehl zu erwarten. Cordelia fragte sich, ob es sich um einen ehemaligen Offizier handelte. Er hielt den Kopf hoch und starr, und das graue, leicht schüttere Haar war von der hohen, zerfurchten Stirn glatt nach hinten gekämmt. Das längliche und knochige Gesicht prägten eine markante Nase, gerötete, von einem Geflecht geplatzter Äderchen überzogene Wangen und ein breiter, wohlgeformter Mund. Seine von buschigen Brauen gesäumten, wachsamen Augen musterten sie, wie Cordelia meinte, nicht unfreundlich. Die linke Braue hatte er ein wenig höher gezogen als die rechte.

Außerdem zuckte er mit beiden kaum merklich und kräuselte die Winkel seines lang gezogenen Mundes, was ihm einen ruhelosen Ausdruck verlieh, der so gar nicht zu seiner eher steifen Haltung passen wollte und es Cordelia schwer machte, ihm in die Augen zu sehen.

»Sie sollten das gleich in Ordnung bringen«, meinte er.

Stumm sah sie zu, wie er sein Aktenköfferchen absetzte, aus der Brusttasche einen Füller und eine Brieftasche holte, sodann eine Visitenkarte hervorkramte und auf der Rückseite in steiler, beinahe kindlicher Schrift etwas notierte.

Cordelia nahm die Visitenkarte, sah einen Namen – Morgan sowie eine Telefonnummer, drehte die Karte um und las: *Sir George Ralston. BT., D. S. O., M. C.*

Sie hatte recht gehabt. Er war ein Militär, obendrein ein Baronet und Träger des Kriegsverdienstordens.

»Wie viel verlangt denn dieser Mr Morgan für so eine Arbeit?«

»Weitaus weniger, als Sie dieser Pfusch gekostet hat. Sie brauchen ihm nur zu sagen, dass ich Ihnen seine Telefonnummer gegeben habe. Er wird nur das verlangen, was ihm für eine solche Arbeit zusteht, und keinen Penny mehr.«

Cordelias Laune besserte sich schlagartig. Das schiefe Firmenschild, das vor den kritischen Augen dieses unerwartet aufgetauchten, exzentrisch wirkenden fahrenden Ritters nicht hatte bestehen können, kam ihr auf einmal überaus komisch vor, war nicht länger eine Peinlichkeit, sondern eher ein Witz. Mit ihrer fröhlicheren Stimmung hatte sich auch die Kingly Street gewandelt und glich nun einem bunten, sonnenbeschienenen Basar, auf dem das Leben pulsierte.

Fast hätte sie laut aufgelacht. Sie versuchte, das Zucken um ihre Mundwinkel zu unterdrücken, und sagte mit beherrschter Stimme: »Das war sehr freundlich von Ihnen, Sir. Sind Firmenschilder

Ihre große Leidenschaft, oder sind Sie einfach ein Wohltäter für die Menschheit?«

»Viele halten mich eher für eine Gefahr für die Menschheit. Nein, eigentlich komme ich als Klient zu Ihnen – wenn Sie Cordelia Gray sind. Hat man Ihnen noch nie gesagt, dass …«

Cordelia war maßlos enttäuscht. Wie hatte sie auch annehmen können, dass er anders war als andere männliche Klienten?

»… dass dies ein reizender Job für eine Frau ist?«, beendete sie seinen Satz. »Das hat man mir schon öfter gesagt. Aber es stimmt nicht.«

»Ich wollte fragen«, erwiderte er sanft, »ob man Ihnen noch nie gesagt hat, dass Ihr Büro nur sehr schwer zu finden ist. Die Straße hier ist ja der reinste Irrgarten. Die Hälfte der Häuser ist verkehrt nummeriert. Das liegt wohl an den ständigen Umbauten, nicht wahr? Ihr neues Firmenschild wäre schon hilfreich, aber es muss fachmännisch montiert werden. Das sollten Sie in Ordnung bringen, macht einfach einen schlechten Eindruck.«

In diesem Augenblick gesellte sich keuchend Bevis zu ihnen. Nach all den Strapazen waren seine Locken feucht von Schweiß. Aus seiner Hemdtasche ragte verräterisch der unselige Schraubenzieher. Den laut schnurrenden Tomkins an seine erhitzte Wange gedrückt, sah er mit entwaffnend schuldbewusster Miene den Neuankömmling an. Doch dieser fertigte ihn mit einem barschen »Das da ist Pfuscharbeit!« und einem Blick ab, aus dem man schließen konnte, dass Bevis keinesfalls das Zeug zu einem Offizier hatte.

Sir George wandte sich an Cordelia: »Sollten wir nicht besser in Ihr Büro gehen?«

Cordelia wich Bevis' Blick aus, da sie sich vorstellte, wie er jetzt die Augen verdrehte. Im Gänsemarsch stiegen sie die schmale, mit Linoleum belegte Treppe hinauf. Cordelia ging voran, vorbei an der einzigen Toilette samt Bad, mit der sich alle Mieter zu begnügen hatten;

sie hoffte nur, Sir George würde nicht in die Verlegenheit kommen, sie aufsuchen zu müssen. Im Vorzimmer im zweiten Stock blickte Miss Maudsley ängstlich hinter ihrer Schreibmaschine hervor. Bevis deponierte Tomkins in seinem Körbchen, wo der Kater sich augenblicklich zu putzen begann, um all den Schmutz der Kingly Street loszuwerden, und warf Miss Maudsley mit weit aufgerissenen Augen einen warnenden Blick zu. »Ein Klient!«, wisperte er. Miss Maudsley errötete, richtete sich halb auf, ließ sich gleich wieder nieder und mühte sich sodann mit zitternder Hand, einen Tippfehler zu korrigieren. Cordelia führte den Kunden ins Allerheiligste.

Als sie sich gesetzt hatten, fragte sie: »Darf ich Ihnen einen Kaffee anbieten?«

»Richtigen Kaffee oder Muckefuck?«

»Sie werden ihn vermutlich für Letzteres halten. Aber es ist ein hervorragender Muckefuck.«

»Dann lieber Tee, wenn Sie welchen haben. Wenn möglich, Darjeeling. Mit Milch bitte, ohne Zucker und kein Gebäck.«

Er wollte sie nicht kränken mit seinem Ton. Er war es gewohnt, zunächst die Fakten aufzunehmen und dann seine Wünsche zu äußern.

Cordelia steckte den Kopf durch die Tür und rief zu Miss Maudsley: »Tee, bitte!« Der Tee würde in den dünnen Rockingham-Tassen serviert werden, die Miss Maudsley von ihrer Mutter geerbt und der Firma für die Bewirtung ganz besonders vornehmer Klienten zur Verfügung gestellt hatte. Cordelia zweifelte nicht, dass Sir George des Rockingham-Geschirrs würdig war.

Sie musterten einander über Bernies Schreibtisch hinweg. Seine grauen, wachsamen Augen erforschten ihr Gesicht, als sei er ein Prüfer und sie die Examenskandidatin, was in gewisser Weise auch der Fall war. Sein stechender, starrer Blick, der so wenig zu seinem ständig zuckenden Mund passen wollte, verwirrte sie.

»Wieso heißt die Firma Pryde?«

»Das Detektivbüro wurde von Bernie Pryde gegründet, einem ehemaligen Londoner Polizisten. Ich war eine Zeit lang seine Assistentin, dann seine Geschäftspartnerin. Seit seinem Tod gehört die Firma mir.«

»Woran ist er denn gestorben?«

Obwohl ihr diese Frage, die sich geradezu anklagend anhörte, befremdlich vorkam, erwiderte sie gleichmütig: »Er hat sich die Pulsadern aufgeschnitten.«

Sie brauchte nicht einmal die Augen zu schließen, um sich das Ganze wie eine gestochen scharfe Momentaufnahme ins Gedächtnis zu rufen: Bernie kauert zusammengesunken auf dem Stuhl, auf dem sie jetzt sitzt, die halb geballte Rechte neben dem aufgeklappten, geschliffenen Rasiermesser, während die verunstaltete Linke mit dem klaffenden Schnitt am Handgelenk, Innenseite nach oben, in einer Wasserschale ruht – wie eine exotische Seeanemone, die sterbend die blassen, schlierigen Tentakel ausstreckt. Nur dass es kein Aquarium mit hellrotem Meerwasser gab. Selbst jetzt noch konnte sie den penetranten süßlichen Blutgeruch wahrnehmen.

»Hat sich also umgebracht, sagen Sie.«

Er hatte jetzt einen Konversationston angeschlagen, wie ein Golfspieler, der Bernie zu einem meisterhaft eingelochten Ball gratulierte, während sein musternder Blick, der durch das Büro wanderte, darauf schließen ließ, dass er Bernies Handlung völlig vernünftig fand.

Sie sträubte sich dagegen, beide Räume so zu sehen, wie er sie wohl sah. Was sich ihren Blicken bot, war ohnehin schon trostlos genug. Zusammen mit Miss Maudsley hatte sie ihr Büro renoviert, die Wände hellgelb getüncht, um mehr Helligkeit vorzutäuschen, und den ausgeblichenen Teppich mit einer Speziallösung bearbeitet. Leider hatte das Mittel nach dem Trocknen Flecken hinterlassen, sodass das Ergebnis eher an eine räudige Haut erinnerte. Mit den frisch gewaschenen Vorhängen aber sah das Büro zumindest ordentlich und aufgeräumt aus, möglicherweise zu aufgeräumt, da das Fehlen von Aktenstapeln auf keine allzu große Arbeitsbelastung schließen ließ. Zudem wurde jegliche Abstellfläche von allen möglichen Pflanzen beansprucht. Miss Maudsley hatte einen grünen Daumen, und die Ableger, die sie von ihren Lieblingen gewonnen und in unzähligen, höchst sonderbar geformten Gefäßen – erstanden auf ihren Streifzügen durch die Londoner Straßenmärkte – liebevoll gepäppelt hatte, waren trotz des kümmerlichen Lichts gediehen. Der so entstandene üppige Dschungel legte den Gedanken nahe, man wolle damit irgendeinen Makel im Raum oder am Mobiliar kaschieren. Cordelia, die weiterhin Bernies alten Schreibtisch aus massiver Eiche nutzte, bildete sich ein, auf der Platte noch den Wasserrand der Schale zu sehen, in die sein Blut getropft war, sowie einen Fleck, der vom verspritzten Blut und Wasser herrührte. Aber auf der Platte waren allzu viele Wasserränder und Flecken. Am gedrechselten Kleiderständer hing noch immer Bernies Hut mit der hochgestellten Krempe und dem schmuddeligen Band. Da kein Trödler ihn je nehmen würde, hatte Cordelia es nicht übers Herz gebracht, ihn einfach wegzuwerfen. Zweimal schon hatte sie ihn zur Mülltonne im Hinterhof getragen. Und beide Male war es ihr unmöglich gewesen, ihn darin verschwinden zu lassen, weil ihr diese endgültige, symbolische Verbannung noch persönlicher, noch schrecklicher erschien als die Tilgung seines Vornamens auf dem Firmenschild. Sollte das Detektivbüro scheitern – sie mochte sich nicht vorstellen, wie hoch wohl die Miete nach Ablauf des auf drei Jahre befristeten Vertrages wäre –, würde sie den Hut in seiner anrührenden Schäbigkeit einfach hängen lassen, damit ihn ihr Nachfolger angewidert in den Papierkorb werfen konnte.

Der Tee wurde serviert. Sir George wartete, bis Miss Maudsley das Zimmer verlassen hatte, und sagte dann, während er bedächtig etwas Milch in seine Tasse tröpfeln ließ: »Der Auftrag, den ich Ihnen erteilen möchte, umfasst mehrere Bereiche. Sie sollten sowohl als Leibwächterin fungieren wie auch als Privatsekretärin und daneben Ermittlungen anstellen sowie … nun, eine Art Dienstmädchen sein. Von allem etwas. Das mag nicht jedem liegen. Außerdem lässt sich nicht voraussagen, was dabei herauskommt.«

»Eigentlich bin ich Privatdetektivin«, erwiderte Cordelia.

»Das bestreitet niemand. Aber heutzutage sollte man sich nicht zu sehr festlegen. Man muss die Aufträge annehmen, wie sie kommen. Überdies könnte es sein, dass Sie ein Verbrechen entdecken, es sogar mit einem Gewaltverbrechen zu tun bekommen. Letzteres ist allerdings unwahrscheinlich. Es kann unangenehm für Sie werden, aber kaum gefährlich. Bestünde auch nur irgendeine Gefahr für meine Frau oder Sie, würde ich ja keine Hobbydetektivin engagieren.«

»Vielleicht sollten Sie mir genauer erklären, Sir, was ich für Sie tun soll«, entgegnete Cordelia.

Mit gerunzelter Stirn blickte er in die Teetasse, als falle ihm die Erklärung schwer. Doch dann drückte er sich überaus präzis, knapp und ohne Umschweife aus: »Meine Frau ist die Schauspielerin Clarissa Lisle. Vielleicht haben Sie schon von ihr gehört. Die meisten Menschen kennen sie, obwohl sie in letzter Zeit kaum aufgetreten ist. Ich bin ihr dritter Mann. Wir haben im Juni 1978 geheiratet. Im Juli 1980 sollte sie die Lady Macbeth am Duke of Clarence Theatre spielen. Am dritten Abend – das Stück sollte sechs Monate laufen – erhielt sie eine Botschaft, in der man ihr den Tod androhte, wie sie meint. Diese Morddrohungen haben sich seitdem gehäuft.«

Er nippte an seinem Tee. Cordelia schaute ihn mit der erwartungsvollen Miene eines Kindes an, das ein Präsent überbracht hat und nun auf Wohlgefallen hofft. Die Gesprächspause kam ihr allzu lange vor.

»Sie sagten vorhin«, brach sie schließlich das Schweigen, »dass Ihrer Frau die erste Botschaft wie eine Morddrohung vorkam. Wollten Sie damit andeuten, dass der Inhalt nicht ganz so eindeutig war? Wie sahen denn diese Drohungen aus?«

»Es handelt sich um maschinengeschriebene Zettel. Allem Anschein nach wurden verschiedene Schreibmaschinen verwendet. Auf jedem dieser Zettel prangt oben ein kleiner Sarg oder ein Totenschädel. Die Texte stammen aus Theaterstücken, in denen meine Frau eine Hauptrolle gespielt hat. Und die Zitate handeln alle vom Tod oder vom Sterben – von der Angst vorm Tode, der Verurteilung zum Tode, der Unausweichlichkeit des Todes.«

Die Wiederholung dieses unheilschwangeren Wortes war bedrückend. Täuschte sie sich, oder hatte er es tatsächlich mit einer gewissen hämischen Befriedigung ausgesprochen?

»Aber die bedrohlichen Zitate sind nicht gegen Ihre Frau persönlich gerichtet?«, fragte Cordelia.

»Meine Frau empfindet schon dieses Gefasel vom Tod als bedrohlich. Sie ist da überaus sensibel. Schauspielerinnen müssen es wohl sein. Sie sind auf die Zuneigung ihres Publikums angewiesen. Das Ganze klingt auch keineswegs freundlich. Ich habe die Zettel bei mir, zumindest diejenigen, die meine Frau aufgehoben hat. Die allerersten hat sie vernichtet. – Sie brauchen ja ein paar Anhaltspunkte.«

Er ließ das Schloss an seinem Aktenköfferchen aufschnappen und holte ein dickes, längliches Kuvert hervor. Daraus ließ er ein Bündel kleiner Zettel auf den Schreibtisch fallen, die er fächerförmig ausbreitete. Die Blätter kamen ihr augenblicklich vertraut vor. Es handelte sich um ein weitverbreitetes weißes Schreibpapier mittlerer Qualität, das in drei Normgrößen mitsamt den passenden

Umschlägen in Tausenden von Schreibwarenläden verkauft wurde. Der Schreiber war offenbar sparsam und hatte das kleinste Format gewählt. Auf jedem der Kärtchen befand sich ein maschinengeschriebenes Zitat, über dem eine kleine, etwa zwei Zentimeter große Zeichnung zu sehen war – ein hochkant gestellter Sarg mit den Initialen R.I.P. auf dem Deckel oder ein Totenschädel mit zwei gekreuzten Knochen. Der Zeichner schien sich keine besondere Mühe gegeben zu haben. Es waren eher Symbole als detailgetreue Zeichnungen. Andererseits waren sie mit einer gewissen Routine in der Linienführung, mit einem Gespür fürs Dekorative angefertigt, woraus man auf den geschickten Umgang mit einer Tuschefeder oder, wie im vorliegenden Fall, mit einem schwarzen Kugelschreiber schließen konnte. Mit seinen knochigen Fingern mischte und arrangierte Sir George die weißen Karten mit den schlichten, pechschwarzen Bildern, als teile er Karten für irgendein tückisches Spiel aus, das Zitatenjagd oder Mörderhatz hätte heißen können.

Die meisten Zitate waren Cordelia vertraut und wohl jedem geläufig, der seinen Shakespeare und die englischen Klassiker des 17. Jahrhunderts kannte, jeder hätte sie beim Blättern in deren Werken auf der Suche nach einer geeigneten Passage über den Tod oder die Angst vorm Sterben gefunden. Selbst jetzt beim Überfliegen der aus dem Zusammenhang gerissenen Worte spürte sie, wie eindringlich sie waren. Das bei Weitem längste Zitat – wie hätte der Absender dem auch widerstehen können? – war Claudios beklemmender Aufschrei aus *Maß für Maß*:

Ja, aber sterben! Gehn wer weiß wohin!
In kalter Starre liegen und verfaulen,
Verwandeln diese fühlsam warme Bildung
Zum teigigen Klumpen und den frohen Geist
In flüssigem Feuer baden oder wohnen

In frostigen Weiten von dickscholligem Eis …
Gefangen sein im undurchsichtigen Wind,
Geweht mit rastloser Gewalt rund um
Die schwebende Welt … ja, schlimmer als die Schlimmsten
Dran sein die ruchlos flatternden Gedanken
Heulend ersinnen: 's ist zu fürchterlich!
Das schwerste, ekelvollste irdische Leben
Das Alter, Siechtum, Elend, Haft dem Fleisch
Kann auferlegen ist ein Paradies
Vor dem was mit dem Tod uns droht.

Es war schwer, aus diesen bekannten Worten eine persönliche Drohung herauszulesen. Die übrigen Zitate klangen da weitaus einschüchternder und verhießen unumwunden, wie sie meinte, Vergeltung für begangenes oder eingebildetes Unrecht.

Wer stirbt, ist aller Schulden quitt.

Oder:

O du Unkraut,
So reizend lieblich und von Duft so süß,
Dass du den Sinn betäubst – o wärst du nie geboren!

Selbst mit den Zeichnungen hatte sich der Absender manchmal mehr Mühe gegeben. Ein Totenkopf illustrierte Hamlets Satz aus der Totengräberszene:

Nun begib dich in die Kammer der gnädigen Frau und sage ihr, wenn sie auch einen Finger dick auflegt: So 'n Gesicht muss sie endlich bekommen.

Genauso war es auch bei einer Passage, die, wie Cordelia glaubte, nur von John Webster stammen konnte, obgleich ihr der Titel des Stücks nicht einfallen wollte:

Ihr, die Ihr in Sicherheit erstickt,
Nicht wisst, wie leben oder sterben;
Doch ich hab' etwas, das Euch schrecken
Und weisen wird, wohin Ihr geht.

Doch selbst wenn man die Sensibilität einer Schauspielerin in Betracht zog, brauchte es schon eine ausgeprägte Ichbezogenheit, um all diese bekannten, aus ihrem Kontext herausgelösten Worte auf sich selbst zu beziehen. Oder es steckte eine derart große Angst vor dem Sterben dahinter, dass man eine psychische Störung vermuten durfte.

Sie holte aus der Schreibtischschublade einen neuen Notizblock hervor und fragte: »Wie sind diese Botschaften übersandt worden?«

»Die meisten sind mit der Post gekommen. In Umschlägen aus demselben Papier und mit maschinengeschriebener Adresse. Meine Frau hielt es nicht für wichtig, die Umschläge aufzubewahren. Etliche Briefe wurden im Theater oder in unserer Londoner Wohnung abgegeben. Einer wurde während der Vorstellung von *Macbeth* unter der Garderobentür hindurchgeschoben. Das erste halbe Dutzend etwa hat meine Frau vernichtet, was meiner Ansicht nach mit allen geschehen sollte. Diese dreiundzwanzig hier sind übrig geblieben. Ich habe sie auf der Rückseite mit Bleistift durchnummeriert, soweit sich meine Frau noch an die Reihenfolge ihres Eintreffens erinnern konnte. Notiert habe ich auch, wann und wie sie jeweils übermittelt wurden.«

»Vielen Dank. Das kann mir vielleicht weiterhelfen. – Hat Ihre Frau öfter in Shakespeare-Stücken gespielt?«

»Nach der Schauspielschule gehörte sie drei Jahre zur Malvern Repertory Company. Damals hat sie viel Shakespeare gespielt. In letzter Zeit nur noch selten.«

»Die ersten Zettel – die sie vernichtet hat – kamen, als sie die Lady Macbeth spielte. Wissen Sie etwas über die näheren Umstände?«

»Schon das erste Kärtchen hat ihr Angst eingejagt. Aber sie hat niemandem davon erzählt, sondern hielt es für eine einmalige Boshaftigkeit. Später hat sie mir gesagt, sie könne sich nicht mehr an den Inhalt erinnern, nur noch an einen gezeichneten Sarg. Bald darauf kamen das zweite, das dritte, das vierte. In der dritten Aufführungswoche verlor meine Frau öfter den Faden und musste sich von der Souffleuse helfen lassen. Und in der Samstagsvorstellung verließ sie dann mitten im zweiten Akt fluchtartig die Bühne. Eine andere Schauspielerin musste für sie einspringen. Auf der Bühne ist Selbstsicherheit nun mal sehr wichtig. Hat man das Gefühl, man schmeißt die Rolle gleich – so nennt man das doch im Theaterjargon –, dann tritt das meistens auch ein. Nach einer Woche konnte sie zwar ihre Rolle wieder übernehmen, aber die nächsten sechs Wochen waren für sie eine einzige Tortur. Danach bekam sie in Brighton eine Rolle in der Wiederaufnahme einer Kriminalkomödie aus den Dreißigerjahren. Sie wissen schon, eins von diesen Stücken, in denen die naive Heldin Alvina heißt, der unerschrockene Held Clive und in denen die Herren in langen Flanelltennishosen umherstolzieren, wenn sie nicht gerade durch eine Terrassentür hereinstürzen oder davoneilen. Eine Boulevardklamotte also. Nicht eben nach ihrem Geschmack, da sie klassische Rollen bevorzugt, aber für eine Schauspielerin mittleren Alters ist die Auswahl nicht mehr groß. Zu viele gute Schauspielerinnen sind hinter viel zu wenigen Rollen her, habe ich mir sagen lassen. Jedenfalls geschah in Brighton das Gleiche. Die erste Botschaft mit einem Zitat kam schon am Vormittag vor der Aufführung. Danach trafen in regelmäßigem Abstand immer wieder welche ein. Das Stück wurde nach vier Wochen abgesetzt, was eventuell etwas mit den Leistungen meiner Frau zu tun gehabt haben mag. Sie nahm es zumindest an. Ich bin mir da nicht so sicher. Es war schlichtweg ein wirres Stück, aus dem ich nicht klug wurde. Clarissa pausierte danach und übernahm nach einer Weile eine Rolle in Websters *Der weiße Teufel*, der in Nottingham inszeniert wurde, die Viktoria oder wie immer sie heißt.«

»Vittoria Corombona.«

»Heißt sie so? Da ich damals zehn Tage in New York zu tun hatte, habe ich die Aufführung nicht gesehen. Und wieder erhielt sie diese Drohbriefe. Den ersten bekam sie erneut am ersten Spieltag. Doch diesmal wandte sich meine Frau an die Polizei. Viel brachte das nicht. Die Beamten nahmen die Zettel mit, wurden nicht schlau daraus und brachten sie wieder. Sie waren überaus zuvorkommend, aber wenig hilfreich. Damit gaben sie zu verstehen, dass sie die Morddrohungen nicht ernst nahmen. Sie deuteten sogar an, dass Leute, die jemand umbringen wollen, es in der Regel auch versuchen und nicht nur drohen. Ich muss zugeben, auch ich denke so. Etwas haben sie allerdings herausgefunden. Die Karte, die ihr zugesandt wurde, als ich mich in New York aufhielt, war auf meiner alten Remington getippt worden.«

»Sie haben mir immer noch nicht genau gesagt, wie ich Ihnen helfen soll«, warf Cordelia ein.

»Bin eben dabei. An diesem Wochenende wird meine Frau die Hauptrolle in einer Laienspielinszenierung der *Herzogin von Amalfi* spielen. Die Tragödie wird in viktorianischen Kostümen auf der Insel Courcy aufgeführt, knapp zwei Meilen von der Kanal-Küste entfernt. Ambrose Gorringe, dem die Insel gehört, hat das von seinem Urgroßvater erbaute, kleine viktorianische Theater restaurieren lassen. Soviel ich weiß, empfing der erste Gorringe, der auch das baufällige mittelalterliche Schloss instand setzen ließ, dort den damaligen Prinzen von Wales und dessen Geliebte, die Schauspielerin Lillie Langtry. Die illustren Gäste vergnügten sich schon damals mit Laienspielaufführungen. Der gegenwärtige Besitzer möchte wohl die glorreichen Zeiten von einst wiederaufleben lassen. Vor etwa einem Jahr brachte eine Zeitung in ihrer Wochenendausgabe einen ausführlichen Bericht über Courcy, die Restaurierung des Schlosses und des Theaters. Vielleicht haben Sie ihn gelesen.«

Cordelia konnte sich nicht daran erinnern. »Und Sie wünschen nun, dass ich zu dieser Insel fahre und Lady Ralston nicht aus den Augen lasse?«, fragte sie.

»Eigentlich wollte ich selbst dorthin fahren, aber das wird sich nicht machen lassen. Ich habe eine geschäftliche Besprechung im West Country, die ich nicht gut absagen kann. Ich bringe meine Frau am Freitag in aller Frühe nach Speymouth zur Fähre und trenne mich dort von ihr. Darum braucht sie unbedingt eine Begleiterin. Die Aufführung ist für sie enorm wichtig. Im kommenden Frühjahr soll das Stück in Chichester inszeniert werden. Wenn sie ihre alte Selbstsicherheit wiederfindet, hätte sie möglicherweise Lust, die Rolle auch dort zu übernehmen. Doch warten wir's ab. Meine Frau befürchtet nun einmal, dass sich die Drohungen an diesem Wochenende bewahrheiten könnten, dass sie irgendjemand auf Courcy umbringen will.«

»Sie muss doch einen handfesten Grund haben, wenn sie das annimmt.«

»Keinen, den sie mit Worten erklären könnte und den die Polizei gelten lassen würde. Nichts Rationales. Sie hat nur dieses bange Gefühl. Sie hat mich jedenfalls gebeten, Sie zu engagieren.«

Und er hatte sie auch aufgesucht. Tat er immer alles, was seine Frau verlangte? »Wofür werde ich genau engagiert, Sir George?«, fragte sie abermals.

»Sie sollen meine Frau vor allen Unannehmlichkeiten schützen: Telefonanrufe entgegennehmen, Briefe öffnen, nach Möglichkeit die Bühne vor der Vorstellung inspizieren, sich auch nachts zu ihrer Verfügung halten, denn da hat sie am meisten Angst, und einen frischen Blick auf das Rätsel dieser Drohungen werfen. Versuchen Sie, in den drei Tagen herauszufinden, wer dahintersteckt!«

Bevor Cordelia auf das alles etwas erwidern konnte, streifte sie wiederum der stechende Blick aus den grauen Augen unter den zusammengekniffenen Brauen.

»Haben Sie etwas für Vögel übrig?«

Cordelia war im Moment sprachlos. Vermutlich würden nur wenige Menschen zugeben, dass sie Vögel nicht mochten, es sei denn, sie hätten eine krankhafte Abneigung. Schließlich gehörten Vögel zu den anmutigsten Geschöpfen auf dieser Erde. Aber wahrscheinlich wollte Sir George nur auf Umwegen herausfinden, ob sie auf fünfzig Meter Entfernung eine Rohrweihe ausmachen konnte.

»Mit unbekannten Arten kenne ich mich nicht besonders aus«, gestand sie zögernd.

»Schade. Courcy ist eines der interessantesten Vogelschutzgebiete in ganz England, höchstwahrscheinlich das bedeutendste in Privatbesitz, beinahe ebenso sehenswert wie Brownsea bei Poole Harbour. Ist dieser Insel übrigens gar nicht so unähnlich. Courcy hat genauso viele seltene Vogelarten aufzuweisen: Blauschopffasane, Swinholdfasane, Kanadagänse, schwarze Strandläufer, Austernfischer. Schade, dass Sie dafür kein Interesse haben. – Gibt es sonst noch Fragen? Wegen des Auftrags, meine ich?«

»Sollte mich Ihre Frau, wenn ich schon drei Tage in ihrer Umgebung verbringen soll, nicht kennenlernen, bevor Sie sich festlegen? Es ist doch wichtig, dass sie mir vertraut. Sie kennt mich überhaupt nicht. Wir haben uns noch nie gesehen«, gab Cordelia zu bedenken.

»Doch, das haben Sie. Seitdem weiß sie, dass sie Ihnen vertrauen kann. Als sie letzte Woche bei einer Mrs Fortescue zum Tee war, brachten Sie der Dame ihren Kater zurück. Salomon heißt er, glaube ich. Da Sie ihn schon nach einer halbstündigen Suche ausfindig gemacht hatten, war Ihre Rechnung entsprechend niedrig. Mrs Fortescue hängt sehr an diesem Tier. Sie hätten ohne Weiteres das Dreifache verlangen können. Mrs Fortescue hätte gewiss nichts dagegen gehabt. Meine Frau war jedenfalls höchst beeindruckt.«

»So billig sind wir im Allgemeinen nicht«, erwiderte Cordelia. »Das könnten wir uns nicht leisten. Aber wir sind ehrlich.«

An den Salon am Eaton Square konnte sie sich gut erinnern.

Ein typisch femininer Raum, sanft und luxuriös, ein überladenes, behagliches Boudoir mit Fotografien in Silberrahmen, einem üppig gedeckten Teetischchen vor dem klassizistischen Kamin und viel zu vielen arrangierten Blumensträußen. Mrs Fortescue, die vor lauter Erleichterung und Freude kaum sprechen konnte, hatte Cordelia ihren Gast zwar vorgestellt, aber da ihre Stimme durch Salomons Fell gedämpft und schwer zu verstehen gewesen war, hatte Cordelia den Namen nicht verstanden.

Nur der äußere Eindruck war haften geblieben. Die Besucherin saß regungslos in einem Fauteuil neben dem offenen Kamin, ein mageres Bein über das andere gelegt, die üppig beringten Hände auf der Lehne. Cordelia erinnerte sich noch deutlich an ihr blondes, über der hohen Stirn höchst kunstvoll getürmtes und toupiertes Haar, an den kleinen, prallen Mund, die tief liegenden, riesigen Augen mit den schweren, leicht geschwollen wirkenden Lidern. Sie hatte dem luxuriösen Salon eine Art steife Würde verliehen, eine Distinguiertheit, die trotz des schlichten Wildlederkostüms auf eine schauspielerisch ambitionierte oder sonst wie exzentrische Persönlichkeit schließen ließ. Die Dame hatte ihr gemessen zugenickt und sich die Ergüsse ihrer Freundin mit einem halb spöttischen Lächeln angehört. Trotz ihrer reservierten Haltung hatte sie keineswegs einen ausgeglichenen Eindruck gemacht.

»Ich habe damals den Namen Ihrer Frau nicht verstanden«, sagte Cordelia. »Aber ich kann mich gut an sie erinnern.«

»Übernehmen Sie nun den Auftrag?«

»Ja.«

»Es ist allerdings etwas anderes als das Einfangen entlaufener Katzen«, fügte er ungerührt hinzu. »Mrs Fortescue hat meiner Frau mitgeteilt, was Sie pro Tag berechnen. In diesem Fall wird es wohl mehr sein, kann ich mir denken.«

»Unser Tagessatz ist unabhängig vom Auftrag«, erwiderte Cordelia. »Die Endabrechnung hängt allerdings vom Zeitaufwand ab, von der Höhe der Spesen und auch davon, ob ich die Hilfe meiner Angestellten benötige. Es kann sich schon einiges zusammenläppern. Aber da ich ja auf Courcy zu Gast bin, werden keine Hotelrechnungen anfallen. Wann soll ich dort sein?«

»Das Fährboot – *Shearwater* heißt es übrigens – wartet am Anlegeplatz von Speymouth auf die Ankunft des Zuges, der um 9 Uhr 33 von der Waterloo Station abfährt. Ihre Fahrkarte finden Sie in diesem Umschlag hier. Meine Frau hat Mr Gorringe schon mitgeteilt, dass sie eine Begleiterin, eine Privatsekretärin, mitbringt, die sie am Wochenende unterstützt. Sie werden also erwartet.«

Demnach hatte Clarissa Lisle fest damit gerechnet, dass sie den Job annehmen würde. Warum auch nicht? Warum sollte sie ihn nicht akzeptieren? Überdies schien Clarissa Lisle gleichermaßen überzeugt zu sein, dass Ambrose Gorringe nichts dagegen einwenden werde.

Die Erklärung, warum sie die Gesellschaft um ihre »Privatsekretärin« bereichern wolle, war freilich etwas dürftig. Cordelia fragte sich denn auch, ob man ihr geglaubt hatte. Zum Wochenende bei einem Landaufenthalt mit einer Privatsekretärin zu erscheinen stand vielleicht einem Mitglied der königlichen Familie zu, aber bei weniger erhabenen Gästen konnte man es als mangelndes Vertrauen zum Gastgeber auffassen. Und vollends ein Verstoß gegen die Etikette wäre es, jemanden sozusagen inkognito einzuschmuggeln. Es würde nicht leicht sein, Clarissa Lisle zu schützen, ohne preiszugeben, dass ihre Begleitung unter einem Vorwand mitgekommen war. Eine derartige Entdeckung würde weder dem Gastgeber noch den übrigen Gästen gefallen.

»Ich wüsste auch gern«, sagte sie, »wer sonst noch nach Courcy kommt und was das für Leute sind.«

»Da kann ich Ihnen nicht viel erzählen. Ab Samstagnachmittag, wenn alle Darsteller und geladenen Zuschauer eingetroffen sind, werden rund hundert Menschen auf der Insel sein. Aber die Gesellschaft im Haus besteht nur aus wenigen Personen. Anwesend sind selbstverständlich meine Frau, dann Tolly, das heißt Miss Tolgarth, ihre Garderobiere, und Simon Lessing, der siebzehnjährige Stiefsohn meiner Frau; sein Vater war Clarissas zweiter Mann, der im August 1977 ertrunken ist. Da der Junge bei den Verwandten, die sich seiner angenommen hatten, nicht glücklich war, hat meine Frau beschlossen, ihn zu uns zu nehmen. Ich bin mir nicht sicher, wieso auch er eingeladen wurde, da sein Interesse der Musik gilt. Aber vermutlich meinte Clarissa, dass er öfter unter Menschen sein sollte. Er ist überaus schüchtern. Dann kommt noch Roma Lisle, Clarissas Cousine. Sie war früher Lehrerin, besitzt jetzt aber irgendwo in London eine Buchhandlung. Sie ist ledig und etwa fünfundvierzig Jahre alt. Ich bin ihr nur zweimal begegnet. Vermutlich bringt sie ihren Geschäftspartner mit. Allerdings kann ich Ihnen nicht sagen, wer das ist. Ferner werden Sie noch den Theaterkritiker Ivo Whittingham kennenlernen, einen guten Freund meiner Frau. Er möchte für irgendeine Zeitung einen längeren Bericht über das restaurierte Theater und die Aufführung schreiben. Selbstverständlich wird auch Ambrose Gorringe da sein. Außerdem gibt es noch drei Bedienstete: Butler Munter, seine Frau und Oldfield. Er ist der Bootsführer und ›Mädchen für alles‹. Das dürften alle sein.«

»Erzählen Sie mir bitte etwas mehr über Mr Gorringe!«

»Gorringe und meine Frau kennen sich seit ihrer Kindheit. Die Väter waren im diplomatischen Dienst. Gorringe hat die Insel 1977 geerbt, als er gerade im Ausland war, von seinem Onkel. Die ganze Angelegenheit hatte etwas mit der Verringerung der Erbschaftssteuer zu tun. 1978 kehrte er jedenfalls nach England zurück und verbrachte die letzten drei Jahre damit, das Schloss zu restaurieren und die Insel in ihren heutigen Zustand zu versetzen. Ein Mann mittleren Alters. Unverheiratet. Wenn ich mich nicht täusche, war er mal Dozent für Geschichte in Cambridge. Ein Experte für die Viktorianische Epoche. Ich wüsste nichts Negatives über ihn zu berichten.«

»Da ist noch eine Frage, die ich stellen muss«, erwiderte Cordelia. »Ihre Frau bangt so um ihr Leben, dass sie Courcy nicht ohne Schutz besuchen möchte. Gibt es denn unter all diesen Leuten jemanden, von dem sie etwas zu befürchten hätte, den sie für verdächtig hält?«

Es war unverkennbar, dass ihm diese Frage unangenehm war. Möglicherweise, weil er nun offen zugeben musste, was er bisher nur angedeutet, aber nie unverblümt gesagt hatte, dass nämlich die Angst seiner Frau um ihr Leben übertrieben und unbegründet war. Sie hatte um Schutz gebeten, für den er hiermit sorgte. Trotzdem war er überzeugt, dass dies nicht notwendig war. Er glaubte weder an eine Gefahr noch an die Wirksamkeit der Sicherheitsmaßnahmen, die er traf. Außerdem sträubte er sich innerlich gegen die Vorstellung, dass der Gastgeber seiner Frau und die übrigen Gäste insgeheim überwacht werden sollten. Er hatte zwar getan, was seine

Frau von ihm verlangte, fühlte sich aber dabei alles andere als wohl in seiner Haut.

»Meiner Ansicht nach«, antwortete er, »sind solche Gedanken völlig abwegig. Meine Frau hat keinen Grund zu der Annahme, dass einer der Anwesenden ihr etwas antun könnte. Nein, überhaupt keinen Grund.«

2. Kapitel

Nachdem sie noch eine Weile über Belanglosigkeiten geredet hatten, warf Sir George einen Blick auf seine Uhr und erhob sich. Zwei Minuten darauf verabschiedete er sich in aller Kürze an der Haustür, ohne noch einen Blick auf das anstößige Firmenschild zu werfen oder gar ein Wort darüber zu verlieren. Als Cordelia die Treppe hinaufstieg, überlegte sie, ob sie das Gespräch nicht hätte besser führen können. Sie bedauerte, dass es so abrupt geendet hatte. Sie hätte gern noch Fragen gestellt, insbesondere darüber, ob einer der Anwesenden auf Courcy von den Drohbriefen wusste. Nun musste sie sich gedulden, bis sie mit Clarissa Lisle zusammentraf.

Als sie die Bürotür öffnete, blickten Miss Maudsley und Bevis sie forschend über die Schreibmaschinen an. Es wäre gemein gewesen, die beiden nicht einzuweihen. Sie hatten ja gemerkt, dass Sir George keineswegs zu den üblichen Klienten gehörte. Beide schienen vor Neugier wie gelähmt zu sein. Während des Gesprächs war das sonstige Schreibmaschinengeklapper im Vorzimmer ausgeblieben. Cordelia teilte den beiden nur so viel mit, wie ihr angemessen schien, und beschränkte sich darauf, dass Clarissa Lisle eine Art Privatsekretärin benötige, die sie vor dem Ärger durch lästige, aber belanglose anonyme Briefe schützen solle. Sie sagte weder etwas über die Art der Drohbriefe noch erwähnte sie die Überzeugung der Schauspielerin, ihr Leben sei ernsthaft gefährdet. Zum Schluss schärfte sie beiden ein, diesen Auftrag so vertraulich wie jeden anderen zu behandeln.

»Das ist doch selbstverständlich, Miss Gray!«, versicherte Miss Maudsley. »Das leuchtet sicherlich auch Bevis ein.«

Woraufhin dieser leidenschaftlich beteuerte, dass Cordelia mit seiner Verschwiegenheit rechnen könne.

»Ich bin viel verlässlicher, als ich aussehe. Ehrlich, ich erzähle nie was, jedenfalls nichts über die Arbeit. Nur wenn man versuchen würde, irgendwelche Informationen aus mir herauszuprügeln. Schmerzen kann ich nicht ertragen.«

»Niemand wird versuchen, etwas aus dir herauszuprügeln, Bevis«, beruhigte ihn Cordelia.

Danach beschlossen sie einmütig, eine vorgezogene Lunch-Pause einzulegen. Bevis holte Sandwiches aus einem Feinkostgeschäft in der Carnaby Street, während Miss Maudsley Kaffee aufsetzte. Als sie gemütlich im Vorzimmer saßen, überlegten sie aufgeregt, wie denn dieser neue, höchst interessante Auftrag ausgehen könne. Die Stunde war keineswegs vertrödelt. Denn Miss Maudsley und Bevis lieferten Cordelia unerwarteterweise lauter wertvolle Informationen über Courcy und seinen Besitzer, wobei sie sich in ihrer Mitteilsamkeit geradezu versuchten gegenseitig zu überbieten. Es war übrigens nicht das erste Mal, dass Cordelia diese Erfahrung machte. Mit alltäglichen Fähigkeiten war es bei beiden zwar nicht weit her, aber dafür erwiesen sie sich nicht selten als überaus nützlich, wenn es um informative Klatschgeschichten ging.

»Das Schloss wird Ihnen gefallen, Miss Gray«, sagte Miss Maudsley, »falls Sie für viktorianische Gebäude etwas übrighaben. Mein Bruder hat einen Monat vor seinem Tod einen Sommerausflug mit dem Mütterverein dorthin gemacht. Ich bin zwar kein Mitglied und dürfte eigentlich nicht dabei sein. Aber manchmal durfte ich an solchen Fahrten teilnehmen. Und dieser Ausflug war hochinteressant. Mir haben vor allem die Gemälde und das Porzellan gefallen. Es gibt da ein entzückendes Schlafzimmer, in dem viktorianische Kunst und Kunsthandwerk zu sehen sind, wie in einem Museum – Fliesen von De Morgan, Zeichnungen von Ruskin, Möbel von Mackmurdo. Es war außerdem kein billiger Ausflug, wenn ich mich recht erinnere. Mr Gorringe, der Besitzer, lässt in der Saison nur einmal in der Woche Gruppen hinein und beschränkt die Besucherzahl auf zwölf Personen. Da muss er ja mehr verlangen, damit es sich für ihn lohnt. Aber niemand hat sich darüber aufgeregt, nicht einmal Mrs Baggot, die sich am Ende eines Ausflugstages sonst immer über irgendetwas beklagt. Und die Insel ist ja so reizend, so abwechslungsreich, so friedlich! Sanfte Klippen, Wald, Wiesen, Moore. England im Kleinen sozusagen.«

»Sie müssen wissen«, mischte Bevis sich ein, »dass ich damals im Theater war, als sie stecken blieb. Clarissa Lisle, meine ich. Es war einfach grauenhaft. Sie hat den Text nicht nur plötzlich vergessen. Abgesehen davon ist es mir völlig unbegreiflich, wie man den Text der Lady Macbeth einfach vergessen kann, der kommt einem doch wie von selbst über die Lippen. Nein, sie hatte einen echten Hänger. Von dort, wo Peter – mein damaliger Freund – und ich saßen, konnten wir deutlich hören, wie die Souffleuse ihr die Worte fast zugeschrien hat. Aber sie schnappte nur nach Luft und rannte einfach weg.« Bevis' Empörung ließ Miss Maudsley ihre erhebenden Erinnerungen an Porträts von William Orpen und Wandteppiche von William Morris gänzlich vergessen.

»Die arme Frau! Wie schrecklich muss das für sie gewesen sein!«

»Schrecklich wars für alle Darsteller«, meinte Bevis. »Auch für uns. Peinlich war es. Schließlich war sie eine bekannte Schauspielerin. Man hätte nie von ihr erwartet, dass sie sich wie ein hysterisches Schulmädchen benimmt, das beim ersten Auftritt die Nerven verliert. Deswegen war ich auch ganz baff, als Metzler ihr nach so einer *Macbeth*-Aufführung die Rolle der Vittoria anbot. Anfangs spielte sie auch gar nicht so schlecht, und die Kritiken waren durchaus wohlwollend. Doch dann wurde es immer schlimmer, bis schließlich das bittere Ende kam.«

Bevis redete, als wäre er an sämtlichen Vorkommnissen als Augenzeuge beteiligt gewesen. Cordelia hatte sich schon des Öfteren gewundert, wie selbstgewiss er übers Theater sprach, über jene fremde Welt voller Verstrickungen und Sehnsüchte, die für ihn das Gelobte Land war, seine Heimat sozusagen.

»Das viktorianische Theater auf Courcy hätte ich mir gern mal angesehen«, fuhr er fort. »Es soll zwar ziemlich klein – an die hundert Plätze –, aber ansonsten ideal sein. Der erste Besitzer soll es für Lillie Langtry gebaut haben, die Geliebte des Prinzen von Wales. Der Prinz kam öfter nach Courcy, um zusammen mit anderen ausgewählten Gästen die Laienspielaufführungen zu sehen.«

»Woher weißt du das alles, Bevis?«, fragte Cordelia.

»Gleich nachdem Mr Gorringe die Restaurierung abgeschlossen hatte, erschien in einer Wochenendbeilage ein langer Artikel über das Schloss. Mein Freund hat ihn mir zum Lesen gegeben, weil ich mich für so was interessiere. Der Zuschauerraum sah entzückend aus auf den Fotos. Das Theater besitzt sogar eine Loge mit dem Wappen des Prinzen von Wales. All das würde ich mir gern mal ansehen. Ich beneide Sie, Miss Gray.«

»Sir George hat mir auch von dem Theater erzählt«, erwiderte Cordelia. »Der jetzige Besitzer muss recht wohlhabend sein. Denn billig war es bestimmt nicht, Schloss und Theater zu restaurieren und obendrein all die viktorianischen Sachen zu sammeln.«

»Er ist stinkreich«, wusste Miss Maudsley überraschenderweise zu berichten. »Er hat ein Vermögen verdient mit seinem Bestseller – wie hieß das Buch doch gleich? Ach ja, *Autopsie*. Sein Pseudonym ist A. K. Ambrose. Wussten Sie das nicht, Miss Gray?«

Cordelia hatte davon keine Ahnung gehabt. Sie hatte sich zwar wie Tausende andere Leser das Taschenbuch gekauft, weil sie es leid war, den aufreizenden Umschlag in jedem Buchgeschäft, in jedem Supermarkt nur zu sehen und nicht zu wissen, was denn an so einem Erstlingsroman dran war, der dem Autor angeblich schon vor der Veröffentlichung eine halbe Million Pfund eingebracht hatte. Es war – wie's der Zeitgeschmack verlangte – ein sehr dicker und vor Grausamkeiten strotzender Roman gewesen. Ihr fiel auch ein, dass sie ihn, wie im Klappentext versprochen, kaum aus der Hand hatte legen können. Doch jetzt erinnerte sie sich kaum noch an die Handlung oder die Figuren. Dabei war die Idee bestechend gewesen. Das Buch handelte von der minutiösen Erörterung eines Mordfalls und schilderte ausführlich sämtliche Beteiligte: den Gerichtsmediziner, den Kriminalinspektor, den Leichenhauswärter, die Familie des Opfers, das Opfer selbst und schließlich den Mörder. Es war ein normaler Kriminalroman gewesen – mit einem Unterschied: Es gab darin mehr Sex – normalen und ungewöhnlichen – als kriminalistische Spurensuche und der Autor hatte äußerst geschickt Elemente der beliebten Familiensagas mit allerlei Geheimnissen verflochten. Der Stil war gekonnt auf ein breites Publikum ausgerichtet: nicht allzu literarisch, um den Durchschnittsleser nicht zu verprellen, aber auch nicht so schlüpfrig, dass sich die Leute genieren mussten, wenn sie das Buch in aller Öffentlichkeit lasen. Cordelia jedenfalls war nach der Lektüre unzufrieden gewesen. Allerdings konnte sie nicht sagen, woran es lag; daran, dass sie sich manipuliert fühlte, oder daran, dass sie insgeheim überzeugt war, dieser A. K. Ambrose hätte durchaus ein besseres Buch schreiben können, wenn er gewollt hätte. Von den geschickt eingestreuten Sexszenen mit ironischem, angeekeltem Unterton, aber auch von der ausführlichen Autopsie-Beschreibung der weiblichen Leiche ging zweifellos ein morbider Reiz aus. Hier zumindest hatte sich der Autor offenbar nicht verstellt.

Miss Maudsley erklärte, dass sie ihre Frage keineswegs kritisch gemeint habe. »Es überrascht mich nicht ein bisschen, dass Sie das nicht gewusst haben«, versicherte sie. »Auch ich hätte keine Ahnung gehabt, wenn es mir nicht eine Dame vom Mütterverein, deren Mann Buchhändler ist, bei jenem Ausflug im Sommer erzählt hätte. Mr Ambrose legt keinen Wert darauf, dass es publik wird. Soviel ich weiß, ist es auch der einzige Roman, den er bisher geschrieben hat.«

Cordelia merkte, wie sie immer neugieriger wurde, diesen vielfältig talentierten Ambrose Gorringe und seine Insel vor der Küste kennenzulernen. Während sie über die sonderbaren Aspekte ihres neuen Auftrags nachdachte, sammelte Bevis die Kaffeetassen ein, da er mit dem Geschirrspülen an der Reihe war.

Auch Miss Maudsley war, die Hände im Schoß gefaltet, in nachdenkliches Schweigen verfallen. Plötzlich sah sie auf und sagte: »Ich hoffe nur, Miss Gray, dass Sie sich da nicht in irgendeine Gefahr begeben. Hinter solchen anonymen Briefen steckt meistens ein bösartiger oder sogar heimtückischer Mensch. In unserer Pfarrei zirkulierten auch mal solche Schreiben. Die Sache endete furchtbar tragisch. Solche Bosheit!«

»Bosheit schon, aber keine Gefahr für Leib und Leben«, beruhigte Cordelia sie. »Ich glaube, der Fall wird mich eher langweilen als in eine schlimme Lage bringen. Ich kann mir einfach nicht vorstellen, dass auf Courcy irgendetwas Schreckliches passieren wird.«

Bevis, der kühn drei aufeinandergestapelte Tassen balancierte, drehte sich an der Tür um.

»Auf Courcy sind aber schreckliche Dinge geschehen. Ich weiß nur nicht genau, welche. In dem Bericht stand nichts darüber. Das jetzige Schloss ist an der Stelle einer mittelalterlichen Burg errichtet worden, die damals dem Schutz dieses Küstenabschnitts diente. Vermutlich spukt dort seitdem ein Geist, wenn nicht gar mehrere. Der Verfasser des Artikels erwähnte nur, dass die Geschichte der Insel von Gewalttaten und Blutvergießen geprägt sei.«

»Journalistengeschwätz!«, entgegnete Cordelia. »Gewalttaten hat es in der Vergangenheit überall gegeben. Das heißt doch nicht, dass die Geister der Toten heute noch umgehen müssen.«

Sie war ohne jede böse Vorahnung und lediglich froh, endlich einen einträglichen Auftrag erhalten zu haben. Der Gedanke, London zu verlassen, solange das warme Herbstwetter anhielt, stimmte sie glücklich. Sie sah die emporragenden Zinnen geradezu vor sich, dazu das von Möwengeschrei erfüllte Sumpfland, die sanften Hügel und all die Wäldchen in jenem geheimnisumwitterten, reizvollen Klein-England, das dort sonnenüberflutet auf sie wartete.

3. KAPITEL

Seit einiger Zeit besuchte Ambrose Gorringe London so selten, dass er sich hin und wieder fragte, ob denn die Mitgliedschaft in seinem Londoner Club überhaupt noch angebracht war. Zwar gab es in der Hauptstadt noch Viertel, in denen er sich durchaus heimisch fühlte, aber viele andere, in denen er früher gerne umhergeschlendert war, kamen ihm mittlerweile schäbig, heruntergekommen, fremd vor. Wann immer geschäftliche Besprechungen mit seinem Anlageberater, Agenten oder Verleger einen Besuch erforderlich machten, stellte er sich ein Vergnügungsprogramm, wie er es nannte, zusammen. Dabei lebte gleichsam eine Ferienseligkeit aus Kindertagen wieder auf, die den ganzen Tag über anhielt, sodass er überhaupt keine Zeit fand, über den Stumpfsinn nachzudenken, der ihn dorthin verschlagen hatte. Stets stand auf seinem Programm ein Besuch des kleinen Antiquitätengeschäfts von Saul Gaskin unweit von Notting Hill Gate. Zwar hatte er seine viktorianischen Gemälde und Möbel überwiegend in den Londoner Auktionshäusern erstanden, aber Gaskin kannte und teilte seine Schwäche für Viktorianisches. Folglich konnte Gorringe jedes Mal damit rechnen, dass ihn dort eine kleine Kollektion trivialer Gegenstände erwartete, die oft weitaus mehr vom Zeitgeist in sich bargen als seine kostspieligen Erwerbungen.

In dem vollgestopften, schlecht gelüfteten Kontor im hinteren Teil des Ladens roch es wegen der außergewöhnlichen Septemberwärme wie in einer Bärenhöhle. Hier eilte Gaskin hin und her, mit blassem, verkniffenem Gesicht, geschickt zupackenden kleinen Händen und der speckigen Moleskinweste, einem geschäftigen Nagetier gleich. Nun schloss er die Schreibtischschublade auf und legte seinem Lieblingskunden feierlich die Ausbeute der letzten vier Monate vor. Die blaue Karaffe aus Bristol mit den eingravierten Trauben samt Weinlaub war zwar recht hübsch, aber es gab dazu nur noch fünf Gläser. Gorringe hätte das Service lieber komplett gehabt. Eine der beiden von Walter Crane entworfenen Wedgwood-Vasen war leicht angeschlagen. Er war ein wenig verstimmt, dass Gaskin, der doch seinen Hang zur Perfektion kannte, diese Dinge überhaupt für ihn aufgehoben hatte. Doch die reich verzierte Menükarte zu dem Bankett, das Königin Viktoria am 10. Oktober 1844 auf Windsor Castle anlässlich der Aufnahme König Louis-Philippes von Frankreich in den Hosenbandorden gegeben hatte, war schon eine akzeptablere Erwerbung. Er überlegte sogar, ob es nicht amüsant wäre, am Jahrestag auf Courcy die gleiche Speisefolge zu servieren. Gerade noch rechtzeitig erinnerte er sich daran, dass sowohl die Kochkünste von Mrs Munter als auch die Belastbarkeit seiner Gäste begrenzt waren.

Das Beste jedoch hatte Gaskin für den Schluss aufbewahrt. Jetzt holte er es hervor, mit der ihm eigenen feierlichen Miene, als würde er vor einem Gläubigen eine wenn auch höchst weltliche Messe zelebrieren. Es handelte sich um zwei massive, prachtvoll gearbeitete Trauerbroschen aus schwarzem Email und Gold, die jeweils eine kunstvoll zu Blütenblättern arrangierte Haarlocke umschlossen, ferner um eine schwarze, spitz zulaufende Witwenhaube, die sich noch in der originalen Hutschachtel befand, und um einen in Marmor gemeißelten, rundlichen Babyarm, der auf einem purpurfarbenen Samtkissen ruhte. Gorringe nahm die Haube in die Hand und strich über den plissierten Satin und die Trauerbänder. Gern hätte er gewusst, welches Schicksal die Besitzerin ereilt hatte. War sie, dahingerafft von Kummer, ihrem Mann in einen frühen Tod gefolgt? Oder hatte die Haube, diese teure Kreation, etwa ihr Missfallen erregt? Jedenfalls wären die Broschen und die Haube eine Bereicherung des Schlafgemachs auf Schloss Courcy, des Memento-mori-Zimmers, wie er es nannte, wo er seine Sammlung von Zeugnissen des viktorianischen Totenkults aufbewahrte: Totenmasken von Carlyle, Ruskin und Matthew Arnold etwa, schwarz geränderte Karten mit weinenden Engeln und sentimentalen Versen, all die Pokale, Medaillen und Becher, die zum Gedenken an Verstorbene angefertigt worden waren, zahlreiche schwere Trauerroben in Schwarz, Grau und Mauve. Clarissa hatte diesen Raum nur einmal schaudernd betreten und redete sich seither ein, es gebe ihn gar nicht. Er hatte überdies mit Belustigung bemerkt, dass manchmal sowohl erklärte als auch heimliche Liebespaare unter seinen Gästen in diesem Zimmer ebenso gern miteinander schliefen, wie sich einst im 18. Jahrhundert die Huren mit ihren Kunden auf den Grabplatten der Londoner Friedhöfe im East End vergnügt hatten. Mit zynischem, leicht verächtlichem Blick hatte er jedes Mal diese Vermählung des Erotischen mit dem Morbiden registriert, wie er es bei allen menschlichen Schwächen tat, die er zufälligerweise nicht teilte.

»Diese Sachen hier nehme ich«, sagte er. »Vielleicht auch den Arm aus Marmor. Wo haben Sie den aufgetrieben?«

»Er stammt aus einem Privathaushalt. Ich halte ihn nicht für ein echtes Erinnerungsstück. Der Verkäufer behauptete, es handle sich um ein Duplikat der Marmorskulpturen, die man seinerzeit für Königin Viktoria nach den Gliedmaßen der Königskinder auf Osborne hatte anfertigen lassen. Vermutlich ist es der Arm der kleinen Kronprinzessin.«

»Der armen, unglücklichen Vicky also! Nein, leicht hat sie's nicht gehabt, wenn man bedenkt, was für eine dominante Mutter sie hatte. Dann noch ihr Sohn Friedrich Wilhelm, der spätere deutsche Kaiser, und dazu noch Bismarck. Das Stück reizt mich schon, aber nicht zu diesem Preis.«

»Es ist das Originalkissen. Und sollte es tatsächlich der Arm der Prinzessin sein, handelt es sich um ein einmaliges Sammlerstück. Soviel ich weiß, wurden von den Osborne-Skulpturen keine Kopien angefertigt.«

Während sie in gewohnter, freundschaftlicher Art begannen zu feilschen, spürte Gorringe, dass Gaskin nicht an der Skulptur hing. Gaskin war abergläubisch, und Gorringe merkte, dass dieser Marmorarm, den er offensichtlich nicht gern berührte, ihn zwar faszinierte, aber auch abstieß. Er wollte ihn nicht mehr in seinem Laden haben.

Kaum waren sie handelseinig geworden, schellte die Glocke an der verschlossenen Ladentür. Bevor Gaskin davonhuschte, bat ihn Gorringe, das Telefon benutzen zu dürfen. Ihm war eingefallen, dass er, wenn er sich etwas sputete, einen früheren Zug nehmen könnte. Wie erwartet war es Munter, der Butler, der abhob.

»Schloss Courcy.«

»Ich bins, Munter. Ich rufe aus London an. Ich kann den Zug um 14 Uhr 30 noch erreichen und werde also gegen 16 Uhr 40 am Kai sein.«

»Sehr wohl, Sir. Ich werde Oldfield Bescheid geben.«

»Ist sonst alles in Ordnung, Munter?«

»Alles in Ordnung, Sir. Die Kostümprobe am Dienstag ist nicht gerade reibungslos verlaufen. Aber ich habe gehört, dass das ein gutes Omen für die eigentliche Aufführung ist.«

»Aber die Beleuchtungsprobe war problemlos?«

»Jawohl, Sir. In der Truppe, wenn ich das so sagen darf, scheint es talentiertere Amateur-Elektriker als – Schauspieler zu geben.«

»Und Ihre Frau? Haben Sie die Aushilfskräfte zusammenbekommen, die sie am Samstag braucht?«

»Nicht ganz, Sir. Zwei der Mädchen aus der Stadt haben uns im Stich gelassen. Aber Mrs Chambers bringt ihre Enkelin mit. Ich habe mir das Mädchen angesehen. Es scheint guten Willens zu sein, ist aber gänzlich unerfahren. Sollte so eine Inszenierung alljährlich auf Courcy stattfinden, Sir, müssten wir uns überlegen, ob die Zahl der Bediensteten nicht erhöht werden sollte, zumindest während dieser Woche.«

»Eine solche Inszenierung wird wohl nicht jedes Jahr stattfinden«, erwiderte Gorringe beruhigend. »Falls Sie schon zwölf Monate im Voraus planen möchten, sollten Sie eher davon ausgehen, dass das die letzte Aufführung mit Lady Ralston auf Courcy sein wird.«

»Vielen Dank, Sir. Darf ich Ihnen noch mitteilen, dass ein Anruf von Lady Ralston kam? Da Sir George an einer unerwarteten Besprechung teilnehmen muss, wird er am Samstagnachmittag höchstwahrscheinlich nicht da sein; möglicherweise wird er sogar erst nach der Aufführung eintreffen. Lady Ralston machte den Vorschlag, anstelle ihres Gatten ihre Privatsekretärin mitzubringen, eine Miss Cordelia Gray. Sie wird mit den übrigen Gästen am Freitagvormittag eintreffen. Lady Ralston gab zu verstehen, dass sie sich deswegen nicht noch einmal mit Ihnen persönlich ins Benehmen setzen wolle.«

Munters Missbilligung war ebenso unüberhörbar wie seine sorgsam kaschierte Ironie. Mittlerweile wusste er genau, wie weit er gehen durfte, und da sich seine verschleierte Aufmüpfigkeit nie gegen seinen Arbeitgeber richtete, sah Gorringe darüber hinweg. Ein Mann, insbesondere ein Bediensteter, hatte um seiner Selbstachtung willen nun mal das Recht auf ein wenig Widerborstigkeit. Gorringe war schon sehr früh aufgefallen, wie sehr Munter, der diversen literarischen Butlergestalten ähnelte, zu einer Parodie seiner selbst wurde, wenn man durcheinanderbrachte, was er sorgsam ausgeklügelt hatte. Sobald Clarissa Lisle im Schloss weilte, spielte er sich auf geradezu unerträgliche Weise wie ein Butler aus einer Boulevardkomödie auf. Gorringe, der an der Verschrobenheit seines Dieners und dem Widerspruch zwischen seinem bizarren Äußeren und seinem Verhalten Gefallen gefunden hatte, interessierte sich überhaupt nicht für dessen Vergangenheit und stellte sich kaum noch die Frage, ob hinter alldem vielleicht ein anderer Munter steckte und was für ein Mensch das sein mochte.

Gorringe hörte noch, wie er sagte: »Ich denke, dass diese Miss Gray im De-Morgan-Zimmer gut untergebracht wäre.«

»Das meine ich auch«, erwiderte Gorringe. »Sollte Sir George am Samstagabend dennoch eintreffen, kann er das Memento-mori-Zimmer haben. Als Militär dürfte er dem Tod gegenüber abgehärtet sein. Wissen Sie Näheres über diese Miss Gray?«

»Es handelt sich um eine junge Dame, soviel mir mitgeteilt wurde. Ich gehe davon aus, dass sie die Mahlzeiten im Speisezimmer einnehmen wird.«

»Selbstverständlich.«

Was immer Clarissa vorhatte, die Tafelrunde hatte nun zumindest eine gerade Zahl. Außerdem gefiel ihm die Vorstellung, dass Clarissa mit einer Privatsekretärin, einer jungen Frau obendrein, anreisen würde. Er hoffte nur, das Wochenende würde dadurch nicht noch komplizierter, als es ohnehin schon zu werden versprach.

»Auf Wiedersehen, Munter!«, sagte er.

»Auf Wiedersehen, Sir!«

Als Gaskin in sein Kontor zurückkehrte, sah er Gorringe ruhig nachdenklich dasitzen, den Marmorarm in beiden Händen. Unwillkürlich erschauerte Gaskin. Gorringe legte den Arm wieder auf das Kissen und wartete, bis Gaskin eine geeignete Schachtel gefunden und sie mit Seidenpapier ausgeschlagen hatte.

»Sie mögen das Ding wohl nicht?«, fragte er.

Jetzt durfte Gaskin ehrlich sein. Der Arm war ja verkauft, und Mr Gorringe hatte bisher noch kein Stück abgelehnt, nachdem der Preis ausgehandelt worden war. Als er den Arm in die Schachtel bettete, bemühte er sich, nur das Kissen zu berühren.

»Ich kann nicht sagen, dass es mir leidtut, mich davon zu trennen. Im Allgemeinen mag ich die Porzellanhände, wie sie in der Viktorianischen Epoche so beliebt waren; auch die Hände, an die man Ringe zur Aufbewahrung steckt. Erst letzte Woche hatte ich ein hübsches Exemplar da. Leider war die Krause um das Handgelenk etwas angeschlagen. Ihnen hätte die Hand gewiss nicht zugesagt. Aber einen Kinderarm! Und noch dazu wie abgehackt! Das empfinde ich als ausgesprochen brutal, geradezu morbid. Das Stück sagt mir einfach nicht zu. Sie kennen mich ja. Es erinnert mich zu sehr an den Tod.«

Gorringe musterte noch einmal die Broschen, bevor auch sie eingewickelt und verpackt wurden.

»Aber weniger offenkundig, kann ich mir denken, als die beiden Schmuckstücke da und die Witwenhaube. Ich gebe Ihnen übrigens recht: Auch ich bezweifle, dass es sich um ein Erinnerungsstück handelt.«

»Diese Sachen da sind einfach anders«, erwiderte Gaskin. »Echte Erinnerungsstücke haben mir noch nie Unbehagen bereitet. Anders bei diesem Marmorarm. Ich muss gestehen, dass ich einen Widerwillen gegen dieses Ding verspürt habe, sobald ich es im Laden hatte. Immer wenn ich den Arm sehe, kommt es mir so vor, als würde er bluten.«

Gorringe musste lächeln.

»Ich werde meine Gäste mit ihm konfrontieren, um deren Reaktionen zu beobachten. Dieses Wochenende wird auf Courcy die *Herzogin von Amalfi* aufgeführt. Wäre es eine Männerhand in voller Größe, könnten wir sie ohne Weiteres als Requisit verwenden. Aber so kann selbst die Herzogin von Amalfi in ihrer geistigen Zerrüttung den Kinderarm kaum für die Hand des toten Antonio halten.«

Gaskin, der Webster noch nie gelesen hatte, verstand diese Anspielung nicht.

»Ganz gewiss nicht, Sir!«, stimmte er Gorringe mit einem verschlagenen, kriecherischen Lächeln zu.

Sobald er Gorringe samt dem Päckchen zur Ladentür begleitet hatte, freute er sich schon voreilig, den Marmorarm der toten Prinzessin zum letzten Mal gesehen zu haben – denn trotz aller Sensibilität konnte er nicht von sich behaupten, hellseherische Fähigkeiten zu besitzen.

4. KAPITEL

In einer Arztpraxis an der Harley Street, knapp drei Kilometer von Gaskins Laden entfernt, schwang Ivo Whittingham die Beine über die Kante der Untersuchungscouch und beobachtete Dr. James Crantley-Mathers, der schlurfend zu seinem Schreibtisch ging. Der Doktor trug wie immer seinen zwar betagten, aber exzellent geschneiderten Nadelstreifenanzug. In seiner Praxis duldete Sir James nichts, was, wie ein weißer Arztkittel, an ein Krankenhaus erinnerte. Der Raum mit dem gemusterten Axminster-Teppich, dem geschnitzten Schreibtisch aus der Zeit Eduards VII., auf dem in Silberrahmen Fotografien seiner Enkel, aber auch von namhaften Patienten standen, mit all den Jagdstichen, dem Porträt eines begüterten Vorfahren, der über dem prunkvollen marmornen Kaminsims prangte – dieser Raum hatte eher den Anschein einer Privatbibliothek als einer Arztpraxis. Nichts deutete darauf hin, dass man hier Infektionen den Kampf ansagte. Die Bazillen würden sich auch hüten, sinnierte Whittingham, ausgerechnet in einem der wohlgepolsterten Lehnsessel von Sir James zu lauern, in denen die Patienten auf seine Ratschläge warteten. Auch die mit braunem Leder bezogene Untersuchungscouch, die sich über ein elegantes Bibliothekstreppchen aus dem 18. Jahrhundert erklimmen ließ, hatte nichts von einem Klinikmöbel. All dies legte die Vermutung nahe, dass, wenn Sir James' »Gäste« sich ihrer Kleider entledigten, dies nicht das Geringste mit ihrem Gesundheitszustand zu tun hatte.

Sir James blickte kurz von seinem Rezeptblock auf und fragte: »Macht Ihnen die Milz zu schaffen?«

»Da sie mindestens zehn Kilo zu wiegen scheint und ich mich fühle, als sei ich hochschwanger, und auch so aussehe, muss es wohl so sein, dass sie mir ein klein wenig zu schaffen macht.«

»Irgendwann werden wir sie eben entfernen müssen. Aber das hat noch Zeit. In einem Monat können wir immer noch darüber nachdenken.«

Whittingham verschwand hinter dem bemalten orientalischen Paravent, wo seine Sachen säuberlich gefaltet auf einem Stuhl lagen. Mühsam zog er den Hosenbund über seinen Wanst. Es war, so dachte er, als trage er in diesem Bauch den Tod mit sich, der nun auf seinen Bauchmuskeln lastete wie ein fötusgleicher Gnom, der sich nie bewegte, ihn aber durch sein bleiernes Gewicht daran erinnerte, was er da mit sich herumschleppte. Er blickte über die Oberkante des Wandschirms und fragte, halb durch das Hemd, das er sich gerade überstreifte: »Haben Sie mir nicht mal erklärt, dass meine Milz so groß ist, weil sie mittlerweile die Bildung der roten Blutkörperchen übernommen hat, die mein Blut nicht mehr erzeugt?«

Ohne aufzublicken, erwiderte Sir James mit einstudierter Sorglosigkeit: »Das ist mehr oder minder die Sachlage. Gibt ein Organ seine Funktion auf, springt eben ein anderes dafür ein.«

»Wäre es dann taktlos, wenn ich Sie fragte, welches Organ netterweise einspringen wird, sobald Sie mir die Milz entfernt haben?«

Sir James parierte diesen Anflug von Galgenhumor mit dröhnendem Lachen. »Diese Brücke überqueren wir erst, wenn wir dort angekommen sind, einverstanden?«

Sir James hat nun einmal einen Hang zu nichtssagenden Floskeln, dachte Whittingham. Zum ersten Mal, seit er an dieser Krankheit litt, hätte er ihn gern unverblümt gefragt, wie viel Zeit ihm eigentlich noch blieb. Nicht, weil er irgendetwas vorher gern geregelt hätte. Seine Privatangelegenheiten waren nach der Scheidung und nachdem seine Kinder ihm fremd geworden waren und er nun allein lebte, in den letzten fünf Jahren ebenso deprimierend in Ordnung gewesen wie seine penibel gepflegte Wohnung. Ihn trieb eine leichte Neugierde. Er hätte sich gefreut, wenn ihm ein weiteres Weihnachtsfest erspart bleiben würde, die Zeit des Jahres, die er am wenigsten mochte. Aber er war sich bewusst, dass so eine Frage völlig deplatziert war. Schon die Einrichtung des Raums verbot sie. Sir James war überaus geschickt darin, seine Patienten so zu manipulieren, dass sie keinerlei Fragen stellten, die er nicht beantworten mochte. Seine Einstellung – und Whittingham hatte eigentlich nichts dagegen einzuwenden – war, seinen Patienten würde ohnedies rechtzeitig klar werden, dass ihr Leben sich dem Ende neigte. Und der körperliche Verfall würde schließlich bewirken, dass diese Erkenntnis weniger schmerzlich wäre als die Verkündigung des nahen Todes in einer Phase, in der das Blut noch kräftiger in den Adern pulsierte. Nein, Sir James war nie der Ansicht gewesen, das Schwinden jeglicher Hoffnung tue den Menschen gut, und außerdem konnten sich ja auch Ärzte irren. Letzteres war ein Zugeständnis an die Bescheidenheit. Denn insgeheim glaubte Sir James keinesfalls, dass er sich irren könne. Er war ein hervorragender Diagnostiker. Und es war, so grübelte Whittingham, nicht seine Schuld, dass die diagnostischen Qualitäten der meisten Ärzte ihre Fähigkeit zu heilen bei Weitem übertraf. Als er ins Sakko schlüpfte, deklamierte er Brachianos Worte aus *Der weiße Teufel*: »Den Tod erleide, wer mir den Tod verkündet. Dieses maßlos grässlich Wort!«

Eine Haltung, die Sir James offenkundig teilte. Daher war es auch verwunderlich, dass er dieses Zitat, das er sicherlich kannte, nicht in den Türrahmen hatte schnitzen lassen.

»Tut mir leid, Mr Whittingham. Ich habe Sie nicht verstanden.«

»Es war nichts Wichtiges, Sir James. Ich habe nur Webster zitiert.«

Sir James begleitete seinen Patienten zur Tür, wo bereits eine auffallend hübsche Assistentin wartete, um Whittingham in Empfang zu nehmen.

»Werden Sie übers Wochenende aufs Land fahren?«, erkundigte sich Sir James beiläufig. »Wäre doch schade, das herrliche Wetter nicht zu genießen.«

»Ich fahre nach Dorset. Auf die Insel Courcy. Sie liegt bei Speymouth. Dort führen Laien mit einigen Berufsschauspielern die *Herzogin von Amalfi* auf. Ich möchte darüber für eine Wochenzeitung schreiben. Aber was mich eigentlich reizt, ist das restaurierte viktorianische Theater auf dieser Insel und seine Geschichte«, fügte er noch hinzu. Gleich darauf verachtete er sich wegen dieses Zusatzes. Denn im Grunde hatte er damit nur andeuten wollen, dass er trotz seines todkranken Zustandes keineswegs so weit gesunken war, eine Laienspielinszenierung besprechen zu müssen.

»Ausgezeichnet! Ausgezeichnet!« Sir James äußerte seine Zustimmung so übertrieben, wie es selbst Gott am siebten Schöpfungstag nicht eingefallen wäre.

Als die imposante Eingangstür hinter ihm ins Schloss fiel, war Whittingham versucht, das Taxi zu nehmen, das eben hielt, vermutlich mit einem weiteren Patienten. Doch dann beschloss er, er könne einen Teil des Weges zu seiner Wohnung am Russell Square ebenso gut zu Fuß zurücklegen. Außerdem gab es an der Marylebone High Street ein unlängst eröffnetes Café, wo die Besitzer, ein junges Ehepaar, die Kaffeebohnen noch portionsweise mahlten und den Kuchen selbst backten. Und die Gartenstühle unter den

Sonnenschirmen gaukelten den Anliegern vor, der Sommer in England sei durchaus dafür geeignet, im Freien zu speisen. Dort wollte er sich eine viertelstündige Rast gönnen.

Es war schon merkwürdig, wie wichtig ihm mittlerweile solche banalen Vergnügungen geworden waren. Nachdem er sich mit seinem unheilbaren Leiden abgefunden hatte, zeigte er zunehmend die Eigenheiten alter Menschen: einen Hang zur Selbstverzärtelung, eine Umständlichkeit in Alltagsdingen, ein Widerstreben, sich selbst mit langjährigen Bekannten zu treffen, eine Trägheit, die ihm schon das Ankleiden oder Baden zur Last werden ließ, eine ständige Sorge um seine Körperfunktionen. Trotzdem verabscheute er das Wrack, zu dem er geworden war. Und auch diese Selbstverachtung hatte etwas von der Verdrießlichkeit greiser Menschen. Aber Sir James hatte schon recht. Es fiel schwer, den Abschied von einem dermaßen beschränkten Leben zu bedauern. Wenn ihm seine Krankheit den Garaus machte, würde der Tod nur mehr der endgültige Verfall eines Körpers sein, aus dem sich der Geist längst davongestohlen hatte, erschöpft von all den Schmerzen, der Mattigkeit und dem Unlustgefühl, das nicht allein von der leiblichen Hinfälligkeit herrührte, sondern von seinem schwachen, nie kämpferischen Charakter.

Als er in der warmen Herbstsonne die Wimpole Street entlangschlenderte, ließ er in seiner Erinnerung all die bedeutenden Inszenierungen Revue passieren, die er gesehen und rezensiert hatte, und er sagte wie bei einem Appell die wichtigsten Namen auf: Olivier als Richard III., Wolfits Malvolio, Gielgud als Hamlet, Richardson als Falstaff, die Portia der Peggy Ashcroft. Sie fielen ihm alle ein, auch die Theater, die Regisseure, selbst die meistzitierten Passagen aus seinen Kritiken. Aufschlussreich war auch, dass er nach all seinen Theaterbesuchen in diesen dreißig Jahren die Klassiker am besten im Gedächtnis behalten hatte. Trotzdem war ihm klar, wenn er heute Abend, formell gekleidet wie immer bei einer Premiere, seinen gewohnten Platz in der dritten Parkettreihe einnehmen, wenn er abermals das erwartungsvolle, mit nichts auf der Welt vergleichbare Raunen vernehmen würde, so würde nichts, was sich nach dem Heben des Vorhangs abspielte, ihm mehr entlocken als ein abgeklärtes, distanziertes Interesse. Der aufregende Reiz und das Gefühl des Entrücktseins waren verschwunden. Niemals wieder würde er den Schauer zwischen den Schulterblättern verspüren, das Pochen des Blutes, mit dem er schon in seiner Jugend auf große Schauspielkunst reagiert hatte. Es mutete ironisch an, dass er jetzt, da seine Theaterbegeisterung erloschen war, ausgerechnet eine Laienspielaufführung als sein letztes Stück rezensieren sollte. Aber irgendwie würde er schon die Kraft finden, das zu tun, was er auf Courcy vorhatte.

Die Insel war für ihre reizvolle Umgebung und das prachtvolle, viktorianische Schloss bekannt. All das würde die beschwerliche Reise wohl wettmachen. Mehr Enthusiasmus vermochte er nicht aufzubringen. Und von den Darstellern versprach er sich wenig. Clarissa hatte ihm mitgeteilt, dass Roma Lisle, ihre Cousine, einen Freund mitbringen würde. Er war zwar Roma noch nie begegnet, aber nachdem er sich jahrelang Clarissas bissige Schilderungen hatte anhören müssen, konnte ihn der Gedanke, mit den beiden unter einem Dach zu weilen, kaum reizen. Und die bewusste Unterschlagung des Namens dieses Freundes verstärkte nur seine Bedenken. Ach ja, auch der Junge würde anwesend sein. Clarissas Entschluss, den Sohn Martin Lessings, ihres ertrunkenen Ehemannes, zu sich zu nehmen, war auf eine ihrer eindrucksvollen Launen zurückzuführen. Er überlegte, wer wohl mehr zu bedauern war: die Wohltäterin oder ihr Opfer. Die wenigen Male, da er Simon Lessing getroffen hatte – zweimal im Theater und einmal auf einer Party in Clarissas Domizil in Bayswater –, waren ihm das linkische Benehmen und die Verstörtheit des Jungen aufgefallen, die seiner Meinung nach weniger auf Simons Jugend als auf Clarissa zurückzuführen waren. Eine Anhänglichkeit wie bei einem Hund, eine Ergebenheit war ihm aufgefallen, ein verzweifelter Drang, Clarissas Anerkennung zu erringen, ohne dass Simon die geringste Vorstellung hatte, was sie überhaupt von ihm erwartete. Den gleichen Ausdruck hatte Whittingham schon in den Augen von Simons Vater gesehen. Und diese blitzartige Erinnerung war ihm höchst unangenehm gewesen. Simon war doch angeblich ein begabter Pianist. Vermutlich sah Clarissa sich schon inmitten prächtiger Stuckornamente in einer der vorderen Logen in der Royal Festival Hall, während sich ihr Wunderknabe nach einem dankbaren Blick nach oben triumphierend verneigt. Sicherlich war es peinlich für sie, sich stattdessen mit der Unausgeglichenheit und Schwerfälligkeit eines Heranwachsenden auseinandersetzen zu müssen. Whittingham merkte, dass ihn eine gewisse Neugier überkam, wie sich die beiden auf Courcy verhalten würden. Und vielleicht würde er noch andere interessante Dinge beobachten können; nicht zuletzt, wie Clarissa Lisle mit ihrer Neurose fertigwurde. Wenn das schon seine letzte Theateraufführung war, dann verschaffte ihm das Wissen, dass dies auch ihre letzte sein könnte, eine gewisse Befriedigung. Sicherlich wusste sie, dass er dem Tode nahe war. Schließlich hatte sie ja Augen im Kopf. Doch er beschloss, ihr das Vergnügen angesichts seines Dahinsiechens nicht übel zu nehmen. Überdies gab es subtilere Freuden. Den psychischen Verfall eines Menschen zu beobachten, gehörte zweifellos dazu. Doch selbst Hass erlosch am Ende allmählich, obwohl er sich länger hielt als irgendwelche sonstigen Begierden, länger noch als Liebe. Während er gemächlich im Sonnenschein weiterschlenderte und an das bevorstehende Wochenende dachte, musste er unwillkürlich über die Einsicht lächeln, dass der Hang zur Heimtücke noch am lebendigsten in ihm war.

5. Kapitel

Roma Lisle kniete im Souterrain ihres kleinen Ladens in einer Quergasse am Nordende der Tottenham Court Road auf dem Boden und packte einen Karton mit alten Büchern aus. Trotz der Bodenfliesen war es stickig heiß in dem Raum, der ursprünglich eine Küche gewesen war und daher noch ein altmodisches Porzellanspülbecken und Wandregale aufwies sowie einen abgeklemmten Gasherd, dermaßen schwer, dass Colin und sie ihn selbst mit vereinten Kräften nicht von der Stelle hatten rücken können. Die ganze Wärme des Sonnentages schien sich in dem Schacht hinter dem Kellergitter gestaut zu haben und blockierte das einzige Fensterchen wie eine verschwitzte, stinkende Decke, die weder Luft noch Licht einließ. Die Hängelampe über ihr verbreitete bestenfalls Halbdunkel, aber kein Licht. Es war geradezu grotesk, dass man an so einem Tag teuren Strom verbrauchte. Sie musste verrückt gewesen sein bei dem Gedanken, man könne dieses Loch in ein gemütliches, behagliches Antiquariat verwandeln, in dem die Leute mit Vergnügen schmökern würden.

Die Bücher, die sie da sortierte, waren überdies nicht gewinnbringend. Sie hatte sie bei einer Auktion auf einem Landsitz billig ersteigert. Doch schon die erste kritische Durchsicht ergab, dass sie so preiswert auch wieder nicht gewesen waren. Die besten hatten im Karton obenauf gelegen. Die übrigen stellten ein Sammelsurium dar von viktorianischen Predigten, von Erinnerungen pensionierter Militärs, von Biografien unbedeutender Politiker, deren Tod ebenso belanglos gewesen war wie ihr Leben, von allerlei Romanen, die höchstens im Hinblick auf die Frage interessant waren, warum sie überhaupt einen Verleger gefunden hatten.

Vom Knien auf den Fliesen hatte sie in den Beinen kein Gefühl mehr. Der Geruch nach Staub, modrigem Karton und stockfleckigem Papier verstopfte ihre Nase. In ihrer Vorstellung war alles ganz anders gewesen: Colin kniend an ihrer Seite, gleichfalls fröhlich stöbernd, hin und wieder Freudenrufe, wenn sie ihre Bücherschätze ans Licht hoben, Gelächter, Pläneschmieden, Heiterkeit. Sie konnte sich noch lebhaft an ihren letzten Tag in der Pottergate School erinnern, an die Abschiedsparty mit billigem Sherry und dem unvermeidlichen Salzgebäck, an die Käsehäppchen und an den kaum kaschierten Neid ihrer Kollegen, dass sie und Colin aus dem Schuldienst ausstiegen, zusammen ein Geschäft eröffneten, all den Stundenplänen entrannen, der Notengebung, den Prüfungen, dem täglichen Kampf, vierzig Schüler zur Ordnung anzuhalten, dazu noch an einer Gesamtschule in der Innenstadt, wo der Unterricht schon immer hinter dem Bestreben zurückgestanden hatte, zumindest den Anschein von Disziplin zu wahren.

Neun Monate war das nun her! Neun Monate, in denen alles, was sie erstanden und benötigt hatten, immer teurer wurde, in denen der Laden so verödet gewirkt hatte, als sei er bereits wegen Pleite mit Brettern vernagelt worden. Neun Monate Überarbeitung und rückläufige Einnahmen, schwindende Hoffnung und Anflüge von Panik. Dauerte das langsame Sterben ihres Wunschtraums wirklich schon neun Monate? Sie stieß mit ihren kräftigen Händen

den Karton von sich und hätte am liebsten empört aufgeschrien, als würden sich solche quälenden Gedanken auf diese Weise ein für alle Mal aus ihrem Kopf verdrängen lassen. Gleich darauf hörte sie Colins Schritte auf der Stiege. Sie setzte ein Lächeln auf. Beim Essen hatte er kaum ein Wort gesprochen. Das war vor drei Stunden gewesen. Manchmal hielt seine gereizte Stimmung nicht lange an. Aber seine ersten Worte zerstörten diese Hoffnung.

»Pfui Teufel, hier stinkts!«

»Das legt sich, wenn wir erst mal aufgeräumt haben.«

»Wie viele Wochen soll das noch dauern? Dazu brauchen wir einen Innenarchitekten und eine Putzkolonne. Und selbst dann wird es hier aussehen wie in einer Kellerwohnung.«

Er ließ sich auf einen ungeöffneten Karton fallen und begann, in den ausgepackten Büchern zu wühlen, die er mit verächtlicher Miene wahllos aufeinanderstapelte. In dem trüben Licht wirkte sein hübsches, missmutiges Gesicht von tiefer Erschöpfung gezeichnet. Woher kam das bloß, fragte sie sich. Die ganze Arbeit hatte doch sie getan. Sie streckte ihm die Hand entgegen, die er nach einer Weile schlaff ergriff.

Ich liebe dich doch, dachte sie. Wir lieben uns doch. Nimm mir das nicht weg!

Schon entzog er ihr beinahe verstohlen seine Hand und tat so, als interessiere ihn eins der Bücher. Als er es öffnete, fiel ein dickes, vergilbtes Stück Papier zu Boden.

»Was ist denn das?«, fragte sie.

»Sieht nach einem alten Holzschnitt aus. Ich glaube nicht, dass er irgendeinen Wert hat.«

»Wir könnten Ambrose Gorringe fragen, wenn wir auf Courcy sind. Er kennt sich aus mit solchen Dingen, selbst wenn es sich nicht um seine Lieblingsepoche handelt.«

Gemeinsam betrachteten sie das Blatt. Es war zweifellos alt, angesichts der altmodischen Schrift vermutlich aus dem frühen 17. Jahrhundert, aber noch erstaunlich gut erhalten. Oben zierte es ein einfacher Holzschnitt, ein Skelett, das in der rechten Hand einen Pfeil, in der linken eine Sanduhr hielt. Darunter standen die Worte DER TODESBOTE, denen sich ein kurzes Gedicht anschloss. Roma las die vier Zeilen laut vor:

»Legt ab, hübsche Dame, Euer kostbar Kleid,
Nicht länger dünkt Euch erhaben!
Lasst ab von Eurer lasterhaften Eitelkeit!
Heut noch werd ich Euch hinwegtragen!«

Im undatierten Impressum hieß es, dass der Drucker ein gewisser John Evans aus der Long Lane in London war. »Irgendwie erinnert mich das an Clarissa«, meinte Roma.

»An Clarissa? Aber warum denn?«

»Ich weiß nicht. Ich kann dir nicht sagen, warum.«

Beharrlich hakte er nach, als sei ihm viel daran gelegen, als würde sie ihm etwas vorenthalten.

»Das habe ich nur so gesagt«, erwiderte sie. »Das ist mir nur so eingefallen. Es hat nichts zu bedeuten. Leg das Blatt neben die Spüle aufs Abtropfbrett. Wir zeigen es Ambrose Gorringe.«

Mürrisch kehrte er zu seinem Bücherkarton zurück.

»Dass wir diesen Ramsch hier ersteigert haben, war ein Fehler«, mäkelte er. »Wir hätten uns an die neueren Sachen halten sollen. In London gibt es ohnedies zu viele Buchhandlungen. Weiß der Himmel, warum ich mich von dir habe beschwatzen lassen, all das marxistische Zeug oben im Laden zu kaufen. Keiner will es haben. In diesem Viertel ist die Linke schon stark genug. Der Kram verprellt mir bloß die übrigen Kunden. All die Pamphlete sind nichts als Staubfänger. Ich muss verrückt gewesen sein damals.«

Ihr war klar, dass er nicht allein auf die linkslastige Literatur anspielte. Seine ungerechten Vorwürfe machten sie zornig. Die Auseinandersetzungen, die er immer häufiger provozierte, machten ihn nur noch verdrossener, und sie selbst war hinterher wie gelähmt. Er wollte umschmeichelt, aufgemuntert, getröstet werden. Aber sie wollte sich nichts mehr gefallen lassen.

»Du hast dir doch diesen Laden nicht meinetwegen zugelegt. Du warst genauso versessen darauf, von der Pottergate School wegzukommen, wie ich. Dir war doch der Schuldienst ebenso zuwider. Weißt du es wirklich nicht mehr? Ich gebe zu, auch ich hatte genug davon, aber ich wäre nicht ausgeschieden, wenn du nicht den ersten Schritt getan hättest.«

»Willst du damit sagen, dass alles meine Schuld ist?«

»Alles? Was heißt denn alles? Niemand hat hier Schuld. Wir haben getan, was wir uns vorgenommen hatten.«

»Weswegen beklagst du dich dann?«

»Weil ich es satthabe, dass du mir ständig das Gefühl aufdrängst, ich sei eine Belastung, schlimmer als eine Ehefrau, und du würdest den Laden nur meinetwegen behalten.«

»Ich behalte ihn – wir beide tun es, weil wir keine andere Wahl haben. An der Pottergate School würden sie uns nicht mehr einstellen, selbst wenn wir wollten.«

Wo könnten sie sich auch sonst bewerben? Er brauchte sie nicht auf die vielen arbeitslosen jungen Lehrer hinzuweisen, auf die Einsparungswelle und die hoch qualifizierten Lehrkräfte, die sich verzweifelt um eine Stelle bemühten.

Obwohl sie wusste, dass ihre Widerrede dumm war, seinen Missmut nur noch steigern würde, entgegnete sie: »Wenn du die Sache hinschmeißt, tust du Stella damit einen Gefallen. Bestimmt wartet sie bloß darauf. Dann kann sie sagen ›Hab ich dir ja gleich gesagt!‹ und dich als Opfer dem lieben Daddy und der restlichen

Familie vorwerfen. Stella wünscht sich doch, dass wir pleitegehen. Mich wundert, dass sie nicht irgendwo in einem dunklen Winkel lauert, um unsere Kunden zu zählen.«

Seine Antwort klang eher mürrisch als aufgebracht. Sie hatten das schon öfter erörtert. »Sie weiß, dass ich mir Sorgen mache«, sagte er. »Und sie macht sich auch Sorgen. Dazu hat sie auch allen Grund. Schließlich stammt die Hälfte des Geldes, das ich hier reingesteckt habe, von ihr.«

Das brauchte er nicht zu betonen. Als ob sie nicht wüsste, wie viel Bargeld ihm Stella freundlicherweise aus Daddys üppigen Zuwendungen geborgt hatte. Und dass es großzügig von ihr gewesen war; großzügig, töricht oder berechnend. Vielleicht alles zusammen. Denn sie hatte doch gewusst, dass sich Colin da mit seiner Geliebten auf eine geschäftliche Partnerschaft einließ. Sie war doch nicht blind. Nein, sie hatte es von Anfang an gewusst. Sie konnte zwar nicht begreifen, was er an Roma fand – und damit war sie nicht die Einzige –, aber sie hatte von seinen Plänen gewusst. War das nun ihre Rache gewesen, Geld in ein Geschäft zu stecken, das angesichts ihrer Unerfahrenheit, ihrer geringen Rücklagen, ihrer übertriebenen Erwartungen pleitegehen musste? Sollte damit vielleicht seine Niederlage herbeigeführt werden, die ihn geläutert wieder in das Milieu locken würde, in das er gehörte, das er, wenn man es recht überlegte, eigentlich nie verlassen hatte? Aber was erwartete ihn da außer Daddys Geschäft, dem Laden in Kilburn, wo billige Möbel aus Pressholzplatten auf Ratenbasis an Kunden verkauft wurden, die entweder zu dumm waren, um zu merken, dass man sie betrog, oder trotz ihrer Armut zu stolz, als dass sie die Straßenmärkte abklapperten, um gute, solide Eichenmöbel aus zweiter Hand zu erwerben. All das Zeug, mit dem die Leute gelockt wurden, all die Cocktailschränkchen, Raumteiler, Polstergarnituren, war doch längst auseinandergefallen, bevor die letzte Rate bezahlt war. Wollte er damit sein Leben verbringen? Hatte er dafür den Lehrerberuf aufgegeben? Und hatte sich Stella all das ausgedacht, oder hatte auch Daddy seine Hand im Spiel? War nicht die Summe, die sie ihnen geliehen hatte, sorgsam bemessen gewesen – gerade ausreichend für eine Geschäftsgründung, aber nicht groß genug, um ihnen auf die Beine zu helfen? Stella war ein berechnendes Biest. Sie besaß einen scharfen Verstand, der zu ihren spitzen, lackierten Nägeln und ihren weißen, klein geratenen Zähnen passte. Außerdem standen ihr noch weitere Waffen zur Verfügung: Justin und Joanna. Ihre Habgier und ihr Besitzstreben wurden durch die Kinder gerechtfertigt. Sie hatte nun mal die Zwillinge, und sie verstand es auch, sie auszuspielen. Bei jedem Wehwehchen, das die Kinder befiel, jeder Schulfeier, jedem Zahnarztbesuch, jedem Familienfest wie Weihnachten etwa hatte er in den Schoß der Familie zurückzukehren, als vertrete sie nachdrücklich die Auffassung: Er mag zwar mit dir ins Bett gehen, mit dir zusammen den Geschäftsmann spielen, sich einbilden, dass er dich liebt, er mag dir vertrauen, aber er wird dir keine Kinder machen. Und er wird sich nie von mir scheiden lassen, um dich zu heiraten. Bestürzt darüber, dass sich solche Gedanken einstellten, dass sie so ins Grübeln geraten war, rief sie: »Hören wir doch auf, uns zu streiten, Liebling! Ja? Wir sind beide angespannt. Es ist heiß und stickig. Der Tag war zu anstrengend. Am Freitag sperren wir den Laden zu und fahren nach Courcy. Drei friedliche Tage mit Sonnenschein, ausgezeichnetem Essen, gutem Wein und dann noch das Meer. Die Insel ist drei mal zweieinhalb Meilen groß, hat mir Clarissa erzählt, da kann man wundervolle Spaziergänge machen. Wir können uns von all den Leuten fernhalten. Clarissa wird vollauf mit der Aufführung beschäftigt sein, und ich glaube nicht, dass sich Ambrose Gorringe groß darum kümmern wird, was wir treiben. Einmal keine Gläubiger, keine Menschen, nur Ruhe. Das ist es, was ich brauche!«

Sie wollte noch hinzufügen: Und ich brauche auch dich, Liebling. Von Tag zu Tag mehr. Immer. Aber sein Gesichtsausdruck hielt sie davon ab.

Diese Miene war ihr durchaus vertraut, diese Mischung aus Scham, Gereiztheit und Verlegenheit. Sie hatte sie schon öfter bemerkt, schließlich war ihr gemeinsames Leben bisher nach diesem Muster verlaufen: zuerst all die zuversichtlich und fröhlich geschmiedeten Pläne, dann in letzter Minute das Abrücken davon. Aber noch nie hatte es sie so hart getroffen. Tränen traten ihr in die Augen. Sie sprach sich innerlich Mut zu, um sich zu fassen, sich nicht gehen zu lassen. Doch als sie endlich weitersprechen konnte, war der ärgerliche, vorwurfsvolle Unterton nicht zu überhören, während seine Beschämung sich in Trotz verwandelte.

»Das kannst du mir nicht antun! Das darfst du nicht! Du hast es mir versprochen. Ich habe Clarissa doch schon gesagt, dass ich meinen Partner mitbringe. Alles ist fest verabredet.«

»Ich weiß. Es tut mir auch leid. Aber Stellas Vater hat am Vormittag angerufen und seinen Besuch für das Wochenende angekündigt. Ich muss hin. Ich habe dir doch erzählt, wie er ist. Er ist empört, dass ich meinen Beruf aufgegeben habe. Wir sind noch nie gut miteinander ausgekommen. Er meint, ich wisse nicht, was ich an ihr habe. Bei Einzelkindern ist das nun mal so. Er wird toben, wenn ich mich übers Wochenende davonstehle und sie sich allein um die Kinder kümmern muss. Und die Geschichte, dass ich an einer Bücherversteigerung teilnehme, nimmt er mir nicht ab. Ich glaube, nicht einmal Stella glaubt sie mir.«

Das war es also! Daddy kam zu Besuch. Daddy, der für das Schulgeld der Zwillinge aufkam, für den Wagen, den alljährlichen Urlaub, all die kostspieligen Annehmlichkeiten, die mittlerweile zur Selbstverständlichkeit geworden waren. Daddy hatte eben andere Vorstellungen von der Zukunft seines Schwiegersohnes.

»Was wird Clarissa nur denken?«, fragte sie klagend.

»Genauso könntest du fragen, was sie sich denken mag, wenn ich mitkomme. Sie weiß doch, dass ich verheiratet bin. Du hast es sicher angedeutet. Meinst du nicht, dass es seltsam aussieht, wenn wir als Paar auftreten? Und zwar nicht nur, wenn wir in einem Zimmer untergebracht werden und dergleichen.«

»Mit dergleichen meinst du doch, dass wir miteinander schlafen könnten. Warum denn nicht? Clarissa ist gewiss kein Ausbund an Keuschheit, und Ambrose Gorringe wird nachts schon nicht herumschleichen, um zu kontrollieren, was seine Gäste in ihren Zimmern treiben.«

»Aber darum gehts doch nicht«, erwiderte er leise. »Ich habs dir doch erklärt. Es geht um Stellas Vater.«

»Aber dieses Wochenende könnte doch auch deine Loslösung von ihm und ihr bedeuten. Ich habe mir gedacht, dass wir mit Clarissa über unsere Lage reden, über den Laden, auch darüber, ob sie uns nicht helfen kann. Deswegen habe ich doch die Einladung arrangiert. Übrigens erbe ich ein Drittel ihres Vermögens, falls sie kinderlos sterben sollte. So hat es mein Onkel in seinem Testament bestimmt. Es macht ihr bestimmt nichts aus, sich von etwas Geld zu trennen, wenn ich's dringend brauche. Außerdem bitten wir sie nur um ein Darlehen.«

Sie versuchte die aufscheinende Hoffnung in seinem Gesicht zu übersehen, die allerdings gleich darauf wieder verflog.

»Ich kann keine Frau um Geld bitten«, entgegnete er verdrossen.

»Das brauchst du auch gar nicht. Das mache ich. Ich habe mir nur gedacht, dass sie dich auf diese Weise kennenlernen könnte, wie du wirklich bist, sozusagen unter den bestmöglichen Umständen. Im passenden Moment rede ich dann mit ihr. Lass es uns versuchen, Darling! Schon zwanzigtausend Pfund würden unsere Lage völlig verändern.«

»Was würdest du nach ihrem Tod erhalten?«

»So genau weiß ich es nicht. Etwa achtzigtausend; es könnte auch mehr sein.«

Er wandte das Gesicht ab. »So viel würden wir brauchen, um meine Scheidung von Stella zu erreichen. Leider hat Clarissa nicht vor zu sterben, um uns aus der Patsche zu helfen. Mit zwanzigtausend Pfund können wir den Laden retten. Aber das wäre auch alles. Aber warum sollte sie diese Summe herausrücken? Wer nur ein Fünkchen Verstand besitzt, dem ist doch klar, dass er sein Geld in ein Fass ohne Boden steckt. Nein, es hat keinen Sinn. Ich kann dieses Wochenende nicht mitkommen.«

Über ihnen knarrten die Dielenbretter. Irgendjemand hatte den Laden betreten.

»Hört sich an, als sei ein Kunde gekommen«, fügte er rasch, geradezu erlöst, hinzu. »Hör mal, wenn oben nicht viel los ist, schließe ich den Laden pünktlich um fünf und helfe dir dann. Irgendwie werden wir den Raum schon in Ordnung bringen.«

Sie trat an das kleine Fenster und blickte hinaus. Reglos stand sie da und umklammerte den Rand des Spülbeckens so fest, dass die Knöchel weiß hervortraten. Sie sah nichts Bestimmtes, blickte nur durch die Gitterstäbe auf den abbröckelnden Putz an der gegenüberliegenden Hauswand, dort, wo die hellen Rot-, Grün- und Gelbtöne eines Obststandes kreisend miteinander verschmolzen. Hin und wieder ertönten Schritte, Stimmen. Die schmale Gasse lebte einen Augenblick lang auf. Die stumme Gestalt am Fenster stand noch immer wie erstarrt da. Nach einer Weile stieß sie einen Seufzer aus. Die angespannten Schultermuskeln erschlafften, die Finger lockerten ihren Griff. Sie nahm das kleine Blatt mit dem Holzschnitt vom Abtropfbrett und betrachtete es, als hätte sie es noch nie gesehen. Dann öffnete sie ihre Umhängetasche und verstaute es darin.

6. Kapitel

Simon Lessing stand am offenen Fenster seines Zimmers im Internat von Melhurst und schaute über die weiten Rasenflächen hinweg zum Fluss, der gemächlich zwischen Kastanien und Linden dahinströmte. In der Hand hielt er Clarissas ungeöffneten Brief. Obwohl der Umschlag schon mit der Morgenpost gekommen war, hatte er lauter Ausreden gefunden, ihn nicht gleich zu öffnen. Er hatte zur vormittäglichen Klavierstunde gehen müssen. Dann hatte ein Seminar für die sechste Klasse stattgefunden. Daraufhin hatte er beschlossen, die große Pause abzuwarten. Aber der Morgen war vergangen, und nun war es Mittag. In knapp fünf Minuten würde die Essensglocke schellen. Er durfte es nicht länger hinauszögern. Es war lächerlich und zugleich erniedrigend, eine solche Angst zu empfinden, herumzustehen wie ein Erstklässler mit dem gefürchteten Schulzeugnis in der Hand, weil ja der Augenblick der Wahrheit unvermeidlich war, mochte man ihn auch mit allen möglichen Tricks hinauszuschieben versuchen.

Er wollte warten, bis die Glocke ertönte, und den Brief dann rasch, geradezu gleichgültig und allein aufs Mittagessen konzentriert überfliegen. Zumindest konnte er dies ungestört tun. Denn in Melhurst bekam jeder Schüler ab der Mittelstufe ein eigenes Zimmer. Dass man hier der täglichen, stillen und ungestörten Arbeitszeit derartige Bedeutung beimaß, war auf eine der weiseren Bestimmungen des gottesfürchtigen Internatsgründers aus dem 17. Jahrhundert zurückzuführen. Und da diese Vorschrift bestens zu den klösterlich anmutenden Baulichkeiten passte, hatte sie die dreihundert Jahre trotz wechselnder Unterrichtsprinzipien überstanden. Sie gehörte zu den Eigenheiten von Melhurst, die Simon zusagten, und stellte eines der Privilegien dar, die ihm Clarissas Fürsorge und Geld verschafft hatten. Weder sie noch Sir George hatten jemals an ein anderes Internat gedacht, und in Melhurst hatte man sich nicht gesträubt, den Stiefsohn eines inzwischen zu Ansehen gekommenen einstigen Zöglings unter die Fittiche zu nehmen. Der Leitspruch der Schule, der aus dem Griechischen und nicht wie sonst üblich aus dem Lateinischen entliehen war, pries die Tugend des Maßhaltens, und in den dreihundert Jahren war das Internat, eingedenk der Worte von Theognis, auch stets mäßig angesehen, mäßig kostspielig und mäßig erfolgreich gewesen. Kein anderes Internat wäre ihm lieber gewesen. Er hatte begriffen, dass all die Traditionen und zuweilen auch befremdenden Rituale, die er sich rasch angeeignet hatte und seitdem eifrig einhielt, übertriebene persönliche Bindungen einschränken und ein Zusammengehörigkeitsgefühl fördern sollten. Man tolerierte ihn und ließ ihn in Frieden. Mehr verlangte er nicht. Selbst seine Begabungen ließen sich mit den Erziehungsprinzipien der Schule vereinbaren, die, eventuell aufgrund einer ausgeprägten Antipathie zwischen dem altmodischen Internatsleiter und dem Rugby-Lehrer Dr. Arnold, ohnehin traditionsgemäß jegliches sportlich gestählte Christentum sowie Teamgeist bereits im Ansatz unterbanden und stattdessen die Grundsätze der anglikanischen Hochkirche begünstigten. Der Musikunterricht war ausgezeichnet. Die beiden Internatsorchester genossen im ganzen Land hohes Ansehen. Und Schwimmen, die einzige Sportart, die ihm lag, wurde geduldet. Verglichen mit der Norman Pagworth School war Melhurst eine kultivierte Oase. An der Pagworth School war er sich wie ein Fremder vorgekommen, den es ohne jede Orientierungshilfe wie ein Wörterbuch in eine gesetzlose, rüde, unbekannte Gegend verschlagen hatte, deren Sprache und Sitten, misstönend und rau wie alles in diesem Land, er nicht verstand und die ihn ängstigten. Der Gedanke, Melhurst wieder verlassen und in seine alte Schule zurückkehren zu müssen, war eine der schlimmsten Vorstellungen, seitdem er das Gefühl hatte, die Beziehung zwischen ihm und Clarissa habe sich verschlechtert.

Es war schon sonderbar, dass Angst und Dankbarkeit so verflochten waren. Denn seine Dankbarkeit war echt. Er wünschte sich nur, sie so zu empfinden, wie es sich gehörte – als eine Art Wohlwollen, einen Segen für beide Seiten, frei von Verpflichtungen und Schuldgefühl. Am schlimmsten war dieses Schuldgefühl. Immer wenn er es kaum noch ertragen konnte, versuchte er, sich mit vernünftigen Argumenten davon zu befreien. Es war doch unsinnig, sich in ihrer Schuld zu fühlen, unsinnig und gänzlich unnötig, sich ihr gegenüber zutiefst verpflichtet zu sehen. Denn Clarissa war auch ihm etwas schuldig. Sie hatte doch die Ehe seiner Eltern zerstört, seinen Vater weggelockt, dazu beigetragen, dass seine Mutter an Kummer starb, hatte ihn somit zum Waisenkind gemacht, sodass er die Unannehmlichkeiten, die Gemeinheiten, die erstickende Langeweile im Hause seines Onkels hatte erdulden müssen. Clarissa, nicht er, sollte sich eigentlich schuldig fühlen. Aber auch dieser Gedanke, der hin und wieder in seinem Kopf rumorte, vergrößerte die drückende Verpflichtung. Er schuldete Clarissa ja so viel. Umso schlimmer, weil alle es wussten. Sir George beispielsweise, der zwar nur selten da war, aber dann für Simon all jene männlichen Eigenschaften verkörperte, die ihm selbst gänzlich fremd waren, wie eine stumme Anklage. Zuweilen meinte er, in der Haltung von Clarissas jetzigem Ehemann ein unausgesprochenes Wohlwollen zu spüren, das er gern auf die Probe gestellt hätte, wenn er nur den Mut dazu aufgebracht hätte. Meistens aber glaubte er, dass Sir George im Grunde nicht guthieß, wenn sich Clarissa seiner annahm, und dass in ihren Gesprächen unter vier Augen Sätze fielen wie »Ich habs dir doch gesagt, ich habe dich ja gewarnt«. Auch Miss Tolgarth wusste Bescheid, Tolly, deren Blick er sich nicht zu stellen wagte, weil er den abschätzenden Ausdruck fürchtete, aus dem seiner Ansicht nach Missfallen, Abneigung und Verachtung sprach. Und schließlich wusste auch Clarissa – bis auf den letzten Penny –, was er ihr schuldete. Immer stärker wurde in ihm das Gefühl, dass Clarissa ihre Freigebigkeit längst bereute, die sie anfangs noch als etwas Neues, als eine großmütige, edle Geste empfunden hatte. Mittlerweile aber hatte sie erkannt, dass sie sich da mit einem pickeligen, verschlossenen Halbwüchsigen belastet hatte, der sich zudem im Kreis ihrer Freunde nicht wohlfühlte und sie mit Internatsgebühren, Ferienaktivitäten und Zahnarztbesuchen konfrontierte, mit all den Ärgernissen einer Mutter, ohne dass ihr zum Ausgleich entsprechende Freuden zuteilwurden. Er ahnte, dass sie irgendetwas von ihm verlangte, das er ihr nicht geben konnte, irgendetwas Wichtiges, was man eines Tages von ihm fordern würde, rücksichtslos und hartnäckig wie beim Steuereintreiben.

Seit einiger Zeit schrieb sie ihm nur noch selten. Wenn er in seinem Brieffach ein Kuvert mit ihrer großen, runden Schrift erblickte – sie verabscheute maschinengeschriebene Privatbriefe –, musste er all seine Kraft zusammennehmen, um es zu öffnen. Aber noch nie war seine Beklemmung so groß gewesen wie heute. Der Brief schien an seiner Hand angewachsen zu sein, schien immer bedrohlicher und schwerer zu werden. Da schellte die Ein-Uhr-Glocke. Da riss er plötzlich das Kuvert an einer Ecke auf. Die blassblauen Umschläge, die sie stets verwendete, waren aus festem Leinenpapier. Er zwängte den Daumen hinein und vergrößerte den Spalt, ungeduldig wie ein Liebender, der es nicht erwarten kann, sein Schicksal von der Angebeteten zu erfahren. Als er sah, dass das Schreiben kurz war, seufzte er unwillkürlich erleichtert. Falls sie vorhatte, ihn von hier wegzunehmen, falls es für ihn kein Abschlussjahr in Melhurst geben sollte, keinen Studienplatz an der Königlichen Musikhochschule und keine finanziellen Zuwendungen, würden die Ausflüchte, würde die Begründung sicherlich mehr als eine halbe Seite füllen. Und der erste Satz beseitigte denn auch seine schlimmsten Befürchtungen.

Ich mache Dich kurz mit unseren Plänen für das kommende Wochenende vertraut. George fährt Tolly und mich am Freitag vor dem Frühstück nach Speymouth. Am besten ist es, wenn Du mit den übrigen Gästen rechtzeitig zum Lunch eintriffst. Das Fährboot ist da, wenn der Neun-Uhr-dreiunddreißig-Zug von der Waterloo Station ankommt. Du musst um kurz vor halb zwölf im Hafen von Speymouth sein. Im Zug wirst Du Ivo Whittingham und meine Cousine Roma treffen, außerdem die junge Cordelia Gray. Da ich am Wochenende jemanden brauche, der mir zur Hand geht, wird sie als meine Sekretärin fungieren, und Du hast gleichzeitig einen jüngeren Menschen auf der Insel, mit dem Du Dich unterhalten kannst, damit Du das lernst. Auch sonst wirst Du Dich nicht langweilen, da Du ja schwimmen gehen kannst. Bringe Deinen Smoking mit! Mr Gorringe legt Wert darauf, dass man sich zum Dinner umzieht. Da er außerdem etwas von Musik versteht, solltest Du einige Deiner Paradestücke üben und sicher beherrschen, nichts allzu Kompliziertes. Ich habe Deinem Lehrer wegen des freien Tages geschrieben. Hat Dir die Wirtschafterin die

Aknesalbe gegeben, die ich letzten Monat geschickt habe? Hoffentlich hast Du sie auch benutzt!
Liebe Grüße
Clarissa

Seltsam, wie Erleichterung so schnell in eine andere Angst, sogar in Groll umschlagen konnte. Nachdem er den Brief zum zweiten Mal gelesen hatte, fragte er sich, warum man ihn überhaupt auf diese Insel eingeladen hatte. Selbstverständlich steckte Clarissa dahinter. Ambrose Gorringe kannte ihn ja nicht und hätte ihn wohl kaum in seine Gästeschar aufgenommen. Er erinnerte sich, schon einmal von der Insel gehört zu haben, von dem restaurierten viktorianischen Theater und der geplanten Aufführung des Webster-Stücks. Er hatte die dumpfe Ahnung, dass die Inszenierung wichtig für Clarissa wäre, selbst wenn es sich nur um eine Laienspielaufführung handelte. Aber warum sollte auch er dabei sein? Von ihm wurde doch nur erwartet, dass er Clarissa nicht weiter behelligte und niemandem auf die Nerven fiel. So viel war ihm klar: Deshalb sollte er sich am Strand oder am Pool vergnügen. Er nahm zumindest an, dass es dort einen Pool gab, und stellte sich die blasse, blonde Clarissa vor, wie sie sich sonnte mit dieser Cordelia Gray an der Seite, mit der er üben sollte, sich zu unterhalten. Worin sollte er sich nach Clarissas Ansicht sonst noch üben? Wie man sich bei den Leuten anbiedert? Wie man Komplimente macht? Sollte er lernen, was für Witze bei Frauen ankommen, wann man sie erzählt? Sollte er flirten? Beweisen, dass er ein dem weiblichen Geschlecht zugetaner, heterosexueller junger Mann war? Bei dieser Vorstellung wurde sein Mund vor Angst ganz trocken. Dabei war es gar nicht so, dass er Mädchen nicht mochte. In seiner Fantasie hatte er sich ein Mädchen geschaffen, mit dem er gern auf Courcy oder jeder anderen Insel gewesen wäre: ein empfindsames, hübsches, intelligentes Mädchen, das freundlich war, ihn aber auch begehrte und von ihm erwartete, dass er an ihm all die schrecklich aufregenden, schamlosen Dinge vollzog, derer sie sich hinterher nicht zu schämen bräuchten, weil sie einander ja liebten; all das, was in gegenseitigem Begehren die Kluft beseitigen sollte, die in seinen Tagträumen noch immer zwischen romantischem Schwärmen und sinnlicher Begierde herrschte. Er glaubte nicht, dass er ein solches Mädchen auf Courcy oder anderswo kennenlernen könne. Das einzige Mädchen, das er bisher näher kannte, war seine Cousine Susie. Er hasste Susie, hasste ihre frechen, verächtlichen Augen, ihren immerfort kauenden Mund, ihre Stimme, die bald weinerlich, bald schrill klang, hasste ihr gefärbtes Haar und die klebrigen, beringten Finger.

Selbst wenn diese Cordelia Gray anders war, wenn sie ihm gefiel, wie konnte er ihr näherkommen, wenn Clarissa sie beide ständig im Auge behielt, unablässig seine Redegewandtheit, seine persönliche Ausstrahlung, seine Schlagfertigkeit, sein Verhalten in der Gesellschaft kontrollierte und zusammen mit diesem Ambrose Gorringe auch noch seine musikalischen Fähigkeiten? Bei dem Gedanken an seine Musikalität fingen seine Wangen an zu glühen. Er war schon unsicher genug, auch ohne den zarten Hinweis auf seine Paradestücke, der sich ganz so ausnahm, als sei er ein kleines Kind, das auf einer spießigen Teegesellschaft den Nachbarn seine Fingerfertigkeit vorführen sollte. Ihr Wunsch war freilich unmissverständlich. Etwas Spektakuläres oder Populäres sollte es sein, möglichst beides, etwas, das er mit Bravour herunterspielen konnte, damit sie sich wegen irgendwelcher nervöser Patzer nicht zu genieren brauchte, damit sie zusammen mit Ambrose Gorringe darüber befinden konnte, ob er nun genug Talent besaß, sodass das Abschlussjahr in Melhurst finanziell zu rechtfertigen war und er sich mit Aussicht auf Erfolg um einen Studienplatz an der Königlichen Musikhochschule oder an der Musikakademie bewerben konnte.

Was aber, wenn das Urteil der beiden negativ ausfiel? Er konnte doch nicht zu Tante und Onkel in die Mornington Avenue zurückkehren. Das durfte Clarissa ihm nicht antun. Schließlich war sie es ja gewesen, die ihn da herausgeholt hatte. In den Sommerferien war sie an einem schwülen Nachmittag unangemeldet erschienen, als er wie immer allein zu Hause war und am Wohnzimmertisch las. Er konnte sich nicht mehr erinnern, wie es genau gewesen war und ob sie ihm mitgeteilt hatte, dass der wortkarge, straff aufgerichtete Herr an ihrer Seite ihr jetziger Mann sei. Er konnte sich nur noch an ihr Aussehen erinnern, an eine blond gelockte, strahlende, unnahbare, wundervoll duftende Traumgestalt, die augenblicklich von seinem Herzen und seinem Leben Besitz ergriff, als sei er ein ertrinkendes Kind gewesen, das sie aus dem Wasser gezogen und auf einem sonnenbeschienenen Felsen in Sicherheit gebracht hatte. Es war zu schön gewesen, um von Dauer zu sein. Aber in seiner Erinnerung ging von diesem weit zurückliegenden Sommernachmittag noch immer ein Strahlen aus.

»Fühlst du dich hier glücklich?«

»Nein.«

»Das kann man dir auch nicht verdenken. Das Zimmer ist scheußlich. Ich habe zwar mal gelesen, dass es diesen Druck da an der Wand millionenfach gibt, konnte mir aber bis jetzt nicht vorstellen, dass die Leute ihn sich tatsächlich in die Wohnung hängen. Dein Vater hat mir erzählt, dass du musikalisch sehr talentiert bist. Übst du auch fleißig?«

»Ich kann nicht. Hier gibt es kein Klavier. Und in der Schule kann man nur Trommeln lernen. Es gibt da eine westindische Steel-Band. An der Schule interessieren sie sich nur für Musik, bei der jeder mitmachen kann.«

»Dinge, bei denen jeder mitmachen kann, taugen nichts. Außerdem hätten sie hier nicht zwei unterschiedlich gemusterte Tapeten an die Wände kleistern sollen. Drei oder vier, das wäre zumindest ausgefallen gewesen und hätte Eindruck gemacht, aber zwei wirken bloß ordinär. Wie alt bist du eigentlich? Vierzehn, nicht wahr? Würdest du gern mitkommen, um bei uns zu leben?«

»Für immer?«

»Nichts ist für immer. Aber ja, vielleicht. Jedenfalls bis du erwachsen bist.«

Ohne seine Antwort abzuwarten, ohne ihm auch nur ins Gesicht zu blicken, um seine Reaktion zu sehen, wandte sie sich an den stummen Herrn an ihrer Seite.

»Ich denke, wir haben Martins Sohn etwas Besseres zu bieten als das hier.«

»Bist du dir deiner Sache sicher, Darling? So was sollte man nicht übers Knie brechen. Man sollte sich nicht aus einer Laune heraus zu einem Kind entschließen.«

»Wo ständest du jetzt, Darling, wenn ich nicht aus einer Laune heraus gehandelt hätte? Außerdem wird er der einzige Sohn sein, den ich dir jemals schenken kann.«

Simons Blick war von einem Gesicht zum anderen geirrt. Er erinnerte sich noch jetzt, wie Sir George ausgesehen hatte, wie sich seine Züge verhärteten, als bereiteten sich seine Gesichtsmuskeln darauf vor, irgendeinen Schmerz, irgendeine Gemeinheit abzuwehren. Noch bevor sich Sir George wortlos abwenden konnte, hatte Simon wahrgenommen, wie sehr es ihn getroffen hatte.

Daraufhin hatte Clarissa ihn angeblickt. »Werden deine Tante und dein Onkel etwas dagegen haben?«

Mit einem Mal war ihm wieder seine trostlose Lage, sein Elend eingefallen. Er hatte sich zusammennehmen müssen, um sich nicht in ihrem Kleid festzukrallen.

»Ihnen ist es völlig egal. Sie werden froh darüber sein. Ich nehme ihnen das Gästezimmer weg und habe kein Geld. Immer wieder werfen sie mir vor, wie viel ich sie koste. Sie lieben mich nicht. Sie werden bestimmt nichts dagegen haben.«

Und dann hatte er unwissentlich das Richtige getan. Es war das einzige Mal, dass er sich Clarissa gegenüber richtig verhalten hatte. Auf dem Fensterbrett stand ein Blumentopf mit einer rosa Pelargonie. Sein Onkel, ein begeisterter Hobbygärtner, zog in dem kleinen Treibhaus hinter der Küche allerlei Pflanzen aus Ablegern. Eine der kleinen Blüten war hübsch wie eine aufgeblühte Rose. Er brach sie, überreichte sie Clarissa und schaute ihr in die Augen. Sie lachte laut, nahm die Blüte und befestigte sie an ihrem Gürtel. Dann sah sie ihren Mann an und lachte, glücklich, triumphierend, abermals auf.

»Damit wäre die Sache geregelt«, hatte sie gesagt. »Es ist besser, wenn wir hierbleiben, bis die beiden heimkommen. Ich kanns kaum erwarten, die Leute kennenzulernen, denen solche Tapeten gefallen. Später müssen wir dir was zum Anziehen kaufen.«

Mit diesem Versprechen, in dieser von Erstaunen und Glückseligkeit geprägten Hochstimmung hatte alles begonnen. Er versuchte sich zu erinnern, wann dieser Traum zu Ende gegangen war, wann sich die Dinge zum Schlechten gewendet hatten. Aber war ihre Beziehung, von der ersten Begegnung einmal abgesehen, je harmonisch gewesen? Er hatte das dumpfe Gefühl, dass er für sie etwas weitaus Schlimmeres als eine Fehlinvestition war, dass er nur das letzte Glied in einer Kette von Niederlagen bildete und alte Enttäuschungen ihre jetzige Unzufriedenheit verstärkten. Allmählich graute es ihm vor den Ferien, obwohl er Clarissa und Sir George kaum sah. Beider Leben spielte sich in ihrer Londoner Wohnung am Hyde Park ab. Sonst waren sie höchst selten zusammen. Clarissa besaß noch eine Wohnung in Brighton, an einem Platz im Regency-Stil, ihr Mann dagegen ein abgelegenes, kleines Feldsteinhaus auf dem Land im Moor an der Ostküste. So führte jeder sein eigenes Leben: sie in der Gesellschaft ihrer Theaterfreunde, er als Hobbyornithologe und, falls die Gerüchte zutrafen, als Mitglied eines stockkonservativen, konspirativen Zirkels. Simon, der diese beiden Domizile noch nie hatte sehen dürfen, stellte sich manchmal vor, wie die zwei in ihrer eigenen, ihm verborgenen Welt lebten: Clarissa in fröhlicher Betriebsamkeit, Sir George in lange Gespräche vertieft, mit geheimnisvollen, verbissen dreinblickenden, namenlosen Verbündeten. Unerklärlicherweise hatte Simon solche Vorstellungen, mit denen er sich in den Ferien die Zeit vertrieb, in der Welt alter Filme angesiedelt. Clarissa und ihre Freundinnen trugen die taillenlosen Hängekleidchen im Stil der Zwanzigerjahre, hatten einen Bubikopf, hielten überlange Zigarettenspitzen in der Hand und schwenkten die Beine zu hektischen Charlestonrhythmen, während die Freunde von Sir George, in Trenchcoats und die Schlapphüte bis zu den ausdruckslosen Augen tief in die Stirn gedrückt, in altmodischen Autos am geheimen Treffpunkt ankamen. Simon verbrachte die Ferien in der Wohnung in Bayswater, wo sich gelegentlich die wortkarge Tolly um ihn kümmerte, wenn er nicht sich selbst überlassen blieb und sein Abendessen in einem nahe gelegenen Restaurant zu sich nahm, mit dem man eine Vereinbarung getroffen hatte. Seit einiger Zeit wurde ihm allerdings immer bescheideneres Essen vorgesetzt. Manche Gerichte waren angeblich nicht mehr zu haben, obgleich sie anderen Gästen serviert wurden. Man bugsierte ihn zum ungünstigsten Tisch und ließ ihn auch ungebührlich lange warten. Die Kellner benahmen sich geradezu unverschämt. Obwohl ihm klar war, dass man Clarissa prellte, wagte er nicht, sich zu beklagen. Wer war er denn schon, dass er sich hätte beschweren dürfen, nachdem man ihn mit so viel Geld freigekauft und ausstaffiert hatte?

Es war Zeit zu gehen, wenn er vom Mittagessen noch etwas abbekommen wollte. Er knüllte den Brief zusammen und stopfte ihn in seine Hosentasche. Dann schloss er die Augen, um die grün schimmernden Rasenflächen, die Bäume und den blinkenden Fluss nicht mehr zu sehen, und plötzlich begann er zu beten. Er flehte Gott, an den er längst nicht mehr glaubte, an wie ein kleines Kind, verzweifelt und inständig: »Mach bitte, dass das Wochenende ein Erfolg wird. Lass nicht zu, dass ich mich blamiere. Lass nicht zu, dass diese Cordelia mich verabscheut. Mach bitte, dass Clarissa gute Laune hat. Lass nicht zu, dass Clarissa mich verstößt. Lieber Gott, lass nicht zu, dass auf Courcy etwas Schreckliches geschieht!«

7. Kapitel

Es war Donnerstag gegen zehn Uhr abends. In ihrer Dachgeschosswohnung unweit der Thames Street in der City war Cordelia mit den letzten Vorbereitungen für das bevorstehende Wochenende beschäftigt. Die Holzjalousien an den hohen Fenstern ohne Vorhänge waren hochgezogen, sodass Cordelia, wenn sie zwischen dem großen Wohnraum und dem Schlafzimmer hin- und hereilte, unten die funkelnden Straßen ausgebreitet sah, die dunkleren Gassen, all die massiven Wehrtürme und die spitzen Kirchtürme und in der Ferne sogar noch die Lichterkette der Uferpromenade und das glatte, silbrig flimmernde Band der Themse. Diese Aussicht entzückte sie, egal ob tagsüber oder abends, jedes Mal aufs Neue ebenso wie die Wohnung selbst.

Kurze Zeit nach Bernies Tod – sie hatte gerade ihren ersten aufregenden Fall abgeschlossen – war die Nachricht gekommen, dass der Besitz ihres Vaters veräußert werden müsse. Da sie nur mit Schulden gerechnet hatte, war sie überrascht gewesen zu erfahren, dass er ein kleines Haus in Paris besessen hatte. Sie nahm an, ihr Vater hatte es Jahre vorher, als es ihm finanziell noch einigermaßen gut ging, gekauft, als Unterschlupf und Rückzugsort für seine Kameraden und sich. Denn ein unbeirrbarer Revolutionär wie er hätte den Erwerb eines Hauses, selbst bei einem derartig heruntergekommenen, verschlampten Gemäuer wie diesem, für einen anderen Zweck bestimmt abgelehnt. Da es in dieser Gegend keine neuen Baugenehmigungen mehr gab, hatte sich das Haus überraschend günstig verkaufen lassen. Nachdem alle Verbindlichkeiten beglichen waren, war noch so viel Geld übrig geblieben, dass sie das Detektivbüro ein weiteres halbes Jahr über Wasser halten und sich in London nach einer billigen Eigentumswohnung umsehen konnte. Die Makler waren an dieser Dachgeschosswohnung im fünften Stock eines viktorianischen Bürohauses ohne Fahrstuhl und sonstige Annehmlichkeiten ebenso wenig interessiert gewesen wie an einer Bewerberin, deren Einkommen höchst unsicher war. Nur ihr Bankberater hatte, zu ihrem wie wohl auch zu seinem eigenen Erstaunen, Verständnis für ihre Lage gezeigt und ihr Kredit mit fünfjähriger Laufzeit gewährt.

Sie hatte eine Dusche und die kleine Küche einbauen lassen, in der es eng war wie in einer Schiffskombüse. Die übrigen Renovierungsarbeiten hatte sie selbst durchgeführt und dann die Wohnung mit Möbeln aus Trödelläden oder von Vorstadtauktionen eingerichtet. Das geräumige Wohnzimmer war weiß getüncht. An der einen Längswand befand sich ein Bücherregal aus gestrichenen Brettern mit Ziegelsteinen dazwischen. Der Esstisch aus gewaschenem Eichenholz diente ihr zugleich als Arbeitstisch. Für die nötige Wärme sorgte ein verzierter gusseiserner Ofen. Das Schlafzimmer dagegen war luxuriöser eingerichtet und bildete einen schönen Kontrast zum kargen Wohnraum. Da es nur drei mal zwei Meter groß war, hatte Cordelia etwas Extravaganz für angebracht gehalten und eine teure, ausgefallene, handgedruckte Tapete ausgesucht, mit der sie die Decke, die Wandschranktür und die Wände beklebt hatte. Nachts, wenn das Fenster, das fast eine ganze Wand einnahm, weit offen stand und der Himmel zu sehen war, lag sie behaglich inmitten dieser Pracht in ihrem Bett und hatte das Gefühl, geborgen in einer hellen Weltraumkapsel unter all den Sternen dahinzuschweben.

Sie achtete streng auf ihre Privatsphäre. Bisher hatte weder jemand aus ihrem Freundeskreis noch jemand aus dem Büro die Wohnung betreten dürfen.

Ihre Affären spielten sich anderswo ab. Denn sie ahnte, wenn ein Mann das schmale Bett mit ihr teilen würde, käme das unweigerlich einer festen Beziehung gleich. Es gab nur einen einzigen, den sie sich überhaupt darin vorstellen konnte: einen Mitarbeiter von Scotland Yard, einen Superintendenten. Sie wusste, dass auch er in der City wohnte. Was sie miteinander verband, war lediglich der Blick auf die Themse. Sie redete sich ein, sie sei nur kurz in ihn verschossen gewesen, habe damals in einer belasteten, ungewissen Lebensphase nur nach einer Vaterfigur gesucht. Manchmal war es hilfreich, sich in der menschlichen Psyche etwas auszukennen. So konnte man zumindest beunruhigende Erinnerungen verbannen.

Draußen vor den Fenstern hatten auf einem schmalen Balkon gerade noch eine Blumentopfreihe mit verschiedenen Kräutern sowie Geranien und im Sommer ein einziger Gartenstuhl Platz. Unter ihr waren die Lager und Büros mysteriöser Firmen, von denen eine Doppelreihe altertümlicher Firmenschilder kündete, ohne etwas über ihre Tätigkeit zu verraten. Tagsüber herrschte in dem Gebäude ein geheimnisvolles, lautstarkes, vielsprachiges Leben, aber nach fünf Uhr nachmittags erlosch alle Betriebsamkeit, und nachts erfüllte eine ungeheure, kaum je unterbrochene Stille das Haus. Eine der Firmen musste wohl mit importierten Gewürzen handeln. Wenn Cordelia am Ende eines Arbeitstages die Treppe zu ihrer Wohnung erklomm, verhieß ihr der durchdringende, fremdartige Geruch im Treppenhaus Geborgenheit, Behaglichkeit – ihr erstes richtiges Zuhause.

Das Schwierigste bei den Vorbereitungen für den neuen Fall war die Entscheidung, was sie zum Anziehen mitnehmen sollte. In strengen Momenten verachtete Cordelia Frauen, die auf ihr Äußeres allzu viel Zeit und Geld verwendeten. Ihrer Ansicht nach sollten damit irgendwelche persönlichen Makel kaschiert werden. Dabei war ihr längst bewusst, dass sie selbst zuweilen durchaus auch Interesse an Kleidern und Make-up hatte und es ihr eigentlich nie gleichgültig war, wie sie aussah. Aber wie in anderen Angelegenheiten auch wollte sie sich nicht mit allzu viel belasten. Daher passte ihre gesamte Garderobe bequem in den einen Wandschrank und die drei Schubfächer, die in eine Schlafzimmerwand eingebaut waren. Sie öffnete sie und überlegte, welche Sachen die richtigen für ein Wochenende seien, das ihr, abgesehen von den Ermittlungen, vielleicht eine Segelpartie, Klettern in den Klippen und eine Laienspielaufführung bescheren würde. Schließlich kam sie zu der Überzeugung, dass der hellbeige Faltenrock aus feiner Wolle und das dazugehörige Kaschmir-Twinset, bei Harrods im Sommerschlussverkauf erstanden, für nahezu alle Gelegenheiten geeignet seien. Überdies konnte die zurückhaltende Eleganz des Twinsets mit etwas Glück das Vertrauen in ihre Detektei nur steigern. Wenn das warme Wetter anhielt, war die braune Kniebundhose aus Cord für Streifzüge oder Spaziergänge genau das Richtige. Allerdings fühlte sich der Stoff noch etwas steif an. Sie packte auch das Cordsakko und die Weste ein, die beide gut zur Hose passten. Mitnehmen musste sie selbstverständlich neben ihrem Strickpullover auch die Jeans und ein paar T-Shirts. Die Abendgarderobe bereitete ihr mehr Kopfzerbrechen. Heutzutage zogen sich zwar nur noch wenige Leute zum Dinner um, aber da es sich um ein Schloss handelte und dieser Ambrose Gorringe vielleicht an altehrwürdigen Konventionen hing, war alles möglich. Sie brauchte ein Kleid, das nicht zu warm war und einigermaßen formell wirkte. Zu guter Letzt packte sie ihr einziges Abendkleid ein, aus indischer Baumwolle, hellrosa, rot und braun gemustert, sowie einen plissierten Baumwollrock mit passendem Oberteil.

Erleichtert widmete sie sich dann der einfacheren Aufgabe, den Inhalt der Tasche mit ihrem Handwerkszeug zu überprüfen. Bernie hatte die Utensilien nach der Standardausrüstung der Mordkommission von Scotland Yard zusammengestellt. Er hatte zwar nicht alles übernommen, aber das wesentliche Rüstzeug war da: Plastikbeutel und Pinzetten fürs Deponieren beziehungsweise Aufheben von irgendwelchen Partikeln, feiner Puder zur Feststellung von Fingerabdrücken, eine Polaroidkamera, eine Taschenlampe, dünne Gummihandschuhe, ein Vergrößerungsglas, eine Schere, ein stabiles Taschenmesser, eine Dose mit Plastilin für Schlüsselabdrücke und Glasröhrchen mit Korkverschlüssen für Blutproben. Bernie hatte noch darauf hingewiesen, dass die Röhrchen eigentlich auch eine Konservierungsflüssigkeit samt einem Antigerinnungsmittel enthalten müssten, aber beides hatte sie bislang nie gebraucht. Das Aufstöbern entlaufener Katzen, das Beschatten von unternehmungslustigen Ehemännern oder die Suche nach ausgerissenen Jugendlichen hatten eher ein gewisses Durchhaltevermögen, kräftige Waden, bequeme Schuhe und ein unerschütterliches Taktgefühl erfordert als die Kenntnis all der Geheimwissenschaften, in die Bernie sie freudig eingeweiht hatte, damals im Wald von Epping während der langen sommerlichen Trainingsstunden. Er lehrte sie Spurensuche, Verfolgungstechniken, Nahkampfübungen und den Umgang mit Schusswaffen, um seinen beruflichen Misserfolg auszugleichen und die verlorene, hierarchisch geordnete, faszinierende Welt des Londoner Polizeipräsidiums mit der Detektei Pryde wenigstens teilweise wiederauferstehen zu lassen.

Nach Bernies Tod hatte sie an diesem Rüstzeug nur weniges geändert. Sie hatte das Originalköfferchen ausrangiert und verwendete seitdem eine Segeltuchumhängetasche mit vielen Innenfächern, die sie in einem Secondhandladen für Armeesachen gekauft hatte. Nach ihrem ersten Fall war noch ein weiterer Gegenstand hinzugekommen, ein langer Ledergürtel mit Schnalle. Es war der Gürtel, mit dem »ihr« erstes Mordopfer aufgehängt worden war. Sie verdrängte den Gedanken an diesen Fall, der so vielversprechend begonnen und so tragisch geendet hatte und immer noch ein gewisses Schuldgefühl hervorrief. Aber seit dieser Gürtel ihr damals das Leben gerettet hatte, hing sie geradezu abergläubisch an diesem Ding. Seinen Platz in ihrer Tasche rechtfertigte sie damit, dass man einen kräftigen Lederriemen irgendwann einmal sicher gut gebrauchen könne.

Zum Schluss holte sie einen Aktenordner hervor und schrieb den Namen CLARISSA LISLE in Blockbuchstaben auf die Vorderseite. Sie achtete darauf, dass die Buchstaben gut leserlich waren. Schon öfter hatte sie gedacht, dass dieser Moment eigentlich der befriedigendste Teil jeder neuen Ermittlung war, ein hoffnungs- und erwartungsvoller Augenblick, in dem auch der neue Ordner und der frische Schriftzug einen Neuanfang verhießen. Sie blätterte noch rasch ihre Notizen durch, um sie hinterher in die Mappe zu legen. Außer Sir George und seiner Frau, die sie ja nur kurz gesehen hatte, waren ihre künftigen Gefährten auf Courcy vorläufig nur Namen. Eine Aneinanderreihung von möglichen Verdächtigen: Simon Lessing, Roma Lisle, Rose Tolgarth, Ambrose Gorringe, Ivo Whittingham. Auf Papier festgehaltene Buchstabenkombinationen, die dennoch ihren Spürsinn herausforderten und für die faszinierende Vielfalt menschlicher Eigenheiten standen. Und alle, Clarissa Lisles Stiefsohn, ihre Cousine, ihre Garderobiere, ihr Gastgeber, ihr langjähriger Freund Whittingham, alle schienen wie Planeten um ein golden gleißendes Zentralgestirn zu kreisen.

Sie breitete die dreiundzwanzig Zettel mit den Zitaten auf dem Tisch aus, um sie noch einmal durchzugehen, bevor sie sie in der Reihenfolge ablegte, in der Clarissa Lisle sie erhalten hatte. Vom Bücherbord nahm sie noch die beiden Zitatenlexika, die sie besaß, das *Penguin Dictionary of Quotations* und das *Oxford Dictionary*. Wie sie vermutet hatte, fand sie darin sämtliche Zitate, in Ersterem alle bis auf drei. Höchstwahrscheinlich war also die Taschenbuchausgabe, das *Penguin Dictionary*, als Vorlage benutzt worden. Man bekam es in jedem besseren Buchladen, und aufgrund seiner Größe konnte man es ohne Weiteres in die Tasche stecken und mit sich herumtragen. Auch die Auswahl der Zitate erforderte weder große Mühe noch Zeitaufwand, sondern lediglich das Nachschlagen im Index unter Stichwörtern wie »Tod« oder »Sterben«, oder man las einfach die fünfundvierzig Seiten, die den Stücken von Shakespeare gewidmet waren, und zwei weitere mit Zitaten von Christopher Marlowe und John Webster. Außerdem konnte es nicht allzu schwierig gewesen sein, herauszufinden, in welchen Stücken Clarissa Lisle aufgetreten war. Schließlich war sie ja drei Jahre lang ein Mitglied der Malvern Repertory Company gewesen, die vor allem Shakespeare und die Dramatiker der Zeit Jakobs I. aufgeführt hatte. In jedem Theaterprogramm, das über ihre damalige oder spätere Laufbahn Aufschluss gab, waren sicherlich all ihre Hauptrollen aufgeführt. Zudem konnte man davon ausgehen, dass sie angesichts der vielen Figuren in Shakespeares Stücken in den Inszenierungen einer solch kleinen Theatertruppe immer zumindest noch eine Nebenrolle gespielt hatte.

Nur zwei Zitate, die sie vorläufig Webster zugeschrieben hatte, waren in dem Lexikon nicht enthalten. Möglicherweise könnte man sie finden, wenn man die Stücke Wort für Wort durchging.

Die übrigen Zitate waren ihr vertraut, selbst wenn ihr der Name des Stücks nicht gleich einfiel. In allen Botschaften waren die Verse korrekt abgeschrieben, selbst die Zeichensetzung stimmte überein. Auch daraus konnte man folgern, dass der Absender oder die Absenderin mit dem *Penguin Dictionary* neben der Schreibmaschine getippt hatte.

Als Nächstes untersuchte sie das Schriftbild mit dem Vergrößerungsglas. Gern hätte sie gewusst, mit welchen wissenschaftlichen Hilfsmitteln die Polizei, wenn überhaupt, die Briefe geprüft hatte. Soweit sie es beurteilen konnte, waren nur drei Botschaften mit derselben Maschine geschrieben worden. Ansonsten waren die Art des Anschlags und die Größe der Buchstaben unterschiedlich. Etliche Buchstaben waren ungleichmäßig getippt, andere kaum zu sehen oder beschädigt. Es handelte sich jedenfalls nicht um die Anschläge einer professionellen Schreibkraft. Es machte eher den Eindruck, als sei hier jemand am Werk gewesen, der nur seine Korrespondenz mithilfe einer Schreibmaschine erledigte, sonst aber nicht ständig damit umging. Ferner fiel ihr auf, dass nicht eine einzige Botschaft auf einer elektrischen Schreibmaschine getippt worden war. Wer aber kam an zwanzig verschiedene Modelle heran? Das konnte beispielsweise jemand sein, der mit gebrauchten Schreibmaschinen handelte, oder jemand, der einen Schreibmaschinenkurs leitete. Eine Sekretärinnenvermittlung konnte sie ausschließen. Dafür war die Schriftqualität zu schlecht. Aber wahrscheinlich wurden auch in den meisten Schulen Steno- und Schreibmaschinenkurse angeboten. Jedes Mitglied des Lehrkörpers konnte also theoretisch nach Schulschluss die vorhandenen Schreibmaschinen für seine Privatangelegenheiten gebrauchen.

Aber es gab noch eine Möglichkeit, wie die Botschaften zustande gekommen sein konnten. Sie hielt sie für die wahrscheinlichste. Als sie vor einiger Zeit auf der Suche nach billigen, gebrauchten Schreibmaschinen für ihr eigenes Büro gewesen war, hatte sie alle möglichen Geschäfte und Ausstellungsräume abgeklappert und die mit einer Kette gesicherten Modelle ausprobiert. Sie war dabei von niemandem behelligt oder beobachtet worden und von Schreibmaschine zu Schreibmaschine gegangen. Ausgerüstet mit einem Stapel Schreibpapier und dem Zitatenlexikon konnte auf diese Weise jeder Mensch eine Menge solcher Drohbriefe anfertigen. Man brauchte nur die einschlägigen Geschäfte in einem Viertel zu besuchen, wo die Gefahr gering war, erkannt zu werden. Überdies gab ja das Branchenverzeichnis im Telefonbuch Aufschluss darüber, wo solche Läden zu finden waren.

Bevor sie die Briefe im Ordner verwahrte, sah sie sich noch die Botschaft an, die auf der Maschine von Sir George, wie dieser ihr erzählt hatte, getippt worden war. Kam es ihr nur so vor, oder stimmte es tatsächlich, dass der Totenkopf und die gekreuzten Knochen irgendwie anders, sorgfältiger, aber auch weniger gekonnt gezeichnet waren? Nein, es war nicht zu übersehen, dass die Enden der gekreuzten Knochen anders geformt und etwas größer waren als auf den übrigen Zetteln, auch der Schädel war breiter. Die Unterschiede waren zwar gering, aber vermutlich aufschlussreich. Bei den anderen Schädeln und Särgen waren keine Abweichungen festzustellen. Auch das Zitat mit einigen Lücken zwischen den Buchstaben kam ihr trotz seiner Warnung nicht so bedrohlich vor: »Den Tod erleide, wer mir den Tod verkündet: Dieses maßlos grässlich Wort.«

Sie kannte es nicht, konnte es auch im Zitatenlexikon nicht finden. Klingt nach Webster, dachte sie, nicht nach Shakespeare. Stammt vielleicht aus *Der weiße Teufel* oder *Des Teufels Prozess*. Die Zeichensetzung war in Ordnung, obwohl sie vielleicht nach dem »verkündet« einen Punkt gemacht hätte. Möglicherweise hatte der Absender die Worte aus dem Gedächtnis zitiert und sie nicht nachgeschlagen. Für Cordelia stand jedenfalls fest, dass dies jemand anders getippt haben musste und diese Person im Maschineschreiben weniger geübt war. Sie meinte sogar zu wissen, wer es gewesen sein könnte.

Die übrigen Zitate unterschieden sich in ihrem bedrohlichen Charakter voneinander. So konnte man Christopher Marlowes verzweifelten Aufschrei

Die Hölle kennt weder Grenzen
Noch ist sie beschränkt auf einen einz'gen Fleck;
Denn wo wir sind, ist Hölle,
Und wo die Hölle ist, sind wir

nur mit Vorbehalt als eine Todesdrohung auffassen, selbst wenn der sich darin ausdrückende, durchaus zeitgemäße Nihilismus einen schreckhaften Menschen beunruhigen konnte. Das zweite Marlowe-Zitat, das sechs Wochen zuvor eingetroffen war und folgendermaßen lautete: »Nur noch eine knappe Stunde hast du nun zu leben. Und dann wirst du auf ewig verdammt sein!«, war da weitaus unverblümter. Die Drohung hatte sich jedoch nicht bewahrheitet: Clarissa Lisle war keineswegs in Stundenfrist ins Jenseits befördert worden. Trotzdem gewann Cordelia den Eindruck, dass sich die Drohungen in den Zitaten steigerten. Jemand hatte sie so ausgewählt, dass sie einem Höhepunkt zustrebten, angefangen bei der ominösen Drohung unter einem gezeichneten Sarg: »Ich wünsche euch viel Zeitvertreib von dem Wurm« bis hin zu den brutalen, unzweideutigen Worten aus Shakespeares *König Heinrich VI.*: »Fahrt zur Hölle und sagt, ich hätte Euch dorthin gesandt.«

Insgesamt konnte man all die Todesvisionen und die von Hass geprägten Worte durchaus beängstigend finden und in den primitiven, kindischen Zeichnungen eine ernste Drohung sehen. Sie begann zu verstehen, wie sich die sorgfältig arrangierte Einschüchterungskampagne auf eine empfindsame, verletzliche Frau, ja wohl auf jede Frau auswirken mochte, wenn jeder Morgen neue Qualen brachte mit dem ganz Alltäglichen: der Ankunft der Post, einem Brief auf dem Präsentierteller in der Diele, einem unter der Tür hindurchgeschobenen Zettel. Man machte es sich allzu leicht, wenn man dem Opfer einer solchen Hetze riet, es solle diese Drohbotschaften als das behandeln, was sie seien, nämlich Müll. Denn in jeder Gesellschaft gab es nun einmal diese Urangst vor der zerstörerischen Macht eines verkappten Feindes, der einem Böses, den Untergang, vielleicht sogar den Tod wünscht. Hinter alldem steckte eine schaurige, furchterregende Intelligenz, und der Gedanke behagte Cordelia gar nicht, dass der Urheber oder die Urheberin zu der kleinen Gruppe von Menschen gehören könnte, die sich mit ihr auf Courcy aufhalten würden, und dass sie dort womöglich jemandem gegenübersitzen würde, der so viel Bösartigkeit verbarg. Erstmals überlegte sie, ob Clarissa Lisle nicht recht haben mochte, ob ihr Leben nicht tatsächlich in Gefahr war. Dann verdrängte sie diesen Gedanken, und sie sagte sich, dass auch sie allmählich in den niederträchtigen Bann dieser Botschaften geraten war. Denn wer morden will, tut seine Absicht doch nicht monatelang kund. Aber stimmte das wirklich? War nicht für einen hasserfüllten Menschen jene Befriedigung, die der Mord selbst brachte, allzu kurz, allzu flüchtig? War die Grausamkeit dieses Todfeindes oder dieser Todfeindin von Clarissa Lisle so groß, dass man sich an ihren Qualen ergötzen, sie durch Angst und berufliches Versagen zugrunde richten wollte, bevor es endlich zum Mord selbst kam?

Cordelia fröstelte. Die Wärme, die tagsüber geherrscht hatte, nahm merklich ab. Die Nachtluft, die durchs offene Fenster drang, roch selbst hier oben in der Innenstadt schon nach Herbst. Sie heftete die letzte Botschaft ein und schloss den Ordner. Der Auftrag, den sie erhalten hatte, war klar: Sie sollte Clarissa Lisle bis zur Aufführung der *Herzogin von Amalfi* am Samstag vor jeglichen Unannehmlichkeiten und unliebsamen Zwischenfällen schützen und nach Möglichkeit herausfinden, wer hinter den Botschaften steckte. Und diese Aufgabe wollte sie nach besten Kräften erledigen.

II.

KOSTÜMPROBE

8. KAPITEL

Das viktorianische Speymouth, das ehedem zum Erstaunen seiner Bürger die Straßenbeleuchtung auf Gas umgestellt hatte, ohne dass es zu Explosionen oder sonstigen Katastrophen gekommen war, hatte auch keinen triftigen Grund gefunden, die neumodische Bahn abzulehnen oder sie, wie in Cambridge geschehen, nur in großer Entfernung von der Stadt zu dulden. Das kleine Stationsgebäude war nur vierhundert Meter vom Viktoria-Denkmal entfernt, das den Mittelpunkt der Promenade bildete. Als Cordelia ausstieg und ins Sonnenlicht trat, in einer Hand die Reisetasche, in der anderen die Reiseschreibmaschine, erblickte sie hinter einer Ansammlung bunt gestrichener Häuser ein Hafenbecken, das winzig wie ein Swimmingpool wirkte, einen kleinen Pier und das Meer, das in der Sonne schimmerte. Auch der Bahnhof selbst war so hübsch, dass sie gar nicht weitergehen mochte. Sein gleißend weißer Anstrich und das geschwungene Dach mit den feinen, gusseisernen Verzierungen, die beinahe wie Spitze anmuteten, erinnerte sie an die Sommerhefte einer Wochenzeitschrift für Kinder, in denen das Meer auch immer leuchtend blau gewesen war, der Sandstrand hellgelb, die Sonne eine Kugel aus purem Gold und der Bahnhof ein fröhlich buntes Spielzeughaus, das den Reisenden in einer zauberhaften Welt willkommen hieß. Mrs Wilkes, die von ihren Pflegemüttern die ärmste gewesen war, hatte ihr als Einzige solche Hefte gekauft. Sie war auch die Einzige, der Cordelia ein liebevolles Andenken bewahrt hatte. Vielleicht war es ein gutes Vorzeichen, dass ihr in diesem Augenblick Mrs Wilkes eingefallen war.

Am Taxistand wartete schon eine kurze Menschenschlange, der sie sich jedoch nicht anschließen wollte. Die Straße verlief hügelabwärts, und der Kai lag ja in Sichtweite. Sie marschierte los und spürte vor lauter Vorfreude kaum das Gewicht ihres Gepäcks. Das Städtchen war in helles Sonnenlicht getaucht. Die Zeilen der Terrassenhäuser im georgianischen Stil, schlichte, prunklose, aber dennoch noble villenartige Gebäude mit eleganten Fassaden und gusseisernen Balkonen, wirkten in dem grellen Licht wie eine Kulisse. In der Bucht ankerte ein kleines Kriegsschiff, eine unbewegliche, graue Silhouette, die einer Ausschneidefigur für Kinder glich. Sie hatte das Gefühl, sie brauche nur die Hand auszustrecken, um es aus dem Wasser zu fischen. Sie ging die steile Kopfsteinpflasterstraße hinab. An den Hang schmiegten sich die stufenförmig angeordneten hellbraunen, rosafarbenen und blauen Häuser bis hin zu fernen Hügelkuppen, während die bunt bemalte Statue der majestätisch gewandeten Königin Viktoria hoheitsvoll mit dem Zepter auf eine öffentliche Toilette deutete.

Und überall waren Menschen. Sie drängten sich auf den Gehsteigen, strömten von der Esplanade zum Strand, lagen sonnengebräunt auf dem groben Sand, rekelten sich in Liegestühlen, standen vor Eisständen Schlange oder steckten den Kopf durchs Wagenfenster, um einen freien Parkplatz zu erspähen. Cordelia fragte sich, woher denn an diesem Wochentag mitten im September all die Leute kamen. Die Ferienzeit war doch vorbei. Die Kinder gingen längst wieder zur Schule. Machten sie blau, schwänzten sie den Unterricht wegen des Sommers, der noch einmal auflebte und dem Herbst nicht weichen wollte? Woher stammten all die Menschen mit den krebsroten Gesichtern über den bleichen Hälsen, mit den schweißig glänzenden Oberkörpern und Armen, die sie noch vor Kurzem wegen der Septemberkühle wohlweislich bedeckt gehalten hatten? Wie es auch sein mochte – an diesem schönen Tag roch es nach Sommer, Seetang, erhitzten Menschen und heißer Lackfarbe.

Obwohl es in dem kleinen, lärmerfüllten Hafen von auf und nieder tanzenden Schlauchbooten und Jachten mit gerefften Segeln wimmelte, fand sie die Barkasse mit dem Namen *Shearwater* am Bug auf Anhieb. Sie war etwa zehn Meter lang, besaß eine mittig gelegene Kabine mit niedrigem Dach und achtern eine von einem Sonnensegel geschützte Sitzbank. Das Fährboot unterstand einem mageren Seebären, der mit übergeschlagenen Beinen auf einem Poller hockte. Er trug Segeltuchschuhe und ein blaues Matrosenhemd, auf dem quer über die Brust COURCY stand. Da er verblüffende Ähnlichkeit mit Popeye hatte, argwöhnte Cordelia, er könne die Pfeife, die er bei ihrem Näherkommen gemächlich aus dem zahnlosen Mund nahm, nicht aus Lust, sondern zur Imagepflege schmauchen. Er tippte sich kurz an die Mütze und grinste verlegen, als sie ihren Namen nannte, sonst aber nicht weiter mit ihm sprach. Nachdem er ihr Schreibmaschine und Tasche abgenommen und beides in der Kabine verstaut hatte, streckte er die Hand aus, um ihr aufs Boot zu helfen. Aber Cordelia war in der Zwischenzeit bereits an Bord gesprungen und hatte es sich im Heck bequem gemacht. Daraufhin hockte er sich wieder auf seinen Poller, und beide warteten.

Nach etwa drei Minuten hielt am Kaiende ein Taxi, aus dem ein Junge und eine Frau stiegen. Während die Frau nach einem kurzen Wortwechsel den Fahrpreis bezahlte, hielt sich der Junge zunächst etwas unbehaglich abseits, dann schlenderte er zum Kairand und blickte aufs Wasser. Die Frau stellte sich neben ihn, und dann gingen sie zusammen zur Barkasse, er einen Schritt hinterher wie ein störrisches Kind. Das musste Roma Lisle mit Simon Lessing im Schlepptau sein, dachte Cordelia. Sie machten nicht den Eindruck, als sei die gemeinsame Taxifahrt Anlass zu Freude gewesen. Cordelia musterte Roma Lisle dabei, wie sie sich an Bord helfen ließ. Von der Form der Unterlippe einmal abgesehen, hatte sie keinerlei Ähnlichkeit mit ihrer Cousine. Zwar war auch sie blond, aber dieser Farbton war bei einer Engländerin nichts Ungewöhnliches. Im grellen Sonnenlicht sah man zudem, dass ihr Haar bereits von grauen Strähnen durchzogen war. Sie trug es kurz, und die Frisur war zweifellos nicht billig gewesen. Roma schien größer zu sein als Clarissa Lisle, und sie bewegte sich überaus selbstsicher. Aber ihr Gesicht mit der zerfurchten Stirn und den tiefen Falten zwischen Mund und Nase wirkte mürrisch und irgendwie unzufrieden. Auch der Ausdruck ihrer Augen ließ nicht auf seelische Ausgeglichenheit schließen. Sie trug einen äußerst gut geschnittenen, rehbraunen Hosenanzug, dessen Kragen blau gepaspelt war, und einen braun-hellblau gestreiften, hochgeschlossenen Pulli; für einen Wochenendausflug eine Kombination, die nach Cordelias Ansicht lässig und übertrieben schick zugleich wirkte. Noch dazu trug sie Schuhe mit hohen Absätzen, was ihr nicht eben zu anmutigen Bewegungen verhalf, als sie an Bord kletterte. Der rehbraune Farbton passte auch nicht zu ihrem Teint. Roma Lisle schien eine Frau zu sein, die zwar gut gekleidet sein wollte, ohne jedoch zu wissen, was angemessen war. Über den Jungen ließ sich hinsichtlich der Kleidung, aber auch sonst nicht viel sagen. Er warf Cordelia einen Blick zu, errötete und verschwand gleich darauf derart schnell in der Kabine, dass er an diesem Wochenende vermutlich nicht zu einer fröhlichen Stimmung beitragen würde. Miss Lisle nahm in der Nähe des Bugs Platz, und der Bootsführer setzte sich wieder auf den Poller. So warteten sie stumm, während sich die Barkasse hin und wieder an den alten Autoreifen rieb, die als Fender an der Kaimauer hingen, und kleine Segelboote auf dem Weg zum offenen Meer an ihnen vorüberglitten.

Nach einer Weile rief Miss Lisle: »Warum legen wir nicht ab? Wir werden doch zum Lunch erwartet!«

»Es kommt noch jemand«, antwortete der Bootsführer. »Ein Mr Whittingham.«

»Er war nicht im 9-Uhr-33-Zug, sonst wäre er längst hier. Auf dem Bahnsteig habe ich ihn auch nicht gesehen. Vielleicht kommt er mit dem Auto und ist irgendwie aufgehalten worden.«

»Mr Ambrose sagte, dass er mit dem Zug kommt«, erwiderte der Bootsführer. »Und ich soll unbedingt auf ihn warten.« Miss Lisle runzelte die Stirn und blickte angestrengt aufs Meer hinaus. Die Minuten verstrichen.

»Da ist er ja!«, rief der Bootsführer nach einer Weile. »Da kommt er! Das kann nur Mr Whittingham sein.«

Nach dieser dreifachen Beschwichtigung stand er auf und bereitete alles zum Ablegen vor. Als Cordelia aufschaute, sah sie eine durchs flirrende Sonnenlicht verzerrte Gestalt, die zuerst wie ein Totenkopf auf Stelzen aussah. Mit knochigen Fingern umklammerte sie einen Segeltuchbeutel. Nachdem sie ein paarmal geblinzelt hatte, wurde das Bild schärfer, menschenähnlicher. Der Totenschädel war jetzt mit fahler Haut überzogen, die sich über die feinen Gesichtsknochen spannte, und nahm menschliche Züge an. In den vorher scheinbar leeren Höhlen lagen nun Augen, die interessiert und ein wenig spöttisch dreinblickten. Nur der abgemagerte Körper mit dem aufgetriebenen Leib blieb unverändert. Der Mann, der sich dahinschleppte, musste todkrank sein. Seine Stimme jedoch war kräftig, und seine ersten Worte klangen, als ließe er sich durch nichts erschüttern.

»Es tut mir leid, dass ich Sie aufgehalten habe. Ich bin Ivo Whittingham. Ich dachte, es sei nicht so weit zum Kai. Und als ich dann losging, war weit und breit kein Taxi zu sehen.«

Er schob den ausgestreckten Arm des Bootsführers lässig beiseite, ließ sich schwerfällig auf dem Sitz am Bug nieder und stellte die Tasche zwischen die Beine. Niemand sagte ein Wort. Der Bootsführer löste das Tau vom Poller und holte es an Bord. Der Motor sprang an. Unmerklich entfernte sich die Barkasse von der Kaimauer und tuckerte der Hafenausfahrt entgegen.

Nach zehn Minuten schienen sie der Insel, auf die sie scheinbar im Schneckentempo zusteuerten, noch kein Stück näher gekommen zu sein, obwohl die Küste immer weiter zurückwich.

Die Angler am Ende des Piers schrumpften zu Spielzeugfiguren mit Stöckchen in den Händen, der Lärm der kleinen Hafenstadt wurde vom Dröhnen des Dieselmotors übertönt, bis er schließlich verklang, und das Viktoria-Denkmal war nur noch ein bunter Klecks. Am rötlich blauen Horizont ballten sich niedrig ziehende Wolken, von denen sich weiß umrandete Inseln abhoben, die immer höher wurden und scheinbar regungslos vor einem klaren, azurblauen Himmel dahintrieben. Die kleinen Wellen funkelten, als hätten sie der klaren Luft alles Licht entzogen und würden es nun in den hellblauen Himmel zurückstrahlen.

Das Meer und die ferne Küste erinnerten Cordelia an ein Gemälde von Monet, helle Farbsprenkel, die das Licht sichtbar machten. Sie beugte sich über die Bordkante und tauchte den Arm ins schäumende Kielwasser. Obwohl die Kälte sie erschauern ließ, zog sie den Arm nicht zurück. Sie spreizte vielmehr die Finger, bis drei kleinere Kielwasserstreifen im Sonnenlicht funkelten, und sah zu, wie sich im Haarflaum auf ihrem Unterarm schimmernde Luftbläschen verfingen. Eine Frauenstimme riss sie aus ihrer verträumten Stimmung. Roma Lisle war um die Kabine herumgekommen und gesellte sich zu ihr.

»Typisch Ambrose Gorringe!«, sagte sie. »Er schickt nur Oldfield los, und seine Gäste müssen selbst zusehen, wie sie miteinander bekannt werden. Ich bin Roma Lisle, Clarissas Cousine.«

Sie schüttelten einander die Hand. Ihre Finger fühlten sich fest und angenehm kühl an. Auch Cordelia stellte sich vor.

»Ich bin eigentlich kein Gast«, fügte sie hinzu. »Ich muss auf Courcy leider arbeiten.«

Roma Lisle warf einen Blick auf die Reiseschreibmaschine und erwiderte: »Du meine Güte! Ambrose hat doch nicht vor, schon wieder einen Bestseller zu schreiben?«

»Davon weiß ich nichts. Nein, Lady Ralston hat mich engagiert.«

Eigentlich hätte sie erzählen sollen, dass Sir George sie engagiert hatte, aber sie befürchtete, das würde die Dinge nur unnötig verkomplizieren. Allerdings würde sie früher oder später ihre Anwesenheit rechtfertigen müssen, was sie ebenso gut auch jetzt hinter sich bringen konnte. Sie machte sich also auf das Unvermeidliche gefasst.

»Clarissa? Was sollen Sie denn, um Himmels willen, für Clarissa tun?«

»Ihre Korrespondenz erledigen. Für sie telefonieren. Ihr schlichtweg den Aufenthalt erleichtern, solange sie sich auf ihre Rolle konzentrieren muss.«

»Solche Dinge nimmt ihr doch sonst Tolly ab. Was sagt denn Tolly dazu?«

»Ich habe nicht die geringste Ahnung. Ich kenne sie noch nicht.«

»Ich kann mir nicht vorstellen, dass Tolly darüber erfreut sein wird.« Sie schien verblüfft und schaute Cordelia argwöhnisch an. »Ich habe von so theaterbegeisterten Spinnern gehört, die selbst kein Talent besitzen oder zu wenig und sich in diese Welt hineinschmuggeln, indem sie sich an eines ihrer Idole kletten, kochen, einkaufen, Besorgungen erledigen und wie ein Pudel überall hinterherlaufen. Dabei schuften sie sich entweder zu Tode, oder sie bekommen einen Nervenzusammenbruch. Sie gehören doch nicht etwa zu dieser Sorte, oder? Nein, wenn ich Sie so ansehe, kann ich mir das gar nicht vorstellen. Finden Sie Ihr Engagement nicht ein wenig … na ja, sonderbar?«

»Womit verdienen Sie denn Ihr Geld? Kommt Ihnen Ihr Beruf nicht auch zuweilen sonderbar vor?«

»Tut mir leid. Ich wollte Sie nicht kränken. Schieben Sie's darauf, dass ich eine verhinderte Lehrerin bin. Zurzeit arbeite ich in einem Buchladen. Es mag zwar unglaubwürdig klingen, aber manchmal macht mir meine Arbeit richtig Spaß. Und jetzt stelle ich Sie Clarissas Stiefsohn, Simon Lessing, vor. Auf diesem bescheuerten Wochenendtrip dürfte er Ihnen vom Alter her am nächsten stehen.«

Als Simon seinen Namen hörte, verließ er die Kabine und stand dann zwinkernd im Sonnenlicht vor ihnen. Cordelia dachte, vielleicht wäre er lieber von sich aus herausgekommen, statt auf diese Weise von Miss Lisle aufgescheucht zu werden. Er streckte ihr die Hand entgegen, die sie ergriff. Sein zupackender Griff überraschte sie. Sie murmelten die üblichen Begrüßungsfloskeln. Mit dem schmalen, feinen Gesicht und den weit auseinanderstehenden grauen Augen sah er hübscher aus, als es der erste Eindruck hatte vermuten lassen. Doch leider zeigte seine Haut die Spuren einer abgeheilten Akne, auf der Stirn bildeten sich neue Pusteln, und sein Mund wirkte schlaff. Cordelia wusste zwar, dass sie mit ihren fein geschwungenen Brauen, den hohen Wangenknochen und dem katzenhaften Gesicht jünger aussah, als sie eigentlich war, aber sie konnte sich an keine Phase erinnern, in der sie sich nicht älter gefühlt hätte als dieser schüchterne Junge da.

In diesem Augenblick hörten sie eine weitere Stimme. Der zuletzt eingestiegene Passagier stakste nach hinten auf das Boot, um sich ihrer Runde anzuschließen.

»Als der Prinz von Wales um 1890 in einer qualmenden Dampfbarkasse nach Courcy übergesetzt wurde«, erläuterte er, »erwartete ihn am Kai die Musikkapelle des alten Gorringe, um aufzuspielen, während er an Land ging. Aus irgendeinem Grund, den ich nicht eruieren konnte, trugen die Musikanten Tiroler Tracht. Meinen Sie, der nostalgische Spleen von Ambrose Gorringe geht so weit, dass er uns auch auf diese Weise willkommen heißt?«

Bevor jemand antworten konnte, hatte die Barkasse die Ostspitze der Insel umfahren, und das Schloss tauchte vor ihnen auf.

9. Kapitel

Obwohl Cordelia sich eigentlich keinerlei Gedanken über Schloss Courcy gemacht hatte, musste sie sich dennoch unbewusst ein graues, klotziges, zinnenbewehrtes, massives viktorianisches Monstrum vorgestellt haben, kurzum: einen unansehnlichen Kompromiss zwischen Wohnlichkeit und Pracht. Als sie nun im klaren vormittäglichen Sonnenlicht mit der Wirklichkeit konfrontiert wurde, stockte ihr der Atem. Das Schloss stand direkt am Meer, als sei es aus den Wogen aufgetaucht, ein burgähnlicher, roter Ziegelbau, dessen einzige Steinmetzarbeiten die hellen Simse und die Fassungen der hohen Rundbogenfenster waren, die in der Sonne funkelten. An der Westseite ragte ein massiver, aber dennoch zierlich anmutender Rundturm mit einem Kuppeldach empor. Jedes Detail an den matt schimmernden Mauern, den kunstvoll gestalteten Strebepfeilern und den Zinnen war deutlich herausgearbeitet, wirkte stilvoll und klar. Obgleich man den Bau als kompakt, beinahe klobig hätte bezeichnen können, vermittelten die hohen, steilen Dächer und der schlanke Rundturm einen Eindruck von Leichtigkeit und Ausgewogenheit, Elemente, die Cordelia nicht mit typisch viktorianischer Architektur in Verbindung gebracht hätte.

Vor der Südfassade lag eine breite, im Winter sicher von Wellen umspülte Terrasse, von der zwei Freitreppen zu einem schmalen Strand mit Sand und Kies führten. Die Proportionen waren vollkommen im Einklang mit der Lage des Schlosses. Wäre es größer oder kleiner gewesen, hätte es allzu pompös oder niedlich gewirkt. Doch dieser Bau schien Cordelia eine gelungene Mischung zwischen einem Schloss und einem noblen Familiensitz zu sein. Am liebsten hätte sie vor Freude aufgelacht.

Sie hatte nicht gemerkt, dass sich Ivo Whittingham neben sie gestellt hatte.

»Ihr erster Besuch, nicht wahr?«, fragte er. »Nun, was halten Sie davon?«

»Ein hübscher Anblick. So habe ich's mir nicht vorgestellt.« »Interessieren Sie sich denn für viktorianische Architektur?«

»Das schon. Allerdings verstehe ich nicht viel davon.«

»Das darf ich Ambrose aber nicht sagen! Sonst verbringt er das ganze Wochenende damit, Sie in seine Passion und verqueren Ansichten einzuweihen. Da ich meine Lektion gut gelernt habe, kann ich Ambrose zuvorkommen und Ihnen anvertrauen, dass der Architekt ein gewisser E. W. Godwin war, der auch für Whistler und Oscar Wilde gearbeitet hat und den Ästhetikern dieser Epoche zugerechnet wird. Worauf es ihm ankam, so hat er es zumindest gesagt, war die Ausgewogenheit zwischen markanten Bauelementen und leeren Flächen. Hier scheint ihm das gelungen zu sein. Im Übrigen hat er etliche scheußliche Rathäuser hinterlassen, zu denen auch das in Northampton gehört. Ambrose würde freilich nicht zugeben, dass es scheußlich ist, aber eigentlich glaube ich, dass wir uns einig sind. Spielen Sie auch in dem Stück mit?«

»Nein, ich muss leider arbeiten. Ich bin Clarissa Lisles Sekretärin, vorübergehend.«

Er warf ihr einen überraschten Blick zu. Seine Lippen verzogen sich zu einem Lächeln. »Wie könnte es auch anders sein? Clarissas Beziehungen währen nie sehr lange.«

»Wissen Sie etwas Näheres über die Aufführung?«, fragte Cordelia hastig. »Ich meine, welches Ensemble führt denn das Stück auf?«

»Hat Clarissa Ihnen das nicht gesagt? Es sind die Cottringham Players, angeblich die älteste Laienspielgruppe in ganz England. Gegründet wurde sie 1834 von einem gewissen Sir Charles Cottringham. Seitdem hat die Familie Cottringham sie mehr oder minder am Leben erhalten. Seit drei Generationen lassen die Cottringhams ihrer Theaterbegeisterung freien Lauf, aber der Enthusiasmus dieser Leute ist deutlich größer als ihr Talent. Charles Cottringham spielt den Antonio. Schon sein Urgroßvater war dabei, bis er dann unklugerweise Lillie Langtry verliebte Blicke zuwarf. Der Prinz von Wales reagierte darauf höchst ungnädig, und seitdem hat kein Cottringham mehr im Schloss nächtigen dürfen. Ambrose kommt diese Tradition sehr zupass. Er braucht jetzt nur die Hauptdarstellerin und ein paar ausgewählte Gäste zu beherbergen, den Regisseur und die übrigen Darsteller lädt Judith Cottringham in ihr Haus ein. Morgen kommen sie alle mit der Barkasse herüber.«

»Wo ist denn die Truppe aufgetreten, bevor Mr Gorringe ihr das Theater zur Verfügung stellte?«

»Ich kann mir denken, dass eher Clarissa als Gorringe dahintersteht. Bisher hat sie jedes Jahr im alten Versammlungssaal von Speymouth gespielt. Es war eher eine gesellschaftliche als eine kulturelle Veranstaltung. Die morgige Aufführung kann aber nicht allzu schlimm werden. Ein Metzger aus Speymouth spielt bezeichnenderweise den Bosola. Er soll übrigens gar nicht so schlecht sein. Und den Ferdinand verkörpert Cottringhams Vermögensverwalter. Er ist gewiss kein zweiter Gielgud, aber Clarissa hat mir gesagt, dass er durchaus Verse deklamieren kann.«

Das Dröhnen des Dieselmotors verklang zu einem leisen Brummen, als die Barkasse langsam auf den Anlegesteg zutrieb.

Der Kai bildete unterhalb der Terrasse zwei Arme, die einen kleinen Hafen umschlossen. Steile, von Seetang überwucherte Stufen führten zum Wasser. Am Ende der östlichen längeren Kaimauer stand ein hübscher runder, weiß und hellblau gestrichener Musikpavillon aus feingliedrigem Gusseisen mit zierlichen Säulen, die ein Kuppeldach trugen. Darunter warteten zur Begrüßung zwei Männer und zwei Frauen, reglos und so gruppiert wie auf einem Gemälde. Clarissa Lisle stand vorne, der Gastgeber links von ihr, hinter den beiden mit ausdrucksloser, unbeteiligter Dienstbotenmiene eine Frau und ein dunkel gekleideter Hüne, der alle überragte.

Die dominierende Gestalt war zweifellos Clarissa Lisle. Der erste Eindruck, zufällig oder beabsichtigt, war der einer Göttin aus einer klassischen Sage, die hier mit ihrem Gefolge wartete. Als das Fährboot anlegte, sah Cordelia, dass sie Shorts trug, ein ärmelloses Oberteil aus fein plissiertem, cremefarbenem Musselin und darüber einen weiten, beinahe durchsichtigen Umhang aus dem gleichen Stoff mit weiten Ärmeln und einem Gürtel um die Taille. Verglichen mit dieser trügerisch schlichten, kühlen Eleganz wirkte Roma Lisle in ihrem Hosenanzug trotz aller Saloppheit verschwitzt und unbehaglich.

Als sei es vorher vereinbart worden, behielten die Wartenden ihre Pose bei, bis die Barkasse sachte den Steg streifte. Gleich danach stieß Clarissa einen Willkommensruf aus, breitete die Arme mit den flatternden Fledermausärmeln aus und lief ihnen entgegen. Der Bann war gebrochen.

Während des Geplauders, das der förmlichen Vorstellung folgte, und während Ambrose Gorringe beaufsichtigte, wie das Gepäck und die Proviantkisten aus dem Stauraum hinten auf dem Schiff ausgeladen wurden, hatte Cordelia Gelegenheit, den Schlossherrn zu betrachten. Gorringe war von mittlerer Statur, hatte glattes, dunkles Haar und zierliche Hände und Füße. Er wirkte rund und geschmeidig, denn er war nicht etwa feist, sondern seine Arme und sein Gesicht hatten etwas Weiches, Weibliches. Seine Haut schimmerte rosig weiß. Der rötliche Hauch auf den Wangen wirkte wie geschminkt. Am auffallendsten aber waren die Augen. Sie waren groß und funkelten wie pechschwarze, vom Meer glatt geschliffene Kiesel; das Weiße war klar und durchscheinend. Darüber wölbten sich die Brauen in einem scharf abgegrenzten Bogen, als seien sie sorgfältig gezupft worden. Die Mundwinkel krümmten sich zu einem starren Lächeln nach oben, als müsse er immerfort über einen Witz schmunzeln. Bekleidet war er mit einer braunen Baumwollhose und einem schwarzen, kurzärmeligen Sporthemd. Obwohl die Sachen sowohl dem Wetter wie auch dem Anlass angemessen waren, kamen sie Cordelia irgendwie unpassend vor. Etwas Formelleres hätte wohl besser der Stärke entsprochen, die Gorringe unterschwellig ausstrahlte, seiner, wie Cordelia vermutete, komplexen, eindrucksvollen Persönlichkeit.

Der Butler, der mittlerweile das Verstauen der Gepäckstücke und der Vorratskisten auf einem kleinen Lieferwagen dirigierte, fiel gleichermaßen auf. Cordelia schätzte ihn auf gut einen Meter neunzig. Mit dem dunklen Anzug und dem fleischigen, fahlen, kummervollen Gesicht erinnerte er an den pflichtschuldig traurig dreinblickenden Gehilfen eines viktorianischen Leichenbestatters. Der längliche, spitze Schädel ging in eine hohe, glänzende Stirn über und wurde von einer Perücke aus struppigem, schwarzem Haar gekrönt, die nicht den geringsten Anschein von Echtheit erweckte. Sie hatte einen Mittelscheitel und war eher ungeschickt gestriegelt als frisiert worden. Da ein so wunderliches Äußeres wohl nicht zufällig war, fragte Cordelia sich, was für eine abwegige Laune, was für ein tief verborgener Drang diesen Menschen dazu getrieben haben mochte, sich der Welt so auffällig zu präsentieren. Steckte dahinter ein Widerwille gegen die Langeweile, die Angepasstheit, die Rücksichtnahme, die seine Tätigkeit ihm aufzwang? Unwahrscheinlich. Denn Hausangestellten, die ihre Pflichten allzu frustrierend oder unzumutbar fanden, stand schließlich ein Ausweg offen: Sie konnten kündigen.

Beeindruckt vom Äußeren des Butlers nahm sie kaum seine Frau wahr, eine stämmige Person mit rundem Gesicht, die ihrem Mann nicht von der Seite wich und während des Ausladens nicht ein einziges Wort gesprochen hatte.

Clarissa Lisle hatte seit dem Anlegen der Barkasse keinerlei Notiz von Cordelia genommen. Nur Ambrose Gorringe kam jetzt lächelnd auf sie zu und sagte: »Sie müssen Miss Gray sein. Willkommen auf Courcy! Mrs Munter wird Sie unter ihre Fittiche nehmen. Wir haben Sie neben Miss Lisle untergebracht.«

Cordelia wartete, bis die Munters das Boot gänzlich ausgeladen hatten. Als sie zu dritt der vorangegangenen Gruppe folgten, händigte Munter seiner Frau einen kleinen Leinensack mit den Worten aus: »Nicht viel Post heute Vormittag. Das Paket von der Londoner Bibliothek ist nicht dabei. Vor Montag wird Mr Gorringe die bestellten Bücher nicht bekommen.«

Erstmals machte seine Frau den Mund auf. »Dieses Wochenende wird er auch ohne die Bücher genug zu tun haben.«

In diesem Augenblick wandte sich Gorringe um und rief Munter zu sich. Der Butler ging zu ihm, wobei er seinen ausladenden Schritt in eine würdevolle, ruhige Gangart abwandelte, die wohl zu seinem offiziellen Habitus gehörte.

Sobald er außer Hörweite war, sagte Cordelia: »Falls Post für Miss Clarissa Lisle dabei ist, bekomme ich sie zuerst. Ich bin ihre neue Sekretärin. Ich nehme auch Telefonanrufe entgegen. Vielleicht dürfte ich die Post mal durchsehen. Wir erwarten nämlich einen Brief.«

Zu ihrem Erstaunen händigte Mrs Munter ihr den Postsack ohne Widerrede aus. Es waren nur acht, von einem Gummiband zusammengehaltene Briefe. Zwei waren für Clarissa Lisle. Der eine, der in einem steifen Umschlag steckte, enthielt vermutlich eine Einladung zu einer Modenschau. Denn der Name, nicht die Anschrift, eines bekannten Couturiers war auf der Klappe eingeprägt. Der zweite, in einem gewöhnlichen, weißen Kuvert, trug die maschinengeschriebene Adresse:

AN DIE
HERZOGIN VON AMALFI
Z.H. MISS CLARISSA LISLE
SCHLOSS COURCY
SPEYMOUTH
DORSET

Cordelia entfernte sich ein paar Schritte. Obwohl sie wusste, dass es ratsamer gewesen wäre zu warten, bis sie ungestört in ihrem Zimmer war, konnte sie nicht widerstehen. Sie versuchte, sich ihre Spannung und Neugierde nicht anmerken zu lassen, und steckte den Zeigefinger unter die Klappe. Sie war nicht zugeklebt und ließ sich ohne Weiteres hochklappen. Cordelia nahm an, dass die Botschaft kurz sein würde, und so war es. Auf dem kleinen Zettel aus demselben Papier wie das Kuvert prangte ein gekonnt gezeichneter Totenschädel mit gekreuzten Knochen, und darunter standen zwei maschinengeschriebene Zeilen, die sie zwar nicht kannte, die aber nur aus dem Theaterstück stammen konnten: »Geht rasch zu unserer Dame heut. Anlegen möge sie ihr Totenkleid!«

Sie schob den Zettel wieder in den Umschlag, steckte diesen in ihre Jackentasche und ging dann langsamer, damit Mrs Munter sie einholen konnte.

Cordelia sah, dass die Haupträume auf die Terrasse mit Blick auf den Ärmelkanal hinausgingen und das Schlossportal sich auf der meerabgewandten, geschützten Ostseite befand. Sie kamen durch einen steinernen Torbogen in einen ummauerten Ziergarten, schlugen sodann einen breiten Kiesweg zwischen Rasenflächen ein und gelangten durch eine arkadengesäumte Veranda in die weiträumige Halle. Cordelia blieb im Türrahmen stehen und stellte sich all die Gäste vor, die im 19. Jahrhundert hier gewohnt haben mochten, all die Damen mit ihren Reifröcken und zusammengerollten Sonnenschirmen, die hinterhertrippelnden Zofen, die lederbezogenen Schrankkoffer, die Hutschachteln und Waffenkoffer, den fernen Klang der zur Begrüßung aufspielenden Kapelle, den Prinzen von Wales deutscher Abstammung, der mit seiner stattlichen Statur durch das nur auserwählten Gästen offen stehende Schlossportal schlenderte. Damals war die Halle sicherlich pompöser gewesen, ein üppig möblierter Raum mit Ottomanen, Fauteuils, Beistelltischchen, prächtig gemusterten Teppichen und Zimmerpalmen in riesigen Holzkübeln. Hier hatten sich die Gäste am Ende eines Tages versammelt, um sodann in strikter Rangordnung durch die Doppeltür in den Speisesaal zu schreiten. Jetzt standen in der Halle nur ein Refektoriumstisch und beiderseits des steinernen Kamins ein Stuhl. An der Wand gegenüber hing ein gut zwei Meter breiter Wandteppich, der gewiss von William Morris entworfen worden war. Er zeigte eine rosenbekränzte Flora mit ihrer Mädchenschar, die sich barfüßig inmitten von Lilien und Malven reckte. Zur Rechten wie zur Linken führte eine breite Treppe zu einer Galerie, die die Halle auf drei Seiten säumte.

Fast die gesamte Ostwand nahm ein buntes Glasfenster ein, das die Irrfahrten des Odysseus schilderte. Das vielfarbige Licht verlieh der großen Halle etwas von der feierlichen Stille einer Kirche. Cordelia folgte Mrs Munter die Treppe hinauf.

Die Gästezimmer lagen oben entlang der Galerie. Cordelia wurde ein Zimmer zugewiesen, das heller und heimeliger eingerichtet war, als sie erwartet hatte. Die beiden hohen Bogenfenster wurden von Chintzvorhängen mit einem Lilienmuster umrahmt. Derselbe Stoff war auch für die Bettdecke und die Polsterung des Mahagonistuhls mit der Rückenlehne aus Rohrgeflecht, der neben dem Bett stand, verwendet worden. Den schlichten offenen Kamin umrandete ein Fries aus Fliesen, deren Blumen- und Laub-Dekor auch die größeren Bodenplatten zierte, die die Feuerstelle säumten. Über dem Bett hingen hübsche Aquarelle mit Blumenmotiven wie Iris, Walderdbeeren, Tulpen und Lilien. Das musste das De-Morgan-Zimmer sein, von dem Miss Maudsley gesprochen hatte. Als sie sich entzückt umsah, verfiel Mrs Munter, die ihr Interesse bemerkt hatte, in die Rolle einer Schlossführerin, doch leider ohne jeglichen Enthusiasmus, als habe sie die Fakten nur auswendig gelernt.

»Das Mobiliar ist nicht so alt wie das Schloss. Das Bett und der Stuhl da wurden 1883 von A. H. Mackmurdo entworfen. Das Fliesendekor hier im Zimmer wie auch im Bad stammt von William De Morgan. Der Großteil der Fliesen im Schloss stammt von ihm. Nachdem nämlich der alte Mr Herbert Gorringe, der das Schloss um 1860 renovieren ließ, in Kensington eine von De Morgan eingerichtete Villa gesehen hatte, ließ er die ursprünglichen Platten alle entfernen und durch Fliesen ersetzen, die De Morgan entworfen hatte. Der Schrank aus Mahagoni und Pechkiefer da drüben wurde von William Morris bemalt. Die Bilder sind von John Ruskin. Wann wünschen Sie Ihren Morgentee, Miss?«

»Um halb acht bitte.«

Sobald Mrs Munter gegangen war, suchte Cordelia das Badezimmer auf. Beide Räume lagen an der Westseite. Die Aussicht auf die Insel wurde durch den Rundturm aus gemusterten Ziegeln zu ihrer Rechten versperrt, der wie ein in den blauen Himmel eindringender Phallus emporragte. Als sie an der glatten Rundung hochblickte, wurde ihr beinahe schwindlig, und der Turm schien im Sonnenlicht zu schwanken. Linker Hand sah sie gerade noch das Ende der Südterrasse und gleich dahinter das Meer. Die gusseiserne Feuerleiter unter dem Badezimmerfenster führte zu einem Felsen, von dem aus man sicherlich zur Terrasse gelangen konnte. Trotzdem war ihr dieser mögliche Fluchtweg nicht geheuer. Bei einer Katastrophe hätte man hier gewiss das Gefühl, zwischen Feuer und Meer in der Falle zu sitzen.

Cordelia hatte eben mit dem Auspacken begonnen, als die Verbindungstür zwischen ihrem Zimmer und dem nebenan geöffnet wurde und Clarissa Lisle eintrat.

»Ach, da sind Sie! Könnten Sie einen Augenblick zu mir kommen? Ihre Sachen kann doch Tolly auspacken!«

»Vielen Dank, aber das möchte ich gern selbst machen.« Abgesehen davon, dass sich die wenigen Dinge rasch verstauen ließen, wollte sie nicht, dass jemand die Tasche mit ihren Arbeitsutensilien zu Gesicht bekam. Erleichtert hatte sie festgestellt, dass die unterste Schrankschublade verschließbar war.

Sie folgte Clarissa Lisle in deren Zimmer. Es war doppelt so groß und gänzlich anders eingerichtet: prunkvoller, extravaganter und nicht so heimelig schlicht wie ihres. Beherrscht wurde der Raum von einem Mahagonibett mit einem Baldachin über dem Kopfende. Bespannung, Paradedecke und Seitenvorhänge bestanden aus karmesinrotem Damast. Pausbäckige Engel und Blumengirlanden schmückten Kopf- und Fußteil. Obenauf funkelte eine Gräfinnenkrone. Cordelia fragte sich, ob wohl der einstige Besitzer dieses Prunkbettes, sobald er die soziale Stufenleiter seiner Zeit emporgeklettert war, es außergewöhnlichen Gästen vorbehalten hatte. Beiderseits des Bettes standen kleine bauchige Kommoden und davor eine mit Schnitzereien und Ziernägeln versehene Chaiselongue. Das Frisiertischchen befand sich zwischen zwei hohen Fenstern mit gerafften Vorhängen, durch die man das ruhige, blaue Meer sah. Die Wand gegenüber verdeckten zwei wuchtige Schränke. Niedrige Stühle und ein Paravent mit einem Webbild waren neben dem marmornen Kamin arrangiert, in dem schon ein paar Scheite aufgeschichtet waren. Dem Ehrengast von Ambrose Gorringe gebührte also auch die Annehmlichkeit eines richtigen Kaminfeuers. Ob wohl ein Hausmädchen in den frühen Morgenstunden auf Zehenspitzen hereinkommen würde, um das Feuer anzuzünden, wie es einst die viktorianische Zofe getan hatte, wenn sich die mittlerweile längst verstorbene Gräfin in ihrem Prachtbett rekelte?

Das ganze Zimmer wirkte unordentlich. Auf der Chaiselongue und dem Bett lagen überall verstreut Kleider, Umhänge, zusammengeknülltes Seidenpapier und Plastiktüten. Auf dem Frisiertisch standen unzählige Flakons und allerlei Döschen. Eine Frau ging im Zimmer umher und stapelte gelassen und geduldig all die Kleidungsstücke auf ihren Arm.

»Miss Tolgarth, meine Garderobiere«, stellte Clarissa Lisle sie vor. »Tolly, das ist Miss Gray, die sich um meine Korrespondenz kümmern wird. Wir wollens zumindest versuchen. Sie wird schon niemandem im Wege sein. Du kümmerst dich um sie, falls sie etwas braucht, ja?«

Nicht gerade eine freundliche Vorstellung, dachte Cordelia. Aber obwohl Tolly weder lächelte noch etwas sagte, spürte Cordelia keine Missgunst in dem prüfenden Blick, er war nicht einmal neugierig. Tolly hatte einen üppigen Busen, war recht kräftig und ihr Gesicht wirkte älter als ihr sonstiger Körper. Den eleganten Schwung ihrer hübschen Beine unterstrichen hauchfeine Nylons und ungewöhnlich elegante, hochhackige Pumps, die das schlichte, hochgeschlossene schwarze Kleid schön zur Geltung brachten, dessen einziger Schmuck ein goldenes Kreuz an einem Kettchen war. Ihr dunkles Haar, in der Mitte gescheitelt und am Hinterkopf zu einem Dutt zusammengesteckt, durchzogen graue Strähnen. Über die Stirn und an den Mundwinkeln verliefen tiefe Falten. Es war ein ausdrucksstarkes, beherrschtes Gesicht, das Cordelias Einschätzung nach nicht auf einen Menschen schließen ließ, der sich gern unterordnete.

Als Tolly im Badezimmer verschwunden war, meinte Clarissa Lisle: »Wir müssen miteinander sprechen. Aber im Augenblick geht es nicht. Munter hat schon im Speisesaal zum Lunch gedeckt. Völlig absurd an einem Tag wie heute, wo wir doch in der Sonne sitzen könnten! Ich habe ihm gesagt, dass wir auf der Terrasse essen möchten, Munter kümmert sich um alles, aber es wird erst um halb zwei sein. Ich könnte Ihnen noch rasch das Schloss zeigen. Sind Sie übrigens mit Ihrem Zimmer zufrieden?«

»Ja. Danke.«

»Ich denke, ich gebe Ihnen ein paar Briefe zum Tippen, um so jeden Verdacht zu zerstreuen. Ich hätte sie ohnehin beantworten müssen. Da Sie nun einmal da sind, können Sie sich ebenso gut auch nützlich machen. Sie können doch tippen, oder?«

»Das schon. Aber deswegen bin ich nicht hier.«

»Ich weiß, warum Sie hier sind. Schließlich habe ich Sie ja engagieren lassen. Ich brauche Sie auch. Aber darüber wollen wir heute Abend reden. Vorher werden wir keine Gelegenheit dazu haben. Charles Cottringham und die Hauptdarsteller kommen nach dem Lunch herüber, weil wir noch ein paar Szenen im Kostüm proben möchten. Sie werden erst nach dem Tee abfahren. Haben Sie meinen Stiefsohn Simon Lessing schon kennengelernt?«

»Ja, wir wurden uns während der Überfahrt vorgestellt.«

»Würden Sie ihm bitte sagen, dass er vor dem Lunch ruhig noch zum Schwimmen gehen kann? Er braucht uns nicht bei der Schlossbesichtigung zu begleiten. Wahrscheinlich steckt er in seinem Zimmer. Es ist die zweite Tür gleich nach Ihrem Zimmer.«

Eigentlich könnte sie es ihm selbst sagen, dachte Cordelia. Aber sie erinnerte sich rechtzeitig daran, dass sie ja als Begleiterin mit Sekretärinnenfunktion engagiert worden war, was immer man darunter verstehen mochte, und dass dieser Job wohl solche Botengänge einschloss. Als sie an Simons Tür klopfte, reagierte er nicht. Erst nach einer Weile wurde die Tür behutsam geöffnet, und sein banges Gesicht tauchte auf. Er errötete bei ihrem Anblick. Sie richtete ihm Clarissas Anweisung freundlich aus. Er rang sich ein Lächeln ab, flüsterte »Danke!« und schloss rasch die Tür. Dieser Simon tat ihr leid. Es war bestimmt nicht leicht, Clarissa Lisle als Stiefmutter zu haben. Aber sie fürchtete, dass sie auch als Klientin nicht einfacher wäre. Allmählich schwand ihre Euphorie. Schloss und Insel waren zwar noch hübscher, als sie es sich vorgestellt hatte. Das Wetter hätte nicht prachtvoller sein können, nichts schien dem goldenen Spätsommer etwas anhaben zu können. Alles deutete darauf hin, dass es ein schönes, sogar luxuriöses Wochenende werden könnte. Außerdem war der Umschlag in ihrer Tasche der Beweis dafür, dass ihr Auftrag einen Sinn hatte, dass sie es mit einem durchtriebenen Gegner zu tun hatte. Warum also musste sie auf einmal gegen das bange Gefühl ankämpfen, ihr Vorhaben sei zum Scheitern verurteilt?

10. KAPITEL

»Und zum Schluss«, sagte Clarissa, als sie allen voran die Treppe hinunterging und die Halle durchquerte, »sehen wir uns noch die private Schreckenskammer von Ambrose Gorringe an.«

Die Schlossbesichtigung war eher oberflächlich gewesen. Cordelia konnte sich denken, dass die sonnenwarme Terrasse lockte und die Gäste weniger an den Schätzen des Schlossherrn interessiert waren als an einem Sherry vor dem Lunch. Aber die Kunstschätze waren durchaus sehenswert, und sie nahm sich vor, sich diesem kleinen, aber reichhaltigen Museum, das den Geist der Viktorianischen Epoche atmete, genauer zu widmen, sobald sich die Gelegenheit dazu ergab. Es war alles viel zu schnell gegangen. Woran sie sich noch erinnern konnte, war ein Durcheinander von Formen und Farben, eine Fülle von Porzellan, Gemälden, Kristallgläsern, Silbersachen, von Tonwaren, die man damals auf der Weltausstellung von 1851 hatte sehen können, von Jaspisschmuck, griechischen Skulpturen, Terrakotten, Majoliken. Vitrinen über Vitrinen mit handbemaltem Wedgwood-Geschirr und reizvollen, von M.-L. Solon für Minton geschaffenen Porzellanfigürchen, mit Teilen des Coalport-Services, das mit englischen und russischen

Orden rund um den russischen Adler und die Zarenkrone verziert und ein Geschenk Königin Viktorias für den Zaren gewesen war.

Clarissa war mit fuchtelnden Armen vorangeschwebt und hatte eine Menge zweifelhafter Erklärungen gegeben.

Ivo Whittingham, der hin und wieder stehen geblieben war, wenn es ihm gestattet wurde, hatte nur sehr wenig geredet. Roma Lisle war mit aufgesetzter Langeweilemiene gefolgt und hatte hier und da eine sarkastische Bemerkung über das Elend und die Ausbeutung der Armen gemacht, die all diesem Reichtum zugrunde lagen. Cordelia hatte ihr stumm beipflichten müssen. Schwester Magdalena, die damals im Internat die Geschichte des 19. Jahrhunderts durchgenommen hatte, war anderer Ansicht gewesen als ihre Mitschwestern, die die Freuden dieser Welt ebenso ablehnten wie deren Kümmernisse. Sie hatte stattdessen versucht, bei ihren privilegierten Schülerinnen den Sinn für soziale Gerechtigkeit zu wecken. Wann immer Cordelia eins ihrer Schulfotos mit dieser rundgesichtigen Matriarchin sah, umringt von einer einheitlich gekleideten, verdrossen dreinblickenden Schülerinnenschar, fielen ihr die ausgemergelten, überanstrengten Näherinnen ein, die einst achtzehn Stunden täglich arbeiten mussten, all die Kinder in den Fabriken, die vor Müdigkeit kaum noch den Webstuhl bedienen konnten, die verkrümmt dasitzenden Spitzenklöpplerinnen und die stinkenden Mietshäuser im Londoner East End.

Cordelia hatte die Gemäldesammlung von Gorringe eher interessant als bewunderungswürdig gefunden. Alles, was sie an der viktorianischen Kunst verabscheute, war hier vereint: bemühte Sinnlichkeit, penibler Naturalismus, der mit der Natur selbst wenig zu tun hatte, hohle Genreszenen, süßliche Religiosität. Aber Gorringe besaß immerhin auch einen Sickert und einen Whistler.

Als sie die Galerie durchschritten, wandte sich Roma Lisle an sie: »In meinem Zimmer hängt ein Bild von William Dyce. Es nennt sich *Die Muschelsammlerinnen*. Nicht schlecht gemalt, eigentlich sogar ganz gut. Es zeigt Damen in Reifröcken, die am Strand von Kent ihre Funde begutachten. Aber wie hatte die Wirklichkeit ausgesehen? Im Grunde waren es feiste, aufgedonnerte, gelangweilte, sexuell frustrierte Weiber aus der sogenannten guten Gesellschaft, die mit ihrer Zeit nichts Besseres anzufangen wussten, als Muscheln zu sammeln, um daraus nutzlose Kästchen anzufertigen. Sie malten dümmliche Aquarelle, unterhielten die Herren nach dem Dinner am Flügel und warteten nur auf einen Mann, der ihnen den nötigen gesellschaftlichen Status und einen Lebenssinn bot.«

Als sie gerade vor einem Holman Hunt standen, zu dem ihnen beiden nichts einfiel, gesellte sich Ambrose Gorringe zu ihnen.

»Nicht gerade eins seiner besten Bilder. Obwohl die Menschen zur Zeit Viktorias ihr Geld in düsteren, unmenschlichen Fabriken verdienten, sehnten sie sich nach Schönheit. Es war ihre Tragödie, dass sie, anders als wir, nur zu gut wussten, wie weit sie von ihr entfernt waren.«

Die Schlosstour näherte sich dem Ende. Clarissa führte sie noch durch einen gefliesten Korridor zum Büro von Ambrose Gorringe. Vermutlich handelte es sich dabei um die angekündigte Schreckenskammer.

Sie war kleiner als die übrigen Räume und bot Aussicht auf den Rasen am Osteingang. An einer Wand hing eine Sammlung von gerahmten viktorianischen Moritaten, von schlecht gedruckten und illustrierten Blättern, wie sie nach einem aufsehenerregenden Prozess oder einer Hinrichtung an das Volk verkauft wurden. Vor allem Roma Lisle schien sich dafür zu interessieren. Auffallend dünn und elegant wirkende Mörder, die unter dem vergitterten Fenster ihrer Todeszelle ihre Geständnisse abfassten, in der Zuchthauskapelle von Newgate vor ihrem Sarg saßen, der Predigt des Pfarrers lauschten oder am Seil baumelten, während ein Kaplan im Talar und mit der Bibel in der Hand danebenstand. Da Cordelia diesen Hinrichtungsdarstellungen nichts abgewinnen konnte, schloss sie sich Ambrose Gorringe und Ivo Whittingham an, die eine Reihe von Staffordshire-Figuren auf einem Bord betrachteten.

Gorringe deutete auf seine Lieblingsstücke: »Das sind meine bekanntesten Mörder. Die beiden da oben sind das berühmt-berüchtigte Ehepaar Maria und Frederick Manning, die im November 1849 vor einer lärmenden Menge von fünfzigtausend Menschen vor dem Horsemongers-Lane-Gefängnis gehängt wurden. Charles Dickens hat sich die Hinrichtung angesehen und später geschrieben, das Verhalten des Pöbels sei dermaßen abscheulich gewesen, dass er sich von lauter Teufeln umgeben glaubte. Maria Manning trug mit ihrem schwarzen Satinkleid zur Unterhaltung bei, was aber die spätere Beliebtheit dieses Stoffes nicht im Geringsten schmälerte. Dieser Gentleman da, der passenderweise Jägerjacke trägt und seine Pistole auf die arme Maria Marten richtet, ist William Corder. Beachten Sie die rote Scheune im Hintergrund! Corder wäre wohl nie gefasst worden, wenn Marias Mutter nicht immer wieder geträumt hätte, dass die Leiche ihrer Tochter darin verscharrt sei. Corder wurde 1828, ebenfalls vor vielen begeisterten Zuschauern, in Bury St. Edmunds gehängt. Die Lady neben ihm, die mit dem Kapotthut und dem schwarzen Beutel, ist Kate Webster. In dem Beutel hatte sie den Kopf ihrer Herrin aufbewahrt, die sie erschlagen, zerstückelt und geschmort hatte. Danach soll sie in den umliegenden Läden billiges Bratfett zum Verkauf angeboten haben. Im Juli 1879 baumelte auch sie am Strang.«

Beim Verlassen des Büros betrachteten sie draußen zwei elegante Rosenholzvitrinen links und rechts der Tür. Die zur Linken enthielt ein Sammelsurium kleinerer Gegenstände, die alle fein säuberlich etikettiert waren: eine Puppe, ein Solitairespiel mit bunten

Murmeln – beides hatte einst Königin Viktoria gehört, als sie noch ein kleines Mädchen war –, ein Fächer, altmodische Weihnachtskarten, Parfümflakons aus Kristallglas, versilbert oder emailliert, verschiedene Silbersachen, eine Gürtelschnalle, ein Kettengürtel, ein Gebetbuch und ein Buketthalter. Mehr Aufmerksamkeit erregte jedoch die rechte Vitrine. Darin befanden sich weniger beschauliche Erinnerungsstücke, gleichsam die Fortführung des Verbrechermuseums von vorhin.

»Das Tauende da«, erklärte Gorringe, »stammt von dem Seil, mit dem Dr. Thomas Neill Cream, der Giftmörder von Lambeth, im November 1892 gehängt wurde. Das befleckte Leinennachthemd mit den bestickten Rüschen gehörte Constance Kent. Es ist zwar nicht das Nachthemd, das sie anhatte, als sie ihrem kleinen Stiefbruder die Kehle durchschnitt, aber es ist immerhin ein interessantes Sammlerstück. Die Handschellen da mit dem dazugehörigen Schlüssel trug einst der junge Courvoisier, der 1840 seinen Herrn, Lord William Russell, ermordete. Die Brille gehörte Dr. Crippen. Obwohl er eigentlich nicht mehr in die Viktorianische Epoche gehört, da er im November 1910 gehängt wurde, konnte ich dem Stück nicht widerstehen.«

»Und der Kinderarm aus Marmor da?«, fragte Whittingham.

»Soviel ich weiß, hat das Stück überhaupt nichts mit einem Verbrechen zu tun. Es gehört eigentlich ins Memento-mori-Zimmer oder in eine andere Vitrine. Ich habe noch keine Zeit gefunden, die Dinge zu ordnen. Aber unter all diesen Mordandenken wirkt der Arm nicht einmal deplatziert. Der Mann, der ihn mir verkauft hat, würde mir sicherlich beipflichten. Er hat mir sogar anvertraut, er habe sich öfters eingebildet, der Arm würde noch bluten.«

Als Cordelia zufällig zu Clarissa Lisle hinüberschaute, die bisher geschwiegen hatte, sah sie einen Ausdruck von Angst und Abscheu in ihrem Gesicht beim Anblick des Marmorarms. Der rundliche

Kinderarm aus weißem Stein lag auf einem purpurnen, kordelgesäumten Samtkissen. Auch Cordelia fand das Ding abstoßend, kitschig, morbid, sinn- und stillos, somit nicht untypisch für die Kunst jener Zeit.

»Ausgesprochen scheußlich!«, rief Clarissa Lisle aus. »Widerwärtig! Wo, um Himmels willen, hast du dieses Stück nun wieder aufgetrieben, Ambrose?«

»In London. Bei einem Händler. Es könnte die einzige noch vorhandene Kopie der Skulpturen sein, die nach den Gliedmaßen der kleinen Prinzen und Prinzessinnen für Königin Viktoria auf Osborne House angefertigt wurden. Angeblich von Mary Thornycroft. Es könnte der Arm der kleinen Kronprinzessin sein. Vielleicht ist es aber auch nur irgendein Andenken. Wenn es dir so missfällt, Clarissa, solltest du dir erst mal die gesamte Osborne-Kollektion ansehen. Die Stücke erinnern an eine Massenvernichtung, als hätte Prinz Albert, der Prinzgemahl, im königlichen Kinderzimmer mit einer Machete gewütet. Und vielleicht war der arme Mann ja auch versucht, das zu tun.«

»Einfach schauderhaft!«, entgegnete Clarissa. »Was findest du nur daran, Ambrose? Du solltest das Ding schleunigst weggeben.«

»Aber warum denn? Es ist einzigartig. Ich betrachte es als eine interessante Ergänzung meiner viktorianischen Sammlung.«

»Ich habe mir die Osborne-Kollektion angesehen«, mischte sich Roma Lisle ein. »Ich finde sie ebenfalls abscheulich. Aber sie ist höchst aufschlussreich, was den Geist dieser Epoche oder das Gemüt der Königin Viktoria anbelangt.«

»Das Ding hier gibt auch Aufschluss über das Gemüt von Ambrose.«

»Als Marmorskulptur ist es gar nicht mal so übel«, meinte Ivo Whittingham gelassen. »Wahrscheinlich finden Sie nur die Vorstellungen abscheulich, die sich dabei einstellen. Der Tod oder die

Verstümmelung eines Kindes sind nun einmal abscheulich, nicht wahr, Clarissa?«

Doch Clarissa schien ihn nicht gehört zu haben. Sie hatte sich abgewandt und sagte nur noch: »Hören wir auf zu streiten! Sieh zu, dass du das Ding loswirst, Ambrose! Und jetzt möchte ich einen Drink und danach meinen Lunch.«

11. Kapitel

Als er einen halben Kilometer vom Strand entfernt war, hörte er mit dem gemächlichen, regelmäßigen Kraulen auf, drehte sich auf den Rücken und ließ seinen Blick über den Horizont schweifen. Nichts als Wasser. Beim Anblick der leeren Meeresfläche konnte er sich einbilden, dass sich hinter ihm die gleiche Leere erstreckte, dass Insel und Schloss in den Wogen untergegangen waren, geräuschlos, ohne auch nur einen Wirbel zu hinterlassen, dass er mutterseelenallein in der blauen Unendlichkeit des Meeres dahintrieb. Dieses Gefühl der Einsamkeit, das er gesucht hatte, erregte ihn zwar, machte ihm aber keineswegs Angst. Das Meer hatte ihm noch nie Angst eingeflößt. Es war das Element, in dem er sich zu Hause fühlte. Sämtliche Schuldgefühle, Ängste, Unzulänglichkeiten verschwanden, als würden ihn die sanft anrollenden Wellen wie bei einer Taufe von allem Übel erlösen.

Er war froh, dass Clarissa ihn nicht gezwungen hatte, bei der Schlossbesichtigung hinter ihr herzutrotten. Sicherlich gab es da Räume, die er gern gesehen hätte. Aber er würde schon noch Zeit finden, sie auf eigene Faust zu erkunden. Überdies hatte er damit eine Ausrede, sich von ihr fernzuhalten. Mehr als zweimal am Tag zum Schwimmen zu gehen, würde auffallen und unhöflich wirken. Die Bitte hingegen, ob er nicht allein durchs Schloss streifen dürfe, würde sicherlich keinen Anstoß erregen. Vielleicht würde das Wochenende doch nicht so grauenvoll verlaufen.

Er brauchte nur im Wasser eine aufrechte Stellung einzunehmen, um die schneidende Kälte der Unterströmung zu spüren. Aber er ließ sich lieber mit ausgestreckten Armen und Beinen unter der Sonne dahintreiben und fühlte, wie das laue Meerwasser an der Oberfläche streichelnd Oberkörper und Arme überspülte, als liege er in einem warmen Bad. Dann und wann tauchte er den Kopf ins Wasser und öffnete die Augen, um den zarten, grünen Schleier zu betrachten, der vor seinen Augen schwebte. Und tief in seinem Inneren war da noch das keineswegs beängstigende, geradezu tröstliche Gefühl, dass er sich nur aufzugeben, sich nur der Macht und Zärtlichkeit der Wogen auszuliefern brauche, um von aller Schuld und Furcht und allem Minderwertigkeitsgefühl erlöst zu sein. Er wusste freilich, dass er das nie machen würde. Mit solchen Gedanken spielte er nur. Sie waren wie eine Droge, mit der er gefahrlos experimentieren konnte, solange die Dosis gering war und er sich in der Gewalt hatte. Und noch hatte er sich in der Gewalt. Bald war es Zeit, umzukehren, zum Strand zu kraulen, zu überlegen, wie er den Lunch, Clarissa und die nächsten zwei Tage ohne peinliche Szenen oder Vorfälle überstehen könnte. Aber noch empfand er Ruhe, Leere, Ausgeglichenheit.

Nur in solchen Augenblicken vermochte er ohne Schmerz an seinen Vater zu denken. So musste er den Tod gefunden haben, als er an jenem Sommermorgen allein in der Ägäis geschwommen war, wo er gegen die Gezeitenströmung nicht mehr ankam und schließlich kampflos, ohne Furcht aufgegeben, sich dem geliebten Meer ausgeliefert, dessen Urgewalt und Frieden hingenommen hatte. Simon hatte sich diesen Tod so oft beim Schwimmen vorgestellt, dass die Albträume von einst kaum noch wiederkehrten. Er schreckte nicht mehr in dunklen Morgenstunden aus dem Schlaf wie in den ersten Monaten nach dem Tod seines Vaters, als er schweißgebadet vor Angst die Bettdecke von sich stieß, die ihn in die Tiefe zu ziehen schien, als er jede Sekunde jener schrecklichen letzten Minuten selbst noch einmal durchlebte, spürte, wie die Augen vom Meerwasser brannten, als er bodenlose Verzweiflung empfand, wenn er zwischen Wellenkämmen hindurch ein fernes, immer weiter zurückweichendes, unerreichbares Ufer erspähte. Aber so hatte es sich nicht abgespielt. So konnte es nicht gewesen sein. Sein Vater war, umfangen von seiner großen Liebe, dem Meer, friedlich gestorben, ohne sich zu wehren.

Es war Zeit umzukehren. Simon machte eine Wende und begann gleichmäßig und kraftvoll zu kraulen. Als er mit den Füßen den kiesigen Untergrund streifte, kroch er durchgefroren und erschöpfter, als er es erwartet hatte, an Land. Als er aufblickte, sah er zu seiner Überraschung eine dunkel gekleidete, regungslose Gestalt wie einen Wächter neben seiner Kleidung auf ihn warten. Erst nachdem er sich das Wasser aus den Augen gerieben hatte, erkannte er Tolly.

Er stapfte auf sie zu. Sie sagte kein Wort, sondern bückte sich und reichte ihm sein Handtuch. Schwer atmend und fröstelnd rieb er sich Arme und Hals trocken. Ihr prüfender Blick machte ihn verlegen. Weswegen mochte sie nur gekommen sein?

»Warum verschwindest du nicht von hier?«, fragte sie plötzlich. Als sie seine verständnislose Miene sah, fragte sie noch einmal: »Warum gehst du nicht weg von hier? Warum verschwindest du nicht von dieser Insel, aus ihrem Leben?« Sie hatte wie immer mit leiser, rauer, aber beherrschter Stimme gesprochen. Er schaute sie verstört an, während das Salzwasser aus seinem Haarschopf perlte.

»Clarissa verlassen? Aber warum denn? Was meinen Sie damit?«

»Sie will dich nicht mehr. Hast du das nicht gemerkt? Du fühlst dich doch auch nicht glücklich dabei. Warum spielst du dieses Spiel noch weiter mit?«

»Aber ich bin doch glücklich!«, rief er trotzig aus. »Wohin sollte ich auch gehen? Meine Tante nimmt mich nicht mehr auf. Und Geld habe ich auch keins.«

»Ich habe eine Kammer in meiner Wohnung frei«, erwiderte sie. »Ich würde sie dir überlassen für den Anfang. Sie ist nicht groß, war früher mal ein Kinderzimmer. Dort könntest du wohnen, bis du etwas Besseres gefunden hast.«

Ein Kinderzimmer. Er erinnerte sich vage, dass er mal aufgeschnappt hatte, sie habe ein Kind gehabt, ein Mädchen, das gestorben war. Seitdem hatte niemand ihre Tochter mehr erwähnt. Auch er wollte nicht an das tote Mädchen denken. Übers Sterben und den Tod hatte er genug nachgedacht.

»Wo könnte ich etwas Besseres finden?«, erwiderte er. »Wovon sollte ich denn leben?«

»Du bist doch siebzehn, nicht wahr? Du bist kein Kind mehr. In der Schule hast du ausgezeichnete Noten. Irgendetwas wirst du schon finden. Ich habe bereits mit fünfzehn arbeiten müssen. Viele Kinder sogar noch früher.«

»Aber womit soll ich denn Geld verdienen? Ich will doch Pianist werden. Ich brauche Clarissas Geld.«

»Ja, du brauchst Clarissas Geld«, sagte sie.

Das brauchst du auch, dachte er. Darum geht es doch nur. Plötzlich fühlte er sich selbstsicherer, geradezu schlau wie ein Erwachsener. Er war kein Kind mehr, dem man etwas vormachen konnte. Hatte er nicht schon früher ihre Abneigung gespürt, ihre verächtlichen Blicke aufgefangen, wenn sie ihm das Frühstück brachte, an den Tagen, als nur sie und er in der Wohnung waren? Hatte er nicht den stummen Widerwillen wahrgenommen, wenn sie seine schmutzige Wäsche zusammensuchte, sein Zimmer aufräumte? Wenn er nicht wäre, müsste sie höchstens zweimal in der Woche kommen, um nach dem Rechten zu sehen. Es war durchaus verständlich, dass sie ihn loswerden wollte. Wahrscheinlich rechnete sie damit, dass Clarissa sie in ihrem Testament bedenken würde. Sie musste gut zehn Jahre jünger sein, als sie aussah. Und sie war nur eine Hausangestellte. Mit welchem Recht durfte sie ihn dann so vor den Kopf stoßen, Clarissa verleumden, ihn bevormunden, ihm eine schäbige Kammer anbieten, als würde sie ihm damit noch einen Gefallen erweisen? Es wäre ebenso schlimm wie in der Mornington Avenue. Nein, schlimmer noch. Die leise, verführerische Stimme in seinem Inneren redete weiter auf ihn ein. Nein, wie schwer es auch für ihn werden mochte, er wäre doch verrückt, wenn er die Obhut von Clarissa, die immerhin vermögend war, aufgeben würde, um sich Tolly auszuliefern, die kein Geld hatte.

Sie musste seine Gedanken erraten haben. Ohne weiter in ihn zu dringen, sagte sie beinahe demütig: »Du wärst mir nicht im Geringsten verpflichtet. Du hättest nur eine Bleibe.«

Er wollte, dass sie endlich ging. Denn solange die dunkel gekleidete, bedrückende Gestalt vor ihm stand und den ganzen Strand zu versperren schien, konnte er sich nicht von der Stelle rühren, sich nicht ankleiden. Er riss sich zusammen und erwiderte so abweisend wie möglich: »Vielen Dank. Aber ich habe alles, was ich brauche.«

»Was wird, wenn sie dich irgendwann satthat, wie damals deinen Vater?«

Er umklammerte das Handtuch und starrte sie mit weit aufgerissenen Augen an. Über ihnen kreischte eine Möwe schrill wie ein misshandeltes Kind.

»Was wollen Sie damit sagen?«, flüsterte er. »Sie hat meinen Vater doch geliebt. Sie haben sich beide geliebt. Er hat es mir gesagt, bevor er uns, meine Mutter und mich, verlassen hat. So etwas Wunderbares hatte er noch nie erlebt. Er hatte keine Wahl.«

»Man hat immer eine Wahl.«

»Aber sie waren doch ineinander verliebt. Und wie glücklich er war!«

»Warum hat er sich dann ertränkt?«

»Das stimmt nicht!«, rief er aus. »Das glaube ich nicht.«

»Du brauchst es mir nicht zu glauben. Aber denke daran, wenn du an der Reihe bist.«

»Warum hätte er das tun sollen? Warum?«

»Damit es ihr leidtat. Ist das nicht gewöhnlich der Grund, aus dem sich jemand umbringt? Aber er hätte es besser wissen müssen. Clarissa kennt kein Schuldgefühl.«

»Man hat mir gesagt, dass es eine Untersuchung gab. Sie haben herausgefunden, dass es ein Unfall war. Und er hat keinen Abschiedsbrief hinterlassen.«

»Vielleicht hat das Gericht ihn nur nicht zu Gesicht bekommen. Clarissa hat schließlich seine Kleider am Strand gefunden.«

Sie sah auf seine achtlos zusammengelegte Hose und Jacke hinab, die unter einem Stein lagen. Ein Bild drängte sich ihm auf, das so gestochen scharf war, als wäre es eine Erinnerung. Ein grober Sandstrand, heiß wie glühende Kohlen, ein unbekanntes, rötlich blau gestreiftes Meer bis hin zum Horizont. Clarissa steht da, der Wind bauscht ihre weiten Ärmel, ein Zettel flattert in ihrer Hand. Dann wirbeln grellweiße Papierfetzen wie Blütenblätter durch die Luft, fallen verstreut ins Wasser, treiben dahin, verlieren sich in der Brandung. Das Meer hatte die Leiche seines Vaters erst drei Wochen später angeschwemmt. Knochen und Fleisch, selbst wenn die Fische daran knabbern, verrotten nun einmal nicht so schnell wie Papierschnipsel. Aber das konnte nicht die Wahrheit sein. Nichts davon stimmte. Hatte sie ihm nicht vorhin gesagt, dass man sich auch anders entscheiden könne? Er entschied, dass das nicht stimmen konnte. Er sah zu Boden, damit er ihr nicht in die Augen, ihren bohrenden Blick nicht sehen musste, der viel mehr sagte, als Worte es vermocht hätten. Um seine Wade hatte sich Seetang geschlungen. Das Büschel glich einer bräunlichen, verkrusteten Wunde, an der das Blut schon getrocknet war. Er bückte sich und wollte es abstreifen, doch es haftete wie eine schleimige Fessel. Er spürte, dass sie ihn beobachtete.

»Und was machst du, wenn sie stirbt?«, fragte sie.

»Warum sollte sie sterben? Sie ist doch nicht krank, oder? Sie hat mir jedenfalls nichts davon gesagt. Was fehlt ihr denn?«

»Nichts. Ihr fehlt nichts.«

»Wieso sagen Sie dann, dass sie sterben könnte?«

»Sie bildet sich ein, dass sie bald sterben muss. Wenn sich ein Mensch so etwas ganz fest einbildet, stirbt er auch.«

Vor Erleichterung pochte sein Herz schneller. Was für ein unsinniger Gedanke! Sie wollte ihm doch nur Angst einjagen. Jetzt war ihm alles klar. Sie war schon immer ebenso neidisch auf ihn gewesen wie auf seinen Vater.

Er griff nach seiner Jacke und versuchte, trotz des Zähneklapperns so beherrscht wie möglich zu sprechen: »Sollte sie sterben, so bin ich sicher, dass sie Ihnen in ihrem Testament etwas vermacht hat. Ich würde mir da an Ihrer Stelle keine Sorgen machen. Und jetzt wäre es nett, Sie würden mich endlich allein lassen, damit ich mich anziehen kann. Ich friere. Außerdem ist es Lunchzeit.«

Kaum hatte er das gesagt, schämte er sich. Wortlos drehte sie sich um und ging. Dann schaute sie noch einmal zurück, und ihre Blicke trafen sich. Was sie in seinen Augen sah, wusste er: Scham und Furcht. Er hingegen war auf Zorn und Groll in ihrem Blick gefasst. Doch mit Mitleid hatte er nicht gerechnet.

12. Kapitel

Eine lange Backsteinarkade mit Säulen und Bogen aus kunstvoll gesetzten Natursteinen führte am Rosengarten und dem Schwimmbassin vorbei zum Theater. Als Ivo Whittingham allein und ein wenig verspätet dorthin ging, um wenigstens einen Teil der Generalprobe mitzuerleben, stellte er sich vor, wie die Gäste in der Viktorianischen Epoche nach dem Dinner unter den Arkaden gemächlich dahingeschlendert sein mochten. Er sah kostbare Satin- und Samtroben, milchige Arme und Nacken; Schmuck funkelte an Dekolletés und im hochgesteckten Haar; die weißen Hemden der Herren schimmerten im Mondlicht. Das Theater selbst überraschte ihn, allerdings weniger durch die ausgewogenen Proportionen, die er erwartet hatte, sondern eher durch den Kontrast zum Schloss. Stammte es etwa von einem anderen Architekten? Er musste Ambrose danach fragen. Falls es tatsächlich Godwin entworfen hatte, musste sich sein Auftraggeber mit seinem Wunsch nach Pracht und Pomp über die Vorliebe des Architekten für Leichtigkeit und noble Zurückhaltung hinweggesetzt haben. Selbst jetzt, da nur die Hälfte der Lampen brannte, wirkte das Theater prunkvoll. Der dunkelrote Samt der Vorhänge und Sitze hatte zwar schon seinen Glanz verloren, war aber sonst noch gut erhalten. Die Kerzen waren durch Glühbirnen ersetzt worden, eine Modernisierung, die Ambrose Qualen verursacht haben musste, aber die hübschen, gewundenen Lampenschirme hatte man beibehalten, und von der Kuppeldecke hing der ursprüngliche Kronleuchter aus funkelndem Kristallglas herab. Wohin Whittingham auch blickte, überall sah er Ornamente, die zwar überladen, prächtig, zuweilen auch hübsch wirkten, aber handwerklich stets kunstvoll gestaltet waren. Die Logenbrüstung schmückten vergoldete, dralle Putten, die Blumengirlanden hielten oder Trompeten an die gespitzten Münder setzten. Die üppig mit Schnitzereien verzierte Mittelloge mit dem Wappen des Prinzen von Wales und den Doppelsitzen, die an Thronsessel erinnerten, musste selbst eingefleischte Monarchisten zufriedengestellt haben. Whittingham setzte sich an den Rand der vierten Parkettreihe und wollte nicht länger als eine Stunde bleiben. Er wollte bei den Darstellern keinesfalls den Eindruck entstehen lassen, er sei nach Courcy gekommen, um ihre Aufführung zu begutachten. Seine Stippvisite sollte so aussehen, als interessiere er sich weniger dafür, was sie aus John Websters Tragödie machten, als für die mit diesem Theater verbundenen Glanzzeiten, Skandale und Histörchen. Er freute sich über den einst für ein breites viktorianisches Gesäß entworfenen Sitz, der so herrlich bequem war. Denn der Nachmittag war für ihn immer die schlimmste Tageszeit. Da lag ihm der Mittagsimbiss, so karg er auch gewesen sein mochte, schwer wie ein Stein im schmerzenden Magen, und seine Milz, auf die er besänftigend die Hände legte, fühlte sich an, als sei sie noch größer und härter geworden. Er ließ sich in den samtigen Plüsch sinken, erspähte Cordelia, die aufrecht und stumm ein paar Sitze entfernt in derselben Reihe saß, und versuchte, sich auf das Bühnengeschehen zu konzentrieren.

De Ville, ein Regisseur, dem die modernen Dramatiker sicher mehr lagen, hatte die Darsteller offensichtlich angewiesen, eher auf den Wortsinn als auf die richtige Betonung der Verse zu achten, was sich bei einem Shakespeare-Stück verheerend ausgewirkt hätte, bei Websters holprigen Reimen jedoch durchaus angebracht war. Zudem ging es auf diese Weise schneller voran. Whittingham war von jeher der Ansicht gewesen, dass es nur eine Möglichkeit gab, Websters Stücke zu inszenieren: nämlich als stilisierte Tragödien mit Figuren, die lediglich Typen menschlicher Gier, Verkommenheit und Wollust waren, die dem unabwendbaren, orgiastischen Ende entgegenstrebten, dem Wahnsinn und dem Tod. Aber De Ville, der wohl nur widerwillig mit Laien arbeitetete, bemühte sich offenbar um einen Anschein von Realismus. Whittingham war gespannt darauf, wie der Regisseur mit all den Gräueln im Stück zurechtkam. Er konnte froh sein, wenn die abgeschnittene Hand oder das Gefasel der Irren den Zuschauern kein unterdrücktes Gelächter entlockten. Ein Drama, in dem es hauptsächlich um Rache ging, war kaum das geeignete Stück für ein unerfahrenes Publikum. Aber welche klassische Tragödie war das schon? Webster, dieser Dichter des Grausigen, bei dem eine Gräueltat auf die andere folgte, dass es einem übel werden konnte, und der dann unvermittelt mit unvergleichlich schönen Worten aufwartete, verlangte sicherlich mehr als theaterbesessene Laienspieler wie diese. Allerdings brauchte De Ville mit ihnen nur eine einzige Aufführung zu absolvieren. Was den Amateur vom Profi unterschied, war nicht die Leistung eines einzigen Abends, sondern das, was man auf die Dauer brachte, Abend für Abend und in den zwei Nachmittagsvorstellungen pro Woche. Und zwar drei Monate oder gar noch länger. Whittingham hatte schon gehört, dass das Drama in viktorianischen Kostümen aufgeführt werden sollte. Anfangs war ihm diese Idee abwegig, ein wenig lächerlich vorgekommen. Aber nun sah er den Sinn dahinter. Die Bühne und der kleine Zuschauerraum verschmolzen so zu einer beklemmenden Schreckenskammer. Die hochgeschlossenen

Kleider und die Turnüren waren Zeichen einer Sexualität, die umso lüsterner wirkte, als sie jegliche Blöße scheute und sich mit Biederkeit tarnte. Witzig fand er auch den Einfall, den Bosola als Hochlandschotten im Kilt auftreten zu lassen. Man konnte sich Königin Viktorias langjährigen Kammerdiener Brown jedoch nur schwer als diesen vielschichtigen Charakter vorstellen, in dem sich Nihilismus und unterdrückter Adelsstolz trafen.

Seit fünfundvierzig Minuten probten die vier Hauptdarsteller nun schon. De Ville ließ ihnen ziemlich freie Hand. Aus seinem dicken Froschgesicht sprach Resignation. Wahrscheinlich verübelte er es ihnen, dass man ihm sein Nachmittagsnickerchen missgönnt und eine erneute Überfahrt zugemutet hatte, um Clarissas Wunsch nach einer Generalprobe ihrer wichtigsten Szenen mit Kostümen zu entsprechen. Ivo Whittingham warf einen Blick auf seine Uhr. Wie erwartet überkam ihn Langeweile. Aber es graute ihm vor jeder Bewegung. Er blickte die Sitzreihe entlang und musterte Cordelias Gesicht, das auf die Bühne gerichtet war, ihr festes, aber fein geschwungenes Kinn, ihren hübschen Nacken. Vor zwei Jahren noch, dachte er, hätte sie ihn durchaus gereizt, hätte er sich angestrengt, um mit ihr vor Ablauf des Wochenendes ins Bett zu gehen, und die Möglichkeit, abgewiesen zu werden, verdrängt. Bei dem Gedanken an seine alten Liebschaften verspürte er keinen Abscheu, eher Erstaunen über so viel Zeit, so viel Strategie, so viel Energie für ein derart kümmerliches Mittel gegen Langeweile. Für das bisschen Befriedigung war der Aufwand viel zu groß gewesen. Nicht die Lust hatte ihn getrieben, sondern das Bedürfnis, sich selbst zu beweisen, dass er noch immer anziehend war. Was hätte er davon, mit ihr ins Bett zu gehen, außer einer flüchtigen Streicheleinheit für sein Ego, die ohnehin kaum wichtiger wäre als das Essen, der Wein oder die Gespräche nach dem Dinner, die für ihn der Maßstab für ein gelungenes Wochenende waren? Er hatte schon immer versucht, seine

Affären so zu gestalten, dass man höflich miteinander umging und sich Vergnügen bereitete, ohne sich zu binden. Trotzdem hatten sie stets mit Szenen geendet, mit Beschimpfungen, Peinlichkeiten, mit Ekel. Mit Clarissa war es nicht anders gewesen, außer dass die Auseinandersetzungen weitaus niederträchtiger gewesen waren und der Ekel viel länger angehalten hatte. Bei der Affäre mit Clarissa hatte er den Fehler begangen, sich emotional zu binden. Zumindest in den ersten sechs Monaten, als er Simon Lessings Vater die Hörner aufgesetzt hatte, hatte er noch einmal all die Qualen, Ekstasen und Ungewissheiten der Liebe durchlebt.

Er blickte zur Bühne. Sie spielten eben die zweite Szene des dritten Akts. Clarissa, die einen bauschigen, spitzenbesetzten Morgenmantel trug, saß vor dem Spiegel, während Cariola, die Haarbürste in der Hand, dienstbeflissen wartete. Der Frisiertisch war wie alle Requisiten echt und stammte wohl aus dem Schloss. Dass man das Stück in der Zeit um 1890 angesiedelt hatte, erwies sich noch in anderer Hinsicht als vorteilhaft. Die Musik zu dieser Szene kam von einer Spieldose, die auf dem Frisiertisch stand und ein Potpourri schottischer Volkslieder herunterleierte. Wahrscheinlich war auch sie ein Stück aus der Sammlung von Ambrose Gorringe, aber den Einfall hatte wohl Clarissa gehabt. Die Szene ließ sich gar nicht so schlecht an. Er hatte fast vergessen, wie hinreißend Clarissa aussehen konnte, welche Ausdruckskraft ihre hohe, zuweilen brüchige Stimme hatte, wie anmutig sie Arme und Körper bewegte. Sie war sicherlich keine zweite Suzman oder Mirren, aber sie vermochte durchaus etwas von der erotischen Hochspannung, der Verletzlichkeit, der Heftigkeit einer sehr verliebten Frau zu vermitteln. Überraschend war das eigentlich nicht. Es war eine Rolle, die sie in ihrem Leben oft genug gespielt hatte. Dennoch war es eine bewundernswerte Leistung, obwohl ihr Partner den Antonio als einen pomadigen englischen Kavalier vom Land darstellte, der über seine Standesstränge schlägt. Nur die Cariola war eine glatte Fehlbesetzung. Sie wirkte fahrig und zickig, trippelte mit ihrem Rüschenhäubchen über die Bühne wie eine Soubrette in einer französischen Komödie.

Als sie sich zum dritten Mal verhaspelte, rief De Ville ungehalten: »Sie brauchen sich nur diese drei Zeilen zu merken! So schwer kann das doch nicht sein. Und lassen Sie dieses Kokettieren! Wir sind doch nicht beim Musical! Die Szene noch einmal von vorn!«

»Aber die Szene ist doch schwungvoll und spritzig!«, protestierte Clarissa. »Ich komme völlig aus der Stimmung, wenn wir ständig wiederholen müssen.«

»Von vorn!«, rief De Ville.

Clarissa zögerte, zuckte dann mit den Schultern und blieb stumm sitzen. Die übrigen Darsteller blickten sich verstohlen an, traten von einem Bein aufs andere und warteten ab. Whittinghams Interesse erwachte wieder. Allmählich verliert sie die Geduld, dachte er.

Plötzlich packte Clarissa die Spieldose und klappte sie zu. Es klang wie ein Pistolenschuss. Das Geklimper verstummte jäh. Es herrschte Totenstille, als hielten alle den Atem an. Clarissa sprang auf und trat ins Rampenlicht.

»Diese verdammte Spieldose geht mir auf die Nerven! Wenn wir schon Hintergrundmusik bei dieser Szene haben müssen, dann sollte Ambrose etwas Geeigneteres finden als diese dümmlichen Volksweisen. Die machen mich wahnsinnig. Den Zuschauern wird es nicht anders gehen.«

Whittingham war überrascht, hinter sich im Zuschauerraum die Stimme von Gorringe zu hören. Er fragte sich, wie lange der schon unbemerkt dort gesessen hatte.

»Soweit ich mich erinnere, war es deine Idee«, rief Gorringe ruhig.

»Ich wollte eine Spieldose, aber kein dämliches schottisches Potpourri. Müssen überhaupt so viele Leute hier herumsitzen? Cordelia, können Sie sich nicht irgendwie nützlich machen? Wir zahlen Ihnen weiß Gott nicht wenig. Tolly wäre froh, wenn Sie ihr beim Bügeln der Kostüme helfen würden, oder wollen Sie den ganzen Nachmittag auf Ihrem Hintern sitzen?«

Cordelia erhob sich. Selbst im Dämmerlicht sah Whittingham, dass sie rot anlief, dass sie den Mund halb öffnete, als wolle sie etwas entgegnen, dann aber entschlossen die Lippen aufeinanderpresste. Trotz des offenen, zuweilen forschenden Blicks, der irritierenden Ehrlichkeit und der beherrschten Selbstsicherheit schien sie im Grunde noch ein empfindsames Mädchen zu sein. Zorn stieg in ihm hoch, heftiger, ehrlicher Zorn, der ihm guttat. Er war verwundert, dass er so etwas überhaupt noch empfinden konnte. Mühsam richtete er sich auf. Er bemerkte, dass alle Augen auf ihm ruhten.

»Miss Gray und ich machen jetzt einen kleinen Spaziergang«, sagte er gelassen. »So fesselnd ist die Aufführung bislang nicht gewesen. Außerdem ist die Luft draußen nicht so aufgeladen.«

Während die Darsteller ihnen wortlos nachschauten, gingen sie hinaus.

»Ich danke Ihnen, Mr Knightley«, sagte sie draußen.

Er lächelte. Auf einmal fühlte er sich wohl, sehr wohl sogar. Auch sein geplagter Körper kam ihm sonderbarerweise leichter vor.

»Ich fürchte, dass ich in meinem derzeitigen Zustand keinen so guten Tänzer abgeben würde wie jener Mr Knightley. Und wenn ich Sie mit einer Gestalt aus Jane Austens *Emma* vergleichen müsste, wäre es gewiss nicht die arme Harriet. Sie dürfen Clarissa nicht böse sein. Wenn sie nervös ist, wird sie ausfallend.«

»Eine bedauerliche Eigenschaft, aber nicht zu entschuldigen.«

»Und bei Grobheiten in der Öffentlichkeit«, sprach er weiter,

»reagiere ich aufgebracht wie ein Kind, was mich nur in dem Moment befriedigt. Wenn Sie das nächste Mal mit ihr unter vier Augen sind, wird sie sich vielmals entschuldigen.«

»Das kann ich mir denken.« Sie wandte ihm das Gesicht zu und lächelte. »Ich würde tatsächlich gern spazieren gehen, wenn es Sie nicht allzu sehr anstrengt.«

Er dachte sich, dass sie der einzige Mensch auf der Insel war, der ihm so etwas sagen konnte, ohne dass es ihn kränkte oder in Verlegenheit brachte.

»Wie wärs mit einem Gang am Strand entlang?«, fragte er.

»Ich habe nichts dagegen.«

»Ich fürchte nur, dass wir uns Zeit lassen müssen.«

»Aber das macht doch nichts!«

Wie nachsichtig sie ist, so freundlich, selbstsicher und würdevoll, dachte er. Lächelnd bot er ihr den Arm. »Bei so einem Opfer spenden selbst die Götter Weihrauch, liebe Cordelia. Gehen wir!«

13. Kapitel

Sie schlenderten nebeneinander den Küstensaum entlang, wo der feste Sand das Gehen erleichterte. Der Strand war schmal, hin und wieder von verfallenen Buhnen unterbrochen und landeinwärts von einer niedrigen Steinmauer begrenzt, hinter der baumbewachsene Klippen aus bröckeligem Gestein aufragten. Das ansteigende Gelände musste einst bepflanzt worden sein. Zwischen den Buchen und Eichen sah man Lorbeerbüsche, alte Rosensträucher, die sich zwischen dem dicken Laub der Rhododendren hindurchwanden, vom Wind zerzauste, verholzte Geranien, Hortensien, deren Bronzefarbe, Zitronengelb und Purpurrot, wie Cordelia meinte, in der herbstlichen Tönung viel hübscher und geheimnisvoller wirkten als in der grellen Farbigkeit des Hochsommers. Sie fühlte sich geborgen bei ihrem Begleiter und wünschte sich einen Augenblick, sich ihm anvertrauen zu können, aber ihr Auftrag zwang sie, sich zu verstellen. Eine Viertelstunde etwa schritten sie in harmonischem Schweigen dahin.

»Es mag eine dumme Frage sein«, sagte er dann, »aber Gray ist kein häufiger Name. Sie sind doch nicht zufällig mit einem Redvers-Gray verwandt?«

»Er war mein Vater.«

»Ihre Augen haben mich darauf gebracht. Ich bin ihm zwar nur einmal begegnet, aber er hatte ein Gesicht, das man nicht vergisst. Als ich noch Student in Cambridge war, waren wir alle stark von ihm beeindruckt. Er hatte die Gabe, geschliffene und dennoch glaubwürdige Reden zu halten. Heute haben Rhetorik und politische Utopien bedauerlicherweise nicht nur einen schlechten Ruf, sondern sind dazu noch äußerst unmodern, was für einen Mann wie ihn wohl das endgültige Aus bedeutet. Ich schätze, dass man ihn vergessen hat. Ich hätte ihn gern näher gekannt.«

»Ich auch«, erwiderte Cordelia.

Er sah sie forschend an. »So war das also! Ein idealistischer Revolutionär denkt über die gesamte Menschheit nach, aber ist nicht in der Lage, sich um sein eigenes Kind zu kümmern. Ich will ihn da nicht kritisieren. Ich habe es mit meinen eigenen Kindern selbst nicht besser geschafft.

Man sollte mit Kindern über alles Mögliche reden, mit ihnen spielen, sich ihnen widmen, solange sie noch klein sind. Wenn man sich nicht mit ihnen beschäftigt, darf man sich nicht wundern, dass man sich nicht mag, wenn sie älter werden. Als meine Kinder Jugendliche waren, hatte ich auch nicht mehr viel für ihre Mutter übrig.«

»Wenn wir mehr Zeit miteinander verbracht hätten, hätte ich ihn vermutlich gemocht«, meinte Cordelia. »Ich habe mal zusammen mit ihm und seinen Genossen ein halbes Jahr in Deutschland und Italien verbracht. Leider starb er kurz danach.«

»Das hört sich an, als sei sein Tod ein Verrat gewesen. Vielleicht war es auch so.«

Cordelia dachte an jenes halbe Jahr. In diesen Monaten hatte sie für seine Genossen gekocht, eingekauft, Botschaften überbracht, was manchmal nicht ungefährlich gewesen war, Unterkünfte besorgt, Zimmervermieterinnen und Ladenbesitzer um Nachsicht gebeten und die Kleidung geflickt. Ihr Vater und seine Genossen hatten zwar die Gleichstellung der Frauen angestrebt, sich aber nie im Haushalt beteiligt, was diese Gleichstellung ermöglicht hätte. Und wegen dieses Nomadendaseins hatte er sie aus dem Klosterinternat geholt und damit ihr Studium in Cambridge verhindert. Groll empfand sie deswegen längst nicht mehr. Dieser Lebensabschnitt war endgültig vorbei. Sie hoffte nur, dass sie ihm damals etwas hatte geben können, und wenn es nur Geborgenheit gewesen war. Bald darauf hatte sie den Doppelnamen Redvers-Gray aufgegeben und sich eingeredet, er sei nur unnötiger Ballast. Damals hatte sie gerne Browning gelesen, und sie fragte sich, ob hinter der Namensverleugnung nicht mehr gesteckt hatte, vielleicht eine Art Rache. Doch da ihr dieser Gedanke peinlich war, verdrängte sie ihn schnell. Sie hörte Whittinghams Stimme.

»Wer hat Sie denn erzogen? Damals sah man in der Zeitung immer wieder Fotos von ihm, wie er von der Polizei abgeführt wurde. Solange man jung ist, mag so etwas noch heroisch sein, später kann es leicht peinlich und lächerlich wirken. Ich erinnere mich nicht, dass ich seinerzeit etwas von einer Tochter oder Ehefrau gehört habe.«

»Meine Mutter ist bei meiner Geburt gestorben.«

»Und wer hat sich um Sie gekümmert?«

»Ich war bei verschiedenen Pflegeeltern. Mit elf bekam ich einen Freiplatz in einem Klosterinternat. Das war ein Irrtum, nicht das Stipendium, sondern die Wahl dieser Schule. Man hatte meinen Namen mit einem C. Gray, einem Katholiken, verwechselt. Ich kann mir nicht denken, dass das meinem Vater gefiel. Aber als er sich die Zeit nahm, auf das Schreiben des Fürsorgebeamten zu antworten, war ich längst dort untergebracht. Man wollte mich nicht mehr gehen lassen. Auch ich wollte bleiben.«

Whittingham lachte auf. »Redvers-Grays Tochter in einem Klosterinternat! Hat man es geschafft, Sie zum rechten Glauben zu bekehren? Vielleicht hätte Ihr Vater, dieser unverbesserliche Atheist, dann gelernt, Briefe ein wenig schneller zu beantworten.«

»Nein, man hat mich nicht bekehrt. Man hat es auch nicht versucht. Ich war zwar kein gläubiges Kind, aber völlig glücklich in meiner unbelehrbaren Unwissenheit. Ein beneidenswerter Zustand! Außerdem war ich gern im Internat. Es war das erste Mal in meinem Leben, dass ich mich geborgen fühlte. Das Leben war dort nicht mehr schrecklich.«

Noch nie hatte sie, die sonst nur zögernd Vertrauen fasste, so offen über ihre Internatszeit gesprochen. Sie überlegte, ob ihre ungewohnte Freimütigkeit damit zusammenhing, dass sie wusste, er würde bald sterben? Der Gedanke kam ihr gemein vor, und sie verdrängte ihn wieder.

»Dann stimmen Sie sicher Yeats zu, der mal schrieb: ›Wo anders als im Bannkreis von Brauch und Sitte gedeihen Unschuld und Schönheit‹?«, fragte Whittingham. »Ich kann verstehen, dass Sie dort Ruhe gefunden haben, wenn sich sogar Verfehlungen in verzeihliche Sünden und Todsünden einteilen ließen. Todsünde. Ich mag diesen Ausdruck, auch wenn mir das Dogma dahinter missfällt. Darin klingt Endgültigkeit mit. Er verleiht dem Verbrechen Würde, gibt ihm Format und Gewicht. Ich kann mir vorstellen, dass man sich eines Tages betroffen fragt: ›Was habe ich nur mit meiner Todsünde getan? Ich muss sie irgendwo verlegt haben.‹ Man kann sie auch hübsch verpackt mit sich herumtragen.«

Er stolperte. Cordelia streckte den Arm aus, um ihm Halt zu bieten. Seine knochige Hand mit der trockenen, schlaffen Haut fühlte sich kalt an. Er sah erschöpft aus. Der Spaziergang über den kiesigen Sand musste ihn angestrengt haben.

»Setzen wir uns doch!«, schlug sie vor.

Oberhalb fanden sie eine in den Fels gehauene Grotte mit einer halbrunden Marmorbank und einem Mosaikboden, der von Sprüngen durchzogen und teilweise überwuchert war. Sie half ihm die Böschung hinauf und achtete darauf, dass er auf den Grasbüscheln und den halb im Erdreich versunkenen Steinstufen Halt fand. Obwohl die Rückenlehne noch von der Sonne aufgewärmt war, fröstelte es sie in ihrer dünnen Bluse. Sie setzten sich nebeneinander, ohne sich zu berühren, und ließen sich die Sonne aufs Gesicht scheinen. Über ihnen ragte eine Buche empor. Die Rinde am Stamm und an den Ästen erinnerte mit ihrem zarten Schimmer an einen blassen Mädchenarm. Das fein geäderte Laub, das sich schon herbstlich golden zu verfärben begann, schien das Sonnenlicht zu spiegeln. Es war windstill und ruhig. Nur hin und wieder wurde die Stille vom Schrei einer Möwe zerrissen. Unter ihnen bedeckte das Meer ruhelos den Strand mit weißem Schaum.

Nach einer Weile sagte Whittingham, der die Augen noch immer geschlossen hielt: »Ich denke mir, dass eine Todsünde etwas Besonderes sein muss, etwas, das ausgefallener und bedeutsamer ist als all die Notlügen, Gemeinheiten und sonstigen Verfehlungen, die wohl jeder im Alltag begeht.«

»Sie ist ein schwerer Verstoß gegen die Gebote Gottes und liefert die Seele der ewigen Verdammnis aus«, erwiderte Cordelia. »Aber man muss sie wissentlich und auch absichtlich begehen. Es gibt also feste Regeln. Jeder Katholik wird es Ihnen bestätigen.«

»Etwas Böses also«, sagte er, »sofern das Wort einem etwas sagt, sofern man an die Existenz des Bösen glaubt.« Cordelia dachte an die Klosterkapelle, an den Altar mit den flackernden Kerzen, wie sie zusammen mit den anderen Mädchen, die gläubig Gebete murmeln, den mit einem Spitzentuch bedeckten Kopf neigte. »Und erlöse uns von dem Bösen.« Sechs Jahre lang hatte sie diese Worte mindestens zweimal täglich vor sich hin gesagt, bis sie sich fragte, was das denn sein könne, wovon sie Erlösung erflehte. Das hatte ihr dann schließlich nach Bernies Tod ihr erster Fall gezeigt. Im Schlaf, aber auch im wachen Zustand hatte sie den grauenhaften Vorfall immer wieder nacherlebt, bei dem sie gar nicht Zeuge gewesen war: ein bleicher, lang gezogener Hals. Das verzerrte Gesicht eines Jungen, der an einem Seil baumelte. Die verkrampften Füße schienen den Boden berühren zu wollen. Als sie seinem Mörder ins Gesicht geblickt hatte, hatte sie begriffen, was das Böse ist.

»Ich glaube an die Existenz des Bösen«, sagte sie.

»Dann hat Clarissa etwas getan, das Sie als böse bezeichnen müssten. Ich weiß zwar nicht, ob Ihre braven Klosterschwestern darin eine Todsünde sehen würden. Aber Wissen und Absicht waren schon dabei. Und ich habe das Gefühl, dass sich die Sünde für Clarissa als tödlich erweisen könnte.«

Sie erwiderte nichts darauf. Sie wollte es ihm nicht zu leicht machen, musste sich aber nicht zum Schweigen zwingen. Sie wusste, dass er weiterreden würde.

»Es geschah während einer Aufführung von *Macbeth* im Juli 1980. Tolly, das heißt Miss Tolgarth, hatte vier Jahre vorher eine uneheliche Tochter geboren. Man machte daraus kein großes Geheimnis. Die meisten von uns in Clarissas Umfeld wussten von Vicky: ein süßes Kind, ernst, nicht eben redselig, außerdem intelligent, soweit man das in diesem Alter schon sagen kann. Manchmal nahm Tolly sie ins Theater mit, aber sonst hielt sie Privatleben und Beruf strikt getrennt. Sie engagierte eine Kinderfrau, die sich um Vicky kümmerte, wenn sie im Theater war. Es kam ihr gelegen, dass sie abends meistens arbeiten musste. Vom Vater wollte sie kein Geld annehmen. Ich glaube, sie betrachtete Vicky als ihren ureigenen Besitz. Deshalb wollte sie wohl nicht, dass der Vater etwas zum Lebensunterhalt beitrug. Zwei Tage vor der ersten *Macbeth*-Aufführung geschah es dann. Clarissa war im Theater bei der Generalprobe, und die Kinderfrau passte auf Vicky auf. Doch das Kind riss unbemerkt aus, lief auf die Straße und spielte am Randstein hinter einem geparkten Lastwagen. Es kam, wie es kommen musste. Der Fahrer sah das Kind nicht, als er mit dem Lastwagen zurücksetzte. Vicky wurde schwer verletzt. Man brachte sie ins Krankenhaus, wo sie sofort operiert wurde. Das überstand sie noch verhältnismäßig gut. Wir dachten schon, sie sei über den Berg. Aber am Premierenabend teilte das Krankenhaus um kurz vor zehn Uhr telefonisch mit, dass sie einen Rückfall habe und Tolly sofort kommen solle. Clarissa nahm den Anruf entgegen. Sie war gerade von der Bühne gekommen, um vor dem dritten Akt das Kostüm zu wechseln. Sie konnte sich nicht vorstellen, in diesem Augenblick auf ihre Garderobiere zu verzichten. Sie hörte sich alles an und legte dann auf. Tolly berichtete sie nur, dass man im Krankenhaus ihren Besuch wünsche, aber es eile nicht; nach der Aufführung sei immer noch Zeit. Als Tolly im Krankenhaus anrufen wollte, ließ Clarissa es nicht zu. Wenige Minuten nach der Vorstellung rief man vom Krankenhaus abermals an und teilte mit, dass Vicky gestorben sei.«

»Woher wissen Sie das alles?«

»Ich habe später im Krankenhaus angerufen und mich genau nach der ersten Mitteilung erkundigt. Außerdem war ich in Clarissas Garderobe, als der erste Anruf kam. Ich hatte damals gewisse Privilegien, was Clarissa anbelangt. Ich war allerdings nicht mehr da, als Clarissa Tolly vom Wegfahren abhielt. Das hätte ich nicht zugelassen. Zumindest bilde ich es mir ein. Aber ich war dabei, als der Anruf kam. Danach habe ich mich wieder in den Zuschauerraum gesetzt. Nach der Aufführung ging ich hinter die Bühne, um Clarissa zum Abendessen abzuholen. Tolly war noch da. Eine Viertelstunde später kam vom Krankenhaus die Nachricht, ihre Tochter sei tot.«

»Als Sie erfuhren, was geschehen war, wurden Ihnen wohl Ihre sogenannten Privilegien entzogen?«

»Ich würde Ihnen gern bestätigen, dass es so war. Aber die Wahrheit ist weniger schmeichelhaft. Clarissa wurde aus zwei Gründen meine Geliebte: Ich hatte mir einen Namen gemacht, und Einfluss hat auf Clarissa schon immer anziehend gewirkt. Außerdem rechnete sie damit, dass sie, wenn sie einmal in der Woche mit mir schlief, gute Kritiken erhalten würde. Als sie dann erkannte, dass sie sich verkalkuliert hatte – wie die meisten Männer bin auch ich ein Schuft, aber in dieser Hinsicht nicht –, war es aus mit den Privilegien. Es gibt nun mal Vergünstigungen, die man besser nicht im Voraus gewährt.«

»Warum erzählen Sie mir das alles?«

»Weil ich Sie mag. Ich möchte mir dieses Wochenende nicht dadurch verderben, dass ich zusehen muss, wie ein weiterer Mensch, den ich achte, Clarissas Charme erliegt. Sie besitzt nämlich Charme, selbst wenn sie ihn Ihnen gegenüber bislang nicht ausgespielt hat. Ich möchte nicht, dass Sie sich von ihr gängeln lassen wie all die anderen. Ich hoffe, Sie besitzen so viel Menschenverstand, dass Schmeicheleien Ihnen nichts anhaben können, ob sie nun erotischer oder anderer Art sind. Aber sicher bin ich mir da nicht. Deswegen erweise ich mich abermals als Verräter, um Sie davor zu schützen.«

»Wer war eigentlich Vickys Vater?«

»Das weiß niemand außer vielleicht Tolly. Und sie spricht nicht darüber. Die Frage ist: Wen hielt Clarissa für den Vater?«

Cordelia blickte ihn erstaunt an. »Doch nicht ihren Mann?«

»Der arme, dumme Lessing? Denkbar wäre es schon, aber nicht wahrscheinlich. Er war damals erst ein Jahr mit Clarissa verheiratet. Ich gebe zu, dass sie ihm schon damals das Leben zur Hölle machte, aber ich kann mir nicht vorstellen, dass er sich auf diese Weise rächen wollte. Ich vermute, es war De Ville. Er verlangt von einer Frau lediglich, dass sie hübsch, willig und keine Schauspielerin ist.

Bei Frauen, die der Schauspielergewerkschaft angehören, ist er impotent, heißt es, aber das kann auch nur sein Trick sein, Beruf und Privatleben zu trennen.«

»De Ville, der hier auf Courcy das Stück von Webster inszeniert? Meinen Sie denn, dass Clarissa sich in ihn verliebt hatte?«

»Was Clarissa unter Liebe versteht, weiß ich nicht. Vielleicht wollte sie ihn nur haben, um sich zu beweisen, dass sie auch ihn herumkriegen kann. Eins ist sicher: Hätte er nicht mitgespielt, hätte sie ihm eine Affäre mit ihrer Garderobiere nicht so schnell verziehen.«

»Warum hat er den Auftrag überhaupt angenommen? Er ist doch ein namhafter Regisseur. Er bräuchte sich nicht mit einer Laienspielgruppe abzugeben, noch dazu außerhalb von London.«

»Warum sind wir alle hier? De Ville sieht in Courcy möglicherweise ein künftiges Glyndebourne, ein weltberühmtes Zentrum für experimentelles Theater. Er erhofft sich wohl eine Chance. Er ist nicht gerade gefragt im Moment. Vor einiger Zeit hatte er großen Erfolg mit seinen Ideen. Aber jetzt treten jüngere, geschäftstüchtigere Regisseure auf den Plan. Wenn er bereit ist, Geld auszugeben, könnte Ambrose durchaus etwas aus seinem Festival machen. Nicht in finanzieller Hinsicht. Ein Theater, in das nur hundert Zuschauer passen, kann keine Goldgrube sein, zumal ein Unwetter eine Aufführung jederzeit zum Platzen bringen kann. Aber wenn er Clarissa erst mal losgeworden ist, könnte es durchaus Spaß machen.«

»Will er sie denn loswerden?«

»Aber ja«, antwortete Whittingham gleichmütig. »Ist Ihnen das nicht aufgefallen? Clarissa will alles für sich, ihn, sein Theater und seine Insel. Ambrose liebt sein kleines Königreich, aber Clarissa ist hartnäckig in ihrem Eroberungsdrang.«

Cordelia musste an das kleine Mädchen denken, das hinter geschlossenen Vorhängen einsam in einem viel zu hohen, sterilen

Krankenhausbett gelegen hatte. War es noch bei Bewusstsein gewesen? Hatte Vicky gewusst, dass sie sterben musste? Hatte sie nach ihrer Mutter gerufen? War sie verlassen und angsterfüllt gestorben?

»Ich begreife nicht, wie Clarissa mit diesem Wissen weiterleben kann«, sagte sie.

»Ich bin mir da nicht sicher, dass sie es kann. Wenn ein Mensch Angst vorm Sterben hat, kann es auch daran liegen, dass er das dumpfe Gefühl hat, er verdiene den Tod.«

»Woher wissen Sie, dass sie Angst hat?«

»Es gibt Gefühle, die selbst eine erfahrene Schauspielerin wie Clarissa nicht gänzlich unterdrücken kann.« Er musterte sie, sah den versonnenen Ausdruck auf ihrem Gesicht, das dem grün und golden schimmernden Buchenlaub zugewandt war, und sagte beiläufig: »Wenn man will, kann man ihr Verhalten auch entschuldigen. Und wenn schon nicht entschuldigen, so doch zumindest erklären. Sie musste unbedingt das Kostüm wechseln. Allein hätte sie es nicht geschafft, und eine andere Garderobiere war nicht da.«

»Hat sie sich denn überhaupt um eine andere bemüht?«

»Ich glaube nicht. Wissen Sie, in ihrer Situation hatte sie ja mit Krankenhäusern und schwer verletzten Kindern nichts zu schaffen. Sie war ja Lady Macbeth auf Dunsinane Castle. Ich kann mir nicht einmal vorstellen, dass sie das Theater verlassen hätte, um ihr eigenes todkrankes Kind noch einmal zu sehen. Gewiss nicht in jenem Augenblick. Es kam ihr einfach nicht in den Sinn, dass ein anderer Mensch so etwas tun würde.«

»Aber das können Sie doch nicht entschuldigen!«, rief Cordelia. »Das kann man nicht wegerklären. Sie glauben doch nicht im Ernst, dass irgendein Theaterstück, irgendeine Aufführung wichtiger sein kann als ein sterbendes Kind!«

»Ich glaube nicht, dass sie dachte, Vicky liege wirklich im Sterben. Falls sie darüber überhaupt nachgedacht hat.«

»Sind Sie denn der gleichen Meinung? Dass irgendeine Aufführung wichtiger sein kann?«

»Damit begeben wir uns auf ein altbekanntes philosophisches Minenfeld«, erwiderte er lächelnd. »Ein Haus steht in Flammen, und Sie können entweder einen syphilitischen alten Landstreicher oder ein Bild von Velazquez retten. Kümmern Sie sich nun um den Menschen oder um das Bild?«

»Das Minenfeld ist mir gleichgültig. Wir sprechen von einem sterbenden Kind, das nach seiner Mutter verlangt. Diesem Wunsch steht eine *Macbeth*-Aufführung gegenüber. Der Vergleich mit dem brennenden Haus zieht bei mir nicht. Ich würde den Velazquez aus dem Fenster werfen und dann versuchen, den Landstreicher in Sicherheit zu zerren. Die moralische Frage stellt sich erst, wenn er zu schwer für mich ist. Soll ich nun allein flüchten oder weiterhin versuchen, ihn zu retten, selbst auf die Gefahr, mit ihm zusammen zu verbrennen?«

»Eine leichte Entscheidung. Vermutlich würden Sie allein flüchten und die Entscheidung nicht erst im allerletzten Augenblick fällen. Was jedoch Vicky anbelangt, sage ich Nein. Keine Aufführung kann da wichtiger sein, und gewiss keine, bei der Clarissa mitwirkt. Sind Sie damit zufrieden?«

»Ich kann nicht begreifen, wie Miss Tolgarth weiter für sie arbeiten mag. Ich könnte das nicht.«

»Aber Sie tun es doch auch, nicht wahr? Ich muss gestehen, ich wüsste gern Näheres über Ihre genaue Funktion. Aber Sie werden mir da wohl nicht behilflich sein wollen.«

»Das ist was anderes. Ich bilde es mir zumindest ein. Ich bin ja nur eine Angestellte auf Zeit. Tolly hingegen glaubte Clarissa, als diese ihr sagte, es bestehe keine Lebensgefahr. Sie vertraute ihr. Wie kann sie da jetzt noch bei ihr bleiben?«

»Die beiden sind schon fast ihr ganzes Leben zusammen. Tollys

Mutter war Clarissas Kinderfrau. Seit drei Generationen steht ihre Familie im Dienst der Lisles. Clarissa ist es von Geburt an gewohnt, bedient zu werden, Tolly dagegen, zu bedienen. Diesem Abhängigkeitsverhältnis macht ein totes Kind hin und wieder nicht viel aus.«

»Das ist doch abscheulich! Grotesk! Demütigend! Typisch viktorianisch!«

»Glauben Sie nur das nicht! Verehrung ist sehr hartnäckig. Ist denn der religiöse Glaube etwas anderes? Tolly ist glücklich, wenn sie ihrer Göttin die Schuhe putzen, die Kleider bügeln, die Haare bürsten darf.«

»Aber Tolly kann sie doch nicht weiter bedienen wollen! Sie kann Clarissa unmöglich mögen.«

»Das hat nichts mit Zuneigung zu tun. ›Siehe, sie wird mich doch erwürgen, und ich kann's nicht erwarten.‹ Das ist durchaus geläufig. Ich muss allerdings zugeben, dass ich mich manchmal frage, was passiert, wenn sie sich über ihre Gefühle klar wird. Das gilt übrigens für jeden von uns. Es ist kühl geworden, finden Sie nicht auch? Wir sollten besser zurückgehen.«

14. Kapitel

Auf dem Rückweg zum Schloss sprachen sie nur wenig. Für Cordelia hatte der Tag seinen Glanz verloren. In ihrer niedergeschlagenen Stimmung nahm sie die Schönheit der See und des Strandes nicht wahr. Ivo Whittingham war vollkommen erschöpft, als sie endlich die Terrasse erreichten, und sagte, er wolle sich auf seinem Zimmer ausruhen und keinen Nachmittagstee. Cordelia schärfte sich selbst ein, es sei ihre Aufgabe, sich in Clarissas Nähe aufzuhalten, mochte es ihnen auch noch so wenig gefallen. Dennoch kostete es sie einige Überwindung, ins Theater zurückzukehren. Erleichtert stellte sie dort fest, dass die Probe noch nicht zu Ende war. Nachdem sie sich einen Moment im hinteren Teil des Zuschauerraumes aufgehalten hatte, ging sie zu Clarissas Zimmer. Die Verbindungstür stand offen, und sie konnte Tolly sehen, die sich in Bad und Schlafzimmer zu schaffen machte. Doch Cordelia wollte jetzt nicht mit ihr reden und entfernte sich wieder.

Ohne lange zu überlegen, öffnete sie die nächstgelegene Tür, hinter der sich der Zugang zum Turm verbarg. Eine gusseiserne Wendeltreppe mit kunstvollen Ornamenten führte im Halbdunkel nach oben. Nur hier und da fiel ein Lichtstreifen aus den kaum einen Ziegel breiten Fenstern auf die Stufen. Obwohl sie einen Lichtschalter bemerkt hatte, wollte Cordelia die endlos scheinende Spirale lieber im Halbdunkel emporsteigen. Als sie endlich oben ankam, befand sie sich in einer kleinen, lichtdurchfluteten, runden Kammer mit sechs hohen Fenstern. Der Raum, der bis auf einen Rattanlehnstuhl mit geschwungener Rückenlehne unmöbliert war, diente offensichtlich als Lager für all die Erwerbungen, für die Ambrose Gorringe bisher noch keinen endgültigen Platz gefunden oder die er vom Vorbesitzer geerbt hatte. Zum Großteil handelte es sich um Spielzeug aus der Viktorianischen Zeit: ein Holzpferd auf Rädern, eine Arche Noah mit geschnitzten Tieren, drei chinesische Puppen mit sanften Gesichtern und ausgestopften Gliedmaßen sowie ein Tisch voller mechanischer Spielsachen, darunter ein Leierkastenmann mit seinem Äffchen, Katzen in bunten Satinkleidern mit verschiedenen Musikinstrumenten auf einer Art Karussell, ein Soldat mit einer Trommel und eine hölzerne Spieldose.

Die Aussicht war überwältigend. Die ganze Insel, die sie wie von einem Flugzeug aus sah, glich einer hübsch gezeichneten, kolorierten Landkarte, die man in ein gekräuseltes Meer gesetzt hatte. Im Osten war ein dunkler Fleck, der die Insel Wight sein musste. Die im Norden liegende Küste von Dorset wirkte erstaunlich nahe. Cordelia bildete sich ein, den kurzen Pier und die farbig abgesetzten Terrassen zu sehen. Dann schaute sie auf die Insel hinab, auf das Sumpfland im Norden mit den Scharen weißer Möwen, die Hügel in der Inselmitte, die Wiesen – kleine grüne Einsprengsel inmitten der Bäume in herbstlichen Farben –, auf die zum Strand hin abfallenden braunen Klippen, den Kirchturm, der die Buchen überragte, aufs Dach der Arkade, die zu einem Spielzeugtheater führte. Aus dem Häuschen beim Stalltrakt trat Oldfield ins Freie, der von hier aus winzig aussah und in jeder Hand einen Eimer trug. Sie sah Roma, die Hände tief in den Taschen, vom Buchenwäldchen am Rand der Rasenfläche aus aufs Schloss zukommen. Über den Rasen stolzierte ein Pfau und schleifte seinen schütteren Schwanz hinter sich her.

Hier oben, in diesem von Ziegeln umschlossenen Nest zwischen Himmel und Erde, war das Rauschen des Meeres wie ein leises Flüstern, das sich kaum vom Seufzen des Windes unterschied. Auf einmal fühlte sich Cordelia sehr einsam. Der Auftrag, der so verheißungsvoll begonnen hatte, erschien ihr als die reinste Zeit- und Energieverschwendung. Es war ihr gleichgültig, wer die Drohbriefe schickte und warum. Ebenso gleichgültig schien ihr auch, ob Clarissa am Leben blieb oder starb. Sie überlegte, was wohl in der Kingly Street los sein mochte, ob Miss Maudsley mit allem zurechtkam, ob dieser Mr Morgan gekommen war, um das Firmenschild zu richten. Als sie an ihn dachte, fiel ihr Sir George ein. Er hatte bezahlt, damit sie diesen Job durchführte. Sie war hier, um Clarissa zu schützen, und nicht, um an ihr herumzumäkeln. Überdies waren es nur noch zwei Tage, die sie durchstehen musste. Am Sonntag war alles vorbei, und sie konnte wieder nach London zurückfahren. Dann brauchte sie sich nicht mehr um Clarissa zu kümmern. Ihr fielen Bernies Worte ein, als er sie damals wegen ihrer Pingeligkeit gerügt hatte: »In diesem Gewerbe darfst du deine Klienten nicht nach moralischen Maßstäben beurteilen! Wenn du das tust, kannst du den Laden gleich dichtmachen.«

Sie wandte sich vom Fenster ab und hob neugierig den Deckel einer Spieldose. Die Walze begann langsam zu rotieren und streifte die dünnen Metallplättchen, worauf *Greensleeves* ertönte. Sie zog auch die übrigen mechanischen Spielsachen auf. Der Soldat begann seine Trommel zu schlagen, die grinsenden Katzen drehten sich im Kreise, rissen ruckartig die satinbekleideten Pfoten hoch und schlugen die Becken aneinander. Die wehmütige *Greensleeves*-Melodie ging im blechernen Lärm unter. Und bei diesem misstönenden

Gerassel, das die Erinnerung an das sterbende Kind nicht gänzlich ausschaltete, aber ihre Anspannung ein wenig minderte, schaute Cordelia noch einmal auf Ambrose Gorringes farbenprächtiges Königreich hinunter.

15. Kapitel

Whittingham hatte unrecht gehabt. Clarissa entschuldigte sich keineswegs für ihr Verhalten während der Probe, aber sie gab sich beim Nachmittagstee immerhin Mühe, vor allem Cordelia gegenüber ihren Charme auszuspielen. Es wurde geradezu ein kleines Fest mit einer Unmenge von Sandwiches und üppigem Gebäck. Alle redeten durcheinander und ließen sich Zeit. Erst nach sechs Uhr legte die Barkasse vom Kai ab, um De Ville und die übrigen Darsteller zurück nach Speymouth zu bringen. In der Stunde, die ihr blieb, bis sie sich zum Dinner umziehen musste, spielte Clarissa mit Ambrose in der Bibliothek eine Partie Scrabble. Sie spielte schlecht und laut, bat Cordelia immer wieder, irgendwelche beanstandeten Wörter im Lexikon nachzuschlagen oder sie gegen Ambrose zu verteidigen, der behauptete, sie würde schummeln. Cordelia wiederum, die sich beglückt in alte Ausgaben der *London Illustrated News* und des *Strand Magazine* versenkt hatte, in denen die Sherlock-Holmes-Geschichten in ihrer ursprünglichen Fassung standen, hätte lieber ihre Ruhe gehabt. Nach dem Dinner sollte Simon Lessing sie alle offenbar mit etwas Musik unterhalten. Der gedämpfte Klang von Chopin-Melodien aus dem Salon, wo Simon übte, versetzte Cordelia in eine träumerische Stimmung und erinnerte sie an ihre Schulzeit. Whittingham war noch auf seinem Zimmer, und Roma blätterte schweigend in Wochenzeitschriften und in einem Kriminalmagazin. Die Bibliothek mit dem Tonnengewölbe und den mit Schnitzereien und Messingbeschlägen verzierten Regalen zwischen den vier hohen Fenstern war einer der hübschesten Räume des Schlosses. Die gesamte Südwand nahm ein einziges riesiges Fenster mit farbigen Butzenscheiben ein. Tagsüber sah man von hier aus nur das Meer und den Himmel. Jetzt aber war es in der Bibliothek bis auf die drei Lichtkegel der Tischlampen dunkel. Das große Fenster glich einer vom Regen blank gewaschenen, blauschwarzen Marmorplatte, auf der ganz oben ein paar Sterne funkelten. Es ist schon bedauerlich, dachte Cordelia, dass sich Clarissa selbst hier nicht ein wenig zurückhaltender verhalten kann.

Als es Zeit zum Umkleiden war, gingen sie gemeinsam hinauf. Cordelia öffnete beide Türen und überprüfte Clarissas Zimmer, bevor sie ihres aufsuchte. Alles schien in Ordnung zu sein. Sie kleidete sich rasch um, machte die Lampe aus und setzte sich ans Fenster, um die fernen Baumgruppen, die sich dunkel vom Nachthimmel abhoben, und die schimmernde See zu betrachten. Da leuchtete in südlicher Richtung ein Licht auf. Nach drei Sekunden blinkte es abermals, kurz darauf noch ein drittes und letztes Mal. Sie hielt es für irgendein Signal, vielleicht eine Antwort auf ein Lichtzeichen von der Insel. Aber warum und von wem? Dann sagte sie sich, dass diese Vermutung sicher unsinnig und zu dramatisch sei. Wahrscheinlich war es nur ein einsamer Skipper gewesen, der auf der Rückfahrt zum Hafen von Speymouth sein Scheinwerferlicht hatte schweifen lassen. Trotzdem fand sie das dreifache Blinken merkwürdig und nicht ganz geheuer. Es kam ihr vor, als habe jemand signalisiert, alle Akteure seien versammelt, die Hauptdarstellerin weile sicher im pompösen Schloss, die Zugbrücke sei hochgezogen und das Spiel könne beginnen. Doch das Schloss besaß keine Zugbrücke, und den Wallgraben bildete das Meer. Zum ersten Mal seit ihrer Ankunft befiel Cordelia das beunruhigende Gefühl, eingesperrt zu sein. Die einzigen Verbindungen zur Außenwelt waren das Telefon und das Boot. Sie ließen sich leicht kappen. Die geheimnisvolle Stimmung auf der Insel und die einsame Lage hatten ihr bisher zugesagt. Jetzt aber sehnte sie sich nach der Sicherheit auf dem Festland, nach all den Ortschaften, Feldern und Hügeln, die dort drüben lagen. Sie hörte, dass Clarissas Zimmertür ins Schloss fiel und Tolly sich entfernte. Clarissa musste schon umgezogen sein. Cordelia ging durch die Verbindungstür zu ihr, und zusammen stiegen sie zur Halle hinunter.

Das Dinner war erlesen. Es gab Artischocken, danach Stubenküken und Spinat *au gratin*. In dem an der Südseite gelegenen Raum war noch immer die Wärme des Tages spürbar. Das Kaminfeuer war wohl eher wegen des würzigen Holzfeuergeruchs und der Behaglichkeit angemacht worden und nicht, weil es nötig gewesen wäre. Drei hohe Kerzenleuchter warfen ihren Lichtschein auf den Tafelaufsatz aus buntem Kristallglas und Elfenbeinporzellan, auf das in kräftigen Gold-, Grün- und Rosatönen prangende Davenport-Service und die geschliffenen Kristallgläser. Über dem offenen Kamin hing ein Ölgemälde, das die beiden Töchter von Herbert Gorringe in einer steifen, beinahe ungraziösen Pose darstellte. Die Gesichter mit den hellen, leicht vorquellenden Augen unter den dichten Gorringe'schen Brauen und die schimmernden, halb geöffneten Münder wirkten wie von Fieber gerötet, während das Rot und Dunkelblau ihrer Abendkleider so sehr glänzten, als seien die Farben erst vor Kurzem getrocknet. Cordelia konnte kaum den Blick von dem Bild abwenden, das keineswegs Ruhe oder Gelassenheit ausstrahlte, sondern mit hektischer Erotik aufgeladen schien.

Als Ambrose Gorringe ihr Interesse bemerkte, sagte er: »Es

stammt von Millais; eins der wenigen Genreporträts, die er gemalt hat. Und das Service, das wir gerade benutzen, haben der Prinz und die Prinzessin von Wales der älteren Tochter zur Hochzeit geschenkt. Clarissa hat darauf bestanden, dass wir es heute verwenden.«

Cordelia fiel auf, dass Clarissa auf Courcy in mancherlei Hinsicht ihren Willen durchzusetzen schien. Möglicherweise würde sie auch darauf bestehen, das Geschirrspülen zu beaufsichtigen.

Eigentlich hätte das Dinner in einer festlichen Atmosphäre verlaufen können, aber die Stimmung wurde weder dem Essen noch den ausgezeichneten Weinen gerecht. Hinter der glitzernden Fassade und dem unverbindlichen Geplauder verbarg sich eine Gereiztheit, die zuweilen sogar zu Feindseligkeit führte. Nur Simon und sie würdigten das Essen mit gesundem, jugendlichem Appetit. Simon schaufelte es verstohlen in sich hinein und beobachtete Clarissa aus den Augenwinkeln wie ein kleines Kind, das zum ersten Mal an einem festlichen Dinner teilnehmen darf und nun jede Minute damit rechnet, wieder ins Kinderzimmer verbannt zu werden. Clarissa, die in ihrem hochgeschlossenen, blaugrünen Chiffonkleid überaus elegant wirkte, hänselte ihre Cousine unablässig, weil deren Partner, der eigentlich zum Wochenende hätte kommen sollen, nicht da war.

»Ich finde sein Verhalten höchst merkwürdig, Darling. Wir haben ihn doch hoffentlich nicht abgeschreckt? Ich dachte, du wolltest ihn uns vorführen. Wolltest du nicht deswegen unbedingt eingeladen werden? Hast du dich nun seinetwegen oder unseretwegen geniert?«

Roma, die ein grellblaues Taftkleid trug, bekam ein puterrotes Gesicht. »Wir erwarten am Samstag einen Kunden aus Amerika. Außerdem hat Colin die Buchführung sträflich vernachlässigt. Das möchte er bis Montag in Ordnung bringen.«

»Übers Wochenende? Wie gewissenhaft! Übrigens freut es mich zu hören, dass ihr überhaupt etwas zu verbuchen habt. Meine Glückwünsche!«

Cordelia, die mittlerweile wusste, dass sie mit dem schüchternen Simon kaum ins Gespräch kommen würde, kümmerte sich nicht weiter um die Tafelrunde und konzentrierte sich auf die Speisen auf ihrem Teller. Erst Romas aufgebrachte Stimme riss sie aus ihrer Versunkenheit. Roma redete über den Tisch auf Ambrose Gorringe ein und umklammerte die Gabel wie eine Waffe.

»Aber Sie können doch nicht Ihre Mitverantwortung für das, was hierzulande geschieht, so einfach abstreifen. Sie können doch nicht behaupten, dass es Sie nichts angeht, Sie nicht interessiert.«

»Selbstverständlich kann ich das. Ich bin nicht verantwortlich für die schleichende Geldentwertung, die Landschaftsverschandelung, die Verödung unserer Städte, den Niedergang der Gymnasien oder die Verstümmelung der Liturgie unserer Kirche. Wofür sollte ich mich da persönlich verantwortlich fühlen?«

»Ich denke da an gewisse Entwicklungen, denen viele große Bedeutung zuschreiben. An die Zunahme des Faschismus etwa oder an die Tatsache, dass unsere Gesellschaft so gewalttätig, rücksichtslos und ungerecht ist wie seit dem 19. Jahrhundert nicht mehr. Außerdem gibt es da noch die Nationale Front. Die können Sie doch nicht einfach ignorieren!«

»Doch, das kann ich. Genauso wie die Militant Tendency und die Trotzkisten und alle anderen; sie wären alle überrascht, wie gut ich das ignorieren kann, was man ignorieren sollte.«

»Aber Sie können doch nicht so einfach in einem anderen Zeitalter leben?«

»Auch das kann ich. Ich kann in jedem Jahrhundert leben, das mir zusagt. Ich brauche nicht in finsteren Zeiten zu leben, egal ob alte oder neue.«

»Ich bin nur dankbar«, mischte sich Whittingham gelassen ein, »dass Sie nicht sämtliche Annehmlichkeiten unserer Zeit oder die moderne Technik verwerfen. Denn sollte ich in den nächsten Tagen sterben und medizinische Hilfe brauchen, die die Sache leichter macht, verweigern Sie mir hoffentlich nicht das Telefon.«

Ambrose Gorringe blickte lächelnd in die Runde und hob sein Glas. »Sollte einer von Ihnen in den nächsten Tagen sterben wollen, werde ich alles Notwendige veranlassen, um die Sache zu erleichtern«, sagte er.

Daraufhin herrschte einen Augenblick verlegenes Schweigen. Cordelia blickte rasch zu Clarissa hinüber. Aber diese hatte die Augen auf ihren Teller gerichtet und versuchte, ihre zitternden Hände ruhig zu halten.

»Und was geschieht mit dem Garten Eden, wenn sein Adam ohne den Trost einer Eva das Zeitliche segnet?«, fragte Roma.

»Ich räume ein, einen Sohn zu haben, der all das hier übernimmt, wäre nicht schlecht«, erwiderte Gorringe. »Es würde sich sogar lohnen, dafür zu heiraten und Kinder zu haben. Aber Söhne sind nun mal höchst unzuverlässig, selbst wenn sie nach Wunsch geraten, selbst wenn all die praktischen und emotionalen Hürden nicht wären, die auf die Geburt folgen. Ivo, Sie sind doch der Einzige unter uns, der Erfahrungen mit eigenen Kindern hat.«

»Es wäre jedenfalls unklug«, meinte Whittingham, »sich durch sie Unsterblichkeit zu erhoffen.«

»Oder irgendetwas anderes, nicht wahr? Ein Sohn könnte beispielsweise das Schloss in ein Spielkasino verwandeln, einen Golfplatz mit neun Löchern anlegen, solche Scheußlichkeiten wie Motorboote oder Wasserski zulassen und samstags schicke Tanzabende für die nähere und weitere Umgebung veranstalten. Für acht Pfund fünfzig pro Nase, Dinner mit drei Gängen inklusive, Abendkleidung vorgeschrieben, Sonstiges auf eigene Kosten.«

Clarissa musterte Ivo und fragte: »Da wir gerade von Kindern reden – wie gehts denn deinen beiden, Ivo? Wohnt Matthew noch immer als Hausbesetzer in Kensington?«

Cordelia sah, dass Whittingham das gebratene Stubenküken fast unberührt an den Tellerrand geschoben hatte. Er stocherte mit der Gabel im Spinat, führte aber nichts zum Mund. Stattdessen hatte er die ganze Zeit über Wein getrunken. Die Rotweinkaraffe stand rechts von ihm. Er griff nach ihr und schenkte sich ein, ohne zu bemerken, dass sein Glas noch drei viertel voll war. Seine Augen funkelten im Kerzenlicht, als er Clarissas Blick erwiderte.

»Matthew? Ich nehme an, dass er sich noch bei den Sonnenkindern aufhält oder wie immer sie sich nennen. Da wir keinen Kontakt haben, kann ich sonst nichts sagen. Angela hingegen schreibt mir jeden Monat einen ausführlichen Brief. Sie hat mir mitgeteilt, dass ich mittlerweile zwei Enkelinnen habe. Da sie und ihr Mann sich weigern, ein Land zu besuchen, in dem sie sich eventuell mit einem Neger an einen Tisch setzen müssten, und ich nicht gern zusammen mit meinem Schwiegersohn an einem Tisch sitzen würde, werde ich die beiden Mädchen wohl kaum kennenlernen. Meine Frau, falls du dich auch nach ihr erkundigen wolltest, lebt bei ihnen in Johannesburg, das sie übrigens nur Jo'burg nennt. Angeblich ist sie von dem Land begeistert, vom Klima, von den Menschen dort und von ihrem nierenförmigen Swimmingpool.«

Clarissa lachte ein wenig triumphierend. »Deine gesamte Familiengeschichte wollte ich gar nicht hören, lieber Ivo.«

»Nein?«, erwiderte er gleichmütig. »Dann muss ich mich getäuscht haben.«

Die Runde verfiel wieder in Schweigen, das zu Cordelias Erleichterung mit nur wenigen Unterbrechungen anhielt, bis schließlich das Essen vorüber war und Munter die Doppeltür öffnete, damit die Damen, Clarissa voran, den Salon aufsuchen konnten.

16. Kapitel

Ivo Whittingham, der weder Kaffee noch Likör wollte, nahm die Rotweinkaraffe und sein Glas mit in den Salon und setzte sich in den Sessel zwischen dem lodernden Kaminfeuer und der offenen Terrassentür. Er fühlte sich der Gesellschaft für den Rest des Abends nicht verpflichtet. Da das Dinner ohnehin schon reichlich öde verlaufen war, wollte er sich in aller Ruhe betrinken. Auf seine Ärzte hatte er lange genug gehört. Zum Teufel mit all den Medikamenten! Er hatte genug davon. Er wollte mehr und nicht weniger trinken. Und dies tat er umso lieber, wenn es Weine von dieser Qualität und obendrein auf Ambrose' Kosten gab. Mit dem Wein schwand seine Selbstverachtung darüber, dass er sich von Clarissa zu dieser Enthüllung hatte hinreißen lassen. Eine angenehme Hochstimmung breitete sich aus und bescherte ihm einen ungewöhnlich klaren Kopf, während die Gesichter und das Geplauder der übrigen Gäste in eine andere Welt abdrifteten und er deren Gehabe nur wie das von Schauspielern auf einer Bühne mit spöttischem Blick betrachtete.

Simon, der sich auf das Vorspielen vorbereitete, ordnete mit zitternden Händen die Blätter auf dem Notenbrett. Großer Gott, bloß nicht Chopin und hinterher Rachmaninow, flehte Whittingham. Warum stellte sich Clarissa übrigens neben dem Jungen so in Positur, als wolle sie die Seiten umblättern? Doch gewiss nicht, weil sie Noten lesen konnte. Wenn sich hier ihr übliches Verhalten zwischen Freundlichkeit und Rücksichtslosigkeit andeutete, würde sie ihn ebenso zu einem Wrack machen wie seinen Vater.

Roma in ihrem Taftkleid, das selbst an einer Achtzehnjährigen zu mädchenhaft gewirkt hätte, saß stocksteif auf der Sesselkante wie eine Mutter beim Schulkonzert. Aber was ging es sie an, wie der Junge spielte? Warum sollte es irgendeinen der Anwesenden interessieren? Simons Nervosität sprang allmählich auf die Zuhörer über. Trotzdem spielte er besser, als Whittingham erwartet hatte. Nur hin und wieder versuchte er, einen falschen Griff durch schnelleres Tempo oder eifrigen Pedalgebrauch zu vertuschen. Außerdem erinnerte alles zu sehr an ein öffentliches Konzert, als dass es einem hätte Spaß machen können, denn die ausgewählten Stücke sollten offenbar nur Simons Technik demonstrieren, und das Ganze wurde vollkommen überhöht. Außerdem dauerte es zu lange.

»Ich danke dir, Simon«, sagte Whittingham hernach. »Was sind schon ein paar falsche Noten unter Freunden? Und jetzt sind wohl Lieder aus der guten alten Zeit an der Reihe, nicht wahr?«

Die Karaffe war jetzt nicht einmal mehr zu einem Viertel voll. Whittingham vergrub sich tiefer in den Sessel und ließ das Stimmengewirr wie aus weiter Ferne an sein Ohr dringen. Inzwischen standen alle um das Klavier herum und schmetterten sentimentale Balladen aus der Viktorianischen Zeit. Er vernahm Romas tiefen Alt, mit dem sie stets ein wenig verspätet einsetzte und obendrein noch falsch, dann Cordelias klaren, im Klosterinternat geschulten Sopran. Vielleicht klang er eine Spur unsicher, aber er war klar und lieblich. Whittingham sah Simons gerötetes Gesicht, wenn der sich über die Tasten beugte, seine angespannte, verzückte Miene. Er spielte jetzt sicherer und gefühlvoller als vorhin. Zum ersten Mal schien sich der Junge wohlzufühlen.

Nach einer halben Stunde schlenderte Roma zu den beiden Gemälden von Frith, überladenen Genreszenen, die Bahnreisende auf dem Weg zum Rennen in Derby zeigten – in der ersten und in der dritten Klasse. Roma schaute mal das eine, mal das andere so forschend an, als wolle sie sich überzeugen, dass der Maler auch nicht die geringste Kleinigkeit in Bezug auf die gesellschaftlichen Unterschiede vergessen hatte. Plötzlich nahm Clarissa die Hand von Simons Schulter, rauschte an Whittingham vorbei, sodass ihr Chiffonkleid sein Knie streifte, und trat allein auf die Terrasse hinaus. Cordelia und Ambrose Gorringe sangen weiter. Was die drei dort am Klavier einte, war schiere Lebensfreude. Sie kümmerten sich nicht um irgendwelche Zuhörer. Sie wechselten den Platz, beratschlagten, wählten Lieder aus, verglichen sie mit anderen und lachten schallend, wenn eine Ballade ihre stimmlichen Fähigkeiten überforderte. Whittingham kannte nur ein paar der Lieder. Seit man sein Leiden diagnostiziert hatte, hatte er beim Zuhören kaum je solches Glück empfunden. Nietzsche hatte unrecht. Es war nicht das Tun, das einen ans Leben band, sondern das Vergnügen. Er hatte sich vor der Freude gefürchtet. Denn wenn selbst seine nachlassenden Sinne noch Freude empfinden konnten, hätte er sich auch Regungen wie Angst oder Bedauern ausgesetzt. Aber als er nun Cordelias hübscher Stimme lauschte, die mit Ambrose' Bariton verschmolz, über ihn hinweg zum Meer schwebte, lehnte er sich leicht wie eine Feder zurück und spürte eine träumerische Zufriedenheit, ohne Bitterkeit und Schmerz. Seine Sinne schienen allmählich zu neuem Leben zu erwachen. Vom offenen Fenster her streifte ein kühler Hauch sein Gesicht. Kein unangenehmer Luftzug wie sonst, nein, eine kaum merkliche Empfindung, als streichle ihn eine Hand. Er sah den rot glühenden Wein in der Karaffe, nahm den milden Geschmack auf seiner Zunge wahr und den Geruch des Kaminfeuers, der ihn an längst vergangene Herbstabende in seiner Jugend erinnerte.

Jäh wurde er aus seiner Stimmung herausgerissen. Clarissa stürmte von der Terrasse ins Zimmer. Als Simon sie hörte, brach er mitten im Spiel ab. Cordelia und Ambrose sangen noch ein paar Takte weiter und verstummten dann.

»Für dieses Wochenende bin ich mit Amateuren reichlich versorgt«, sagte sie. »Ihr drei braucht nicht auch noch Langeweile zu verbreiten. Ich gehe jetzt schlafen. Simon, auch für dich dürfte der Tag zu Ende sein. Ab ins Bett mit dir! Ich möchte noch sehen, ob dein Zimmer in Ordnung ist. Cordelia, läuten Sie nach Tolly und sagen Sie ihr, dass ich sie brauche. Kommen Sie in einer Viertelstunde nach oben. Ich möchte den morgigen Tagesablauf mit Ihnen besprechen. Aber Ivo, du bist ja betrunken!«

Sie wartete ungehalten, bis Gorringe ihr die Tür öffnete. Dann eilte sie hinaus, nicht ohne vorher noch kurz stehen zu bleiben, damit er sie auf die Wange küssen konnte. Aber als Gorringe sich zu ihr neigte, war es schon zu spät, und seine gespitzten Lippen stießen mit einer lächerlich anmutenden Bewegung ins Leere. Simon sammelte fahrig seine Noten ein, sah sich Hilfe suchend um und rannte hinterher. Cordelia ging zum Kamin hinüber, wo das bestickte Glockenband hing.

»Sie hat aber auch keinen ungeschoren gelassen«, sagte Roma. »Wir hätten es eigentlich wissen müssen, dass wir hier sind, um Clarissas Talente zu bewundern, und nicht, um unsere eigenen vorzuführen. Falls Sie, Cordelia, die Absicht haben sollten, Ihre Stellung als Gesellschafterin und Sekretärin weiter auszubauen, müssen Sie sich schon mehr Takt aneignen.« Whittingham spürte, dass sich Gorringe über ihn beugte. Er blickte hoch und sah dessen rosiges Gesicht und unter den dichten, halbkreisförmigen Brauen die funkelnden, dunklen Augen, die ihn boshaft musterten.

»Bist du betrunken, Ivo? Du wirkst so still.«

»Das dachte ich auch. Aber jetzt bin ich's nicht mehr. Die Nüchternheit hat mich wieder in ihrem Griff. Solltest du aber noch eine Flasche aufmachen, werde ich mich sofort wieder in diesen angenehmen Zustand versetzen. Guter Wein ist ein guter Lebensgefährte, sofern man ihn mit Genuss trinkt.«

»Solltest du dir nicht für morgen einen klaren Kopf bewahren?«

Whittingham griff nach der leeren Karaffe. Es erstaunte ihn selbst, dass seine Hand überhaupt nicht zitterte.

»Keine Sorge!«, erwiderte er. »Für das, was ich morgen vorhabe, werde ich schon nüchtern genug sein.«

17. Kapitel

Cordelia wartete genau eine Viertelstunde, schlug den von Gorringe angebotenen Schlummertrunk aus und eilte dann nach oben. Da die Verbindungstür zwischen ihrem und Clarissas Zimmer nur angelehnt war, ging sie, ohne anzuklopfen, hinüber. Clarissa saß in einem cremefarbenen Morgenmantel vor dem Frisiertisch. Sie hatte ihr Haar zurückgekämmt und im Nacken zusammengebunden. Den Haaransatz schützte ein Stoffband. Sie betrachtete ihr Gesicht im Spiegel und wandte sich nicht um.

Das Zimmer wurde nur von der hellen Leuchte auf dem Frisiertisch und dem wärmeren Schein der Nachttischlampe erleuchtet. Ein kleines Holzfeuer knisterte im Kamin und warf unruhige Muster auf die Damastvorhänge und die Mahagonimöbel. Es roch nach Holzrauch und Parfüm. Mit dem Schattenspiel und der geheimnisvollen Atmosphäre kam Cordelia das Zimmer nun viel kleiner und luxuriöser vor als im hellen Tageslicht. Das dominierende Prunkbett schien unter dem tiefroten Baldachin zu glühen und wirkte unheimlich und bedrückend wie ein Katafalk. Cordelia sah, dass Tolly vor ihr da gewesen sein musste. Die Bettdecke war zurückgeschlagen, und Clarissas Nachthemd lag, in der Taille ein wenig gerafft, griffbereit. Irgendwie erinnerte es sie an ein Totenhemd. Im Dämmerlicht konnte sie sich gut vorstellen, dass sie im Türrahmen eines Gemachs im Schloss zu Amalfi stand und zusah, wie Websters unselige Herzogin ihr Haar vor dem Spiegel kämmte. Ringsum schienen im tiefen Schatten allerlei Spukgestalten und Bösewichte zu lauern, und hinter dem halb offenen Fenster lag bleiern und vom Mond beschienen das Mittelmeer.

Clarissas Stimme machte diese Stimmung zunichte. »Da sind Sie ja endlich! Ich habe Tolly weggeschickt, damit wir ungestört reden können. Stehen Sie doch nicht so herum, setzen Sie sich irgendwohin!«

Links und rechts vom Kamin standen zwei niedrige Sessel mit geschnitzten Armstützen und Füßen. Cordelia zog einen auf den Rollen zu sich heran und ließ sich links vom Frisiertisch nieder. Clarissa blickte weiterhin angestrengt in den Spiegel, schraubte dann die Kappe von einem Glas mit den Reinigungspads ab und begann, Lidschatten und Schminke abzuwischen. Auf der polierten Mahagoniplatte sammelten sich immer mehr schwärzliche Wattebällchen an. Als das linke Auge schließlich von allem Make-up befreit war, wirkte es viel kleiner, geradezu leblos; es verwandelte das Gesicht in eine unfertige Clownsmaske.

Clarissa musterte prüfend ihr gesäubertes Lid, runzelte die Brauen und sagte: »Sie scheinen sich heute Abend glänzend amüsiert zu haben. Vielleicht sollte ich Sie daran erinnern, dass ich Sie als Detektivin und nicht als Entertainerin für Dinner-Partys engagiert habe.«

Nach dem langen Tag hatte Cordelia nicht mehr die Kraft, wütend zu werden. »Wenn Sie den Leuten reinen Wein eingeschenkt und ihnen gesagt hätten, warum ich hier bin, würde man mich nicht wie einen Gast behandeln. Ich glaube nicht, dass man Privatdetektive zum Singen ermuntern würde. Vermutlich würde man sie nicht einmal zum gemeinsamen Dinner bitten. Privatdetektive sind keine angenehmen Tischgäste.«

»Welchen Sinn hätte das gehabt? Wie können Sie die Leute beobachten, wenn Sie sich nicht in ihrer Gesellschaft befinden? Außerdem finden die Männer Sie höchst sympathisch. Ich habe bemerkt, wie Ivo und Simon ein Auge auf Sie geworfen haben. Streiten Sie bloß nicht ab, dass Sie das mitgekriegt haben. Ich verabscheue es, wenn jemand Schüchternheit heuchelt.«

»Ich streite gar nichts ab.«

Clarissa hatte inzwischen nach einem großen Tiegel mit Reinigungscreme gegriffen und bedeckte Gesicht und Hals mit einer dicken Schicht, die sie anschließend wieder entfernte, indem sie mit Wattebäuschen kräftig nach oben strich. Die schmierigen Wattebäusche gesellten sich zu den anderen auf dem Frisiertisch. Cordelia musterte das Gesicht im Spiegel ebenso aufmerksam wie Clarissa. Die Augen standen zu weit auseinander. Die Haut war ledern, stumpf, aber ohne Fältchen. Die Wangen waren eingefallen und viel zu breit. Und der Mund mit der vorgeschobenen Unterlippe war zu klein, als dass man ihn hätte schön nennen können. Aber es war ein Gesicht, das apart wirken konnte, wenn seine Besitzerin es nur wollte. Selbst jetzt, mit dem Band am Haaransatz, ohne jede Schminke und abgeschlafft, wirkte es, als könne seine interessante Schönheit jederzeit zum Vorschein kommen.

»Was halten Sie von Simons Klavierspiel?«, fragte Clarissa unerwartet.

»Ich traue mir da kein Urteil zu. Aber Talent scheint er zu haben.« Sie wollte noch hinzufügen, dass er nicht als Solist, sondern eher als Begleiter Erfolg haben könnte, ließ es aber. Sie durfte sich kein Urteil anmaßen. Überdies hatte sie das dumpfe Gefühl, dass von ihrer Antwort, so unwissend sie auch sein mochte, eine Entscheidung abhängen könne.

»Talent? Du meine Güte! Wer hat das nicht? Aber man gibt doch nicht sechstausend oder mehr Pfund nur für ein Talent aus! Was mich interessiert: Hat er das Zeug, sich durchzusetzen? George glaubt es nicht, meint aber, dass man Simon die Chance geben sollte.«

»Sir George kennt Simon besser als ich.«

»Aber das Geld stammt nicht von Sir George«, erwiderte Clarissa schroff. »Ich werde noch Ambrose fragen, aber erst nach der Aufführung. Bis dahin muss ich mir den Kopf freihalten. Wahrscheinlich wird Ambrose an dem armen Jungen kein gutes Haar lassen, er ist ja so ein Perfektionist! Aber von Musik versteht er was. Seinem Urteil traue ich mehr als dem von George. Wenn Simon nur ein Saiteninstrument gewählt hätte, dann könnte er sich später um eine Anstellung in einem Orchester bemühen. Aber ausgerechnet das Klavier! Trotzdem glaube ich, dass er als musikalischer Begleiter schon etwas finden kann.«

Cordelia überlegte kurz, ob sie Clarissa darauf hinweisen solle, dass der Beruf eines professionellen Klavierbegleiters keineswegs so einfach war, sondern im Gegenteil beachtliches technisches Können und Musikalität erforderte. Aber sie erinnerte sich rechtzeitig daran, dass sie nicht engagiert worden war, um sich über Simons Laufbahn auszulassen. Außerdem verschwendete sie damit nur ihre Zeit. Also sagte sie: »Ich denke, wir sollten jetzt besser über die Drohbriefe und unsere Pläne fürs Wochenende, vor allem für morgen, reden. Das hätten wir schon früher tun sollen.«

»Ich weiß, ich weiß. Aber die Probe im Kostüm und die Schlossbesichtigung haben uns dazu keine Zeit gelassen. Außerdem wissen Sie ja, weswegen Sie hier sind. Falls wieder irgendwelche Botschaften eintreffen sollten, möchte ich nichts damit zu tun haben. Ich möchte sie nicht sehen und nichts darüber erfahren. Für mich ist es ungeheuer wichtig, dass ich den morgigen Tag durchstehe.

Wenn ich mich auf der Bühne erst mal wieder sicher fühle, kann mich kaum noch etwas erschüttern.«

»Auch nicht die Enthüllung, wer dahintersteckt?«

»Auch das nicht.«

»Wer von den Anwesenden weiß von diesen Drohbriefen?«, fragte Cordelia.

Clarissa hatte in der Zwischenzeit ihr Gesicht gesäubert und fing nun an, ihren Nagellack zu entfernen. Acetonschwaden vermengten sich mit dem Geruch von Parfüm und Schminke.

»Tolly weiß es. Vor Tolly habe ich keine Geheimnisse. Sie war ja in der Garderobe, wenn mir der Pförtner welche brachte. Das waren die, die mir mit der Post ins Theater geschickt wurden. Ich nehme an, dass auch Ivo Bescheid weiß. Im Londoner West End geschieht ja nichts, was er nicht erfährt. Und Ambrose. Er war bei mir in der Garderobe im Herzog-von-Clarence-Theater, als ein Kuvert unter der Tür durchgeschoben wurde. Aber bis er das Kuvert aufgehoben und ich es geöffnet hatte, war die Person längst verschwunden. Der Flur war leer. Damals konnte jeder reinkommen. Im Clarence ging es hinter der Bühne zu wie in einem Taubenschlag. Albert Betts, der Pförtner, trank nämlich und saß nicht immer in seiner Pförtnerloge, wie es hätte sein sollen. Jetzt haben sie ihn entlassen. Aber damals, als der Drohbrief abgegeben wurde, war er noch angestellt. Mein Mann weiß selbstverständlich auch Bescheid. Simon nicht, außer Tolly hat ihm etwas gesagt. Ich kann mir allerdings nicht vorstellen, warum sie das hätte tun sollen.«

»Und Ihre Cousine?«

»Roma weiß nichts davon. Und wenn doch, dann wäre es ihr egal.«

»Erzählen Sie mir bitte etwas mehr von Miss Lisle!«

»Es gibt nicht viel über sie zu erzählen. Und was ich Ihnen mitteilen könnte, ist höchst langweilig. Wir sind Cousinen ersten Grades. George hat es Ihnen sicherlich schon gesagt. Es ist im Grunde eine banale Geschichte. Mein Vater ging eine standesgemäße Ehe ein, während sich sein jüngerer Bruder mit einem Barmädchen herumtrieb, aus der Armee ausschied, zu viel trank, schließlich nicht mehr ein noch aus wusste und von Daddy erwartete, dass dieser ihm aus der Bredouille half. Das tat Daddy denn auch, wenigstens soweit es Roma anbelangt. Als ich ein Kind war, war sie oft bei uns, vor allem nach dem Tod meines Onkels. Das arme, kleine, brave Waisenkind! Verstockt, schäbig gekleidet und immer kränklich. Selbst Daddy konnte sie auf die Dauer nicht ertragen. Dabei war er ein großartiger Mensch. Ich verehrte ihn geradezu. Aber mit ihr konnte man einfach nichts anfangen. Außerdem war sie nicht gerade ansehnlich, viel unscheinbarer als heute. Daddy gehörte aber zu den Menschen, die Hässlichkeit nicht ausstehen können, vor allem bei Frauen. Was er schätzte, waren Lebensfreude, Charme, Schönheit. Ein unscheinbares Gesicht konnte er einfach nicht anblicken.«

Cordelia dachte sich, dass dieser offenbar ziemlich bornierte Daddy dann wohl den Großteil seines Lebens mit geschlossenen Augen herumgelaufen sein musste. Allerdings hing das auch davon ab, was er unter Hässlichkeit verstand.

»Außerdem war sie nicht ein bisschen dankbar«, fügte Clarissa hinzu.

»Hätte sie es sein sollen?«

Clarissa schien für diese Frage etwas Zeit zu brauchen, zumindest so viel, wie sie beim Feilen ihrer Fingernägel erübrigen konnte.

»Ich denke schon. Er musste sie schließlich nicht bei uns aufnehmen. Und sie konnte nicht erwarten, dass er sie so behandeln würde wie mich, sein eigenes Kind.«

»Er hätte es zumindest versuchen können.«

»Das ist doch zu viel verlangt! Das wissen Sie ebenso gut wie ich. Sie würden ja auch nicht so handeln. Warum hätte er es denn tun sollen? Cordelia, Sie müssen aufpassen, dass Sie nicht allzu selbstgerecht werden. Männer mögen das nicht.«

»Ich mags auch nicht«, entgegnete Cordelia. »Jemand hat mir mal gesagt, das komme von meinem atheistischen Vater, von meiner Erziehung in einem Klosterinternat und von meiner unangepassten Art.«

Eine Weile herrschte Stille, die keineswegs feindselig war. »Könnte Miss Tolgarth etwas mit diesen Drohbriefen zu tun haben?«, fragte Cordelia plötzlich.

»Tolly? Bestimmt nicht. Wer hat Sie denn auf diese Idee gebracht? Sie ist mir ergeben. Sie müssen sich nicht an ihrem schroffen Benehmen stoßen. So ist sie schon immer gewesen. Seit meiner Kindheit sind wir zusammen. Tolly verehrt mich. Wenn Sie das nicht bemerkt haben, sind Sie eine schlechte Detektivin. Abgesehen davon kann sie nicht Maschine schreiben. Und die Briefe sind alle getippt, falls Sie auch das nicht bemerkt haben.«

»Sie hätten mir allerdings die Sache mit ihrer Tochter mitteilen sollen«, entgegnete Cordelia ernst. »Wenn ich Ihnen helfen soll, dann muss ich schon alles wissen, was vielleicht aufschlussreich sein könnte.« Sie wartete gespannt auf Clarissas Erwiderung. Aber die Hände, die mit ihrer Verschönerung beschäftigt waren, zuckten nicht einmal.

»Das hat nichts mit unserer Angelegenheit zu tun. Es war schlichtweg ein Versehen. Tolly weiß es. Jeder weiß es. Ich nehme an, dass Ivo es Ihnen gesagt hat. Das ist typisch für seine Niederträchtigkeit und Hinterhältigkeit. Sie müssen verstehen, er ist krank. Er hat nicht mehr lange zu leben. Ihn zerfrisst der Neid. So war er schon immer. Neidisch und boshaft.«

Cordelia überlegte, ob sie ihren Vorwurf nicht ein wenig geschickter hätte formulieren können, ob es überhaupt klug gewesen war, ihn zu äußern. Whittingham hatte sie zwar nicht gebeten, das Gespräch für sich zu behalten, aber er hatte wohl mit ihrer Verschwiegenheit gerechnet. Das Wochenende versprach ohnehin schwierig genug zu werden. Sie brauchte nicht auch noch zwei der Gäste gegeneinander aufzuhetzen.

Aber das Lügen war ihr noch nie leichtgefallen.

»Niemand hat sich Ihnen gegenüber niederträchtig verhalten«, erwiderte sie behutsam. »Allerdings habe ich vor meiner Ankunft vorsichtig Nachforschungen angestellt. Solche Dinge lassen sich nicht verbergen. Ich habe einen Freund am Theater.« Das entsprach eigentlich der Wahrheit, selbst wenn der arme Bevis nur noch selten auf der Bühne stand. Doch Clarissa war an Cordelias angeblichem Bekannten vom Theater überhaupt nicht interessiert.

»Ich würde gern wissen, mit welchem Recht Ivo mich kritisieren darf. Wissen Sie, dass er schon so manche Karriere mit seiner Grausamkeit vernichtet hat? Ja, mit seiner Grausamkeit. Ich habe erlebt, wie Schauspieler – ich betone: Schauspieler – nach seinen Kritiken in Tränen ausgebrochen sind. Hätte er seinem Drang widerstanden, besonders gerissen zu sein, wäre er einer unserer besten Theaterkritiker geworden. Ein zweiter Agate oder Tynan. Und was ist er jetzt? Ein wandelndes Gespenst. So hätte er nicht hierherkommen dürfen. Es ist, als hätte man den Tod zu Gast. Es gehört sich einfach nicht.«

Es war schon interessant, dachte Cordelia, dass der Tod mittlerweile ebenso tabuisiert wurde wie einst der Sex, dass man ihn von Angesicht zu Angesicht nicht duldete, ihn nur in abgeschirmter Privatsphäre hinnahm, vorzugsweise hinter den zugezogenen Vorhängen eines Krankenhausbettes und dann als stiller Trauergast, ein wenig verlegen oder peinlich berührt hinter dem Sarg. Im Klosterinternat hatten sie es da anders gehalten. Die Ansichten der Klosterschwestern über den Tod waren eindeutig, bodenständig und keineswegs beruhigend gewesen. Aber zumindest hatten sie ihn nicht für eine Geschmacklosigkeit gehalten.

»Ich möchte auf die ersten Botschaften zu sprechen kommen, die Sie erhalten haben, als Sie die Lady Macbeth spielten, und die Sie hinterher vernichtet haben«, sagte Cordelia. »Waren sie auch mit einer Schreibmaschine auf weißes Papier getippt wie die späteren?«

»Ich glaube, ja. Aber es ist schon so lange her.«

»Sie können doch so was nicht vergessen haben.«

»Sie werden wohl ähnlich gewesen sein. Was spielt das für eine Rolle? Ich möchte nicht darüber sprechen.«

»Aber dazu hätten wir jetzt eine gute Gelegenheit. Ich habe Sie heute nicht ein einziges Mal unter vier Augen sprechen können. Und morgen wird es nicht anders sein.«

Clarissa hatte sich erhoben und ging zwischen dem Frisiertisch und dem Bett hin und her.

»Es war nicht meine Schuld. Ich habe sie nicht umgebracht. Man hat sich nicht um sie gekümmert, wie es hätte sein sollen, sonst wäre es nie zu diesem Unfall gekommen. Welchen Sinn hat es, ein Kind in die Welt zu setzen, ein uneheliches noch dazu, wenn man nicht in der Lage ist, sich auch um das Kind zu kümmern?«

»Aber Tolly musste doch damals arbeiten. Sie hat sich um Sie gekümmert!«

»Das Krankenhaus hatte kein Recht, die Nachricht telefonisch durchzugeben und die Leute so zu verstören. Sie müssen doch gewusst haben, dass sie in einem Theater anriefen, dass die Vorstellungen im West End um acht beginnen, dass wir mitten in einer Aufführung waren. Wenn ich sie hätte gehen lassen, hätte sie auch nichts ändern können. Das Mädchen war doch bewusstlos. Es hätte sie nicht erkannt. Es ist doch gefühlsduselig und seltsam, wenn man sich an ein Krankenbett setzt und jemandem beim Sterben zusieht. Was kommt dabei schon heraus? Im dritten Akt musste ich dreimal das Kostüm wechseln. Kalenski selbst hatte das Bankettkostüm entworfen. Es strotzte nur so von Schmuck, dazu eine Krone mit riesigen blutroten Steinen und ein Gewand, das dermaßen starr war, dass ich mich kaum bewegen konnte. Er wollte, dass mich das Gewicht niederdrückte, dass ich steif umherstolzierte wie ein herausgeputztes Kind. ›Stell dir vor‹, riet er mir, ›du seist eine Prinzessin im 17. Jahrhundert, die man zu ihrer Verwunderung mit ungewohnter königlicher Pracht ausstaffiert hat.‹ So hat er sich ausgedrückt. Ich sollte mir immer wieder übers Kleid streichen, als könne ich nicht fassen, dass ich so prächtig gekleidet sei. Das war natürlich ein eindrucksvoller Kontrast zu dem schlichten, cremefarbenen Gewand in der Schlafwandlerszene. Es war übrigens kein Nachthemd. Damals schliefen die Leute ja nackt. Ich habe mir daran immer wieder die Hände abgewischt. Kalenski hat mir mehrmals gesagt: ›Darling, drück möglichst viel mit den Händen aus! Damit steht und fällt deine Rolle.‹ Es war eine völlig neue Interpretation des Stücks. Ich war nicht die übliche Lady Macbeth – walkürenhaft, herrschsüchtig, erbarmungslos. Ich spielte eine verführerische Frau, eine Katze mit eingezogenen Krallen.«

Eine eigenwillige Interpretation, schoss es Cordelia durch den Kopf. Ob der Text das alles hergab? Aber vielleicht hatte Kalenski da wie viele namhafte Shakespeare-Regisseure keine großen Skrupel gehabt. »Entsprach das denn dem Text?«, fragte sie.

»Wer kümmert sich denn schon um den Text, meine Liebe! Shakespeare ist doch wie die Bibel: Man kann alles herauslesen. Deswegen ist er bei den Regisseuren auch so beliebt.«

»Erzählen Sie mir etwas von dem Kind!«

»Von Macduffs Sohn? Desmond Willoughby spielte ihn. Ein unerträglicher Junge. Sprach übrigens mit einem ordinären Cockney-Akzent. Heutzutage gibt es am Theater keine Kinder mehr, die anständiges Englisch sprechen können. Außerdem war er zu alt für die Rolle. Ich danke Gott, dass ich nie mit ihm zusammen auf die Bühne musste.«

Cordelia fiel ein drastisches Bibelzitat ein. Aber sie sprach es nicht aus.

Wer aber ärgert dieser Geringsten einen, die
an mich glauben, dem wäre es besser, dass ein
Mühlstein an seinen Hals gehängt und er
ersäuft würde im Meer, da es am tiefsten ist.

Clarissa drehte sich um und sah ihr ins Gesicht. Cordelias Blick musste den Panzer ihrer Selbstsucht durchbrochen haben.

»Ich zahle Ihnen doch kein Geld, damit Sie über mich urteilen!«, schrie sie. »Was sehen Sie mich so an?«

»Ich urteile doch nicht über Sie! Ich möchte Ihnen helfen, aber Sie müssen ehrlich zu mir sein.«

»Ich bin ehrlich zu Ihnen, so ehrlich, wie ich nur sein kann. Als ich Sie zum ersten Mal sah, damals bei Nettie Fortescue, wusste ich gleich, dass ich Ihnen trauen und mich bei Ihnen aussprechen könnte. Angst ist ja so demütigend. George versteht es nicht. Wie sollte er auch? Er hat sich sein Leben lang noch nie vor etwas gefürchtet. Er hält mich für neurotisch und kümmert sich nicht weiter um mich. Er ist nur zu Ihnen gegangen, weil ich keine Ruhe gegeben habe.«

»Warum sind Sie nicht selbst gekommen?«

»Ich dachte mir, Sie würden den Job eher annehmen, wenn er Sie darum bittet. Außerdem bitte ich nicht gern jemanden um einen Gefallen. Außerdem musste ich noch zu einer Kostümprobe.«

»Mit einem Gefallen hat das nicht das Geringste zu tun: Ich brauchte dringend einen Auftrag. Ich hätte jeden angenommen, sofern er nicht illegal oder widerwärtig gewesen wäre.«

»George hat mir erzählt, dass Ihr Büro ziemlich schäbig ist. Eher ärmlich als schäbig. Aber Sie sind es nicht. An Ihnen ist nichts Schäbiges oder Ärmliches. Mit einer Detektivin von der üblichen Sorte hätte ich mich auch nicht eingelassen.«

»Wovor haben Sie denn eigentlich Angst?«, fragte Cordelia sanft.

Clarissa schaute Cordelia an. Ihr Gesicht mit der leicht schimmernden, gereinigten, ungeschminkten Haut und dem ungekünstelten Ausdruck sah zum ersten Mal verletzlich und altersanfällig aus. Sie lächelte traurig und ein wenig betroffen. Dann hob sie die Hände zu einer ausdrucksvollen Geste der Verzweiflung.

»Wissen Sie es wirklich nicht? Ich dachte, George hätte es Ihnen gesagt. Es ist die Angst vor dem Tod. Davor ängstige ich mich. Vor dem Tod. Dumm von mir, nicht wahr? Aber so war ich von jeher, schon als Kind. Ich kann mich nicht mehr erinnern, wann es angefangen hat. Aber der Tod war mir schon immer vertrauter als das Leben. Es gab keine Zeit, in der ich nicht gesehen habe, wie hinfällig alles ist. Dabei habe ich nichts Traumatisches erlebt. Ich wurde nicht gezwungen, meine tote Kinderfrau im Sarg anzuschauen oder Ähnliches. Und als meine Mutter starb, war ich in der Schule. Es hat mich nicht weiter berührt. Es ist nicht der Tod anderer Menschen. Es ist nicht der Tod an sich. Ich habe Angst vor meinem eigenen Tod. Nicht immer. Nicht ständig. Manchmal vergehen Wochen, ohne dass ich daran denke. Aber dann überkommt es mich. Meistens nachts. Dann befallen mich Angst, Entsetzen und die Erkenntnis, dass meine Furcht ja begründet ist. Schließlich kann mich niemand mit den Worten trösten: ›Mach dir bloß keine Gedanken! Dir wird das nicht passieren!‹ Niemand kann mir sagen: ›Das bildest du dir nur ein, Darling. So etwas gibt es nicht.‹ Ich kann Ihnen nicht schildern, wie schrecklich diese Angst ist. Sie kommt in Schüben, eine Panikwelle nach der anderen überrollt mich dann. Es ist wie ein körperlicher Schmerz, wie Geburtswehen, nur dass ich nicht

Leben zur Welt bringe, sondern den Tod in mir spüre. Manchmal hebe ich die Hand – so wie jetzt –, betrachte sie und denke mir: Das ist ein Teil von dir. Du kannst ihn mit der anderen Hand berühren, bewegen, warm reiben, kannst daran riechen, du kannst die Fingernägel lackieren. Aber eines schönen Tages wird dieser Teil deines Körpers blutleer, kalt, empfindungslos und nutzlos sein. Und du auch. Dann wird er verwesen, und auch du wirst verwesen. Nicht einmal im Alkohol kann ich Vergessen finden. Anderen Menschen gelingt das. So ertragen sie ihr Leben. Wenn ich zu viel trinke, wird mir bloß schlecht. Ich finde es einfach nicht fair, dass ich so viel Angst habe und sie nicht einmal in Alkohol ertränken kann. Jetzt habe ich Ihnen alles gesagt. Jetzt können Sie mir vorhalten, dass ich dumm, überspannt und feige bin. Meinetwegen können Sie mich auch verachten.«

»Ich verachte Sie nicht«, erwiderte Cordelia.

»Es hilft mir auch nichts, wenn Sie mir sagen, ich solle wieder an Gott glauben. Ich kanns nicht. Selbst wenn ich's könnte, würde es mir nicht helfen. Nach Vickys Tod hat Tolly zu ihrem Glauben zurückgefunden. Ich nehme also an, dass sie an Gott glaubt. Aber wenn ihr jemand sagen würde, morgen müsse sie sterben, würde sie die Welt genauso ungern verlassen wie ich. Ich habe beobachtet, dass sich alle sogenannten gläubigen Menschen so verhalten. Sie haben genauso viel Angst wie all die anderen. Auch sie können nicht loslassen. Dabei erwartet sie doch angeblich das ewige Leben. Trotzdem beeilen sie sich nicht, in dessen Genuss zu kommen. Möglicherweise sind sie nach all dem Gerede vom Jüngsten Gericht, von der Hölle und von der ewigen Verdammnis noch schlimmer dran. Ich habe nur vor dem Tod Angst. Hat das nicht jeder? Sie nicht auch?«

Cordelia überlegte, ob auch sie diese Angst hatte. Hin und wieder schon. Aber die Angst vorm Sterben machte ihr weniger zu schaffen als die Mühen des Alltags. Was sollte sie nur tun, wenn der Mietvertrag fürs Büro in der Kingly Street auslief? Würde der Wagen noch einmal zugelassen werden? Was sollte sie Miss Maudsley bloß sagen, wenn sie keine Arbeit für sie hatte? Vermutlich konnten sich nur die Reichen und Arrivierten die gefühlsduselige Angst vor dem Sterben leisten. Die meisten Menschen brauchten all ihre Energie, um mit dem Leben zurechtzukommen. Da sie wusste, dass sie nichts Tröstliches zu bieten hatte, erwiderte sie zögernd: »Es hat doch keinen Sinn, sich vor etwas zu ängstigen, das unabwendbar ist, das für alle gilt und das man ohnehin nicht wahrnehmen wird.«

»Das sind bloß Worte, die zeigen, dass Sie noch jung und gesund sind und nicht ans Sterben denken müssen. ›In kalter Starre liegen und verfaulen.‹ So hieß es doch in einer der Botschaften.«

»Ich erinnere mich.«

»Ich habe übrigens einen weiteren Brief für Ihre Sammlung. Ich habe ihn für Sie aufgehoben. Er wurde mir gestern Vormittag mit der Post in meiner Londoner Wohnung geschickt. Sie finden ihn ganz unten in meiner Schmuckschatulle. Sie steht links auf dem Nachttisch.«

Dieser genaue Hinweis war völlig unnötig, denn das matt schimmernde Kästchen hatte Cordelia selbst in diesem dämmerigen Licht und trotz des Wirrwarrs auf Clarissas Nachttisch längst gesichtet. Sie nahm es in die Hand. Es war etwa so groß wie eine Zigarrenschachtel, besaß hübsch gearbeitete Klauenfüße, und auf den Deckel wie auch auf die Seitenflächen war eine Darstellung des Urteils des Paris geprägt. Sie schloss es auf und sah, dass es mit cremefarbener, gesteppter Seide ausgeschlagen war.

»Ambrose hat es mir heute gleich nach unserer Ankunft geschenkt«, rief ihr Clarissa zu. »Es soll mir Glück für die morgige Aufführung bringen. Es hatte mir auf Anhieb gefallen, als ich es vor einem halben Jahr zum ersten Mal gesehen habe. Aber es hat eine Weile gedauert, bis Ambrose meinen Wunsch erraten hat. Er besitzt ja so viel viktorianischen Krimskrams, dass ihm ein Stück mehr oder weniger nichts ausmacht. Auch die Schatulle, die wir im dritten Akt verwenden, gehört wie die meisten Requisiten ihm. Aber diese hier ist viel hübscher, auch wertvoller. Allerdings nicht so wertvoll wie das Ding, das ich darin aufbewahre. Sie finden den Brief im Geheimfach. Aber so geheim ist es nun wieder auch nicht. Sie brauchen nur auf eins der Blätter zu drücken! Wenn Sie genau hinsehen, entdecken Sie einen haarfeinen Spalt. Bringen Sie's mir besser! Ich zeigs Ihnen.«

Die Schatulle war erstaunlich schwer. Clarissa holte achtlos ein Bündel Halsketten und Armreifen hervor, als sei es billiger Modeschmuck. Cordelia vermutete, dass tatsächlich unter all den Halsketten mit bunten Steinen und Kugeln, inmitten des Gefunkels von Brillanten, Saphiren und milchig weißen Perlen minderwertiger Bühnenschmuck war. Clarissa drückte auf eines der Blätter, die die Seitenfläche zierten, und aus dem unteren Teil glitt langsam ein Schubfach heraus. Cordelia bemerkte als Erstes einen zusammengefalteten Zeitungsausschnitt, den Clarissa in die Hand nahm.

»Ich habe mal im Theater von Speymouth die Hester in Terence Rattigans *Lockende Tiefe* gespielt. Das war 1977, im Jubiläumsjahr, als Ambrose wegen der Steuergeschichte ein Jahr im Ausland bleiben musste. Das Theater gibt es nicht mehr. Damals wurde ich vom Publikum gefeiert. Das hier ist für mich die wichtigste Kritik, die ich je erhalten habe.«

Als sie den Ausschnitt entfaltete, fiel Cordelia die Schlagzeile auf: *Clarissa Lisle triumphiert in der Neuinszenierung eines Rattigan-Stücks.* Cordelia stutzte einen Moment darüber, dass Clarissa der Besprechung einer Neuinszenierung in einem kleinen Provinztheater so viel Bedeutung beimaß. Außerdem bemerkte sie nebenbei, dass der Ausschnitt eine sonderbare Form hatte und größer als die Druckspalten der Kritik war. Doch ihr Interesse galt dem Drohbrief. Der Umschlag sah aus wie das Kuvert aus dem Postsack, den ihr Mrs Munter heute Vormittag ausgehändigt hatte. Nur die Anschrift stammte von einer anderen, offenbar älteren Maschine. Der Brief war zwei Tage zuvor in London abgestempelt worden. Er war ebenfalls an die Herzogin von Amalfi gerichtet, aber an Clarissas Bayswater-Domizil. Im Umschlag befand sich wieder ein weißer Papierbogen mit der schwarzen Zeichnung eines Sarges und den Initialen R. I. P. Darunter stand ein Zitat aus dem Webster-Stück:

Wer streckt mich nun nieder?
Ich halt' diese Welt für abgeschmacktes Theater,
Denn meine Rolle darin muss ich gegen meinen Willen
spielen.

»Nicht besonders passend«, meinte Cordelia. »Der Verfasser scheint keine geeigneten Zitate mehr parat zu haben.«

Clarissa hatte das Haarband im Nacken gelöst. Ihr Spiegelbild starrte beiden entgegen. Es war ein geisterhaft anmutendes Gesicht, in das fahle, wirre Strähnen hingen. Trauer lag in den großen Augen mit den schweren Lidern.

»Er weiß wohl, dass er kaum noch welche braucht. Nur noch morgen. Vielleicht weiß er – wer denn sonst? –, dass es morgen zu Ende ist.«

III.

BLUT BENETZT DEN HIMMEL

18. Kapitel

Cordelia schlief fester und länger, als sie gedacht hatte. Ein leises Klopfen an der Tür weckte sie. Sofort war sie völlig wach, warf den Morgenmantel um die Schultern und eilte zur Tür, um sie aufzuschließen. Es war Mrs Munter mit dem Morgentee. Eigentlich hätte Cordelia längst auf sein wollen, wenn die Frau des Butlers kam. Es war ihr peinlich, dass man sie dabei ertappte, wie sie hinter verschlossener Tür schlief, als halte sie Schloss Courcy für ein Hotel. Aber selbst wenn Mrs Munter überrascht gewesen sein sollte, so ließ sie sich zumindest nichts anmerken. Sie stellte das Tablett mit einem »Guten Morgen, Miss!« auf den Nachttisch und verschwand ebenso leise, wie sie gekommen war.

Es war halb acht. Das fahle Dämmerlicht fiel ins Zimmer. Cordelia trat ans Fenster und sah, dass den Himmel im Osten schon ein heller Streifen säumte. Nebelschwaden hingen tief über dem Rasen und ballten sich wie Rauchwolken zwischen den Baumwipfeln. Wahrscheinlich würde es wieder ein strahlender Tag werden. Obwohl nicht zu sehen war, dass Laub verbrannt wurde, roch die Luft nach herbstlichen Holzfeuern. Das silbergrau gestreifte Meer hob und senkte sich und war in geheimnisvolles Licht getaucht.

Cordelia ging auf Zehenspitzen zur Verbindungstür und öffnete sie sachte. Die massive Tür knarrte nicht einmal. Die Vorhänge waren noch zugezogen, aber in dem Licht, das aus ihrem Zimmer drang, sah Cordelia, dass Clarissa, einen Arm auf dem Kissen, noch immer fest schlief. Cordelia schlich leise ans Bett und lauschte Clarissas ruhigen Atemzügen. Sie war sehr erleichtert, ohne zu wissen, warum. Sie hatte eigentlich nie geglaubt, dass Clarissas Leben ernstlich in Gefahr sei. Außerdem hatten sie beide Vorsichtsmaßnahmen getroffen. Sie hatten die Türen zum Flur abgesperrt und die Schlüssel stecken lassen. Selbst mit einem Zweitschlüssel hätte niemand in die Zimmer gelangen können. Trotzdem war es ihr wohler, als sie nun Clarissas gleichmäßige Atemzüge hörte.

Doch dann sah sie den Zettel. Ein fahles Rechteck, das sich vom Teppich deutlich abhob. Eine weitere Drohbotschaft war unter der Tür hindurchgeschoben worden. Der Absender hielt sich also hier auf der Insel auf. Sie spürte einen Stich im Herzen. Sie riss sich zusammen und machte sich Vorwürfe, weil sie die Möglichkeit, dass der Schreiber seine Drohbriefe auch hier unter der Tür hindurchschieben konnte, nicht in Erwägung gezogen hatte. Außerdem ärgerte sie sich über ihre plötzliche Angst. Sie hob den Zettel behutsam auf, ging in ihr Zimmer und schloss die Tür.

Es war abermals ein Zitat aus der *Herzogin von Amalfi*. Insgesamt elf kurze Wörter, über denen ein Totenkopf prangte: »Es graut zur Tat. Ich bin da, um Euch zu töten!«

Alles sah aus wie sonst, nur das Papier war anders. Diesmal war die Botschaft auf die Rückseite eines alten Holzschnitts mit der Aufschrift *Der Todesbote* getippt worden. Über dem Titel befand sich ein unbeholfenes Skelett, das eine Sanduhr und einen Pfeil in den Händen hielt, darunter waren vier Verszeilen abgedruckt.

Cordelia stürzte den Tee hinunter, zog ihre Jeans und ein T-Shirt an und eilte hinaus, um mit Ambrose zu sprechen. Sie rechnete nicht damit, dass er schon auf war. Doch er befand sich bereits im Frühstückszimmer, wo er, eine Kaffeetasse in der Hand, auf den Rasen hinausblickte. Den Raum kannte sie von der gestrigen Besichtigungstour. Godwin hatte das Mobiliar und die übrige Einrichtung in diesem Zimmer entworfen. Dazu gehörten ein schlichter großer Esstisch und eine Reihe von Stühlen mit durchbrochener Lehne. An der Längswand befanden sich hübsch geschnitzte Geschirrschränke aus hellem Holz sowie Tellerborde und darüber ein Fries, dessen Fliesen abwechselnd mit kleinen Orangenbäumchen in hellblauen Töpfen und verspielten Szenen aus dem Sagenkreis um König Artus und seine Tafelrunde verziert waren. Gestern hatte sich Cordelia noch gedacht, der Raum sei ein interessantes Beispiel für die Schlichtheit des Ästhetizismus. Jetzt aber ließ er sie kalt. Ambrose wandte sich um, als sie eintrat, und verzog das Gesicht zu einem Lächeln.

»Guten Morgen! Es sieht ganz danach aus, als hätten wir Glück mit dem Wetter. Unsere Gäste werden bei Sonnenschein eintreffen und brauchen nicht zu befürchten, dass sie ohne Abendessen abfahren müssen. Bei schlechtem Wetter kann die Überfahrt nämlich schlimm werden. Ist unser Star schon wach?«

Cordelia fasste einen plötzlichen Entschluss. Es würde sicherlich nicht schaden, wenn sie ihm die Wahrheit sagte. Denn der Holzschnitt stammte bestimmt aus dem Schloss. Außerdem hatte Clarissa ja gesagt, er wisse von den Drohbriefen. Und Clarissa war sein Gast. Vor allem aber wollte sie sehen, wie er auf den Zettel reagierte. Sie zeigte ihn Ambrose mit den Worten: »Das hier ist heute Morgen unter Clarissas Tür hindurchgeschoben worden. Der Holzschnitt gehört doch wohl Ihnen. Jemand hat ihn verschandelt. Sehen Sie sich die Rückseite an!«

Er betrachtete das Blatt und gab es ihr wieder. Nach einer Weile sagte er: »Wieder so ein Drohbrief! Ich dachte schon, damit sei Schluss. Hat sie ihn schon gelesen?«

Es war klar, wen er meinte.

»Nein. Und sie wird ihn auch nicht lesen.«

»Sehr klug von Ihnen. Irgendwelche Unannehmlichkeiten fernzuhalten gehört wohl zu Ihren Pflichten als Sekretärin, nicht wahr?«

»Es ist eine meiner Pflichten. Der Holzschnitt gehört doch Ihnen?«

»Nein. Er ist zwar recht hübsch, stammt aber nicht aus der Periode, die mich interessiert.«

»Aber Sie sind hier der Hausherr. Und Miss Lisle ist Ihr Gast.«

Er lächelte bloß und schlenderte zur Anrichte hinüber. »Möchten Sie auch eine Tasse Kaffee?«

Cordelia sah ihn zur Warmhalteplatte gehen und eine Tasse für sie und sich selbst füllen.

»Mir ist Ihre versteckte Kritik nicht entgangen«, sagte er schließlich. »Zweifellos sollten Gäste damit rechnen dürfen, im Haus des Gastgebers weder bedroht noch sonst wie behelligt zu werden. Aber was soll ich Ihrer Meinung nach jetzt tun? Ich bin kein Polizist. Ich kann doch meine übrigen Gäste nicht verhören! Das würde nicht nur keinerlei Ergebnisse erbringen, sondern auch dazu führen, dass es fortan sechs verstörte Gäste gibt statt bloß einen. Außerdem fürchte ich, Clarissa wäre nicht einverstanden. Nehmen Sie die ganze Sache nicht zu ernst? Ich gebe zu, es ist ein übler Scherz, der nicht gerade von gutem Geschmack zeugt. Aber es ist doch nur ein geschmackloser Scherz, oder? Am besten wäre es, über diesem Unsinn zu stehen und zu schweigen oder darüber zu lachen. Clarissa ist Schauspielerin. Es müsste ihr doch gelingen, eine dieser beiden Haltungen einzunehmen. Sollte es hier auf der Insel jemanden geben, der darauf aus ist, ihr die Aufführung zu verpatzen, dann wird er – oder wohl eher sie – bald aufgeben, wenn Clarissa sich unbeteiligt zeigt.«

»Das wird sie auch tun, zumindest bis nach der Aufführung. Das hier wird sie nicht zu sehen bekommen. Ich kann doch damit rechnen, dass Sie ihr nichts davon sagen?«

»Selbstverständlich. Sie können sich ja denken, dass auch ich an Clarissas Erfolg interessiert bin. Sie haben den Brief nicht zufällig selbst in ihr Zimmer gelegt?«

»Aber nein!«

»Ich habs auch nicht angenommen. Verzeihen Sie mir die dumme Frage, aber es ist nicht leicht. Wenn Sie's nicht waren, kann es nur ihr Mann – der allerdings nicht hier ist –, ihr Stiefsohn, ihre Cousine, ihre langjährige Garderobiere oder einer ihrer alten Freunde gewesen sein. Aber ich will mich nicht in Clarissas Familie und Beziehungen einmischen. Der Holzschnitt gehört übrigens Roma.«

»Roma? Woher wissen Sie das?«

»Fahren Sie doch nicht gleich so aus der Haut! Roma war früher Lehrerin. Ihre Fächer waren Geografie und Sport, hat mir Clarissa erzählt. Eine eigenartige Kombination. Schwer vorzustellen, dass sie mit einer Trillerpfeife im Mund auf einem Hockeyfeld auf und ab rennt und ihre Mädchen anfeuert oder ihnen vormacht, wie man vom Sprungbrett ins Schwimmbecken springt. Aber so abwegig ist die Vorstellung auch wieder nicht. Man braucht sich nur ihre muskulösen Schultern anzusehen.«

»Was ist nun mit dem Holzschnitt?«, fragte Cordelia.

»Roma hat mir erzählt, dass sie ihn in einem antiquarischen Buch gefunden habe. Sie nahm an, er könne mich interessieren. Gestern vor der Probe hat sie ihn mir dann gezeigt. Ich habe ihn auf dem Schreibtisch im Büro liegen lassen.«

»Wo ihn jeder sehen und an sich nehmen konnte?«

»Sie reden wie ein Detektiv! Aber es ist schon so, jeder hätte ihn einstecken können. Außerdem kommt es mir so vor, als sei die Botschaft mit meiner Maschine getippt worden. Auch sie steht im Büro.«

Das ließ sich leicht nachprüfen. Am besten gleich. Aber bevor sie Ambrose darum bitten konnte, sagte er: »Da ist noch etwas. Verzeihen Sie mir, wenn mir diese Sache nähergeht als Clarissas Drohbriefe. Irgendjemand hat das Schloss an der Glasvitrine vor dem Büro aufgebrochen und den Marmorarm entwendet. Sollten Sie in Ihrer Funktion als Sekretärin erfahren, wer es gewesen ist, wäre ich Ihnen dankbar, wenn Sie die betreffende Person veranlassen könnten, ihn wieder an seinen Platz zu legen. Zugegeben, der Marmorarm mag nicht nach jedermanns Geschmack sein, aber mir gefällt er nun einmal.«

»Den Arm der Kronprinzessin?«, fragte Cordelia nachdenklich. »Wann haben Sie es denn bemerkt?«

»Munter sagte mir, dass er sich noch in der Vitrine befand, als er gestern Nacht die Tür verriegelt hat. Das war etwa zehn Minuten nach Mitternacht. Heute Morgen hat er die Türen kurz nach sechs aufgeschlossen. Obwohl er sich die Vitrine nicht genau angesehen hat, meint er, dass es ihm aufgefallen wäre, wenn jemand den Arm entwendet hätte. Aber sicher ist er sich da nicht. Erst mir ist aufgefallen, dass das Stück fehlte und jemand das Schloss aufgebrochen haben musste. Das war, als ich kurz vor sieben in die Küche ging, um mir Tee zu machen.«

»Clarissa kommt nicht infrage«, meinte Cordelia. »Als ich aufgestanden bin, schlief sie noch tief. Außerdem kann ich mir nicht vorstellen, dass sie die Kraft hat, ein Schloss aufzustemmen.«

»Dazu ist keine Kraft vonnöten. Ein massiver Brieföffner reicht völlig aus. Und so einer lag, wie's der Zufall will, auf meinem Schreibtisch im Büro.«

»Was wollen Sie jetzt unternehmen?«

»Nichts. Ich warte das Ende der Aufführung ab. Mit Clarissa hat das alles nichts zu tun. Der Verlust trifft ja nur mich, nicht sie. Vermutlich möchten Sie, dass sie nichts davon erfährt?«

»Ich halte es für äußerst wichtig, dass sie nichts davon erfährt. Die geringste Kleinigkeit könnte sie aufregen. Hoffentlich merkt sonst niemand, dass der Arm verschwunden ist.«

»Und wenn doch, kann ich immer noch behaupten, ich hätte ihn entfernt, weil er Clarissa nicht gefiel. Es ist zwar peinlich, sinnlos lügen zu müssen, aber wenn Sie's für wichtig halten, dass Clarissa nichts …«

»Ich halte es wirklich für äußerst wichtig. Ich wäre Ihnen dankbar, wenn Sie bis zum Ende der Aufführung nichts unternehmen und auch nichts sagen würden.«

In diesem Augenblick vernahmen sie feste, rasche Schritte auf den Korridorfliesen. Sie wandten sich um und schauten zur Tür hinüber. Sir George Ralston trat ein. Er trug einen Tweedanzug und hatte eine Reisetasche bei sich.

»Die Besprechung hat bis gestern Abend gedauert«, erklärte er. »Ich bin fast die ganze Nacht durchgefahren und habe nur kurz im Wagen auf einem Parkstreifen geschlafen. Ich dachte mir, Clarissa würde sich freuen, wenn ich es doch noch schaffe, früher zu kommen.«

»Wie sind Sie denn herübergekommen?«, fragte Ambrose. »Ich habe kein Motorengeräusch gehört.«

»Ich habe ein paar Fischer getroffen, die schon auf waren. Sie haben mich in der kleinen Bucht abgesetzt. Ich habe zwar nasse Füße bekommen, aber sonst fehlt mir nichts. Ich bin schon seit einigen Stunden auf der Insel. Ich wollte niemanden aus dem Schlaf scheuchen. Steht da drüben Kaffee?«

Cordelia schossen lauter Fragen durch den Kopf. Wurde sie weiterhin gebraucht? In Ambrose' Anwesenheit mochte sie Sir George nicht fragen. Aber sie hielt sich ja als Clarissas Sekretärin auf Courcy auf, was mit seinem unerwarteten Erscheinen wohl kaum etwas zu tun hatte. Doch was würde mit ihrem Zimmer geschehen? Vermutlich würde sich Sir George neben seiner Frau einquartieren wollen. Ihr wurde peinlich bewusst, dass sie nicht gerade freudig auf das Auftauchen von Sir George reagierte. Außerdem bemerkte sie, dass Ambrose sie mit einem spöttischen, leicht belustigten Ausdruck musterte, dem sie entnehmen konnte, dass er ihre Bestürzung registriert hatte. Sie murmelte eine Entschuldigung und eilte hinaus.

Clarissa war schon wach, obwohl Tolly den Morgentee noch nicht gebracht hatte. Cordelia zog die Vorhänge zurück und schloss die Zimmertür auf. Dann wartete sie am Bett, bis Clarissa endlich die Augen öffnete.

»Sir George ist eben eingetroffen«, sagte sie. »Die Besprechung hat nicht so lange gedauert wie befürchtet.«

Clarissa setzte sich auf. »George? Das kann doch nicht wahr sein! Er wollte doch frühestens heute Abend eintreffen!«

»Er ist eben angekommen.«

Cordelia fand, dass es richtig gewesen war, ihr diese Nachricht unverzüglich mitzuteilen. Sir George hätte sich wohl kaum gefreut, mit dieser Begeisterung empfangen zu werden. Clarissa setzte sich auf und schaute mit ausdruckslosem Gesicht zur Wand.

»Läuten Sie doch bitte an der Glocke!«, sagte sie dann. »Dort neben dem Kamin. Tolly soll meinen Tee bringen.«

»Ich frage mich, ob Sie mich jetzt noch brauchen werden«, sagte Cordelia.

Clarissas Stimme klang schrill, beinahe verängstigt. »Selbstverständlich brauche ich Sie! Was soll sich denn schon geändert haben? Sie wissen, warum Sie hier sind. Wer immer es ist, der mich umbringen will, wird nicht davon ablassen, nur weil George angekommen ist.«

»Wenn Sie wünschen, räume ich das Zimmer.«

Clarissa schwang sich aus dem Bett und ging zum Bad. »Seien Sie doch nicht so naiv, Cordelia! Sie bleiben, wo Sie sind. Und sagen Sie Sir George, dass ich aufgestanden bin, falls er mich sehen möchte.«

Sie verschwand im Bad. Cordelia hielt es für besser, zu warten, bis Tolly den Tee brachte. Soweit es in ihren Kräften lag, wollte sie darauf achten, dass Clarissa von jetzt an bis zum Beginn der Aufführung nicht ohne Begleitung blieb.

Clarissa kam aus dem Badezimmer und legte sich wieder ins Bett.

»Würden Sie mir noch sagen, bevor Miss Tolgarth kommt, was Sie für heute geplant haben?«

»Wissen Sie das denn nicht? Ich dachte, ich hätte es Ihnen schon gesagt. Die Aufführung beginnt um halb vier. Ambrose wird uns mittags einen frühen Lunch servieren lassen. Danach werde ich mich etwa von eins bis Viertel vor drei noch eine Weile in meinem Zimmer ausruhen, und zwar allein. Ich halte mich vor einer Aufführung nicht gerne allzu lange in der Garderobe auf. Sie können um Viertel vor drei zu mir kommen. Wir werden dann vereinbaren, was Sie während der Aufführung tun sollen, sofern Sie überhaupt etwas tun können. Die Barkasse holt die Cottringham-Truppe von Speymouth ab. Sie dürfte so gegen halb drei eintreffen. Gegen drei Uhr kommt dann noch ein größeres Mietboot mit den übrigen Gästen. In der großen Pause werden wir gegen halb fünf den Tee zu uns nehmen. Unter den Arkaden, wenns noch warm genug ist. Abendessen gibt es etwa um halb acht in der Halle. Die Fährboote sind für neun bestellt.«

»Und heute Vormittag?«, fragte Cordelia. »Was haben Sie in den drei Stunden zwischen dem Frühstück und dem Lunch vor? Ich denke, ich sollte in Ihrer Nähe bleiben.«

»Wir sollten alle zusammenbleiben. Ambrose hat eine Rundfahrt mit der *Shearwater* um die Insel vorgeschlagen. Aber ich habe ihm erklärt, dass wir nicht zu seinen Sommerurlaubern gehören, die für fünf Pfund pro Tag gerne solche Vergnügungstouren machen. Nein, ich habe einen besseren Plan. Es gibt Sehenswürdigkeiten auf Courcy, die er uns noch nicht gezeigt hat. Ich glaube nicht, dass Sie sich langweilen werden. Als Erstes werden wir das Beinhaus von Courcy besichtigen.«

»Ein Beinhaus auf Courcy? Mit echten Totenköpfen? Hier im Schloss?«

Clarissa musste lachen.

»Ja, mit echten Menschenschädeln! In der Krypta der Kirche. Ambrose wird sicherlich die entsprechenden Geschichten beisteuern. So können wir uns auf die Gräuel von Amalfi einstimmen.«

Tolly erschien mit dem Morgentee und gleich nach ihr Sir George. Er wurde äußerst nett empfangen. Clarissa streckte ihm matt den Arm entgegen. Sir George zog ihre Hand an die Lippen, machte eine steife, eckige Verbeugung und streifte mit seinem Gesicht flüchtig ihre Wange.

»Das ist ja reizend von dir, Darling!«, sagte sie mit hoher, leicht bebender Stimme. »Wie gut, dass du jemanden gefunden hast, der dich übersetzen konnte!«

Ohne Cordelia anzuschauen, fragte er: »Geht es dir gut?«

»Aber ja, Darling! Hast du dir etwa meinetwegen Sorgen gemacht? Wie süß von dir. Aber wie du siehst, geht es mir gut. Die Herzogin von Amalfi gibt es noch.«

Cordelia ließ die beiden allein. Ob Sir George wohl versuchen würde, mit ihr unter vier Augen zu sprechen? Sollte sie ihm dann von dem Holzschnitt erzählen, den jemand unter der Tür hindurchgeschoben hatte? Schließlich hatte er sie ja engagiert.

Aber es war Clarissa gewesen, die das veranlasst hatte. Eigentlich war Clarissa ihre Klientin. Sie wurde ja bezahlt, um Clarissa zu schützen. Etwas sagte ihr, dass sie es besser für sich behalten sollte, zumindest bis zum Ende der Aufführung. Außerdem fiel ihr noch der entwendete Marmorarm ein. Die Ankunft von Sir George hatte sie dermaßen verwirrt, dass sie ihn beinahe vergessen hätte. Doch jetzt ging ihr die blasse Steinskulptur nicht mehr aus dem Sinn, als sei ihr Verschwinden ein böses Omen. Sollte sie Sir George anvertrauen, dass der Arm verschwunden war? Aber wozu sollte das gut sein? Es war doch nur die Kopie einer Skulptur, die einst nach dem Ärmchen einer Prinzessin angefertigt worden war. Wie sollte sie jemandem schaden? Wie konnten diese dicklichen Kinderfinger aus Marmor Unheil anrichten? Sie hätte nicht sagen können, warum sie es für so wichtig hielt, dass Clarissa nichts von dem Diebstahl erfuhr. Weil Clarissa den Marmorarm abscheulich gefunden hatte? Weil es sie aufregen könnte, wenn von ihm die Rede war? Es war sicherlich richtig gewesen, Ambrose um Stillschweigen zu bitten. Zumindest bis zum Ende des Stücks. Warum sollte sie nun Sir George davon berichten? Er kannte die Skulptur ja gar nicht. Beide würden es schon noch erfahren, wenn Ambrose sie alle nach der Aufführung reihum befragte, um den Diebstahl aufzudecken. Das würde noch heute Abend sein. Sie brauchte also nur diesen Tag durchzustehen. Sie konnte nicht mehr klar denken. Vor allem ein Gedanke machte ihr zu schaffen. Die Anwesenheit von Clarissas Mann auf Courcy hätte ihren Auftrag doch eigentlich erleichtern müssen. Sie hätte sich freuen sollen, dass sie die Verantwortung nicht allein trug. Warum erschien ihr dann seine unerwartete Ankunft als höchst unwillkommene Komplikation? Warum hatte sie das Gefühl, dass sie wie eine ahnungslose Figur auf dem Spielfeld hin und her geschoben wurde von einer verborgenen Macht, die das Geschehen beobachtete, abwartete, um schließlich das Spiel zu dirigieren?

19. KAPITEL

Das Frühstück zog sich hin, da die Gäste alle einzeln eintrudelten, gemächlich aßen und kein Ende fanden. Die Gerichte hätten auch der viktorianischen Vorstellung Herbert Gorringes von einem gelungenen Start in den Tag entsprochen. Hob man die Deckel von den silbernen Schüsseln, so füllten durcheinandergewirbelte Gerüche nach Eiern mit Speck, nach Würstchen, Bohnen und Schellfisch das Frühstückszimmer und dämpften den Appetit. Obwohl sich auch an diesem Tag schönes Wetter ankündigte, machten die Anwesenden alle einen bedrückten Eindruck auf Cordelia. Sie war offenbar nicht die Einzige, die die Stunden bis zum Abend zählte. Alle schienen sich ohne vorherige Absprache vorgenommen zu haben, Clarissa nicht zu beunruhigen. Als diese vorschlug, doch die Kirche und die Krypta zu besichtigen, erklärten sich verdächtigerweise alle einverstanden. Wer lieber eine Fahrt um die Insel oder einen Spaziergang gemacht hätte, schwieg. Vermutlich ahnten alle, wie labil sie vor der Aufführung war, und keiner wollte riskieren, für ihren Zusammenbruch verantwortlich zu sein. Als sie unter den Arkaden und vorbei am Theater im Baumschatten zur Kirche schlenderten, kam es Cordelia vor, als umgebe Clarissa eine Fürsorge, wie sie sonst nur einer Kranken zuteilwurde oder – der Gedanke war ihr unbehaglich – einem verurteilten Opfer.

Sir George schien der Unbefangenste zu sein, der sofort unverhohlen loslegte, während alle anderen sich beim Betreten der Kirche unsicher umsahen und nach positiven Worten suchten. Offensichtlich fand er die Mischung aus religiöser Schwärmerei des 19. Jahrhunderts und mittelalterlich-romantischer Nostalgie höchst unsympathisch. Er musterte die prachtvoll verzierte Apsis mit dem Mosaik, das Christi Himmelfahrt darstellte, all die bunten Fliesen und farblich abgestimmten Bogen mit kritischem Blick.

»Erinnert mich an einen viktorianischen Club in London oder an ein türkisches Bad, aber nicht an eine Kirche. Tut mir leid, Gorringe, aber dem kann ich nichts abgewinnen. Wer war denn der Architekt?«

»George Frederick Bodley. Mein Urgroßvater hatte sich gerade mit Godwin überworfen, als er die Kirche wiederaufbauen wollte. Zu Architekten hatte er schon immer ein gespanntes Verhältnis. Schade, dass Ihnen die Kirche nicht gefällt. Die Altarbilder stammen übrigens von Lord Leighton. Und das Buntglas kommt aus der Werkstatt von William Morris, der sich auf diese hellen Farbtöne spezialisiert hatte. Bodley war einer der ersten Architekten, die mit dieser Werkstatt zusammenarbeiteten. Das Ostfenster wird für ein Meisterwerk gehalten.«

»Ich kann mir schwer vorstellen, dass man hier auch beten kann. Ist das da ein Kriegerdenkmal?«

»Ja. Mein Onkel, den ich beerbt habe, hat es gestiftet. Es ist die einzige architektonische Veränderung auf der Insel, für die er verantwortlich ist.«

Es handelte sich um eine schlichte Steinplatte, die südlich vom Altar in die Wand eingelassen war. Die Inschrift lautete:

ZUM GEDENKEN AN DIE MÄNNER VON COURCY, DIE AUF DEN SCHLACHTFELDERN ZWEIER WELTKRIEGE IHR LEBEN LIESSEN UND DEREN GEBEINE IN FREMDER ERDE RUHEN.
1914–1918 * 1939–1945.

Diese Worte fanden Sir Georges Zustimmung.

»Das gefällt mir. Klingt schlicht, aber eindrucksvoll. Von wem stammt denn der Kranz? Sieht schon ziemlich alt aus.«

Ambrose Gorringe hatte sich wieder zu ihnen gesellt. »Am 11. November gibt es wieder einen neuen«, sagte er. »Munter macht jedes Jahr einen aus unserem Lorbeer und bringt ihn hierher. Sein Vater ist im Krieg gefallen. Er war bei der Royal Navy, wenn ich mich nicht täusche. Er ist ertrunken. So hat es mir Munter wenigstens erzählt.«

»Und Sie unterstützen diese Farce?«, fragte Roma.

»Nein. Er hat mich nicht um Erlaubnis gebeten. Das ist seine Privatzeremonie. Ich weiß offiziell gar nichts davon.«

Roma wandte sich ab. »Das wirft ja ein ganz neues Licht auf Munter. So viel Romantik hätte ich ihm gar nicht zugetraut. Außerdem ist diese Gedenktafel dafür wohl kaum geeignet. Sein Vater hat doch auf Courcy weder gewohnt noch gearbeitet, oder?«

»Soviel ich weiß, nein.«

»Und wenn er schon ein Seemannsgrab gefunden hat, können seine Gebeine weder in fremder Erde noch sonst wo begraben sein. Folglich ist es unsinnig, unsinnig wie alle Heldengedenktage. Kein Mensch weiß doch noch, wozu sie gut sind.«

»Zur Erinnerung an all die tapferen Männer, die gefallen sind«, erwiderte Sir George. »Es ist ja nur einmal im Jahr. Nur wenige Minuten. Man kann doch nicht sagen, dass das zu viel ist. Warum sollte man das als sentimentale Orgie miesmachen? Bei unserer letzten Veteranenparade hat der Pastor über die Dritte Welt und das Konzil der Weltkirchen gepredigt. Da wurden ein paar von den älteren Kameraden etwas unruhig.«

»Ich schätze, er wollte damit dem Weltfrieden dienen.«

»Der Tag des Waffenstillstands hat doch nichts mit Frieden zu tun. Er hat etwas mit der Erinnerung an die gefallenen Soldaten zu tun. Ein Volk, das seine Gefallenen vergisst, ist nicht wert, dass man für es stirbt. Übrigens – wo gibts denn Frieden in der Dritten Welt?«

Er wandte sich abrupt ab, und es kam Cordelia so vor, als schimmerten seine Augen feucht. Doch dann sah sie, dass es nur ein Lichtreflex gewesen war, und sie ärgerte sich über ihre Naivität. Vielleicht gedachte er seiner toten Kameraden und der längst vergessenen, diskreditierten Sache, für die sie gefallen waren. Aber er tat es ohne Tränen. Sicherlich hatte er schon viele Menschen sterben sehen. War der Tod für ihn da mehr als eine Zahl in einer Statistik?

Von der Sakristei führte eine Tür zur Gruft. Als sie im Lichtschein von Gorringes Taschenlampe die schmalen Stufen hinunterstiegen, gelangten sie in eine andere Welt, in eine weit zurückliegende Epoche. Hier waren die Reste des ursprünglich normannischen Gebäudes noch zu sehen. Die Decke war so niedrig, dass der hochgewachsene Ivo Whittingham sich etwas bücken musste. Die gedrungenen, wuchtigen Pfeiler der Krypta sahen aus, als könnten sie unter der Last der neunhundert Jahre, die auf ihren Kapitellen ruhte, jeden Augenblick einstürzen. Gorringe tastete nach dem Schalter an der Wand, und gleich darauf erstrahlte die verliesartige Gruft in grellem, kaltem Licht. Als Erstes fielen allen sofort die Totenschädel auf. Eine zähnebleckende Parade des Todes, die eine ganze Wand füllte. Sie waren auf Eichenholzregalen so dicht gestapelt, dass es unmöglich war, einen zu entfernen, es sei denn, man hätte ihn herausgestemmt. Mit der Anordnung hatte man sich nur wenig Mühe gegeben. An einigen Stellen war Beton in die Zwischenräume gegossen, der die Schädel an den Gebissen aneinanderhielt wie in einem Kuss. Auf anderen Köpfen wiederum hatte sich im Lauf der Jahre Staub abgesetzt, der sie nun zusammenzuhalten schien, Nasenöffnungen und Augenhöhlen verstopfte und die glatten Schädeldächer wie ein Leichentuch bedeckte.

»Über diese Schädel erzählt man sich eine Geschichte«, sagte Gorringe. »Wie könnte es auch anders sein? Im 17. Jahrhundert befand sich die Insel im Besitz der de Courcys, einer Familie, der sie schon seit etwa 1400 gehörte. Der damalige de Courcy muss ein höchst unangenehmer Vertreter seines Geschlechts gewesen sein. Als ihm einmal jemand erzählte, was Tiberius so alles auf Capri getrieben habe – ich glaube nicht, dass er überhaupt lesen konnte –, versuchte er, es diesem gleichzutun. Sie wissen schon, was ich meine. Er ließ Mädchen vom Festland entführen und beanspruchte das Recht der ersten Nacht in einem Ausmaß, dass es selbst die eingeschüchtertsten Bewohner nicht länger hinnehmen wollten. Immer wieder schwemmte die Flut zum Entsetzen der Einheimischen verstümmelte Leichen an den Strand. Speymouth war damals ein kleines Fischerdorf. Die Ortschaft erlangte ja erst zu Anfang des 18. Jahrhunderts Bedeutung als eine Art Brighton für den Westteil unseres Landes. Die Sache sprach sich jedenfalls herum. Aber ändern tat sich nichts. Man erzählte sich später, dass der Vater eines entführten Mädchens, dessen Leiche drei Wochen nach seinem Verschwinden verstümmelt angespült wurde, unseren de Courcy beim zuständigen Magistrat anzeigte. De Courcy wurde dann auch vor ein Schwurgericht gestellt, doch das sprach ihn frei. Die Sache wurde wohl auf die übliche Art und Weise geregelt: mit einem käuflichen Richter, Zeugen, die einen Meineid schworen, und bestochenen Schöffen, kurzum, mit der gängigen Mischung aus Unterwürfigkeit und Angst. Zudem gab es ja nicht einen einzigen stichhaltigen Beweis. Nach dem Urteilsspruch erhob sich der Vater des Mädchens, angeblich ein höchst einflussreicher Mann, und verfluchte de Courcy und seine gesamte Sippe, indem er ihm einen totgeborenen Stammhalter wünschte, ekelhafte Krankheiten, den Ruin des Schlosses und den Untergang seines Geschlechts. Wahrscheinlich hat er den Leuten aus der Seele gesprochen, und prompt brach im Jahre 1665 die Pest aus.«

Cordelia fand die theatralische Pause, die Gorringe da machte, gänzlich unnötig. Die kleine Gruppe, die sich um ihn scharte, blickte ihn ohnehin so aufmerksam an wie Touristen ihren Führer, der ihnen endlich etwas bietet für ihr Geld.

»Die Pest wütete vor allem in diesem Küstenstreifen«, fuhr Gorringe fort. »Sie soll von einer Familie aus Cheapside eingeschleppt worden sein, die im Dorf Verwandte hatte und bei ihnen Zuflucht suchte. Eine Familie nach der anderen wurde dahingerafft. Da auch der Pastor samt seiner Familie schon früh starb, war niemand mehr da, der die Totenmesse hätte lesen können. Bald gab es nur noch einen alten Mann, der die Toten beerdigte. Überall herrschte Chaos. Nur auf der Insel fühlte man sich sicher, weil de Courcy jedem den Tod androhte, der hier landen würde. Ein Boot mit Frauen und Kindern und einem Steuermann wagte es der Legende zufolge dennoch. Aber wenn die Menschen auf de Courcys Mitleid gehofft hatten, so wurden sie bitter enttäuscht. Allerdings war sein Verhalten durchaus vernünftig, denn die einzige Möglichkeit, der Seuche zu entgehen, war nun mal die Quarantäne. Weniger vernünftig war es allerdings, Löcher in die Bootsplanken zu bohren, bevor man das Boot wieder auf die hohe See hinaustrieb. Die Leute ertranken, bevor sie die rettende Küste erreichen konnten. Doch das nur nebenbei. Was die Menschen in diesem Boot aus dem 17. Jahrhundert angeht, so kann man seine Zweifel haben. Aber nun zum Höhepunkt der Geschichte.«

»Was der Story noch fehlt, sind zeitgenössische Trachten vom Kostümverleih Motley und etwas Begleitmusik von Menotti«, spöttelte Whittingham. Doch Cordelia sah seinem Gesicht an, dass er ebenso gespannt war wie die Übrigen.

»Ich weiß nicht, ob Sie die Symptome der Beulenpest kennen. Die Kranken meinen zunächst, den Geruch fauliger Äpfel wahrzunehmen. Danach erst bilden sich auf der Stirn die gefürchteten roten Pusteln. Eines Tages nun nahm der Vater jenes ermordeten Mädchens diesen Geruch wahr und erblickte bald darauf im Spiegel das Zeichen des Todes. Es soll eine stürmische Sommernacht mit kabbeliger See gewesen sein. Der Mann wusste, dass er nicht mehr lange leben würde, der Pesttod fackelte nicht lange. Der Mann setzte sich in sein Boot und segelte zur Insel. De Courcy und sein Gefolge saßen gerade beim Dinner, als die Tür zur großen Halle aufgerissen wurde und der Mann hereinkam, ein von der Gischt durchnässter Hüne, der mit funkelnden Augen auf seinen Todfeind zutorkelte. Alle waren so verblüfft, dass sich niemand regte. Und diese Zeit nutzte der Mann, um de Courcy in seine kräftigen Arme zu schließen und ihn mitten auf den Mund zu küssen.«

Alle schwiegen. Cordelia überlegte, ob die Zuhörer jetzt wohl höflich applaudieren würden. Gorringe hatte hübsch erzählt. Und die Geschichte war mit der einfachen, aber grausigen Handlung und dem geradezu symbolischen Konflikt von Unschuld und Bosheit ziemlich eindrucksvoll.

»Daraus könnte man eine Oper machen«, meinte Whittingham. »Der Stoff schreit danach. Jetzt brauchen wir nur noch einen neuen Verdi oder einen zweiten Benjamin Britten.«

Roma Lisle musterte die Totenschädel halb fasziniert, halb angewidert und fragte: »Hat sich denn der Fluch erfüllt?«

»Aber ja! De Courcy und all die Leute auf der Insel bekamen die Pest und starben; die de Courcys gibt es nicht mehr. Erst vier Jahre später kamen wieder Menschen auf die Insel und begruben die Toten. Seit jener Zeit näherte man sich der Insel ehrfürchtig-abergläubisch. Das Landvolk mied sie. Die Fischer bekreuzigten sich wie in alten Zeiten, wenn sie in den Windschatten der Insel gerieten. Das Schloss verfiel zur Ruine. 1864 erstand dann mein Urgroßvater die Insel, baute ein neues Schloss, machte das Land wieder urbar und ließ das Gestrüpp abholzen. Nur die Ruine der alten Kirche blieb stehen. De Courcy und die Inselleute waren nicht auf dem Friedhof beerdigt worden. Die Einheimischen meinten, sie hätten ein christliches Begräbnis nicht verdient. Als Herbert Gorringe seinen Lustgarten anlegte, stieß man auf Skelette. Seine Leute trugen die Totenschädel zusammen und deponierten sie hier. Ist doch kein schlechter Kompromiss zwischen einer christlichen Bestattung und schlichtem Verbrennen.«

»Am obersten Bord ist etwas eingeschnitzt«, sagte Roma. »Ich glaube, es sind Wörter und Zahlen. Wirkt ein wenig unbeholfen. Es könnte ein Bibelspruch sein.«

»Das ist nur der persönliche Kommentar eines Arbeiters, der die Aneinanderreihung der Schädel damals für eine moralische Belehrung geeignet hielt. Vorlesen werde ich ihn aber nicht. Sie müssen ihn schon selbst entziffern.«

Cordelia brauchte nicht lange zu überlegen. Ihre Kenntnis des Alten Testaments aus dem Klosterinternat und etwas Glück beim Raten führten sie auf die richtige Spur.

»Die Rache ist mein, ich will vergelten, spricht der Herr.«

Sie fand diesen Spruch durchaus passend für einen Racheakt, der – falls Gorringes Geschichte stimmte – dem menschlichen Wesen so sehr entsprach.

In der Gruft war es eisig kalt. Die Gespräche waren verstummt.

Sie standen im Kreis und betrachteten die Schädelreihen, als könnten sie diesen blanken Knochen, den gezackten Nasenöffnungen, den klaffenden Augenhöhlen das Geheimnis des Todes entreißen. Dabei wirken die Totenköpfe keineswegs Angst einflößend, dachte Cordelia; diese jahrhundertealten Zeugnisse menschlicher Sterblichkeit, die zu grienenden Fratzen aufgereiht waren, schienen eher wie ein Kinderschreck auf einem Jahrmarkt oder wie ein Zeichen dafür, dass von allem menschlichen Streben bestenfalls ein intaktes Gebiss übrig blieb.

Während Gorringes Erzählung hatte sie hin und wieder Clarissa gemustert und sich überlegt, wie die Horrorgeschichte wohl auf sie wirkte. Sie fand es seltsam, dass die ungelenke Zeichnung eines Totenkopfes Clarissa in derartige Angst versetzen konnte, während die echten Schädel nur einen übertriebenen Schauer verursachten. Clarissa konnte offenbar trotz ihrer Überempfindsamkeit etwas so Grässliches ertragen, wenn es aus einer anderen Zeit stammte und sie nicht unmittelbar bedrohte. Selbst im grellen, erbarmungslosen Licht der Krypta hatte ihr Gesicht noch einen rötlichen Hauch, und ihre großen Augen strahlten. Cordelia konnte sich nicht vorstellen, dass Clarissa die Gruft jemals allein besuchen würde, aber jetzt, da sie sich als Mittelpunkt der Gruppe fühlte, genoss sie all das Grausige wie ein Kind, das einen Horrorfilm sieht und weiß, dass keins der Schreckensbilder echt ist, dass draußen die vertrauten Straßen sind, vertraute Gesichter, die vertraute Welt. Was immer Clarissa ängstigen mochte – und Cordelia glaubte nicht, dass ihre Angst nur gespielt war –, die Toten da erschütterten sie nicht, und sie fürchtete auch keinen Besuch ihrer Geister in der Nacht. Sie rechnete fest damit, dass der Tod, wann immer er kam und welche Gestalt er auch annehmen mochte, ein menschliches Gesicht hätte. Was sie hier sah, schien sie sogar in eine euphorische Stimmung zu versetzen.

»Deine Insel ist ja eine wahre Horrorfundgrube, Ambrose«,

wandte sie sich an Gorringe. »Von außen wirkt sie so lieblich, aber in der Tiefe brodelt es. Hast du nicht noch etwas auf Lager, was näher an unserer Zeit ist? Vielleicht einen Mord, der tatsächlich stattgefunden hat? Erzähl uns doch vom Teufelskessel!«

Ambrose Gorringe mied ihren Blick. Einer der Schädel ragte ein wenig hervor. Gorringe packte ihn mit beiden Händen und versuchte, ihn hineinzudrücken, was ihm jedoch nicht gelang. Am Ende hielt er den Kieferknochen in der Hand. Er schob ihn unter den Schädel, wischte die Hände am Taschentuch ab und erwiderte: »Da gibt es nicht viel zu sehen. Außerdem ist es eine grässliche Geschichte, die nur für Leute interessant ist, die Freude am Leiden anderer haben.«

Doch seine Warnung und seine versteckte Kritik machten keinen Eindruck auf Clarissa. »Zier dich doch nicht so, Ambrose!«, rief sie aus. »Die Geschichte ist mindestens vierzig Jahre her. Außerdem weiß ich darüber Bescheid. George hat sie mir erzählt. Ich möchte die Stelle sehen, wo es passiert ist. Ich habe ein persönliches Interesse daran. George war damals auf Courcy. Du weißt doch, dass George damals hier stationiert war?«

»Ja, ich weiß«, sagte Ambrose kurz angebunden.

»Zeigen Sie es uns, was immer es sein mag«, mischte sich Roma ein. »Clarissa wird Ihnen keine Ruhe lassen, und auch wir anderen haben ein Recht darauf, unsere Neugierde zu befriedigen. Schlimmer als hier kann es nicht sein.«

Niemand sagte noch etwas. Cordelia dachte sich, dass Clarissa und ihre Cousine noch nicht einmal bei dem Versuch, Gorringe zu überreden, Verbündete waren. Sie fragte sich, ob Roma tatsächlich interessiert war oder diese Geschichte nur hören wollte, damit sie endlich die Krypta verlassen konnte.

Clarissa bettelte wie ein Kind: »Bitte, Ambrose! Du hast es mir doch versprochen. Warum nicht jetzt, wo wir schon mal hier sind?«

Gorringe musterte George Ralston. Mit seinem prüfenden Blick hoffte er wohl Zustimmung oder irgendeine Bemerkung auszulösen. Wenn er aber Unterstützung gegen Clarissas Ansinnen erwartet hatte, so wurde er enttäuscht. Sir Georges Gesicht war ausdruckslos. Selbst das gewohnte nervöse Zucken war nicht wahrzunehmen.

»Na schön. Wenn Sie's unbedingt wünschen.«

Er führte die Besucher zu einer niedrigen Eichenholztür an der Westseite der Krypta, die so alt war, dass sie beinahe schwarz war. Sie war mit dicken Eisenbeschlägen und einer zweifachen Verriegelung gesichert. Der Schlüssel hing daneben an einem Nagel. Gorringe schob die Riegel zurück und steckte den Schlüssel ins Schloss. Er ließ sich mühelos umdrehen. Um die Tür zu öffnen, musste Gorringe aber seine ganze Kraft aufbieten. Er tastete nach dem Schalter und knipste das Licht an. Vor ihnen tat sich ein schmaler Gewölbegang auf, in dem nur zwei Personen nebeneinander Platz hatten. Gorringe ging mit Clarissa voran, Roma schlenderte hinterher. Ihr folgten Cordelia, Simon und Sir George, während Ivo Whittingham den Schluss bildete.

Nach etwa zwanzig Schritten gelangten sie zu steilen Steinstufen, die nach links weiter hinabführten. Die Stufen wurden zwar breiter, aber die Decke war so niedrig, dass Whittingham den Kopf einziehen musste. Den Gang beleuchteten nackte, nur durch ein Gitter geschützte Glühbirnen, die an der Leitung baumelten. Die Luft war muffig, aber immerhin noch so frisch, dass das Atmen nicht schwerfiel. Bis auf das Hallen ihrer Schritte war es still. Cordelias Schätzung nach mussten sie an die zweihundert Meter zurückgelegt haben, als sie zu einer Biegung und weiteren Steinstufen kamen, die so steil und uneben waren, als hätte man sie direkt aus dem Felsen herausgeschlagen. In diesem Moment ging das Licht aus.

Der Schock angesichts der unvermittelten totalen Finsternis

nach dem künstlich-hellen Licht im Gang verschlug ihnen allen den Atem, und eine der Frauen – Cordelia meinte, es sei Clarissa – schrie entsetzt auf. Auch sie kämpfte einen Augenblick lang gegen eine aufkommende Panik und versuchte, ihr pochendes Herz zu beruhigen. Unwillkürlich suchte sie in der Dunkelheit Halt und berührte einen von dünnem Baumwollstoff bedeckten, kräftigen Arm, der sich warm anfühlte. Es war Simons Arm. Als sie ihre Hand zurückziehen wollte, spürte sie, dass er sie ergriff.

Gleich darauf hörte man Gorringes Stimme. »Tut mir leid. Ich habe ganz vergessen, dass sich das Licht automatisch abschaltet. Ich mache es gleich wieder an.«

Doch dann dauerte es nach Cordelias Schätzung noch gut fünfzehn Sekunden, bis das Licht wieder brannte. Alle blinzelten in der plötzlichen Helligkeit und lächelten verschämt. Simon zog seine Hand zurück, als hätte er sich verbrannt, und wandte sich ab.

»Du solltest uns zumindest warnen bei solchen dummen Tricks«, meinte Clarissa unwirsch.

Gorringe schaute sie spöttisch an. »Das war kein Trick. Es wird auch nicht mehr vorkommen. Im Raum über dem Teufelskessel schaltet sich das Licht nicht von selbst ab. Es sind nur noch vierzig Meter. Außerdem hast du doch diese Exkursion angeregt.«

Sie stiegen weiter hinab und hielten sich an dem Seil fest, das durch Eisenringe im Felsen lief. Nach gut dreißig Metern verbreiterte sich der Gang zu einer Höhle mit niedriger Decke.

»Wir müssen etwa fünfzehn Meter unter der Erdoberfläche sein«, meinte Whittingham, und seine Stimme klang ungewohnt laut. »Wie werden denn die Gänge belüftet?«

»Durch Luftschächte. Einer endet in dem Betonbunker, den man im Krieg gebaut hat, um die Südseite der Insel zu sichern. Es gibt mehrere solche Schächte. Den allerersten soll noch de Courcy angelegt haben. Der Teufelskessel war also auch für ihn nützlich.«

In der Bodenmitte befand sich eine Falltür aus Eichenholz, die mit zwei Riegeln gesichert war. Gorringe schob sie zurück und klappte die Tür hoch. Neugierig umringten sie das Loch und blickten in die Tiefe. Eine Eisenleiter führte zu einer Höhle. Unten gluckerte Meerwasser. Ob Ebbe oder Flut herrschte, war nicht auszumachen. Man sah nur einen Lichtschein, der durch einen halbmondförmigen Spalt eindrang. Cordelia hörte ganz schwach das Rauschen des Meeres und nahm den vertrauten Geruch von Seetang wahr. Jede anbrandende Welle füllte die Höhlung beinahe lautlos mit Wasser, das die Sprossen der Leiter umspülte. Cordelia fröstelte es. Das ruhige, regelmäßige Einströmen des Wassers wirkte irgendwie gnadenlos, unheimlich.

»Jetzt erzahl schon!«, drängte Clarissa.

Gorringe schwieg eine Weile. Dann sagte er: »Es geschah 1940. Insel und Schloss waren von einer Regierungsbehörde beschlagnahmt worden. Man brauchte ein Auffanglager und Befragungszentrum für Angehörige der Achsenmächte, die der Krieg in Großbritannien überrascht hatte, aber auch für englische Staatsbürger, die verdächtig waren, Agenten der Feinde oder Nazi-Sympathisanten zu sein. Mein Onkel, der bis dahin mit seinem Kammerdiener das Schloss bewohnt hatte, musste in das Häuschen bei den Stallungen ziehen, wo jetzt Oldfield wohnt. Was sich im Schloss abspielte, war selbstverständlich geheim. Die Internierten blieben meist nur kurz hier. Ich glaube nicht, dass sie ihren Zwangsaufenthalt allzu bedrückend fanden. Etliche wurden auch bald entlassen, nachdem man sie verhört und für unbedenklich erklärt hatte. Ein paar wurden hinterher auf der Isle of Man interniert. Andere hatten allerdings auch ein weniger angenehmes Schicksal. Aber George weiß mehr darüber als ich. Clarissa hat ja schon gesagt, dass er 1940 hier als junger Offizier einige Monate stationiert war.«

Er machte eine Pause, aber niemand stellte eine Frage. Gorringe hatte geredet, als sei Sir George nicht mehr anwesend. Cordelia bemerkte, dass Roma ihn erstaunt und ein wenig argwöhnisch anschaute. Sie wollte wohl etwas sagen, ließ es dann aber bleiben. Sie musterte ihn jedoch weiterhin eindringlich, als sehe sie ihn zum ersten Male.

»Die Einzelheiten kenne ich nicht«, fuhr Gorringe fort. »Irgendjemand weiß sicher genauer Bescheid, zumindest über das, was danach publik wurde. Über den Vorfall gibt es sicherlich einen offiziellen Bericht, auch wenn er nie veröffentlicht wurde. Ich weiß nur, was mir mein Onkel bei einem meiner seltenen Besuche erzählt hat. Und was er wusste, beruhte größtenteils auf Gerüchten.«

Clarissa zeigte sich demonstrativ gelangweilt, was nach Cordelias Ansicht ebenso gekünstelt wirkte wie die angewiderte Miene, die sie beim Anblick der Totenschädel aufgesetzt hatte. Überdies hätte sie ja gar nicht ungeduldig zu sein brauchen. Sie kannte doch die Geschichte. Gorringe spreizte seine rundlichen Finger und zuckte mit den Achseln, als ob er etwas täte, was er lieber vermieden hätte. Aber Cordelia dachte, dass er sich die Sache durchaus hätte ersparen können, wenn er es nur gewollt hätte. Sie fragte sich, ob nicht seine Erzählung und der Besuch der Krypta abgesprochen worden waren.

»Im März 1940«, fuhr Gorringe fort, »befanden sich etwa fünfzig Internierte auf der Insel. Darunter überzeugte Nazis. Sie vermuteten nun, dass einer von ihnen, ein zweiundzwanzigjähriger Deutscher, bei den Verhören Geheimnisse verraten habe. Vielleicht war es tatsächlich so. Andererseits mag es sich auch um einen englischen Agenten gehandelt haben, den man in ihre Gruppe geschleust hatte. Ich weiß nur, was ich an Gerüchten gehört habe. Erwiesen ist jedenfalls, dass die Nazis in der Krypta zu einer Art Gerichtsverhandlung zusammenkamen, ihren Kameraden als Verräter beschuldigten und ihn zum Tode verurteilten. Sie verstopften ihm den Mund, fesselten ihn an den Armen und schleiften ihn durch den Gang zum Teufelskessel. Wie man deutlich sieht, gibt es dort unten eine schmale Öffnung, durch die man zur Bucht an der Ostseite gelangen kann. Bei Flut steht der Teufelskessel allerdings unter Wasser. Die Nazis banden das Opfer an die Eisenleiter und überließen es seinem Schicksal. Es war ein großer junger Mann, der hier in der Finsternis einen qualvollen Tod fand. Nach einiger Zeit kehrte einer der Nazis zurück, um die Leiche loszubinden, damit sie vom Wasser weggespült wurde. Als man sie zwei Tage darauf aus dem Meer fischte, waren die Handgelenke bis auf den Knochen durchgescheuert. Einer der Internierten gab beim Verhör an, der junge Mann habe unter zunehmenden Depressionen gelitten. Angeblich habe er sich selbst gefesselt, damit er nicht schwimmen könne, und sei dann ins Meer gesprungen. Keiner seiner Henker rückte mit der Wahrheit heraus.«

»Woher weiß man es dann?«, fragte Roma.

»Irgendjemand muss doch noch geplaudert haben, aber erst nach Kriegsende. Oldfield wohnte damals noch in Speymouth, war aber von der Armee hierherbeordert worden. Möglicherweise hat er etwas gehört. Er gibt es natürlich nicht zu, aber irgendjemand unter den Leuten auf der Insel muss Verdacht geschöpft haben. Und irgendjemand muss den Vorfall gebilligt oder zumindest vertuscht haben. Die Insel unterstand ja der Armee. Die Nazis müssen irgendwie an die Schlüssel zur Krypta und zum Geheimgang herangekommen sein und sie später unbemerkt wieder zurückgebracht haben. Das deutet doch auf eine gewisse Nachlässigkeit seitens der Zuständigen hin.«

Clarissa wandte sich an ihren Mann. »Wie hieß doch gleich der Junge, der damals sterben musste, Darling?«

»Carl Blythe.«

Clarissa blickte reihum die Anwesenden an und sagte mit bebender Stimme: »Sonderbar ist, dass dieser Blythe Engländer war. Zumindest sein Vater. Seine Mutter war Deutsche. Und er war ein Schulkamerad von George, nicht wahr, Darling? Beide waren in Melhurst. Blythe war drei Jahre jünger und ziemlich gemein, richtig grausam, einer von diesen Kerlen, die anderen das Leben schwer machen. Deswegen kann man nicht sagen, dass er und George Freunde waren. George hasste ihn. Und auf Courcy traf er ihn wieder, wo Blythe ihm sozusagen ausgeliefert war. Ist das nicht sonderbar?«

»So sonderbar nun wieder auch nicht«, wehrte Whittingham ab. »In den englischen Internaten gab es haufenweise Nazi-Sympathisanten. Warum sollte es 1940 nicht ein paar von ihnen nach Courcy verschlagen haben?«

Cordelia musterte die Eisenleiter. Das grelle Licht milderte das Grauen nicht, sondern verstärkte es noch. In der Vergangenheit hatten sich all die Grausamkeiten, die Menschen einander zufügten, noch im gnädigen Halbdunkel abgespielt, in stickigen, finsteren Verliesen, in die das Tageslicht nur durch schmale Wandscharten eindringen konnte. Die modernen Verhörräume und Folterkammern hingegen waren immer hell erleuchtet. Die Folterspezialisten wollten schließlich genau sehen, was sie taten. Plötzlich konnte sie die Umgebung nicht mehr ertragen. Aus dem Gang wehte sie ein eisiger Lufthauch an. Sie spannte die Muskeln und ballte die Fäuste, um nicht ins Wanken zu geraten. In ihrer Vorstellung dehnte sich der Gang hinter ihnen endlos und sie würden wie in Panik geratene Ratten dem immer kleiner werdenden Lichtschein nachhasten. Als ihr ein Schweißtropfen die Stirn herunterlief und in ihrem Auge brannte, merkte sie, dass es nicht an der Kälte lag.

Sie zwang sich, etwas zu sagen, und hoffte, man würde ihr nichts anmerken. »Könnten wir nicht umkehren? Ich komme mir wie eine Voyeurin vor.«

»Und mir ist kalt«, fügte Whittingham hinzu.

Clarissa griff die Bemerkung auf und begann prompt zu zittern, als würde auch sie frösteln. Da ertönte die Stimme von Sir George. Cordelia fragte sich, ob es an ihrer Verwirrtheit oder an der niedrigen Decke lag, dass seine Stimme so fremd klang.

»Nachdem meine Frau ihre Neugierde gestillt hat, könnten wir jetzt wohl gehen.«

Abrupt trat er einen Schritt vor. Bevor die Übrigen begriffen, was er vorhatte, zwängte er einen Fuß unter die aufgeklappte Tür und gab ihr einen Stoß. Krachend fiel sie zu. Es hörte sich an, als würden gleich die Mauern bersten, und der Boden bebte. Alle schrien auf. Verglichen mit dem lauten Echo hörten sich die Stimmen dunn an. Als es wieder still war, schwiegen sie. Sir George hatte auf dem Absatz kehrtgemacht und eilte zum Ausgang.

Cordelia ging ein paar Schritte voran. Angst und aufsteigende Übelkeit, die noch stärker war als die Angst und ihre Platzangst nur noch steigerte, trieben sie vorwärts. Selbst die Krypta mit den aufgestapelten Totenschädeln war behaglicher als diese grausige Höhle. Gedankenverloren bückte sie sich nach einem gefalteten Zettel auf dem Boden und schaute nicht einmal nach, ob er an jemanden gerichtet war. Im grellen Licht der einzigen Glühbirne waren der gezeichnete Totenkopf und die getippten Worte deutlich zu sehen. Sie hatte ohnehin von vornherein gewusst, was es nur sein konnte.

Dein Tod ist beschlossen, die Frucht des Mordes.
Wir dulden weder Flucht noch der Christen Wort,
Da nur der Tod Missetaten sühnt.

Es war vermutlich kein wörtliches Zitat. Das erste Wort sollte bestimmt »Mein« und nicht »Dein« heißen. Aber die Botschaft war überdeutlich. Sie schob den Zettel in die Tasche ihrer Bluse und wartete auf die Nachzügler. Sie überlegte, wo jeder gestanden hatte, als das Licht ausging. Es musste an der Stelle gewesen sein, wo der Gang eine Biegung machte. In der kurzen Zeit hätte jemand im Schutz der Dunkelheit zurückeilen können, jemand, der den Zettel bei sich getragen hatte, dem es nichts ausmachte, ja sogar Vergnügen bereitete, wenn Clarissa erkannte, dass sich ihr Todfeind in der kleinen Gruppe befand. Und wenn sie nicht als Erste den Zettel gesehen hätte, wenn die Gruppe beisammengeblieben wäre, wäre die Botschaft auch in Clarissas Hände gelangt, denn sie war ebenfalls in Maschinenschrift an sie adressiert. Ambrose kam am ehesten infrage. Dass das Licht ausgegangen war, kam ihm zupass. Aber es hätte auch jeder andere tun können. Nur Simon nicht, denn der hatte mit festem Griff ihre Hand umklammert.

Jetzt tauchten sie der Reihe nach auf. Cordelia stand im Lichtschein und musterte die Gesichter. Keiner verriet sich etwa durch eine besorgte Miene. Keiner schaute verblüfft drein. Keiner richtete den Blick suchend auf den Boden. Als sie sich ihnen anschloss, wurde ihr erst richtig klar, wovor sich Clarissa dermaßen ängstigte. Bisher waren Cordelia die Botschaften eher wie kindische Streiche vorgekommen, die einen intelligenten Menschen nur im ersten Augenblick erschrecken konnten. Aber sie waren Ausdruck tiefen Hasses, und Hass, oder was immer es sonst war, durfte man nicht unterschätzen. Die Drohbriefe mochten kindisch wirken, aber dahinter steckten die Tücke und Bösartigkeit eines Erwachsenen. Die Drohungen mussten ernst genommen werden. Sie überlegte, ob es wirklich richtig war, Clarissa diese und die vorherige Botschaft zu verheimlichen. Sollte sie sie nicht lieber zu mehr Wachsamkeit anhalten? Doch ihre Anweisungen waren eindeutig: Sie sollte Clarissa jegliche Aufregung oder Besorgnis vor ihrem Auftritt ersparen. Nach der Vorstellung war immer noch Zeit, über alles Weitere nachzudenken. Es waren nur noch vier Stunden, bis der Vorhang aufging. Als sie alle an den Totenschädelreihen im Beinhaus vorüberkamen, denen sie jetzt keine Beachtung mehr schenkten, gesellte sich Cordelia zu Whittingham, der gezwungenermaßen oder absichtlich langsamer als die anderen ging.

»War das nicht höchst aufschlussreich?«, fragte er. »Armer Ralston! Diesen Vorfall und seine unverkennbaren Gewissensbisse hat er nur der Geschwätzigkeit seiner Frau zu verdanken. Was sagt Ihr kluger Kopf dazu?«

»Es war grässlich.«

Beiden war klar, dass sie nicht nur an den Todeskampf des Nazi-Verräters dachte. Roma schloss sich ihnen an. Cordelia fiel auf, dass sie zum ersten Mal geradezu beschwingt wirkte. Ihre Augen funkelten boshaft.

»Ein peinlicher Zwischenfall, nicht wahr?«, sagte sie. »Der uns glücklicherweise noch Unverheirateten zeigt, dass der heilige Stand der Ehe weniger heilig ist als gedacht. Ich fand es schrecklich.«

»Die Ehe ist auch etwas Schreckliches«, entgegnete Whittingham. »Diese Erfahrung habe zumindest ich gemacht.«

Roma wollte die Sache nicht auf sich beruhen lassen. »Hat sie sich vor einer Aufführung schon immer mit solchen Bosheiten in Stimmung gebracht?«

»Sie ist eben nervös. Jeder reagiert da anders.«

»Du meine Güte! Es ist ja nur eine Laienspielaufführung! In das Theater passen höchstens achtzig Personen. Und sie ist doch angeblich ein Profi. Was mag George Ralston wohl in diesem Augenblick empfunden haben?«

Der zufriedene Tonfall war unüberhörbar. Cordelia hätte am liebsten erwidert, dass man das ja seinem Gesicht hatte ansehen können. Aber sie schwieg lieber.

»Wie alle Militärs ist auch Ralston sentimental«, meinte Whittingham. »Begriffe wie Ehre, Gerechtigkeit, Loyalität sind ihm in

Fleisch und Blut übergegangen und halten seine Persönlichkeit zusammen. Ich muss sagen, mir imponiert das. Allerdings kann einem das auch eine gewisse … Härte verleihen.«

Roma hob die Schultern. »Wenn Sie darunter verstehen, dass er ungewöhnlich beherrscht ist, stimme ich Ihnen zu. Interessant wirds erst dann, wenn er diese Beherrschung mal verliert.«

Clarissa drehte sich nach ihnen um. Ihre Stimme klang fröhlich und zugleich fordernd. »Wo bleibt ihr drei denn? Ambrose will die Krypta abschließen. Und ich möchte meinen Lunch.«

20. Kapitel

Der Kontrast zwischen der sonnenwarmen Terrasse, wo der Lunch auf einem leinengedeckten Klapptisch aufgetragen wurde, und dem dunklen, nach Tang riechenden Teufelskessel war so groß, dass Cordelia sich nur schwer zurechtfand. Der Besuch in der Hölle der Vergangenheit hätte durchaus auch zu einer anderen Zeit, an einem anderen Ort stattfinden können. Wenn sie so auf das schimmernde Meer hinausblickte, wo die Wochenendskipper mit ihren Segelbooten kreuzten, hatte sie das Gefühl, dass sich dieser Besuch gar nicht zugetragen hatte, dass de Courcy und sein von der Pest befallenes Gefolge, dass Carl Blythe und sein hoffnungsloser Kampf gegen einen langsamen Tod nur die schemenhaften Erinnerungen an einen Albtraum waren, der mit der Wirklichkeit ebenso wenig zu tun hatte wie ein Schreckensbild aus einem Horrorfilm.

Serviert wurde ein leichtes Essen – Salat aus Brunnenkresse und Avocados, ein Lachssoufflé –, das auf nervöse Mägen abgestimmt zu sein schien. Trotzdem aß niemand mit Appetit oder gar mit sichtlichem Vergnügen. Cordelia trank ein Glas kühlen Riesling und zwang sich, ein wenig von dem Soufflé zu essen, das bestimmt köstlich war. Clarissas Hochstimmung war einer grüblerischen Laune gewichen, aus der sie niemand herausreißen mochte. Roma saß auf einer Steinstufe am Ende der Terrasse, den unberührten Teller auf dem Schoß, und schaute nachdenklich aufs Meer hinaus. Sir George und Ivo Whittingham standen beieinander, unterhielten sich aber nicht. Alle außer Clarissa und Cordelia ließen sich häufig nachschenken. Auch Gorringe sprach nur wenig, wenn er von einem Gast zum anderen ging, um die Gläser zu füllen. Seine funkelnden Augen musterten sie alle amüsiert und zugleich nachsichtig, als seien sie Kinder, deren Verhalten nach diesem Schreck vorauszusehen gewesen war.

Sonderbarerweise machte Simon noch den fröhlichsten Eindruck. Auch er trank reichlich, was Clarissa nicht zu bemerken schien, und schüttete den Wein wie Bier in sich hinein. Seine Bewegungen waren fahrig, und seine Augen glänzten. Kurz vor ein Uhr verkündete er laut, dass er zum Schwimmen gehen wolle, und er sah sie alle reihum an, als erwarte er großes Interesse an dieser Neuigkeit. Doch keiner reagierte darauf.

Nur Clarissa meinte: »Aber doch nicht direkt nach dem Essen, Darling! Du solltest zuerst etwas spazieren gehen.«

Ihre Freundlichkeit fiel dermaßen auf, dass alle aufsahen. Simon errötete, verbeugte sich steif und verschwand.

Bald darauf stellte Clarissa ihren Teller ab, warf einen Blick auf ihre Uhr und sagte: »Ich werde mich jetzt ausruhen. Danke, Ambrose, keinen Kaffee. Vor einer Aufführung nehme ich nie welchen. Ich dachte, du wüsstest es. Würdest du Tolly bitte sagen, dass sie mir Tee bringen soll? Chinesischen Tee. Sie weiß schon, welchen. George, könntest du in fünf Minuten auf mein Zimmer kommen? Sie, Cordelia, möchte ich anschließend sehen. Gegen zehn nach eins.«

Gemessen schritt sie über die Terrasse, als handle es sich um einen Bühnenabgang. In ihrer Angst, die sie sich nicht anmerken lassen wollte, machte sie auf Cordelia einen verletzlichen, geradezu mitleiderregenden Eindruck. Cordelia hätte sie am liebsten begleitet, wusste aber, dass sie Clarissa damit nur wütend machen würde. Überdies brauchte sie keine weitere Botschaft unter der Tür zu befürchten. Sie hatte sich vor dem Lunch noch in Clarissas Zimmer umgesehen. Sie wusste jetzt auch, dass der Schreiber oder die Schreiberin zu der Gruppe gehörte, die den Teufelskessel besichtigt hatte und die sie beim Essen nicht aus den Augen gelassen hatte. Nur Simon war schon gegangen. Aber sie glaubte nicht, dass er der Schuldige war.

Auf einmal sprang Roma auf und eilte fast im Laufschritt ihrer Cousine nach. Gorringe und Whittingham tauschten wortlos einen Bick. Vermutlich hemmte sie die Anwesenheit von Sir George. Dieser schlenderte, die Kaffeetasse in der Hand, zum Rand der Terrasse, wo er nachdenklich stehen blieb. Nach einer Weile schaute er auf seine Uhr, stellte die Tasse auf dem Klapptisch ab und ging Richtung Terrassentür. Auf der Schwelle drehte er sich noch einmal um und fragte: »Wann beginnt denn die Vorstellung, Gorringe?«

»Um halb vier.«

»Also müssen wir uns vorher noch umziehen?«

»Clarissa erwartet es zumindest. Später haben wir dazu keine Zeit mehr. Abendessen gibt es um halb acht.«

Sir George nickte und trat ins Haus.

»Clarissa verfügt so unerbittlich über ihren Hofstaat wie ein Feldherr«, sagte Whittingham. »Aber Sie müssen sich erst in zehn Minuten bei ihr melden, Cordelia. Es bleibt noch Zeit für eine zweite Tasse Kaffee.«

Als Cordelia dann ihr Zimmer betrat und durch die Verbindungstür ging, war Sir George bei seiner Frau, er stand am Fenster und betrachtete das Meer. Auf dem Nachttisch stand das runde Silbertablett mit der einzelnen Tasse, die unberührt zu sein schien, und der hübschen, dazu passenden Teekanne. Clarissa, die noch ihre Bermudashorts und die Bluse anhatte, ging mit hochrotem Kopf auf und ab.

»Fünfundzwanzigtausend Pfund will sie von mir haben! Wie ein kleines Mädchen ist sie damit rausgerückt, das um eine Taschengelderhöhung bettelt, verschämt und errötet. Und das ausgerechnet jetzt! Das Ende der Vorstellung konnte sie offenbar nicht abwarten. Eine Unverschämtheit! Will sie mich absichtlich nervös machen, oder was hat sie vor?«

»Es handelt sich wohl um eine ernste Angelegenheit«, erwiderte Sir George, ohne sich umzudrehen. »Sie konnte nicht länger warten. Sie wollte es unbedingt wissen. Es ist auch nicht leicht, dich unter vier Augen zu sprechen.«

»Schon als Mädchen hat sie alles im falschen Augenblick gemacht. Wenn es etwas zu verpatzen gab, dann schaffte Roma es prompt. Feinfühlig war sie noch nie, und auch jetzt hat sie wieder den falschen Augenblick erwischt.«

»Hätte es denn einen günstigeren gegeben?«, fragte die gelassene Stimme vom Fenster her.

Clarissa schien sie nicht gehört zu haben. »Ich habe ihr gesagt, ich bin es nicht gewohnt, Geld für einen Liebhaber herauszurücken, der nicht einmal mutig genug ist, selbst darum zu bitten. Stattdessen habe ich ihr einen Rat gegeben: Ein Mann taugt nichts, wenn man ihn sich kaufen muss. Und wenn man sich schon Sex erkaufen muss, sollte man zumindest den Preis drücken. Ich weiß, sie ist wahnsinnig in ihn verliebt. Genau das ist es, was hinter diesem Laden steckt. Er ist nur ein Mittel, ihn von seiner Frau wegzulocken. Roma und verliebt! Der Mann könnte mir leidtun, wenn er nicht so ein Dummkopf wäre. Wenn eine alte Jungfer sich mit fünfundvierzig zum ersten Mal verliebt und ihren ersten Sex hat – der arme Mann!«

»Geht uns das etwas an, meine Liebe?«

»Das Geld geht mich wohl etwas an!«, erwiderte sie scharf. »Außerdem könnten sie damit ohnehin nichts anfangen. Sie besitzen nicht genügend Kapital, keine Erfahrung, keinerlei Geschäftssinn. Warum sollte ich Geld in ein Fass ohne Boden stecken?« Sie wandte sich an Cordelia: »Es ist besser, wenn Sie sich jetzt umziehen. Schließen Sie dann ab und gehen Sie durch diese Tür hinaus. Ich möchte nicht, dass Sie nebenan Krach machen, während ich mich ein wenig ausruhe. Wahrscheinlich werden Sie wieder dieses indische Ding tragen wollen. Das haben Sie sicher schnell angezogen.«

»Ich brauche nie sehr lange zum Anziehen«, entgegnete Cordelia.

»Zum Ausziehen wohl auch nicht.«

Sir George drehte sich mit einem Ruck um und mahnte mit leiser Stimme: »Aber Clarissa!«

Clarissa lächelte zufrieden, trat zu ihm und tätschelte seine Wange. »Guter, alter George! Immer Kavalier.«

Es sah so aus, als würde sie einen Hund streicheln.

»Vielleicht ist es doch besser, wenn ich mich nebenan aufhalte, während Sie sich hinlegen«, sagte Cordelia. »Die Verbindungstür kann offen oder geschlossen sein, ganz wie Sie wünschen. Ich werde mich ruhig verhalten.«

»Ich habs Ihnen doch gesagt! Ich möchte Sie weder nebenan noch sonst wo in meiner Nähe wissen. Ich will noch den Text durchgehen, und das kann ich nicht, wenn mir jemand zuhört. Hinter drei verschlossenen Türen und ohne Telefon im Zimmer werde ich wohl endlich die nötige Ruhe finden.« Dann rief sie: »Tolly!«

Tolly trat dunkel gekleidet und mit ausdruckslosem Gesicht aus dem Bad. Cordelia fragte sich, was sie wohl mitgehört haben mochte. Ohne dass Clarissa etwas zu ihr sagte, ging sie zum Kleiderschrank, nahm ein Satinnegligé vom Bügel und legte es über den Arm. Daraufhin stellte sie sich stumm hinter ihre Herrin. Clarissa knöpfte ihre Bluse auf und ließ sie zu Boden fallen. Tolly bückte sich nicht nach ihr, sondern hakte Clarissas Büstenhalter auf. Clarissa nahm ihn, hielt ihn mit ausgestrecktem Arm von sich und ließ ihn fallen. Dann knöpfte sie ihre Bermudashorts auf, streifte sie zusammen mit dem Höschen über die Knie, bis sie von selbst zu Boden glitten. Einen Augenblick lang stand sie regungslos da. Sonnenlicht sprenkelte ihren Körper, die wohlgerundeten, fast zu üppigen Brüste, die schmale Taille, die leicht hervortretenden Hüftknochen, ihr weizenblondes Haar. Ohne Eile breitete Tolly das Negligé aus, damit Clarissa bequem hineinschlüpfen konnte. Dann kniete sie sich hin, um die Kleidungsstücke aufzuheben, und ging wieder ins Badezimmer. Cordelia hatte den Eindruck eines Rituals, einer Zurschaustellung unschuldiger Sinnlichkeit, weniger vulgär als erwartet, eher narzisstisch als provokativ. Auf einmal überkam Cordelia das unerklärliche Gefühl, sie würde Clarissa ihr Leben lang so im Gedächtnis behalten. Die unverhohlene Bewunderung ihrer Schönheit schien auch Clarissas Laune gebessert zu haben.

»Kümmert euch nicht weiter um mich«, meinte sie. »Ihr wisst doch, wie man sich vor einem Auftritt fühlt.«

»Holen Sie alles, was Sie brauchen, aus Ihrem Zimmer und geben Sie mir dann die Schlüssel«, sagte sie zu Cordelia. »Ich stelle den Wecker auf Viertel vor drei. Wenn Sie um diese Zeit kommen, sage ich Ihnen, worauf Sie während der Vorstellung achten sollen. Und denken Sie nur nicht, Sie könnten alles vom Parkett aus sehen. Ich brauche Sie hinter der Bühne.«

Cordelia drehte sich um und ging durch die Verbindungstür in ihr Zimmer. Während sie sich umzog, dachte sie über Romas ungewöhnliche Bitte nach. Warum war die Cousine nicht so vernünftig gewesen, das Ende der Aufführung abzuwarten, um Clarissa in der Hochstimmung über ihren Erfolg anzupumpen? Aber vielleicht war es tatsächlich der günstigste, der einzig mögliche Zeitpunkt gewesen. Geriet nämlich die Vorstellung zu einem Fiasko, war Clarissa gewiss nicht mehr zugänglich. Es war sogar denkbar, dass sie dann die Insel verließ, ohne die Party abzuwarten. Allerdings musste Roma, die ihre Cousine doch gut kannte, doch wissen, dass sie nichts zu erwarten hatte, egal welche Gelegenheit sie auch wählte. Was erhoffte sie sich eigentlich? Dass Clarissa sich noch einmal so großzügig zeigen würde wie gegenüber Simon Lessing? Dass sie der schmeichelhaften Rolle einer Gönnerin und Nothelferin nicht würde widerstehen können? Zweierlei war sicher: Roma brauchte das Geld dringend, und sie zweifelte an Clarissas Erfolg.

Cordelia bürstete ihr Haar kräftig, begutachtete dann wenig begeistert ihr Spiegelbild, schloss ihr Zimmer ab und ließ den Schlüssel stecken. Sie klopfte an der Verbindungstür und trat ein. Der Schlüssel steckte auf Clarissas Seite im Schloss. Sir George und Tolly hatten das Zimmer schon verlassen. Clarissa saß vor dem Frisiertisch.

Ohne sich umzudrehen, fragte sie: »Wo ist Ihr Schlüssel?«

»Ich habe ihn umgedreht und stecken lassen. Soll ich auch die Verbindungstür schließen?«

»Nein. Das mache ich schon. Ich wollte nur wissen, ob Sie Ihre Zimmertür verschlossen haben.«

»Ich bleibe in Rufweite«, erwiderte Cordelia. »Ich kann mich im Korridor aufhalten für den Fall, dass Sie mich benötigen. Ich hole mir einen Stuhl aus meinem Zimmer und lese.«

»Jetzt hören Sie endlich auf damit!«, entgegnete Clarissa ärgerlich. »Was soll das? Wollen Sie mir nachspionieren? Ich habs Ihnen doch schon gesagt. Ich will nicht, dass Sie im Nebenzimmer bleiben, und auch nicht, dass Sie draußen im Gang herumschleichen.

Ich kann jetzt weder Sie noch sonst jemanden in meiner Nähe brauchen. Ich will endlich in Ruhe gelassen werden.«

Der Anflug von Hysterie war nicht zu überhören.

»Dann legen Sie wenigstens ein zusammengerolltes Handtuch vor den Türschlitz«, sagte Cordelia. »Ich möchte nicht, dass Ihnen wieder eine von diesen Botschaften ins Zimmer geschoben wird.«

»Was wollen Sie damit sagen?«, fragte Clarissa scharf. »Seit meiner Ankunft ist doch nichts geschehen.«

»Ich möchte nur, dass es auch so bleibt«, erwiderte Cordelia begütigend. »Sollte die betreffende Person nämlich nach Courcy gelangen, könnte sie noch einmal versuchen, Ihnen so eine Botschaft zukommen zu lassen. Ich glaube es nicht, ich bin mir sogar sicher, dass die Sache mit den Botschaften vorbei ist. Aber ich möchte kein Risiko eingehen.«

»Na schön«, meinte Clarissa unwirsch. »Die Idee ist gar nicht so schlecht. Ich werde die Türritze verstopfen.«

Damit war alles gesagt. Als Cordelia das Zimmer verließ, folgte Clarissa ihr, machte die Tür hinter ihr zu und drehte den Schlüssel um. Das Schaben von Metall an Metall und das leise Klicken waren zwar kaum zu hören, aber Cordelia nahm es deutlich wahr. Clarissa hatte sich in ihrem Zimmer eingesperrt. Bis Viertel vor drei konnte Cordelia nichts mehr tun. Sie schaute auf ihre Uhr. Es war zwanzig nach eins.

21. KAPITEL

Obgleich sie sich nur noch anderthalb Stunden gedulden musste, quälte Cordelia eine seltsame Unruhe, die die Minuten endlos erscheinen ließ. Sie ärgerte sich, dass sie nicht mehr in ihr Zimmer gehen konnte, wo sie ihr Buch liegen gelassen hatte. Sie suchte die Bibliothek auf, um sich mit den gebundenen alten Exemplaren des *Strand Magazine* die Zeit zu vertreiben. Dort traf sie auf Roma. Sie las nicht, sondern saß aufrecht neben dem Telefon. Und aus dem abweisenden Blick, den sie Cordelia zuwarf, konnte diese schließen, dass sie offensichtlich einen Anruf erwartete und keine Zeugen um sich haben wollte. Cordelia zog die Tür hinter sich zu und beneidete Simon, der vermutlich irgendwo im Meer schwamm, und Sir George, der eben mit einem Fernglas in der Hand davonschlenderte. Sie hätte sich ihm gern angeschlossen, aber ihr langes Kleid war für einen Spaziergang ungeeignet. Überdies hatte sie das Gefühl, dass sie das Schloss besser nicht verlassen sollte.

Sie machte sich auf den Weg zum Theater. Die Innenbeleuchtung brannte schon. Über dem purpur- und goldfarbenen Zuschauerraum mit den leeren Sitzreihen lag eine dumpfe, brütende, unheilvolle Stille. Hinter der Bühne machte sich Tolly in der Damengarderobe zu schaffen, wo sie Schachteln mit Papiertüchern und frische Handtücher bereitlegte. Cordelia fragte, ob sie helfen könne, und wurde höflich, aber bestimmt abgewiesen. Dann fiel ihr doch noch etwas ein, was sie tun konnte. Bei seinem Besuch bei ihr in der Kingly Street hatte Sir George sie darum gebeten, auch die Bühne zu überprüfen. Sie hatte keine Ahnung, was er sich darunter vorstellte, denn selbst wenn es dem Drohbriefschreiber gelingen sollte, eine seiner Botschaften irgendwo auf der Bühne oder unter den Requisiten zu deponieren, würde Clarissa sie kaum öffnen oder mitten in der Aufführung lesen. Trotzdem hatte Sir George recht. Es war gar nicht so unvernünftig, Bühne und Requisiten ebenfalls zu inspizieren. Außerdem konnte sie sich so nützlich machen.

Doch alles schien in Ordnung zu sein. Die Dekoration für die erste Szene – ein viktorianischer Garten vor dem Palast – bestand aus einem schlichten, blauen Hintergrund, Lorbeerbäumchen, Geranien in Tonamphoren, einer äußerst kitschigen Frauenstatue mit einer Laute und zwei verspielten Rattanstühlen mit Kissen und Fußbänkchen. Seitlich standen die Tische mit den sonstigen Requisiten. Cordelia musterte Gorringes Sammlung von viktorianischen Antiquitäten, die für die Innenszenen gebraucht wurden: Vasen, Bilder, Fächer, Gläser, ja sogar ein Schaukelpferd. Der mit Watte ausgestopfte Wildlederhandschuh, der für die Gefängnisszene bereitlag, ähnelte tatsächlich einer abgehackten Hand. Cordelia fand auch die Spieldose und die silberbeschlagene Schmuckschatulle für den zweiten Akt. Sie öffnete sie, aber auf dem Rosenholzboden lag kein Brief.

Mehr konnte sie eigentlich nicht tun. Erst in einer Stunde sollte sie Clarissa wecken. Sie ging eine Weile im Rosengarten spazieren, aber da es auf der Westseite des Schlosses weniger warm war, kehrte sie zur Terrasse zurück und setzte sich auf die Stufen, die zum Strand führten. Hier schien sich die Sonnenwärme zu stauen.

Selbst die Steine waren warm. Sie schloss die Augen, hielt das Gesicht in die Sonne, genoss den leichten Windhauch, der über ihre Lider fächelte, den Geruch nach Kiefern und Seetang und ließ sich vom leisen Wellenplätschern auf dem Kiesstrand einlullen.

Sie musste kurz eingenickt sein und wurde erst durch die Ankunft der Barkasse geweckt. Gorringe und die beiden Munters standen bereit, um das Ensemble zu empfangen. Gorringe, der schon umgezogen war, trug über dem Smoking einen weiten Seidenumhang, in dem er wie ein Magier in einer viktorianischen Music Hall aussah. Freudige Stimmen erklangen, als die Darsteller, etliche Herren bereits im historischen Kostüm, an Land sprangen und durch den Torbogen eilten, der zum Rasen an der Ostseite und zum Schlossportal führte. Cordelia sah auf ihre Uhr. Es war zwanzig nach zwei. Die Barkasse war etwas früher gekommen. Sie setzte sich wieder, wagte aber nicht, die Augen zu schließen. Zwanzig Minuten später ging sie durch die Terrassentür, um Clarissa zu wecken.

Vor dem Zimmer blieb sie stehen und warf einen Blick auf ihre Uhr. Achtzehn Minuten vor drei. Clarissa wollte zwar um zwei Uhr fünfundvierzig geweckt werden, aber ein paar Minuten eher würde sie schon nicht übel nehmen. Cordelia klopfte, zuerst leise, dann immer lauter. Vielleicht war Clarissa schon aufgestanden und im Bad. Als sie die Klinke herunterdrückte, gab die Tür zu ihrem Erstaunen nach. Sie sah, dass der Schlüssel im Schloss steckte. Die Tür ließ sich mühelos weiter öffnen, da auf dem Boden kein zusammengerolltes Handtuch lag. Clarissa musste tatsächlich schon aufgestanden sein.

Aus irgendeinem Grund, den sie sich auch im Nachhinein nicht erklären konnte, war sie in keiner Weise unruhig oder besorgt.

Sie trat einen Schritt weiter in das abgedunkelte Zimmer und rief sanft: »Miss Lisle! Miss Lisle! Es ist gleich Viertel vor drei.«

Die schweren Brokatvorhänge waren zugezogen, aber durch

den schmalen Mittelspalt fiel etwas Licht. Auch die gebauschten Falten vermochten die Nachmittagssonne nicht gänzlich abzuschirmen und ließen einen rötlichen Schimmer durch. Clarissa ruhte wie eine gespenstische Statue auf ihrem karmesinrot bezogenen Bett, die Arme leicht angewinkelt. Die Handflächen zeigten nach oben. Das Haar lag ausgebreitet auf dem Kopfkissen. Die Decke war zurückgeschlagen. Clarissa lag ausgestreckt auf dem Rücken. Das helle Satinnegligé war bis knapp unters Knie hochgerutscht. Als Cordelia die Arme hob, um die Vorhänge zurückzuschieben, schien ihr das gedämpfte Licht einen Streich zu spielen. Clarissas Gesicht, das noch im Schatten lag, wirkte so dunkelrot wie der Baldachin, fast so, als habe ihre Haut das Karmesinrot des Stoffs angenommen.

Erst als sie den zweiten Vorhang zurückschob und helles Tageslicht den Raum füllte, sah sie, was es mit Clarissas Gesicht auf sich hatte. Eine unendlich scheinende Sekunde gaukelte ihre Einbildungskraft ihr noch alle möglichen Fantasiebilder vor: Clarissa hatte sich eine Gesichtsmaske aufgelegt, einen dunklen klebrigen Brei, der sogar die Wattepads auf den Augen durchtränkt hatte. Und der Baldachin schien sich aufzulösen. Karmesinrote Stofffetzen hingen herunter und verhüllten ihren Kopf. Doch mit einem Mal verschwanden diese schemenhaften Bilder, und in Cordelias Bewusstsein sickerte ein, was ihre Augen sahen. Clarissa hatte kein Gesicht mehr. Es war auch keine Schönheitsmaske. Die breiige Masse da war wundes Fleisch, war dunkles, geronnenes und noch flüssiges Blut vermischt mit Knochensplittern.

Zitternd stand sie vor dem Bett. Ein Tosen erfüllte den Raum. In ihren Ohren dröhnte es. Ihr Herz raste. Sie dachte: Ich muss jemanden holen, ich muss Hilfe holen. Aber es gab keine Hilfe. Clarissa war tot. Wie erstarrt stand Cordelia da, konnte nur die Augen bewegen. Aber sie sah alles, überdeutlich. Nach einer Weile wandte sie den Blick von dem grausigen Bild ab und musterte den Nachttisch. Irgendetwas fehlte doch. Ach ja, die silberne Schmuckschatulle. Das Tablett war noch da. Sie sah die flache Tasse mit dem zarten Rosenmuster, den hellen Satz am Boden, die beiden Teeblätter darin, den Lippenstiftabdruck am Tassenrand. Und neben dem Tablett entdeckte sie noch etwas: den marmornen Kinderarm, der blutbeschmiert auf einem weißen Blatt Papier lag. Die rundlichen, blutgesprenkelten Finger schienen den Bogen auf das polierte Holz zu pressen. Auch er war mit Blutspritzern übersät, sodass der Totenschädel mit den gekreuzten Knochen kaum zu erkennen war. Nur die maschinengeschriebenen Zeilen waren ausgespart geblieben. Sie las:

Andere Sünden mahnen leise. Mord aber schreit.
Wasser durchtränkt die Erde,
Blut aber spritzt empor und benetzt den Himmel.

Sie zuckte zusammen, als plötzlich der Wecker auf dem anderen Nachttisch schrill zu läuten begann. Sie rannte um das Bett herum, um das Läuten abzustellen. Aber ihre Hände zitterten so, dass der Wecker auf der polierten Holzplatte auf und ab zu tanzen schien. Wie ging denn nur dieser Wecker aus! Endlich ertasteten ihre Finger den Abstellknopf. Im Zimmer herrschte wieder Totenstille. Wie als Echo des fürchterlichen Weckerklingelns spürte sie ihr pochendes Herz. Sie blickte auf die ausgestreckte Gestalt, als fürchtete sie, der Lärm könne sie geweckt haben, als werde sich Clarissa gleich wie eine Marionette aufrichten und ihr die gesichtslose Fratze entgegenhalten.

Allmählich beruhigte sie sich. Sie musste jetzt handeln. Sie musste Ambrose Gorringe verständigen. Gorringe musste die Polizei benachrichtigen. Bis zur Ankunft der Polizei musste alles so bleiben, wie es war. Sie blickte sich im Zimmer um und prägte sich jede Einzelheit ein – die Wattebäusche mit den Make-up-Flecken auf der Frisierkommode, das offene Fläschchen mit der Augenlotion, Clarissas bestickte Pantoffeln auf dem Teppich vor dem Kamin, den geöffneten Schminkkoffer auf dem Lehnstuhl, das Textbuch, das neben dem Bett lag.

Als sie sich zur Tür wandte, ging diese auf. Sie erblickte Ambrose Gorringe und hinter ihm Sir George, um dessen Hals noch immer das Fernglas baumelte. Sie starrten sich an. Keiner sagte etwas. Dann zwängte sich Sir George an Gorringe vorbei und ging mit raschen Schritten zum Bett. Wortlos und steifnackig blickte er auf seine Frau hinunter. Dann wandte er sich um. Sein Gesicht war angespannt, kein nervöses Zucken mehr, die Haut grünlich schimmernd. Er schluckte ein paarmal und griff sich an die Kehle, als müsse er sich übergeben.

Cordelia trat unwillkürlich einen Schritt auf ihn zu und rief: »Es tut mir leid, Sir George. Es tut mir ja so leid!«

Kaum waren die Worte in all ihrer sinnlosen Banalität verklungen, bedauerte sie sie zutiefst. Als sie sein fassungsloses, entsetztes Gesicht sah, dachte sie, hoffentlich denkt er nicht, dass ich da ein Geständnis abgelegt habe. Er nimmt doch wohl nicht an, dass ich sie getötet habe.

»Sie haben mich engagiert, damit ich sie schütze«, sagte sie leise. »Ich sollte mich um ihre Sicherheit kümmern. Ich hätte sie nicht allein lassen dürfen.«

Allmählich verschwand der entsetzte Ausdruck von seinem Gesicht. »Das da konnten Sie nicht voraussehen«, erwiderte er ruhig, beinahe gleichmütig. »Ich selbst habe nicht geglaubt, dass sie wirklich in Gefahr war. Keiner von uns hat das geglaubt. Und Clarissa hätte weder Sie noch sonst jemanden ständig um sich geduldet. Sie haben sich nichts vorzuwerfen.«

»Aber ich wusste doch, dass der Marmorarm verschwunden war. Ich hätte sie warnen können!«

»Wovor denn? Das konnten Sie nicht voraussehen.« Und wie einen Befehl wiederholte er noch einmal: »Machen Sie sich keine Vorwürfe, Cordelia.« Es war das erste Mal, dass er sie mit ihrem Vornamen angesprochen hatte.

Gorringe wartete noch immer im Türrahmen. »Ist sie tot?«, fragte er.

»Überzeugen Sie sich selbst!«

Er trat ins Zimmer und betrachtete die Leiche. Eine auffällige Röte überzog sein Gesicht. Cordelia fand, er sehe eher peinlich berührt als entsetzt aus.

Er drehte sich um und flüsterte: »Ich kann es einfach nicht fassen. Wie entsetzlich!«

Mit einem Ruck rannte er zu der Verbindungstür und drehte den Knauf herum. Die Tür war nicht verschlossen. Sie eilten zu dritt in Cordelias Zimmer und gingen ins Bad. Das Fenster über der Feuerleiter war noch geöffnet, wie Cordelia es hinterlassen hatte.

»Der Mörder könnte durch das Fenster entkommen und dann die Feuerleiter hinuntergeklettert sein«, meinte Sir George. »Wir sollten die Insel absuchen. Und natürlich auch das Schloss. Wie viele Leute haben wir dafür, wenn man die Schauspieler mitrechnet?«

Gorringe begann rasch zu rechnen. »Etwa fünfundzwanzig von der Theatergruppe und sechs weitere aus dem Schloss, Oldfield mitgerechnet. Whittingham werden wir kaum brauchen können.«

»Das wären vier Suchtrupps: einer fürs Schloss, drei für die Insel. Aber wir sollten uns einen Plan machen. Sie rufen die Polizei an, und ich stelle die Suchtrupps zusammen.«

Cordelia befürchtete, dass dreißig oder mehr umherstreifende Leute im Schloss und auf der Insel nur zu einem heillosen Durcheinander führen würden.

»Wir dürfen hier nichts verändern«, sagte sie. »Diese beiden Räume müssen verschlossen bleiben. Es ist bedauerlich, dass Sie den Türknauf angefasst haben. Außerdem dürfen wir die Theaterbesucher nicht auf die Insel lassen. Und wäre es nicht auch ratsamer, mit der Suche zu warten, bis die Polizei eingetroffen ist?«

Gorringe wirkte unschlüssig.

»Ich kann einfach nicht tatenlos warten«, antwortete Sir George. »Das schaffe ich nicht. Was sagen Sie, Gorringe?«

Seine Stimme klang schroff, und seine Augen flackerten.

»Nein, das kann man nicht«, bekräftigte Gorringe.

»Wo ist denn Oldfield?«, fragte Sir George.

»In seiner Wohnung bei den Stallungen, nehme ich an.«

»Ich werde ihm sagen, er soll mit der Barkasse die Strecke zwischen Courcy und Speymouth überwachen. Damit ist eine Flucht übers Meer ausgeschlossen. Danach komme ich gleich zu Ihnen ins Theater. Sagen Sie den Leuten, dass sie sich bereithalten sollen.«

Nachdem er das Zimmer verlassen hatte, meinte Gorringe: »Gut, dass er etwas gefunden hat, was ihn ablenkt. Ich denke nicht, dass die Suchtrupps irgendeinen Schaden anrichten werden.«

Cordelia fragte sich, was denn Oldfield tun konnte, falls er ein Boot sichtete, das die Insel verließ. Sollte er es kapern und den Mörder selbst festnehmen? Glaubten Gorringe oder Sir George im Ernst, dass sich ein Fremder auf Courcy aufhielt? Es konnte ihnen doch nicht entgangen sein, dass der blutbeschmierte Marmorarm auf etwas anderes hindeutete!

Zusammen überprüften sie in Cordelias Zimmer die Tür zum Gang. Sie war noch immer zugesperrt, und der Schlüssel steckte im Schloss. Diesen Fluchtweg konnte der Mörder nicht gewählt haben. Dann verschlossen sie die Verbindungstür und die Tür zu Clarissas Zimmer. Gorringe steckte die Schlüssel in die Tasche.

»Gibt es Zweitschlüssel?«, fragte Cordelia.

»Nein. Als ich das Schloss geerbt habe, waren keine Zweitschlüssel zu den Gästezimmern da, und ich habe keine anfertigen lassen. Es wäre auch nicht so leicht gewesen, denn die Schlösser sind äußerst kompliziert. Das hier sind die Originalschlüssel.«

Als sie sich von der Zimmertür abwandten, hörten sie Schritte. Tolly bog um die Ecke, nickte ihnen kurz zu und klopfte an Clarissas Tür. Cordelias Herz pochte dumpf. Sie schaute Gorringe fragend an, aber der schien zu keinem Wort in der Lage.

Tolly klopfte noch einmal, diesmal lauter. Dann schaute sie zu Cordelia herüber. »Ich denke, Sie sollten sie um Viertel vor drei wecken? Das hätte sie besser mir überlassen sollen.« Cordelias Lippen fühlten sich so spröde und geschwollen an, als würden sie jeden Augenblick platzen.

»Sie können jetzt nicht hineingehen«, sagte sie. »Miss Lisle ist tot. Ermordet.«

Tolly wandte sich ab und klopfte nochmals an die Tür. »Sie wird sich noch verspäten. Ich muss unbedingt zu ihr. Sie braucht mich doch vor der Aufführung.«

Gorringe machte einen Schritt auf sie zu, als wolle er Tolly an der Schulter packen. Doch dann ließ er den Arm sinken. In ungewohnt barschem Tonfall sagte er: »Es findet keine Aufführung statt. Miss Lisle ist tot. Sie ist ermordet worden. Ich wollte eben die Polizei anrufen. Bis zu ihrer Ankunft darf niemand das Zimmer betreten.«

Jetzt begriff sie es endlich. Sie schaute ihn an, und ihr Gesicht war ausdruckslos und so fahl, dass Cordelia sie am Arm ergriff, weil sie meinte, Tolly würde ohnmächtig. Tolly zuckte zusammen, ablehnend, geradezu angewidert. Rasch zog Cordelia ihre Hand zurück.

»Was ist mit dem Jungen? Weiß er es schon?«, fragte Tolly.

»Simon? Bis jetzt nicht. Außer Sir George weiß es niemand. Wir haben die Leiche eben entdeckt.«

In Gorringes Stimme schwang Entrüstung mit, er klang wie ein überforderter Dienstbote. Cordelia dachte schon, er werde gleich sagen, dass er sich ja nicht um alles kümmern könne.

Tolly fixierte ihn und sagte: »Bringen Sie's ihm bitte schonend bei, Sir! Es wird ein Schock für ihn sein.«

»Es war ein Schock für uns alle«, entgegnete Gorringe knapp.

»Für einen von uns nicht, Sir.« Sie machte auf dem Absatz kehrt und ging wortlos davon.

»Ein seltsamer Mensch!«, rief Gorringe. »Ich werde aus ihr nicht schlau. Ich schätze, Clarissa ging es da nicht anders. Woher diese unerwartete Fürsorge für Simon? Sie hat sich doch sonst nie besonders um den Jungen gekümmert. Aber jetzt sollten wir wirklich die Polizei benachrichtigen.«

Sie gingen die Treppe hinunter und durchquerten die große Halle. Dort wurde schon das Abendessen vorbereitet. Über den großen Tisch war bereits eine Decke gebreitet, und an einem Tischende waren Weingläser aufgereiht. Durch die offen stehende Tür zum Esszimmer konnte Cordelia sehen, wie Munter die Esszimmerstühle in eine Reihe stellte, um sie später in die Halle zu tragen.

»Warten Sie bitte einen Augenblick«, sagte Gorringe zu ihr.

Kurz darauf war er wieder zurück.

»Ich habe Munter informiert«, berichtete er. »Er geht gleich zum Kai hinunter und kümmert sich darum, dass die Boote mit den Theaterbesuchern nicht anlegen.«

Sie gingen in sein Büro.

»Wenn Cottringham hier wäre, würde er vermutlich den Polizeipräsidenten persönlich sprechen wollen«, sagte Gorringe. »Aber ich denke, die Polizei von Speymouth tut es auch. Soll ich gleich die Mordkommission verlangen?«

»Ich würde einfach die Polizei von Speymouth anrufen und alles Weitere denen überlassen. Die kennen sich da besser aus.«

Er suchte die Telefonnummer heraus und wartete, bis er durchgestellt wurde. Knapp und ohne jede Emotion schilderte er die Tatsachen und erwähnte noch, dass Lady Ralstons Schmuckschatulle verschwunden sei. Dass er ihr Fehlen bemerkt hatte, machte Cordelia ein wenig stutzig. In Clarissas Zimmer war davon nicht die Rede gewesen. Am anderen Ende der Leitung herrschte einen Augenblick lang Stille, dann ertönte eine undeutliche Stimme.

Sie hörte, wie Gorringe erwiderte: »Das haben wir schon getan. Gut, das werde ich sofort veranlassen.« Gleich darauf hängte er ein und sagte: »Sie haben recht gehabt. Wir sollen die beiden Räume abschließen, nichts verändern, die Leute zusammenhalten und niemanden auf die Insel lassen. Ein Chefinspektor Grogan kommt gleich herüber.«

Im Theater brannten alle Lichter. Links vom Proszenium führte eine Tür hinter die Bühne. Aus den beiden offen stehenden großen Garderoben drangen Gelächter und Stimmengewirr. Die meisten Darsteller waren schon kostümiert und schminkten sich gerade, während die Umstehenden spöttische Ratschläge gaben. Es herrschte eine Stimmung wie bei der Abschlussparty in einem Internat.

Gorringe klopfte an die beiden verschlossenen Türen, hinter denen die separaten Garderoben der Hauptdarsteller lagen, und rief mit lauter Stimme: »Würden Sie sich bitte alle auf der Bühne versammeln!«

Wie eine chaotische Schülerschar strömten die Ensemblemitglieder hinaus. Manche zupften noch ihre Kostüme zurecht. Als sie seinen Gesichtsausdruck sahen, wurden sie still. Erwartungsvoll eilten sie auf die Bühne. Cordelia fand, sie sahen in ihren Kostümen und mit der unfertigen Schminke, den weißen Gesichtern, in denen nur ein greller Rougefleck prangte, wie die Kunden oder Bewohner eines viktorianischen Freudenhauses aus, die von der Polizei zu einem Verhör zusammengetrieben wurden.

»Leider muss ich Ihnen etwas Schreckliches mitteilen«, verkündete Gorringe. »Miss Lisle ist tot. Sie ist offensichtlich ermordet worden. Die Polizei ist bereits benachrichtigt. Sie wird bald eintreffen. In der Zwischenzeit bitte ich Sie, das Theater nicht zu verlassen. Der Butler und seine Frau werden Ihnen Tee und Kaffee servieren oder was immer Sie wünschen. Mr Cottringham, würden Sie sich bitte der Sache annehmen? Ich muss noch die übrigen Gäste informieren.«

Eine der Darstellerinnen, ein blondes Mädchen mit aufmüpfigem Gesichtsausdruck, das mit einer gekräuselten Schürze und einem plissierten Häubchen als Kammerzofe zurechtgemacht war, fragte: »Und was wird aus der Aufführung?«

Cordelia dachte, die Frage könne nur der momentanen Verwirrung zuzuschreiben sein. Vermutlich würde sich das Mädchen später sein Leben lang dafür schämen. Jemand schnappte laut nach Luft, und sie wurde rot.

»Die Aufführung fällt selbstverständlich aus«, antwortete Gorringe kühl.

Er drehte sich um und ging. Cordelia eilte ihm nach. »Was ist mit den Suchtrupps?«, fragte sie ihn.

»Darum sollen sich Sir George und Cottringham kümmern. Den Darstellern habe ich ja eingeschärft, dass sie im Theater bleiben sollen. Ich kann die Anweisungen der Polizei nicht durchsetzen, wenn Sir George in seinem Kummer unbedingt seine kriminalistischen Fähigkeiten demonstrieren muss. Wo sind eigentlich die übrigen Gäste?« Er klang ungehalten.

»Simon ist zum Schwimmen gegangen. Roma war in der Bibliothek. Wahrscheinlich zieht sie sich gerade um. Und Whittingham ruht sich auf seinem Zimmer aus.«

»Suchen Sie sie bitte und teilen Sie ihnen den Vorfall mit! Ich sehe mich nach Simon um. Bis zur Ankunft der Polizei sollten wir zusammenbleiben. Es wäre sicherlich höflicher, wenn ich mich um die Leute im Theater kümmern würde, aber ich sehe mich nicht in der Lage, mich einer Schar aufgeregter Frauen zu stellen, die mich mit endlosen Fragen bombardieren.«

»Es ist auch besser, wenn die Leute bis zur Ankunft der Polizei nicht allzu viel erfahren«, meinte Cordelia.

Er musterte sie mit seinen funkelnden, wachsamen Augen.

»Ich verstehe. Sie meinen, wir sollten vorläufig die Todesursache verschweigen.«

»Die eigentliche Todesursache kennen wir ohnehin nicht. Aber wir sollten möglichst wenig dazu sagen.«

»Aber die Todesursache ist doch klar. Jemand hat ihr das Gesicht eingeschlagen.«

»Das könnte auch nach ihrem Tod geschehen sein. Sie hat weniger geblutet, als man es in so einem Fall erwarten würde.«

»Mir reicht es. Für eine Privatsekretärin kennen Sie sich erstaunlich gut aus in diesen Dingen.«

»Ich bin keine Privatsekretärin. Ich bin Privatdetektivin. Es hat keinen Sinn, dass ich mich weiterhin verstelle. Außerdem weiß ich, dass Sie so etwas schon vermutet haben. Und es würde mich auch nicht überraschen, wenn Sie mir vorwerfen, dass ich versagt habe.«

»Liebe Cordelia, was hätten Sie sonst noch tun können? Mit einem Mord hat doch niemand gerechnet. Machen Sie sich keine Vorwürfe! Bis man uns verhört, werden wir wohl oder übel hier auf Courcy ausharren müssen. Die Polizei wird uns ohnehin mit ihren Fragen löchern. Da brauchen Sie sich nicht auch noch überflüssige Vorhaltungen zu machen. Außerdem passt es nicht zu Ihnen.«

Sie hatten inzwischen das Tor erreicht, das von den Arkaden ins Schloss führte. Als sie sich noch einmal umsahen, erblickten sie in der Ferne Simon. Er kam, ein Handtuch um den Hals geschlungen, den grasbewachsenen Hügel herunter, der hinter dem Rosengarten zwischen der Buchenallee und der höchsten Erhebung der Insel lag. Gorringe ging ihm entgegen. Cordelia wartete im Schatten des Torbogens. Gorringe ließ keinerlei Hast erkennen. Sein Gang war eher ein gemächliches Schlendern. Die beiden Gestalten begegneten einander, blieben im hellen Sonnenlicht stehen und senkten die Köpfe. Ihre Schatten verdunkelten das helle Gras. Sie berührten einander nicht. Nach einer Weile schritten sie langsam aufs Schloss zu. Als Cordelia die große Halle betrat, kam Whittingham gerade mit Roma die Treppe herunter. Whittingham hatte sich schon umgezogen. Roma trug noch immer ihren Hosenanzug.

»Wo sind denn alle?«, rief sie Cordelia zu. »Das Haus ist ja wie ausgestorben. Ich habe Ivo gerade anvertraut, dass ich mich weder umkleiden noch die Aufführung besuchen werde. Sie beide können es halten, wie Sie wollen. Aber ich bin doch nicht verrückt, an einem so schönen Nachmittag wie heute mein Abendkleid anzuziehen, um irgendwelchen Laienspielern zuzusehen, die sich bloß lächerlich machen und Clarissas Größenwahn befriedigen. Alle beugen sich ihren Launen, als hätten sie Angst vor ihr. Irgendjemand sollte Clarissa endlich Einhalt gebieten.«

»Das hat schon jemand getan«, erwiderte Cordelia.

Beide blieben auf der Treppenstufe stehen und sahen sie fragend an.

»Clarissa ist tot«, sagte sie. »Ermordet.«

Und dann verlor sie ihre Selbstbeherrschung. Sie schluchzte auf und spürte, dass ihr Tränen übers Gesicht liefen. Whittingham lief zu ihr und nahm sie in seine mageren, aber erstaunlich kräftigen Arme. Es war die erste menschliche Geste, die erste mitfühlende Regung seit dem Schock, den sie beim Anblick von Clarissas Leiche empfunden hatte. Die Versuchung, sich wie ein Kind an seiner Schulter auszuweinen, war groß. Doch sie bemühte sich, ihr Schluchzen zu unterdrücken und ihre Fassung wiederzuerlangen, während Whittingham sie stumm festhielt. Als sie über seine Schulter blickte, sah sie über sich, völlig verschwommen durch die Tränen, Romas Gesicht, lauter weiße und rötliche Flecken. Erst als sie ein paarmal blinzelte, wurden die Konturen klarer. Der Mund, der dem von Clarissa ähnelte, stand offen. Die Augen waren weit aufgerissen. Ein Ausdruck, der ebenso gut Entsetzen wie Triumph sein konnte.

Sie hatte keine Ahnung, wie lange sie schon dastanden, sie in Whittinghams Armen und Roma, die auf sie herabschaute, als sie hinter sich Schritte hörte. Sie löste sich von Whittingham und flüsterte: »Es tut mir ja so leid!«

»Simon ist auf seinem Zimmer«, sagte Gorringe, der gekommen war. »Er ist vollkommen verstört und möchte eine Weile allein sein. Sobald er sich gefasst hat, kommt er herunter.«

»Wie hat sich denn der Mord abgespielt?«, fragte Whittingham. »Wie ist Clarissa getötet worden?«

Als Gorringe zögerte, schrie Roma ihn an: »Sie müssen es uns sagen! Ich bestehe darauf!«

Gorringe blickte Cordelia fragend an. Dann zuckte er resignierend mit den Achseln. »Tut mir leid, aber es gelingt mir wohl nicht, die Anweisungen der Polizei zu befolgen. Außerdem haben die beiden ein Recht darauf.« Er musterte Roma. »Sie wurde erschlagen. Ihr Gesicht ist nur noch eine formlose Masse. Die Mordwaffe war höchstwahrscheinlich der marmorne Prinzessinnenarm. Simon habe ich nicht erzählt, wie Clarissa ermordet wurde. Ich habe es nicht über mich gebracht.« Roma sank auf die Treppenstufe und hielt sich am Geländer fest. »Mit dem Marmorarm?«, wiederholte sie. »Der Mörder hat sie mit dem Marmorarm erschlagen? Wieso ausgerechnet damit? Woher wusste er überhaupt, wo er sich befand?«

»Der Mörder oder die Mörderin muss ihn heute Morgen kurz

vor sieben Uhr aus der Vitrine entwendet haben. Vermutlich wird die Polizei davon ausgehen, dass die Person genau wusste, wo er sich befand. Zudem habe ich selbst ja gestern vor dem Lunch auf ihn aufmerksam gemacht.«

22. KAPITEL

Eine Viertelstunde später standen Roma, Whittingham und Cordelia am Fenster im Salon und schauten über die Terrasse zum Kai. Alle drei wirkten äußerlich gefasst. Das Entsetzen war mittlerweile einer Unruhe gewichen, einer quälenden, beinahe lüsternen Erregung, die sie sowohl an sich selbst als auch an den anderen beobachteten und für die sie sich befremdet schämten. Sie hatten der Versuchung widerstanden, einen Drink zu nehmen, weil sie es für unklug hielten, der Polizei mit einer Alkoholfahne gegenüberzutreten. Stattdessen hatten sie den starken Kaffee getrunken, den Munter im Salon servierte.

Jetzt beobachteten sie, wie die beiden überfüllten Barkassen, die dümpelnd am Kai lagen, gefährlich schaukelten. Die Passagiere in ihrer Abendkleidung drängten sich alle auf einer Seite zusammen wie herausgeputzte Aristokraten, die vor einem republikanischen Umsturz fliehen wollten. Gorringe redete auf sie ein, während Munter wie ein dräuender Wachsoldat hinter ihm Posten bezogen hatte. Die Leute gestikulierten empört. Selbst aus dieser Entfernung vermittelte Gorringes Haltung, wenn er den Kopf senkte oder beschwichtigend die Hände hob, Bedauern, Sorge und Verlegenheit. Aber er ließ sich nicht erweichen. Leises Stimmengewirr drang zu ihnen herüber.

»Die Leute scheinen aufgebracht zu sein«, sagte Cordelia zu Whittingham. »Vermutlich würden sie sich gern mal an Land die Beine vertreten.«

»Oder mal pinkeln.«

»Da steht einer oben auf der Planke und fotografiert. Wenn er nicht aufpasst, fällt er noch ins Wasser.«

»Das ist Marcus Fleming. Er sollte die Bilder für meinen Artikel schießen. Jetzt hat er einen Knüller, den er brühwarm nach London durchgeben kann, wenn sie nicht vor lauter Aufregung kentern, bevor sie den Strand erreichen.«

»Die dicke Lady im mauvefarbenen Abendkleid macht aber einen ziemlich entschlossenen Eindruck.«

»Das ist Lady Cottringham, die gefürchtete Witwe. Auf sie sollte Ambrose besonders achten. Falls es ihr gelingt, einen Fuß an Land zu setzen, kann sie nichts mehr aufhalten. Sie wird Clarissa kurz begutachten, uns alle einem überaus peinlichen Verhör unterziehen und dann den Mord enträtseln, noch bevor die Polizei eingetroffen ist. Aber Ambrose hat sich durchgesetzt. Die Barkassen legen ab.«

»Da kommt auch schon die Polizei«, sagte Roma leise. Zwei schnittige, dunkelblaue Motorboote umrundeten die Landspitze. Ihr Kielwasser kräuselte das Hellblau des Meeres.

»Sonderbar, dieses ungute Gefühl«, sagte Roma. »Und unsinnig dazu. Es ist, als säße ich wieder auf der Schulbank. Selbst wenn ich überhaupt nichts verbockt hatte, habe ich mich schuldig gefühlt und sah auch so aus.«

»Ein beneidenswerter Zustand, überhaupt nichts verbockt zu haben«, meinte Whittingham. »Ich war noch nie in dieser Lage. Aber ich würde mir da keine Sorgen machen. Die Polizei geht in solchen Fällen streng nach Plan vor. Die Reihenfolge der Verdächtigen ist immer die gleiche: Zuerst ist der Ehemann dran, dann die Erben, danach die übrigen Familienmitglieder und zuletzt die engeren Freunde und Bekannten.«

»Ich bin sowohl eine Erbin als auch eine Verwandte, insofern ist das wenig tröstlich für mich«, erwiderte Roma trocken. Schweigend sahen sie zu, wie sich die beiden überfüllten Barkassen allmählich entfernten, während die blauen Motorboote auf die Insel zuschossen.

IV.

DIE PROFIS

23. Kapitel

Sergeant Robert Buckley war noch jung, äußerst gut aussehend und intelligent und war sich dieser Vorzüge und manchmal auch ihrer Grenzen durchaus bewusst. Seine zweijährige College-Ausbildung hatte er in drei Fächern mit Bestnoten abgeschlossen, was ihn zum Besuch einer Universität befähigt hätte. Allerdings war das nicht sein Wunsch gewesen. Denn er ahnte, dass sein Verstand, so scharf er auch sein mochte, oberflächlich war und dass er mit echten Wissenschaftlern nie würde mithalten können. Außerdem wollte er sich nach einem dreijährigen, gelegentlich langweiligen Studium nicht dem Heer arbeitsloser Akademiker anschließen. Er dachte, der Erfolg würde sich am ehesten in einem Beruf einstellen, für den er eher über- als unterqualifiziert war, in dem er sich mit Männern messen konnte, deren Wissen seinem unterlegen war. Er hatte einen sadistischen Zug an sich wahrgenommen, der ihm beim Leiden anderer Menschen eine gewisse Befriedigung verschaffte, ohne dass er ihn unbedingt ausleben musste. Buckley war das einzige Kind von Eltern, die schon recht alt waren und ihn anfangs verwöhnt, später bewundert hatten und sich nun ein wenig vor ihm fürchteten. Auch das fand er durchaus angenehm. Seine Berufswahl war ihm jedenfalls als die natürlichste und leichteste Sache der Welt erschienen, und er hatte die Entscheidung dazu bei einem Spaziergang getroffen, während er die Landschaft mit ihren vielfältigen Braun- und Grüntönen ringsum betrachtete. Es gab nur zwei Möglichkeiten: die Armee und die Polizei. Erstere hatte er sogleich verworfen. Er hätte sich unsicher gefühlt angesichts all der militärischen Traditionen, des ausgeprägten Verhaltenskodex, eines gewissen Korpsgeistes, lauter Eigenheiten, die ihn abstießen. Es war eine fremde Welt, die ihn womöglich abwies, noch bevor er sie sich aneignen konnte. Bei der Polizei hingegen würde man seine Fähigkeiten eher schätzen. Und so war es auch gekommen. Als er nun in dem einen Polizeiboot am Bug kauerte, war er mit sich und der Welt zufrieden. Er hatte sich angewöhnt, sich seine Begeisterungsfähigkeit, aber auch seine Fantasie nicht anmerken zu lassen. Solche Eigenschaften waren wie faszinierende, aber unberechenbare Freunde, mit denen man sich nur mit Vorsicht einlassen durfte, da sie einen im Stich lassen konnten. Doch als er Courcy aus der gleißenden See auftauchen sah, als die Insel allmählich Konturen und Farben annahm, war er berauscht von einer Mischung aus Freude und Furcht. Er jubelte innerlich darüber, dass vor ihm der Mordfall lag, von dem er seit seiner Beförderung zum Sergeanten geträumt hatte. Gleichzeitig befürchtete er, dass diese Chance vorbeigehen könne, dass man sie am Kai mit den niederschmetternden Worten empfangen würde: »Der Mörder befindet sich im Schloss und wird bewacht. Er ist in einer fürchterlichen Verfassung. Er behauptet, er wisse nicht, was ihn dazu getrieben hat.«

Mörder, die ihre Tat sofort gestanden, wussten nie, was über sie gekommen war. Sie waren nicht nur erbärmliche Verlierer, sondern meistens auch Pfuscher, was ihre Tat betraf. So ein Mordfall, so ein Kapitalverbrechen war vom Kriminalistischen her nicht immer interessant oder gar schwer zu lösen. Doch es gab nichts Schöneres, als eine wirklich harte Nuss zu knacken. Diese berauschende Mischung von Verbrecherjagd und Rätsel, dazu die angsterfüllte Atmosphäre, die ebenso deutlich wahrzunehmen war wie der metallische Geruch von Blut, ein Wohlbefinden, das alle Sinne erfasste, die faszinierende Art, wie sich Selbstvertrauen, Persönlichkeit und Moral eines Menschen unter dem vergiftenden Einfluss des Verbrechens allmählich wandelten oder verkamen. Ein echter Mordfall war das, was die Polizeiarbeit ausmachte. Und ein solcher schien jetzt vor ihm zu liegen.

Er blickte zu seinem Chef hinüber, dessen rotes Haar in der Sonne glänzte. Grogan war wortkarg und verschlossen wie immer vor einem schwierigen Fall, die wachsamen Augen leicht zusammengekniffen. Jeder Muskel unter dem gut geschnittenen Tweedanzug schien angespannt zu sein. Der Mann wirkte wie ein Raubtier, das zum Sprung auf eine Beute ansetzt. Als Buckley ihm vor drei Jahren vorgestellt wurde, musste er an die Bilder von Indianerkriegern in den Abenteuerbüchern seiner Jugend denken, und er stellte sich diesen kantigen, wettergegerbten Kopf im Federschmuck eines Indianers vor. Doch dieser Vergleich hatte sich als unpassend erwiesen. Dieser Grogan mit der kräftigen Statur, dem typisch britischen Wesen und dem komplizierten Charakter ließ sich nicht so leicht einordnen. Einmal hatte er Buckley in sein kleines Haus außerhalb von Speymouth eingeladen, wo er, getrennt von seiner Frau, allein lebte. Buckley hatte gehört, dass Grogan einen Sohn hatte, der jedoch in Schwierigkeiten geraten sei. Welcher Art diese waren, wusste allerdings niemand. Auch der Besuch im Haus hatte ihm keinerlei Aufschlüsse vermittelt. Es gab keine Bilder, keine Andenken an gelöste Fälle, keine Fotos von Familienmitgliedern oder Kollegen. Er sah kaum Bücher, abgesehen von einer gebundenen Reihe *Berühmte Prozesse*. Die Wände waren kahl. Was auffiel, war die teure Stereoanlage. Grogan hätte in einer halben Stunde seine

Habseligkeiten packen und das Haus verlassen können, ohne dass hinterher etwas auf seine Anwesenheit hingedeutet hätte. Buckley wusste im Grunde nichts von ihm, obwohl er schon seit Jahren mit ihm zusammenarbeitete. Er wusste nur, womit er bestimmt rechnen konnte: mit dem Wechsel aus Wortkargheit und Mitteilsamkeit, wobei er selbst nur eine Echofunktion hatte, hin und wieder mit Sarkasmus, mit Rücksichtslosigkeit und Ungeduld. Zuweilen ärgerte es ihn, dass er für Grogan nur eine Schreibkraft und ein Stenograf, ein Zuhörer und Schüler war. Den Großteil der kriminalistischen Arbeit beanspruchte Grogan für sich. Aber man konnte viel von ihm lernen. Grogan hatte Erfolge vorzuweisen. Er war kein Versagertyp, und er war fair. Und er näherte sich seiner Pensionierung, nur noch zwei Jahre. Buckley nahm mit, was er bekommen konnte, und wartete auf den richtigen Augenblick.

Am Kai standen reglos wie Statuen drei Gestalten. Noch bevor das Tuckern der Motorboote verklungen war, ahnte Buckley schon, wer zwei von ihnen nur sein konnten: Der Mann mit der kerzengeraden Haltung und der altmodischen Jägerjacke musste Sir George Ralston sein; der andere, der entspannter dastand und sonderbarerweise einen Smoking trug, war sicherlich Ambrose Gorringe. Beide sahen den Ankommenden misstrauisch beim Aussteigen zu, wie die Befehlshaber einer belagerten Festung, die auf die Verhandlungsführer warteten, um einen Waffenstillstand auszuhandeln, und argwöhnisch auf das geringste Anzeichen von Verrat achten mussten. Die dritte, dunkel gekleidete Gestalt, die die anderen beiden überragte, war offensichtlich ein Bediensteter. Er stand einen Schritt abseits und schaute ungerührt aufs Meer hinaus. Seine Haltung zeigte deutlich, dass die Polizei nicht zu den Leuten zählte, die auf Courcy willkommen waren.

Grogan und Gorringe machten sich und die Umstehenden miteinander bekannt. Buckley fiel auf, dass sein Chef sich nicht mit persönlichen Worten oder einer Beileidsbekundung an den Witwer wandte. Allerdings hatte er so etwas noch nie gemacht. Er hatte es einmal so begründet: »All diese Floskeln klingen doch verlogen, und die Leute merken es auch. In unserem Gewerbe muss man sich ohnehin verstellen. Warum sollte man es also übertreiben? Nein, manche Lügen sind schlichtweg beleidigend.« Falls Ralston und Gorringe dies registriert hatten, so ließen sie sich nichts anmerken.

Ambrose Gorringe erläuterte die Sachlage. Als sie zwischen weitläufigen Rasenflächen aufs Schlossportal zuschritten, sagte er: »Sir George hat eine Durchsuchung des Schlosses und der Insel veranlasst. Das Schloss ist schon durchsucht worden. Die drei Trupps, die die Insel durchkämmen, sind noch nicht zurück.«

»Das werden jetzt meine Leute übernehmen, Sir.«

»Damit habe ich gerechnet. Die übrigen Ensemblemitglieder halten sich im Theater auf. Sir Charles Cottringham würde Sie übrigens noch gern sprechen.«

»Weswegen?«

»Das weiß ich nicht. Vielleicht befürchtet er, übergangen zu werden.«

»Grundlose Befürchtungen. Ich möchte mir zunächst die Ermordete ansehen. Dann wäre ich Ihnen dankbar, wenn Sie mir ein kleines, ruhiges Zimmer für den heutigen Tag zur Verfügung stellen könnten. Vermutlich werde ich es sogar bis Montag benötigen.«

»Mein Büro dürfte für Ihre Zwecke geeignet sein. Wenn Sie mich nach Ihrer Untersuchung von Miss Lisles Zimmer aus anrufen, werde ich es Ihnen zeigen. Im Übrigen wenden Sie sich bitte an meinen Butler Munter, wenn Sie etwas brauchen. Meine Gäste und ich sind in der Bibliothek, falls Sie uns sprechen wollen.«

Sie durchquerten die geräumige Halle und gingen die Treppe hinauf. Buckley nahm die Umgebung kaum wahr. Er ging zusammen mit Sir George unmittelbar hinter Chefinspektor Grogan und Ambrose Gorringe und hörte zu, wie Gorringe die Ereignisse bis zu Miss Lisles Tod zusammenfasste. Er berichtete, weswegen sie nach Courcy gekommen war, charakterisierte die übrigen Gäste, erwähnte die Drohbriefe wie auch die Tatsache, dass die Ermordete es für nötig gefunden hatte, eine Privatdetektivin mitzubringen, eine Miss Cordelia Gray. Er erwähnte das Verschwinden des Marmorarms und schilderte, wie sie die Leiche aufgefunden hatten. Es war eine eindrucksvolle Berichterstattung, gänzlich unpersönlich und ausschließlich faktenbezogen, als sei sie einstudiert worden. Vielleicht war das auch der Fall, dachte Buckley.

Vor der Zimmertür blieben sie alle stehen. Gorringe händigte ihnen drei Schlüssel aus.

»Nach dem Auffinden der Leiche habe ich die drei Türen gleich verschlossen. Das sind die einzigen Schlüssel. Ich nehme an, Sie möchten zunächst ohne uns hineingehen.«

Erstmals mischte sich Sir George ins Gespräch ein. »Ich bin im Zimmer des Stiefsohns meiner Frau, falls Sie mich sprechen wollen, Herr Inspektor«, sagte er. »Der Junge ist völlig verstört. Kann man ihm auch nicht verdenken. Munter kann Sie zu mir bringen.« Er machte auf dem Absatz kehrt und ging davon.

Grogan wandte sich an Gorringe: »Sie haben uns sehr geholfen, Sir. Ich denke, das Übrige müssen wir allein schaffen.«

Selbst im Tod wirkte Clarissa theatralisch. Das Schlafzimmer war höchst dramatisch in Szene gesetzt. Auch die kostbaren und prunkvollen Requisiten hatten etwas Melodramatisches, und Rot war die beherrschende Farbe. Die Schauspielerin lag hingestreckt unter einem karmesinroten Baldachin, ein weißes Bein leicht angewinkelt, sodass ein Teil des Oberschenkels zu sehen war, das Gesicht mit künstlichem Blut besprenkelt. Und um sie herum machten sich der Regisseur und der Kameramann zu schaffen, sie berieten, welche Kameraeinstellung am günstigsten sei, und achteten darauf, dass die Darstellerin ihre kunstvoll arrangierte, aufreizende Pose nicht änderte. Chefinspektor Grogan stand rechts neben dem Bett und betrachtete nachdenklich die Gestalt, als überlege er, ob der Regisseur die richtige Wahl getroffen hatte, als er ihr diese Rolle anvertraute. Dann beugte er sich über die Tote und schnupperte an ihrem Arm. Der Anblick war dermaßen grotesk, dass Buckley dazu einfiel: »Was ist dein Knecht, der Hund, dass er so große Dinge tun sollte?« Gleich würde sie vor Empörung zusammenzucken, sich aufrichten, die Arme ausstrecken und ein Handtuch verlangen, um die Schmiere von ihrem Gesicht zu wischen.

Das Zimmer war überfüllt, aber die Leute von der Mordkommission, die Fingerabdrücke sicherten, fotografierten, den Tatort genau untersuchten, kamen sich nicht ins Gehege. Buckley wusste, dass Grogan der Einsatz all dieser Spezialisten im Grunde widerstrebte. Eigentlich sonderbar, denn er kam schließlich von der Londoner Metropolitan Police, wo deren Ausbildung und Einsatz schon lange üblich waren. Überdies verstanden die beiden Männer ihr Handwerk. Sie bewegten sich behutsam und sicher wie Katzen, die ihr Revier durchstreifen. Obgleich Buckley schon öfter mit ihnen zusammengearbeitet hatte, glaubte er nicht, dass er sie auf der Straße oder in einem Pub wiedererkennen würde. Er trat beiseite und beobachtete den Älteren der beiden. Die Hände faszinierten ihn. Sie steckten in Handschuhen, die so fein wie eine zweite, glänzende Haut wirkten. Die Hände gossen den Rest des Tees in eine kleine Flasche, die sie mit einem Korken verschlossen und dann versiegelten und etikettierten. Sie verstauten die Tasse samt Untertasse vorsichtig in einem Plastikbeutel, schabten etwas geronnenes Blut vom Marmorarm und füllten es in ein Spezialröhrchen. Dann ergriffen sie behutsam mit den Fingerspitzen die Marmorskulptur selbst und legten sie in eine sterile Schachtel. Mit einer Pinzette nahmen sie den Drohbrief und schoben ihn vorsichtig in einen Umschlag. Der Kollege, der mit einer Lupe und Pinzette am Bett hantierte, sammelte Haare vom Kopfkissen. Das zerschmetterte Gesicht schien er nicht wahrzunehmen. Nach der Untersuchung der Leiche durch den Pathologen würde man das Bettzeug in einen Plastikbeutel tun, diesen versiegeln und ihn ebenfalls ins Labor bringen.

»Es trifft sich gut, dass Doktor Ellis-Jones seine Schwiegermutter in Wareham besuchen musste«, meinte Grogan. »Er wird dort abgeholt. In einer halben Stunde dürfte er hier sein. Mehr als wir wird er auch nicht feststellen können. Innerhalb welcher Zeitspanne der Tod eingetreten ist, steht ja einigermaßen fest. An einem Tag wie heute dürfte die Abnahme der Körpertemperatur innerhalb der ersten sechs Stunden bei etwa anderthalb Grad pro Stunde liegen. Nein, genauer, als wir es jetzt schon wissen, wird er den Zeitpunkt nicht bestimmen können. Er liegt zwischen zwanzig nach eins, als diese Gray laut Gorringes Aussage sie zum letzten Mal lebend sah, und zwei Uhr dreiundvierzig, als sie die Leiche entdeckte. Dass sie das Opfer als Letzte lebend sah und es hinterher tot vorfand, deutet darauf hin, dass sie als Detektivin entweder fahrlässig gehandelt hat oder einfach Pech hat. Was davon zutrifft, wird das Verhör ergeben.«

»Den Blutspuren nach zu urteilen meine ich, dass der Todeszeitpunkt eher an der unteren Grenze liegt, Sir«, warf Buckley ein.

»Das denke ich auch. Ich schätze, sie ist innerhalb der ersten halben Stunde, in der sie allein war, gestorben. Übrigens, kennen Sie das Zitat auf dem Zettel, der unter dem Marmorarm lag, Sergeant?«

»Nein, Sir.«

»Hätte mich auch verwundert. Laut Gorringe stammt es aus dem Stück *Die Herzogin von Amalfi*, in dem Miss Lisle die Titelrolle spielen sollte. ›Blut aber spritzt empor und benetzt den Himmel.‹ Die Worte gefallen mir, auch wenn ich nicht weiß, von wem sie sind. Allerdings treffen sie in diesem Fall nicht ganz zu: Das Blut ist nicht emporgespritzt, wenigstens nicht viel. Ihr Gesicht wurde erst nach ihrem Tod so zugerichtet. Die Gründe liegen auf der Hand.«

Er redet, als führe er ein Selbstgespräch, dachte Buckley. Auch ihm waren die möglichen Gründe klar.

»Um den Verdacht von sich abzulenken, um die wahre Todesursache zu vertuschen, um ganz sicherzugehen oder in einem Anfall von Wut, Hass oder Panik.«

»Und nach diesem Blutrausch legt unser literarisch gebildeter Mörder dem Opfer in aller Ruhe wieder die Watte auf die Augen. Scheint einen makabren Humor zu haben.«

Gemeinsam gingen sie ins Badezimmer, in dem die altmodische prachtvolle Ausstattung von zweckmäßigen modernen Elementen ergänzt wurde. Die große Marmorbadewanne war außen mit Mahagoni verkleidet. Auch die Toilette mit dem hoch oben angebrachten Spülkasten hatte einen Mahagonisitz. Die Wände waren gefliest. Auf jeder der blauen Kacheln prangte ein Wildblumenstrauß. Den Rahmen des Drehspiegels zierten Putten. Vier weiße Handtücher hingen unordentlich am Halter. Grogan roch an ihnen und knüllte sie mit seinen riesigen Händen. »Schade, dass der Halter beheizt wird«, meinte er. »Die Handtücher sind völlig trocken. Auch die Wanne und das Waschbecken. Man kann nicht wissen, ob sie vor ihrem Tod noch ein Bad genommen hat. Selbst wenn Doktor Ellis-Jones auf ihrer Haut Spuren von Körperpuder oder Badeessenzen nachweisen kann, würde das nicht viel besagen. Die Handtücher scheinen allerdings vor Kurzem benutzt worden zu sein und riechen nach demselben Parfüm wie ihre Haut. Meiner Ansicht nach hat sie vorher noch gebadet. Sie hat ihren Tee getrunken, sich abgeschminkt und dann ein Bad genommen. Wenn Miss

Gray sie gegen zwanzig nach eins allein gelassen hat, können wir den Zeitpunkt auf etwa zwanzig vor zwei festsetzen.«

Der ältere Mann von der Spurensicherung wollte das Bad betreten und blieb abwartend im Türrahmen stehen. Grogan ließ ihn vorbei und kehrte ins Zimmer zurück, wo er sich ans Fenster stellte und den feinen Purpursaum am Horizont betrachtete, der das mittlerweile dunkle Meer vom Himmel trennte.

»Haben Sie jemals von den Giftmorden in Birdhurst Rise gehört?«, fragte er Buckley.

»Die in Croydon, Sir, nicht wahr? Arsen.«

»Ja. Zwischen April 1928 und März 1929 wurden drei Mitglieder einer Familie aus dem gehobenen Mittelstand mit Arsen umgebracht – Edmund Duff, ein pensionierter Beamter aus dem Kolonialministerium, seine Schwägerin und deren verwitwete Mutter. In allen drei Fällen war das Gift im Essen oder zusammen mit einem Medikament verabreicht worden. Es muss jemand aus dem Familienkreis gewesen sein, aber die Polizei konnte niemanden festnehmen. Es ist eben ein Irrtum, wenn man annimmt, eine kleine Gruppe von Verdächtigen, die sich gut kennen, erleichtert die Aufklärung eines Mordes. Das stimmt nicht. Und man muss sich umso mehr für einen Misserfolg rechtfertigen.«

Buckley konnte sich nicht erinnern, dass Grogan jemals von einem Misserfolg gesprochen hatte. Sein bisheriger Optimismus flaute ab. Er musste an Sir Charles Cottringham denken, der sicher schon ungeduldig im Theater auf sie wartete, an den Polizeipräsidenten, an die Schlagzeilen am Montag: *Gattin eines Baronets in einem Inselschloss erschlagen! Opfer eine bekannte Schauspielerin!* Kein Kriminalbeamter, der Karriere machen wollte, konnte es sich leisten, so einen Fall nicht aufzuklären. Er überlegte, was es mit diesem Raum, dem Opfer, dem Mordwerkzeug und der ganzen Atmosphäre auf Courcy auf sich hatte, das ihn zur Vorsicht mahnte.

Keiner sagte etwas. Nach einer Weile hörten sie Motorengedröhn. Ein Boot umrundete die östliche Landspitze und raste mit schäumender Bugwelle auf den Kai zu.

»Der übliche dramatische Auftritt von Doktor Ellis-Jones«, murmelte Grogan. »Sobald er uns mitgeteilt hat, was wir ohnehin schon wissen, dass nämlich das Opfer weiblichen Geschlechts und mausetot ist, und sobald er uns haargenau erklärt hat, worauf wir auch selbst gekommen sind, dass es nämlich kein Unfall oder Selbstmord war und dass es zwischen ein Uhr zwanzig und zwei Uhr dreiundvierzig geschehen sein muss, werden wir uns anhören, was die möglichen Verdächtigen zu sagen haben. Den Baronet knöpfen wir uns als Ersten vor.«

24. Kapitel

Es war kurz vor halb fünf. Gorringe, Whittingham, Roma und Cordelia standen am Kai und schauten zur *Shearwater* hinüber, die das Ensemble zurück nach Speymouth brachte. Sie umfuhr eben die östliche Landzunge und verschwand dann.

»Sie haben zwar nicht im Rampenlicht gestanden, aber sie können sich nicht beklagen, dass es ein ereignisloser Tag gewesen ist«, sagte Gorringe. »Bis zum Dinner wird sich die Ermordung Clarissas überall herumgesprochen haben. Und das bedeutet, dass uns morgen früh eine Invasion von Reportern bevorsteht.«

»Was wollen Sie dagegen tun?«, fragte Whittingham.

»Ihre Landung verhindern. Natürlich nicht mit den gleichen brutalen Mitteln wie damals de Courcy zur Pestzeit. Aber die Insel ist schließlich Privatbesitz. Außerdem werde ich Munter anweisen, alle telefonischen Anfragen an die Polizei von Speymouth zu verweisen. Die haben sicher eine Pressestelle. Soll die sich doch damit herumschlagen.« Cordelia fröstelte es in ihrem Baumwollkleid. Es wurde schon dunkel. Bald kam der flüchtige, aber stimmungsvolle Augenblick, in dem die untergehende Sonne mit ihren letzten Strahlen die Farbe des Grases und der Bäume so intensiv aufleuchten ließ, dass selbst die Luft grün getönt zu sein schien. Auf die Terrasse fielen schon lange, dunkle Schatten. Die Wochenendskipper waren alle heimgesegelt. Die See lag leer und ruhig da. Am Kai dümpelten die beiden Polizeiboote. Die Türmchen und Ziegelmauern des Schlosses leuchteten einen Moment in tiefem Rot, bevor sie verblassten und dem Gebäude ein düsteres, abweisendes Aussehen verliehen.

Das Schloss empfing sie ungewohnt still, als sie die große Halle betraten. Im oberen Stockwerk war die Polizei weiterhin mit der Aufklärung des Mordes beschäftigt. Sir George wurde entweder eben vernommen, oder er war noch bei Simon. Keiner von ihnen mochte sich nach ihm erkundigen. Als hätten sie sich vorher abgesprochen, gingen die vier, denen die Vernehmung noch bevorstand, Richtung Bibliothek. Sie war zwar weniger behaglich als der Salon, bot aber immerhin die Möglichkeit, so zu tun, als würde man sich lesend die Zeit vertreiben. Whittingham ließ sich in den einzigen Sessel fallen, richtete die Augen zur Decke und streckte die langen Beine aus. Cordelia nahm am Kartentisch Platz und blätterte im Sammelband der *Illustrated London News* von 1876. Gorringe betrachtete vom Fenster aus eingehend den Rasen und kehrte ihnen den Rücken zu. Nur Roma fand keine Ruhe. Wie eine Gefangene, die unbedingt Bewegung brauchte, ging sie an den Bücherregalen auf und ab. Alle waren erleichtert, als Munter und seine Frau den Tee brachten: die silberne Teekanne, das Messingrechaud mit dem brennenden Teelicht, das Minton-Service. Munter zog die Vorhänge zu und entfachte das Kaminfeuer, das rasch zu prasseln begann. Sonderbarerweise wirkte die Bibliothek dadurch einerseits gemütlicher, andererseits aber wegen der Stille und Dunkelheit ringsum auch bedrückender. Alle hatten Durst, aber keinen Appetit. Seit der Entdeckung der Leiche sehnten sie sich nach einem belebenden Tee oder Kaffee, und das Hantieren mit Tassen und Tellern war eine willkommene Ablenkung. Gorringe setzte sich neben Cordelia. Er rührte in seinem Tee und wandte sich an Whittingham.

»Ivo, Sie sind doch mit der Londoner Gerüchteküche vertraut. Was erzählt man sich denn über diesen Grogan? Ich muss sagen, dass ich ihn nicht gerade sympathisch finde.«

»Wer kennt schon all die Gerüchte, die in London kursieren? Wissen Sie, London ist, gesellschaftlich, beruflich und geografisch gesehen, eine Ansammlung von Dörfern. Aber es gibt eine Menge Tratsch zwischen den Leuten vom Theater und der Polizei. Besonders eng sind die Beziehungen zwischen Detektiven und Schauspielern und zwischen Chirurgen und Schauspielern.«

»Ersparen Sie uns bitte einen ausführlichen Vortrag. Erzählen Sie uns lieber, was Sie über ihn erfahren haben. Sie haben sich doch nach ihm erkundigt, nicht wahr?«

»Ich habe in der Tat einen meiner Informanten angerufen. Von diesem Zimmer aus übrigens. Das war, als Sie Grogan und seine Leute herumgeführt haben. Ich habe herausbekommen, dass er auf eigenen Wunsch von der Metropolitan Police weggegangen ist, weil ihn die Korruption in der Kriminalabteilung angewidert hat. Das war noch vor der letzten Säuberungswelle. Er scheint ein Mann nach dem Geschmack von William Morris zu sein: ›Steht nicht länger im Dienst eines anderen, wenn ihr ehrlicher, redlicher und besser seid!‹ Das sollte Sie beruhigen, Roma!«

»Die Polizei ist mir nun mal nicht geheuer.«

»Dann sollte ich ihm besser keinen Drink anbieten«, meinte Gorringe. »Das könnte als ein Bestechungsversuch ausgelegt werden. Ich frage mich, ob nicht der Polizeipräsident oder wer sonst dafür zuständig ist, ihn hergeschickt hat, um ihn scheitern zu sehen.«

»Warum sollte ihm das jemand wünschen?«, entgegnete Roma gereizt.

»Einen Misserfolg gönnt man eher einem Neuling als einem Altbewährten. Und dieser Fall kann durchaus mit einer Blamage enden. Es handelt sich um einen geradezu klassischen Mordfall: ein kleiner Kreis von Verdächtigen, eine abgelegene Insel als Tatort, eine begrenzte Zeitspanne, innerhalb der der Mord geschah. Binnen einer Woche müsste doch so ein Fall ›geknackt‹ sein, wie's im Polizeijargon heißt. Man erwartet sicher eine schnelle Lösung. Wenn aber der Mörder einen klaren Kopf behält und sich nicht selbst verrät, droht ihm meiner Ansicht nach nicht die geringste Gefahr. Er – seien wir galant und nehmen wir an, es sei ein Mann – braucht nur auf seinen Angaben zu beharren. Nur nichts entschuldigen, ausschmücken oder erläutern! Denn entscheidend ist nicht, was die Polizei weiß oder vermutet, sondern, was sie auch beweisen kann.«

»Sie reden so, als wäre eine Aufklärung nicht in Ihrem Sinne«, erwiderte Roma.

»Obwohl mich die Sache im Grunde kaltlässt, ziehe ich es vor, wenn die Sache aufgeklärt wird. Es wäre peinlich, den Rest des Lebens als mutmaßlicher Mörder herumlaufen zu müssen.«

»Außerdem wird Ihnen der Fall im Sommer eine Menge Touristen einbringen. Die Leute lieben Bluttaten und Schauergeschichten. Für zwanzig Pence extra könnten Sie ihnen den Tatort zeigen.«

»Für solche Sensationen habe ich nichts übrig«, erwiderte Gorringe gleichmütig. »Deswegen bekommen meine Sommergäste auch die Krypta nicht zu sehen. Übrigens finde ich den Mord höchst stillos.«

»Sind nicht alle Morde stillos?«

»Nicht unbedingt. Es wäre ein netter Zeitvertreib, die klassischen Morde mal nach dem Ausmaß ihrer Stillosigkeit einzuordnen. Die Ermordung Clarissas finde ich höchst absonderlich, aberwitzig und theatralisch.«

Roma hatte ihren Tee ausgetrunken und schenkte sich nach. »So kann man es auch sagen«, meinte sie. »Finden Sie es nicht sonderbar, dass man uns bislang in Ruhe lässt? Ich habe mir gedacht, sie würden zumindest einen Zivilbeamten dazu abstellen, unsere Unbedachtheiten zu notieren.«

»Die Polizei kennt ihre Machtbefugnisse. Ich habe ihnen bereits mein Büro überlassen, und natürlich verbieten sie den Zutritt zu den beiden Gästezimmern. Aber es ist noch immer mein Haus und meine Bibliothek, die sie nur mit meiner Erlaubnis betreten dürfen. Solange sie keinen von uns verhaften, müssen wir so behandelt werden, als seien wir unschuldig. Sogar Ralston, obwohl er als Ehemann sicherlich der Hauptverdächtige ist. Der arme George! Wenn er sie wirklich geliebt hat, muss es schreckliche sein für ihn.«

»Wenn Sie mich fragen, ist seine Zuneigung ein halbes Jahr nach ihrer Heirat erloschen«, erwiderte Roma. »Damals muss er erkannt haben, dass sie ihm nie treu sein würde.«

»Hat er das irgendwie zu verstehen gegeben?«, fragte Gorringe.

»Nicht mir gegenüber. Ich habe die beiden ja kaum gesehen. Was hätte er auch gegen ihre Aufmüpfigkeit tun sollen? Man kann doch eine untreue Frau nicht behandeln wie einen störrischen Untergebenen. Aber abgefunden hat er sich bestimmt nicht damit. Wenn er sie nicht umgebracht hat – und für mich steht fest, dass er es nicht getan hat –, müsste er dem Täter oder der Täterin eigentlich dankbar sein. Ihr Vermögen kann er gut gebrauchen für die Finanzierung seiner faschistischen Organisation, der Union of British Patriots. Würden Sie übrigens an diesem Namen erkennen, dass es sich um eine faschistische Gruppierung handelt?«

Gorringe lächelte spöttisch. »Ich würde jedenfalls nicht annehmen, dass sich in ihren Reihen Trotzkisten oder Sozialisten befinden. Ich halte diese Leute für politisch unbedeutend, eine Gruppe mit Pfadfindermentalität, eine Art Kampfbund greiser Veteranen.«

Roma setzte ihre Teetasse klirrend ab und sprang auf. »Sie machen sich wohl gern etwas vor? Ich finde diese Einstellung peinlich und vor allem unverzeihlich. Denn diese Leute nehmen sich todernst. Die glauben an den gefährlichen Unsinn, den sie verbreiten. Mit Spott ist denen nicht beizukommen. Für wen, meinen Sie, wird dieser Kampfbund von Greisen kämpfen, wenn es drauf ankommt? Fürs Proletariat? Wohl kaum.«

»Ich hoffe, für mich und meinesgleichen.«

»Sie habens erfasst, Ambrose! Für Sie und die Multis und das Establishment und all die Pressezaren. Clarissas Geld wird schon dazu beitragen, dass den Reichen ihre Schlösser erhalten bleiben und den Armen ihre Hütten.«

»Aber Sie erben doch auch etwas von Clarissas Geld«, erwiderte Gorringe süffisant. »Kommt Ihnen das sehr ungelegen?«

»Das nicht. Geld ist immer nützlich. Aber wichtig ist es nicht. Selbstverständlich freue ich mich, wenn ich was erbe. Aber angewiesen bin ich nicht darauf. Es ist jedenfalls nicht so wichtig, als dass ich dafür jemanden umbringen würde. Was könnte schon so wichtig sein?«

»Spielen Sie nicht die Naive, Roma! Sie brauchen nur in den Zeitungen zu blättern, dann wissen Sie, warum Menschen ermordet werden. Aufgrund von gefährlichen und zerstörerischen Gefühlen, aus Liebe beispielsweise.«

Munter erschien im Türrahmen und hüstelte wie der Butler in einem Boulevardstück. »Dr. Ellis-Jones, der Pathologe, ist eben eingetroffen, Sir.«

Gorringe schaute einen Augenblick unschlüssig, als überlege er, ob er ihn wie einen Gast begrüßen müsse. »Vielleicht ist es besser, wenn ich zu ihm gehe. Weiß die Polizei, dass er da ist?«

»Noch nicht, Sir. Ich wollte zuerst Ihnen Bescheid geben.«

»Wo ist denn der Pathologe jetzt?«

»In der großen Halle, Sir.«

»Dann wollen wir ihn nicht länger warten lassen. Führen Sie ihn zu Chefinspektor Grogan. Und vielleicht braucht er irgendetwas. Heißes Wasser zum Beispiel.«

Er blickte sich suchend um, als würden gleich eine Wasserkanne und ein Handwaschbecken herabschweben. Munter eilte davon.

»Es findet doch keine Geburt statt«, meinte Whittingham.

Roma drehte sich um und rief halb entrüstet, halb entsetzt: »Er wird hier doch keine Autopsie vornehmen wollen!«

Alle schauten fragend Cordelia an. Sie dachte, dass zumindest Gorringe die Prozedur kennen müsse. Aber auch er musterte sie forschend und ein wenig spöttisch.

»Das nicht«, erwiderte sie. »Er wird nur eine vorläufige Untersuchung vornehmen, die Körpertemperatur messen, den Zeitpunkt des Todes abschätzen. Danach wird man die Leiche wegbringen. Selbstverständlich sollte er vorher den Tod zweifelsfrei festgestellt haben.«

»Für jemanden, der sich als Privatsekretärin ausgibt, haben Sie höchst ausgefallene Kenntnisse«, meinte Roma. »Aber ich weiß ja, woher. Ambrose hat uns mitgeteilt, dass Sie Privatdetektivin sind. Dann können Sie uns auch erklären, warum man von allen Fingerabdrücke genommen hat. Ich fand es widerlich. Schon wie sie einen an den Fingern packen und sie dann aufs Stempelkissen drücken! Es wäre weniger scheußlich, wenn man das selbst tun könnte.«

»Haben Ihnen die Polizisten nicht erklärt, warum?«, fragte Cordelia. »Falls sie in Clarissas Zimmer irgendwelche Fingerabdrücke finden, wollen sie unsere zumindest ausschließen können.«

»Oder identifizieren! Was treiben sie denn überhaupt so lange, außer dass sie George verhören? Leute haben sie ja genug mitgebracht!«

»Es sind bestimmt Spezialisten vom gerichtsmedizinischen Institut dabei, die den Tatort genauestens untersuchen, die Spurensicherung. Sie sammeln stichhaltiges Beweismaterial: Proben von Blut und Körperflüssigkeiten und dergleichen. Auch das Bettzeug und die Teetasse wird man ins Labor bringen. Man wird den Teesatz analysieren, um zu eruieren, ob Miss Lisle vielleicht vergiftet wurde. Sie könnte vor ihrer Ermordung betäubt worden sein. Sie lag sehr entspannt auf dem Rücken.«

»Um entspannt auf dem Rücken zu liegen, brauchte Clarissa keine Betäubungsmittel«, erwiderte Roma. Als sie die missbilligenden Blicke der anderen bemerkte, errötete sie und rief: »Tut mir leid! Das hätte ich nicht sagen dürfen. Aber ich kann es immer noch nicht glauben. Ich kann es einfach nicht fassen, dass sie tot dort oben liegt, dass sie erschlagen wurde. Das geht über meine Vorstellungskraft. Sie liebte das Leben doch so sehr. Und nun ist sie tot. Ich mochte sie nicht besonders, und sie mochte mich nicht. Daran kann auch ihr Tod nichts ändern.« Sie wankte zur Tür. »Ich gehe an die frische Luft. Hier ersticke ich noch. Dieser Grogan wird mich schon finden, falls er mich braucht.«

Gorringe goss heißes Wasser in die Teekanne, schenkte sich neuen Tee ein und setzte sich neben Cordelia. »Politisch engagierte Menschen sind schon merkwürdig. Ihre Cousine, mit der sie aufwuchs, ist auf grausame Weise erschlagen worden. Bald wird man die Leiche fortschaffen, damit ein Gerichtsmediziner an ihr herumschnippeln kann. Natürlich steht sie unter Schock. Aber im Grunde lässt das Ganze sie ebenso kalt, als hätte man ihr mitgeteilt, Clarissa sei wegen eines leichten Rheumaschubs unpässlich. Kommt aber das Gespräch auf den armen Ralston und seine Union of British Patriots, spuckt sie Gift und Galle.«

»Sie hat eben Angst«, meinte Whittingham.

»Gewiss. Aber wovor? Doch nicht vor diesen armseligen Amateuren?«

»Sie machen auch mir hin und wieder Angst. Was sie über Clarissas Vermögen sagte, stimmt vermutlich. Ralston erhält den Löwenanteil. Wie viel mag das umgerechnet sein?«

»Lieber Ivo, ich weiß es nicht. Den Stand ihres Bankkontos hat mir Clarissa nicht anvertraut. So nahe standen wir uns nicht.«

»Nanu? Ich dachte schon.«

»Und selbst wenn, hätte sie es mir wahrscheinlich nicht verraten. Clarissa steckte eben voller Überraschungen. Sie werden es mir nicht glauben, aber es stimmt. Sie war indiskret, aber wenn sie wollte, konnte sie ein Geheimnis auch für sich behalten. Sie sammelte gerne, auch nützliche Informationen.«

»Wie unerwartet, und wie gefährlich.«

Cordelia musterte die beiden. Die funkelnden, spöttischen Augen von Gorringe und den im Sessel zusammengesunkenen Whittingham, seine langfingrigen, knochigen Hände mit den schmalen, zarten Gelenken, sein fahles, zur Stuckdecke gerichtetes Gesicht mit den vorspringenden Wangenknochen. Ein Gefühlswirrwarr befiel sie, Zorn, ein tiefes, wenn auch unbestimmtes Mitleid und ein ihr weniger vertrautes Gefühl, das nur Neid sein konnte. Die beiden waren so selbstsicher in ihrer spöttischen Gleichgültigkeit. Konnte sie denn nichts aus der Ruhe bringen außer dem Gedanken an selbst erlittene Qualen? Aber vielleicht würden sie selbst körperliche Schmerzen, die keinem erspart bleiben, mit Verachtung oder Witzeleien hinnehmen. Ertrug nicht Whittingham auf diese Art sein Dahinsiechen? Warum sollte es die beiden bekümmern, dass da oben eine Frau, die sie nicht besonders gemocht hatten, mit zerschmettertem Gesicht lag? Doch man musste sich nicht Donnes hinlänglich bekannten Ausspruch ins Gedächtnis rufen, um zu spüren, dass man dem Tod etwas schuldete, dass sich untereinander, im Schloss, in der ganzen Atmosphäre etwas unwiderruflich geändert hatte. Sie kam sich mit einem Mal allein gelassen und sehr jung vor. Sie spürte, dass Gorringe sie anblickte.

Als habe er ihre Gedanken erraten, sagte er: »Das Schreckliche an einem Mord ist unter anderem, dass er den Toten seiner Rechte beraubt. In diesem Raum gibt es wohl niemanden, der über Clarissas Tod untröstlich ist. Wäre sie eines natürlichen Todes gestorben, würden wir mit einer verwirrenden Mischung aus Bedauern, Sentimentalität und Mitgefühl um sie trauern, wie es üblich ist. Aber so denken wir nur an uns selbst. Es ist doch so, nicht wahr?«

»Cordelia denkt da anders«, entgegnete Whittingham.

In der Bibliothek herrschte wieder Schweigen. Sie registrierten jedes Knacken im Gebälk. Alle drei hoben gleichzeitig den Kopf, als aus der Halle das Geräusch schleppender Schritte zu ihnen drang und dann weiter entfernt, aber unüberhörbar eine Tür ins Schloss fiel.

»Jetzt bringt man sie weg«, sagte Whittingham ruhig. Er ging leise zum Fenster und stellte sich hinter den Vorhang. Cordelia folgte ihm. Zwischen den in kaltes Mondlicht getauchten Rasenflächen waren schemenhaft vier dunkle, hochgewachsene Gestalten zu erkennen, die sich unter ihrer Last beugten. Ihnen folgte steifbeinig und kerzengerade, als baumele ein Degen an seiner Seite, Sir George. Die kleine Prozession erinnerte an eine Trauergemeinde, die einen Toten nach einem geheimnisvollen, esoterischen Ritual irgendwo verstohlen vergraben wollte.

Cordelia, die sich nach dem mittäglichen Schock zerschlagen fühlte, hätte gern Bedauern empfunden. Aber stattdessen kamen ihr nur albtraumhafte Schreckensbilder in den Sinn: Szenen aus der Pestzeit auf Courcy, all die Meuchelmorde, de Courcys Männer, wie sie im Schutz der Nacht die Leichen fortschleppten. Auch Whittingham schien den Atem anzuhalten. Seine erstarrte Haltung und sein Schweigen verrieten seine Anspannung. Doch dann wurden die Vorhänge zurückgeschlagen, und Gorringe stand hinter ihnen.

»Sie kam mit der Morgensonne und geht im Mondschein.

Eigentlich hätte ich sie begleiten sollen. Grogan hätte mir sagen müssen, dass man sie fortbringt. Sein Verhalten wird allmählich unerträglich.«

Mit dieser leicht gekränkten Bemerkung, dachte Cordelia, sei Clarissas endgültiger Abschied von Courcy wohl abgeschlossen.

Eine Stunde später wurde die Tür aufgerissen, und Sir George trat ein. Er schien auf ihre forschenden Blicke und auf die Frage, die keiner zu stellen wagte, gefasst zu sein.

»Grogan war recht freundlich«, sagte er. »Ich glaube nicht, dass er sich schon eine Theorie zurechtgelegt hat. Aber er scheint sein Handwerk zu verstehen. Aber diese roten Haare – damit sieht er wie verkleidet aus.«

»Ich kann mir vorstellen«, erwiderte Gorringe nachdenklich und versuchte, das Zucken um seinen Mund zu unterdrücken, »dass die Aufklärung eines Verbrechens für ihn hauptsächlich Schreibtischarbeit ist. Kriminalistische Arbeit vor Ort scheint ihm nicht zu liegen.«

»Um die wird er nicht herumkommen. Er könnte sie natürlich auch abkürzen.«

Nach diesen Worten schnappte sich Sir George ein Exemplar des *Spectator* und setzte sich an den Kartentisch, als wäre er in seinem Londoner Club. Die anderen musterten ihn schweigend und ein wenig verdutzt. Cordelia dachte: Wir benehmen uns wie Examenskandidaten vor der mündlichen Prüfung, die zwar gern die Prüfungsfragen wüssten, aber nicht so unfair sein wollen, danach zu fragen. Whittingham musste das Gleiche gedacht haben.

»Die Polizei hält doch keine Prüfung ab, um den Tatverdächtigen herauszufinden«, sagte er. »Ich gestehe allerdings, dass ich auf ihre Strategie und Technik neugierig bin. Ich bin völlig ahnungslos, obwohl ich mal ein Agatha-Christie-Stück rezensiert habe. Wie verlief denn die Vernehmung, Ralston?«

Sir George blickte hoch und schien über die Frage nachzudenken. »Erwartungsgemäß. Sie wollten wissen, wo ich am Nachmittag war und was ich so alles gemacht habe. Ich habe gesagt, dass ich auf den Westklippen Vögel beobachtet habe. Und dass ich mit dem Fernglas Simon gesehen habe, wie er aus dem Meer gekommen und zum Schloss gegangen ist. Das schien ihnen wichtig zu sein. Sie erkundigten sich noch nach Clarissas Geld. Wie viel es ist. Wer es bekommt. Grogan hat mich geschlagene zwanzig Minuten über die Vogelwelt auf Courcy ausgefragt. Vermutlich wollte er mich dadurch nur beruhigen. Ein merkwürdiges Verhalten.«

»Vermutlich wollte er Ihnen mit irgendwelchen Fangfragen nach den Nistgewohnheiten nicht existierender Vogelarten nur auf den Zahn fühlen«, entgegnete Whittingham. »Haben sie auch gefragt, wie der heutige Vormittag abgelaufen ist? Erwartet man von uns eine ausführliche Schilderung des ganzen Tages?«

Trotz seiner gelassenen Stimme war den anderen klar, was er erfahren wollte und welche Bedeutung die Antwort hatte.

Sir George griff wieder nach der Zeitschrift. Ohne aufzusehen, erwiderte er: »Ich habe nur das Nötigste gesagt. Ich habe auch von dem Besuch in der Kirche und im Teufelskessel berichtet. Außerdem habe ich erwähnt, dass da mal jemand ertränkt wurde. Namen habe ich allerdings nicht genannt. Warum sollte man die Untersuchung mit diesen alten Geschichten belasten? Das geht die doch nichts an.«

»Das beruhigt mich«, erwiderte Whittingham. »Daran halte ich mich auch. Bei der nächstbesten Gelegenheit werde ich mit Roma sprechen. Und Sie, Ambrose, sollten mal mit dem Jungen reden. Ralston hat recht: Es hat keinen Sinn, die Leute mit alten, unerfreulichen, längst vergessenen Geschichten zu verwirren.«

Niemand erwiderte etwas darauf. Sir George sah plötzlich von seiner Zeitschrift auf und sagte: »Beinahe hätte ich's vergessen. Grogan möchte Sie sprechen, Cordelia.«

25. KAPITEL

Cordelia leuchtete schnell ein, weshalb Gorringe der Polizei sein Büro überlassen hatte. Es war zweckmäßig eingerichtet, nicht zu groß und obendrein abgelegen. Aber als sie sich auf den Mahagonistuhl setzte und Chefinspektor Grogan anblickte, wäre es ihr lieber gewesen, Gorringe hätte anstelle seines privaten Mördermuseums ein anderes Zimmer zur Verfügung gestellt. Die Staffordshire-Figuren auf dem Bord hinter Grogans Kopf kamen ihr auf einmal viel größer vor und schienen keine altmodischen Erinnerungsstücke, sondern wirkliche Lebewesen zu sein. Die bemalten Gesichter schienen zu zucken und Grimassen zu schneiden.

Und die gerahmten viktorianischen Drucke mit den plump gemalten Schafotten und Todeszellen, die zeigten, wie grausam die Menschen miteinander umsprangen, wirkten beängstigend. Der Raum kam ihr kleiner vor, als sie ihn in Erinnerung hatte. Sie fühlte sich wie mit den Inquisitoren in einem engen Verlies. Beinahe hätte sie die uniformierte Polizistin übersehen, die regungslos und wachsam wie eine Anstandsdame am Fenster saß. Rechneten sie denn damit, dass sie ohnmächtig werden oder später Grogan irgendwelcher Zudringlichkeiten bezichtigen könne? Sie überlegte, ob es dieselbe Beamtin war, die dabei geholfen hatte, ihre Sachen aus dem De-Morgan-Raum in ihr neues Zimmer zu schaffen. Sie zweifelte nicht daran, dass man ihre Habseligkeiten gründlich untersucht hatte, bevor sie ordentlich gestapelt aufs Bett gelegt worden waren.

Sie musterte Grogan, als sähe sie ihn zum ersten Mal. Er kam ihr noch größer vor als die hochgewachsene, breitschultrige Gestalt, die sie aus dem Polizeiboot hatte steigen sehen. Das dichte, rötlich blonde Haar war länger, als man es bei einem Polizeibeamten erwartete. In die Stirn fiel eine Strähne, die er hin und wieder mit seiner großen Hand zurückstrich. Das Gesicht wirkte trotz seiner Größe hager mit den vortretenden Backenknochen und den tief liegenden Augen. Die Bartstoppeln hatten etwas Animalisches, das nicht recht zu dem gut geschnittenen, formellen Tweedanzug passte. Seine Haut schimmerte rötlich. Selbst die Augen schienen blutunterlaufen zu sein. Als er den Kopf bewegte und dabei der blütenweiße Hemdkragen verrutschte, sah Cordelia einen Streifen blasse Haut, die sich von seinem sonnengebräunten Gesicht deutlich abhob. Man hätte meinen können, dass er enthauptet und hinterher wieder zusammengesetzt worden war. Sie versuchte, ihn sich als rotbärtigen elisabethanischen Abenteurer vorzustellen, aber es gelang ihr nicht. Trotz all seiner urwüchsigen Kraft hätte er damals nicht zu den Tatkräftigen gehört, sondern eher zu denen, die im Verborgenen agierten, zu den Mächtigen. Oder hätte man ihn vielleicht in den Folterkammern im Tower antreffen können? Doch sie tat ihm sicherlich unrecht. Sie verdrängte diese Bilder und versuchte ihn als das zu sehen, was er in Wirklichkeit war: als einen höheren Polizeibeamten aus dem 20. Jahrhundert, der seine Dienstvorschriften zu beachten hatte, durch Gerichtsbeschlüsse gebunden war, eine äußerst wichtige, wenn auch zuweilen unerfreuliche Aufgabe hatte und auf ihre Mitarbeit angewiesen war. Trotzdem wäre sie lieber weniger ängstlich gewesen. Mit Beklommenheit hatte sie gerechnet, aber nicht mit dieser demütigenden Angst. Am Ende hatte sie sich zwar wieder unter Kontrolle, aber sie wusste, dass der erfahrene Grogan ihre Angst bemerkt hatte und sie ihm offensichtlich keineswegs ungelegen kam.

Er hörte sich schweigend ihre Schilderung der Ereignisse an, die sich zwischen dem Besuch von Sir George im Büro an der Kingly Street und ihrer Entdeckung von Clarissas Leiche zugetragen hatten. Sie händigte ihm die gesammelten Drohbriefe aus, die er auf dem Schreibtisch ausbreitete. Hin und wieder, wenn sie ihre Stimme hob oder senkte, ordnete er die Botschaften neu, als suche er nach einem aufschlussreichen Muster. Sie war froh, dass man sie nicht an einen Lügendetektor angeschlossen hatte. Denn die Nadel hätte sicher ausgeschlagen, als sie, ohne die Unwahrheit zu sagen, all jene Fakten ausließ, die sie nicht preisgeben wollte: den Tod von Tollys Tochter etwa, Clarissas Enthüllungen im Teufelskessel oder Romas erfolglose Bitte um Geld. Sie versuchte nicht, es dadurch zu rechtfertigen, indem sie sich einredete, es sei nicht von Interesse. Außerdem war sie viel zu erschöpft, um über moralische Aspekte ihrer Entscheidung nachzudenken. Sie wusste nur, auch wenn sie an Clarissas eingeschlagenes Gesicht dachte, dass es Dinge gab, über die sie nicht reden konnte.

Grogan ließ sie die Geschichte immer wieder erzählen. Vor allem ging es ihm um das Verschließen der Türen. War sie sich sicher, dass sie gehört hatte, wie Clarissa den Schlüssel umgedreht hatte? Warum war sie sich dermaßen sicher, dass sie ihre Zimmertür abgeschlossen hatte? Manchmal schien er sie, wie der Verteidiger in einem Mordprozess, absichtlich zu verwirren, wenn er sich begriffsstutzig stellte und vorgab, es nicht ganz verstanden zu haben. Immer mehr nahm sie nur noch ihre Müdigkeit wahr, seine kräftige Hand im Lichtkegel der Schreibtischlampe, die rot schimmernden Härchen auf seinen Fingern, das leise Rascheln, wenn Sergeant

Buckley eine Seite umblätterte. Sie musste gut eine Stunde geredet haben, als er die lange Vernehmung endlich beendete und sie beide schwiegen. Plötzlich fragte er noch, als tauche er endlich aus seiner Langeweile auf: »Sie bezeichnen sich als Detektivin, Miss Gray?«

»Ich bezeichne mich nicht so, sondern ich besitze und führe ein Detektivbüro.«

»Das ist allerdings ein Unterschied. Leider haben wir keine Zeit, uns ausführlicher darüber zu unterhalten. Sie sagten mir, Sir George Ralston hätte Sie als Detektivin engagiert. Deswegen haben Sie sich auf Courcy aufgehalten, als seine Frau zu Tode kam. Was haben Sie denn bisher herausgefunden?«

»Ich wurde zum Schutz seiner Frau engagiert. Leider konnte ich nicht verhindern, dass sie ermordet wurde.«

»Jetzt lassen Sie uns mal Klartext reden. Wollten Sie mir gerade sagen, Sie hätten tatenlos dabeigestanden und zugelassen, dass jemand sie tötet?«

»Das nicht.«

»Oder haben Sie sie etwa umgebracht?«

»Nein.«

»Oder jemanden ermutigt, unterstützt oder gar bezahlt, damit er sie umbringt?«

»Nein.«

»Dann hören Sie auf mit diesen Selbstvorwürfen! Vermutlich haben Sie angenommen, dass sie gar nicht ernstlich in Gefahr war. Das dachte selbst ihr Mann und die Metropolitan Police offenbar auch.«

»Dort hätten sie Anlass zu Zweifeln gehabt«, erwiderte Cordelia.

Grogan blickte sie auf einmal forschend an. »Was wollen Sie damit sagen?«

»Ich habe mich gefragt, ob Miss Lisle sich die Botschaft, die auf der Schreibmaschine ihres Mannes getippt wurde, nicht selbst geschickt hat. Er war damals in Amerika und kam als Absender des Drohbriefs nicht infrage.«

»Warum hätte sie das machen sollen?«

»Um Sir George zu entlasten. Sie befürchtete wohl, dass die Polizei ihn verdächtigen könnte. Denkt man in so einem Fall nicht zuerst an den Ehemann? Sie wollte auf diese Weise erreichen, dass man ihn in Ruhe ließ. Sie wollte wohl nicht, dass die Polizei ihre Zeit an ihn verschwendete, weil sie wusste, dass er unschuldig war. Meiner Ansicht nach hat man bei der Metropolitan Police auch vermutet, dass sie die Botschaft getippt hat.«

»Man hat es nicht nur vermutet«, erwiderte Grogan. »Man hat den Speichel auf der Umschlaglasche untersucht. Er stammte von jemandem, der dieselbe Blutgruppe wie Miss Lisle hatte. Und die ist extrem selten. Danach ließ man sie einen unverfänglichen Text tippen, in dem die gleichen Buchstaben in der gleichen Reihenfolge vorkamen wie in dem fraglichen Zitat. Daraufhin hat man ihr vorsichtig zu verstehen gegeben, dass sie den Brief selbst geschickt haben könnte. Das hat sie selbstverständlich abgestritten. Aber danach konnte man von der Metropolitan Police kaum erwarten, dass sie die Drohbriefe allzu ernst nahm.«

Sie hatte also recht gehabt. Diesen einen Drohbrief hatte Clarissa selbst abgesandt. Sie konnte sich jedoch täuschen, was den Grund anging. Außerdem hatte sie sich nicht gerade geschickt angestellt. Und hatte der Brief Sir George überhaupt entlastet? Er hatte nur bewirkt, dass sich die Polizei nicht weiter für die Verschrobenheiten einer Frau interessierte, die offenbar nur auffallen wollte und neurotisch war. Das musste dem wahren Schuldigen zupassgekommen sein. Hatte vielleicht jemand Clarissa dazu angestiftet, diesen Brief selbst abzuschicken? Und war es überhaupt der einzige gewesen, für den sie verantwortlich war? Konnten nicht die Zitate von ihr und einer weiteren Person ausgeheckt worden sein? Aber diesen Gedanken verwarf Cordelia sofort wieder. Denn eins war sicher: Clarissa hatte sich vor diesen Briefen gefürchtet. Selbst eine Schauspielerin konnte diese Angst nicht die ganze Zeit über vortäuschen. Außerdem war sie überzeugt gewesen, dass sie bald sterben würde. Und sie war gestorben.

Cordelia merkte auf einmal, dass die beiden Männer sie eindringlich beobachteten. Sie hatte die ganze Zeit über stumm dagesessen, die Hände im Schoß gefaltet, den Blick gesenkt und in Gedanken versunken. Nun wartete sie darauf, dass die beiden ihr Schweigen brachen. Als Chefinspektor Grogan dann zu reden anfing, meinte sie einen Anflug von Respekt aus seiner Stimme herauszuhören.

»Haben Sie aus den Briefen noch etwas folgern können?«

»Sie könnten von zwei Personen abgesandt worden sein, von Miss Lisle abgesehen, meine ich. Die ersten sechs, die sie erhielt, habe ich nicht gesehen. Ich halte es für denkbar, dass sie sich von den nachfolgenden Drohbriefen unterschieden haben. Die meisten Zitate, die ich Ihnen ja gegeben habe, findet man im *Penguin Dictionary of Quotations*. Der Schreiber muss diese Zitatensammlung benutzt haben, als er sie abgeschrieben hat.«

»Auf verschiedenen Maschinen?«

»Das war nicht weiter schwierig. Es waren keine neuen Modelle. Sie stammten auch nicht von derselben Herstellerfirma. In London und in den Vorstädten gibt es viele Läden mit neuen oder gebrauchten Schreibmaschinen, die man ohne Weiteres ausprobieren kann. Aber es wäre unmöglich, all die Maschinen zu identifizieren, selbst wenn man von Geschäft zu Geschäft ginge und die Schriftbilder überprüfen würde.«

»Und wer könnte es Ihrer Meinung nach getan haben?«

»Ich weiß es nicht.«

»Wer könnte der ursprüngliche Drohbriefschreiber gewesen

sein? Wer hatte als Erster die ausgefallene Idee mit diesen Zitaten?«

»Ich habe nicht die geringste Ahnung.«

Mehr wollte sie nicht sagen. Sie hatte ihnen vielleicht schon zu viel mitgeteilt. Sollten sie doch selbst die möglichen Motive aufspüren. Es gab da ein Motiv für die Drohbriefe, das sie aber nicht verraten wollte. Wenn Ivo Whittingham die Tragödie mit Tollys Tochter für sich behalten wollte, würde sie es auch tun.

Doch dann redete Chefinspektor Grogan eindringlich auf sie ein. Er lehnte sich über den Schreibtisch, als wolle er sie mit seinem muskulösen Körper erdrücken, mit seiner kräftigen, rauen Stimme aufrütteln.

»Begreifen Sie doch endlich! Miss Lisle ist erschlagen worden. Sie wissen ja, was mit ihr geschehen ist. Sie haben doch die Leiche gesehen. Sie mag kein besonders moralischer oder gar sympathischer Mensch gewesen sein, aber das ist egal. Sie hatte ebenso ein Recht auf einen natürlichen Tod wie Sie oder ich oder sonst jemand.«

»Das ist doch selbstverständlich. Warum betonen Sie das so?«

Warum nur klang ihre Stimme so bedrückt, geradezu kleinlaut?

»Sie können sich nicht vorstellen, was man alles bei der Untersuchung eines Mordfalls extra betonen muss. Als Polizist hat man es da mit der mächtigsten Gemeinschaft der Welt zu tun, mit der Gewerkschaft der Lebenden sozusagen. Auch Sie denken nur an die Lebenden, möchten sie schützen, sich selbst natürlich am meisten. Ich hingegen muss an das Opfer denken.«

»Das macht das Opfer auch nicht wieder lebendig.« Erst als ihr die Worte entschlüpft waren, merkte sie, wie banal sie klangen.

»Das nicht, aber ich kann möglicherweise einem anderen Menschen das gleiche Schicksal ersparen. Ein Mörder, der frei herumläuft, ist eine große Gefahr. Ich muss Sie mit diesen Plattitüden langweilen, damit Sie es endlich begreifen. Sie sind gewitzter, als es Ihnen guttut, Miss Gray. Nicht Sie sollen diesen Fall lösen. Das ist meine Aufgabe. Sie sind auch nicht hier, um die Lebenden zu beschützen. Überlassen Sie das ruhig deren Anwälten. Sie brauchen auch nicht die Toten in Schutz zu nehmen. Die Toten brauchen Ihre Fürsorge nicht mehr. ›On doit des égards aux vivants; on ne doit aux morts que la vérité.‹ Sie sind doch eine gebildete junge Frau. Sie wissen, was das bedeutet.«

»›Den Lebenden schuldet man Respekt, aber den Toten schuldet man nichts als die Wahrheit.‹ Von Voltaire, nicht wahr? Man hat mir allerdings eine andere Aussprache beigebracht.«

Gleich darauf schämte sie sich für ihre Worte. Doch zu ihrer Überraschung lachte Grogan laut auf. »Das kann ich mir denken, Miss Gray! Das kann ich mir denken. Ich habs mir mit einem Lehrbuch und einer Aussprachehilfe beigebracht. Trotzdem sollten Sie sich diesen Spruch zu Herzen nehmen. Für einen Privatdetektiv gibt es kein besseres Motto. Das gilt auch für Detektivinnen, die der Polizei zwar helfen, aber nichts ausplaudern wollen. Das geht nun einmal nicht, Miss Gray. Das geht nicht.«

Sie schwieg.

Nach einer Weile sagte Grogan: »Was mich dennoch erstaunt, Miss Gray, ist, wie viel Ihnen aufgefallen ist, als Sie die Leiche fanden. Die meisten Menschen, nicht nur junge Frauen wie Sie, wären vor Entsetzen wie gelähmt gewesen.«

Cordelia kam zu dem Schluss, dass er das Recht hatte, die volle Wahrheit zu hören. Zumindest das, was sie sich zusammenreimen konnte.

»Ich weiß. Es hat mich selbst erstaunt. Ich glaube, ich konnte mir solche Gefühlsregungen nicht leisten. Es war so entsetzlich, dass es schon irreal wirkte. Ich habe nur mit dem Verstand reagiert, wie auf eine Art Puzzlespiel. Hätte ich mich von dem scheußlichen Anblick nicht distanzieren können, hätte ich mich nicht auf das Zimmer, auf solche Kleinigkeiten wie die Lippenstiftspuren an der Tasse konzentrieren können, wäre es in der Tat unerträglich gewesen. So müssen wohl auch Ärzte am Unfallort reagieren. Man muss sich auf die Aufgabe, auf das, was es zu tun gilt, konzentrieren, weil man sonst in der Gestalt, die vor einem liegt, nur den Mitmenschen sieht.«

»Das wird auch von einem Polizisten am Unfall- oder Tatort verlangt«, warf Sergeant Buckley ungerührt ein.

Ohne den Blick von Cordelia abzuwenden, erwiderte Grogan: »Sie finden es also richtig, Sergeant?«

»Jawohl, Sir.«

Angst schärft die Beobachtungsgabe und die Sinne. Als Cordelia Sergeant Buckleys hübsches, wenn auch grob geschnittenes Gesicht, sein selbstzufriedenes Lächeln sah, bezweifelte sie, dass er jemals in seinem Leben ein solches Hilfsmittel gegen tiefen Schmerz gebraucht hatte. Sie fragte sich, ob er ihr damit seine Sympathie hatte ausdrücken wollen oder nur einen mit seinem Chef vorher abgesprochenen Verhörtrick angewandt hatte.

»Und was haben Sie nun mit Ihrem Verstand gefolgert, nachdem Sie Ihre Gefühlsregungen unter Kontrolle hatten?«, fragte der Chefinspektor.

»Dinge, die wohl jedem aufgefallen wären. Jemand musste die Vorhänge zugezogen haben, die gerafft waren, als ich wegging. Die Schmuckschatulle fehlte. Die Teetasse war leer. Merkwürdig fand ich noch, dass Miss Lisle zwar ihr Make-up entfernt hatte, der Tassenrand aber mit Lippenstift beschmiert war. Das machte mich stutzig. Da sie empfindliche Lippen hatte, verwendete sie einen weichen Lippenstift, der leicht schmiert. Aber wieso hatte sie beim Lunch keinerlei Abdrücke hinterlassen? Es sieht so aus, als hätte sie die Lippen nachgezogen, bevor sie ihren Tee trank. Aber warum hatte sie dann das Make-up entfernt? Auf der Frisierkommode lagen überall beschmierte Wattebällchen herum. Außerdem ist mir aufgefallen, dass sie gar nicht so stark geblutet hatte, wie man es bei dieser Kopfverletzung erwarten würde. Es könnte sein, dass sie auf eine andere Weise umgebracht worden ist und ihr die Gesichtsverletzungen erst später zugefügt wurden. Auch die Watte auf den Augen hat mich stutzig gemacht. Sie kann erst nach ihrem Tod aufgelegt worden sein. Sie wäre doch sonst sicher verrutscht, als man ihr das Gesicht zertrümmerte.«

Als sie geendet hatte, herrschte eine Zeit lang Stille. Dann sagte Grogan mit ausdrucksloser Stimme: »Eigentlich müssten Sie an meiner Stelle sitzen, Miss Gray.«

Cordelia wartete ab. Nach einer Weile sagte sie, in der Hoffnung, damit keinen Schaden anzurichten: »Da ist noch etwas, das ich Ihnen sagen möchte. Ich bin sicher, dass Sir George seine Frau nicht umgebracht hat. Ich glaube, dass Sie ihn ohnehin nicht verdächtigen. Trotzdem sollten Sie es wissen. Als er ihr Zimmer betrat und ich damit herausplatzte, wie leid es mir tue, blickte er mich mit fassungslosem Entsetzen an. Da wurde mir klar, dass er für einen Augenblick meinte, ich hätte sie umgebracht und würde es nun gestehen.«

»Aber es war kein Geständnis?«

»Nicht, was den Mord betrifft. Ich gestand nur ein, dass ich versagt hatte.«

Grogan änderte seine Vernehmungstechnik. »Sprechen wir noch einmal vom Freitagabend, als Sie bei Miss Lisle im Zimmer waren und sie Ihnen das Geheimfach in der Schmuckschatulle mit der Rezension des Rattigan-Stücks zeigte. Sind Sie sicher, dass es nur das war?«

»Ja. Da bin ich mir sicher.«

»War es nicht vielleicht ein Dokument oder ein Brief?«

»Nein, ein Zeitungsausschnitt. Ich habe die Schlagzeile gelesen.«

»Und Ihre Klientin – wir sollten nicht vergessen, dass Miss Lisle Ihre Klientin war – lieferte Ihnen auch nicht den geringsten Hinweis darauf, dass sie wusste oder ahnte, wer ihr die Drohbriefe schrieb?«

»Nein, nicht den geringsten.«

»Und soviel Sie wissen, hatte sie keine Feinde?«

»Mir hat sie jedenfalls nichts gesagt.«

»Und Sie wissen auch nicht, warum und von wem sie getötet wurde?«

»Nein.«

So muss man sich im Zeugenstand fühlen, dachte sie. Hintergründige Fragen, wohlüberlegte Antworten und dann nur noch die Sehnsucht, endlich davon erlöst zu werden.

»Vielen Dank, Miss Gray«, sagte Grogan schließlich. »Sie haben uns sehr geholfen. Möglicherweise nicht so viel, wie ich gehofft hatte. Aber immerhin geholfen. Außerdem stehen wir erst am Anfang unserer Untersuchung. Wir sprechen uns noch.«

26. KAPITEL

Als Cordelia den Raum verlassen hatte, lehnte Grogan sich in seinem Sessel zurück.

»Nun, was halten Sie von ihr?«, fragte er Buckley.

Der zögerte, weil er nicht wusste, ob sein Chef eine Beurteilung der Verhörten als Frau oder als Verdächtige erwartete.

»Sie ist recht attraktiv«, erwiderte er vorsichtig. »Hat etwas Katzenhaftes.« Da auch das keine Reaktion auslöste, fügte er hinzu: »Außerdem macht sie einen sehr beherrschten und selbstsicheren Eindruck.«

Diese Charakterisierung gefiel ihm. Sie klang durchdacht, ohne dass er sich irgendwie festgelegt hätte. Grogan begann, auf dem leeren Blatt, das vor ihm lag, ein kompliziertes Muster aus Dreiecken, Quadraten und sich überschneidenden Kreisen zu zeichnen. Es erinnerte Buckley an die schwierigen Aufgaben, die er im Geometrieunterricht hatte lösen müssen. Nur mit Mühe konnte er den Blick von all den Bogen und gleichschenkligen Dreiecken abwenden.

»Glauben Sie, dass sie es getan hat, Sir?«

Grogan fing an, das Gebilde zu schraffieren. »Falls sie es war, hätte sie es nur in den fünfzig Minuten tun können, als sie sich angeblich – außer Sicht- und Hörweite – auf der untersten Terrassenstufe gesonnt hat. Sie hatte sowohl die Zeit als auch die Gelegenheit. Wir können uns nur auf ihre Aussage stützen, dass sie ihre Zimmertür verschlossen hat und Miss Lisle die ihre. Selbst wenn beide Türen und die Verbindungstür verschlossen gewesen sind, wäre die Gray vermutlich die einzige Person gewesen, die Miss Lisle noch eingelassen hätte. Außerdem wusste sie, wo der Marmorarm vorher aufbewahrt wurde. Außerdem war sie schon auf, als Gorringe frühmorgens als Erster sein Fehlen entdeckte. In ihrem Zimmer stand eine verschließbare Kommode, in der sie den Arm gut hätte verstecken können. Und wir wissen, dass die letzte Drohbotschaft wie die auf der Rückseite des Holzschnitts auf Gorringes Maschine getippt wurde. Diese Gray kann Maschine schreiben und hatte Zugang zum Büro, wo ja die Maschine steht. Sie ist intelligent und behält einen klaren Kopf, selbst wenn man sie, wie ich's getan habe, aus der Fassung zu bringen versucht. Aber falls sie an dem Mord beteiligt war, dann eher als Ralstons Komplizin. Seine Erklärung, warum er sie engagiert hat, klang schon sehr weit hergeholt. Ist Ihnen aufgefallen, dass sie seinen Besuch in der Kingly Street beinahe mit den gleichen Worten geschildert hat wie er? Was er gesagt hat, was sie gesagt hat und so weiter. Es passte alles so gut zusammen, als wäre es abgesprochen. Vielleicht ist es auch so.«

Buckley fiel ein Einwand ein: »Sir George war Offizier. Er ist es gewohnt, Fakten präzise wiederzugeben. Und sie hat ein gutes Gedächtnis, vor allem bei wichtigen Dingen. Und sein Besuch war für sie wichtig. Vermutlich hat er ein gutes Honorar gezahlt. Außerdem hätte sie dadurch weitere Aufträge bekommen. Die Tatsache, dass die beiden die gleichen Aussagen gemacht und die gleichen Einzelheiten erwähnt haben, kann ebenso auf ihre Unschuld wie auch auf ihre Schuld hindeuten.«

»Laut ihren Angaben sind sie sich vorher noch nie begegnet.

Sollten sie aber unter einer Decke stecken, müssten sie sich zuvor getroffen haben. Es dürfte nicht allzu schwierig sein, herauszufinden, welche Verbindung es zwischen ihnen sonst noch gibt.«

»Sie wären schon ein seltsames Gespann. Ich meine, man kann sich schwer vorstellen, was sie verbinden könnte.«

»Eher wohl die Politik als das Bett, kann ich mir denken. Allerdings ist nichts absurd genug, wenn Sex im Spiel ist. Das zumindest hat mich meine Arbeit als Polizist gelehrt. Vielleicht möchte sie gerne Lady Ralston werden. Schließlich kann man auf leichtere Weise zu Geld kommen als durch die Leitung eines Detektivbüros. Und Ralston wird jetzt ein Haufen Geld zufallen. Das seiner Frau nämlich. Und es kommt ihm sicherlich höchst gelegen. Denn so eine Organisation, diese Union of British Patriots oder wie immer sie heißt, kostet sicher eine Menge. Muss ein seltsamer Verein sein! Eine Art Bürgerwehr, durchtrainiert und bereit, der Regierung im Notfall beizustehen, ist ja noch denkbar. Aber so etwas hat doch schon dieser General Walker aufgestellt. Was will dieser George Ralston da noch mit seinen verkalkten Verschwörern?«

Da Sergeant Buckley keine Antwort einfiel und er von der Union of British Patriots kaum gehört hatte, schwieg er lieber. »Haben Sie dieser Gray geglaubt, als sie sagte, Sir George habe gemeint, sie würde ein Geständnis ablegen?«, fragte er dann.

»Was Miss Gray aus Sir Georges Miene herausgelesen hat, ist für mich kein Beweis. Außerdem kann er ja durchaus verdutzt ausgesehen haben, als er aus ihren Worten das Geständnis für den Mord herausgehört hat, den möglicherweise er begangen hat.«

Buckley dachte über die junge Frau nach, die sie eben verlassen hatte, und stellte sich das sanfte, aber entschlossene Gesicht, die großen, resoluten Augen und die feingliedrigen Hände vor, die sie wie ein Kind im Schoß verschränkt hatte. Irgendetwas verschwieg sie bestimmt. Aber das machten doch alle. Das machte sie noch längst nicht zu einer Mörderin. Und die Annahme, dass sie mit diesem Ralston unter einer Decke steckte, war nicht nur lächerlich, sondern geradezu widerwärtig. Sein Chef war doch nicht in dem Alter, wo sich die Herren in den besten Jahren der Wahnvorstellung hingeben, junge Frauen fänden sie unwiderstehlich. Solche alten Lüstlinge konnten sich Jugend und Sex doch nur mit viel Geld, mit Macht oder Prestige erkaufen. Er jedenfalls glaubte nicht, dass Sir George zu diesen Typen gehörte oder dass Cordelia Gray käuflich war.

»Ich kann mir nicht denken, dass Miss Gray eine Mörderin ist«, sagte er aufmüpfig.

»Ich gebe zu, dass diese Vorstellung nicht leichtfällt. Aber Mr Blady wird damals über Miss Blady auch nicht anders gedacht haben. Oder L'Angelier über Miss Madeleine Smith, bis sie ihm dann unfreundlicherweise mit Arsen versetzten Kakao durchs Kellerfenster reichte.«

»War das im letzten Fall nicht ein Freispruch wegen mangelnder Beweise, Sir?«

»Die pingeligen Geschworenen in Glasgow damals hätten es eigentlich besser wissen müssen. Vielleicht wussten sie es auch. Aber wir spekulieren da ohne handfeste Fakten. Wir brauchen zunächst einmal die Autopsieergebnisse. Und wir müssen herausfinden, ob irgendein Gift in dem Tee war. Doktor Ellis-Jones wird sich die Leiche morgen – Sonntag hin oder her – vornehmen müssen. Wenn er erst mal das Skalpell an eine Leiche setzt, arbeitet er schnell. Das muss man ihm lassen.«

»Und wie lange wird das Labor brauchen, Sir?«

»Das kann man nicht sagen. Wir können ihnen keinen Tipp geben, wonach sie suchen sollen. Es gibt zwar keine unbegrenzte Anzahl von Giften, die einen Menschen binnen kurzer Zeit und ohne äußerliche Anzeichen töten. Aber es gibt immerhin *so* viele, dass sie in den nächsten Tagen erst mal vollauf beschäftigt sein werden, selbst wenn es der einzige Mordfall ist, der untersucht werden muss. Einen Anhaltspunkt wird sicherlich die Autopsie ergeben. In der Zwischenzeit sollten wir sämtliche Kontakte in London überprüfen. Wie gut kannten sich all die Menschen vor ihrer Ankunft auf Courcy an diesem Wochenende? Was weiß die Metropolitan Police über diese Cordelia Gray und ihr Detektivbüro? Was für ein Verhältnis hatten Simon Lessing und seine Wohltäterin? Unter welchen Umständen ist sein Vater ums Leben gekommen? Ist diese Miss Tolgarth tatsächlich nur die selbstlose Garderobiere und das Familienerbstück, wie man uns weismachen will? Wie viel Geld gibt Sir George für seine Privatarmee aus? Was steht dieser Roma Lisle laut Testament zu, und wie dringend braucht sie diese Erbschaft? Mit der Beantwortung dieser Fragen sollten wir anfangen.«

Und all diese Informationen wird man uns wohl kaum bereitwillig geben, dachte sich Buckley. All das bedeutete Gespräche mit Bankdirektoren, Anwälten, Freunden, Bekannten und Kollegen der Verdächtigen, von denen die meisten genau wussten, wie viel sie ausplaudern durften. Theoretisch waren alle Leute dafür, dass man Mörder überführte, wie sie auch für die Einrichtung von psychiatrischen Anstalten waren, solange diese nicht gerade in ihrem Garten gebaut werden sollten. Allen wäre gedient, der Polizei ebenso wie den Gästen im Schloss, wenn sie ein paar junge Einbrecher aufstöbern würden, die sich verängstigt irgendwo auf der Insel versteckt hatten. Aber Buckley glaubte nicht, dass es die gab, und er vermutete, dass auch die anderen der gleichen Ansicht waren. Außerdem wäre es ein stinknormaler Abschluss dieses Falls gewesen. Wie ruhmvoll wäre es schon, wenn sie ein paar verschüchterte Gelegenheitseinbrecher aus der näheren Umgebung aufspüren würden, die den Mord zufällig begangen hatten und nicht einmal so viel Verstand besaßen, vor Beginn der Gerichtsverhandlung den Mund zu halten? Nein, hinter diesem Mord steckte ein intelligenter Kopf. Der Fall war genau die Art von Herausforderung, die ihm zusagte und die ihm seine kriminalistische Arbeit so selten bot.

»Es gibt Fakten, Vermutungen, Ansichten. Man sollte sie säuberlich auseinanderhalten, Sergeant. Wir Menschen sind sterblich: Das ist eine Tatsache. Der Tod ist vielleicht nicht das Ende: eine Vermutung. Das Paradies im Himmel gibt es nicht: eine Ansicht. Clarissa Lisle wurde ermordet. Das ist eine Tatsache. Sie erhielt anonyme Drohbriefe. Eine Tatsache ist ferner, dass eine Gruppe von Leuten da war, als diese Briefe ankamen. Darin mag ihr tatsächlich der Tod angedroht worden sein: eine Vermutung. Aber höchstwahrscheinlich sollte sie nur als Schauspielerin fertiggemacht werden. Sie machten ihr Angst: ebenfalls eine Vermutung. So hat es ihr Mann berichtet, und so hat es Miss Gray dargestellt. Doch wir dürfen nicht vergessen, dass Miss Lisle Schauspielerin war. Schauspielerinnen können von ihrem Metier auch im Alltag nicht lassen. Nehmen wir an, sie hat das Ganze mit ihrem Mann arrangiert: die Drohbriefe, ihre Angst und Nervosität, ihren Zusammenbruch mitten in einer Aufführung, das Engagement einer Privatdetektivin und so weiter.«

»Warum sollte sie, Sir?«

»Das weiß ich nicht. Würde sich eine Schauspielerin auf der Bühne absichtlich blamieren wollen? Ich weiß es nicht. Schauspieler sind für mich ein unbekannter Menschenschlag.«

»Könnte sie, falls sie das Gefühl hatte, als Schauspielerin am Ende ihrer Karriere zu sein, zusammen mit ihrem Mann auf die Drohbriefe verfallen sein, um so ihre Misserfolge in der Öffentlichkeit zu entschuldigen?«

»Das wäre deutlich zu raffiniert und unnötig. Sie hätte ja auch eine angegriffene Gesundheit vortäuschen können. Außerdem hatte sie ja die Botschaften nicht publik gemacht. Im Gegenteil, sie wollte doch unter keinen Umständen, dass die Sache bekannt wird. Würde denn eine Schauspielerin ihren Fans mitteilen wollen, dass sie jemand dermaßen hasst? Wollen denn Schauspielerinnen nicht, dass alle Welt sie liebt? Nein, ich denke an etwas viel Raffinierteres. Ralston machte ihr irgendwie weis, dass ihr Leben bedroht sei, und brachte sie um, nachdem er sie sozusagen auf ihre Ermordung eingestimmt hatte. Das wäre doch ganz schön durchtrieben, zu durchtrieben vielleicht.«

»Aber warum sollte er das Risiko eingehen, Miss Gray in diese Sache hineinzuziehen?«

»Was für ein Risiko denn? Sie hätte doch kaum herausfinden können, dass die Drohbriefe unecht waren. Zumindest nicht übers Wochenende, das schließlich für Miss Lisle recht kurz ausfiel. Erst das Engagement dieser Gray gab seinem Plan den nötigen Pfiff.«

»Trotzdem denke ich, dass er damit ein Risiko eingegangen wäre.«

»Nur, weil wir diese Gray durchschauen. Sie ist intelligent und versteht ihr Handwerk. Ralston wusste nichts von ihr. Wer war sie denn schon? Die Inhaberin eines kleinen Detektivbüros. Als Miss Lisle sie bei ihrer Freundin kennenlernte – eine Mrs Fortescue war das, nicht wahr? –, schlug sie Ralston vor, sich an diese Gray zu wenden. Deswegen hielt sie es auch nicht für nötig, mit ihr selbst zu sprechen. Wozu sich noch die Mühe machen, wenn die Sache ohnehin nur eine Finte war?«

»Klingt genial, Sir. Aber die Frage steht noch immer im Raum, warum sich Miss Lisle darauf hätte einlassen sollen. Mit welchen Argumenten hätte denn Ralston sie überreden können, so zu tun, als sei ihr Leben bedroht?«

»Tja, mit welchen, Sergeant? Vielleicht denke ich genauso klug wie diese Miss Gray, und das ist nicht gut. Eins steht jedoch fest: Der Mörder hat die vergangene Nacht unter diesem Dach verbracht.

Und wir haben eine erlesene Gruppe von Verdächtigen: Da ist zunächst Sir George Ralston, ein Baronet, überdies ein Kriegsheld und der Liebling der verkalkten Rechten; dann ein namhafter Theaterkritiker, von dem selbst ich schon gehört habe. Dem Aussehen nach sterbenskrank, was bedeutet, dass er uns auch bei der sanftesten Vernehmung unter den Händen wegsterben kann. Vernehmung! Wenn ich das Wort schon höre! Klingt nach Gestapo oder KGB. Dann haben wir einen höchst erfolgreichen Schriftsteller, der nicht nur diese Insel sein Eigen nennt, sondern obendrein noch mit den Cottringhams befreundet ist, die wiederum den Polizeipräsidenten, den hiesigen Parlamentsabgeordneten und wer weiß wen gut kennen; ferner eine ehrenwerte Buchhändlerin und ehemalige Lehrerin, die in einer Bürgerinitiative und bei den Feministinnen organisiert ist und sich bei ihrem Parlamentsabgeordneten über die rüde Polizei beschweren wird, sollte ich es wagen, mal die Stimme in ihrer Gegenwart zu heben; und schließlich noch einen überaus empfindsamen Internatszögling. Ich kann nur von Glück sagen, dass das Kinderschutzgesetz nicht mehr auf ihn zutrifft.«

»Und noch einen Butler, Sir!«

»Danke für den Hinweis, Sergeant! Den Butler hätte ich beinahe vergessen. Das Schicksal hat uns auch noch den aufgehalst! Gönnen wir also den Herrschaften in der Bibliothek eine kleine Verschnaufpause und hören wir uns an, was dieser Munter zu erzählen hat.«

27. KAPITEL

Irritiert bemerkte Buckley, dass Munter, als er sich auf Grogans Aufforderung hin setzte, dies nur widerwillig tat und beides ungehörig und unangemessen fand. Außerdem konnte sich Buckley nicht erinnern, diesen Menschen in Speymouth je gesehen zu haben, und eine solche Gestalt hätte er gewiss nie vergessen. Als er Munters derbes, schwermütiges Gesicht musterte, auf dem sich sonderbarerweise keine Regung angesichts der aktuellen Situation abzeichnete, beschloss er, nichts zu glauben, was immer er auch hören würde. Verdächtig war schon, dass sich dieser Mensch noch grotesker präsentierte, als er ohnehin schon wirkte. Wenn er sich auf diese Weise über die Welt lustig machen wollte, sollte er gefälligst die Polizei davon ausnehmen. Buckley, der im Grunde ein angepasster, strebsamer Mensch war, hegte keinen Groll gegen Leute, die wohlhabender waren als er. Er hatte sogar die Absicht, eines schönen Tages einer von ihnen zu werden. Aber er verachtete Leute, die ihren Lebensunterhalt dadurch bestritten, dass sie den Reichen dienten, und er vermutete überdies, dass Grogan das gleiche Vorurteil hegte. Er beobachtete die beiden mit forschendem, kritischem Blick und hätte sich liebend gern an der Vernehmung beteiligt.

Noch nie hatte er die Anweisung seines Chefs, stumm dazusitzen, aufmerksam zu beobachten und unauffällig zu stenografieren, außer er wurde um seine Meinung gebeten, als so einengend und demütigend empfunden. Er reagierte allergisch auf die geringste Spur von Herablassung und las aus Munters beiläufigem Blick dessen Erstaunen darüber, dass man ihn in dieser Umgebung überhaupt duldete.

Grogan, der noch immer im Sessel hinter dem Schreibtisch saß, lehnte sich so heftig zurück, dass die Rückenlehne knarrte, wandte sich mit einem Ruck Munter zu und stemmte die gespreizten Beine fest auf den Boden, als wolle er demonstrieren, dass er sich hier wie zu Hause fühle.

»Erzählen Sie uns zunächst einmal, wer Sie sind, woher Sie stammen und was Ihr Aufgabenbereich ist«, verlangte er.

»Sir, meine Pflichten sind nie genau definiert worden. Der Betrieb hier fällt ein wenig aus dem üblichen Rahmen. Ich bin für den Haushalt zuständig und habe ferner die Aufsicht über die beiden anderen Bediensteten: über meine Frau und Oldfield, den Gärtner und Bootsführer, der sich auch um diverse andere Dinge kümmert. Wenn Mr Gorringe ein Fest gibt oder Gäste im Haus weilen, kommen noch Aushilfen vom Festland hinzu. Ich habe mich speziell um das Silberzeug und den Weinkeller zu kümmern und bediene bei Tisch. Die Zubereitung der Mahlzeiten teilen wir uns. Die Patisserie ist die Domäne meiner Frau. Auch Mr Gorringe kocht gelegentlich. Er bereitet vor allem die Nachspeisen zu.«

»Die höchst wohlschmeckend sind, nehme ich an. Seit wann gehören Sie nun diesem aus dem Rahmen fallenden Haushalt an?«

»Ich bin im Juli 1978 zusammen mit meiner Frau in den Dienst von Mr Gorringe getreten, drei Monate nach seiner Rückkehr von einem Auslandsaufenthalt. 1977 hatte er das Schloss von seinem Onkel geerbt. Sie erwarten wohl einen kurzen Lebenslauf von mir.

Ich wurde 1940 in London geboren und ging im Stadtteil Pimlico zur Volks- und Berufsschule. Danach besuchte ich eine Hotelfachschule und arbeitete insgesamt sieben Jahre in englischen und ausländischen Hotels. Als sich herausstellte, dass mir das Leben in einem größeren Betrieb nicht zusagte, trat ich zunächst in den Dienst eines amerikanischen Geschäftsmannes in London und danach, als dieser in seine Heimat zurückkehrte, hier in Dorset in den Seiner Lordschaft auf Bossington House. Meine früheren Dienstherren werden mir, falls das nötig sein sollte, sicherlich gute Referenzen erteilen.«

»Daran zweifle ich nicht. Sollte ich mal einen Kammerdiener brauchen, komme ich gern auf Sie zurück. Aber zur objektiven Beurteilung würde ich zunächst einmal das Vorstrafenregister konsultieren. Beunruhigt Sie das?«

»Es kränkt mich, Sir, aber es beunruhigt mich nicht.«

Buckley dachte, dass Grogan mit diesen Sticheleien aufhören und endlich fragen solle, was Munter denn in der Zeit zwischen Lunch-Ende und dem Auffinden der Leiche getrieben habe. Falls dieses Geplänkel den Zeugen provozieren sollte, so war ihm das misslungen. Aber Grogan verstand sein Geschäft. Zumindest war man bei der Metropolitan Police dieser Ansicht gewesen, denn nach Dorset war er mit einem gewissen Renommee gekommen.

Grogan wandte den Blick von Munter ab und fragte im Plauderton: »Gab es öfter solche Theateraufführungen? Sollte es vielleicht ein alljährliches Festival werden?«

»Das kann ich Ihnen nicht sagen. Mr Gorringe weiht mich in seine Pläne nicht ein.«

»Das eine Mal war sicherlich mehr als genug. Es hat Ihnen und Ihrer Frau doch eine Menge zusätzlicher Arbeit beschert.«

Mit einem missbilligenden Blick registrierte Munter all die ungehörigen Veränderungen im Büro: die umgestellten Sitzmöbel,

Buckleys Jackett über der Rückenlehne seines Stuhls, das Tablett mit den beiden benutzten Kaffeetassen, die verstreuten Kekskrümel.

»Die Umstände, die Lady Ralston im Hause bereitete, solange sie lebte, waren unbedeutend verglichen mit den Unannehmlichkeiten, die ihre Ermordung auslöste«, erwiderte Munter.

Grogan hielt den Kugelschreiber vors Gesicht und betrachtete die Spitze, wobei er sich mal vor-, mal zurücklehnte, als prüfe er seine Sehschärfe.

»War Lady Ralston für Sie ein angenehmer, liebenswürdiger Gast, mit dem man gut auskam?«

»Diese Frage habe ich mir noch nie gestellt.«

»Dann tun Sie's jetzt!«

»Lady Ralston schien eine umgängliche Dame zu sein.«

»Keinerlei Schwierigkeiten mit ihr? Keinerlei Verstimmungen? Keine Auseinandersetzungen, die Ihnen zu Ohren kamen?«

»Keine, Sir. Ihr Tod ist überdies auch ein großer Verlust für das englische Theater.« Er stockte und fügte dann etwas steif hinzu: »Selbstverständlich auch für Sir George.«

Es war nicht ganz klar, ob diese Bemerkung nur ironisch gemeint war. Buckley hätte gern gewusst, ob auch Grogan den verächtlichen Tonfall bemerkt hatte. Grogan wiegte sich auf seinem Stuhl, streckte die Beine aus und betrachtete nachdenklich den Zeugen. Munter hingegen schaute schicksalsergeben geradeaus. Nach etwa einer Minute Schweigen gestattete Munter sich einen Blick auf seine Uhr.

»Sie haben recht«, meinte Grogan. »Bringen wir's hinter uns! Sie wissen ja, was wir von Ihnen erwarten: einen ausführlichen Bericht darüber, wo Sie sich aufgehalten, was Sie getan und wen Sie zwischen ein Uhr, als der Lunch zu Ende war, und zwei Uhr dreiundvierzig, als Miss Gray die Leiche fand, alles gesehen haben.«

Munter berichtete, dass er sich in der fraglichen Zeit im Erdgeschoss aufgehalten habe und zwischen dem Speisezimmer, der Küche und dem Theater hin- und hergependelt sei. Da ihn die Vorbereitungen für die Aufführung und das Abendessen vollauf beschäftigt hätten, könne er nicht sagen, wo und mit wem er sich zu einem bestimmten Zeitpunkt gerade aufgehalten habe. Außerdem sei er höchstens ein paar Minuten allein gewesen. Mit einer Stimme, in der keinerlei Bedauern mitschwang, sagte er, er bedauere es sehr, nichts Genaueres angeben zu können. Aber er habe schließlich nicht ahnen können, dass man ihm später einen ausführlichen Bericht abverlangen werde. Zunächst habe er seiner Frau geholfen, das Geschirr wegzutragen. Danach habe er sich um die Weine gekümmert. Ferner seien da noch drei Telefonate gewesen – eines von einem eingeladenen Gast, der wegen einer Unpässlichkeit der Aufführung nicht beiwohnen konnte; in dem zweiten sei es um die Abfahrtszeit der Barkasse in Speymouth gegangen; und dann habe sich noch die Haushälterin von Lady Cottringham erkundigt, ob vielleicht noch Weingläser gebraucht würden. Als er danach in der Herrengarderobe nach dem Rechten gesehen habe, sei seine Frau zu ihm hinter die Bühne gekommen und habe ihn gebeten, sich um eine defekte Teemaschine zu kümmern. Bedauerlicherweise hätten sie diese Teemaschinen ausleihen müssen. Mr Gorringe missfielen sie zwar, denn in der großen Halle habe es ganz nach einem Treffen der Britischen Frauenvereinigung ausgesehen, aber bei achtzig Theaterbesuchern und den Ensemblemitgliedern, die ja alle versorgt werden mussten, seien die Dinger nun einmal notwendig gewesen.

Irgendwann später sei ihm eingefallen, dass Mr Gorringe ihn gebeten habe, eine andere Spieldose für den dritten Akt zu bringen; Miss Lisle sei mit der bei der Kostümprobe verwendeten nicht zufrieden gewesen. Er sei hierher ins Büro gegangen, um sie aus der Walnusschiffonniere zu holen. Als er mit einer Kopfbewegung auf das Möbel wies, dachte Buckley unwirsch, man könne es ebenso gut als Schrank bezeichnen. Seine Tante Sadie besaß so ein Ding. Zwar waren die Türen und die Bordenden nicht so üppig mit Schnitzereien verziert, aber ansonsten war es ziemlich ähnlich. Tante Sadie behauptete, es sei schon seit Generationen im Familienbesitz. Sie hatte es im hinteren Wohnzimmer stehen und nannte es schlichtweg Geschirrschrank. Darin bewahrte sie all den Krimskrams auf, den ihre Kinder aus dem Urlaub mitbrachten: billige Souvenirs von der Costa del Sol, von Malta und das letzte Mal aus Miami. Wenn er ihr sagte, dass sie da eine Chiffonniere besitze, würde sie entgegnen, er solle doch den überkandidelten Unsinn lassen.

Buckley blätterte die vollgeschriebene Seite in seinem Notizblock um. Munters schicksalsergebene Stimme fuhr fort. Er habe die zweite Spieldose herausgenommen und sie zu der ersten auf den Requisitentisch gestellt. Kurz darauf, etwa gegen zwei Uhr fünfzehn, sei Mr Gorringe erschienen und habe mit ihm die Requisiten überprüft. Danach sei es Zeit gewesen, zum Kai zu gehen, um die Barkasse mit den übrigen Darstellern aus Speymouth zu empfangen. Er sei mit Mr Gorringe gegangen und habe den Leuten beim Aussteigen geholfen. Zusammen mit Mr Gorringe habe er die Herren zu ihrer Garderobe geleitet, während sich seine Frau und Miss Tolgarth der Damen angenommen hätten. Etwa zehn Minuten habe er sich hinter der Bühne aufgehalten. Dann sei er in die Küche gegangen, wo Mrs Chambers und ihre Enkelin Gläser poliert hätten. Dort habe er sich veranlasst gesehen, Debbie, die Enkelin, wegen eines verschmierten Glases zu schelten, und er habe angeordnet, die Gläser alle noch einmal zu spülen. Daraufhin sei er ins Speisezimmer gegangen, um die Stühle fürs Abendessen zusammenzustellen, das in der großen Halle stattfinden sollte. Dort habe er sich auch aufgehalten, als Mr Gorringe hereinkam und ihm mitteilte, Miss Lisle sei ermordet worden.

Grogan saß da, den großen Kopf gesenkt, als müsse er diesen Bericht erst einmal verarbeiten.

»Ich nehme an, dass Sie Mr Gorringe gegenüber loyal sind«, meinte er schließlich. »Dennoch wären Sie gut beraten, einen Mord ernst zu nehmen.«

»Das ist doch selbstverständlich, Sir! Als Mr Gorringe mir die Nachricht überbrachte, entgegnete ich: ›Was? In unserem Hause?‹«

»Klingt aber sehr nach Shakespeare. Macbeth lässt grüßen, und Mr Gorringe hätte darauf erwidern können: ›Anderswo wärs gar zu scheußlich‹?«

»Hätte er durchaus sagen können, Sir. Aber er meinte nur, dass ich zum Kai gehen solle, um die Gäste vom Landen abzuhalten. Er werde gleich nachkommen und die bedauerlichen Umstände erklären, warum die Vorstellung ausfallen müsse.«

»Hatten die Barkassen da schon am Kai angelegt?«

»Noch nicht. Sie waren noch eine Dreiviertelmeile entfernt.«

»Für die Eile gab es also keinen triftigen Grund?«

»Man durfte die Dinge nicht sich selbst überlassen. Mr Gorringe wollte nicht, dass die Ermittlungen der Polizei durch weitere achtzig Leute behindert würden, alle durcheinander und in bedrücktem Zustand.«

»Wohl eher in höchst angeregtem Zustand«, entgegnete Grogan. »Was bringt den Kreislauf mehr in Schwung als ein hübscher kleiner Mord. Meinen Sie nicht auch?«

»Ich weiß nicht recht, Sir.«

»Trotzdem war es überaus weitsichtig von Ihrem Herrn – so nennen Sie ihn doch wohl? –, zuallererst an das Wohl der Polizei zu denken. Überaus lobenswert. Wissen Sie vielleicht, was er gemacht hat, als Sie tatenlos am Kai herumstanden?«

»Ich nehme an, dass er die Polizei benachrichtigt und seine Gäste und das Ensemble von Lady Ralstons Ermordung in Kenntnis gesetzt hat. Er wird es Ihnen sicherlich mitteilen, wenn Sie ihn danach fragen.«

»Und wie hat er Sie von Lady Ralstons Ermordung in Kenntnis gesetzt?«

»Er sagte mir, dass sie erschlagen worden sei. Er schärfte mir ein, den ankommenden Gästen mitzuteilen, sie sei durch einen Schlag auf den Kopf getötet worden. Es bestehe kein Grund, sie auf die Folter zu spannen. Aber dann brauchte ich gar nichts zu sagen, da Mr Gorringe bei der Ankunft der Barkassen gleichfalls am Kai war.«

»Ein Schlag auf den Kopf also. Haben Sie die Leiche gesehen?«

»Nein, Sir. Nach dem Auffinden der Leiche hat Mr Gorringe die Tür von Lady Ralstons Zimmer verschlossen. Wir Bediensteten hatten keine Gelegenheit, die Leiche zu sehen.«

»Aber Sie haben doch bestimmt überlegt, wie es zu diesem Schlag auf den Kopf gekommen sein könnte; sich eine Vermutung gestattet aus verständlicher Neugierde? Vielleicht haben Sie die Sache gar mit Ihrer Frau besprochen?«

»Ich habe mich gefragt, ob dieser Anschlag mit dem Verschwinden des Marmorarms in Zusammenhang steht. Mr Gorringe hat Ihnen sicher mitgeteilt, dass die Vitrine in den frühen Morgenstunden aufgebrochen worden ist.«

»Erzählen Sie uns mehr darüber!«

»Mr Gorringe hatte das Stück am Donnerstag aus London mitgebracht und es in der Vitrine deponiert. Sie ist sonst stets verschlossen, da in den Sommermonaten an manchen Tagen Besucher durchs Schloss geführt werden und Mr Gorringes Versicherung auf dieser Vorsichtsmaßnahme bestand. Ich war dabei, als Mr Gorringe den Marmorarm in die Vitrine legte. Wir unterhielten uns noch über seine mögliche Herkunft. Dann verschloss er die Vitrine. Die Schlüssel zu den Vitrinen hängen nicht am Bord bei den übrigen Hausschlüsseln, sondern werden in der untersten, linken, ebenfalls abgeschlossenen Schublade des Schreibtisches aufbewahrt, an dem Sie gerade sitzen. Kurz nach Mitternacht sah ich noch, dass die Vitrine unversehrt und der Marmorarm an seinem Platz war. Als dann Mr Gorringe kurz vor sieben Uhr früh die Küche aufsuchen wollte, bemerkte er den Schaden. Mr Gorringe ist ein Frühaufsteher und bereitet sich den Morgentee meistens selbst zu, den er dann je nach Wetter entweder auf der Terrasse oder in der Bibliothek zu sich nimmt. Wir haben den Schaden gemeinsam begutachtet.«

»Sie haben niemanden gesehen? Nichts gehört?«

»Nein, Sir. Ich war in der Küche mit der Zubereitung des Morgentees beschäftigt.«

»Und die Gäste waren alle auf ihren Zimmern, als Sie die Tabletts mit dem Morgentee hinaufbrachten?«

»Ich weiß es nur von den Herren. Von meiner Frau habe ich allerdings gehört, dass auch die Damen noch im Bett lagen. Lady Ralston wurde der Morgentee später von ihrem Dienstmädchen, Miss Tolgarth, serviert. Etwa um halb acht teilte mir Mr Gorringe mit, dass Sir George unerwartet eingetroffen sei. Ein Fischerboot hatte ihn in der kleinen Bucht westlich der Landspitze abgesetzt. Ich bekam ihn erst zu Gesicht, als ich um acht Uhr im kleinen Frühstückszimmer einen Imbiss auf die Warmhalteplatte stellte.«

»Nachdem Sie um sechs das Schlossportal aufgeschlossen hatten, hätte doch ohne Weiteres jemand ins Haus gelangen können?«

»Die hintere Tür, die zur großen Halle führt, habe ich um sechs Uhr fünfzehn aufgeschlossen. Ich habe niemanden gesehen, als ich hinausschaute. Aber zwischen Viertel nach sechs und sieben Uhr hätte durchaus jemand das Haus betreten und den Marmorarm entwenden können.«

Die weitere Vernehmung ergab nicht mehr viel. Munter schien seine Gesprächigkeit plötzlich zu bereuen. Seine Antworten wurden immer einsilbiger. Er wusste nichts davon, dass Lady Ralston Drohbriefe erhalten hatte, und konnte sich auch nicht vorstellen, von wem sie stammten. Als ihm eines der Blätter vorgelegt wurde, nahm er es angewidert in die Hand und erklärte, er und seine Frau benutzten solche Briefbogen auch, allerdings seien sie cremefarben, nicht weiß. Und das Briefpapier vom Schloss habe eine geprägte Adresse und sei von anderer Qualität, wovon sich der Chefinspektor selbst überzeugen könne, wenn er die linke obere Schublade herausziehen wolle. Munter hatte auch keine Ahnung, dass Mr Gorringe Lady Ralston eine viktorianische Schmuckschatulle geschenkt hatte, die verschwunden sei. Er konnte jedoch die fragliche Schatulle beschreiben, da es im Schloss nur zwei davon gab.

Sie sei 1850 von einem Silberschmied der Firma Hunt & Rosken angefertigt und angeblich samt weiteren Arbeiten auf der Weltausstellung 1851 ausgestellt worden. Man habe sie zunächst als Requisit für den dritten Akt verwenden wollen, sich aber dann für die größere, auffälligere, aber minder wertvolle Schatulle entschieden.

Grogan runzelte die Stirn angesichts dieser belanglosen Fakten. »Es geht um einen Mord«, murrte er. »Um die Ermordung einer wehrlosen Frau. Falls Sie irgendetwas wissen oder vermuten, falls Ihnen später noch irgendetwas einfallen sollte, das mit dem Verbrechen in Zusammenhang steht, so teilen Sie es mir unbedingt mit. Wir werden noch länger hier sein. Wir sind vielleicht nicht immer zu sehen, aber wir bleiben dran. Wir werden uns eingehend mit den Geschehnissen auf dieser Insel beschäftigen, auch mit Ihnen, bis der Mörder gefasst ist. Habe ich mich da klar genug ausgedrückt?«

Munter erhob sich. Sein Gesicht zeigte keinerlei Regung. »Sehr wohl, Sir!«, erwiderte er. »Darf ich noch anmerken, dass Courcy Morde gewohnt ist. Und die Mörder sind im Allgemeinen nicht gefasst worden. Aber möglicherweise haben Sie und Ihre Kollegen da mehr Glück.«

Nachdem er gegangen war, herrschte Schweigen, das Sergeant Buckley tunlichst nicht brechen wollte.

»Er denkt, dass es ihr Mann gewesen ist«, meinte Grogan nach einer Weile. »Zumindest wollte er uns das als seine Ansicht verkaufen. Na, originell ist es nicht. Dieser Verdacht liegt doch nahe. Ist Ihnen der Fall Wallace geläufig?«

»Nein, Sir.« Wenn ich länger mit Grogan zusammenarbeite, dachte sich Buckley, muss ich mir unbedingt den *Who's Who der Mörder* anschaffen.

»Liverpool, Januar 1931. Wallace, William Herbert mit Vornamen. Ein harmloser kleiner Versicherungsagent, der als Klinkenputzer Woche für Woche ein paar Shilling an armen Teufeln verdiente, die Angst hatten, dass ihr Geld nicht fürs Begräbnis reichen könnte. Spielte gern Schach und Geige. Hatte über seinen Stand geheiratet. Lebte mit seiner Frau Julia in vornehmer Armut, was die schlimmste Armut ist, falls Sie es nicht wissen sollten, Sergeant. Sonst ging er kaum unter Menschen. Als er dann am 19. Januar versuchte, einen möglichen Kunden ausfindig zu machen, den es vielleicht gar nicht gab, wurde seiner Frau im Wohnzimmer zur Straßenseite hin der Schädel eingeschlagen. Man klagte Wallace des Mordes an, und die Geschworenen, lauter entschlossene Geschworene aus Liverpool, die vermutlich voreingenommen waren, befanden ihn für schuldig. Doch das Berufungsgericht hob das Urteil auf, mit der Begründung, dass die Beweise unzulässig interpretiert worden seien. Man ließ ihn also laufen. Zwei Jahre darauf starb er an einer Nierenerkrankung, und zwar weitaus langsamer und qualvoller als am Strick. Ein faszinierender Fall, der in die Rechtsgeschichte einging! Die vorgelegten Beweise deuten sowohl in die eine wie in die andere Richtung, je nachdem, wie man sie eben auslegt. Wenn ich nachts nicht einschlafen kann, denke ich über diesen Fall nach. Für jeden angehenden Detektiv müsste dieser Fall Pflichtlektüre sein. Eine Warnung, ein anschauliches Beispiel dafür, wie ein Strafprozess in eine verkehrte Richtung driften kann, wenn die Polizei sich einbildet, der Täter könne nur der Ehemann sein.«

Alles schön und gut, dachte Buckley, aber in solchen Fällen ist der Täter eben meist der Ehemann, wenn man der Kriminalstatistik Glauben schenken darf.

»Die Munters haben sich hier ganz hübsch eingenistet«, sagte er.

»Nicht wahr? Müssen nur um diesen Gorringe scharwenzeln, wenn der seine Nachspeisen zubereitet, das kostbare Silberzeug polieren und die Leute bedienen. Aber dieser Munter hat zumindest einmal gelogen. Schlagen Sie mal die Vernehmung von Mrs Chambers auf!«

Buckley begann in seinem Notizbuch zu blättern. Mrs Chambers und ihre Enkeltochter hatten sie als Erste vernommen, weil die Frau darauf bestanden hatte, rechtzeitig aufs Festland zurückzufahren, um ihrem Mann das Abendessen zu kochen. Mrs Chambers war geschwätzig, verbittert und widerborstig gewesen. Der Mord war für sie lediglich ein gemeiner Schicksalsschlag, der im Schloss allen nur Umstände bereitet hatte.

Vor allem war sie über die Verschwendung der Lebensmittel aufgebracht. Wer sollte nun das Abendessen für mehr als hundert Leute verzehren, lautete ihre empörte Frage. Eine halbe Stunde später hatte Buckley sie mit ihrer Enkelin zur Barkasse watscheln sehen, beide beladen mit abgedeckten Körben. Ein Teil der Speisen würde zumindest bei Familie Chambers Verwendung finden. In der fraglichen Zeitspanne waren sie und ihre Enkeltochter, eine fröhliche Siebzehnjährige, die öfter verlegen kicherte, entweder allein oder mit Mrs Munter beschäftigt gewesen. Buckley hatte sich geärgert, dass Grogan so viel Zeit mit ihnen vertat, und den Schwall bedeutungsloser Details nur widerwillig notiert. Schließlich fand er die entsprechende Seite und begann vorzulesen. Dabei fragte er sich, ob sein Chef etwa prüfen wollte, wie genau er mitgeschrieben hatte.

»Eine grässliche Sache ist das! Ich habe schon immer gesagt, dass es nichts Schlimmeres gibt, als wenn man fern von zu Hause, und dann noch von Fremden umgebracht wird. In meiner Jugend hats so was nicht gegeben. Daran sind nur die Rocker mit ihren Motorrädern schuld. Erst letzten Samstag war eine Bande von ihnen auf ihren lärmenden, stinkenden Maschinen in Speymouth. Warum tut die Polizei nichts dagegen, frage ich mich. Warum nimmt sie ihnen die Motorräder nicht weg und wirft sie am Ende des Piers ins Wasser, und die fürchterlichen Hosen gleich mit? Dann hätte die Sache ein Ende. Sie verschwenden nur Ihre Zeit, wenn Sie eine anständige, rechtschaffene Frau verhören. Kümmern Sie sich lieber um diese Rocker!« Buckley brach ab. »An dieser Stelle haben Sie eingewandt, Sir, dass selbst Rocker wohl kaum mit ihren Motorrädern nach Courcy fahren könnten. Sie hat irgendwas davon gefaselt, dass die Kerle schon so ihre Möglichkeiten hätten und auch das noch zustande brächten.«

»Den Teil meine ich nicht«, sagte Grogan. »Es geht um die Stelle vorher, als sie sich über die Arbeitsbedingungen im Schloss ausgelassen hat.«

Buckley blätterte einige Seiten zurück. »Dabei helfe ich Mr Munter gerne aus. Ich komme ganz gern für einen Tag oder so auf die Insel und bringe auch Debbie mit, falls es erwünscht ist. Es war auch nicht Debbies Schuld, dass die Gläser verschmiert waren. So darf man Gläser einfach nicht rausstellen. Mr Munter hatte kein Recht, Debbie dermaßen auszuschimpfen. Aber so ist es immer, wenn Lady Ralston da ist. Wenn sie im Schloss ist, macht er sich vor Angst in die Hosen. Als wir letzten Dienstag wegen einer Probe hier waren, war es ganz schlimm. Mal wars dies, mal was anderes – nichts gefiel der Dame. Und dazu noch vierzig Personen von der Theatertruppe zum Lunch und zum Tee! Alles musste picobello sein, obwohl Mr Gorringe gar nicht da war, sondern in London, wie mir Mr Munter sagte. Kann es ihm nicht verübeln. Man hätte meinen können, sie ist die Schlossherrin hier. Ich habe zu Mr Munter gesagt, dass ich dieses eine Mal noch aushelfe, aber wenn er im nächsten Jahr auch wieder so einen Zirkus machen möchte, solle er nicht mit mir rechnen. Das habe ich ihm gesagt: Dann brauchen Sie nicht mit mir zu rechnen. Seien Sie unbesorgt, hat er geantwortet, das ist das letzte Theaterstück, in dem Lady Ralston auf Courcy spielt.«

Buckley hörte auf zu lesen und musterte Grogan. An diese Aussage hätte ich auch denken müssen, dachte er. Wahrscheinlich hatte er sie vor lauter Langeweile völlig gedankenlos notiert, was nicht gerade für ihn sprach.

»Genau das ist es«, sagte Grogan. »Das ist die Stelle, die ich gemeint habe. Bei der richtigen Gelegenheit werde ich Munter um eine Erklärung bitten. Jetzt ist es noch zu früh. Man soll sich immer ein paar Trümpfe aufheben. Bestimmt wird Mrs Munter ebenso diskret und pflichtgemäß die Aussagen ihres Mannes bestätigen. Wir werden sie noch ein wenig zappeln lassen. Jetzt sollten wir uns anhören, was der Gastgeber über Miss Lisle zu sagen hat. Sie sind doch aus dieser Gegend, Sergeant. Was wissen Sie über ihn?«

»Nur wenig, Sir. In den Sommermonaten öffnet er das Schloss für zahlende Besucher. Für mich ist das nur ein Trick, um die laufenden Ausgaben durch Steuererleichterungen zu verringern. Ansonsten lebt er zurückgezogen und vermeidet jegliches Aufsehen.«

»Dann hat er diesmal Pech gehabt. Bis zum Abschluss des Falls wird er mehr Aufsehen erregen, als ihm lieb sein kann. Schauen Sie mal vor die Tür und sagen Sie Rogers, er soll ihn holen – selbstverständlich ausgesprochen höflich.«

28. Kapitel

Buckley kam zu dem Schluss, dass er noch nie einen so gelassenen Mordverdächtigen wie Ambrose Gorringe erlebt hatte. Er setzte sich in seinem tadellosen Smoking auf den Stuhl gegenüber dem Chefinspektor und fixierte Grogan mit funkelnden, interessierten Augen, in denen Buckley, wenn er hin und wieder von seinen Notizen aufsah, ein amüsiertes, süffisantes Glitzern wahrnahm. Zugegebenermaßen befand Gorringe sich auf seinem eigenen Grund und Boden und saß auf einem Stuhl, der ihm gehörte. Daher bedauerte Buckley auch, dass der Chef Gorringe nicht um diesen psychologischen Vorteil gebracht hatte, indem er alle ins Polizeirevier nach Speymouth hatte schaffen lassen. Aber seine Gelassenheit half Gorringe nicht viel. Wenn nicht der Ehemann sie umgebracht hatte, gehörte er zu den nicht minder Verdächtigen.

Als Gorringe jetzt formell vernommen wurde, wiederholte er ohne Abweichungen all die Vorfälle, die er ihnen gleich nach der Ankunft auf Courcy mitgeteilt hatte. Er kannte Miss Lisle von Kindheit an. Ihre Väter waren im diplomatischen Dienst und zeitweilig in denselben Botschaften gewesen. Dann aber hätten sich Miss Lisle und er aus den Augen verloren, und sie seien sich nur selten begegnet, bis er 1977 die Insel von seinem Onkel erbte. Als sie sich ein Jahr später bei einer Premiere trafen, lud er sie nach Courcy ein. Er konnte sich nicht mehr erinnern, ob der Anstoß dazu von ihm oder von Miss Lisle gekommen war. Dieser Besuch und ihre Begeisterung fürs viktorianische Theater hatten schließlich zu dem Entschluss geführt, ein Stück zu inszenieren. Er wusste von den Drohbriefen, da er einmal bei ihr gewesen war, als ihr einer zugestellt wurde. Allerdings hatte sie ihm nicht anvertraut, dass solche Briefe noch immer eintrafen und dass Miss Gray eine Privatdetektivin war. Er hatte es jedoch vermutet, als Miss Gray ihm den Holzschnitt vorlegte, den jemand unter Miss Lisles Zimmertür hindurchgeschoben hatte. Daraufhin hätten sie beide beschlossen, Miss Lisle weder damit noch mit dem gestohlenen Marmorarm zu beunruhigen. Er gab vollkommen gelassen zu, dass er für die fragliche Zeitspanne von knapp neunzig Minuten zwischen ein Uhr zwanzig und der Entdeckung der Leiche kein nachweisbares Alibi habe. Er hatte in aller Ruhe seinen Kaffee getrunken und mit Mr Whittingham geplaudert, war dann gegen halb zwei auf sein Zimmer gegangen, während Whittingham auf der Terrasse geblieben war. Er hatte etwa eine Viertelstunde geruht, bis es Zeit zum Umkleiden war, und danach, kurz nach zwei Uhr, sein Zimmer verlassen, um zum Theater zu gehen. Dort hatte er Munter hinter der Bühne angetroffen. Sie waren gemeinsam noch einmal die Requisiten durchgegangen und hatten etliche Dinge in Zusammenhang mit der Abendgesellschaft nach der Aufführung besprochen. Um zwei Uhr zwanzig etwa waren sie zum Kai gegangen, um die Barkasse mit dem Ensemble aus Speymouth zu empfangen. Und bis gegen Viertel vor drei Uhr hatte er sich dann hinter der Bühne in der Herrengarderobe aufgehalten.

»Wann haben Sie den Marmorarm zum letzten Mal gesehen?«, fragte Grogan.

»Habe ich Ihnen das nicht schon gesagt, Inspektor? Gestern Nacht so gegen elf Uhr dreißig, als ich mir die Gezeitentabelle anschaute. Ich wollte wissen, wie lange die Barkassen am Samstagnachmittag und später bei der Rückfahrt nach Speymouth unterwegs sein würden. Zwischen Courcy und dem Festland kann die Gezeitenströmung zuweilen recht stark sein. Munter sah den Arm noch nach Mitternacht an seinem Platz. Aber als ich heute Morgen gegen fünf vor sieben zur Küche ging, war er verschwunden und das Schloss aufgebrochen.«

»Und all Ihre Gäste im Haus hatten den Arm gesehen und wussten, wo er sich befand?«

»Alle bis auf Simon Lessing. Er war zum Schwimmen gegangen, als die anderen das Schloss besichtigten. Soviel ich weiß, ist er nicht in die Nähe meines Büros gekommen.«

»Was hat denn der Junge hier überhaupt verloren? Sollte er nicht in seinem Internat sein? Ich nehme an, dass Miss Lisle, also Lady Ralston, ihm eine erstklassige Ausbildung bezahlte und er nicht die örtliche Gesamtschule besucht.«

Die Worte hätten durchaus beleidigend klingen können, dachte Buckley, hätte Grogan nicht jegliche Gefühlsregung aus seiner beherrschten Stimme ausgeschaltet.

»Er besucht das Internat von Melhurst«, erwiderte Gorringe gleichermaßen beherrscht. »Miss Lisle hatte ihn schriftlich für das Wochenende entschuldigt. Sie nahm wohl an, dass Websters Tragödie zu seiner Allgemeinbildung beitragen könne. Bedauerlicherweise hat das Wochenende seine Allgemeinbildung in einer Weise erweitert, die sie kaum voraussehen konnte.«

»Sie war ihm also eine fürsorgliche Mutter?«

»Das wohl kaum. Miss Lisles Mutterinstinkt war – wie soll ich mich ausdrücken? – unterentwickelt. Aber sie kümmerte sich um den Jungen, soweit sie dazu fähig war. Wissen Sie, die Ermordete half gern anderen Menschen, wie es wohl die meisten von uns tun, wenn es nicht allzu viel kostet.«

»Und wie viel kostete sie Mr Lessing?«

»Da waren zunächst die Internatsgebühren. An die viertausend Pfund im Jahr, kann ich mir denken. Sie konnte es sich allerdings leisten. Der Grund dafür war, glaube ich, dass sie ein schlechtes Gewissen hatte, weil sie die Ehe seiner Eltern zerstört hatte. Selbst wenn es so gewesen wäre, waren ihre Skrupel unnötig. Der Mann hätte sich ja auch anders entscheiden können.«

»Simon Lessing muss sich über die neue Ehe geärgert haben, allein schon wegen seiner Mutter, wenn schon nicht aus sich heraus. Es sei denn, er fand eine vermögende Stiefmutter gar keinen so schlechten Tausch.«

»Das ist schon sechs Jahre her. Er war knapp elf, als ihn sein Vater seinem Schicksal überließ. Falls Sie damit andeuten wollen – ziemlich unverblümt, wenn ich das sagen darf –, sein Groll sei so groß gewesen, dass er nun seiner Stiefmutter das Gesicht einschlug, dann hat er ziemlich lange auf diese Gelegenheit gewartet und einen höchst unpassenden Zeitpunkt gewählt. Weiß übrigens Sir George davon, dass Sie Simon verdächtigen? Er fühlt sich sicherlich als Stiefvater des Jungen. Falls Sie an dieser lächerlichen Einschätzung festhalten, würde er bestimmt gern die nötigen Schritte einleiten, um die Interessen des Jungen zu wahren.«

»Ich habe nichts davon gesagt, dass wir ihn verdächtigen. Außerdem habe ich wegen seines jungen Alters mit Sir George vereinbart, dass er dabei sein wird, wenn ich mit dem Jungen spreche. Simon Lessing ist allerdings siebzehn, dem Gesetz nach also kein Kind mehr. Deswegen finde ich derartige Maßnahmen zu seinem Schutz recht bemerkenswert.«

»Hoffentlich kommen sie Ihnen nicht verdächtig vor! Als ich ihm die Nachricht mitteilte, war er völlig verstört. Seine leiblichen

Eltern sind tot. Er hing an Clarissa. Es ist doch selbstverständlich, dass wir ihm weiteren Kummer ersparen möchten. Sie sind ja nicht im Auftrag des Jugendamts hier.«

Grogan hatte den Zeugen kaum angeblickt. Auf der Schreibunterlage vor ihm lag ein unlinierter Notizblock, den er den üblichen Polizeikladden vorzog. Darauf zeichnete er etwas mit seinem Füller. Ein längliches Rechteck mit zwei Öffnungen und zwei Unterbrechungen entstand unter der riesigen, sommersprossigen Hand. Buckley erkannte, dass es eine Art Grundriss von Clarissa Lisles Zimmer mit Türen und Fenstern war. Die Proportionen stimmten in etwa. Hinzu kamen noch, übergroß und sorgsam ausgemalt wie auf einer Kinderzeichnung, Dinge wie eine Cremedose, eine Schachtel mit Wattebäuschen, ein Tablett mit Teegeschirr und ein Wecker.

Ohne aufzusehen, fragte Grogan unvermittelt: »Und was hat Sie veranlasst, Sir, Miss Lisle auf ihrem Zimmer aufzusuchen?«

»Nachdem Miss Gray zu ihr gegangen war, um sie zu wecken? Das war reine Höflichkeit. Ich hielt es als Gastgeber für angebracht, sie zu ihrer Garderobe zu begleiten. Außerdem wollte ich ihr tragen helfen. Ihren Schminkkoffer vor allem. Da die Garderoben nicht gerade geräumig sind und sie den Raum mit Miss Collingwood teilen musste, die die Cariola spielen sollte, hatte sich Miss Collingwood bereit erklärt, sich vor der Hauptdarstellerin umzuziehen und die Garderobe dann zu verlassen. Außerdem hatte Miss Lisle etwas dagegen, wenn jemand ihre Schminke mitbenutzte. Ich ging also nach oben, um den Koffer zu tragen und sie zu begleiten.«

»Wo war ihr Mann, der das doch eigentlich hätte übernehmen müssen?«

»Sir George war gerade zurückgekehrt, um sich umzukleiden. Wir sind uns oben auf der Treppe begegnet, wie ich Ihnen bereits mitgeteilt habe.«

»Sie scheinen sich Miss Lisle zuliebe allerlei Unannehmlichkeiten aufgebürdet zu haben«, meinte Grogan, stockte dann und fügte noch hinzu: »In jeder Hinsicht.«

»Es ist doch keine Unannehmlichkeit, sie die zweihundert Schritt von ihrem Zimmer zum Theater zu begleiten.«

»Aber die Inszenierung, die Restaurierung des Theaters, die Bewirtung ihrer Gäste. Das muss Sie doch eine Menge gekostet haben.«

»Glücklicherweise bin ich kein armer Mann. Ich dachte mir, Sie seien hier, um einen Mordfall aufzuklären, und nicht, um meine finanziellen Verhältnisse zu erkunden. Außerdem habe ich das Theater zu meinem eigenen Vergnügen und nicht Miss Lisle zuliebe restaurieren lassen.«

»Hat sie nicht damit gerechnet, dass Sie auch ihr nächstes Stück mitfinanzieren? Dass Sie – wie sagt man doch gleich? – ihr Mäzen werden könnten?«

»Ich fürchte, Sie haben auf das Gerede der falschen Leute gehört. Mäzenatentum hat mich noch nie gereizt. Es gibt amüsantere Arten, sein Geld loszuwerden. Wenn Sie allerdings auf taktvolle Weise andeuten möchten, dass ich Miss Lisle vielleicht einen Gefallen schuldig war, haben Sie völlig recht. Von ihr stammt die Idee zu meinem Bestseller *Autopsie*, falls Sie zu den wenigen Leuten zählen, die noch nichts von diesem Buch gehört haben.«

»Sie hat nicht zufälligerweise auch das Buch geschrieben?«

»Nein, sie hat es nicht geschrieben. Miss Lisle hatte viele, auch ungewöhnliche Talente, aber das Schreiben gehörte nicht dazu. Das Buch wurde übrigens nicht geschrieben, sondern von einem gewieften Triumvirat, bestehend aus meinem Verleger, meinem Agenten und mir, regelrecht fabriziert. Danach wurde es geschickt aufgemacht, beworben und vermarktet. Ich habe zweifellos Sünden begangen, die man Clarissa zur Last legen könnte, aber *Autopsie* gehört nicht dazu.«

Grogan ließ den Füller aus der Hand gleiten, lehnte sich zurück und schaute Gorringe in die Augen.

»Sie kannten Miss Lisle seit Ihrer Kindheit. Seit gut einem halben Jahr haben Sie sich intensiv mit der geplanten Aufführung beschäftigt. Miss Lisle kam als Ihr Gast hierher und wurde in Ihrem Hause umgebracht. Was immer die Todesursache gewesen sein mag – und das werden wir erst nach der Autopsie erfahren –, der Täter hat ihr mit ziemlicher Sicherheit das Gesicht mit Ihrem Marmorarm eingeschlagen. Gibt es nichts, was Sie wissen oder vermuten oder was Miss Lisle Ihnen irgendwann mal gesagt hat, was möglicherweise zur Aufklärung beitragen könnte?«

Wenn er sich noch etwas deutlicher ausdrückte, dachte Buckley, wird er Gorringe pflichtgemäß warnen müssen. Buckley rechnete schon fast damit, dass Gorringe erwidern würde, er möchte nicht ohne seinen Anwalt aussagen. Doch er antwortete gleichmütig und unbeteiligt: »Mein erster Gedanke war – und das ist auch jetzt noch meine Ansicht –, dass sich irgendein Unbefugter Zugang zur Insel verschafft hat. Er wusste, dass meine Angestellten und ich mit den Vorbereitungen für die Aufführung beschäftigt waren und das Schloss somit unbeaufsichtigt war. Er kletterte die Feuerleiter hinauf, vielleicht aus Unfug oder als Streich, jedenfalls ohne klare Vorstellung, was er da oben eigentlich machen wollte. Es könnte ein Jugendlicher gewesen sein.«

»Jugendliche treiben sich meist in Gruppen herum.«

»Dann waren es eben mehrere. Oder vielleicht nur zwei. Einer stieg ein, um sich im Hause umzusehen, solange noch alles still war. Das würde auf einen Einheimischen hindeuten, der von der Aufführung wusste. Er schlich sich in Miss Lisles Zimmer – sie hatte vergessen, die Verbindungstür abzuschließen, oder es für unnötig gehalten – und sah sie anscheinend schlafend im Bett liegen. Als er sich dann davonstehlen wollte – mit oder ohne die Schmuckschatuelle –, nahm sie den Augenschutz ab und sah ihn. In seiner Panik hat er sie umgebracht, sich die Schatulle geschnappt und ist auf demselben Weg geflohen, auf dem er gekommen war.«

»Nachdem er sich zuvor umsichtigerweise mit dem Marmorarm bewaffnet hatte, der Ihrer Aussage nach zwischen Mitternacht und sechs Uhr fünfundfünfzig aus der Vitrine entwendet worden war«, entgegnete Grogan.

»Das nicht. Er war überhaupt nicht bewaffnet und hatte nur Unfug im Sinn. Meiner Annahme nach fand er die Tatwaffe – verzeihen Sie mir die Formulierung – griffbereit zusammen mit dem Zitat aus dem Stück auf dem Nachttisch vor.«

»Und wer soll sie dort deponiert haben? Die Zimmertür war doch verschlossen, oder?«

»Das dürfte kein großes Rätsel sein. Miss Lisle war es.«

»Mit der Absicht, sich selbst in Angst und Schrecken zu versetzen oder einen potenziellen Mörder mit einer geeigneten Waffe zu versehen?«

»Mit der Absicht, eine Entschuldigung zu haben, sollte sie in der Aufführung versagen. Und dazu wäre es meiner Ansicht nach sicherlich gekommen. Oder aus anderen, mir unergründlichen Motiven. Miss Lisles komplexe Persönlichkeit war für mich ebenso rätselhaft wie wohl für ihren Mann.«

»Und Sie meinen, dass der junge, impulsive, völlig planlos handelnde Täter dem Opfer danach wieder den Augenschutz aufgelegt hat? Das würde bedeuten, dass wir uns mit zwei komplexen Persönlichkeiten herumschlagen müssen.«

»Das könnte er durchaus getan haben. Sie sind doch der Fachmann, was Mordfälle angeht, nicht ich. Einen Grund könnte ich mir allerdings vorstellen. Als sie ihn so anstarrte, hat er die Nerven verloren. Er musste einfach diese toten, anklagenden Augen zudecken. Die Annahme mag ziemlich fantasievoll klingen, aber abwegig ist sie nicht. Mörder verhalten sich zuweilen ungewöhnlich. Denken Sie nur an den Fall Gutteridge, Herr Inspektor!«

Buckleys Hand auf dem Notizblock zuckte unwillkürlich. Machte er sich da über sie lustig?, schoss es ihm durch den Kopf. Diese Anspielung war doch beabsichtigt. Woher wusste Gorringe von der Angewohnheit des Chefs, sich auf lange zurückliegende Fälle zu beziehen? Er schaute Gorringe und nicht Grogan an und fing nur einen unschuldigen Blick auf. Gorringe wandte sich nun an ihn: »Das war lange vor Ihrer Zeit, Sergeant. Gutteridge war ein Polizeibeamter, der 1927 von zwei Autodieben auf einer Landstraße in Essex erschossen wurde. Die Täter – Frederick Browne, ein Exsträfling, und sein Komplize William Kennedy – wurden wegen dieses Verbrechens gehängt. Unmittelbar nach dem Mord schoss einer der beiden dem Toten die Augen aus. Beide waren vermutlich abergläubisch. Sie glaubten wohl, dass die Augen eines Ermordeten, wenn sie dem Mörder ins Gesicht gesehen hatten, dessen Bild widerspiegeln würden. Ich kann mir auch nicht denken, dass ein Mörder seinem Opfer gern in die Augen schaut. Das war das einzig Merkwürdige an diesem sonst uninteressanten, abscheulichen Fall.«

Grogan war mit seiner Zeichnung fertig. Der Grundriss war fertig. Während sie ihm stumm zusahen, zeichnete er in das große Bett eine kleine, ausgestreckte Gestalt mit Haarsträhnen auf dem Kissen. Zum Schluss deutete er noch die Gesichtszüge an. Dann bedeckte er die Zeichnung mit seiner großen Hand, riss das Blatt vom Block und zerknüllte es in der Faust.

Obwohl diese Geste gewalttätig wirkte, klang seine Stimme arglos, geradezu freundlich. »Vielen Dank, Sir. Sie haben uns sehr geholfen. Wenn Sie uns sonst nichts mehr zu sagen haben, möchten Sie jetzt sicherlich zu Ihren Gästen zurückkehren.«

29. Kapitel

Als Ivo Whittingham das Büro betrat, schlug Buckley verlegen die Augen nieder. Er begann, in seinen Notizen zu blättern, und hoffte nur, dass Whittingham seinen verstörten, betroffenen Blick nicht bemerkt hatte. Eine so ausgemergelte Gestalt hatte er bisher nur einmal gesehen: seinen Onkel Gerry in den letzten Wochen vor seinem Krebstod. Er hatte seinen Onkel über alles geliebt, und die sich hinziehenden Todesqualen des Onkels hatten ihn zu einer Einsicht gebracht. Wenn der Körper einem Menschen derlei antun konnte, dann war er einem auch etwas schuldig. Fortan wollte er alles, was ihm Genuss und Freude bereitete, ohne Gewissensbisse auskosten. Er hätte das Leben auch fröhlich genossen, wären nicht sein Ehrgeiz und seine Vorsicht stärker gewesen. Doch die Erbitterung und den Kummer hatte er nicht vergessen. Und nun erinnerte ihn dieser Whittingham daran. Sein Onkel hatte ihn mit ebensolchen glitzernden Augen angeblickt, als glühten in ihnen die letzten Funken von Leben und Geist. Er schaute erst wieder auf, nachdem Whittingham sich ungelenk gesetzt hatte und die Armlehnen mit seinen knochigen Händen umklammerte. Doch als er zu sprechen begann, klang seine Stimme erstaunlich kräftig und entspannt.

»Ich habe das gleiche unbehagliche Gefühl wie damals als Internatsschüler, wenn ich zum Schulleiter zitiert wurde. Was Gutes ist dabei nie herausgekommen.«

Das war eine forsche Eröffnung, die Grogan kaum hinnehmen würde.

»Dann schlage ich vor«, entgegnete er auch unwirsch, »dass wir es kurz machen. Ich nehme an, dass Sie Miss Lisle ziemlich gut kannten.«

»Sie können ruhig davon ausgehen, dass ich mit ihr überaus intim war.«

»Wollen Sie damit andeuten, Sir, dass sie Ihre Geliebte war?«

»Kaum das richtige Wort für eine derart kurze Affäre. Das Wort Geliebte deutet auf eine gewisse Dauer hin, auf ein gewisses Maß von Respekt sogar. Man denkt da an die teure Mrs Keppel und ihren König. Nein, um genau zu sein, waren wir im Verlauf von sechs Jahren sporadisch zusammen, wenn sich eine Gelegenheit dazu ergab und sie gerade Lust hatte.«

»Wusste ihr Mann davon?«

»Sie meinen wohl, ihre Männer. Unsere Beziehung dauerte länger als ihre Ehen. Aber ich kann mir denken, dass Sie in diesem Zusammenhang nur George Ralston interessiert. Ich habs ihm nie gesagt. Ich weiß auch nicht, ob sie es ihm gestanden hat. Und falls Sie nun meinen, er könnte sich gerächt haben, so ist das eine absurde Vorstellung. Warum sollte er nicht warten, bis ihn eine höhere Macht – das Schicksal oder ein Glückszufall, wie immer man es nennen will – ohnehin für immer von mir erlöst? Ralston ist doch kein Dummkopf. Und wenn Sie mich nun fragen, ob ich nachgeholfen habe, dass sie vor mir stirbt, dann lautet die Antwort: Nein. Clarissa Lisle und ich hatten uns nach all den Jahren in jeglicher Hinsicht auseinandergelebt. Aber ich käme durchaus als Täter infrage. Die Gelegenheit dazu hatte ich schon. Ich habe mich den ganzen Nachmittag in meinem Zimmer in der Nähe des Tatorts aufgehalten. Falls Sie sich noch nicht danach erkundigt haben – es liegt auf derselben Etage wie Clarissas Zimmer, nur etwa zwanzig Schritte entfernt, und grenzt an die Ostfassade des Schlosses. Ich hätte auch an das Tatwerkzeug herankommen können, da man mir den Marmorarm gezeigt hat. Vermutlich hätte ich auch die nötige Kraft aufgebracht. Und möglicherweise hätte sie mir die Zimmertür geöffnet. Aber ich habe sie nicht umgebracht und weiß auch nicht, wer's gewesen sein könnte. Sie müssen es mir einfach glauben. Beweisen kann ich's nicht.«

»Was war sie denn überhaupt für ein Mensch?«

Zum ersten Mal erkundigte sich Grogan danach, obwohl diese Frage, wie Buckley dachte, doch bei der Untersuchung eines Mordfalls von entscheidender Bedeutung war. Wenn man darauf eine aufschlussreiche Antwort erhielt, wurde ein Großteil der sonstigen Fragen überflüssig.

»Darauf hätte ich Ihnen gern geantwortet, Sie brauchen sich ja nur ihr Gesicht anzusehen«, antwortete Whittingham. »Aber das können Sie ja nicht mehr. Leider. Man muss Clarissa schon vom Aussehen gekannt haben, wenn man sich ein Bild von ihrem Wesen machen will. Sie lebte vor allem in und durch ihren Körper. Alles andere war zweitrangig. Sie war egozentrisch, unsicher, gescheit, aber nicht intelligent, je nach Laune freundlich oder grausam, unstet, unglücklich. Sie besaß einige Fähigkeiten, die nicht unwichtig waren, über die ich aber aus Höflichkeit nicht reden möchte. Vermutlich bereitete sie mehr Freude als Leid. Da man das nicht von vielen Menschen behaupten kann, steht es mir nicht zu, sie zu kritisieren. Ich erinnere mich, dass ich ihr mal einen Ausspruch von Thomas Malory geschickt habe, den Lancelot an Guinevere richtet: ›Ich lege Zeugnis ab vor Gott, doch Ihr wart meine irdische Freude.‹ Das gilt für mich noch immer, was immer sie auch getan haben mag.«

»Was immer sie getan haben mag?«

»Nur so eine Redewendung.«

»Sie trauern also um sie?«

»Nein. Aber ich werde sie nie vergessen.«

Es entstand eine Pause. Dann fragte Grogan ruhig: »Warum sind Sie hier, Sir?«

»Sie hat mich darum gebeten. Aber es gibt einen weiteren Grund. Eine Sonntagszeitung hat mich beauftragt, einen Bericht über die Insel und das Theater zu schreiben. Mit Zeitkolorit, mit einer Prise Nostalgie, gewürzt mit pikanten Geschichten. Man hätte besser einen Kriminalreporter schicken sollen.«

»Und das hat einen Rezensenten von Ihrem Format tatsächlich gereizt?«

»So muss es wohl gewesen sein, sonst wäre ich nicht hier.«

Als Grogan dann auch von ihm eine eingehende Schilderung des Tagesablaufs verlangte, zeigte er erstmals Anzeichen von Erschöpfung. Er sank auf dem Stuhl zusammen wie eine Marionette, deren Fäden man durchgeschnitten hatte.

»Da gibt es nicht viel zu sagen. Nachdem wir spät gefrühstückt hatten, schlug Miss Lisle einen Besuch der Kirche vor. Dort gibt es eine Gruft mit jahrhundertealten Totenschädeln und einen Geheimstollen zum Meer. Wir haben uns beides angesehen. Gorringe hat uns mit alten Geschichten von den Schädeln unterhalten und über einen Internierten, der angeblich während des Krieges in der Höhle am Stollenende ertränkt wurde. Ich war müde und habe nicht genau zugehört. Um zwölf gab es dann Lunch. Gleich danach ist Miss Lisle in ihr Zimmer gegangen. Gegen Viertel nach eins war auch ich auf meinem Zimmer, wo ich mich ausgeruht und gelesen habe, bis es Zeit zum Umziehen war. Miss Lisle hatte darauf bestanden, dass wir uns noch vor der Aufführung umkleiden. Roma Lisle traf ich oben auf der Treppe, als sie gerade ihr Zimmer verließ. Wir waren auch zusammen, als Gorringe mit Miss Gray erschien und uns berichtete, dass Clarissa tot sei.«

»Welchen Eindruck hat denn Miss Lisle am Vormittag während des Besuchs der Kirche und der Höhle auf Sie gemacht?«

»Ich würde sagen, Miss Lisle war wie immer, Herr Inspektor.«

Zum Schluss holte Grogan das Bündel Drohbriefe aus dem Umschlag. Einer flatterte zu Boden. Er bückte sich danach und überreichte ihn Whittingham.

»Was können Sie uns darüber erzählen, Sir?«

»Ich weiß nur, dass sie solche Briefe bekam. Sie hat es mir zwar nicht gesagt, aber man schnappt eben allerlei Theaterklatsch auf. Ich glaube allerdings nicht, dass es allgemein bekannt war. Auch in dieser Hinsicht bin ich verdächtig. Wer immer sie schickte, kannte Miss Lisle und kannte seinen Shakespeare. Ich hätte allerdings keinen Sarg und keinen Totenschädel dazugezeichnet. Unnötig und primitiv, finden Sie nicht auch?«

»Und das ist alles, was Sie uns mitteilen möchten, Sir?«

»Das ist alles, was ich Ihnen mitteilen kann.«

30. KAPITEL

Es war kurz vor sieben, als sie sich endlich den Jungen vorknöpfen konnten. Er trug einen Anzug und machte auf Buckley den Eindruck, als müsse er die Beisetzung seiner Stiefmutter über sich ergehen lassen und nicht eine Vernehmung durch die Polizei. Er war acht Jahre jünger als Buckley, aber es hätten ebenso gut zwanzig sein können. Simon Lessing wirkte nervös wie ein kleiner Junge. Aber er hatte sich gut unter Kontrolle. Buckley fühlte eine vage Vertrautheit mit Simons Art, damit, wie er das Zimmer betrat, wie er sich behutsam setzte, wie er ernst und erwartungsvoll den Blick auf Grogans Gesicht richtete. Dann fiel es ihm ein. Bei der letzten Aufnahmeprüfung für den Polizeidienst hatte er sich genau so verhalten. Der Schulungsleiter hatte ihm vorher noch geraten: »Ziehen Sie Ihren besten Anzug an, aber lassen Sie keinen Füller oder ein buntes Einstecktuch aus der Brusttasche herauslugen! Schauen Sie allen in die Augen, natürlich nicht so starr, dass es unangenehm wird. Seien Sie eine Spur respektvoller als ohnehin. Schließlich haben die ja einen festen Job zu vergeben. Sollten Sie etwas nicht wissen, dann sagen Sie's auch! Drucksen Sie nicht herum! Lassen Sie sich durch Ihre Nervosität nicht aus der Ruhe bringen, die kommt besser an als aufgesetzte Selbstsicherheit, und zeigen Sie, dass Sie damit umgehen können. Reden Sie die Prüfer mit Sir oder Madam an und verabschieden Sie sich mit einem kurzen Dank. Und sitzen Sie vor allem aufrecht!«

Als die Vernehmung nach den ersten leichten Fragen, die nach Buckleys Auffassung Simon nur die Angst nehmen sollten, Fahrt aufnahm, hatte er den Eindruck, dass sich Simon Lessing so fühlte wie er damals. Denn befolgte man solche Ratschläge, war die Tortur durchaus auszuhalten. Nur die Hände verrieten noch etwas von Simon Lessings Anspannung. Es waren breite, unangenehm blasse Hände mit dicklichen, kurzen Fingern, aber schmalen, geradezu mädchenhaft wirkenden Nägeln, die kurz geschnitten und so rosig waren, dass sie wie lackiert wirkten. Er hielt die Hände im Schoß. Hin und wieder spreizte er die Finger und zog an ihnen, als müsse er eine Kräftigungsübung durchführen.

Sir George stand am Fenster, hatte ihnen den Rücken zugekehrt und blickte durch die nicht ganz zugezogenen Vorhänge nach draußen. Buckley überlegte, ob er damit zeigen wollte, dass er den Jungen weder durch Worte noch durch Blicke beeinflusste. Trotzdem wirkte die Haltung gekünstelt, umso mehr, als es in der lautlosen Dunkelheit da draußen nichts zu sehen gab. Eine solche Stille hatte Buckley noch nie erlebt. Eine positive Stille. Nicht das Fehlen von Lärm, sondern eine Lautlosigkeit, die das Wahrnehmungsvermögen schärfte und jedem Wort, jeder Handlung Bedeutung und Würde verlieh. Er wünschte sich, übrigens nicht zum ersten Mal, aufs Revier, wo man Schritte hörte, Türen ins Schloss fielen, irgendwo Stimmen ertönten, wo es all die vertrauten, alltäglichen Hintergrundgeräusche gab. Hier wurden anscheinend nicht nur die Verdächtigen unter die Lupe genommen.

Diesmal sah Grogans Zeichnung völlig unverfänglich, geradezu idyllisch aus. Er schien den Plan für einen Küchengarten zu entwerfen. Unter seiner Hand entstanden schnurgerade Reihen von dicken Kohlköpfen, wuchernden Buschbohnen und Karotten mit gefiedertem Grün.

»Nach dem Tod Ihrer Mutter lebten Sie also bei deren Bruder und seiner Familie. Und im Sommer 1978 kam dann Lady Ralston zu Besuch und beschloss, Sie zu adoptieren?«

»Es war keine offizielle Adoption. Mein Onkel, der mein Vormund war, war einverstanden, dass Clarissa meine ... Ziehmutter wurde. Sie übernahm die Verantwortung für mich.«

»Und Sie waren mit dieser Vereinbarung einverstanden?«

»Sehr sogar, Sir! Das Leben bei meinem Onkel und meiner Tante war nicht gerade sympathisch.«

Schon ein merkwürdiger Ausdruck, den der Junge da verwendete, dachte Buckley. Seine Worte hörten sich an, als hätten sie zu Hause den kleinbürgerlichen *Mirror* statt der *Times* abonniert und dem Jungen nach dem Essen nie einen Schluck Portwein genehmigt.

»Waren Sie glücklich bei Sir George und seiner Frau?« Grogan konnte sich etwas Sarkasmus nicht verkneifen und fügte noch hinzu: »War wenigstens bei ihnen das Leben für Sie sympathisch?«

»Sehr sogar, Sir!«

»War Miss Lisle für Sie eine Art Stiefmutter?«

Simon errötete und blickte kurz zu der stillen Gestalt am Fenster hinüber. Er befeuchtete die Lippen und erwiderte: »Ja, Sir. Ich denke schon.«

»Ihre Stiefmutter hat vom letzten Jahr an mehrere niederträchtige Briefe erhalten. Was wissen Sie darüber?«

»Nichts, Sir. Sie hat mir nichts davon gesagt.« Er fügte hinzu: »Wir haben uns nicht ... besonders oft gesehen. Ich war im Internat, und sie war in den Ferien meistens in ihrer Wohnung in Brighton.«

Grogan zog einen der Drohbriefe aus dem Umschlag und schob ihn über den Schreibtisch.

»Den hier zum Beispiel. Kommt er Ihnen bekannt vor?«

»Nein, Sir. Ist es nicht ein Zitat? Von Shakespeare, nicht wahr?«

»Das sollten Sie eigentlich wissen. Sie besuchen doch Melhurst. Sie haben also so einen Brief nie gesehen?«

»Nein, noch nie.«

»Na schön. Erzählen Sie uns jetzt mal genau, was Sie heute zwischen ein Uhr und zwei Uhr fünfundvierzig getan haben!«

Simon Lessing schaute auf seine Finger und schien jetzt erst deren nervöses, rhythmisches Strecken wahrzunehmen. Er umklammerte beide Armlehnen, als wolle er verhindern, dass er unvermittelt aufsprang. Aber dann berichtete er ausführlich und mit wachsendem Selbstvertrauen. Da er beschlossen hatte, vor der Aufführung noch zum Schwimmen zu gehen, war er nach dem Lunch direkt auf sein Zimmer gegangen, wo er seine Badehose, Jeans und ein Hemd angezogen hatte. Er hatte noch einen Pulli und ein Handtuch mitgenommen und war über den Rasen zum Strand geschlendert. Dort war er etwa eine Stunde umhergewandert, weil Clarissa ihn ermahnt hatte, nicht unmittelbar nach dem Essen zu schwimmen. Anschließend war er zu der kleinen Bucht jenseits der Terrasse zurückgekehrt und etwa um zwei Uhr oder kurz darauf ins Wasser gegangen. Die Kleidungsstücke, das Handtuch und seine Armbanduhr hatte er am Strand abgelegt. Gesehen hatte er niemanden, weder während seines Umherwanderns noch vom Wasser aus. Sir George habe ihm später gesagt, dass er ihn, als er von seinen Vogelbeobachtungen zum Schloss zurückkehrte, mit dem Fernglas hätte an Land gehen sehen. An dieser Stelle spähte er wieder zu seinem Stiefvater hinüber, als wolle er das bestätigt haben, was allerdings nicht geschah. »Das hat uns Sir George schon gesagt«, erwiderte Grogan. »Und was war dann?«

»Eigentlich nichts, Sir. Ich war auf dem Rückweg zum Schloss, als Mr Gorringe mich sah und mir entgegenkam. Er hat mir dann die Sache mit Clarissa erzählt.« Die letzten Worte hatte er geradezu geflüstert.

Grogan neigte den roten Schopf und fragte sanft: »Was hat er Ihnen genau gesagt?«

»Dass sie tot sei, Sir. Ermordet.«

»Hat er auch erzählt, wie sie ermordet wurde?«

»Nein, Sir«, flüsterte Simon.

»Aber Sie haben sich danach erkundigt? Derartige Neugier ist völlig natürlich.«

»Ich habe gefragt, was geschehen sei, wie sie getötet wurde. Aber er antwortete, das würde sich erst nach der Autopsie herausstellen.«

»Da hat er recht. Es genügt völlig, wenn Sie wissen, dass sie tot ist und dass es ein Mord war. Und jetzt, Mr Lessing, berichten Sie uns noch, was Sie über den Arm der toten Prinzessin wissen!«

Buckley bildete sich ein, dass Sir George einen empörten Zwischenruf ausgestoßen hatte. Aber Ralston mischte sich nicht in das Gespräch ein. Der Junge schaute von einem zum anderen, als hätten die Kriminalbeamten den Verstand verloren. Keiner sagte etwas.

»Sie meinen in der Kirche, Sir?«, fragte Simon dann. »Wir haben am Vormittag die Krypta besucht, um die Schädel anzusehen. Aber von einer toten Prinzessin hat Mr Gorringe nichts erzählt.«

»Der Arm befand sich auch nicht in der Kirche.«

»Meinen Sie denn einen mumifizierten Arm? Ich verstehe Ihre Frage nicht.«

»Es handelt sich um eine Marmorhand, um einen Arm, genauer gesagt: um einen Mädchenarm. Jemand hat ihn aus Mr Gorringes Vitrine draußen vor der Tür gestohlen, und wir wüssten gern, wer es war und wann das geschehen ist.«

»Ich kann mich nicht erinnern, dass ich ihn gesehen habe, Sir. Tut mir leid.«

Grogan hatte mittlerweile seinen Küchengarten vollendet und trennte ihn durch ein Spalier und einen Bogengang vom Rasen ab. Er warf Simon einen kurzen Blick zu und sagte dann: »Meine Mitarbeiter und ich sind morgen wieder hier. Wir bleiben ein paar Tage. Geben Sie uns bitte Bescheid, wenn Ihnen etwas einfällt, wenn Sie sich an etwas erinnern, das irgendwie ungewöhnlich ist oder uns weiterhelfen kann, mag es noch so belanglos und unwichtig scheinen. Einverstanden?«

»Ja, Sir. Vielen Dank, Sir.«

Als Grogan ihm zunickte, stand Simon auf, warf Sir George, der ihnen weiterhin den Rücken kehrte, einen letzten Blick zu und ging hinaus. Buckley hätte es nicht überrascht, wenn sich Simon an der Tür umgedreht und gefragt hätte, ob er den Job nun bekomme.

Sir George wandte sich um. »Er muss am Montagvormittag wieder im Internat sein. Er hat nur außer der Reihe freibekommen. Er darf doch fahren, oder?«

»Uns wäre sehr geholfen, wenn er bis Dienstagvormittag bleiben könnte, Sir. Das wäre einfacher. Falls ihm oder uns noch etwas einfallen sollte, wäre es ganz gut, es möglichst rasch zu klären. Aber wenn Sie es für wichtig halten, kann er selbstverständlich am Montag fahren.«

Sir George zögerte. »Ich denke nicht, dass ein Tag mehr oder weniger so viel ausmacht. Für ihn wäre es zwar besser, wenn er von hier fortkäme, wieder in der Schule wäre. Ich rufe morgen oder am Montag im Internat an. Für das Begräbnis wird er ohnehin einen Tag freinehmen müssen. Aber ich vermute, es ist noch zu früh, sich da festzulegen.«

»Das meine ich auch, Sir.«

Sir George war schon an der Tür, als ihm Grogan sanft nachrief: »Da ist noch was, was ich Sie fragen möchte, Sir! Es geht um Ihre Beziehung zu Ihrer Frau. Würden Sie sagen, dass Sie beide eine glückliche Ehe geführt haben?«

Ralston hatte die Hand schon am Türgriff. Nun stockte die schlanke, aufrechte Gestalt einen Augenblick. Dann wandte er sich um und sah die beiden an. Sein Gesicht zuckte so heftig, als habe er ein Nervenleiden. Kurz darauf hatte er sich wieder in der Gewalt.

»Diese Frage finde ich eine Zumutung, Herr Inspektor!« Grogans Stimme klang noch immer sanft, gefährlich sanft. »Bei der Untersuchung eines Mordfalls müssen wir zuweilen Fragen stellen, die man durchaus als Zumutung empfinden kann.«

»Sie sind aber sinnlos, solange Sie nicht beide Betroffenen fragen. Und dafür ist es nun zu spät. Außerdem glaube ich nicht, dass meine Frau die Fähigkeit hatte, glücklich zu sein.«

»Und Sie, Sir?«

»Ich habe sie geliebt«, antwortete er knapp.

31. KAPITEL

Sobald Ralston den Raum verlassen hatte, stieß Grogan aus: »Packen wir unser Zeug zusammen, und verschwinden wir von hier! Ich kriege keine Luft mehr. Wann kommt denn die Barkasse mit Roper und Badgett?«

Buckley schaute auf seine Uhr. »In einer Viertelstunde dürfte sie da sein.«

Die Kriminalassistenten Roper und Badgett sollten für eine Nacht im Büro Wache halten. Ihre Anwesenheit war mehr oder minder eine Formalität. Niemand vom Schloss hatte um Polizeischutz gebeten, und Grogan glaubte auch nicht, dass er nötig war. Er hatte ohnehin zu wenig Mitarbeiter und konnte sich keinen überflüssigen Einsatz leisten. Die ganze Insel einschließlich des Geheimstollens zum Teufelskessel war durchkämmt worden. Wer noch immer an die Theorie von einem Zufallseinbrecher glaubte, musste nun davon ausgehen, dass er sich nicht mehr auf der Insel befand. Morgen würden sie wiederkommen und die Ermittlungen auf der Insel abschließen, um dann die Untersuchung vom Revier in Speymouth aus fortzuführen. Für Roper und Badgett wirds eine langweilige, ungemütliche Nachtwache werden, dachte Buckley.

Gorringe hatte ihnen zwar ein Zimmer mit Betten zur Verfügung gestellt und hinzugefügt, die beiden bräuchten nur nach Munter zu läuten, falls sie etwas wünschten, aber Grogans Anweisungen waren eindeutig gewesen. »Ihr nehmt Thermosflaschen und Sandwiches mit und läutet nach niemandem. Das Einzige, was ihr von Mr Gorringe annehmt, sind Strom, Heizung und Wasser im Spülkasten.«

Grogan zog an der Glocke. Buckley kam es so vor, als lasse sich Munter absichtlich Zeit.

»Teilen Sie Mr Gorringe mit, dass wir jetzt abfahren«, sagte Grogan.

»Sehr wohl, Sir. Die Polizeibarkasse ist allerdings noch nicht da, Sir.«

»Ich weiß. Wir werden am Kai warten.« Als Munter gegangen war, meinte er gereizt: »Was denkt er denn, was wir tun werden? Auf dem Wasser wandeln?«

Gleich darauf erschien Gorringe, um sie höflich aus seinem Reich zu geleiten. Wie Dinnergäste, dachte Buckley, wenn auch keine willkommenen oder angenehmen. Gorringe erwähnte das Ereignis, das sie nach Courcy geführt hatte, mit keinem Wort und erkundigte sich auch nicht nach dem Stand der Ermittlungen. Die Ermordung Clarissa Lisles war gleichsam nur ein peinliches Missgeschick an einem ansonsten nicht unerfreulichen Tag.

Die frische Luft tat ihnen gut. Für Mitte September war es eine ungewöhnlich milde Nacht. Die Terrassenplatten verströmten eine wohltuende Wärme, wie einen letzten Sommerhauch. Die Aktentaschen in der Hand, schlenderten sie zusammen den Ostteil des Kais entlang. Als sie sich noch einmal umschauten, sahen sie in der Ferne die hell beleuchteten Speisezimmerfenster und schattenhafte Gestalten, die auf der Terrasse auf und ab gingen – einander begegneten, sich sogleich wieder trennten, innehielten und dann weiterschritten, als führten sie einen Tanz auf. Buckley meinte, dass sie einen Teller in der Hand hielten. Vermutlich aßen sie die inzwischen kalten Reste des Dinners. Der Anblick erinnerte ihn an ein Totenmahl. Aber er konnte es ihnen nicht verdenken, dass sie nicht an einem Tisch sitzen und einen leeren Stuhl anstarren wollten.

Grogan und er setzten sich unter den Baldachin des Pavillons, um von dort nach dem Scheinwerferlicht der Barkasse Ausschau zu halten. Es war eine stille Nacht, die zum Träumen verleitete. Hier, am Südufer von Courcy, von wo aus das Festland nicht zu sehen war, konnte man sich einbilden, dass die Insel gottverlassen in einem unermesslich großen Meer lag und sie beide nach den Masten eines längst überfälligen Versorgungsschiffes Ausschau hielten; die Schemen auf der Schlossterrasse konnten gut die Geister einstiger Siedler sein, das Schloss war nur mehr eine Ruine, die große Halle, die Bibliothek und der Salon ohne Dach unter dem Nachthimmel; die breite Innentreppe schien ins Nichts zu führen, und zwischen geborstenen Steinplatten wucherten Farn und Unkraut. Buckley neigte sonst nicht zu solchen Vorstellungen, aber jetzt gab er seiner Müdigkeit nach und ließ seine Fantasie schweifen, während er ruhig dasaß und sein rechtes Handgelenk massierte.

Grogans Stimme riss ihn aus den Träumen. Weder die Stille noch die Schönheit der Nacht schienen ihn zu beeindrucken. Seine Gedanken kreisten noch immer um den Mord. Buckley hätte eigentlich wissen müssen, dass Grogan nicht abschalten konnte. Der Kommentar eines Kriminalinspektors fiel ihm ein: »Für den ›roten Rufus‹ ist eine Mordsache so was wie eine Liebesaffäre. Er ist wie besessen von den Tatverdächtigen, schnüffelt in ihrem Leben herum, beschäftigt sich nur mit dem Fall, ist gereizt, rastlos und frustriert, bis endlich die Verhaftung den ersehnten Höhepunkt bringt.« Buckley überlegte, ob das eine Ursache für Grogans gescheiterte Ehe war. Es musste doch höchst unbefriedigend gewesen sein, mit einem Mann zusammenzuleben, der nicht nur tagsüber ständig seinen Beruf im Kopf hatte. Grogans Stimme klang fröhlich, als hätte die Untersuchung gerade erst begonnen.

»Und dann noch diese Roma Lisle. Cousine der Ermordeten. Fünfundvierzig Jahre. Ladenbesitzerin. Ehemalige Lehrerin. Unverheiratet. Was ist Ihnen denn an dieser Dame aufgefallen, Sergeant?«

Buckley versuchte, sich an die Vernehmung Roma Lisles zu erinnern. »Dass sie Angst hatte, Sir.«

»Ja, sie wirkte verängstigt, abwehrend, verlegen und unglaubwürdig. Denken Sie noch mal an ihre Geschichte! Sie gibt zu, dass der Holzschnitt ihr gehört, und behauptet, sie habe ihn nach Courcy mitgenommen, weil sie meinte, Gorringe könne sich dafür interessieren und ihr verraten, wie alt und wie wertvoll er ist. Da er aber kein Experte für Manuskripte aus dem frühen 17. Jahrhundert ist, hatte sie sich falsche Hoffnungen gemacht. Aber möglicherweise hat diese Sache nicht viel zu bedeuten. Sie hat das Ding irgendwo gefunden, es für interessant gehalten und mitgenommen. Und jetzt zum heutigen Tag. Sie sagt, sie habe das Zimmer ihrer Cousine etwa fünf Minuten nach eins verlassen, sei direkt zur Bibliothek gegangen, dort bis halb drei geblieben und habe danach ihr Zimmer aufgesucht. Es liegt auf der Etage über der Galerie. Sie brauchte also nicht an Miss Lisles Zimmer vorbeizugehen. Sie hat nichts gesehen und nichts gehört. In diesen knapp anderthalb Stunden war sie allein in der Bibliothek. Gegen zwanzig nach eins erschien dann diese Gray, blieb aber nicht. Roma Lisle erwartete in der Bibliothek einen Anruf ihres Geschäftspartners, der sie aber versetzte. Sie hat außerdem ausgesagt, sie habe noch einen Brief geschrieben. Als ich ihn sehen wollte, wurde sie rot und verlegen und hat erwidert, sie habe ihn zerrissen, weil sie ihn am Ende doch nicht hatte abschicken wollen. Als wir dann darauf hingewiesen haben, dass wir im

Papierkorb in der Bibliothek keine Schnipsel gefunden hätten, wurde sie noch röter und erklärte, sie habe die Fetzen mit auf ihr Zimmer genommen und im WC hinuntergespült. Alles höchst sonderbar! Aber noch merkwürdiger ist etwas anderes. Sie hatte als eine der letzten Personen ihre Cousine noch lebend gesehen. Sie war nicht die Letzte, aber eine der Letzten. Und sie behauptet nun, sie sei Miss Lisle aufs Zimmer gefolgt, weil sie ihr Glück bei der Aufführung wünschen wollte. Alles höchst anständig für eine Cousine. Doch als wir meinten, sie habe die Bibliothek reichlich spät verlassen, wenn sie sich noch umziehen musste, erwiderte sie, sie habe die Aufführung sausen lassen wollen. Fällt Ihnen eine Erklärung für dieses merkwürdige Verhalten ein?«

»Sie erwartete einen Telefonanruf von ihrem Geliebten und nicht unbedingt von ihrem Geschäftspartner, Sir. Als er nicht anrief, beschloss sie, ihm zu schreiben. Dann überlegte sie es sich anders und zerriss den Brief. Erst später holte sie die Schnipsel aus dem Papierkorb, weil sie nicht wollte, dass wir sie wieder zusammensetzen und über ihre vermutlich völlig belanglosen Privatangelegenheiten lesen.«

»Nicht schlecht, Sergeant! Aber daran ist ein Haken. Denn zu dem Zeitpunkt, als sie ihrer Angabe nach die Schnipsel mit auf ihr Zimmer nahm, konnte sie ja noch nicht wissen, dass die Polizei kommen würde, um ihre Nase in ihre Privatangelegenheiten zu stecken! Es sei denn, sie wusste da schon, dass ihre Cousine tot war.«

»Und das letzte Gespräch mit Miss Lisle?«

»Ich vermute, dass es weniger freundlich verlief, als sie es darstellt«, erwiderte Grogan.

»Aber warum hat sie diesen Brief erwähnt, Sir? Das brauchte sie doch nicht. Warum hat sie nicht gesat, dass sie die ganze Zeit über in der Bibliothek gelesen hat?«

»Weil sie zu den Frauen gehört, die im Allgemeinen die Wahrheit sagen. Sie hat auch nicht vorgegeben, dass sie ihre Cousine mochte oder über ihren Tod betrübt sei. Wenn sie schon die Polizei hinters Licht führen will, lügt sie so wenig wie möglich. Dann braucht sie nicht so viele Lügen im Gedächtnis zu behalten und kann sich außerdem einreden, dass sie im Grunde überhaupt nicht gelogen hat. Kein schlechtes Prinzip, wenn man sich nur daran hält. Aber wir sollten dem zerrissenen Brief nicht zu viel Bedeutung zumessen. Vielleicht wollte sie nur den Hausangestellten keine zusätzliche Arbeit machen, oder sie hat befürchtet, dass diese aus Neugier den Brief zusammensetzen könnten. Aber nicht nur Roma Lisles Geschichte macht mich stutzig, auch die merkwürdige Einsilbigkeit des Dienstmädchens von Clarissa Lisle. Was sie gesagt hat, könnte aus einem dieser aufgeblasenen Gesellschaftsromane aus den Dreißigern stammen.«

Buckley dachte über die Vernehmung von Rose Tolgarth nach. Bevor sie kam, hatte ihm Grogan noch gesagt: »Die Vernehmung dieser Dame überlasse ich Ihnen, Sergeant, denn Jugend kommt bei ihr wahrscheinlich besser an als langjährige Erfahrung. Zeigen Sie's ihr!«

Der verdutzte Buckley hatte noch gefragt: »Vom Schreibtisch aus, Sir?«

»Scheint mir der angemessene Platz zu sein, oder wollen Sie um sie herumschleichen wie ein Raubtier?«

Grogan selbst hatte sie empfangen und dann höflicher als Cordelia Gray oder Roma Lisle zum Sitzen aufgefordert. Falls es sie erstaunt hatte, dass sich der jüngere der beiden Kriminalbeamten ihrer annahm, hatte sie es sich nicht anmerken lassen. Sie hatte sich überhaupt nichts anmerken lassen, sondern ihn mit ihren bemerkenswerten Augen mit der schmutzig dunklen Iris angeschaut, als sehe sie in ... Ja, was, überlegte er jetzt. Seine Seele konnte es nicht sein, da er nicht glaubte, dass er eine besaß, aber doch in irgendeinen Teil seines Wesens, den er sonst vor der Öffentlichkeit verbarg. Sie beantwortete seine Fragen höflich, aber mit so wenig Worten wie möglich. Sie räumte ein, dass sie von den Drohbriefen gewusst habe, weigerte sich aber, Vermutungen über den Urheber zu äußern. Ihrer Ansicht nach war das die Sache der Polizei. Sie hatte den Tee zubereitet und ihn Miss Lisle gebracht, bevor diese sich wie immer vor einer Aufführung hingelegt hatte. Alles war wie sonst auch verlaufen. Miss Lisle trank Lapsang-Souchong-Tee ohne Milch und Zucker, aber in die Kanne kamen noch zwei dicke Zitronenscheiben, bevor der Tee mit sprudelndem Wasser aufgegossen wurde. Sie hatte den Tee in Munters Küche auf die übliche Weise zubereitet. Mrs Chambers und Debbie waren dabei gewesen. Sie hatte das Tablett unverzüglich nach oben getragen. Die Teekanne hatte sie keinen Augenblick aus den Augen gelassen. Sir George war bei seiner Frau im Zimmer gewesen. Sie hatte das Tablett auf dem Nachttisch abgestellt und war dann ins Bad gegangen, um dort noch aufzuräumen, bevor Miss Lisle ihr Bad nahm. Danach hatte sie ihrer Herrin im Zimmer, wo sich mittlerweile auch Miss Gray befand, beim Auskleiden geholfen. Miss Gray hatte dann ihr Zimmer aufgesucht, und auch Sir George hatte seine Frau verlassen. Gleich darauf war auch sie gegangen. Am Nachmittag hatte sie die Damengarderobe hinter der Bühne hergerichtet und Mrs Munter bei den Vorbereitungen für die Party geholfen. Gegen zwei Uhr fünfundvierzig war sie vorsorglich nach oben gegangen, falls Miss Gray vergessen haben sollte, Miss Lisle zu wecken. Vor dem Zimmer hatte sie dann Sir George, Mr Gorringe und Miss Gray getroffen und von Miss Lisles Tod erfahren.

Anschließend hatten Grogan und Buckley sie in Miss Lisles Zimmer geführt und aufgefordert, sich umzusehen, ohne etwas zu berühren, um festzustellen, ob der Raum wie sonst auch war oder ob ihr etwas ungewöhnlich vorkam. Sie hatte nur den Kopf geschüttelt. Vor dem Verlassen des Zimmers hatte sie noch – mit einem Ausdruck, den Buckley nicht entschlüsseln konnte – die Chaiselongue und das leere, abgezogene Bett betrachtet. War es Traurigkeit gewesen? Nachdenklichkeit? Resignation? Er kam einfach nicht darauf. Sie hatte die Augen weit geöffnet und schien die Lippen zu bewegen.

Buckley war es vorgekommen, als würde sie beten. Im Büro dann fragte er: »Haben Sie gern für Miss Lisle gearbeitet? Sind Sie gut miteinander ausgekommen?«

Taktvoller konnte er nicht fragen, um herauszufinden, ob sie ihre Arbeitgeberin so gehasst hatte, dass sie ihr den Schädel einschlug.

»Wir waren aneinander gewöhnt«, hatte sie leise erwidert. »Meine Mutter war ihre Kinderschwester gewesen. Sie hatte mich später gebeten, mich um Miss Lisle zu kümmern.«

»Sie können sich also keinen Grund vorstellen, warum sie jemand umgebracht haben könnte? Alle waren wie eine große, glückliche Familie, was?«

Doch sein Grogan nachempfundener Sarkasmus war nicht angekommen. Sie hatte es ihm mit gleicher Münze heimgezahlt. »Es gibt keinen vernünftigen Grund, warum Menschen einander umbringen sollten, selbst nicht in glücklichen Familien.«

Mit Mrs Munter war es ihm ein wenig besser ergangen. Auch sie war eine zwar zuvorkommende, aber höchst unergiebige Zeugin gewesen, die kaum etwas mitgeteilt und all seinen Versuchen, sie zum Reden zu bringen, widerstanden hatte. Gorringe hatte seine Geheimnisse, falls er welche hegte, hinter einem Schwall von Mutmaßungen verborgen. Miss Tolgarth und Mrs Munter hingegen hatten ihre Geheimnisse wortkarg und stur für sich behalten, ohne sich offen unkooperativ zu zeigen. Buckley dachte, dass Grogan kaum zwei schwierigere Zeuginnen hätte aussuchen können, an denen er sich in der Kunst des Verhörs üben sollte. Das war sicherlich auch Grogans Hintergedanke gewesen. Beide Zeuginnen hatten offenbar den Eindruck vermitteln wollen, ein Mord wäre wie die meisten Gewalttaten auf der Welt eine männliche Domäne, von der sie als Frauen glücklicherweise ausgeschlossen waren. Zwischendurch hatte er sich dabei ertappt, wie er sie peinlicherweise ratlos angestarrt hatte. Aber Menschen waren nun einmal anders als die Geometrieaufgaben. Sie ließen sich nicht so leicht entschlüsseln, auch nicht, wenn man sie lange anstarrte.

»Miss Tolgarth hat gesagt, dass sie Miss Lisle erst verlassen habe, nachdem Sir George gegangen war«, sagte Buckley. »Das stimmt mit seinen Angaben überein. Miss Gray war auf ihrem Zimmer, sodass sie niemanden weggehen sehen konnte. Miss Tolgarth hätte also durchaus ins Badezimmer zurückkehren können, um dort angeblich irgendwelche Vorbereitungen fürs Bad zu treffen, um dann, nachdem die Gray weg war, ihre Herrin im Zimmer umzubringen.«

»Der Zeitrahmen ist ein wenig knapp. Mrs Munter hat sie gegen ein Uhr zwanzig unten in der Küche gesehen.«

»Das behauptet sie. Ich habe aber das Gefühl, Sir, dass die beiden sich gegenseitig decken. Ich habe aus beiden, vor allem aus dieser Tolgarth, äußerst wenig herausgebracht.«

»Außer einer höchst aufschlussreichen Lüge. Es sei denn, sie sieht weniger gut, als ich annehme.«

»Was meinen Sie damit, Sir?«

»Denken Sie mal an die Szene in Miss Lisles Zimmer, Sergeant! Sie haben sie gefragt, ob alles noch so aussehe wie sonst. Ihre Antwort war ein Kopfnicken. Aber denken Sie mal an den Frisiertisch! Was fehlte denn bei all dem Frauenkram? Etwas, das wir angesichts der Dinge, die es da zu sehen gab, erwartet hätten?«

Bevor Buckley eine Antwort auf diese rätselhafte Frage finden konnte, hatte die Barkasse mit Roper und Badgett am Kai festgemacht.

32. Kapitel

Endlich ging dieser grauenhafte Tag zu Ende. Sobald die Standuhr zehn geschlagen hatte, verabschiedete sich einer nach dem anderen und ging still auf sein Zimmer. Die sonst üblichen Abschiedsfloskeln wie: »Ich bin schrecklich müde … Es war ein langer Tag … Schlafen Sie gut … Also dann bis morgen …« wären fehl am Platze gewesen. Zwei Polizistinnen hatten Cordelias Sachen taktvollerweise aus dem De-Morgan-Zimmer in ihr neues gebracht, worüber sie sich amüsiert hätte, wenn sie dazu noch in der Lage gewesen wäre. Ihr jetziges Zimmer lag ebenfalls auf der Galerie, aber auf der entgegengesetzten Seite von Simons Zimmer, und ging auf den Rosengarten und den Swimmingpool hinaus. Als Cordelia den Schlüssel umdrehte und die stickige, parfümgeschwängerte Luft einatmete, dachte sie, dass es sicherlich nicht oft benutzt wurde. Es war klein, düster, vollgestopft, und es sah aus, als habe Gorringe es nur für die Sommertouristen mit Stilmöbeln eingerichtet. Hier fehlte die Leichtigkeit, die Geschmackssicherheit, die sich in vielen Räumen zeigte. Die Wände waren dicht mit Bildern und Verzierungen behängt. Die dunklen, verschnörkelten Möbel – wie aus Pappmaschee mit Mahagoni – wirkten einschüchternd. Im Zimmer roch es muffig, aber als sie das Fenster öffnete, drang das Rauschen des Meeres herein, das allerdings nicht mehr einschläfernd und tröstlich wirkte, sondern Angst einflößend. Sie lag da und überlegte, ob sie noch die Energie aufbringen könnte, um aus dem Bett zu steigen und das Fenster zu kippen. Doch bei diesem Gedanken übermannte sie schließlich die Erschöpfung, und sie spürte nur noch dumpf, wie sie in tiefen Schlaf versank.

V.

ENTSETZEN BEI MONDLICHT

33. KAPITEL

Um neun Uhr fünfzehn ging Cordelia ins Büro, um Miss Maudsley anzurufen. Als sie den Hörer abhob, überlegte sie, ob die Polizei vielleicht mithörte. Aber das Kontrollieren privater Telefongespräche, selbst an einem Tatort, kam doch dem Abhören gleich, und dafür war bestimmt eine Genehmigung des Innenministeriums erforderlich. Es war schon merkwürdig, wie wenig sie trotz Bernies Einführungen über polizeiliche Ermittlungen wusste. Sie hatte mittlerweile festgestellt, dass die Befugnisse der Polizei gar nicht so weit reichten, wie man aus der Lektüre von Kriminalromanen hätte schließen können. Andererseits war ihre Anwesenheit deutlich angsteinflößender und bedrückender, als sie es sich vorgestellt hatte. Als hätte man Mäuse im Haus. Selbst wenn man sie nicht hörte oder sah, konnte man, sobald man von ihrer Anwesenheit wusste, ihr unheimliches Dasein nicht mehr ignorieren. Auch hier im Büro konnte sie noch Inspektor Grogans abstoßendes Wesen spüren, obwohl alle Spuren seiner kurzfristigen Belagerung längst verschwunden waren. Sie meinte sogar, dass die Polizei den Raum ordentlicher als vorher hinterlassen hatte. Auch das kam ihr nicht geheuer vor. Als sie schließlich die Londoner Vorwahlnummer wählte, war sie noch immer nicht ganz davon überzeugt, nicht abgehört zu werden. Ärgerlicherweise hatte Miss Maudsley keinen Privatanschluss in ihrer bescheidenen Einzimmerwohnung. Das einzige Telefon im Haus befand sich im dunkelsten und abgelegensten Winkel des Gemeinschaftsraums. Cordelia war darauf gefasst, etliche Minuten warten zu müssen, bis einer der Bewohner vom Klingeln aufgeschreckt würde und endlich herauskäme. Wenn sie Glück hatte, verstand er Englisch. Und wenn sie noch mehr Glück hatte, war er auch willens, die vier Stockwerke zu Miss Maudsley hinaufzusteigen. An diesem Morgen klappte alles auf Anhieb. Miss Maudsley vertraute ihr sogleich an, dass sie sich auf dem Heimweg von der Acht-Uhr-Messe wie immer eine Sonntagszeitung gekauft habe und seitdem auf der untersten Treppenstufe gesessen und überlegt habe, ob sie nun Schloss Courcy anrufen oder auf Cordelias Anruf warten solle. Vor Angst und Besorgnis war sie völlig durcheinander. Der knappe Zeitungsbericht sei ja nicht besonders aufschlussreich gewesen. Cordelia dachte, Clarissa Lisle wäre sicher verstimmt gewesen zu erfahren, dass all ihr Ruhm, selbst nach ihrem gewaltsamen Ende, nicht zu großen Schlagzeilen ausgereicht hatte, weil der Redaktion für die erste Seite genügend reißerische Nachrichten zur Verfügung standen – ein aufsehenerregender Parlamentsskandal, der Tod eines Popstars durch eine Überdosis Drogen und ein äußerst brutaler Terroranschlag in Norditalien. Miss Maudsleys Stimme brach mehrmals ab, als sie sagte: »In der Zeitung hieß es, … dass sie … erschlagen wurde. Ich kann es einfach nicht fassen! … Es muss doch auch für Sie schrecklich sein. Für Clarissa Lisles Mann natürlich auch. Die arme Frau! Aber man macht sich natürlich auch über die Lebenden Gedanken. Ich glaube, es ist ein Einbrecher gewesen. In der Zeitungsmeldung stand noch, dass ihr Schmuck verschwunden ist. Ich hoffe nur, die Polizei zieht keine falschen Schlüsse.«

So drückt sie überaus taktvoll ihre Hoffnung aus, dachte Cordelia, dass nicht auch ich verdächtigt werde. Als sie ihr dann möglichst langsam ihre Anweisungen durchgab, hörte man geradezu, wie Miss Maudsley um Fassung rang und angestrengt lauschte.

»Die Polizei wird sicherlich mich und das Detektivbüro überprüfen. Ich weiß nicht, ob jemand von der Kriminalpolizei hier in Dorset vorbeikommt oder ob das die Metropolitan Police erledigt. Bleiben Sie ganz ruhig und beantworten Sie alle Fragen!«

»Ja, ja. Das muss ich wohl. Das ist alles so furchtbar! Muss ich ihnen denn alles zeigen? Und wenn sie auch noch unsere Buchhaltung sehen wollen? Ich habe zwar die Kasse am Freitagnachmittag abgerechnet, aber ich fürchte, irgendetwas stimmt da nicht. Mr Morgan war da und hat das Firmenschild richtig befestigt, ein netter Mann übrigens. Er hat gesagt, er würde die Rechnung bis zu Ihrer Rückkehr liegen lassen. Hinterher habe ich Bevis etwas Gebäck zum Kaffee holen lassen. Leider hat er vergessen, wie viel es gekostet hat, und wir haben die Verpackung mit dem Preis darauf weggeworfen.«

»Wahrscheinlich werden sie sich nach Sir George Ralstons Besuch erkundigen. Ich glaube nicht, dass sich die Polizei für die Kasse interessiert. Aber zeigen Sie ihnen ruhig alles, was sie sehen wollen, nur nicht die Kundenkartei. Die ist vertraulich. Und ermahnen Sie Bevis, nicht frech zu werden!«

Miss Maudsley versprach alles und klang jetzt wieder beherrscht. Zumindest bemühte sie sich, den Eindruck zu erwecken, dass man sich völlig auf sie verlassen könne, dass sie mit allem, was der Montag bringen mochte, fertigwürde. Cordelia fragte sich, was mehr Schaden anrichten könne: Bevis' Schauspielerei oder Miss Maudsleys Beteuerungen, dass die liebe Miss Gray unter gar keinen Umständen eines Mordes fähig sei. Vermutlich würde Bevis sich in Gegenwart von Polizisten weniger theatralisch als sonst gerieren, falls er nicht zufällig gerade eine Fernsehdokumentation über Korruption, Brutalität und Rassismus bei der Polizei gesehen hatte. In diesem Fall war alles denkbar. Zumindest würde auf keinen Fall Adam Dalgliesh in der Kingly Street ermitteln, denn derartige Aufgaben waren undenkbar für jemanden, der die exklusiven Höhen der Polizeihierarchie erklommen hatte. Sie hätte aber gern gewusst, ob er von dem Mordfall gelesen hatte und erfahren würde, dass sie darin verwickelt war.

Cordelia ahnte nicht, was ihr an diesem Sonntagvormittag noch Ungewöhnliches bevorstand. Als sich Gorringe am Frühstückstisch eine Portion Rühreier auf seinen Teller füllte, erstarrte er plötzlich mit dem Löffel in der Hand und rief: »Du meine Güte! Ich habe ja vollkommen vergessen, Pfarrer Hancock abzusagen! Jetzt ist es zu spät. Oldfield ist sicher schon unterwegs, ihn abzuholen. Hancock ist ein hochbetagter anglikanischer Pfarrer, der in Speymouth seinen Lebensabend verbringt«, erklärte er. »Wenn ich Gäste habe, lade ich ihn meistens ein, damit er die Sonntagsmesse liest. Die Menschen scheinen wieder etwas mehr vom Gottesdienst zu halten heutzutage. Wenn Clarissa übers Wochenende da war, hat sie ihn immer ganz gern gesehen. Sie fand ihn äußerst amüsant.«

»Ausgerechnet Clarissa!« Whittingham begann stoßweise und heiser zu lachen, bis sein magerer Körper bebte. »Hancock wird vermutlich zur selben Zeit ankommen wie die Polizei. Wir werden Grogan erklären müssen, dass wir für anderthalb Stunden nicht ihm, sondern Gott zu Diensten stehen. Ich kanns kaum erwarten, sein Gesicht zu sehen. Geben Sie's zu, Ambrose, dass Sie dem Pfarrer absichtlich nicht abgesagt haben!«

»Nein, ich versichere es Ihnen. Ich habe es vergessen.«

»Wahrscheinlich kommt er gar nicht«, meinte Roma. »Er wird mittlerweile von dem Mord gehört haben – das hat sich in ganz

Speymouth längst herumgesprochen. Er wird annehmen, dass Sie ihn gar nicht erwarten.«

»Glauben Sie das nur nicht! Selbst wenn ein Massenmörder alle von uns bis auf zwei ermordet hätte und Oldfield wäre noch da, um ihn abzuholen, würde er kommen. Er ist fast neunzig und hat seine eigenen Prioritäten. Außerdem locken ihn mein Sherry und ein guter Lunch. Ich muss Munter Bescheid geben.« Als er hinausging, umspielte ein rätselhaftes, selbstgefälliges Lächeln seine Lippen.

»Dann muss ich mir wohl etwas anderes als meine Hose anziehen«, meinte Cordelia.

Whittingham schien auf einmal Appetit bekommen zu haben. Er nahm sich eine reichliche Portion Rührei.

»Das ist unnötig«, erwiderte er. »Sie haben ja bestimmt auch keine Handschuhe und kein Gebetbuch mitgebracht. Keine Sorge! Auch ohne die nötigen Requisiten können wir nach viktorianischer Art zur Kirche schreiten. Ob wohl die Munters und Oldfield auf der Dienstbotenbank Platz nehmen müssen? Und worüber will der alte Herr bloß predigen?«

Gorringe kehrte zurück. »Das wäre erledigt. Munter hatte es keineswegs vergessen. Kommen Sie alle zur Messe, oder gibt es irgendwelche Verweigerer aus Gewissensgründen?«

»Ich halte sonst nicht viel davon, bin aber gern dabei, Hauptsache, es ärgert Grogan. Wir müssen doch nicht etwa singen?«, fragte Roma.

»Selbstverständlich! Das Tedeum und die Liturgie. Und dann noch ein Kirchenlied. Wer schlägt eins vor?«

Niemand rührte sich.

»Dann schlage ich *Gottes Wege sind unergründlich* vor. Um zwanzig vor elf kommt die Barkasse an.«

Und so nahm dieser merkwürdige Vormittag seinen Gang. Die *Shearwater* legte fünf Minuten vor der Polizeibarkasse an. Gorringe empfing einen zierlichen, mit Talar und Birett bekleideten Greis, der erstaunlich behände an Land sprang und sie alle mit feuchten, fahlblauen Augen gütig anblickte. Noch bevor Gorringe die Versammelten vorstellen konnte, sagte der alte Mann zu ihm: »Ich war zutiefst betroffen, als ich vom Tod Ihrer Frau hörte.«

»Ja, das hat niemand erwartet«, erwiderte Gorringe ernst. »Wir waren allerdings nicht verheiratet, Hochwürden.«

»Nicht verheiratet? Na, so was! Verzeihen Sie mir, das konnte ich nicht ahnen. Ertrunken ist sie, habe ich gehört. Ja, ja, die Meeresströmungen können hier recht tückisch sein.«

»Sie ist nicht ertrunken, Hochwürden. Sie erlitt einen tödlichen Schädelbruch.«

»Mir war, als habe meine Wirtschafterin von Ertrinken gesprochen. Aber vielleicht verwechsle ich sie. Mit jemandem im Krieg vielleicht. Vor langer Zeit. Ich fürchte, mein Gedächtnis ist nicht mehr so gut wie früher.«

Die Polizeibarkasse legte rumpelnd am Kai an. Sie sahen Grogan, Buckley und zwei weitere, in Zivil gekleidete Polizeibeamte aussteigen.

»Darf ich Ihnen Pfarrer Hancock vorstellen, der gekommen ist, um die Messe gemäß der Kirche von England zu lesen?«, sagte Gorringe förmlich. »Sie wird etwa eineinviertel Stunden dauern. Sie und Ihre Kollegen sind selbstverständlich eingeladen, daran teilzunehmen.«

»Danke!«, erwiderte Grogan kurz angebunden. »Ich gehöre Ihrer Konfession nicht an, und meine Männer haben solche Dinge in ihrer Freizeit zu erledigen. Aber ich wäre Ihnen sehr verbunden, wenn Sie uns wieder den Zutritt zu sämtlichen Räumen im Schloss gestatten würden.«

»Aber selbstverständlich! Munter wird sich um Sie kümmern. Und nach dem Lunch stehe auch ich Ihnen zur Verfügung.«

Der archaische, vielfarbige Kirchenraum empfing mit seiner Stille. Nach einigem guten Zureden setzte sich Simon an die Orgel, während die anderen im hohen Kirchengestühl Platz nahmen, das einst extra für den alten Herbert Gorringe angefertigt worden war. Es war eine alte Orgel mit einem Blasebalg, der getreten werden musste, aber Oldfield war zur Stelle. Als Pfarrer Hancock im Messgewand erschien, konnte der Gottesdienst beginnen. Gorringe nahm offenbar an, seine Gäste seien anderen Glaubens – wenn nicht noch Ärgeres – und müssten bei der Liturgie lautstark angeleitet werden. Whittingham zeigte sich die ganze Zeit über ernsthaft und vertraut mit der Liturgie, woraus man hätte schließen können, dass er seine Sonntagvormittage häufiger so verbrachte. Simon kam mit der Orgel tadellos zurecht, obgleich ihr Oldfield gegen Ende des Tedeums die Luft abschnürte, sodass ein verspätetes, überlautes und schiefes »Amen« erklang. Roma wiederum vergaß, dass sie sich vorgenommen hatte, den Mund zu halten. Sie sang mit einer kräftigen, tiefen und nur ein wenig schrägen Altstimme. Pfarrer Hancock hielt sich an das 1662 erschienene *Book of Common Prayer*, eine Ausgabe, in der nichts ausgelassen oder ersetzt worden war, und seine Schäfchen bezeichneten sich im etwas durcheinander-, aber insgesamt entschlossen klingenden Chor als armselige Sünder, die den Begierden und Sehnsüchten des Herzens allzu leicht nachgegeben hätten, und sie gelobten Besserung. Als er am Ende der Fürbitten völlig unerwartet ein Gebet für die Seelen der Verstorbenen einschob, kam es Cordelia vor, als hielten alle den Atem an, als ziehe ein kalter Hauch durch die Kirche. Die viertelstündige Predigt war ein gelehrter Vortrag über die paulinische Lehre zur Erlösung. Als sie sich alle erhoben, um zum Schluss das Kirchenlied anzustimmen, flüsterte Whittingham Cordelia zu: »So sollte eine Predigt sein: Sie nimmt auf nichts Wesentliches Bezug und genügt sich selbst.«

Vor dem Lunch servierte Munter auf der Terrasse einen trockenen, gekühlten Sherry. Der Pfarrer genehmigte sich drei Gläschen, ohne dass man ihm etwas anmerkte, und unterhielt sich angeregt mit Sir George über die Beobachtung von Vögeln und mit Ivo Whittingham über die Reform der Liturgie, über die Whittingham erstaunlicherweise gut informiert war. Keiner erwähnte Clarissa, und Cordelia kam es vor, als sei ihr rastloser, bedrohlicher Geist seit ihrer Ermordung erstmals gebannt worden. Für einen wohltuenden Moment schienen alle lastenden Schuldgefühle und die Bedrückung verschwunden zu sein. Wenn man so in der Sonne plauderte, konnte man sich einbilden, das Leben sei so geordnet und sicher, freundlich und vernünftig wie die großartige Liturgiereform der anglikanischen Kirche, an der sie gerade teilgehabt hatten. Und als sie sich schließlich den gebratenen Rippchen und den Rhabarbertörtchen zuwandten – einem traditionellen, aber ziemlich üppigen Sonntagslunch, der sicherlich Pfarrer Hancock zuliebe so ausgefallen war –, waren alle erleichtert, dass er da war und mit zittriger, aber angenehmer Stimme über die Nistgewohnheiten der Singdrossel dozierte oder zeigte, wie sehr ihm das Essen und der Wein schmeckten. Nur Simon, dessen Gesicht bereits gerötet war, trank so viel wie Hancock. Er schüttete den Rotwein wie Wasser hinunter und griff immer wieder zitternd nach der Karaffe. Der Pfarrer hingegen schien nach dem Essen, das selbst jüngere Menschen ermattet hätte, quicklebendig wie eh und je. Er verabschiedete sich von ihnen genauso heiter, wie er sie vier Stunden vorher begrüßt hatte.

Sobald die *Shearwater* abgelegt hatte, wandte sich Roma an Cordelia und sagte verlegen: »Ich würde gern eine halbe Stunde spazieren gehen. Wollen Sie mitkommen? Ich hätte etwas mit Ihnen zu besprechen.«

»Einverstanden. Falls Inspektor Grogan uns braucht, muss er uns eben suchen lassen.«

Wortlos schlenderten sie über die weite Rasenfläche hinter dem Rosengarten, tauchten in den Schatten der Buchen ein, liefen durch das zusammengewehte, helle, trockene Laub und hörten trotz des Blätterraschelns das allmählich lauter werdende Tosen der Brandung. Als sie nach ein paar Minuten aus dem Schatten der Bäume traten, standen sie am Rand einer Klippe. Zu ihrer Rechten sahen sie einen Betonbunker, der zu der 1939 angelegten Inselbefestigung gehörte. Der niedrige Zugang war durch die Blätter hindurch kaum zu sehen. Sie gingen vorbei, lehnten sich dann gegen die raue Außenwand und schauten durch den Vorhang aus grünem und goldenem Buchenlaub auf den schmalen Strand und die vom Meer blank geriebenen, leuchtenden Kiesel hinunter.

Cordelia schwieg. Der Spaziergang war schließlich Romas Einfall gewesen. Was ihr auf dem Herzen lag, musste sie schon selbst sagen. Trotzdem war Cordelia in ihrer Begleitung entspannt, als zählten ihre Meinungsverschiedenheiten nichts angesichts dessen, was sie verband, nämlich dass sie beide Frauen waren. Sie sah Roma zu, die einen Buchenzweig aufhob und ein Blatt nach dem anderen abzupfte.

Ohne Cordelia anzublicken, sagte sie: »Sie sind doch die Expertin. Wann, meinen Sie, können wir wohl abfahren? Ich muss mich schließlich um meinen Laden kümmern. Mein Partner kann das nicht ewig allein machen. Die Polizei darf uns doch nicht einfach festhalten, oder? Die Ermittlungen können noch Monate dauern.«

»Solange sie uns nicht verhaften, können sie uns dem Gesetz nach überhaupt nicht festhalten. Ein paar von uns werden wohl noch bei den Verhören gebraucht. Aber Sie dürfen sicherlich morgen abreisen, wenn Sie möchten.«

»Und was wird aus George? Er braucht doch Hilfe. Wird er ihre Sachen aussortieren: ihren Schmuck, ihre Kleider, das Make-up? Oder erwartet er, dass ich das tue?«

»Da müssen Sie schon ihn selbst fragen.«

»Wir dürfen nicht mal ihr Zimmer betreten! Die Polizisten haben es doch versiegelt. Dabei hat sie lauter Sachen mitgebracht. Das hat sie schon immer getan, selbst wenns nur ein Wochenendausflug war. Und dann sind da noch all die Kleider in der Bayswater-Wohnung und in Brighton. Hosenanzüge, Abendkleider, Pelze! George kann das doch nicht alles zur Altkleidersammlung geben!«

»Die Leute würden sich jedenfalls sehr wundern«, erwiderte Cordelia. »Aber sie würden schon eine Verwendung dafür finden. Sie können die Kleider in ihren Trödelläden verhökern.«

Sie hätte das Gespräch über Clarissas Garderobe lächerlich gefunden, hätte sie dahinter nicht etwas anderes, Wichtigeres geahnt: Romas Interesse an Clarissas Geld. Wieder schwiegen sie.

»Haben Sie gewusst, dass ich Clarissa kurz vor ihrem Tod um ein Darlehen gebeten habe, das sie mir allerdings verweigert hat?«, fragte Roma nach einer Weile unsicher.

»Ja. Ich war im Zimmer, als Clarissa es Sir George erzählte.«

»Und Sie haben es der Polizei nicht gesagt?«

»Nein.«

»Das war sehr anständig von Ihnen, zumal ich ja nicht gerade freundlich zu Ihnen gewesen bin.«

»Das hat damit nichts zu tun. Wenn die Polizei an solchen Informationen interessiert ist, soll sie doch die Betreffenden selbst fragen.«

»Bislang wissen sie nichts davon. Ich habe sie nämlich angelogen. Ich bin nicht stolz darauf und weiß auch nicht einmal, warum ich's getan habe. Wohl aus Panik und dem Gefühl, dass es ihnen zupasskäme, mir den Mord anzuhängen statt George oder Ambrose. Der eine ist schließlich ein Baronet und obendrein ein Kriegsheld, der andere zumindest stinkreich.«

»Die Polizei will den Mord niemandem anhängen, sie will nur

den Schuldigen finden. Auch mir sind Grogan und Buckley nicht gerade sympathisch. Aber ich halte sie für ehrlich.«

»Eines ist schon merkwürdig«, fuhr Roma fort. »Ich habe die Polizei nie gemocht und ihr nie über den Weg getraut, aber ich habe es immer für selbstverständlich gehalten, dass ich sie bei der Aufklärung eines schweren Verbrechens uneingeschränkt unterstützen würde. Selbstverständlich möchte ich, dass Clarissas Mörder gefasst wird. Wieso verhalte ich mich dann so abwehrend? Warum benehme ich mich, als hätten sich Grogan und Buckley gegen mich verschworen? Es ist demütigend, wenn man feststellt, dass man lügt und Angst hat. Demütigend und beschämend.«

»Ich weiß. Ich habe das gleiche Gefühl.«

»Anscheinend hat auch George den beiden nichts von unserer Auseinandersetzung erzählt. Tolly offenbar ebenfalls nicht. Clarissa hat sie zwar aus dem Zimmer geschickt, als wir miteinander gesprochen haben, aber sie wird es erraten haben. Was könnte sie Ihrer Ansicht nach vorhaben? Mich zu erpressen?«

»Bestimmt nicht«, erwiderte Cordelia. »Aber ich denke, dass sie es weiß. Als ich bei Clarissa war, war sie gerade im Bad. Wahrscheinlich hat sie alles gehört. Clarissa war ziemlich aufgebracht.«

»Sie hat mich beschimpft und beleidigt. Wenn ich dazu fähig gewesen wäre, hätte ich sie da umgebracht.« Sie schwieg eine Weile und sagte dann: »Ich halte es nicht länger aus, dass wir es alle vermeiden, darüber zu reden, wer sie ermordet haben könnte. Wir sagen uns nicht einmal gegenseitig, was wir Grogan mitgeteilt haben. Seit dem Mord verhalten wir uns wie Fremde, sagen uns nichts, stellen auch keine Fragen. Finden Sie das nicht auch seltsam?«

»Eigentlich nicht. Wir sitzen hier nun einmal fest. Das Zusammenleben könnte unerträglich werden, wenn wir uns gegenseitig beschuldigen oder Grüppchen bilden würden.«

»Das sehe ich auch so. Aber ich glaube, ich ertrage es nicht mehr, nichts zu wissen, nicht darüber zu reden, scheinheilig zu plaudern, obwohl wir doch alle an das Gleiche denken, uns nicht in die Augen schauen, alle möglichen Vermutungen hegen und abends die Zimmertür abschließen. Haben Sie Ihre nicht auch abgeschlossen?«

»Ja. Ich weiß aber nicht, weshalb. Ich kann mir nicht vorstellen, dass sich ein irrer Mörder auf der Insel befindet. Clarissa war von Anfang an das gesuchte Opfer. Sie wurde nicht zufällig umgebracht. Trotzdem habe auch ich meine Zimmertür zugesperrt.«

»Aber vor wem denn? Wer kann es nur getan haben?«

»Einer von uns, die wir von Freitag auf Samstag im Schloss übernachtet haben.«

»Das ist mir auch klar. Aber wer kann es gewesen sein?«

»Ich weiß es nicht. Wissen Sie's?«

Der Buchenzweig in Romas Hand war mittlerweile ein dünner, abgeschälter Stab. Sie ließ ihn fallen, bückte sich nach einem anderen und setzte ihr Zerstörungswerk systematisch fort.

»Ich fände es eigentlich gut, wenn es Ambrose gewesen wäre. Aber ich kann das nicht glauben. Hat nicht George Orwell mal gesagt, dass ein Mord nur aus großem Gefühl heraus verübt werden kann? Ambrose kennt keine großen Gefühle. Und er hat auch nicht den Mut oder die Skrupellosigkeit dazu. Zu so viel Hass ist er nicht fähig. Er spielt doch nur mit der Gewalt: umgibt sich mit dem Ende eines Henkerseils, einem blutbefleckten Nachthemd, mit viktorianischen Handschellen. Bei Ambrose ist sogar das Grauen wie aus zweiter Hand, entschärft durch die Zeit, durch nostalgischen Charme, durch Patina. Simon kann es auch nicht gewesen sein. Er hat ja den Marmorarm gar nicht gesehen. Außerdem hätte er es längst gestanden. Er ist doch ein Schwächling wie sein Vater. Er kann Grogan doch nicht mal fünf Minuten psychisch standhalten, wenn es hart auf hart kommt. Und Ivo? Ivo ist vom Tod gezeichnet. Über ihn ist doch das Urteil schon gesprochen. Vielleicht denkt er, das Gesetz kann ihm nichts mehr anhaben, aber was für ein Motiv könnte er denn haben? Nein, für mich ist George der Hauptverdächtige, selbst wenn ich ihm so etwas nicht zutraue. Er war Berufssoldat, Killer von Beruf, wenn Sie so wollen. Aber trotzdem: Auf diese Art hätte er niemanden ermordet, zumindest nicht eine Frau. Es könnten die Munters sein, einer von beiden oder gar beide zusammen. Sogar Tolly. Allerdings wüsste ich nicht, warum. Bleiben also nur ich und Sie übrig. Ich war es nicht. Und ich glaube nicht – falls es Sie tröstet –, dass Sie es waren.«

»Erzählen Sie mir mehr über Clarissa!«, sagte Cordelia. »Sie haben doch früher Ihre Schulferien mit ihr verbracht, nicht wahr?«

»O Gott, diese schrecklichen Augusttage! Ihre Eltern besaßen in Maidenhead ein Haus am Fluss, wo sie den Großteil des Sommers verbrachten. Ihre Mutter meinte, Clarissa müsse Gleichaltrige um sich haben. Und meine Eltern waren froh, kein Geld für Essen und Unterkunft ausgeben zu müssen. Seltsamerweise kamen wir damals ganz gut miteinander aus. Was uns verband, war vermutlich die Angst vor ihrem Vater. Sie hatte Panik, wenn er wieder mal von London kam.«

»Ich dachte, sie hat ihn angebetet und dass er ein überaus großzügiger und gütiger Vater war.«

»Hat sie Ihnen das erzählt? Typisch Clarissa! Sie konnte nicht einmal über ihre Kindheit die Wahrheit sagen! Nein, er war eine Bestie. Ich will damit nicht sagen, dass er uns körperlich misshandelt hat. In gewisser Hinsicht wäre das noch erträglicher gewesen als sein Sarkasmus, sein Zorn, seine Verachtung. Ich habe seine Haltung damals natürlich noch nicht durchschaut. Jetzt schon. Er mochte Frauen im Grunde nicht. Er hatte geheiratet, um einen Sohn zu bekommen. Er war dermaßen egozentrisch, dass er die Vorstellung eines Stellvertreters brauchte, der ihn sozusagen unsterblich machte. Und dann bekam er eine Tochter, hatte obendrein noch eine kränkelnde Frau, die vom Kinderkriegen nichts mehr wissen wollte, und einen Job, der eine Scheidung nicht zuließ. Und Clarissa war als Kind nicht einmal hübsch. Seine Kälte und ihre Angst ließen keinerlei Spontaneität zu, keine Zuneigung, nicht einmal Fantasie, die sie vielleicht hatte. Kein Wunder, dass sie ihr Leben lang wie besessen nach Zuneigung gierte. Aber suchen wir das nicht alle?«

Cordelia runzelte die Stirn. »Als ich etwas erfahren habe, was sie einmal gemacht hat, habe ich sie für einen Unmenschen gehalten. Aber das ist wohl niemand, jedenfalls nicht durch und durch, wenn man die ganze Wahrheit kennt.«

»Unmenschlich war sie schon. Doch wenn ich an Onkel Roderick denke, verstehe ich, warum. Sollten wir nicht umkehren? Grogan denkt sonst, dass wir etwas aushecken. Wir könnten zum Strand hinunterklettern und am Meer zurückgehen.«

Gemächlich schlenderten sie längs der Brandung zurück. Roma, die Hände in die Jackentaschen gesteckt, ging voran, watete durch die flachen, zurückströmenden Wellen und achtete nicht darauf, dass ihre Hosenbeine nass wurden und ihr bei jedem Schritt gegen die Fußknöchel klatschten. Ihre Schuhe waren längst durchweicht. Der Rückweg war weiter und dauerte länger als der Spaziergang durch das Buchenwäldchen. Erst als sie eine kleine Bucht hinter sich gelassen hatten, tauchte das Schloss vor ihnen auf. Sie blieben stehen und schauten hinüber. Ein junger Mann in Badehose kletterte gerade über die Feuerleiter aus dem Fenster von Cordelias altem Zimmer, unterm Arm eine kleine Holzkiste. Er bewegte sich äußerst vorsichtig, umklammerte nur mit den Unterarmen die Leiter und achtete darauf, sie nicht mit den Händen zu berühren. Dann sah er sich um, eilte zur Felskante und schleuderte die Kiste mit Schwung ins Meer. Einen Augenblick noch blieb er mit erhobenen Armen stehen und sprang dann hinterher. Etwa dreißig Meter von der Terrasse entfernt dümpelte ein Motorboot. Es war nicht die Polizeibarkasse. Ein Taucher in einem aalglatten, schimmernden dunklen Taucheranzug wartete an der Bordkante. Als die Kiste ins Wasser plumpste, drehte er sich um und ließ sich rückwärts ins Wasser fallen.

»Das also denkt die Polizei?«, fragte Roma.

»Ja. Das denken sie offenbar.«

»Sie suchen die Schmuckschatulle. Und was ist, wenn sie sie tatsächlich finden?«

»Dann wird das für jemanden auf der Insel eine schlechte Nachricht sein«, meinte Cordelia. »Vermutlich werden sie auch feststellen, dass Clarissas Schmuck noch immer darin ist.«

Aber was konnte noch darin sein? Ob der Bericht über Clarissas schauspielerische Leistung in *Lockende Tiefe* noch in dem Geheimfach lag? Die Polizei hatte sich nicht übermäßig für den Zeitungsausschnitt interessiert, als sie davon erzählt hatte. Plötzlich hatte sie das Gefühl, dass er trotz allem von großer Bedeutung war. Stand er vielleicht mit Clarissas Ermordung in Zusammenhang? Der Gedanke kam ihr zunächst abwegig vor, ließ sie aber nicht mehr los. Sie wusste, sie würde keine Ruhe finden, bis sie eine Kopie dieses Artikels gesehen hatte. Sie brauchte nur die Zeitungsredaktion in Speymouth anzurufen und das Archiv aufzusuchen. Das Erscheinungsjahr hatte sie sich ja gemerkt: das Jubiläumsjahr 1977. Nein, es konnte nicht allzu schwierig sein. Außerdem konnte sie auf diese Weise wenigstens etwas Vernünftiges unternehmen.

Sie bemerkte, dass Roma ganz still dastand und die Augen auf den einsamen Schwimmer gerichtet hielt. Ihr Gesicht war ausdruckslos.

Dann schüttelte sie sich und sagte: »Wir sollten besser ins Schloss gehen und uns Chefinspektor Grogans Verhör stellen. Wenn er wenigstens offen unverschämt oder gar grob wäre! Das würde mich weniger kränken als seine verschleierte männliche Arroganz.«

Als sie die Halle durchquerten und, vom Stimmengewirr angelockt, die Bibliothek betraten, eröffnete ihnen Gorringe, dass Grogan und Buckley die Insel bereits verlassen hatten. Angeblich wollten sie Dr. Ellis-Jones im Leichenschauhaus von Speymouth treffen. Bis Montag seien die Vernehmungen ausgesetzt. Den Rest des Tages konnten sie also verbringen, wie sie wollten.

34. KAPITEL

Buckley hielt den Sonntagnachmittag kaum für den geeigneten Zeitpunkt für eine Autopsie. Er war ohnehin nicht besonders scharf darauf, und ein träger Sonntag nach einem ausgiebigen Frühstück verlangte selbst im Dienst eher nach einem bequemen Sessel in der Kantine, wo man irgendwelche Berichte überfliegen konnte, als nach stundenlangem Herumstehen, während Dr. Ellis-Jones mit seinen behandschuhten, blutigen Händen herumschnipselte, sägte, schnitt, wog und Präparate vorlegte. Dabei war Buckley nicht einmal besonders empfindlich, was das anging. Ihm war es egal, was nach seinem Tod mit seinem Leichnam veranstaltet wurde. Es leuchtete ihm nicht ein, warum das quasi rituelle Zerstückeln einer Leiche erschütternder sein sollte als das, was er als Junge bei seinem Onkel Charlie im Schuppen hinter dessen Metzgerei fasziniert beobachtet hatte. Wenn man es sich recht überlegte, übten Dr. Ellis-Jones und Onkel Charlie das gleiche Handwerk aus. Zu dieser Erkenntnis war er völlig unerwartet während seiner ersten Autopsie als frischgebackener Polizeibeamter nach dem regionalen Ausbildungslehrgang gelangt. Er hatte es sich viel wissenschaftlicher, weniger brutal und nicht so chaotisch vorgestellt. Er war zu dem

Schluss gekommen, dass die Unterschiede zwischen Dr. Ellis-Jones und Onkel Charlie darin bestanden, dass Onkel Charlie weniger Angst vor einer möglichen Infektion hatte, ein kleineres Sortiment von gröberen Werkzeugen verwendete und das Fleisch sorgsamer behandelte. Aber das war auch nicht verwunderlich, wenn man an seine gesalzenen Preise dachte.

Er war froh, als sie endlich wieder an die frische Luft kamen. Dabei stank es nicht einmal in der Pathologie. Hätte es gestunken, hätte es ihn weniger gestört. Buckley fand den Desinfektionsmittelgeruch widerlich. Er überdeckte eher den Verwesungsdunst, als dass er ihn unterdrückte. Es war ein flüchtiger, aber einprägsamer Geruch, den er danach kaum noch loswurde.

Das Leichenschauhaus war ein modernes Gebäude und lag auf einem niedrigen Hügel westlich der kleinen Stadt. Als sie zu ihrem Rover zurückgingen, sahen sie entlang der kurvigen Straßen die eben eingeschalteten Laternen wie Glühwürmchen, und draußen im Meer erhoben sich die dunklen Umrisse von Courcy, die an ein halb untergetauchtes, schlafendes Tier erinnerten. Sonderbar, dachte Buckley, wie die Insel sich je nach Lichtverhältnissen und Tageszeit mal zu nähern, mal zu entfernen schien. Im milden, herbstlichen Sonnenlicht, im bläulichen Dunst hatte sie so nahe gewirkt, dass er sich einbildete, er könne ohne Weiteres zu dem pastellfarbenen, weltabgeschiedenen Strand hinüberschwimmen. Jetzt aber schien sich Courcy weiter hinaus in den Ärmelkanal zurückgezogen zu haben und wirkte entrückt und drohend, geheimnisvoll und abschreckend. Vom Schloss am Südstrand schimmerten keine Lichter herüber. Er hätte gern gewusst, was die kleine Gesellschaft der Verdächtigen in diesem Augenblick trieb, wie sie die lange Nacht durchstehen würden, die vor ihnen lag. Er vermutete, dass alle bis auf eine Person hinter verschlossener Zimmertür schlafen würden.

Grogan stellte sich neben ihn. Zur Insel hinüberblickend sagte er: »Was einem von denen da drüben längst bekannt ist, wissen wir jetzt also auch, nämlich woran sie gestorben ist. Aber was wissen wir eigentlich, wenn wir mal Dr. Ellis-Jones' Fachchinesisch über die Auswirkung von Schlägen und die lokale Aufnahme von kinetischer Energie bei Kopfverletzungen abziehen, ganz zu schweigen von den interessanten und überaus typischen Mustern, in die der Schädel nach einem Aufprall zerbricht? Doch nur das, was wir erwartet haben: Sie ist gestorben, weil man ihr mit unserem alten Bekannten, einem stumpfen Gegenstand, die Stirn eingeschlagen hat. Vermutlich lag sie gerade auf dem Rücken im Bett, so, wie Miss Gray sie hinterher fand. Es kam also zu einer anhaltenden, aber inneren Blutung. Der Schlag wirkte sich deshalb so schlimm aus, weil die Schädelknochen dünner als normal waren; die Bewusstlosigkeit trat augenblicklich ein, und das Opfer starb dann binnen fünf bis fünfzehn Minuten. Die nachfolgenden Verletzungen wurden ihr erst nach dem Tod zugefügt. Wann das genau war, kann Dr. Ellis-Jones leider nicht angeben. Wir haben es also mit einem Mörder zu tun, der wartete, bis das Opfer starb, um dann ... ja, was? Auf Nummer sicher zu gehen? Wollte er unübersehbar demonstrieren, dass er die Dame ganz und gar nicht mochte? Wollte er nur vertuschen, woran sie gestorben war, indem er ihr noch ein paar Schläge mehr verpasste? Auf keinen Fall kann mir jemand einreden, dass er zehn Minuten abwartete und dann plötzlich in Panik geriet.«

»Vielleicht hat der Täter in dieser Zeit nach etwas gesucht«, wandte Buckley ein. »Und als er es nicht gefunden hat, geriet er in Wut. Seinen Zorn hat er dann an der Leiche ausgelassen.«

»Wonach kann er denn gesucht haben? Wir haben nichts Auffälliges entdeckt, es sei denn, das besagte Ding befindet sich noch im Zimmer, und wir haben es nur nicht bemerkt. Außerdem gibt es keinerlei Anzeichen, dass jemand das Zimmer durchwühlt hat.

Falls es so war, muss der Täter behutsam vorgegangen sein und genau gewusst haben, was er wollte. Aber wenn er etwas gesucht hat, hat er es meiner Ansicht nach auch gefunden.«

»Der Laborbericht steht noch aus, Sir. Die Untersuchung des Darmtrakts dürfte in einer Stunde fertig sein.«

»Die wird wohl kaum was ergeben. Dr. Ellis-Jones konnte keinerlei Anzeichen für eine Vergiftung feststellen. Sie mag vorher betäubt worden sein – wir sollten allerdings keine Spekulationen anstellen, solange wir nichts Genaues wissen –, aber meiner Meinung nach war sie wach, als sie umgebracht wurde. Und sie muss das Gesicht des Mörders gesehen haben.«

Seltsam, dachte Buckley, wie kalt es geworden ist, seit die Sonne untergegangen ist. Als sei der Sommer binnen weniger Stunden in den Winter übergegangen. Es fröstelte ihn, als er seinem Chef die Wagentür öffnete. Sie fuhren vorsichtig aus der Parklücke und dann Richtung Stadt. Inspektor Grogan stellte lauter kurze Fragen.

»Hat der Assistent des Rechtsmediziners Sie schon informiert?«

»Ja, Sir. Die Voruntersuchung ist auf Dienstag, zwei Uhr nachmittags festgesetzt.«

»Wie stehts mit den Ermittlungen in London? Hat Burroughs schon etwas herausgefunden?«

»Er fährt morgen früh dorthin. Und den Tauchern habe ich gesagt, dass wir sie diese Woche noch brauchen.«

»Wann ist denn diese dämliche Pressekonferenz?«

»Morgen Nachmittag, Sir. Um halb fünf.«

Sie verfielen wieder in Schweigen. Als Grogan vor dem steilen Hügel mit der gewundenen Straße, die in Richtung Speymouth führte, einen anderen Gang einlegte, fragte er unvermittelt: »Sagt Ihnen der Name Superintendent Adam Dalgliesh von der Metropolitan Police etwas, Sergeant?«

»Ich habe schon von ihm gehört«, antwortete Buckley.

»Wer hat das nicht? Schließlich ist er ja Liebling des Polizeipräsidenten und des Establishments. Wenn die Metropolitan Police oder das Innenministerium mal zeigen wollen, dass auch wir Gesetzeshüter wissen, wie man eine Gabel richtig hält, welchen Wein man zu einer *canard à l'orange* bestellt oder wie man mit einem Minister und einem Staatssekretär parliert, wird Dalgliesh damit betraut. Wenn es ihn nicht gäbe, müsste man ihn erfinden.«

Sein Spott klang vielleicht abgedroschen, aber seine Antipathie war echt.

»Das hat sich doch überlebt, Sir.«

»Seien Sie nicht so naiv, Sergeant! Überlebt hat es sich nur, darüber zu reden. Aber das bedeutet noch lange nicht, dass die da oben anders denken oder handeln. Dieser Dalgliesh hätte mittlerweile längst seinen eigenen Bereich – zum Beispiel beim Verband der polizeilichen Führungskräfte –, wenn er sich nicht auf die Ermittlungsarbeit versteift hätte. Und dann noch seine Überheblichkeit! ›Ihr könnt euch für die Beute abrackern. Ich bin die Katze, die allein spazieren geht, und mir ist es gleich, wo.‹ Stammt übrigens von Kipling.«

»Ja, Sir.« Buckley überlegte und fragte dann: »Was ist nun mit dem Superintendenten?«

»Er kennt diese Cordelia Gray. Sie haben mal zusammengearbeitet. In Cambridge, glaube ich. Einzelheiten habe ich nicht erfahren, auch nicht nachgefragt. Aber er hat ihr und ihrem Detektivbüro ein gutes Zeugnis ausgestellt. Egal, wie man zu ihm stehen mag – er ist ein erfahrener Spürhund, einer der besten. Wenn er sagt, dass die Gray keine Mörderin ist, bin ich bereit, das als Tatsache hinzunehmen. Er hat allerdings nicht gesagt, dass sie nicht mogelt. Ich hätte es ihm auch nicht geglaubt.«

Er verstummte und fuhr nachdenklich weiter. Anscheinend gingen ihm die Vernehmungen des letzten Tages durch den Kopf …

Nach etwa zehn Minuten sagte er plötzlich: »Eine Sache kommt mir merkwürdig vor. Vielleicht ist sie Ihnen auch aufgefallen. Alle haben den Besuch der Krypta und der Kirche am Samstagvormittag beschrieben. Alle haben die Geschichte von dem Gefangenen erwähnt, der dort ertränkt wurde. Aber das war zu beiläufig, als sei es nur eine völlig belanglose Geschichte gewesen, ein kurzer Ausflug, den sie sich vor dem Lunch gegönnt hätten. Und wenn ich nachgehakt habe, haben sie wie ein Haufen Jungfrauen reagiert, denen in den Höhlen von Marabar etwas äußerst Interessantes passiert ist. Das mit den Marabar-Höhlen sagt Ihnen wohl nichts, Sergeant, was?«

»Nein, Sir.«

»Ist auch unwichtig. Keine Angst, ich werde schon nicht einer von den Bullen, die ständig aus Büchern zitieren. Das überlasse ich Dalgliesh. In der Schule mussten wir mal *Auf der Suche nach Indien* lesen. Ich fand den Roman nicht so gut. Aber bei der Polizeiarbeit kann man alle möglichen Informationen brauchen, das habe ich schon während meiner Ausbildung gelernt, offensichtlich auch solche, die E. M. Forster zum Besten gab. Im Teufelskessel muss etwas vorgefallen sein, worüber sie einfach nicht reden wollen. Ich wüsste gern, was.«

»Miss Gray hat da einen der Drohbriefe gefunden.«

»Das hat sie ausgesagt. Aber das meine ich nicht. Möglicherweise verrenne ich mich da in etwas, aber wir sollten uns trotzdem nach dem Gefangenen erkundigen, der 1940 ertrunken ist. Wir könnten uns zunächst ans Southern Command wenden.«

Buckley musste wieder an den bleichen, mit wissenschaftlicher Akribie sezierten Leichnam denken, an dessen unerotische Nacktheit. Und nicht nur das. Beim Anblick der behandschuhten, tastenden Hände hatte ihn das Gefühl ergriffen, dass er nie mehr einen Frauenkörper reizvoll finden würde.

»Es gab keinen Hinweis auf eine Vergewaltigung oder einen Geschlechtsverkehr«, sagte er.

»Das überrascht mich nicht. Ihr Mann hatte wohl kein Interesse mehr und Ivo Whittingham nicht mehr die Kraft. Und der Mörder hatte andere Dinge im Sinn. Machen wir für heute Schluss, Sergeant. Der Polizeipräsident möchte mich morgen früh sprechen. Sir Charles Cottringham hat wohl schon mit ihm geredet. Dieser Mann ist eine echte Plage. Wenn er doch bei seinen Laienspielaufführungen bleiben und die blutigen Dramen im wirklichen Leben uns Experten überlassen würde! Morgen fahren wir nach Courcy, um festzustellen, ob den Leuten nach einer Nacht ein bisschen mehr einfällt.«

35. KAPITEL

Endlich waren die Stunden bis zum Dinner verstrichen. Als Cordelia von ihrem letzten, einsamen Spaziergang zurückkehrte, hatte sie kaum noch Zeit, zu duschen und sich festlich anzuziehen. Gorringe, Sir George und Whittingham waren schon im Speisezimmer, als sie eintrat. Sie hatten bereits Platz genommen, da kam Simon. Er trug einen sportlichen dunklen Anzug. Er blickte sie alle an, lief rot an und sagte: »Tut mir leid. Ich habe nicht gewusst, dass Sie sich umziehen. Ich bin gleich wieder da.«

Als er einen Schritt auf die Tür zu machte, sagte Gorringe ein wenig ungehalten: »Das macht doch nichts. Du kannst auch in der Badehose zum Dinner kommen, wenn du dich darin wohler fühlst. Uns ist es egal, was du anhast.«

Cordelia dachte, dass das nicht gerade glücklich ausgedrückt war. Das Unausgesprochene hing im Raum: Clarissa wäre es nicht egal gewesen. Aber Clarissa war nicht da. Simons Blick streifte den leeren Stuhl am Ende der Tafel. Dann setzte er sich neben Cordelia.

»Wo ist denn Roma?«, erkundigte sich Whittingham.

»Sie hat darum gebeten, ihr eine Bouillon und Sandwiches mit Hühnerfleisch aufs Zimmer zu bringen. Sie hat Kopfschmerzen.«

Cordelia hatte den Eindruck, dass ihr keiner die plötzlichen Kopfschmerzen abnahm, dass aber alle Roma beneideten, weil sie sich mit einer so simplen Ausrede um das erste Dinner nach Clarissas Ermordung drücken konnte. Die Sitzordnung war übrigens geändert worden, wohl um die Bedrückung, die von dem leeren Stuhl ausging, abzumildern. An den beiden Kopfenden lag kein Gedeck. Cordelia und Simon saßen Gorringe, Whittingham und Sir George gegenüber, geradezu auf Tuchfühlung, während sich links und rechts von ihnen die schimmernde Mahagoniplatte ins Endlose zu erstrecken schien. Cordelia fühlte sich, als säßen sie beide wie Examenskandidaten vor nicht besonders einschüchternden Prüfern, ein Eindruck, den Simons dunkler Anzug noch verstärkte, in dem er merkwürdigerweise nicht salopp, sondern eher formell wirkte, verglichen mit den dreien in Hemd und Smoking.

Weder Munter noch seine Frau waren zugegen. An jedem Platz stand schon ein Teller mit Vichyssoise, und der zweite Gang stand abgedeckt auf den Rechauds auf der Anrichte. Es roch kaum merklich nach Fisch. Eine ungewöhnliche Wahl für ein Sonntagsdinner. Das Essen sollte sie wohl nach dem Schrecken wiederaufrichten, ihnen guttun und dabei weder Gaumen noch Verdauung zu sehr reizen. Cordelia fand dieses Menü eine nette kulinarische Aufmerksamkeit für die Gäste, die des Mordes verdächtig waren und nun einen Tag nach dem Verbrechen miteinander aßen.

Whittingham musste Ähnliches gedacht haben, denn er sagte: »Ich frage mich, welche Speisen wohl bei einem solchen Anlass besonders unpassend wären. Ich tippe auf Borschtsch und Tatar. Beim Pudding bin ich mir nicht so sicher. Nicht gerade roh, aber etwas schwer Verdauliches.«

»Wäre es Ihnen denn ganz egal?«, fragte Cordelia leise.

Er zögerte mit der Antwort, als sei ihre Frage eine Überlegung wert. »Ich mag nicht daran denken, wie sehr sie gelitten oder welche Angst sie gehabt hat. Aber wenn Sie wissen wollen, ob es mir was ausmacht, dass sie nicht mehr am Leben ist, muss ich sagen, nein, es macht mir nichts aus.«

Gorringe hatte mittlerweile den Graves eingeschenkt. »Wir müssen uns selbst bedienen«, erklärte er. »Ich habe Mrs Munter den Abend freigegeben, damit sie sich etwas erholt. Und ihr Mann ist seit dem Lunch nicht wiederaufgetaucht. Der Polizei wird das nicht gefallen, wenn sie ihn morgen noch einmal vernehmen möchte. So was kommt etwa alle vier Monate vor, zumeist, wenn ich Gäste habe. Ich habe noch nicht herausgefunden, ob es seine Reaktion auf den Trubel im Haus ist oder nur seine Art, mir zu zeigen, dass es ihm nicht passt, wenn ich allzu häufig Leute einlade. Aber da er im Allgemeinen so rücksichtsvoll ist zu warten, bis meine Gäste weggefahren sind, darf ich mich nicht beklagen. Das macht er mit anderem wieder wett.«

»Er lässt sich irgendwo vollaufen, was?«, meinte Sir George. »Hab mir schon gedacht, dass er ganz gern einen trinkt.«

»Ich habe angenommen, dass die Ermordung eines Gastes ihn vielleicht von dieser Gewohnheit abhält, aber das scheint nicht der Fall zu sein. Vermutlich findet er auf diese Weise Befreiung von einer unerträglichen Langeweile. Das Inselleben sagt ihm nämlich gar nicht zu. Er ist geradezu krankhaft wasserscheu. Er kann ja auch nicht schwimmen.«

Gorringe, Whittingham und Cordelia gingen zur Anrichte. Als Gorringe den Deckel von der Silberschüssel hob, erblickten sie zarte Seezungenfilets in Sahnesoße.

»Warum bleibt er dann hier?«, fragte Whittingham.

»Danach habe ich ihn nie gefragt, weil ich Angst habe, er könne sich die gleiche Frage stellen. Das Geldes wegen vermutlich. Außerdem liebt er die Abgeschiedenheit, obwohl sie ihm ohne den zwei Seemeilen breiten Meeresgraben sicher lieber wäre. Und zudem braucht er nur mich zufriedenzustellen, eine im Großen und Ganzen einfache Aufgabe.«

»Die nach Clarissas Tod noch leichter geworden ist. Ich denke mir, dass Sie das Theaterfestival nicht fortsetzen werden, oder doch?«

»Nicht einmal zum Gedenken an sie, mein lieber Ivo.«

Plötzlich schien es ihnen zu dämmern, dass ihr Geplauder, selbst wenn Sir George außer Hörweite saß, ziemlich taktlos war. Beide schauten Cordelia an.

Sie war verärgert über Gorringe. Sie häufte sich Zuckererbsen auf den Teller und sagte aus einer plötzlichen Anwandlung heraus: »Ich frage mich, ob nicht Munter eine Möglichkeit gefunden hat, sein Gehalt ein wenig aufzubessern, durch Schmuggel zum Beispiel. Der Teufelskessel wäre kein schlechter Ort, um Schmuggelware zu verstauen. Mir ist aufgefallen, dass Munter den Bolzen an der Falltür frisch geölt hat, was wohl nicht nötig wäre, da Sie diesen Ort Ihren Sommertouristen nicht zeigen. Und am Freitagabend habe ich gesehen, wie jemand auf See ein Lichtzeichen gegeben hat. Vermutlich war es die Bestätigung irgendeines Signals.«

Gorringe lachte auf, als er mit seinem Teller zum Tisch zurückkehrte. Doch als er dann antwortete, schwang in seiner Stimme ein grollender Unterton mit. »Nicht schlecht kombiniert, Cordelia! Sie verschwenden Ihre Talente als Privatdetektivin. Grogan wäre froh, Sie als Schnüfflerin aufnehmen zu dürfen. Munter führt zweifellos ein Privatleben, in das er mich nicht einweiht. Und ich habe nicht die Absicht, ihn danach zu fragen. Courcy ist von jeher ein Unterschlupf für Schmuggler gewesen. Hier schmuggeln doch fast alle Bootsbesitzer ein wenig. Aber was ist das schon – mal ein paar Kisten Brandy, mal ein paar Parfümflakons. Sicher nichts Bedenkliches wie Drogen, woran Sie vielleicht denken. Die meisten Menschen haben doch nichts gegen ein steuerfreies Zubrot. Und ein bisschen Risiko vergrößert nur den Spaß. Aber äußern Sie Ihren Verdacht nicht Grogan gegenüber! Lenken Sie ihn nicht von seinen Ermittlungen ab!«

»Aber was könnten die Lichtzeichen, die Cordelia gesehen, bedeutet haben?«, fragte Whittingham.

»Vielleicht wars eine Warnung. Der Mann wollte die Schmuggelware nicht anlanden, solange es auf der Insel von Polizisten wimmelte.«

»Cordelia hat das Lichtzeichen bereits am Freitag bemerkt«, entgegnete Whittingham gleichmütig. »Woher wusste er, dass die Polizei am nächsten Tag hier sein würde?«

Gorringe tat den Einwand mit einem Achselzucken ab. »Dann hatte er eben keine Angst vor der Polizei. Vielleicht wusste oder ahnte er, dass uns eine Privatdetektivin Gesellschaft leistet. Fragen Sie mich nicht, wieso. Clarissa hat mich nicht eingeweiht, und ich hätte Munter nichts gesagt, wenn sie's getan hätte. Ich habe allerdings die Erfahrung gemacht, dass es kaum etwas gibt, was ein Diener nicht herausbekommt.«

Sie kehrten zu Sir George zurück. Der hatte sich etwas Seezunge aufgetan und aß unbeirrbar, aber ohne sichtliches Vergnügen. Cordelia dachte über Munter nach. Sie hielt es für unwahrscheinlich, dass er ihr Geheimnis erraten oder, falls doch, seine Pläne geändert hatte.

Eher schon hatte er den Zeitpunkt für den Empfang der Schmuggelware für ungünstig gehalten, da das Schloss ja voll von Gästen war. Zu viele Leute trieben sich herum; er hatte mehr als sonst zu tun; hinzu kam, dass er sich nur schwer unbemerkt hätte davonstehlen können. Denkbar war auch, dass er seinen Kumpanen keine Nachricht zukommen lassen konnte oder dass diese fehlgeleitet worden war. Oder es war jemand unerwartet auf der Insel erschienen, den er fürchtete, der den Teufelskessel kannte, ihn möglicherweise sogar aufsuchen konnte. Es gab nur einen Menschen, auf den all das zutraf: Sir George.

Das Dinner schien sich endlos hinzuziehen. Sicher sehnten alle das Ende herbei, dachte Cordelia. Aber keiner wollte sich seine Ungeduld anmerken lassen oder als Erster die Tafel verlassen. Vermutlich aßen alle deswegen bewusst langsam.

Sie überlegte, ob es an der Abwesenheit der Bediensteten lag, dass ihr Beisammensein so bedrückend verlief. Sie hätten der Überrest einer im Stich gelassenen, belagerten Garnison sein können, der nun stoisch die Henkersmahlzeit verzehrte und auf die ersten noch fernen Schreie der anstürmenden Barbaren wartete. Sie aßen und tranken, ohne sich zu unterhalten. Der Kandelaber mit den sechs Kerzen schien weniger hell zu brennen als am ersten Abend, sodass die Gesichtszüge im Spiel von Licht und Schatten ein Zerrbild waren. Bleiche, fahle Hände griffen nach dem Obst in der Schale, nach den von zartem Flaum überzogenen, roten Pfirsichen, den gekrümmten, matt schimmernden Bananen, den glänzenden Äpfeln, die ebenso unnatürlich wirkten wie Gorringes vom Kerzenlicht beschienene Haut.

Die Terrassentür war geschlossen worden, um die Kühle der Herbstnacht nicht hereinzulassen. Im großen Kamin knisterte ein kümmerliches Holzfeuer. Aber die bedrückende Schwüle im Raum konnte nicht von den hin und wieder emporzüngelnden Flämmchen herrühren. Cordelia hatte den Eindruck, es würde immer heißer werden, als sei hier die Wärme des Tages gespeichert, sodass das Atmen schwerfiel und der Geruch der Speisen derartig aufdringlich wurde, dass einem übel werden konnte. Sie bildete sich ein, dass sich auch der Raum irgendwie verändert hatte. Die Gemälde von Orpen schienen zu zerfließen, sich in breiige Farben aufzulösen, sodass die Wände wie mit protzigen Gobelins behangen wirkten. Die elegante Stuckdecke mit den schwarzen Balken schien in eine grenzenlose Dunkelheit überzugehen, einen ewig sternenlosen Himmel einzulassen. Es fröstelte sie trotz der Hitze. Sie griff nach ihrem Weinglas, als könne die kühle Berührung sie wieder in die Wirklichkeit zurückführen. Die Erschütterung über Clarissas Ermordung und die Anspannung durch die polizeiliche Vernehmung schienen sich nun bemerkbar zu machen.

Plötzlich flackerte eine der Kerzen, als blase jemand in die Flamme. Sie loderte auf und erlosch. Simon hielt den Atem an und stöhnte entsetzt auf. Hände, die gerade einen Bissen zum Mund führen wollten, erstarrten. Mit einem Ruck drehten sich alle um und schauten zur Terrassentür hinüber. Da stand als Silhouette im Mondlicht eine hünenhafte Gestalt, fuchtelte mit den Armen, warf sich gegen die Scheiben und stieß Töne aus, die sich wie ein zorniges Geheul anhörten. Während sie noch entsetzt und gebannt hinüberschauten, ließ die Gestalt das Hämmern sein, stockte einen Augenblick und musterte die Gesichter. Der offen stehende Mund, der wie eine klaffende Wunde aussah, schien sich an der Scheibe festgesaugt zu haben. Zwei riesige Hände mit weit gespreizten Fingern stemmten sich gegen das Glas. Das flach gedrückte, verzerrte Gesicht hatte keine Konturen und war nur noch etwas Breiiges. Dann schien der Hüne neue Kraft geschöpft zu haben und stürmte abermals an. Die Türflügel gaben schließlich nach, und Munter stürzte mit irrem Blick ins Zimmer. Kühle Nachtluft strich ihnen übers Gesicht. Das vorher gedämpfte Rauschen der Wogen schwoll zu einem Getöse an, als sei die torkelnde Gestalt mitsamt der Brandung von einem Sturm hereingeschwemmt worden.

Keiner sagte ein Wort. Gorringe erhob sich und machte ein paar Schritte vorwärts. Munter stieß ihn beiseite und näherte sich schwankend Sir George, bis sich ihre Gesichter beinahe berührten. Sir George blieb sitzen. Nicht ein Muskel zuckte in seinem Gesicht.

Munter warf den Kopf in den Nacken und schrie: »Mörder! Du Mörder!«

Cordelia erwartete, dass Sir George nun reagieren würde. Oder wollte er warten, bis Munter ihn an der Gurgel packte? Gorringe war hinter den Mann getreten und hielt die zitternden Arme fest. Die Berührung schien Munter zunächst zu beruhigen. Doch dann versuchte er sich loszureißen.

»Könnte mir wohl jemand helfen?«

Whittingham, der gerade in einen Pfirsich gebissen hatte, schien völlig unbeteiligt. »Ich fürchte, ich bin da keine Hilfe«, erwiderte er.

Simon sprang auf und packte Munter am Arm, woraufhin Munters Wut verebbte. Er knickte in den Knien ein, und Gorringe wie auch Simon packten fester zu, um ihn aufzufangen. Munter fixierte den Jungen und stieß dann krächzend ein paar kaum verständliche Worte hervor, die sich nicht wie Englisch anhörten.

Sein letzter Ausruf jedoch war deutlich zu verstehen: »Armes Ding! Ein Miststück war sie!«

Alle schwiegen. Gorringe und Simon schleiften Munter zur Tür hinaus. Er sträubte sich nicht, sondern fügte sich wie ein zurechtgewiesenes Kind.

Sir George, Whittingham und Cordelia saßen eine Weile wortlos da. Dann stand Sir George auf, um die Terrassentür zu schließen. Das Getöse der Brandung wurde leiser. Die Kerzen flackerten nicht mehr, sondern brannten ruhig vor sich hin.

Als Sir George zur Tafel zurückkehrte, nahm er einen Apfel aus der Obstschale und sagte: »Komischer Kerl! Auf der Militärakademie in Sandhurst kannte ich einen Kerl, der auch so viel trank. Monatelang hat er kein Glas angerührt, aber dann war er eine Woche sturzbetrunken. Im Winter 42 wurde sein Schiff im Mittelmeer torpediert. Bei fürchterlichem Wetter. Nach drei Tagen hat man ihn von einem Floß gerettet. Er hatte als Einziger überlebt. Und das nur, wie er sagte, weil ihn der viele Whisky warm gehalten hat. Ob Gorringe Munter den Schlüssel zum Weinkeller anvertraut?«

»Kann ich mir nicht vorstellen«, erwiderte Whittingham belustigt.

»Eine merkwürdige Regelung«, meinte Sir George. »Ein Butler, dem man nicht den Schlüssel zum Weinkeller anvertrauen kann! Aber er muss wohl auch seine guten Seiten haben. Seine Ergebenheit Gorringe gegenüber zum Beispiel.«

»Wie ist es Ihrem Freund hinterher ergangen?«, fragte Whittingham.

»Stürzte in seinen eigenen Swimmingpool und ertrank. Im flachen Teil, wohlgemerkt. War natürlich betrunken.«

Es dauerte eine Weile, bis Gorringe und Simon zurückkehrten. Cordelia fiel auf, wie blass der Junge war. Das Gerangel mit einem Betrunkenen konnte doch nicht derart schrecklich gewesen sein.

»Wir haben ihn ins Bett gebracht«, erklärte Gorringe. »Hoffentlich bleibt er auch liegen. Ich muss mich bei Ihnen für diesen Vorfall entschuldigen. So hat Munter sich bisher noch nicht aufgeführt. Würde mir jemand bitte die Obstschale reichen?«

Nach dem Essen wechselten sie hinüber in den Salon. Da Mrs Munter nicht gekommen war, schenkte sich jeder selbst Kaffee aus der bereitstehenden Glaskanne ein. Als Gorringe die Terrassentür öffnete, gingen alle, vom Meer angezogen, nach draußen. Der Vollmond überzog den Horizont mit einem silbrigen Schimmer. Am blauschwarzen Nachthimmel funkelten ein paar Sterne. Die Flut brandete gegen die Insel. Sie hörten, wie sich die Wellen am Kai brachen oder etwas weiter entfernt über den Kiesstrand rauschten. Sonst waren nur ihre gedämpften Schritte zu vernehmen. In dieser friedlichen Umgebung, dachte Cordelia, müsste doch alles seine Bedeutung verlieren, der Tod, das Leben, die Gewalt der Menschen, der Schmerz. Das schreckliche Bild des formlosen Etwas mit geronnenem Blut, das einst Clarissas Gesicht gewesen war und das sich ihr für immer eingeprägt zu haben schien, wurde unwirklich, war nur noch eine flüchtige Erinnerung aus einer anderen Zeit. Ihre Verwirrung war so stark, dass sie dagegen ankämpfen, sich klarmachen musste, warum sie hier war, was man von ihr erwartete. Als sie wie aus einer Trance wieder zu sich kam, hörte sie Gorringes Stimme.

Er redete auf Simon ein. »Du kannst ruhig spielen, wenn du möchtest. Eine halbe Stunde Klavierspiel wird schon niemand anstößig finden. Dir wird schon etwas Passendes einfallen. Es muss ja nicht ein Schlagerpotpourri oder der Trauermarsch aus *Saul* sein.«

Wortlos ging Simon zum Klavier. Cordelia folgte ihm in den Salon und beobachtete ihn, als er sich setzte, den Kopf neigte und nachdenklich auf die Tasten blickte. Dann zog er die Schultern hoch, senkte die Hände und begann ruhig und konzentriert zu spielen. Sie erkannte die getragenen Klänge von Beethovens 5. Klavierkonzert in Es-Dur.

»Abgedroschen, aber durchaus angemessen«, rief Gorringe von der Terrasse aus.

Simon spielte vorzüglich. Die Musik verwehte in der stillen Nacht. Cordelia fiel auf, dass er nach Clarissas Tod deutlich besser spielte als vorher.

Als der Satz zu Ende war, fragte sie: »Was wird nun aus deinem Musikstudium?«

»Sir George hat gesagt, ich solle mir da keine Sorgen machen. Ich kann bis zum Abschluss in Melhurst bleiben und danach auf die Königliche Musikhochschule oder die Musikakademie gehen, falls man mich nimmt.«

»Wann hat er das gesagt?«

»Als er auf mein Zimmer kam, nachdem Clarissas Leiche entdeckt worden war.«

Eine erstaunlich schnelle Entscheidung unter diesen Umständen, dachte Cordelia. Man hätte annehmen können, dass Sir George andere Dinge durch den Kopf gingen als ausgerechnet Simons Ausbildung.

Der Junge ahnte wohl ihre Gedanken, denn er blickte auf und erklärte: »Ich habe ihn einfach gefragt, was jetzt aus mir wird. Und da hat er geantwortet, dass ich mir keine Gedanken zu machen brauche, dass sich nichts ändert, dass ich weiterhin auf die Schule und hinterher auf die Königliche Musikhochschule gehen kann. Ich hatte Angst und war geschockt. Da wollte er mich wohl beruhigen.«

Aber nicht so geschockt, um nicht zuerst an sich selbst zu denken. Doch dann fand Cordelia ihre Kritik unangebracht und verdrängte ihre Bedenken. Schließlich war es nur die natürliche Reaktion eines Jugendlichen auf eine Tragödie gewesen. Was wird nun aus mir? Wie wird sich das Ereignis auf mein Leben auswirken? Hätte nicht jeder so gedacht? Zumindest war er so ehrlich gewesen, sich danach zu erkundigen.

»Es freut mich für dich, wenn es wirklich das ist, was du machen willst«, meinte sie.

»Ja, das ist mein Wunsch. Ich glaube aber nicht, dass es auch ihrer war. Und jetzt weiß ich nicht, ob ich etwas machen soll, das sie nicht gewollt hätte.«

»Danach darfst du dein Leben nicht ausrichten. Solche Sachen muss man selbst entscheiden. Auch wenn sie noch leben würde, könnte sie dir das nicht abnehmen. Und jetzt, wo sie tot ist, erst recht nicht.«

»Aber es ist schließlich ihr Geld.«

»Ich schätze, Sir George wird es erben. Wenn es ihm recht ist, sollte es auch dir recht sein.«

Als Cordelia seine flehenden, gierigen Augen sah, hatte sie das Gefühl, sie wurde ihm nicht gerecht. Er wollte Mitgefühl, die Vergewisserung, dass er sich nehmen dürfe, was er vom Leben erwartete, und zwar ohne Schuldgefühle. Wünschen sich das nicht alle Menschen? Einerseits wollte sie auf ihn eingehen, andererseits hätte sie am liebsten erwidert: Du hast doch schon so viel genommen, warum schreckst du jetzt zurück? Laut sagte sie: »Wenn deine Skrupel wegen des Geldes stärker sind als dein Wunsch, Konzertpianist zu werden, solltest du dir die Pläne lieber gleich aus dem Kopf schlagen.«

Seine Stimme klang plötzlich bedrückt. »Wissen Sie, ich bin nicht so talentiert. Sie hat es gewusst. Sie war zwar nicht musikalisch, aber sie wusste es. Clarissa hatte ein Gespür für Schwächen.«

»Ob du talentiert bist oder nicht, steht jetzt nicht zur Debatte. Ich finde zwar, dass du gut spielst, aber ich bin keine Expertin. Clarissa war auch keine. Aber die Leute in der Musikakademie sind es. Wenn sie dich nun zum Studium zulassen, gehen sie davon aus, dass du durchaus Talent hast und deinen Weg schon gehen wirst. Dort kann man beurteilen, ob du bei all der Konkurrenz mithalten kannst.«

Er sah sie scheu an und fragte leise: »Könnte ich über etwas anderes mit Ihnen sprechen? Da sind drei Dinge, die ich Sie fragen möchte.«

»Nur zu!«

»Aber nicht hier! Irgendwo, wo wir allein sind.«

»Wir sind allein. Die anderen werden schon nicht kommen. Oder wird es so lange dauern?«

»Sagen Sie mir bitte, was eigentlich mit ihr passiert ist, wie sie aussah, als Sie sie entdeckt haben. Ich habe sie ja nicht gesehen. Nachts liege ich wach und stelle sie mir vor. Es wäre nicht so schlimm, wenn ich die Wahrheit wüsste. Die Bilder, die ich mir vorstelle, sind das Schrecklichste.«

»Hat dir denn die Polizei nichts gesagt? Oder Sir George?«

»Nein, niemand. Ich habe Gorringe gefragt, aber auch er wollte mir nichts verraten.«

Die Polizei hatte selbstverständlich ihre Gründe, nichts über den Hergang der Tat zu sagen. Befragt hatte sie Simon mittlerweile schon. Deswegen, meinte Cordelia, sei es nicht mehr so wichtig. Außerdem konnte sie verstehen, dass er sich vor den nächtlichen Schreckensbildern ängstigte. Aber sie wusste nicht, wie sie ihm die brutale Wahrheit so sanft wie möglich beibringen konnte.

»Jemand hat ihr das Gesicht zertrümmert«, sagte sie.

Er schwieg und fragte nicht, wie oder womit.

»Sie lag friedlich im Bett, als würde sie noch schlafen«, fuhr sie fort. »Ich glaube nicht, dass sie sehr gelitten hat. Wenn sie den Mörder kannte und ihm vertraute, hatte sie sicherlich nicht einmal Zeit, sich zu fürchten.«

»Konnte man ihr Gesicht noch erkennen?«

»Nein.«

»Die Polizei hat mich gefragt, ob ich einen Marmorarm aus einer Vitrine gestohlen hätte. War das die Mordwaffe?«

»Ja.« Das hätte sie besser verschweigen sollen, aber jetzt war es zu spät. Sie fügte hinzu: »Der Marmorarm wurde neben dem Bett gefunden. Er wurde … er wurde allem Anschein nach dazu verwendet.«

»Ich danke Ihnen!«, flüsterte er so leise, dass sie ihn kaum verstand.

»Du hast von drei Dingen gesprochen«, sagte sie nach einer Weile.

Er schaute sie an, als sei er froh über den Themenwechsel. »Ja, es geht um Tolly. Als Sie mit den anderen am Freitag das Schloss besichtigt haben, bin ich doch schwimmen gegangen. Tolly hat am Strand auf mich gewartet. Sie wollte, dass ich Clarissa verlasse und zu ihr ziehe. Sie meinte, sie hat ein freies Zimmer und ich könnte ab sofort bei ihr wohnen, bis ich eine Arbeit gefunden hätte. Sie hat gesagt, Clarissa könnte sterben.«

»Hat sie auch gesagt, woran und warum?«

»Nein. Nur dass Clarissa glaubt, sie würde bald sterben. Und dass Menschen, die so denken, oft sehr schnell sterben.« Er schaute ihr offen in die Augen. »Und am nächsten Tag war Clarissa tot. Und jetzt weiß ich nicht, ob ich der Polizei erzählen soll, dass Tolly auf mich gewartet hat und was sie gesagt hat.«

»Falls Tolly vorgehabt hat, Clarissa zu ermorden, hätte sie dich wohl kaum im Voraus gewarnt. Sie wollte dir wahrscheinlich nur sagen, dass du dich nicht auf Clarissa verlassen sollst, dass sie ihre Haltung dir gegenüber ändern und dir nicht immer zur Seite stehen könnte.«

»Ich glaube trotzdem, dass sie es gewusst oder zumindest geahnt hat. Soll ich das nun dem Chefinspektor mitteilen? Es könnte doch wichtig für die Ermittlungen sein. Was passiert, wenn er herausbekommt, dass ich es verschwiegen habe?«

»Hast du schon mit jemandem darüber gesprochen?«

»Nein. Nur mit Ihnen.«

»Du musst das tun, was du für richtig hältst.«

»Aber ich weiß nicht, was richtig ist. Was würden Sie denn an meiner Stelle tun?«

»Ich würde es nicht sagen. Aber ich hätte dann auch einen Grund dafür. Wenn du meinst, du solltest es der Polizei sagen, dann tu das. Falls es dich tröstet – die Polizei wird Tolly deswegen schon nicht verhaften. Und andere Indizien hat sie nicht, soviel ich weiß.«

»Aber Tolly weiß doch dann, wer es ihnen gesagt hat! Was wird sie nur von mir denken? Ich könnte ihr danach nicht mehr in die Augen sehen.«

»Das brauchst du auch gar nicht. Ich glaube nicht, dass sie nach Clarissas Tod bei Sir George bleiben wird.«

Cordelia war mit ihrer Geduld am Ende. Es war ein langer Tag gewesen, und zum Schluss noch die Aufregung um Munter. Sie war psychisch und physisch erschöpft und konnte es nicht mehr ertragen, wie Simon um sich selbst kreiste.

»Ich habe es dir ja schon gesagt. Ich würde es nicht sagen. Aber ich bin nun einmal nicht du. Diese Entscheidung kann dir niemand abnehmen. Das musst du schon mit dir selbst ausmachen.« Sie bereute ihre unfreundlichen Worte, kaum dass sie sie ausgesprochen hatte. Sie wandte den Blick von seinem geröteten Gesicht und den bangen, bettelnden Augen und fügte rasch hinzu: »Tut mir leid! So war es nicht gemeint. Wir sind alle etwas angespannt. Was wolltest du noch wissen?«

»Nichts mehr!«, flüsterte er mit zuckenden Lippen. »Vielen Dank.«

Er stand auf und schloss das Klavier.

»Falls jemand nach mir fragt, sagen Sie bitte, ich bin schon zu Bett gegangen«, erklärte er, sichtlich um Fassung bemüht.

Auch Cordelia fühlte sich plötzlich den Tränen nahe. Hin- und hergerissen zwischen Ärger und Mitleid beschloss sie, es Simon gleichzutun. Es war wirklich ein langer Tag gewesen. Sie trat auf die Terrasse, um den anderen eine gute Nacht zu wünschen. Drei dunkel gekleidete Gestalten standen regungslos wie Statuen da, hinter ihnen das Meer im fahl schimmernden Licht. Als sie sich näherte, drehten sie sich um, und sie spürte, wie drei Augenpaare sie musterten. Keiner rührte sich oder sagte etwas. Die Stille schien endlos, irgendwie bedrohlich. Der Gedanke, den sie in den vergangenen vierundzwanzig Stunden versucht hatte zu verdrängen, kam hart und beängstigend an die Oberfläche: »Wir sind hier zu zehnt auf dieser kleinen, abgeschiedenen Insel. Und einer von uns ist ein Mörder.«

36. Kapitel

Cordelia schlief ein, kaum dass sie ihr Buch zugeschlagen und die Nachttischlampe ausgemacht hatte. Aber plötzlich schreckte sie hoch. Einen Augenblick blieb sie verwirrt liegen und streckte die Hand nach dem Lichtschalter aus. Auf ihrer Armbanduhr, die zusammengerollt auf dem Nachttisch lag, war es kurz nach halb vier. Zu früh also, als dass sie von selbst aufgewacht sein konnte. Irgendein Geräusch, der Schrei eines Nachtvogels vielleicht, musste sie aus dem Schlaf gerissen haben. Mondlicht strömte durch den Spalt zwischen den halb zugezogenen Vorhängen und überzog Decke und Wände mit einem fahlen Schimmer. Bis auf das rhythmische Rauschen des Meeres, das sich viel lauter anhörte als am Tag, war es vollkommen still. Schlaftrunken erinnerte sie sich an ihren Traum. Sie war wieder in der Kingly Street gewesen, und Miss Maudsley hatte ihr stolz ein gerade erst wieder aufgefundenes Kätzchen gezeigt. Sie war, wie üblich bei Träumen, gar nicht erstaunt gewesen, dass das Kätzchen in einer geschnitzten Wiege mit rotem Baldachin und seitlichen Vorhängen schlummerte, einer Miniaturausgabe von Clarissas Bett. Als sie hineinblickte und den Schleier beiseitezog, überraschte es sie auch nicht, dass das Kätzchen ein Baby war und ihr sogleich der Gedanke kam, es sei Miss Maudsleys uneheliches Kind. Sie musste taktvoll sein und sich nicht anmerken lassen, was sie wusste. Cordelia lächelte, knipste das Licht aus und versuchte, wieder einzuschlafen.

Doch diesmal fand sie nicht in den Schlaf. Einmal wach, fand sie keine Ruhe mehr. Sie musste an Clarissas rätselhafte, grauenvolle Ermordung denken. Ein Bild nach dem anderen drängte sich ihr auf, nicht chronologisch, aber erschreckend klar: Clarissa, wie sie in ihrem Satinmorgenmantel totenbleich unter dem karmesinroten Baldachin liegt, im Teufelskessel ins brodelnde Wasser blickt, fahl wie ein Gespenst auf der Terrasse hin und her eilt, am Kai steht und die Arme mit den Fledermausärmeln grüßend hochreißt, wie sie ihr Make-up entfernt und Cordelia mit dem einen abgeschminkten, kleiner wirkenden Auge sonderbar und irgendwie befremdlich anschaut, mit einem Ausdruck, in dem zugleich Traurigkeit und Tadel lagen.

Das letzte Bild hielt sie fest, als wolle sie es aus einem unerklärlichen Grund nicht loslassen. Irgendetwas war daran wichtig, irgendetwas, das sie eigentlich hätte bemerken sollen. Und dann fiel es ihr ein. Sie sah wieder die Frisierkommode, die mit Make-up beschmierten Wattebäusche, die kleineren Bäusche auf der Mahagoniplatte, die dunkel vor Wimperntusche waren. Zur Reinigung der Augenpartie hatte Clarissa eine Speziallotion verwendet. Aber die damit getränkten Wattebäusche hatten nicht auf der Frisierkommode gelegen, als sie die Leiche fand. Vielleicht hatte Clarissa ihr Augen-Make-up gar nicht entfernt. Könnte das der Gerichtsmediziner trotz der Verletzungen noch feststellen? Warum hätte sie ihr Gesichts-Make-up aus Puder und Tagescreme entfernen und die Augenschminke dranlassen sollen, zumal sie vorgehabt hatte, die Augen unter angefeuchteten Bäuschen zu entspannen? War es nicht denkbar, dass sie ihr Make-up gar nicht entfernt hatte, weil sie einen Besucher erwartete, und dass dieser dann ihr Gesicht abgeschminkt hatte, bevor er es durch Schläge unkenntlich machte? Das würde auf einen Mann hindeuten. Dieser geheime Besucher musste ein Mann gewesen sein. Denn Clarissa achtete so sehr auf ihr Aussehen, dass sie sich mit ungeschminktem Gesicht nicht einmal einer Frau gezeigt hätte. Aber wüsste eine Frau denn, dass Clarissa ihr Augen-Make-up mit dieser Speziallotion entfernte? Tolly hatte es sicherlich gewusst. Aber Roma? Roma, die keine Wimperntusche trug, wäre in einem solchen Augenblick wohl zu verwirrt gewesen und hätte kaum all die Flakons auf der Frisierkommode durchgesehen. Trotzdem würde so ein Versehen eher einem Mann unterlaufen. Ivo Whittingham möglicherweise nicht, da er sich durch seinen Beruf mit Theaterschminke auskannte. Am merkwürdigsten war in diesem Zusammenhang Tollys Schweigen. Die Polizei musste sie doch über Clarissas Schminkgewohnheiten befragt, sich erkundigt haben, ob es auf der Frisierkommode ausgesehen hatte wie üblich. Das würde bedeuten, dass sie den Mund gehalten hatte. Aber warum nur und wem zuliebe?

Jetzt wieder einzuschlafen, schien unmöglich. Trotzdem musste sie noch einmal eingenickt sein, denn es war kurz vor vier, als sie wieder wach wurde. Ihr war heiß. Die Decke lag wie eine erstickende Last auf ihr. Sie wusste, dass sie in dieser Nacht keinen Schlaf mehr finden würde. Das Meeresrauschen kam ihr noch lauter vor. Selbst die Luft schien zu dröhnen. Sie bildete sich ein, dass sich die Flut unaufhaltsam über die Terrasse ergoss, das Speisezimmer überschwemmte, den schweren Tisch und die geschnitzten Stühle davontrug, bis zu den Orpen-Gemälden und der Stuckdecke stieg, die Treppe überspülte und schließlich die ganze Insel bis auf den schlanken Bergfried bedeckte, der nun wie ein Leuchtturm aus den Wogen ragte. Sie lag wie erstarrt da und sehnte sich nach der Morgendämmerung. Montag wäre es dann, ein ganz normaler Arbeitstag in Speymouth. Sie könnte dann für ein paar Stunden die Insel verlassen und die Redaktion der Lokalzeitung aufsuchen, um sich nach dem Zeitungsausschnitt über Clarissas schauspielerische Leistung während der Jubiläumsaufführung zu erkundigen. Sie musste etwas Sinnvolles tun, selbst wenn es sich am Ende als erfolglos herausstellen sollte. Es würde ihr guttun, einmal Gorringes ironisches, wissendes Lächeln nicht mehr sehen zu müssen, Simons verstörte Miene oder Whittingham in seiner hageren Tapferkeit, aber vor allem nicht mehr die Augen der Kriminalbeamten. Zweifellos würden sie wiederkommen. Doch auch sie würden sie nicht daran hindern können, einen Tag auf dem Festland zu verbringen, es sei denn, sie verhafteten sie.

Es kam ihr vor, als wolle es überhaupt nicht mehr Tag werden. Sie gab es auf, wieder einschlafen zu wollen, und stand auf. Nachdem sie ihre Jeans und einen Pulli angezogen hatte, ging sie zum Fenster und schlug die Vorhänge zurück. Unter ihr lag der Rosengarten. An den dornigen Zweigen hingen schwer und verblüht die letzten Blüten im bleichen Mondlicht. Das Wasser im Swimmingpool sah wie Blattsilber aus.

Die Blätter der Wasserlilien am Rand und die hell schimmernden Blüten waren deutlich zu sehen. Aber da trieb noch etwas auf der Oberfläche, etwas Schwarzes, Behaartes. Es sah wie eine Riesenspinne aus, die halb untergetaucht im silbrigen Wasser mit ihren borstigen Beinen ruderte. Wie gebannt starrte sie ungläubig hinunter. Ein kalter Schauer überlief sie, als ihr dämmerte, was es war.

Wie sie zu der Tür, die vom Korridor in den Garten führte, gelangt war, wusste sie nicht mehr. Sie musste wahllos an den Gästezimmertüren geklopft haben, ohne eine Reaktion abzuwarten. Ihr war nur klar gewesen, dass sie Hilfe brauchte. Auch die anderen konnten nicht mehr fest geschlafen haben. Denn als sie die Tür zum Garten erreicht hatte und sich bemühte, den oberen Riegel zurückzuschieben, hörte sie leise Schritte im Gang und Stimmengewirr. Wenige Augenblicke später stand sie zusammen mit Simon, Sir George und Roma am Swimmingpool und sah nun überdeutlich, was sie zuvor vom Fenster aus erblickt hatte: Munters Perücke.

Simon zog seinen Morgenmantel aus und stieg in den Pool, bis ihm das Wasser bis zur Achsel reichte. Er holte tief Luft und tauchte unter. Die anderen warteten ab. Kaum war das Gekräusel der kleinen Wellen verebbt, tauchte er wie ein Seehund mit anliegendem Haar wieder auf.

»Ich hab ihn!«, rief er. »Er hat sich an dem Drahtnetz verfangen, wo die Lilien wurzeln. Ich glaube, ich schaffe es allein.«

Er verschwand wieder. Gleich darauf tauchten zwei dunkle Gestalten auf. Sie sahen Munters kahlen Schädel und sein aufgedunsenes Gesicht, als habe er schon wochenlang im Wasser gelegen. Simon schob den Körper zum Rand, wo Cordelia und Roma ihn an den triefenden Ärmeln packten. Cordelia wusste zwar, dass es leichter gewesen wäre, die Hände zu ergreifen, aber es ekelte sie vor den angeschwollenen Fingern, die gelblich waren wie die Zitzen eines Kuheuters. Sie neigte sich über Munters Gesicht und packte ihn unter den Achseln. Die glasigen Augen standen offen. Die Haut war glatt wie eine Latexmaske. Es war, als würden sie einen menschenähnlichen Klotz aus dem Wasser ziehen, eine weggeworfene Schaufensterpuppe mit Sägemehlleib, die schwer und völlig durchweicht war und absurd wirkte mit der förmlichen Kleidung. Das Clownsgesicht mit der offen stehenden Kinnlade schien sie mit einem flehenden Ausdruck anzusehen. Sie bildete sich ein, Munters Schnapsatem zu riechen. Doch dann schämte sie sich, dass sie sich vor diesem armseligen Menschen ekelte, und ergriff mitleidig seine linke Hand. Sie fühlte sich wabbelig und kalt wie eine aufgeblasene Fischblase an. Und in diesem Augenblick wurde ihr klar, dass er tot war.

Sie zogen Munter aufs Gras. Simon schwang sich aus dem Becken. Er legte seinen zusammengerollten Morgenmantel unter Munters Nacken, bog seinen Kopf nach hinten und schaute nach, ob Munter ein künstliches Gebiss hatte. Er hatte keines. Dann neigte er seinen Mund über die dicklichen Lippen und versuchte es mit künstlicher Beatmung. Schweigend sahen sie ihm zu. Sie sagten auch nichts, als sich Gorringe und Whittingham zu ihnen stellten. Man hörte nur das Glucksen der durchnässten Kleider, wenn sich der Junge wieder über Munter beugte, und Simons regelmäßiges tiefes Luftholen. Cordelia sah zu Sir George hinüber und wunderte sich ein wenig über sein Schweigen. Er schaute starr auf das aufgedunsene, verquollene Gesicht, auf die leblosen Augen, als erinnere er sich vage an etwas. Cordelia spürte einen Stich im Herzen. Als sich ihre Blicke trafen, meinte sie, eine Warnung herauszulesen. Obwohl er noch immer schwieg, fragte sie sich, ob er nicht dasselbe gedacht hatte. Eine längst vergessene, gänzlich andere Szene kam ihr in den Sinn: das Musikzimmer im Kloster. Schwester Hildegarde öffnet den Mund, reißt erwartungsvoll die Augen auf und hebt den weißen Taktstock. »Und jetzt, Mädchen, etwas von Schumann. Macht doch nicht solche Gesichter! Na los! *Ein munteres Lied.*«

Sie versuchte sich wieder auf die Gegenwart zu konzentrieren. Sie hatte keine Zeit, über ihre Beobachtung oder deren Wirkung nachzudenken. Sie zwang sich, auf die triefende Gestalt zu blicken, mit der sich Simon abmühte. Er hatte sich völlig verausgabt, als sich Gorringe über Munter beugte und dessen Puls fühlte.

»Es hat keinen Sinn mehr!«, erklärte er. »Er ist tot und fühlt sich eiskalt an. Er muss schon seit Stunden im Wasser gelegen haben.«

Simon schien ihn nicht zu hören. Er beatmete mechanisch den reglosen Körper, als vollziehe er ein unanständiges, esoterisches Ritual.

»Jetzt schon aufgeben?«, fragte Roma zweifelnd. »Normalerweise macht man es doch viel länger.«

»Nicht, wenn der Puls nicht mehr zu fühlen und der Körper schon kalt ist.«

Simon schenkte dem keine Beachtung. Sein Keuchen und die Bewegungen seines gekrümmten Körpers wurden noch schneller.

Plötzlich vernahmen sie Mrs Munters leise, aber gebieterische Stimme: »Lasst ihn in Frieden! Er ist tot. Seht ihr denn nicht, dass er tot ist?«

Simon stockte und richtete sich auf, am ganzen Körper zitternd. Cordelia zog seinen Morgenmantel unter Munters Kopf hervor und legte ihn dem Jungen um die Schultern.

Gorringe wandte sich Mrs Munter zu. »Es tut mir leid für ihn. Wann kann es denn geschehen sein?«

»Woher soll ich das wissen?«, antwortete sie, stutzte dann und fügte ein »Sir« hinzu. »Ich schlafe nicht mit ihm im selben Zimmer, wenn er betrunken ist.«

»Aber Sie müssen doch gehört haben, als er hinausging! Er kann sich doch nicht völlig geräuschlos hinausgeschlichen haben.«

»Er hat sein Zimmer gegen halb vier verlassen.«

»Sie hätten mich benachrichtigen sollen!«, erwiderte Gorringe. Seine Stimme klang leicht gekränkt, als habe Mrs Munter verkündet, sie wolle eine Woche Urlaub nehmen, ohne ihn zu fragen.

»Sie bezahlen uns doch, damit wir Ihnen Ärger und Unannehmlichkeiten ersparen. Und die hat er Ihnen heute Nacht schon genug gemacht.«

Gorringe erwiderte nichts darauf. Sir George trat einen Schritt vor und nickte Simon zu.

»Trag ihn ins Haus!«

»Aber nicht in unsere Wohnung, Sir!«, wandte Mrs Munter hastig und in verändertem Tonfall ein.

»Selbstverständlich nicht, wenn Sie's nicht wünschen«, erwiderte Gorringe beschwichtigend.

»Nein, das will ich nicht.«

Sie drehte sich um und ging weg. Alle schauten ihr nach.

Doch dann rannte Cordelia hinterher. »Ich würde Sie gern begleiten«, sagte sie. »Sie sollten jetzt nicht allein sein.« Sie stockte, als sie ihren abweisenden Blick sah.

»Ich möchte aber allein sein. Es gibt nichts, was Leute wie Sie für mich tun könnten. Machen Sie sich keine Gedanken, ich bringe mich schon nicht um.« Sie deutete mit dem Kopf auf Gorringe. »Das können Sie auch ihm ausrichten.«

Cordelia kehrte zu den anderen zurück.

»Sie möchte niemanden um sich haben«, erklärte sie. »Ich soll Ihnen sagen, sie kommt allein zurecht.«

Keiner erwiderte etwas. Sie standen im Kreis und schauten die daliegende Gestalt an. In ihren Morgenmänteln und Hausschuhen wirkten sie wie ein Häufchen kurios gekleideter Trauernder: Sir George in abgetragener, karierter Wolle, Whittingham in dunkelgrüner Seide, durch die sich seine eckigen Schultern abzeichneten, Gorringe in dunklem, mit Satin abgesetztem Blau, Roma in gestepptem und geblümtem Nylon, Simon in Braun. Als Cordelia in die Runde schaute und die geneigten Köpfe betrachtete, hatte sie den Eindruck, sie würden gleich ein Klagelied anstimmen.

Doch dann gab sich Sir George einen Ruck und wandte sich an Simon. »Tragen wir ihn hinein!«

Whittingham, der inzwischen an den Beckenrand getreten war und die zerzausten Wasserlilien anstarrte, als seien es seltene Meerespflanzen, die er erforschen wollte, blickte auf und erwiderte: »Dürfen wir das überhaupt? Ist es nicht üblich, dass man eine Leiche bis zur Ankunft der Polizei dort lässt, wo sie ist?«

»Aber doch nur, wenns sich um einen Mord handelt!«, warf

Roma ein. »Das hier war ein Unfall. Er ist im betrunkenen Zustand ausgerutscht und ins Wasser gefallen. Ambrose hat uns doch gesagt, dass er nicht schwimmen konnte.«

»Hab ich das gesagt? Ich kann mich nicht mehr erinnern. Aber es ist wahr. Er konnte nicht schwimmen.«

»Sie haben es beim Dinner gesagt. Roma war allerdings nicht dabei«, sagte Whittingham.

»Jemand muss es mir aber gesagt haben«, entgegnete Roma schrill. »Mrs Munter vielleicht. Ist denn das so wichtig? Er war betrunken, ist ins Becken gefallen und ertrunken. Es ist doch offensichtlich, was passiert ist.«

Whittingham betrachtete wieder die Wasserlilien. »Ob die Polizei das auch so offensichtlich findet? Aber ich denke, dass Sie recht haben. Wir müssen nicht schon wieder ein Rätsel wittern. Sind an der Leiche Spuren von Gewaltanwendung zu sehen?«

»Ich sehe keine«, erwiderte Cordelia.

»Wir können ihn doch nicht so liegen lassen«, meinte Roma störrisch. »Wir sollten ihn ins Haus tragen.«

Sie spähte zu Cordelia hinüber, als suche sie deren Unterstützung.

»Ich glaube nicht, dass es was ausmacht«, erklärte Cordelia. »Schließlich haben wir ihn ja auch nicht so aufgefunden.« Alle blickten nun Gorringe an, als erwarteten sie seine Anweisung.

»Würden Sie bitte alle mitkommen, bevor wir ihn fortschaffen! Wir müssen vorher noch etwas klären.«

37. KAPITEL

Sie folgten Gorringe ins Schloss. Simon drehte sich noch einmal um und schaute auf die armselige, mit ausgebreiteten Armen daliegende Gestalt, die einst Munter gewesen war. Sein Blick verriet Bedauern, als bitte er um Verzeihung, dass sie Munter in dieser unbequemen Lage allein zurücklassen mussten.

Gorringe führte sie ins Büro und schaltete die Schreibtischlampe an, die sofort eine verschwörerische Atmosphäre schuf. Sie waren wie eine Schar Internatsschüler in Morgenmänteln, die einen mitternächtlichen Streich aushecken wollten.

»Wir müssen jetzt eine Entscheidung fällen«, erklärte Gorringe. »Berichten wir Grogan von dem Vorfall beim Dinner oder nicht? Wir sollten uns darüber einig sein, bevor ich mit der Polizei telefoniere.«

»Sie meinen, ob wir der Polizei mitteilen sollen, dass Munter Sir George des Mordes bezichtigt hat? Dann sagen Sie das doch deutlich!«, erwiderte Whittingham.

Simons klatschnasses Haar wirkte wie schwarz gefärbt und klebte an der Stirn, sodass ihm Wassertropfen in die Augen liefen. Es fröstelte ihn in seinem Morgenmantel. Verständnislos blickte er von einem zum anderen. »Aber er hat Sir George doch nicht ... eines bestimmten Mordes bezichtigt. Außerdem war Munter betrunken. Er wusste nicht, was er sagte. Sie haben doch alle gesehen, dass er betrunken war!« Seine Stimme überschlug sich.

»Von uns misst wohl keiner dem Vorfall irgendwelche Bedeutung bei«, erklärte Gorringe etwas ungehalten. »Aber die Polizei könnte da anderer Ansicht sein. Alles, was Munter in den letzten Stunden vor seinem Tod getan oder gesagt hat, könnte sie interessieren. Es spricht vieles dafür, dass wir den Vorfall nicht erwähnen, um die Ermittlungen nicht noch komplizierter zu machen. Wir müssten allerdings alle in etwa das Gleiche aussagen. Wenn einige etwas sagen und die anderen nicht, geraten die, die sich zurückhalten, in eine unerfreuliche Lage.«

»Sollen wir denn so tun, als sei er gar nicht ins Speisezimmer gekommen, als hätten wir ihn gar nicht gesehen?«, fragte Simon.

»Selbstverständlich nicht! Er war betrunken, wir haben es alle bemerkt. Wir sagen der Polizei die Wahrheit. Es geht nur darum, wie viel wir der Polizei mitteilen.«

»Es geht aber nicht allein um Munters Anschuldigung Sir George gegenüber«, wandte Cordelia ruhig ein. »Nachdem Sie und Simon Munter hinausgebracht hatten, hat uns Sir George von einem Kriegskameraden erzählt, der ebenso zwanghaft getrunken hatte ...«

»... und auf die gleiche Weise umgekommen ist«, beendete Whittingham den Satz. »Die Polizei könnte die Geschichte höchst merkwürdig finden. Wenn Sir George Ihnen beiden die Geschichte nicht bei einer anderen Gelegenheit erzählt hat – was ich nicht annehme –, geraten Cordelia und ich in diese unerfreuliche Lage, wie Sie es nennen.«

Gorringe hatte sich den Einwand schweigend angehört. Er machte sogar einen zufriedenen Eindruck.

»In diesem Fall«, sagte er, »müssen wir uns also darüber einig werden, ob wir den Vorfall am Abend wahrheitsgetreu schildern oder Munters Mordanschuldigung ebenso wie die Sache mit Ralstons unglückseligem Kriegsfreund auslassen.«

»Ich denke, wir sollten uns an die Wahrheit halten«, meinte Cordelia. »Es ist nicht so leicht, die Polizei anzulügen.«

»Sie sprechen wohl aus Erfahrung«, warf Roma ein.

Cordelia überging die Bosheit und fuhr fort: »Man wird uns eingehend befragen: Was hat Munter gerufen, als er hereinstürzte? Worüber haben wir gesprochen, als Mr Gorringe und Simon ihn ins Bett gebracht haben? Es geht nicht nur darum, dass wir unangenehme Details verschweigen, wir müssen alle die gleichen Lügen parat haben. Abgesehen von den moralischen Skrupeln.«

»Wir sollten unsere Entscheidung nicht durch moralische Skrupel verkomplizieren«, entgegnete Gorringe leichthin. »Vom geraden Weg abzuweichen, um etwas Gutes durchzusetzen, ist eine bewährte Taktik, was auch immer Theologen darüber sagen. Abgesehen davon bin ich überzeugt, dass wir alle bei der Vernehmung durch Chefinspektor Grogan unsere Aussagen ein wenig zurechtgestutzt haben. Ich habe es jedenfalls getan. Er wollte beispielsweise eine ausführlichere Erklärung haben, warum ich mich auf die Theateraufführung mit Clarissa eingelassen habe. Ich habe gesagt, dass ich ihr die Idee für mein Buch *Autopsie* verdanke. Eine einleuchtende, aber völlig unnötige Lüge. Unsere erste Entscheidung ist also einfach: Sagen wir die Wahrheit, oder einigen wir uns auf eine zurechtgestutzte Fassung? Ich schlage eine geheime Abstimmung vor.«

»Hier, oder sollen wir uns dazu in die Krypta begeben?«, fragte Whittingham spöttisch.

Gorringe beachtete ihn nicht. Er wandte sich zunächst an Simon, der mit halb offenem Mund, bleichem Gesicht und fiebrigen

Augen fröstelnd dastand. Doch dann schien er es sich anders überlegt zu haben.

»Würden Sie mir bitte zwei Tassen aus der Küche holen?«, bat er Cordelia. »Sie kennen doch den Weg.«

Es kam Cordelia vor, als sei dieser Botengang, dieser merkwürdige Auftrag von immenser Bedeutung. Sie eilte die leeren Korridore entlang in die Küche und nahm so konzentriert, als würden unsichtbare Zuschauer jegliche Bewegungen begutachten, zwei Frühstückstassen aus dem Geschirrschrank. Als sie ins Büro zurückkam, standen alle noch so da wie vorher. Gorringe dankte ihr förmlich und stellte die Tassen nebeneinander auf den Schreibtisch. Dann ging er hinüber zur Vitrine und kehrte mit dem runden Spielbrett und den bunten Steinmurmeln – Prinzessin Viktorias Solitairespiel – wieder. »Jeder nimmt sich eine Kugel«, erklärte er, »dann schließen wir die Augen – nicht schwindeln bitte! – und lassen die Kugel in eine der beiden Tassen fallen. Ihre Position ist leicht zu merken: Die linke Tasse ist fürs Verschweigen, die rechte für die Wahrheit. Wie Sie sehen, zeigen die Henkel nach links und rechts, sodass sich niemand später herausreden kann. Wenn wir die fünf Murmeln haben fallen hören, öffnen wir die Augen. Es trifft sich gut, dass Roma beim Dinner nicht anwesend war. Somit kann es kein Unentschieden geben.«

Zum ersten Mal meldete sich Sir George zu Wort. »Wir vertun nur unsere Zeit, Gorringe. Sie sollten jetzt besser die Polizei anrufen. Wir sagen Grogan selbstverständlich die Wahrheit.«

Gorringe wählte eine Murmel und musterte die Äderung, als lege er großen Wert auf solche Nebensächlichkeiten. »Wenn das Ihre Ansicht ist, dann stimmen Sie doch dafür!«

»Wollen Sie danach eine zweite Abstimmung darüber durchführen, ob wir der Polizei von der ersten etwas sagen sollen?«, fragte Whittingham.

Trotzdem nahm auch er eine Murmel. Sir George, Simon und Cordelia ebenfalls. Cordelia schloss die Augen. Einen Moment herrschte Stille, dann hörte sie, wie die erste Kugel klirrend in die Tasse fiel. Gleich darauf die zweite, danach die dritte. Sie streckte die Hand aus. Eiskalte Finger streiften sie. Sie tastete nach den Tassen und berührte sie mit den Händen, sodass es keine Verwechslung geben konnte. Sie ließ die Kugel in die rechte Tasse gleiten. Gleich darauf hörte sie die letzte Kugel fallen. Das Klirren war so laut, als sei sie aus großer Höhe fallen gelassen worden. Cordelia öffnete die Augen wieder. Die anderen blinzelten, als hätten sie sich nicht Sekunden, sondern Stunden im Dunklen befunden. Alle schauten in die Tassen. Die rechte enthielt drei Murmeln.

»Das vereinfacht die Sache«, meinte Gorringe. »Wir sagen die Wahrheit und verschweigen nur dieses kurze Zwischenspiel. Wir sind im Büro zusammengekommen, und Sie haben ruhig gewartet, während ich die Polizei angerufen habe. Da wir uns hier nur wenige Minuten aufgehalten haben, gibt es keine peinliche Zeitlücke, die wir erklären müssten.«

Nachdem er jede Steinmurmel eingehend betrachtet hatte, legte er sie auf das Spielbrett, gab Cordelia die beiden Tassen und griff nach dem Telefon. Während Cordelia die Tassen in die Küche zurückbrachte, beschäftigten sie zwei Gedanken. Warum hatte Sir George gewartet, bis die Abstimmung unvermeidlich geworden war, bevor er verkündete, dass er eine wahrheitsgetreue Aussage vorziehe? Und wer von den anderen hatte nun die Murmeln in die linke Tasse geworfen? Sie überlegte, ob nicht einer von ihnen die Murmel eines anderen – mit seiner – in die linke Tasse gelegt haben könnte. Doch sie unbemerkt aus der rechten zu holen, erforderte, selbst mit offenen Augen, eine große Geschicklichkeit. Sie hatte ein ungewöhnlich scharfes Gehör und hatte ganz deutlich ein viermaliges Klirren gehört, als die anderen ihre Kugel fallen ließen. Gorringe kam es offenbar darauf an, dass sie alle beieinanderblieben. Denn er wartete Cordelias Rückkehr ab, um dann erst das Polizeirevier in Speymouth anzurufen.

»Hier ist Ambrose Gorringe auf Courcy«, meldete er sich. »Würden Sie bitte Chefinspektor Grogan mitteilen, dass mein Butler, Munter, tot ist. Er wurde im Swimmingpool gefunden, wo er offensichtlich ertrunken ist.«

Cordelia dachte, dass seine Angaben auffällig knapp, zutreffend und dennoch unverbindlich waren. Er ließ offen, unter welchen Umständen Munter den Tod gefunden haben könnte. Das weitere Telefongespräch verlief einsilbig. Nach einer Weile legte Gorringe auf.

»Das war der Sergeant vom Dienst«, erklärte er. »Er benachrichtigt Grogan. Außerdem sollen wir die Leiche dort lassen, wo sie liegt. Bis zur Ankunft der Polizei sollen wir möglichst nichts verändern.«

Alle schwiegen. Cordelia kam es vor, als würden erst jetzt alle bemerken, dass es sie fröstelte, dass es noch nicht einmal halb sieben, also eigentlich viel zu früh war, um sich anzuziehen und den Tag zu beginnen Aber es würde herzlos erscheinen, wieder ins Bett zu gehen, und Schlaf würde man ohnehin keinen mehr finden.

»Wer möchte eine Tasse Tee oder Kaffee?«, fragte Gorringe. »Ich weiß nicht, wer uns ein Frühstück serviert. Wahrscheinlich niemand, wenn ich es nicht selbst mache, aber ich habe Erfahrung darin. Wer hat schon Appetit?«

Anscheinend mochte noch keiner etwas essen.

Roma schauderte und zog den gesteppten Nylonmorgenmantel fester um sich. »Ich hätte ganz gern eine Tasse Tee«, sagte sie. »So stark wie möglich. Und danach gehe ich noch mal ins Bett.«

Die Übrigen nickten zustimmend.

»Ich habe etwas zu sagen vergessen«, meldete sich Simon. »Im

Becken liegt eine Art Kiste. Ich habe sie deutlich gefühlt, als ich Munter aus dem Drahtgeflecht befreit habe. Soll ich sie nicht herausholen?«

»Die Schmuckschatulle!«, rief Roma aufgeregt aus und schien ihr Ruhebedürfnis vergessen zu haben. »Munter hatte sie also!«

»Ich glaube nicht, dass es die Schmuckschatulle ist«, erwiderte Simon. »Das Ding war größer, fühlte sich glatter an. Als Munter ins Becken gestürzt ist, muss sie ihm aus der Hand geglitten sein.«

»Wir sollten eigentlich die Ankunft der Polizei abwarten«, meinte Gorringe zögernd. »Andererseits würde ich das Ding gern sehen, falls es Simon nichts ausmacht, ein zweites Mal ins Wasser zu steigen.«

Simon hatte nichts dagegen, obwohl ihm noch immer kalt war. Er schien geradezu darauf gewartet zu haben, wieder ins Schwimmbecken zu tauchen. Cordelia fragte sich, ob er denn den vor dem Pool hingestreckten Leichnam völlig vergessen hatte. So aufgekratzt und energiegeladen hatte sie ihn bisher nicht erlebt. Vielleicht lag es daran, dass er endlich einmal im Mittelpunkt stand.

»Ich kann meine Neugier zügeln«, verkündete Whittingham. »Ich lege mich ins Bett. Wenn es danach Tee gibt, wäre ich dankbar, wenn mir jemand eine Tasse brächte.«

Er ging allein nach oben. Roma schien Kopfschmerzen und Müdigkeit tatsächlich vergessen zu haben. Sie kehrten zum Schwimmbecken zurück. Der verblassende Mond wirkte durchscheinend. Am Horizont kündigte sich schon das Morgengrauen an. Vom Wasser stiegen Nebelschwaden auf und schlugen ihnen mit feuchter, herbstlicher Kühle entgegen. Ohne die nächtliche Stimmung mit dem fahlen Mondlicht wirkte die Szenerie nicht mehr so unwirklich, die daliegende Gestalt menschenähnlicher, zugleich aber grotesker. Die linke Wange, die auf den Steinplatten ruhte, war nach oben verschoben und verengte das Auge, sodass es sie mit einem ironischen, wissenden Ausdruck anzuglotzen schien. Aus dem offen stehenden Mund war etwas blutiger Speichel geflossen und hatte sich in den Bartstoppeln am Kinn verfangen. Die durchweichte Kleidung sah wie eingelaufen aus. Von den Hosenbeinen tropfte Wasser in den Pool. Im dämmrigen Morgenlicht kam es Cordelia vor, als fließe der Lebenssaft ins Schwimmbecken, ohne dass es jemand bemerkte.

»Sollten wir ihn nicht wenigstens zudecken?«, fragte Cordelia.

»Selbstverständlich!«, meinte Gorringe zustimmend. »Könnten Sie etwas aus dem Haus holen, Cordelia? Eine Tischdecke, ein Badehandtuch oder einen Mantel? Sie werden schon etwas finden!«

»Warum soll denn Cordelia gehen?«, mischte sich Roma mit gereizter Stimme ein. »Warum erwartet man all diese Botengänge von ihr? Sie wird doch nicht bezahlt, um sich von Ihnen herumschicken zu lassen. Cordelia gehört doch nicht zu Ihrem Personal. Munter gehörte dazu.«

Gorringe schaute sie an, als sei sie ein ansonsten unverständiges Kind, das zum ersten Mal eine gescheite Bemerkung gemacht hat.

»Sie haben völlig recht«, erwiderte er ungerührt. »Ich gehe selbst.«

Aber Roma war so aufgebracht, dass sie sich nicht beschwichtigen ließ. »Obwohl Munter Ihr Butler war, können Sie sich nicht zu der Äußerung aufraffen, dass Ihnen sein Tod leidtut. Er war Ihnen gleichgültig, nicht wahr? Ebenso gleichgültig wie Clarissa. Nichts geht Ihnen nahe, solange Sie gut leben und sich nicht langweilen. Seitdem wir ihn tot gefunden haben, haben Sie nicht ein einziges Wort des Bedauerns verloren. Wer sind Sie denn? Ihr Großvater hat sein Geld mit Leberpillen und Schmerzmitteln verdient. Sie können Ihr abscheuliches Benehmen also noch nicht einmal mit Ihrer Herkunft entschuldigen.«

Gorringe erstarrte. Auf seinen Wangen erschienen rote Flecken, die aber gleich darauf wieder verschwanden. Seiner Stimme jedoch merkte man keine Erregung an. »Wie ich mich hier zu benehmen habe, weiß ich selbst. Ich werde um Munter trauern, wenn es für mich richtig ist. Jetzt scheint mir keineswegs der richtige Zeitpunkt für eine Trauerrede zu sein. Falls Ihnen das missfällt, kann ich Shakespeares Prinz Heinrich zitieren:

Wie, alter Freund? Könnt' all dies Fleisch denn nicht
Ein bisschen Leben halten? Armer Hans, leb wohl!
Ich könnte besser einen Bessern missen.

Und falls es Sie beruhigt – ich würde lieber Sie alle, mit einer Ausnahme, tot auf dem Grund meines Swimmingpools sehen als Carl Munter. Aber was Cordelia angeht, haben Sie recht. Einen freundlichen, hilfsbereiten Menschen nutzt man zu leicht aus.«

Nachdem er gegangen war, herrschte verlegenes Schweigen. Roma stand mit gerötetem Gesicht, das Kinn trotzig vorgeschoben, ein wenig abseits. Sie wirkte störrisch und uneinsichtig wie ein Kind, das etwas Unverzeihliches gesagt hat, aber über das Ergebnis nicht unzufrieden ist. Unvermittelt drehte sie sich um und sagte mit schneidender Stimme: »Zumindest habe ich unserem Gastgeber eine menschliche Reaktion entlockt. Jetzt wissen wir, was er von uns hält. Ich nehme an, dass Ambrose nur Cordelia nicht gern tot auf dem Grund seines Schwimmbeckens sehen möchte. Ein hübsches Gesicht scheint offenbar selbst ihn zu beeindrucken.«

Sir George betrachtete nachdenklich die Wasserlilien. »Er ist ein wenig durcheinander. Das ist doch verständlich. Außerdem ist jetzt kaum der richtige Augenblick für einen Streit.«

Cordelia hatte das Gefühl, sie müsse etwas sagen. Aber da ihr nichts Passendes einfiel, schwieg sie lieber. Sie wunderte sich allerdings über Romas Ausbruch, der sicherlich nicht darauf zurückzuführen war, dass Roma sie schützen wollte oder gar mochte. Vielleicht stand weibliche Solidarität dahinter oder ein Aufbegehren gegen männliche Arroganz. Sie selbst hielt es eher für die Entladung eines Schocks und aufgestauter Angst. Was auch der Grund gewesen sein mochte, die Wirkung war höchst aufschlussreich gewesen. Das Zitat aus Shakespeares *Heinrich IV.* war Gorringe bemerkenswert schnell eingefallen. Kam das daher, dass er ein Shakespeare-Kenner war, oder hatte er sich vor Kurzem eingehend mit den Shakespeare-Zitaten im Penguin-Lexikon beschäftigt?

Sie hörte, wie Gorringe über die Terrasse zurückkam. Er hatte ein zusammengefaltetes, rot kariertes Tischtuch bei sich. Sie sahen zu, wie er es ausbreitete und behutsam über die Leiche legte. Cordelia fand dieses Tischtuch selbst als Notbehelf kaum geeignet. Gorringe kniete sich hin und stopfte den Rand unter die Leiche, als würde sie dann behaglicher liegen. Alle schwiegen.

Nun wandte sich Sir George an Simon und sagte: »Na schön, Junge. Bringen wir's hinter uns!«

Simon hechtete ins Wasser, nachdem er die Tiefe abgeschätzt hatte. Die Wasserlilien am Rand schwankten, als sein Körper aufschlug. Kleine Wellen kräuselten die Oberfläche. Luftbläschen stiegen auf. Kurz darauf tauchte sein Kopf auf. In den Händen hielt er ein dunkles Holzkästchen, das etwa dreißig Zentimeter lang und zwanzig breit war. Er übergab es Gorringe und schwang sich aus dem Wasser.

»Es steckte unter dem Drahtnetz. Was ist es denn?«, fragte er keuchend.

Statt einer Antwort öffnete Gorringe den Deckel. Die offenbar wasserdichte Spieldose hatte ein paar Kratzer, war aber ansonsten unbeschädigt. Die Walze begann sich langsam zu drehen, und eine vertraute Weise ertönte, die Cordelia zum letzten Mal bei der Generalprobe gehört hatte: *The Bluebells of Scotland.*

Sie hörten sie stumm bis zum Ende an. Dann kam eine kurze Pause, bis die nächste Melodie – *My Bonnie lies over the Ocean* – erklang.

Gorringe klappte den Deckel zu. »Ich habe sie zuletzt neben der anderen Spieldose auf dem Requisitentisch gesehen«, erklärte er. »Munter wollte sie sicherlich ins Turmzimmer zurückbringen. Der direkte Weg vom Theater zum Turm führt ja hier vorbei.«

»Aber warum? Warum diese Eile?« Roma runzelte die Stirn, als würde die Spieldose ihren Erwartungen keineswegs entsprechen.

»Nein, es eilte gar nicht«, erwiderte Gorringe. »Aber da er betrunken war, handelte er ohne Sinn und Verstand. Er achtete wie ich sehr auf Ordnung und mochte es nicht, dass Sachen aus dem Schloss als Requisiten für die Aufführung zweckentfremdet werden. Und in seinem betrunkenen Zustand schien es ihm der geeignete Augenblick zu sein, die Sachen wieder an ihren alten Platz zu stellen.«

Cordelia wunderte sich, dass Sir George zu alldem nichts sagte.

»Was hat er denn sonst noch zurückgebracht?«, fragte er plötzlich. »Wo ist denn die zweite Spieldose?«

»Sie wird im Schrank im Büro aufbewahrt. Soweit ich mich erinnern kann, war die eine Spieldose immer da und die andere im Turmzimmer bei dem übrigen Krimskrams.«

»Zieh dich an, Junge!«, sagte Sir George zu Simon. »Du zitterst ja vor Kälte. Hier können wir nichts mehr tun.«

Es war eine Aufforderung, die keine Widerrede zuließ. Simon schien erst jetzt zu bemerken, wie sehr er fror. Er klapperte mit den Zähnen. Trotzdem zögerte er ein wenig, nickte dann und eilte davon.

»Der Junge hat mehr Talente, als ich ihm zugetraut habe«, meinte Roma. »Woher weiß er übrigens, wie Clarissas Schmuckschatulle aussieht? Sie haben sie ihr doch erst am Freitagvormittag geschenkt, Ambrose.«

»Er kennt die Schatulle genauso gut wie Sie oder ich, weil er in Clarissas Zimmer war und sie dort gesehen hat«, warf Cordelia ein.

Roma wandte sich zum Gehen. »Das ist auch mir klar, dass er in ihrem Zimmer gewesen sein muss. Ich frage mich nur, wann.« Nach einer kurzen Pause fügte sie noch hinzu: »Und woher wusste er, dass Munter die Spieldose bei sich hatte, als er ins Becken fiel? Sie könnte doch schon seit Monaten dort gelegen haben.«

»Die Annahme liegt doch auf der Hand, wenn man bedenkt, dass sich die Leiche und die Spieldose in dem Drahtnetz verfangen hatten.« Gorringes Tonfall hatte beiläufig, fast desinteressiert geklungen, allzu beherrscht und abwiegelnd, wie Cordelia fand. »Überlassen wir solche Fragen Grogan«, fuhr er fort. »Eine Amateurdetektivin im Haus ist vollauf genug. Und einen Mordverdacht sollte lieber die Polizei äußern, meinen Sie nicht auch?«

Roma kehrte ihm den Rücken und schlang den Kragen ihres Morgenmantels enger um den Hals. »Ich gehe noch mal ins Bett. Vielleicht könnten Sie mir eine Tasse Tee auf mein Zimmer bringen lassen, sofern Sie welchen machen. Und sobald ich meine Vernehmung durch Grogan überstanden habe, werde ich Sie von meiner Anwesenheit erlösen. Entweder wirkt der Fluch über Courcy noch immer, oder der Tod nistet sich in Ihrem Paradies als Dauergast ein.«

Gorringe blickte ihr nach, als sie davonstakte und schließlich im Schatten der Arkaden verschwand. »Diese Frau könnte einem gefährlich werden«, meinte er.

Auch Sir George hatte Roma nachgeblickt. »Sie ist nur unglücklich«, erwiderte er.

»Das läuft bei einer Frau aufs Gleiche hinaus. Außerdem sollte sie mit diesen muskulösen Schwimmerinnenschultern keinen gesteppten Morgenmantel tragen. Auch das Blau steht ihr nicht; überhaupt kein Blauton, würde ich sagen. Wir könnten übrigens nachschauen, ob sich die andere Spieldose an ihrem gewohnten Platz befindet.«

Im Büro kniete er sich hin und öffnete die Türen der Walnuss-chiffonniere. Cordelia sah mehrere Fächer, zwei sorgsam in Papier eingeschlagene Pakete, die sicherlich Kunstgegenstände enthielten, und ein Kästchen aus dunklem Holz, das ebenso groß wie die gefundene Spieldose war. Gorringe stellte es auf den Tisch und hob den Deckel. *Greensleeves* ertönte.

»Er hat sie also zurückgebracht«, sagte Sir George. »Ein merkwürdiger Mensch. Er fand wohl keine Ruhe, solange nicht alles wieder an seinem Platz stand.«

»Er hat sie allerdings verwechselt«, meinte Cordelia. »Diese Spieldose hier gehört ins Turmzimmer.«

»Woher wissen Sie das?«, fragte Gorringe auffallend schroff.

»Weil ich sie am Freitagnachmittag, während Clarissa auf der Probe war, dort entdeckt habe. Als ich den Turm bestieg, bin ich auch ins Turmzimmer geraten. Ich täusche mich da nicht.«

»Die Spieldosen sind sich sehr ähnlich.«

»Aber sie haben unterschiedliche Walzen. Ich habe die Spieldose im Turm – diese hier – ablaufen lassen. Es erklang *Greensleeves*. Die Spieldose, die bei der Probe verwendet wurde, hatte ein Potpourri schottischer Volkslieder. Das müssen Sie doch wissen. Sie waren doch selbst dabei.«

»Dann muss Munter diese hier vorgestern Nachmittag aus dem Turmzimmer und nicht aus dem Büro geholt haben«, sagte Sir George und wandte sich an Gorringe: »Wussten Sie das, Ambrose?«

»Selbstverständlich nicht. Ich wusste nur, dass wir zwei Spieldosen haben: die eine hier, die andere im Turmzimmer. Aber welche sich wo befand, wusste ich nicht. Aus Spieldosen mache ich mir nicht viel. Als Munter mir sagte – und das hat er auch der Polizei mitgeteilt –, dass er die unteren Räume nicht verlassen und die

Spieldose aus dem Büro geholt hat, hatte ich keinen Anlass, daran zu zweifeln.«

»Als Clarissa oder der Regisseur das erste Mal nach einer Spieldose fragten, tat Munter, was man in so einem Fall erwarten kann«, meinte Cordelia. »Er holte die Spieldose, die sich in der Nähe befand und weniger wertvoll war. Warum sollte er sich in das Turmzimmer bemühen, wenn eine Spieldose hier im Büro aufbewahrt wurde? Er wäre nicht ins Turmzimmer gegangen, wenn Clarissa nicht die erste Spieldose abgelehnt hätte.«

»Den Turm kann man nur von der Galerie aus betreten«, sagte Gorringe. »Munter hat also die Polizei angelogen. Vorgestern Nachmittag muss er sich gegen zwei Uhr in der Nähe von Clarissas Zimmer aufgehalten haben. Das bedeutet, dass er beobachtet haben könnte, wie jemand ihr Zimmer betrat oder verließ. Die Polizei könnte durchaus auf den Gedanken kommen, dass er Clarissa aufgesucht hat – ungeachtet der verschlossenen oder unverschlossenen Tür. Deswegen war er so erpicht darauf, die Spieldosen wieder an ihren gewohnten Platz zu stellen, jede in das Zimmer, aus dem er sie angeblich geholt hatte. Im Grunde war das völlig unnötig. Ich kann mir jedenfalls nicht vorstellen, wie jemand auf den wahren Sachverhalt hätte kommen sollen. Es war doch purer Zufall, dass Sie, Cordelia, im Turmzimmer waren und die zweite Spieldose bemerkt haben. Ob die Polizei Ihnen das glauben wird, ist allerdings ungewiss.«

»So zufällig war es nun auch nicht«, entgegnete Cordelia. »Wenn Clarissa mich nicht aus dem Theater geschickt hätte, wäre ich bis zum Probenende geblieben. Warum sollte mir das die Polizei nicht glauben? Sie wird eher mir abnehmen, dass ich aus Neugier das Turmzimmer aufgesucht habe, als dass sie Ihnen glaubt, Sie würden nicht wissen, wo welche Spieldose aufbewahrt wird – obwohl Sie auf Ihre viktorianischen Antiquitäten so stolz sind.«

Sobald sie das gesagt hatte, fragte sie sich, ob ihre Offenherzigkeit klug gewesen war. Höflich jedenfalls nicht. Aber Gorringe nahm den Einwand ungerührt hin.

»Sie haben vielleicht recht«, sagte er leichthin. »Aber die Polizei wird weder Ihnen noch mir glauben. Dass Munter gelogen hat, ergibt sich nur aus unseren Aussagen. Und nur wir profitieren davon, nicht wahr? Der Verdächtige ist tot und kann unsere Aussagen nicht widerlegen. Der Butler ist es also gewesen. Selbst für einen Krimi wäre diese Lösung nicht gerade zufriedenstellend, finde ich.«

Sir George hob lauschend den Kopf. »Ich glaube, die Polizeibarkassen kommen.«

Für einen Mann seines Alters musste er ein ungewöhnlich scharfes Gehör haben, dachte sich Cordelia. Sie hatte nichts vernommen. Erst jetzt kam es auch ihr so vor, als höre sie Motorengedröhn. Sie schauten einander an. Cordelia sah in den Augen von Gorringe und Sir George, was diese auch aus ihrem Blick herauslesen mussten: aufsteigende Angst.

»Ich gehe zum Kai, um sie zu empfangen«, erklärte Gorringe. »Sie beide sollten bei der Leiche bleiben.«

Sir George und Cordelia blieben allein zurück. Wenn sie es aussprechen wollte, dann musste sie es jetzt tun, vor den Vernehmungen durch die Polizei. Aber sie fand zunächst nicht die richtigen Worte. Und als sie es dann sagte, klang ihre Stimme kühl, beinahe anklagend.

»Munters aufgedunsenes Gesicht hat Sie an jemanden erinnert, nicht wahr, Sir George? Sie dachten sich doch, er könnte Blythes Sohn sein?«

»Ja, ich hatte diesen Eindruck«, antwortete er gelassen. »Auf diesen Gedanken wäre ich vorher nie gekommen.«

»Sie haben Munter auch nie so gesehen – den Kopf verdreht, tot, ertrunken. Aber seinen Vater haben Sie so gesehen.«

»Was hat Sie darauf gebracht?«

»Ihr Gesichtsausdruck, als Sie auf Munter blickten. Dann das Kriegerdenkmal, das Munter alljährlich am Waffenstillstandstag geschmückt hat. Die Worte ›Mörder! Du Mörder!‹, die er Ihnen ins Gesicht geschrien hat. Er meinte seinen Vater, nicht Clarissa. Er hat dann auf Deutsch auf Simon eingeredet, glaube ich. Auch sein Vorname hat mich stutzig gemacht. Sagte nicht Gorringe, dass er Carl heißt? Dann seine Größe. Sein Vater ist deswegen so qualvoll langsam gestorben, weil er so groß war. Und letztlich sein Familienname. ›Munter‹, das ist eins der wenigen deutschen Wörter, die ich kenne; es bedeutet dasselbe wie ›blithe‹.«

Sir George rang sichtlich um Fassung, wie sie es schon einmal beobachtet hatte. Aber er erwiderte nur: »Vielleicht haben Sie recht.«

»Wollen Sie das Grogan mitteilen?«, fragte Cordelia.

»Nein. Das geht ihn nichts an. Das hat mit dem Mord nichts zu tun.«

»Und wenn man Sie unter Mordverdacht verhaftet?«

»Das werden sie nicht. Ich habe meine Frau nicht umgebracht.« Unvermittelt und wie zwanghaft fügte er noch hinzu: »Ich glaube nicht, dass ich sie Blythe bewusst habe umbringen lassen. Aber vielleicht war es so. Schwer, die eigenen Motive zu ergründen. Ich dachte immer, es sei ganz anders gewesen.«

»Vor mir brauchen Sie sich nicht zu rechtfertigen«, erwiderte Cordelia. »Mich geht es nichts an. Sie waren damals ein blutjunger Offizier. Sie können doch das Kommando nicht gehabt haben.«

»Das nicht, aber ich war in jener Nacht der Offizier vom Dienst. Ich hätte merken müssen, dass da etwas im Gange war, und es unterbinden müssen. Aber ich hasste Blythe so, dass ich mich nicht in seine Nähe wagte. Grausamkeit, die man als Kind erlebt hat, vergibt oder vergisst man nie. Ich habe mich nicht um Blythes Schicksal gekümmert. Vielleicht habe ich es absichtlich getan. Man könnte es Pflichtverletzung nennen.«

»Das hat Ihnen niemand vorgeworfen. Sie wurden doch nicht vor ein Kriegsgericht gestellt, oder? Niemand macht Ihnen Vorwürfe.«

»Ich selbst mache mir Vorwürfe.«

Sie schwiegen eine Weile.

»Ich wusste nicht, dass er verheiratet war«, sagte Sir George dann. »Bei den folgenden Ermittlungen war nie von einer Frau die Rede. Angeblich hatte er eine Freundin in Speymouth. Ich habe sie nicht zu Gesicht bekommen. Auch von einem Kind war nicht die Rede.«

»Munter war damals wahrscheinlich noch gar nicht auf der Welt. Er wurde möglicherweise unehelich geboren. Wir werden es wohl nie erfahren. Seine Mutter muss sehr verbittert gewesen sein über das, was passiert war. Munter wuchs vermutlich in dem Glauben auf, dass die englische Armee schuld an der Ermordung seines Vaters war. Unklar ist mir allerdings, warum er eine Arbeit auf Courcy annahm. Aus Neugier? Wollte er als Sohn den Vater rächen? Aber er konnte doch nicht damit rechnen, dass Sie hier erscheinen würden.«

»Vielleicht doch. Er hat die Stellung im Sommer 1978 angetreten. Ich habe Clarissa im selben Jahr geheiratet. Clarissa und Gorringe kannten sich schon seit Jahren. Munter wusste sicherlich über meinen Werdegang Bescheid. Ich bin schließlich kein Unbekannter.«

»Auch die Polizei macht Fehler. Sollte man Sie verhaften, werde ich die Sache aufklären. Ich muss es einfach.«

»Nein, Cordelia«, entgegnete er ruhig. »Das geht nur mich etwas an. Es ist meine Vergangenheit, mein Leben.«

»Begreifen Sie doch endlich, welche Schlüsse die Polizei ziehen wird!«, rief sie. »Wenn mir die Polizei die Sache mit der Spieldose glaubt, wird man daraus folgern, dass Munter zum Zeitpunkt der Ermordung Ihrer Frau auf der Galerie war, nur wenige Schritte vom Zimmer Ihrer Frau entfernt. Wenn Munter sie nicht umgebracht hat, könnte er doch immerhin den Mörder gesehen haben. Nimmt man noch hinzu, dass Munter Sie als Mörder bezeichnet hat, befinden Sie sich in einer schlimmen Lage, wenn Sie nicht sagen, wer Munter in Wirklichkeit war.«

Er erwiderte nichts darauf, sondern stand regungslos wie ein Wachposten da und schaute ins Leere.

»Wenn die Polizei den Falschen verhaftet, ist das doch eine zweifache Ungerechtigkeit«, sagte Cordelia. »Denn der Schuldige bleibt dann frei. Wollen Sie das?«

»Wäre ich denn der Falsche? Wenn Clarissa mich nicht geheiratet hätte, würde sie noch leben.«

»Woher wissen Sie das?«

»Ich habe so das Gefühl. Wer war es, der sagte, dass wir Gott einen Tod schulden?«

»Ich weiß nicht. Jemand in Shakespeares *Heinrich IV*. Aber was hat das damit zu tun?«

»Nichts. Es kam mir nur so in den Sinn.«

Sie wurde nicht schlau aus ihm. Hinter seiner Arglosigkeit und Wortkargheit schien sich eine andere Person zu verbergen mit einer Psyche, die vielleicht komplexer und rücksichtsloser war, als sie meinte. Und er war kein Narr, dieser Militär, der so trügerisch einfach wirkte. Er wusste genau, in welcher Gefahr er sich befand. Und daraus konnte man schließen, dass er vielleicht selbst einen Verdacht hegte und möglicherweise jemanden deckte. Sie konnte sich nicht denken, dass dies Gorringe oder Whittingham war.

»Was soll ich jetzt tun?«, fragte sie ratlos. »Soll ich den Fall weiter verfolgen?«

»Das hat wenig Sinn, oder? Clarissa kann nichts mehr erschrecken. Überlassen Sie den Fall besser den Profis.« Gepresst fügte er noch hinzu: »Ich zahle Ihnen Ihr Honorar selbstverständlich weiter. Schließlich bin ich nicht undankbar.«

Undankbar in welcher Hinsicht, überlegte sie.

Als sie zur Leiche kamen, schaute er auf Munter hinab. »Schon ein merkwürdiges Verhalten, alljährlich einen Kranz am Kriegerdenkmal niederzulegen. Meinen Sie, dass Gorringe die Tradition beibehalten wird?«

»Kann ich mir nicht vorstellen.«

»Er sollte es aber. Ich werde mal mit ihm reden. Oldfield könnte sich darum kümmern.«

Als sie sich umwandten, um durch den Rosengarten zu gehen, hielten sie inne. Im fahlgelben Sonnenlicht kamen ihnen über den Rasen Grogan und sein Gefolge von Kriminalbeamten entgegen, lautlos, da das dichte Gras ihre Schritte dämpfte. Cordelia war überhaupt nicht darauf gefasst. Als sie die Leute still und unaufhaltsam anrücken sah, ihre düsteren, verkniffenen Gesichter, verbot sie sich, Sir George anzublicken. Ob auch ihm plötzlich der Gedanke gekommen war, wie sie beide auf die Polizisten wirken mussten? Sie glichen zwei schuldbewussten, erschrockenen Wilddieben, die mit ihrer Jagdbeute zu Füßen von Förstern überrascht wurden.

VI.

EIN ABGESCHLOSSENER FALL

38. Kapitel

Man schaffte Munters Leichnam derart schnell fort, dass es Cordelia ungehörig vorkam. Gegen zehn Uhr wurde die Metallkiste mit den langen, seitlichen Griffen mit einer Gleichgültigkeit von der Anlegestelle aufs Deck der Polizeibarkasse geschoben, als befinde sich darin ein Hund. Aber wie hätte es auch anders sein sollen? Munter war einst ein Mensch gewesen. Jetzt aber war er nur etwas, das bald verwesen würde, ein Fall mit einer Nummer und einer Aktenmappe, ein Problem, das gelöst werden musste. Darum war es übertrieben zu erwarten, dass die Männer – Polizeibeamte? Leute vom Leichenschauhaus? Totengräber? – Munter feierlich wie bei einem Begräbnis wegtragen würden. Sie verrichteten nur emotionslos und ohne viel Getue ihre Arbeit. Eine Arbeit, der sie jeden Tag nachgingen.

Bei diesem Todesfall konnten sie der Polizei übrigens, obwohl sie alle unter Verdacht standen, bei der Spurensicherung zusehen. Sie taten es verstohlen vom Fenster in Cordelias Zimmer aus, wo sie beobachten konnten, wie Grogan und Buckley langsam um die Leiche herumschritten, als seien sie Meeresbiologen, die ein von der Flut angetriebenes, ein wenig ramponiertes Tier studierten. Sie sahen, wie der Fotograf seine Aufnahmen machte, wobei er sich kaum um die Polizisten kümmerte, auch nicht mit ihnen sprach, sondern sich allein auf seine Aufgabe konzentrierte. Dr. Ellis-Jones war diesmal nicht gekommen. Cordelia fragte sich, ob das damit zu tun hatte, dass die Todesursache bereits feststand oder dass er eine andere Leiche zu untersuchen hatte. Stattdessen war ein Polizeiarzt erschienen, der den Tod offiziell bestätigen musste und die erste Untersuchung vornahm. Er war groß, machte einen umgänglichen Eindruck und trug derbe Gummistiefel und eine Strickjacke mit Lederflicken am Ellenbogen. Er begrüßte die Polizisten wie vertraute Trinkkumpane. Seine fröhliche Stimme war in der stillen Morgenluft deutlich zu hören. Erst als er sich hinkniete und aus seiner Tasche ein Thermometer hervorholte, zogen sie sich unauffällig vom Fenster zurück und gingen in den Salon, als schämten sie sich für ihre pietätlose Neugier. Zehn Minuten darauf sahen sie dann vom Salonfenster aus, wie Munters Leiche durch den Torbogen und über den Kai zur Barkasse getragen wurde. Einer der Träger rief seinem Kollegen etwas zu, worauf beide auflachten. Vermutlich hatte er über die Last geflucht.

Bei diesem zweiten Todesfall dauerte selbst die Vernehmung durch die Polizei nicht lange. Schließlich konnten sie ja nicht viel aussagen, und die wenigen Angaben, vermutete Cordelia, klangen verdächtig ähnlich. Als sie an der Reihe war, betrat sie das Büro mit der Überzeugung, man würde ihr nichts glauben, was sie auch mitteilen mochte. Grogan musterte sie über den Schreibtisch hinweg mit den hellen, unfreundlichen Augen, die rot gerändert waren, als habe er diese Nacht nicht geschlafen. Vor ihm standen nebeneinander die beiden Spieldosen.

Nachdem sie berichtet hatte, wie Munter hinter der Terrassentür aufgetaucht war und wie sie die Leiche gefunden und samt der Spieldose geborgen hatten, herrschte Schweigen.

»Warum sind Sie eigentlich am Freitagnachmittag ins Turmzimmer gegangen?«, fragte Grogan nach einer Weile.

»Ich war neugierig. Miss Lisle wollte nicht, dass ich bei der Probe zuschaue, und Mr Whittingham und ich waren kurz vorher von einem Spaziergang zurückgekommen. Da er müde war und sich hinlegen wollte, hatte ich sonst nichts zu tun.«

»Und da haben Sie sich die Zeit vertrieben, indem Sie den Turm besichtigten?«

»Ja.«

»Und danach haben Sie mit den Spielsachen herumgespielt?«

Er sagte es, als sei sie ein unartiges Kind, das die Spielsachen eines anderen nicht hatte in Ruhe lassen können. Aufgebracht und zugleich verzweifelt erkannte sie, dass sie ihm unmöglich erklären, ihm verständlich machen konnte, dass sie all die Spielsachen aufgezogen hatte, um ihre Verstörtheit in dem metallischen Lärm zu ersticken. Aber hätten ihre Angaben glaubhaft geklungen, selbst wenn sie ihm gesagt hätte, warum sie so niedergeschlagen gewesen war, und ihm von Whittinghams Bericht über den Tod von Tollys Tochter erzählt hätte? Wie konnte man einem Polizisten, einem Richter, den Geschworenen solche scheinbar unsinnigen Regungen klarmachen, die einem ja selbst kaum verständlich waren, die kümmerlichen Versuche, dem Schmerz etwas entgegenzusetzen? Und wenn es ihr, trotz ihrer vorteilhaften Lage, schon schwerfiel, wie konnten sich dann die anderen helfen, die, die nicht über Wissen, Bildung und die Möglichkeit verfügten, sich vernünftig auszudrücken, wenn sie auf die abgeschottete, unerbittliche Gesetzesmaschinerie stießen?

»Ja, ich habe mit dem Spielzeug herumgespielt«, sagte sie.

»Und Sie wissen genau, dass die Spieldose, die Sie im Turmzimmer gefunden haben, *Greensleeves* spielte?« Grogan legte seine Pranke auf die linke Spieldose und hob dann den Deckel. Die Walze begann sich zu drehen, und die feinen, kammartig angeordneten Metallzähne klimperten abermals die nostalgische, wehmütige Melodie.

»Ich bin mir absolut sicher.«

»Äußerlich sind sie sich ja ähnlich: fast die gleiche Größe, die gleiche Form, das gleiche Holz und fast das gleiche Muster auf dem Deckel.«

»Ich weiß. Aber sie spielen verschiedene Melodien.«

Sie konnte seinen Ärger und seine Gereiztheit gut verstehen, auch wenn er sie zu verbergen versuchte. Wenn sie ihn sympathisch gefunden hätte, hätte sie Verständnis dafür gehabt. Wenn sie die Wahrheit sagte, dann hatte Munter gelogen. Er musste in der fraglichen Zeitspanne von einer Stunde und vierzig Minuten das Erdgeschoss verlassen haben. Der einzige Zugang zum Turm befand sich auf der Galerieetage.

Er war also nur wenige Schritte von Clarissas Zimmertür entfernt gewesen. Doch Munter war tot. Selbst wenn Grogan von seiner Unschuld überzeugt war, selbst wenn ein anderer Verdächtiger vor Gericht gestellt werden sollte, würde ihre Aussage über die Spieldose der Verteidigung zupasskommen. »Sie haben Ihren Besuch des Turms bei der ersten Vernehmung nicht erwähnt.«

»Sie haben mich auch nicht danach gefragt. Sie wollten vor allem wissen, was ich am Samstag getan und beobachtet habe. Und ich hielt ihn für unwichtig.«

»Gibt es vielleicht noch etwas, das Sie für unwichtig gehalten haben?«

»Ich habe Ihre Fragen so wahrheitsgetreu wie möglich beantwortet.«

»Das mag schon sein. Aber damit ist meine Frage nicht beantwortet, nicht wahr, Miss Gray?«

Und die leise Stimme ihres Gewissens klagte sie an, als hätte sie sich mit ihm abgesprochen. Unvermittelt neigte er sich über den Schreibtisch, sodass sich ihre Gesichter beinahe berührten. Sie meinte, seinen säuerlichen Bieratem zu riechen, und musste sich zwingen, nicht zurückzuweichen.

»Was genau ist am Samstagvormittag im Teufelskessel passiert?«

»Das habe ich Ihnen schon gesagt. Mr Gorringe hat von einem Lagerinsassen erzählt, den man da ertränkt hatte. Und ich habe einen Drohbrief mit einem Zitat aus dem Theaterstück gefunden.«

»Das ist alles?«

»Das reicht doch, oder?«

Er lehnte sich zurück, und sie wartete ab. Er schwieg.

»Ich habe vor, heute Nachmittag nach Speymouth zu fahren«, sagte sie dann. »Ich möchte mal von der Insel runter.«

»Wer möchte das nicht, Miss Gray?«

»Dann haben Sie nichts dagegen? Ich brauche Ihre Erlaubnis nicht? Ich kann also gehen, wohin ich möchte, solange Sie mich nicht verhaften?«

»Das würden Sie wohl Ihren Klienten empfehlen, falls Sie welche hätten. Aber Sie haben recht. Ich kann Sie nicht daran hindern. Allerdings sollten Sie morgen um zwei Uhr nachmittags wegen der amtlichen Feststellung der Todesursache in Speymouth sein. Das dauert nicht lange, nur eine Formalität. Aber Sie haben die Leiche entdeckt. Sie waren die Letzte, die Miss Lisle noch lebend gesehen hat. Der Gerichtsmediziner wird Sie dazu befragen wollen.«

Sie überlegte, ob das eine verkappte Drohung war.

»Ich werde dort sein«, erwiderte sie.

Er schaute hoch und sagte so freundlich, dass man sich hätte einbilden können, er meine es ehrlich: »Amüsieren Sie sich gut in Speymouth, Miss Gray. Ich wünsche Ihnen einen schönen Tag.«

39. Kapitel

Es war nach halb eins, als sie endlich gehen durfte. Sie gesellte sich zu den anderen, die auf der Terrasse vor dem Lunch einen Sherry tranken, und erfuhr, dass Oldfield zum Festland hinübergefahren war, um die Post und Lebensmittel zu holen. Gorringe erwartete ein Paket mit Büchern aus einer Londoner Bibliothek. Als Cordelia ihn fragte, ob die *Shearwater* gegen zwei Uhr zu ihrer Verfügung stünde, sicherte er es ihr ohne jegliche neugierige Frage zu und wollte lediglich wissen, wann die Barkasse sie von Speymouth wieder abholen sollte. Cordelia bestellte sie für sechs Uhr.

Sie hatte noch keinen Hunger und die anderen offenbar auch nicht. Mrs Munter hatte im Speisezimmer ein kaltes Buffet angerichtet. Viel zu viel, das meiste war für die Party bestimmt gewesen und nun lieblos und in Mengen aufgetragen worden, die einem den Appetit verschlugen. Ein Wunder war, dachte sich Cordelia, dass Mrs Munter überhaupt daran gedacht hatte. Seit ihr Mann tot gefunden worden war, hatte niemand über sie gesprochen. Nach ihrer Vernehmung durch die Polizei hatte sie etliche Stunden einsam in ihrer Wohnung verbracht und war danach stumm und unauffällig zwischen der Küche und dem Speisezimmer hin- und hergeeilt. Cordelia bezweifelte, dass Gorringe sich um sie kümmerte, und auch den anderen schien sie gleichgültig zu sein. Cordelia nahm sich vor, sie vor ihrer Abfahrt zu fragen, wie es ihr gehe, ob sie etwas für sie in Speymouth erledigen könne. Sie bezweifelte allerdings, dass ihre Anteilnahme willkommen war. Wie konnte sie oder irgendein anderer Mrs Munter schon helfen? Aber sie wollte sich immerhin erkundigen.

Sie setzte sich nicht an den Tisch, sondern schnitt sich ein paar Scheiben von dem kalten Braten ab und machte sich Sandwiches. Sie entschuldigte sich bei Gorringe, nahm noch einen Apfel und eine Banane und picknickte am Strand. In Gedanken hatte sie die beängstigende Insel bereits hinter sich gelassen. Sie fühlte sich wie ein Flüchtling und als warte sie nun darauf, eine pestverseuchte Insel und ihre gewalttätigen Bewohner zu verlassen. Deswegen saß sie hier und hielt verzweifelt nach einem Schiff Ausschau, das sie in Sicherheit, in die Geborgenheit der Heimat bringen könne, fort von dem Gestank nach verwesenden Leichen, dem Gegröle und dem Tumult, fort von den am Strand hingestreckten Menschen. Das Festland, das sie noch vor drei Tagen mit Freude hinter sich gelassen hatte, kam ihr nun wie ein verlockendes Paradies vor. Sie konnte die Abfahrtszeit um zwei Uhr kaum erwarten.

Gegen halb zwei ging sie durch den gefliesten Korridor am Büro vorbei zu der bespannten Tür, die zur Dienstbotenwohnung führte. Während sie noch überlegte, wie sie sich bemerkbar machen sollte, da sie keine Glocke oder einen Türklopfer sah, erschien Mrs Munter, einen Korb mit Wäsche gegen die Hüfte gestemmt. Wortlos drückte sie die Tür auf und ließ Cordelia eintreten. Sie durchquerte eine schmale Diele und gelangte in ein kleines Wohnzimmer. Wie alle viktorianischen Architekten hatte Godwin darauf geachtet, dass die Dienstboten von keinem ihrer Räume aus die Herrschaft beobachten konnten, egal ob von draußen oder drinnen. Von dem einzigen Fenster aus sah man nur den geräumigen Wirtschaftshof und die sich anschließenden Stallungen mit einer hübschen Turmuhr und einer Wetterfahne. Quer über den Hof war eine Wäscheleine gespannt, an der ein riesiger Pyjama hing, der sicherlich Munter gehört hatte. Es war ein rührender, aber zugleich peinlicher Anblick, sodass sie wie ertappt wegschaute.

Der Raum war einfach, aber nicht unbehaglich eingerichtet, doch trotz der kunstvollen Jugendstilmöbel hatte er keinen Charakter. Sie sah ein Fernsehgerät in der Ecke, aber keine Bücher, Bilder oder Fotografien noch irgendwelchen Nippes auf der Kommode. Als hätten die Bewohner weder Vergangenheit noch Gegenwart. Allem Anschein nach hatte hier noch nie eine dritte Person gesessen. Es gab nur zwei Sessel – beiderseits des stilvoll verzierten eisernen Kamins – und nur zwei Esszimmerstühle an den schmalen Tischseiten.

Mrs Munter bot ihr keinen Platz an.

»Ich möchte Sie nicht stören«, sagte Cordelia. »Ich wollte nur nachsehen, wie es Ihnen geht. Ich fahre gleich nach Speymouth. Kann ich etwas für Sie besorgen oder erledigen?«

Mrs Munter wuchtete den Korb auf den Tisch und begann die Wäschestücke zusammenzulegen. »Ich wüsste nichts. Außerdem fahre ich wahrscheinlich mit Ihnen. Ich verlasse diese Insel.«

»Ich kann mir gut vorstellen, wie Ihnen zumute ist. Wenn Sie Angst haben, könnte ich heute Nacht bei Ihnen schlafen.«

»Ich habe keine Angst. Wovor sollte ich Angst haben? Ich ziehe nur weg. Das ist alles. Ich habe die Insel nie gemocht, und jetzt, wo er tot ist, brauche ich nicht länger zu bleiben.«

»Selbstverständlich nicht, wenn Sie nicht wollen. Aber ich kann mir denken, dass Mr Gorringe Ihnen raten wird, nicht überstürzt zu handeln. Er möchte sicherlich noch gern mit Ihnen sprechen. Schließlich muss ja noch manches geregelt werden.«

»Da gibt es nichts zu regeln. Mr Gorringe war uns kein schlechter Herr. Aber er war im Grunde nur an Munter interessiert. Ich bin bloß mitgekommen. Und jetzt sind wir halt getrennt.«

Und das für immer, dachte Cordelia. Der befriedigte, geradezu triumphierende Unterton war nicht zu überhören gewesen. Und unerfahren, wie sie war, war sie aus Mitgefühl hergekommen, um Trost zu spenden. Dabei war er weder erwünscht noch notwendig. Aber Mrs Munter bekam doch sicherlich noch Lohn, man würde ihr Hilfe anbieten, es galt das Begräbnis zu regeln. Gorringe würde sie gewiss auch weiterhin im Schloss wohnen lassen, falls sie es wollte. Und da war auch noch die Polizei – Grogan und seine Experten in Sachen Tod, die Spezialisten für Verdacht und Argwohn. Wenn jemand Munter mit Absicht ins Schwimmbecken gestoßen hatte, konnte es nicht sie gewesen sein? War es nicht ein günstiger Zeitpunkt, einen verhassten Ehemann loszuwerden, solange der Mörder auf der Insel nicht gefasst war? Cordelia zweifelte nicht daran, dass Grogan diese Witwe, die keinerlei Trauer empfand, ganz oben auf seine Verdächtigenliste setzen würde. Auch ihre überstürzte Abreise musste der Polizei höchst verdächtig vorkommen.

Cordelia überlegte gerade, ob sie Mrs Munter nicht warnen sollte, als diese sagte: »Mit der Polizei habe ich schon gesprochen. Es gibt keinen Grund, mich hier festzuhalten. Außerdem wissen sie, wo sie mich finden können. Mr Gorringe soll sich ums Begräbnis kümmern. Mich geht das nichts an.«

»Aber Sie waren doch seine Frau?«

»Wir waren nicht verheiratet. Er hielt nichts von der Ehe, ich auch nicht. Ich verlasse die Insel mit der Barkasse, sobald Oldfield so weit ist.«

»Haben Sie genug Geld? Ich bin sicher, dass Mr Gorringe …«

»Ich brauche seine Hilfe nicht. Munter hat Geld gespart. Er

hat nebenbei so seine Geschäfte gemacht. Ich weiß, wo er es aufbewahrt hat. Ich nehme bloß, was mir zusteht. Ich komme schon zurecht. Eine gute Köchin findet immer ihr Auskommen.«

Cordelia fühlte sich fehl am Platz. »Da haben Sie recht. Wissen Sie schon, wo Sie heute übernachten werden?«

»Sie bleibt bei mir.«

Tolly hatte mittlerweile geräuschlos das Zimmer betreten. Sie trug einen dunkelblauen, maßgeschneiderten Mantel mit Schulterpolstern und ein Hütchen mit einer langen Feder. Ihr Aufzug erinnerte an die Mode der Dreißigerjahre und verlieh ihr ein etwas ordinäres, altmodisches Aussehen. Sie hatte einen prall gefüllten, von einem Lederriemen zusammengehaltenen Koffer bei sich. Sie stellte sich mit abweisendem Gesicht neben Mrs Munter – Cordelia wäre nie eingefallen, sie anders zu nennen –, und beide Frauen musterten sie.

Cordelia hatte das Gefühl, dass sie Mrs Munter zum ersten Mal sah. Bisher war sie ihr kaum aufgefallen, es sei denn durch ihre Unaufdringlichkeit. Sie war kaum mehr als ein Anhängsel Munters gewesen. Selbst ihr Äußeres war unscheinbar: struppiges Haar, weder hell noch dunkel, mit steifen, gekräuselten Locken, eine stämmige Gestalt, derbe, abgearbeitete Hände. Und der schmale Mund, der so wenig verraten hatte, war stur und siegesgewiss verkniffen. Die Augen, die sonst ergeben zu Boden geblickt hatten, sahen sie nun herausfordernd, geradezu selbstbewusst an, als wollten sie ihr kundtun: »Du weißt nicht einmal, wie ich heiße. Und jetzt wirst du es erst recht nicht erfahren.« Tolly hingegen stand nach wie vor selbstsicher und ruhig neben ihr.

Sie wollten also zusammen weggehen. Wo würden sie wohl wohnen? Tolly besaß sicherlich ein kleines Haus oder eine Wohnung irgendwo in London, wo ihre Tochter behütet aufgewachsen war. Auf einmal hatte Cordelia eine verblüffend klare Vorstellung von den beiden: Die zwei Frauen würden fortan nicht von Erinnerungen heimgesucht leben, sondern sich in einem hübschen Haus in einer Vorstadtsiedlung einrichten, nicht allzu weit entfernt von U-Bahn und Geschäftszentrum, mit gerafften Stores vor dem Erkerfenster, die sie vor neugierigen Blicken schützten, einem kleinen Vorgarten, dessen Zaun nicht nur ungebetene Gäste, sondern auch die Vergangenheit fernhielt. Sie hatten ihre Dienstbotenstellung aufgegeben. Aber hatten sie etwa nicht aus freien Stücken gedient? Beide waren doch erwachsene Menschen. Oder waren sie aus Angst vor Arbeitslosigkeit vor ihrer Freiheit zurückgeschreckt? Welche rätselhaften Beweggründe mochten Menschen gegen alle Vernunft, gegen alle Neigungen und Interessen aneinanderbinden? Der Tod hatte nun das Band zerrissen, das die eine an Clarissa, die andere an Munter gefesselt hatte. Die Polizei könnte durchaus auf den Gedanken kommen, dass beiden dieser Bruch zupasskam.

Ich sehe jetzt zwar zum ersten Mal klar, was die beiden angeht, dachte sich Cordelia, aber ich weiß noch immer nichts über sie. Ein Ausspruch von Henry James kam ihr in den Sinn: »Glaubt nur nicht, dass übers menschliche Herz schon das letzte Wort gesprochen ist!« Sie kannte nicht einmal das erste, obwohl sie eine Detektivin war. Aber war es nicht eine der verbreitetsten Angewohnheiten, sich mit den Beweggründen, dem Antrieb, den Ungereimtheiten anderer Menschen zu beschäftigen? Spielten nicht alle gern Detektiv, selbst bei den Liebsten, bei denen sogar mit Vorliebe? Aber sie hatte es als ihren Beruf angenommen, sie verdiente damit ihr Geld. Zwar hatte sie die Faszination nie geleugnet, aber nun kam ihr zum ersten Mal der Gedanke, dass es vielleicht auch anmaßend war. Noch nie hatte sie sich bei einem Auftrag so unzulänglich gefühlt, bei dem sie nur ihre Jugend, ihre Unerfahrenheit, ihr klägliches, angelerntes Wissen der rätselhaften menschlichen Psyche entgegenzusetzen hatte.

»Könnte ich mit Miss Tolgarth unter vier Augen sprechen?«, wandte sie sich an Mrs Munter.

Statt einer Antwort schaute Mrs Munter Tolly an, die ihr zunickte, worauf sie die beiden wortlos allein ließ.

Tolly wartete geduldig, ernst, die Hände gefaltet. Zwar gab es etwas, das Cordelia anfänglich gern von ihr erfahren hätte, aber das brauchte sie jetzt nicht mehr. Sie maßte sich inzwischen weniger an als zu Beginn des Falls. Mittlerweile war ihr klar geworden, dass sie nicht das Recht hatte, bestimmte Fragen zu stellen oder bestimmte Fakten zu erfahren. Nichts, weder menschliche Neugier noch das Bestreben, alle vorhandenen Mosaiksteinchen zu einem Bild zusammenzufügen, als könnte sie so Ordnung im wirren menschlichen Dasein schaffen, rechtfertigte die Frage, deren Antwort sie ja ohnehin kannte: ob Whittingham der Vater von Tollys Kind gewesen war. Denn nur er hatte so gut Bescheid gewusst und liebevoll von Vicky gesprochen; er hatte zudem gewusst, dass Tolly jegliche Unterstützung vom Kindsvater abgelehnt hatte; er allein hatte sich die Mühe gemacht, das Krankenhaus anzurufen, um die Wahrheit über das Telefongespräch zu erfahren. Schon ein merkwürdiges Paar, dieser Whittingham und Tolly! Was hatten die beiden voneinander gewollt? Hatte Whittingham dadurch Clarissa treffen oder eine tief sitzende Kränkung verwinden wollen? Gehörte Tolly zu den Frauen, die sich nach einem Kind sehnen, sich aber nicht mit einem Ehemann belasten wollen? Die Geburt, wenn auch nicht die Schwangerschaft, war doch sicher eine bewusste Entscheidung gewesen. Aber das ging sie, Cordelia, nichts an. Von all den menschlichen Beziehungen gehörten die sexuellen zu denen, die aus den unterschiedlichsten Gründen geknüpft werden. Begehren war wohl der häufigste, nicht aber der einfachste. Cordelia brachte es jedenfalls nicht über sich, offen von Vicky zu sprechen. Allerdings gab es da noch etwas, das sie erfahren musste.

»Sie waren doch bei Clarissa, als die ersten Drohbriefe kamen«, sagte sie. »Das war während der Aufführung von *Macbeth*. Können Sie mir die Botschaften beschreiben?«

Tolly schaute sie ernst und nachdenklich an, aber keineswegs verärgert oder ablehnend.

»Wissen Sie«, sprach Cordelia weiter, »ich glaube nämlich, dass Sie diese Briefe geschickt haben. Und Clarissa hat es erraten und auch den Grund gekannt. Aber Clarissa brauchte Sie. Deswegen verstellte sie sich lieber. Außerdem wollte sie die Drohbriefe niemandem zeigen. Sie war sich bewusst, was sie Ihnen angetan hatte. Sie wusste, dass es Dinge gab, die ihr nicht einmal ihre Freunde nachsehen würden. Und danach geschah das, was sie erhofft hatte. Vielleicht hat sich in Ihrem Leben etwas verändert; Sie kamen deshalb zu der Ansicht, dass Sie nicht richtig gehandelt hatten. Die Drohbriefe blieben aus. Doch dann muss jemand aus dem kleinen Kreis, der darüber Bescheid wusste, die Sache mit den Briefen fortgeführt haben. Es waren nun andere Briefe. Sie sahen anders aus. Sie wurden aus einem anderen Grund geschrieben. Und sie führten auch zu einem anderen, einem schrecklichen Ende.«

Tolly schwieg noch immer.

»Ich habe kein Recht, Sie auszufragen«, sagte Cordelia leise. »Sie brauchen mir auch nicht zu antworten, wenn Sie nicht möchten. Sie sollten mir nur sagen, wie die ersten Botschaften aussahen. Ich weiß dann schon Bescheid.«

»Es war liniertes Papier mit handgeschriebenen Blockbuchstaben«, erwiderte Tolly. »Es waren Seiten aus dem Schulheft eines Kindes.«

»Und die Botschaften? Waren es Zitate?«

»Es war immer der gleiche Wortlaut. Eine Passage aus der Bibel.« Cordelia war glücklich, immerhin so viel erfahren zu haben. Und selbst diese vertraulichen Angaben hätte sie nicht erhalten, wenn

Tolly nicht ihr Verständnis, ihr Mitgefühl registriert hätte. Deswegen konnte sie noch eine Frage wagen.

»Miss Tolgarth, haben Sie eine Ahnung, wer die Sache mit den Briefen fortgeführt haben könnte?«

Tollys Augen schauten sie abweisend an. Sie hatte alles mitgeteilt, was sie hatte sagen wollen.

»Nein. Meine eigenen Sünden machen mir genug zu schaffen. Für die anderer Menschen bin ich nicht verantwortlich.«

»Ich werde niemandem erzählen, was Sie mir eben anvertraut haben«, sagte Cordelia.

»Ich hätte es Ihnen auch nicht erzählt, wenn ich anderer Ansicht gewesen wäre.« Sie schwieg einen Augenblick und fragte dann im selben Ton: »Was wird aus dem Jungen?«

»Aus Simon? Er sagte mir, dass Sir George ihm das letzte Jahr in Melhurst bezahlen wird und dass er sich hinterher um einen Studienplatz an einer Musikakademie bewerben will.«

»Jetzt, wo sie tot ist, wird es ihm besser gehen«, erwiderte sie. »Sie hatte einen schlechten Einfluss auf junge Menschen. Und jetzt entschuldigen Sie mich, Miss. Ich möchte meiner Freundin beim Packen helfen.«

40. Kapitel

Mehr konnte sie nicht erfahren oder tun. Cordelia ließ die beiden Frauen allein und ging auf ihr Zimmer, um sich für den nachmittäglichen Ausflug zu rüsten. Da sie ja lediglich den Zeitungsausschnitt ausfindig machen wollte, brauchte sie die Tasche mit ihrem kriminalistischen Handwerkszeug nicht. Sie steckte nur das Vergrößerungsglas, die Taschenlampe und ihr Notizbuch in die Schultertasche und zog ihren Strickpullover über das T-Shirt. Auf der Rückfahrt könnte es kalt werden. Dann schlang sie den Ledergürtel zweimal um die Taille und hakte ihn fest. Wie immer hatte sie das Gefühl, als trage sie einen Talisman, als sei dieser Gürtel das sichtbare Zeichen ihrer Entschlossenheit. Als sie von der Westseite des Schlosses aus die Terrasse überquerte, sah sie, dass Mrs Munter und Tolly schon auf dem Weg zur Barkasse waren. Jede schleppte einen Koffer. Oldfield musste soeben angekommen sein. Er trug gerade Kisten mit Wein und Vorräten auf den Landesteg. Erstaunlicherweise half Simon ihm dabei. Der Junge war wohl froh, dass er sich nützlich machen konnte.

Plötzlich stürmte Roma aus dem Esszimmer und hastete über die Terrasse. Sie eilte Oldfield entgegen und redete auf ihn ein. Der

Leinensack mit der Post lag oben auf dem kleinen Wagen. Oldfield öffnete ihn und holte ein Bündel Briefe hervor.

Als Cordelia sich den beiden näherte, merkte sie, wie ungeduldig Roma war. Am liebsten hätte sie Oldfield das Bündel aus der knöchernen Hand gerissen. Endlich fand er, wonach sie gefragt hatte, und überreichte ihr einen Brief. Roma rannte davon, verlangsamte dann den Schritt, riss den Umschlag, ohne Cordelia zu bemerken, auf und las das Schreiben. Wie erstarrt stand sie da. Dann schluchzte sie laut auf, ging schwankend an Cordelia vorbei die Terrasse entlang und stieg die Stufen zum Strand hinunter.

Cordelia überlegte kurz, ob sie ihr nachgehen solle. Sie rief Oldfield zu, er möge warten, sie komme gleich zurück, und folgte Roma. Die Nachricht, die sie erhalten hatte, musste sie zutiefst verstört haben. Vielleicht konnte sie Roma helfen. Und selbst wenn nicht, konnte sie nicht einfach die Barkasse besteigen und davonfahren, als sei nichts geschehen. Sie versuchte, die innere Stimme zu überhören, die nörgelte, dass der Zeitpunkt nicht ungünstiger hätte sein können. Sollte sie die Insel denn nie verlassen dürfen? Warum musste sie sich in ihrem Eifer überall einmischen? Aber sie konnte unmöglich jemanden in einer Notlage alleinlassen.

Roma torkelte den Strand entlang und fuchtelte mit den Armen. Cordelia meinte, einen lang gezogenen Schrei zu hören, aber vielleicht war es nur das Gekreische der Möwen. Sie hatte Roma fast erreicht, als diese stolperte, zu Boden fiel und, wie von Krämpfen geschüttelt, liegen blieb. Cordelia eilte zu ihr. Die sonst so stolze und verschlossene Roma in dieser Verfassung zu sehen, war schockierend. Cordelia war ratlos, wusste nicht, wie sie ihr helfen konnte. Sie kniete sich neben Roma in den Sand, legte die Arme um Romas Schultern und hoffte, sie damit vielleicht zu beruhigen. Sie redete begütigend auf sie ein wie auf ein kleines Kind oder ein Tier. Nach einer Weile ließ das Zucken nach. Roma lag so still da, dass

Cordelia schon meinte, sie hätte zu atmen aufgehört. Doch dann richtete sie sich schwerfällig auf und stieß Cordelias Arme zurück. Leicht schwankend ging sie ans Wasser, bückte sich und benetzte das Gesicht. Dann straffte sie sich, blickte kurz aufs Meer hinaus und wandte sich Cordelia zu.

Ihr Gesicht war kaum wiederzuerkennen – angeschwollen, die Augen zu schmalen Schlitzen verengt, die Nase gerötet. Als sie zu reden begann, klang ihre Stimme heiser und rau, als hätte sie entzündete Stimmbänder. »Tut mir leid. Das muss für Sie ein peinlicher Anblick gewesen sein. Aber ich bin froh, dass Sie es sind.«

»Kann ich Ihnen irgendwie helfen?«

»Nein. Niemand kann mir helfen. Sie werden es sich vielleicht schon gedacht haben, dass dahinter die übliche schäbige Tragödie steckt. Er hat mir den Laufpass gegeben. Am Freitagabend hat er den Brief geschrieben. Am Donnerstag waren wir noch zusammen. Da muss er schon gewusst haben, wie er sich entscheiden würde.« Sie zog den Brief aus der Tasche und wollte ihn Cordelia geben. »Lesen Sie ihn! Lesen Sie ihn ruhig! Ich würde gern wissen, wie lange er gebraucht hat, bis dieser flüssig runtergeschriebene, selbstgerechte, geheuchelte Wisch fertig war.«

Cordelia wollte den Brief nicht lesen. »Wenn er nicht so viel Anstand und Mut hatte, es Ihnen ins Gesicht zu sagen, ist er es nicht wert, dass Sie um ihn weinen, dass Sie ihn noch weiter lieben«, erwiderte sie.

»Was hat der Wert eines Menschen mit Liebe zu tun? Warum konnte er nicht noch etwas warten?«

Worauf, dachte Cordelia. Auf Clarissas Geld? Auf Clarissas Tod? »Selbst wenn er das getan hätte, was hätte das geändert?«, fragte sie.

»Sie meinen, was seine Motive angeht? Die sind mir egal. Aber jetzt ist es zu spät. Er hat den Brief einen Tag zu früh geschrieben. Warum hat er bloß nicht länger gewartet? Ich hab ihm doch gesagt, dass ich das Geld bekommen würde! Ich habs ihm doch gesagt!«

Eine Welle, etwas höher als die vorhergehenden, brach sich zu Cordelias Füßen und spülte eine silbrige Abendsandalette auf die hellen, vom Meer blank gescheuerten Kiesel. Sie betrachtete die Sandalette übertrieben aufmerksam und überlegte krampfhaft, was für eine Frau sie getragen haben mochte, wie sie ins Wasser geraten war, auf welcher wilden Party, von welcher Jacht sie über Bord gegangen sein konnte. Oder war die Trägerin hier irgendwo in der Nähe, eine schlanke, kaum bekleidete Gestalt, die im Meer dahintrieb? Jeder Gedanke, selbst dieser, half ihr, Romas heisere, unnatürliche Stimme zu überhören, die jeden Augenblick etwas Verhängnisvolles sagen konnte, etwas, das sich nicht mehr zurücknehmen ließ, das sie beide nicht mehr vergessen würden.

»Als junges Mädchen habe ich eine Gemeinschaftsschule besucht. Überall bildeten sich Pärchen. Wenn sich nach einer Weile die Freundschaft abkühlte, schickte man sich einen Abschiedsbrief. Ich habe nie einen bekommen. Ich habe auch nie einen Freund gehabt. Damals dachte ich mir, dass man so einen Abschiedsbrief durchaus ertragen könnte, wenn man vorher, wenigstens für ein Schuljahr, so eine Freundschaft erleben durfte. Wenn ich nur jetzt auch so denken könnte. Er war der einzige Mann, der mich je begehrt hat. Ich weiß auch, warum. Denn auf die Dauer kann man sich nichts vorgaukeln. Seine Frau machte sich nicht viel aus Sex, und mit mir hatte er es leicht. Schauen Sie mich nicht so an! Ich weiß. Sie können das nicht verstehen. Sie können doch haben, wen Sie wollen!«

»Das stimmt nicht!«, rief Cordelia. »Das ist nicht wahr, weder für mich noch sonst wen.«

»Ach nein? So wars jedenfalls bei Clarissa. Sie brauchte einen Mann nur anzuschauen. Ein einziger Blick reichte. Ich habe lange genug beobachten können, was sie mit ihren Blicken alles erreichte. Aber das wird ihr nie mehr gelingen. Nie, nie, nie mehr!«

Sie redete in ihrem Schmerz wie im Fieber. Cordelia spürte, wie ihr Romas Worte unter die Haut gingen. Sie blieb unschlüssig auf dem Kies stehen, wagte nicht, sich ihr zu nähern, da sie eine tröstende Berührung sicherlich zurückgewiesen hätte, wollte sie aber auch nicht allein lassen, obgleich sie wusste, dass Oldfield sicher schon ungeduldig auf sie wartete.

»Sie sollten jetzt gehen, wenn Sie mit der Barkasse fahren wollen«, sagte Roma schroff.

»Und was wird aus Ihnen?«

»Machen Sie sich keine Sorgen! Sie können beruhigt losfahren. Ich mache schon keine Dummheiten. So beschönigt man das doch, nicht wahr? So sagt man doch? Mach nur keine Dummheiten! Nein, das wird mir eine Lehre sein. Roma macht keine Dummheiten mehr. Falls es Sie interessiert, wie meine Zukunft aussehen wird: Ich werde Clarissas Geld annehmen und in London eine Eigentumswohnung kaufen. Den Laden verkaufe ich und suche mir eine Teilzeitbeschäftigung. Hin und wieder mache ich mit einer Freundin irgendwo im Ausland Urlaub. Wir werden die Begleitung der anderen zwar nicht besonders schätzen, aber das ist immerhin noch besser, als allein zu reisen. Wir werden uns auch etwas gönnen: einen Theaterbesuch, eine Kunstausstellung, ein Dinner in einem der Restaurants, wo alleinstehende Frauen nicht wie Parias behandelt werden. Und an den Herbstabenden werde ich die Volkshochschule besuchen und Interesse für Töpferei, georgianische Architektur in London oder vergleichende Religionswissenschaften heucheln. Und im Lauf der Jahre werden mir meine kleinen Annehmlichkeiten immer unentbehrlicher werden, werde ich immer mehr über die Jugend maulen, meine Freundin immer mehr bekritteln, immer konservativer, verbitterter, einsamer und abgestumpfter werden.«

Cordelia hätte gern darauf erwidert: Aber Sie werden genug zu essen und ein eigenes Dach über dem Kopf haben. Sie werden nicht frieren. Sie sind gesund und intelligent. Geht es Ihnen nicht besser als den meisten Menschen? Sie sind doch keine Frau aus der Viktorianischen Epoche, die aus Langeweile am Strand Muscheln sammelt und auf einen Mann wartet, der ihrem Leben Sinn und Status verleiht. Man kann auch ohne Liebe leben! Aber sie wusste, dass solche Einwände ebenso sinnlos und kränkend gewesen wären, wie einem Blinden zu sagen, dass die Sonne jeden Tag aufs Neue untergeht.

Sie wandte sich ab und ließ Roma allein, die wieder aufs Meer hinausblickte. Sie kam sich wie eine Deserteurin vor. Es erschien ihr unhöflich zu zeigen, dass sie es eilig hatte, daher wartete sie, bis sie die Terrasse erreicht hatte, bevor sie anfing zu laufen.

41. KAPITEL

Die Fahrt Richtung Festland verlief still. Cordelia saß vorne am Bug und schaute zur Küste hinüber, die sich allmählich näherte. Mrs Munter und Tolly hatten es sich am Heck bequem gemacht, das Gepäck zu ihren Füßen. Beim Anlegen der *Shearwater* wartete Cordelia, bis die beiden an Land gegangen waren. Sie blickte den beiden Frauen nach, die wortlos und langsam hügelauf zum Bahnhof gingen.

Die Stadt kam ihr weniger belebt und geschäftig vor als am Freitagvormittag, aber sie wirkte mit ihrem altertümlichen Flair noch immer heiter, sonnig und heimelig. Merkwürdigerweise nahm niemand von ihr Notiz. Sie war schon darauf gefasst gewesen, dass sich die Leute nach ihr umdrehen, sich hinter ihrem Rücken das Wort Courcy zuflüstern würden. Jedenfalls war es herrlich, Grogan und sein Gefolge losgeworden zu sein, sei es auch nur für ein paar Stunden, nicht mehr zu den bangen, grübelnden Verdächtigen zu gehören, sondern wieder eine völlig normale junge Frau zu sein, die eine völlig normale Straße entlangging, unerkannt unter all den einkaufenden Passanten am frühen Nachmittag, den Stadtbesuchern am letzten Urlaubstag, den Büroangestellten, die nach einem späten Mittagessen zu ihrem Schreibtisch zurückeilten. Sie bummelte eine Weile durch eine Drogerie in einem Haus mit einer hübschen Regency-Fassade, wo sie nach langem Überlegen einen Lippenstift kaufte, den sie eigentlich gar nicht brauchte. Dahinter verbarg sich leise Hoffnung und Zuversicht, eine Rückkehr zum gewohnten Leben. Was Clarissas Tod betraf, hingen hier nur einige Plakate verschiedener Zeitungen, auf denen handgeschrieben in dicken Blockbuchstaben stand: SCHAUSPIELERIN AUF COURCY ERMORDET. Sie kaufte sich am Kiosk eine Zeitung und fand auf der dritten Seite einen knappen Bericht. Die Polizei hatte nur ein Minimum an Informationen weitergegeben, und Gorringes Weigerung, der Presse Rede und Antwort zu stehen, hatte die Redaktionen offenbar von einer ausgiebigen Berichterstattung abgehalten. Cordelia bezweifelte allerdings, dass sich das letztlich als klug erweisen würde. Vom Kioskinhaber erfuhr Cordelia, dass es jetzt nur noch eine einzige Lokalzeitung, den *Speymouth Chronicle*, gab, der zweimal wöchentlich – jeweils dienstags und freitags – herauskam. Die Redaktion befand sich am Nordende der Esplanade. Cordelia fand ohne Weiteres dorthin. Es war ein weißes, umgebautes Haus mit zwei großen Schaufenstern. Das eine trug die Aufschrift SPEYMOUTH CHRONICLE, im anderen waren Pressefotos ausgestellt. Den einstigen Vorgarten hatte man gepflastert, um Parkplätze für ein halbes Dutzend Pkws und einen Lieferwagen zu schaffen. Drinnen am Empfangsschalter saß eine junge blonde Frau in Cordelias Alter an einem Schaltpult. An einem Seitentisch sortierte ein älterer Mann Fotografien.

Ihre Glückssträhne hielt an. Sie hatte nämlich befürchtet, dass die alten Jahrgänge der Zeitung anderswo gelagert oder nicht mehr öffentlich zugänglich waren. Aber als sie der Empfangsdame erklärte, sie recherchiere über das Theater in der Provinz und brauche deswegen den Bericht über Clarissa Lisles Leistung in *Lockende*

Tiefe, bekam sie sofort Unterstützung. Die Dame rief dem Kollegen zu, er möge den Empfang übernehmen, kümmerte sich nicht um den blinkenden Bildschirm und führte Cordelia durch eine Schwingtür eine steile, schwach beleuchtete Treppe hinunter ins Kellergeschoss. Dort schloss sie die Tür zu einem zur Straßenseite hin gelegenen Raum auf, aus dem ihnen der stickige Geruch nach altem Papier entgegenschlug. Die archivierten Jahrgänge waren in Klemmrückenordnern und in chronologischer Reihenfolge auf Stahlregalen gelagert. In der Mitte des Raums befand sich ein langer Arbeitstisch. Die Empfangsdame knipste die beiden Neonröhren an, die ein grelles Licht verbreiteten.

»Das hier sind sämtliche Jahrgänge seit 1860«, erklärte sie. »Es darf nichts herausgenommen werden, und Notizen am Rand sind verboten. Sagen Sie mir Bescheid, wenn Sie gehen! Ich muss den Raum abschließen, sobald Sie mit Ihrer Arbeit fertig sind. Okay? Bis später!«

Cordelia ging methodisch an ihre Aufgabe heran. Da Speymouth eine Kleinstadt war, gab es hier sicherlich kein festes Theaterensemble. Daraus konnte man folgern, dass Clarissa mit einem Tourneetheater in der Sommersaison zwischen Mai und September gekommen sein musste. Auf diese fünf Monate wollte sie die Suche zunächst konzentrieren. In den Maiausgaben wurde das Rattigan-Stück nicht erwähnt, aber ihr fiel auf, dass die im alten Theater auftretenden Gastensembles ein neues Stück jeweils an einem Montag aufführten und es dann zwei Wochen in Folge spielten. Die ersten Rezensionen standen danach jeweils im Feuilletonteil der Dienstagsausgabe, eine bemerkenswert rasche Reaktion für eine kleine Provinzzeitung. Die Kritiker mussten ihre Berichte noch vom Theater aus telefonisch durchgegeben haben. *Lockende Tiefe* wurde erstmals Anfang Juni in einer Vorankündigung erwähnt. Darin hieß es noch, Miss Clarissa Lisle würde vom 18. Juli an für zwei Wochen gastieren. Cordelia nahm an, dass die Besprechung am 19. Juli im Feuilleton – wie immer auf Seite neun – erschienen sein könnte. Sie wuchtete den schweren Sammelband mit den Ausgaben von Juli bis September auf den Arbeitstisch und fand dann auch die Zeitung von diesem Tag. Die Ausgabe hatte ein größeres Format als sonst und zählte achtzehn Seiten statt der sonst üblichen sechzehn. Der Grund dafür ging aus der Frontseite hervor: Die Königin und der Herzog von Edinburgh hatten anlässlich des Jubiläumsjahrs im Rahmen ihrer Reisen durch die Provinz am Sonnabend der Stadt einen Besuch abgestattet, und in der Dienstagsausgabe wurde erstmals darüber berichtet. Für Speymouth war es ein großer Tag gewesen, der erste königliche Besuch seit 1843, und der *Speymouth Chronicle* verbreitete sich ausführlich darüber. In der Reportage wurde auf weitere Fotos auf Seite zehn hingewiesen. Das erinnerte Cordelia an etwas: Sie war sicher, dass die Rückseite des Zeitungsausschnitts, den sie bei Clarissa gesehen hatte, nicht mit Text bedruckt gewesen war, sondern ein Foto gezeigt hatte.

Obwohl der Erfolg greifbar war, fühlte sie sich plötzlich mutlos. Wahrscheinlich würde sie nur die Besprechung eines Provinzredakteurs zu einer Neuinszenierung finden, an die sich in Speymouth kaum noch jemand erinnern würde. Clarissa hatte gesagt, die Besprechung sei wichtig für sie gewesen, so wichtig jedenfalls, dass sie sie im Geheimfach ihrer Schmuckschatulle aufbewahrt hatte. Aber was besagte das schon? Vielleicht hatte ihr nur der Wortlaut besonders gut gefallen, vielleicht hatte sie den Rezensenten persönlich getroffen, vielleicht hatte sie mit ihm eine kurze, aber nette Affäre gehabt. Vielleicht war der Ausschnitt nur aus irgendwelchen sentimentalen Gründen für sie bedeutungsvoll gewesen. In welchem Zusammenhang konnte er schon zu ihrem Tod stehen?

Doch dann bemerkte Cordelia, dass die gesuchte Seite fehlte. Sie vergewisserte sich zweimal. Aber sosehr sie auch herumblätterte, die Seiten neun und zehn waren nicht vorhanden. Sie bog den dicken Zeitungsstapel an der Stelle, wo er von der Klammer zusammengehalten wurde, zurück. Sie bildete sich ein, dass am Rand von Seite elf eine haarfeine Rille verlief, als sei die Seite da mit einem Messer oder einer Rasierklinge leicht geritzt worden. Sie holte ihr Vergrößerungsglas hervor und suchte millimeterweise den Rand ab. Jetzt waren die verräterischen Spuren deutlich sichtbar. An manchen Stellen war das Papier leicht eingeritzt, ein untrüglicher Hinweis darauf, dass die Seite herausgeschnitten worden war. Wo der letzte Rest der Seite neun von der Klammer zusammengehalten wurde, entdeckte sie noch winzige Papierfasern. Jemand war also vor ihr da gewesen.

Die Empfangsdame war gerade mit einer Kundin befasst, die, ohne von Trauer gezeichnet zu sein, eine Todesanzeige aufgeben wollte und sich nach dem Preis für einen passenden Vers erkundigte. Sie reichte der Dame ein Schönschreibheft hinüber und wies auf einen Vers mit runden, kunstvoll geformten Buchstaben. Cordelia vergaß ihre aktuellen Sorgen und trat näher, denn die Marotten ihrer Mitmenschen hatten sie schon immer interessiert. Mit zusammengekniffenen Augen las sie:

Es lockt Perlmutterglanz,
Sankt Petrus lächelt still,
Das Himmelstor steht offen,
Hereinspaziert kommt Bill.

Die Empfangsdame überflog den holprigen Reim äußerst gleichgültig, vermutlich musste sie derlei öfter lesen. Dann erläuterte sie die Kosten für Extrawünsche wie einen schwarzen Rahmen und ein umkränztes Kreuz als Verzierung oben. Die Beratung war hin und wieder von nachdenklichem Schweigen unterbrochen, wenn beide die verschiedenen Musteranzeigen begutachteten. Nach zehn Minuten war alles geregelt, und die Empfangsdame wandte sich Cordelia zu, die sagte: »Ich habe zwar den richtigen Jahrgang gefunden, aber die Seite, die ich brauche, ist nicht mehr da. Irgendjemand muss sie herausgeschnitten haben.«

»Das kann doch nicht wahr sein! Das ist nicht erlaubt. Das ist doch ein Archiv!«

»Es ist aber so. Haben Sie vielleicht ein weiteres Exemplar?«

»Das muss ich Mr Hasking melden. Die Leute können doch nicht einfach so in einem Archiv herumschnippeln. Mr Hasking wird empört sein.«

»Das kann ich mir denken. Dabei brauche ich diese Seite dringend. Es handelt sich um Seite neun der Ausgabe vom 19. Juli 1977. Haben Sie weitere Sammelbände, die ich durchsehen könnte?«

»Hier nicht. Der Verleger könnte noch welche in London haben. Also wirklich, Seiten aus Archivmaterial herauszuschneiden! Mr Hasking legt doch solch großen Wert auf die alten Jahrgänge. Das ist gesammelte Geschichte, sagt er immer.«

»Wissen Sie noch, wer die Bände als Letzter sehen wollte?«

»Letzten Monat war eine blonde Dame aus London da. Sie arbeitete angeblich an einem Buch über die Piers an der Küste. Unser Pier wurde 1939 gesprengt, um den Deutschen die Landung zu erschweren. Später hatte der Stadtrat für den Wiederaufbau kein Geld. Deswegen ist er so kurz. Die Dame erzählte noch, dass sich in ihrer Jugendzeit auf dem Pier eine Konzerthalle befand und in der Saison Varietékünstler aus London auftraten. Sie wusste wirklich eine Menge über Piers.«

Cordelia dachte, ein erfahrenerer Detektiv hätte Fotos des Opfers und der Verdächtigen dabeigehabt, um die Person zu identifizieren. Sie hätte jedenfalls gern gewusst, ob die blonde Dame, die so viel über die Piers wusste, Clarissa oder Roma ähnlich gesehen hatte. Tolly war es sicherlich nicht gewesen, es sei denn, sie hatte sich völlig unnötig verkleidet. Sie überlegte, ob Bernie wohl daran gedacht hätte, die Leute im Schloss unbemerkt zu fotografieren. Sie selbst hatte es nicht für nötig gehalten. Allerdings hatte sie ja eine Polaroidkamera in ihrer Tasche auf der Insel. Vielleicht sollte sie es doch noch probieren. Morgen könnte sie ja wiederkommen.

»Ist diese Dame die einzige Person, die sich in letzter Zeit für das Archiv interessiert hat?«, fragte sie.

»Solange ich hier bin, ja. Aber ich arbeite erst seit ein paar Monaten hier. Sally könnte Ihnen über die Zeit davor mehr erzählen, aber sie hat gekündigt, weil sie heiratet. Außerdem sitze ich ja nicht ständig am Empfang. Es könnte jemand gekommen sein, als ich in der Redaktion war und Albert mich vertrat.«

»Ist dieser Albert hier?«

Die Dame schaute sie an, als könne sie so viel Unverständnis nicht fassen. »Albert? Wie sollte er? Montags ist Albert doch nie da!«

Sie musterte Cordelia argwöhnisch. »Wieso interessiert es Sie, wer schon mal hier gearbeitet hat? Ich dachte, Sie wollen nur diese Besprechung sehen.«

»Das stimmt schon. Ich frage mich nur, wer die Seite herausgeschnitten haben könnte. Sie haben doch selbst gesagt, dass die Sammelbände wertvoll sind. Ich möchte nur nicht, dass Sie denken, ich sei das gewesen. Sind Sie sicher, dass niemand in Speymouth ein weiteres Exemplar besitzt?«

Ohne sich umzudrehen, mischte sich der ältere Kollege ein, der mit einer Hingabe und Pingeligkeit, als habe er den ganzen Tag Zeit, die neuen Fotos für das Schaufenster arrangierte.

»Vom 19. Juli 1977, sagten Sie? Das war drei Tage nach dem Besuch der Königin. Ich würde es an Ihrer Stelle bei Lucy Costello probieren. Sie hat fünfzig Jahre lang Zeitungsausschnitte über die königliche Familie gesammelt. Den Besuch der Königin hat sie sich bestimmt nicht entgehen lassen.«

»Aber Lucy Costello ist doch schon tot, Mr Lambert! Wir haben doch am Tag nach dem Begräbnis einen Artikel über sie und ihre Zeitungsausschnitte gebracht.«

Mr Lambert drehte sich um und breitete in gespielter Fassungslosigkeit die Arme aus. »Ich weiß, dass Lucy Costello tot ist. Das wissen wir doch alle. Ich habe auch nicht gesagt, dass sie noch lebt. Aber sie hatte doch eine Schwester. Miss Emmeline lebt noch, soviel ich weiß. Sie hat die Alben mit den Zeitungsausschnitten sicher noch. Unwahrscheinlich, dass sie sie weggeworfen hat. Miss Lucy ist zwar beerdigt worden, aber doch nicht mit ihren Zeitungsausschnitten. Ich meinte, man könnte sich an ihre Schwester wenden.«

Cordelia fragte, wo sie diese Miss Emmeline finden könne. Mr Lambert wandte sich wieder seinen Fotografien zu und antwortete kurz angebunden, als bereue er seine Geschwätzigkeit von vorhin: »Windsor Cottage. In der Benison Row. Die High Street rauf, dann die zweite Straße links. Nicht zu verfehlen.«

»Ist es weit von hier? Muss ich mit dem Bus fahren?«

»Wenn Sie das schaffen wollen, müssen Sie Glück haben. Normalerweise steht man sich die Beine in den Bauch, wenn man auf den Zwölfer wartet. Zu Fuß dauert es knapp zehn Minuten; für junge Leute ein Katzensprung.«

Er griff nach der Fotografie eines stattlichen Herrn mit einer Amtskette um den Hals, dessen jovialem Blick man entnehmen konnte, dass ihm das offizielle Bankett mehr als zugesagt hatte, und arrangierte sie neben dem Bild einer wohlproportionierten, leicht bekleideten Badeschönheit, sodass die Augen auf ihren Busen gerichtet zu sein schienen. Diesem Mann machte seine Arbeit offensichtlich Spaß. Sie bedankte sich bei ihm und der Dame und machte sich auf den Weg zu Miss Emmeline Costello.

42. Kapitel

Mr Lambert hatte die Entfernung gut geschätzt. Nach zehn Minuten Fußmarsch erreichte sie die Benison Row. Die schmale Straße mit viktorianischen Häusern lag oberhalb der Stadt. Obwohl die kleinen Häuser in Alter, Architekturstil und Größe eine hübsche Einheit bildeten, waren sie durchaus individuell. Einige hatten Erker, andere hölzerne Blumenkästen unter den Fenstern mit üppig wucherndem Efeu, Geranien und Blaukissen, deren Blütenvielfalt vor dem bunten Putz hervorstach. Lorbeerbäume in lackierten Holzfässern flankierten die glänzenden Eingangstüren der beiden Häuser am Ende der Gasse. Jedes Haus besaß einen schmalen Vorgarten hinter einem eisernen Gartenzaun, der wohl wegen der kunstvollen Ornamente nicht der Alteisensammlung im letzten Krieg zum Opfer gefallen war. Cordelia hatte noch nie eine Häuserzeile mit so intakten Eisenzäunen gesehen, die der gepflegten kleinen Straße mit ihrem sehr britischen Erscheinungsbild einen Hauch von Extravaganz verliehen. Die kleinen Gärten quollen über vor Farben. Die Zäune vermochten die warmen, dunklen, herbstlichen Rottöne kaum zu bändigen. Obgleich es schon spät im Jahr war, roch es noch nach Lavendel und Rosmarin. Am Bordstein parkten keine Autos; keine Abgasschwaden erschwerten das Atmen. Nach der Geschäftigkeit und den Benzindünsten in der High Street tauchte man in der Benison Row in die Schlichtheit lange zurückliegender Zeiten ein.

Windsor Cottage war das vierte Haus auf der linken Straßenseite. Der Garten war einfacher angelegt als die übrigen: ein von Rosenbüschen eingerahmtes, penibel gepflegtes Rasenstück. Jede Schuppe des Türklopfers in Gestalt eines Messingfisches glänzte. Cordelia schellte und wartete. Doch es waren keine Schritte zu hören, die sich näherten. Sie läutete abermals, diesmal etwas länger. Weiterhin Stille. Enttäuscht fand sie sich damit ab, dass die Hausbesitzerin ausgegangen sein musste. Wie hatte sie auch nur damit rechnen können, dass Miss Costello zu Hause sein würde, weil sie, Cordelia, sie unbedingt sprechen wollte? Sie war enttäuscht und zugleich ungeduldig. Sie war mittlerweile fest davon überzeugt, dass der verschwundene Zeitungsausschnitt von entscheidender Bedeutung war und dass sie ihn höchstwahrscheinlich nur noch in diesem gepflegten kleinen Haus finden konnte. Und der Gedanke, nach Courcy zurückkehren zu müssen, ohne Genaueres erfahren, ihre Neugier gestillt zu haben, war entsetzlich. Sie ging am Gartenzaun auf und ab und überlegte, wie lange sie wohl warten sollte. Ob Miss Costello zum Einkaufen gegangen war und bald zurückkehren würde? Oder hatte sie das Haus abgeschlossen und machte irgendwo Urlaub? Doch dann bemerkte sie, dass die beiden oberen Fenster etwas geöffnet waren, und ihre Stimmung hob sich. Aus dem Hause nebenan trat eine Frau mittleren Alters vor die Tür, blickte die Straße hinunter, als erwarte sie jemanden, und wollte die Tür gerade wieder zumachen, als Cordelia zu ihr lief. »Entschuldigen Sie! Ich hätte gern Miss Costello gesprochen. Wissen Sie, ob sie im Laufe des Nachmittags nach Hause kommt?«

»Ich nehme an, dass sie im Waschsalon ist«, antwortete die Frau freundlich. »Montagnachmittag ist ihr Waschtag. Sie wird nicht lange ausbleiben, wenn sie nicht auf eine Tasse Tee in die Stadt gegangen ist.«

Cordelia dankte ihr für die Auskunft. Die Haustür fiel ins Schloss. Auf der Straße herrschte wieder Stille. Cordelia lehnte sich gegen den Gartenzaun und wappnete sich mit Geduld. Doch sie brauchte nicht lange zu warten. Nach etwa zehn Minuten sah sie eine auffallende Gestalt in die Benison Row einbiegen, die nur Miss Emmeline Costello sein konnte. Es war eine ältere Frau, die einen Einkaufswagen hinter sich herzog, auf dem ein pralles, mit Plastikplane abgedecktes Bündel lag. Sie ging langsam, aber aufrecht, und ihre dünne Gestalt war in einen kakifarbenen Soldatenmantel gehüllt, der so lang war, dass der Saum beinahe das Pflaster streifte. Ihr kleines, wie ein alter Apfel von vielen Fältchen überzogenes Gesicht war nahezu gänzlich von einem rot-weiß gestreiften Kopftuch verdeckt, das unterm Kinn geknotet war. Darüber hatte sie noch eine purpurfarbene Strickhaube mit einer Troddel gestülpt. Wenn sie schon an einem warmen Septembertag so dick angezogen war, konnte man sich unschwer vorstellen, wie sie sich im Winter kleidete. Als sich Miss Costello der Gartenpforte näherte, trat Cordelia vor, um sie zu öffnen und sich vorzustellen.

»Mr Lambert vom *Speymouth Chronicle* meinte, dass Sie mir vielleicht weiterhelfen können. Wenn es Ihnen nicht zu viele Umstände bereitet, würde ich mir gern die gesammelten Zeitungsausschnitte Ihrer Schwester ansehen. Es ist sehr wichtig, ansonsten würde ich Sie nicht behelligen. Ich habe mich schon im Zeitungsarchiv umgesehen, aber die gesuchte Seite ist da nicht mehr vorhanden.«

Obwohl sich Miss Costello geradezu exzentrisch kleidete, hatte sich einen klaren, scharfen, durchdringenden Blick, mit dem sie Cordelia musterte. Sie antwortete mit angenehmer, kultivierter, Respekt einflößender Stimme, die sofort verriet, wo Miss Costello im verwirrenden Dickicht der englischen sozialen Schichten einzuordnen war.

»Sehen Sie ja zu, meine Liebe, dass Sie als Fünfundachtzigjährige nicht auf einem Berg wohnen! Aber wollen Sie nicht hereinkommen und eine Tasse Tee trinken?«

In ähnlichem Tonfall hatte sie damals die Mutter Oberin empfangen, als Cordelia müde und verängstigt ins Klosterinternat gekommen war.

Sie folgte Miss Costello ins Haus. Es war ihr klar, dass hier alles seine Zeit brauchen würde und sie, quasi als Bittstellerin, nichts anderes erwarten konnte. Ihre Gastgeberin geleitete sie ins Wohnzimmer und entfernte sich dann, um etliche Kleidungsstücke abzulegen und Tee zu kochen. Es war ein gemütlicher Raum. Die alten Möbel, die vermutlich aus einem größeren Familienbesitz stammten, passten zur Größe des Raums. Obwohl die Wände dicht mit kleinen Familienporträts, Aquarellen und Medaillons behängt waren, wirkte alles recht ordentlich, behaglich und keineswegs überladen. Der Mahagonigeschirrschrank mit den Rosenholzintarsien enthielt wenige, aber kostbare Porzellansachen. Auf dem Kaminsims tickte eine Kutschenuhr. Als Miss Costello zurückkam, schob sie einen Teewagen vor sich her, und Cordelia sah, dass darauf ein Worcester-Teeservice mit grünem Dekor stand und eine Silberkanne, ein Anblick, der auch Miss Maudsley gefallen hätte.

Miss Costello hatte Earl-Grey-Tee aufgebrüht. Als Cordelia die elegante, flache Tasse zum Mund führte, wollte sie plötzlich unbedingt etwas mehr über sich verraten. Selbstverständlich durfte sie Miss Costello nicht sagen, wer sie war oder wonach sie eigentlich suchte. Aber in der beruhigenden Atmosphäre fühlte sie sich sicher, tröstlich weit weg vom grauenhaften Tod Clarissas, ihren eigenen Ängsten, ja sogar ihrer Einsamkeit. Sie wollte Miss Costello anvertrauen, dass sie von Courcy kam, wollte eine freundliche

Stimme hören, die ihr sagte, wie schrecklich es doch für sie gewesen sein müsse, eine beruhigende ältere Stimme, die ihr im unvergessenen Tonfall der Mutter Oberin versicherte, alles würde gut enden.

»Auf Courcy hat sich ein Mord ereignet«, erzählte sie dann. »Die Schauspielerin Clarissa Lisle ist umgebracht worden. Sie haben sicher davon gehört. Und jetzt ist auch noch Mr Gorringes Butler ertrunken.«

»Vom Tode Miss Lisles habe ich gehört. Courcy hat eine Geschichte voller Gewalttaten. Ich glaube nicht, dass es die letzte war. Den Zeitungsbericht habe ich allerdings nicht gelesen. Und im Haus gibt es, wie Sie sehen, kein Fernsehgerät. Meine Schwester sagte immer, es gibt heutzutage so viel Scheußliches, so viel Hass, dass wir derlei nicht auch noch in unser Wohnzimmer hereinzulassen bräuchten. Wissen Sie, meine Liebe, im Alter von fünfundachtzig Jahren hat man das Recht, abzulehnen, was man nicht mag.«

Nein, hier in dieser zwar verlockend friedlichen, aber weltabgewandten Atmosphäre würde sie keinen Trost finden.

Wie Gorringe hatte sich Miss Costello ein privates Refugium geschaffen, weniger prächtig, weniger entlegen, weniger üppig, aber ansonsten ebenso abgeschirmt und unzugänglich.

Weder die Aufregung noch das Warten hatten Cordelia den Appetit verschlagen. Sie hätte gerne mehr als die beiden dünnen Brotscheiben mit etwas Butter gegessen, die Miss Costello ihr angeboten hatte, zumal die kleine Portion in keinem Verhältnis zur Dauer der Mahlzeit stand. Es war schon erstaunlich, wie lange Miss Costello für ihre zwei Tassen Tee brauchte. Endlich war der Imbiss zu Ende.

»Die Zeitungsausschnitte, die meine Schwester gesammelt hat, sind oben in ihrem Zimmer«, sagte Miss Costello. »Da sie eine eingefleischte Monarchistin war« – Cordelia glaubte an dieser Stelle einen spöttischen Unterton herauszuhören –, »gab es in den letzten fünfzig Jahren kein Ereignis mit der königlichen Familie, das sie nicht verfolgt hätte. Sie interessierte sich vor allem für das Haus Sachsen-Coburg-Gotha. Wenns Ihnen nichts ausmacht, werde ich Sie allein suchen lassen. Ich bin Ihnen vermutlich keine große Hilfe. Aber rufen Sie mich ruhig, wenn Sie denken, dass ich Ihnen doch helfen könnte.«

Es war interessant, aber keineswegs überraschend, dachte sich Cordelia, dass sich Miss Costello nicht erkundigt hatte, wonach sie eigentlich suchte. Sie meinte wohl, solche Dinge seien Ausdruck ordinärer Neugier, oder sie befürchtete gar, dass sich dadurch die böse Welt in ihr geordnetes Dasein einschleichen könne.

Sie führte Cordelia in das zur Straßenseite hin gelegene Zimmer ihrer Schwester. Miss Lucys Sammelwut war unübersehbar. Die Wände waren übersät mit Fotos der königlichen Familie. Auf einigen waren hingekritzelte Autogramme zu sehen. Das lange Bord über dem Bett war vollgestopft mit Tassen, auf denen die Krönung abgebildet war. Eine Vitrine barst beinahe von Erinnerungsstücken: Teekannen, Tassen, Teller, alle versehen mit dem königlichen Wappen, und ebenso verziertem Glas. An der Wand gegenüber dem Fenster stand ein Regal mit einer Reihe von Alben. Das musste wohl die weithin bekannte Sammlung sein.

Da auf dem Rücken der Alben die jeweilige Jahreszahl vermerkt war, fand Cordelia die Ausschnitte vom Juli 1977 ohne große Mühe. Die Fotografen von der Lokalpresse hatten den Freudentag in Speymouth ausführlich abgelichtet. Es gab kaum einen Aspekt des Besuches, der nicht festgehalten worden war. Da gab es Bilder von der Ankunft der Königin, vom Bürgermeister mit seiner Amtskette, von der Frau des Bürgermeisters, die einen Hofknicks andeutete, von Kindern mit Union-Jack-Fähnchen, von der Königin, wie sie vom Wagen aus oder an der Seite des Herzogs von Edinburgh der

Menge huldvoll zuwinkt. Aber es befand sich kein Ausschnitt darunter, der das gleiche Format und etwa die Größe hatte wie der, an den sich Cordelia erinnerte. Mit dem aufgeschlagenen Album in der Hand ging sie in die Hocke und spürte ihre Enttäuschung so deutlich, dass ihr beinahe übel wurde. Die zu unzähligen Rasterpunkten aufgelösten, erwartungsvoll grinsenden selbstzufriedenen Gesichter schienen sich über ihr Pech lustig zu machen. Auch wenn ihre Erfolgsaussichten nicht gerade groß gewesen waren, merkte sie erst jetzt, wie zuversichtlich sie im Grunde gewesen war. Doch dann sah sie, dass sie vielleicht noch eine Chance hatte. Auf dem untersten Bord waren Briefumschläge gestapelt, auf denen Miss Lucy in ihrer steilen Handschrift jeweils das Jahr vermerkt hatte. Cordelia öffnete den obersten und stellte fest, dass auch er Zeitungsausschnitte enthielt, vielleicht Duplikate, die Miss Lucy von Bekannten zur Vervollständigung ihrer Sammlung erhalten hatte, Artikel und Bilder, die sie nicht eingeklebt, aber auch nicht weggeworfen hatte. Der Umschlag mit der Jahreszahl 1977 war dicker als die übrigen. Wie hätte es beim Jubiläumsjahr auch anders sein können.

Sie holte die Ausschnitte hervor, viele waren schon vergilbt, und breitete sie vor sich aus.

Kurz darauf fand sie den richtigen. Es war das längliche Format, wie sie es im Gedächtnis hatte, dieselbe Schlagzeile: *Clarissa Lisle triumphiert in der Neuinszenierung eines Rattigan-Stücks,* auch hier die dritte, in der Mitte durchschnittene Zeitungsspalte. Sie drehte den Ausschnitt um. Sie wusste nicht, was sie eigentlich erwartet hatte, aber erst einmal war sie enttäuscht: Die Rückseite zeigte ein völlig normales Pressefoto, die Esplanade und den dahinter liegenden Gehsteig mit lächelnden Gesichtern, mit Kindern, die nebeneinander mit Fähnchen in der Hand auf dem Bordstein hockten, dazu mutigere Jugendliche, die auf Fenstersimse oder Straßenlaternen geklettert waren. Hinter der Menge standen vor einer Haustür zwei untersetzte Frauen mit Hüten, die mit dem Union Jack verziert waren, und hielten ein durchhängendes Transparent mit der Aufschrift WILLKOMMEN IN SPEYMOUTH. Obwohl die königliche Familie gar nicht abgebildet war, vermittelte die Fotografie etwas von der aufgeregten, erwartungsvollen Atmosphäre. Cordelia überlegte, weswegen Miss Costello das Foto wohl ausgemustert hatte. Vermutlich war die Auswahl an Bildern, von denen viele die Königin persönlich zeigten, zu groß gewesen. Aber was könnte Clarissa Lisle an dieser belanglosen Aufnahme gefunden haben, an diesem Zeugnis von Lokalpatriotismus? Cordelia schaute sich das Foto genauer an. Und dann zuckte sie zusammen. Auf der rechten Seite sah sie eine etwas unscharfe Männergestalt. Er wollte gerade auf die Fahrbahn treten, wirkte gedankenverloren und schien sich nicht um den Trubel ringsum zu kümmern. Nachdenklich starrte er in die Kamera. Nein, es war kein Zweifel möglich. Der Mann war Ambrose Gorringe.

Gorringe im Juli 1977 in Speymouth? Das war doch das Jahr, das er aus steuerlichen Gründen im Ausland verbracht hatte! Hätte er nicht das ganze Jahr über im Ausland bleiben müssen?

Sie erinnerte sich, dass sie mal gelesen hatte, selbst ein kurzer Aufenthalt in England würde die steuerlichen Erleichterungen, die mit einem Wohnsitz im Ausland verbunden waren, zunichtemachen. Wenn Gorringe nun heimlich zurückgekehrt war – und diese Aufnahme bewies es! –, würde er dann nicht all die eingesparten Steuern zurückzahlen müssen, das viele Geld, das er für die Restaurierung des Schlosses, den Kauf von Gemälden und Porzellan, für die Verschönerung seines Inselrefugiums ausgegeben hatte? Sie musste einen Experten auftreiben und herausfinden, wie die Rechtslage war. In Speymouth gab es bestimmt eine Anwaltskanzlei. Sie könnte einen Rechtsanwalt ganz allgemein über die Steuergesetze befragen. Sie brauchte ja keine Einzelheiten zu nennen. Aber sie musste Klarheit gewinnen, und sie hatte nicht viel Zeit. Sie schaute auf ihre Armbanduhr. Es war schon zehn vor fünf. Um sechs Uhr sollte die Barkasse sie abholen. Sie musste unbedingt Genaueres erfahren, bevor sie nach Courcy zurückkehrte.

Ein Gedanke jagte den anderen, während sie die ausgemusterten Zeitungsausschnitte einsammelte, wieder in den Umschlag steckte und danach zu Miss Costello hinunterging. Warum hatte nur Clarissa von der Bedeutung dieser Aufnahme gewusst? Aber wer hätte sonst noch darauf kommen können? 1977 hatte Gorringe ja noch nicht auf der Insel gewohnt. Er hatte sie sicherlich nur selten besucht. Es war höchst unwahrscheinlich, dass man ihn damals in dieser Gegend schon gekannt hatte. Die Leute, die ihn kannten, wohnten in London und lasen den *Speymouth Chronicle* nicht. Und seinen Bestseller hatte er ja unter einem Pseudonym geschrieben. Die Einheimischen, die das Foto gesehen hatten, wussten somit nicht, dass es sich um A. K. Ambrose handelte, den Verfasser von *Autopsie*, der angeblich – der Steuer wegen – ein Jahr im Ausland verbrachte. So was hängte man doch nicht an die große Glocke. Nein, sein Pech war es gewesen, dass Clarissa ausgerechnet in dieser Woche in Speymouth gespielt hatte und hinterher die Rezension lesen wollte. Und Clarissa hatte sich ihr Schweigen gut bezahlen lassen. Gewiss hatte sie das überaus taktvoll eingeleitet und ihn nicht plump oder schamlos erpresst. Sie hatte ihm ihre Bedingungen wahrscheinlich charmant, mit gespieltem Bedauern gestellt. Dennoch hatte sie einen Preis gefordert, der auch bezahlt worden war. Jetzt war klar, warum Gorringe geduldet hatte, dass die Schauspielertruppe in sein geruhsames Leben eindrang, warum Clarissa wie eine Hausherrin über das Schloss verfügt hatte. Zwar bewies all das noch lange nicht, dass Gorringe der Mörder war, aber er hatte immerhin ein Motiv. Und den Beweis dafür hielt sie nun in der Hand.

Erst später fiel ihr ein, dass sie nicht einen Augenblick lang daran gedacht hatte, den Zeitungsausschnitt unverzüglich der Polizei zu zeigen. Nein, zunächst einmal musste sie Gewissheit haben; danach wollte sie Gorringe damit konfrontieren. Es kam ihr so vor, als hätten ihre Ermittlungen nichts mit der Polizei zu tun. Diese Sache ging nur sie und Sir George, ihren Auftraggeber, etwas an, vielleicht noch die Frau, die sie nicht hatte schützen können. Sie erinnerte sich an Chefinspektor Grogans arrogante Worte: »Sie sind gewitzter, als es Ihnen guttut, Miss Gray. Nicht Sie sollen diesen Fall lösen. Das ist meine Aufgabe.«

Sie traf Miss Costello in der kleinen Küche, wo sie die Bügelwäsche bereitlegte. Sie war ohne Weiteres einverstanden, dass Cordelia den Ausschnitt mitnahm, sie schaute ihn nicht einmal an, sondern beschäftigte sich weiter mit ihren Kissenbezügen. Cordelia erkundigte sich noch nach einer guten Anwaltskanzlei. Ein prüfender Blick der hellwachen Augen streifte sie. Aber Miss Costello stellte keine Frage. Als sie ihren Gast zur Haustür begleitete, sagte sie nur: »Mein Anwalt wohnt in London. Ich habe allerdings gehört, dass die Kanzlei Blake, Franton und Fairbrother einen guten Ruf hat. Die Kanzlei befindet sich an der Esplanade etwa fünfzig Schritt vom Viktoria-Denkmal entfernt. Aber Sie müssen sich sputen. Nach fünf Uhr geht in Speymouth für gewöhnlich nichts mehr.«

43. Kapitel

Miss Costello hatte recht gehabt. Als Cordelia außer Atem die Anwaltskanzlei Blake, Franton und Fairbrother erreichte, war die auf Hochglanz polierte Tür mit dem georgianischen Dekor schon geschlossen. Die Räume im Erdgeschoss waren dunkel. Zwar brannte im ersten Stock noch Licht, aber aus dem Namensschild an der Haustür ging hervor, dass es sich um eine Privatwohnung handelte, und sie konnte schließlich schlecht einen ihr unbekannten Anwalt in seiner Wohnung wegen einer Information behelligen, die im Grunde nicht dringlich war. Vielleicht gab es noch eine Kanzlei, die bis sechs Uhr geöffnet war. Aber wie sollte sie das herausfinden? Sie hätte in den gelben Seiten nachsehen können, sofern es die für eine Stadt wie Speymouth überhaupt gab. Verlegen stellte sie fest, dass sie das als Londonerin nicht wusste. Und wenn es ein Verzeichnis der örtlichen Anwälte gab, würde sie Mühe haben, die Kanzlei ohne einen Stadtplan zu finden. Allem Anschein nach war sie für diesen Ausflug höchst unzulänglich ausgerüstet. Während sie noch unschlüssig dastand, kam ein junger Mann mit einem Karton voll Gemüse und drückte auf die Wohnungsklingel.

»Ist die Kanzlei schon zu?«, fragte er.

»Ja, leider. Dabei bräuchte ich unbedingt den Rat eines Anwalts. Es ist dringend.«

»Tja, so gehts einem mit den Anwälten. Wenn man sie braucht, eilt es meistens. Versuchen Sie's doch mal bei Beswick. Er hat seine Kanzlei am Gentleman's Walk; dreißig Meter die Straße runter und dann links. Die Kanzlei liegt dann bald rechts.«

Cordelia bedankte sich und eilte davon. Der Gentleman's Walk war leicht zu finden: eine schmale Straße mit Kopfsteinpflaster und eleganten Häusern aus dem frühen 18. Jahrhundert. Auf dem Messingschild, das offenbar schon so oft poliert worden war, dass man die Schrift kaum noch lesen konnte, stand: JAMES BESWICK, ANWALT. Cordelia war erleichtert, als sie hinter dem Milchglas noch ein Licht brennen sah und die Tür auf ihren Schulterdruck hin nachgab.

Am Empfangstisch saß eine mollige, etwas ungepflegte Frau, die eine riesige, rote Brille aufhatte und ein Kostüm mit engem Gürtel aus grell gemustertem Cretonne trug mit einem Rosenmuster und Weinranken, sodass sie wie ein frisch bezogenes Sofa aussah. »Wir haben schon geschlossen!«, rief sie Cordelia zu. »Kommen Sie morgen wieder oder rufen Sie an! Ab zehn Uhr.«

»Aber die Tür war doch noch offen!«

»Das mag schon sein, hat aber nichts zu bedeuten. Ich hätte sie vor fünf Minuten schließen sollen.«

»Aber jetzt bin ich nun mal da. Außerdem ist es dringend. Es dauert nur ein paar Minuten.«

Aus einem der oben gelegenen Räume rief jemand: »Wer ist es denn, Miss Magnus?«

»Eine Klientin. Eine junge Dame. Sie sagt, es sei dringend.«

»Ist sie hübsch?«

Miss Magnus schob die Brille auf die Nasenspitze und musterte Cordelia über den Rand hinweg. »Was hat denn das nun wieder zu bedeuten?«, rief sie nach oben. »Sie ist sauber, nüchtern und sie sagt, es sei dringend. Und sie ist nun mal hier.«

»Schicken Sie sie rauf!« Die Schritte entfernten sich.

»Er ist doch Anwalt, nicht wahr?«, fragte Cordelia plötzlich argwöhnisch. »Ein erfahrener Anwalt?«

»Aber ja! Alle Welt hält ihn für einen erfahrenen Anwalt.«

Aus der Art, wie sie das letzte Wort betonte, konnte man alles Mögliche schließen. Miss Magnus deutete mit dem Kopf zur Treppe.

»Sie haben ihn ja gehört. Im ersten Stock das Zimmer links. Er füttert sicher gerade seine Fische.«

Der Mann, der sich vom Fenster abwandte und sie anschaute, war groß, hatte ein schmales, faltiges, aber humorvolles Gesicht und trug eine Halbbrille, die ihm bis zur Nasenspitze gerutscht war. Er streute eben Fischfutter in ein riesiges Aquarium, wobei er es nicht aus dem Päckchen hineinrieseln ließ, sondern jeweils eine kleine Menge zwischen die Fingerspitzen nahm und sorgsam auf der Wasseroberfläche verteilte. Es kam zu einem bunten Farbspiel von Rot und Hellblau, als die Fische zusammenströmten und nach den Häppchen schnappten.

Er deutete auf einen Fisch, der wie polierte Bronze glänzte und durchs Wasser schoss. »Sehen Sie sich den Burschen nur an! Ist das nicht ein Prachtkerl? Das ist ein Dawn-Tetra, ein seltenes Exemplar aus Britisch-Guayana. Aber vielleicht gefällt Ihnen der Glowlight-Tetra besser? Da unter den Muscheln lauert einer.«

»Ein prächtiger Fisch«, erwiderte Cordelia. »Aber ich mache mir nicht viel aus Fischen in Aquarien.«

»Liegts an den Fischen oder den Aquarien? Oder an der Kombination von beiden? Ich versichere Ihnen, dass die Tiere völlig glücklich sind, soweit man das überhaupt sagen kann. Ihre kleine Welt ist sorgfältig und nach wissenschaftlichen Erkenntnissen allein auf ihr Wohlergehen zugeschnitten, und sie werden regelmäßig gefüttert. Denn sie säen nicht und ernten nicht. Ah, da ist wieder so ein Prachtkerl! Sehen Sie sich nur diese Gold- und Grüntöne an!«

»Ich hätte gern eine Information von Ihnen«, sagte Cordelia. »Es geht nicht um mich. Es handelt sich um eine grundsätzliche Frage. Erteilen Sie solche Auskünfte?«

»Im Allgemeinen nicht. Ich weiß auch nicht, ob es klug wäre. Anwälte müssen wie Ärzte handeln. Man kann nicht verallgemeinern oder Mutmaßungen anstellen. Jeder Fall ist anders gelagert. Man muss die Umstände genau kennen, wenn man helfen will. Eine interessante Analogie, finde ich, die man weiterspinnen kann. Wenn Ihnen Ihr Arzt einen Auslandsaufenthalt empfiehlt, können Sie sich auch mit dem sonnigen Torquay an unserer Küste begnügen. Wenn aber Ihr Anwalt Ihnen eine Reise ins Ausland nahelegt, sollten Sie auf schnellstem Wege zum Flughafen Heathrow fahren. Ich hoffe nicht, dass Sie sich in einer so prekären Lage befinden?«

»Das nicht, aber die Information, die ich von Ihnen haben möchte, hat etwas mit einem Auslandsaufenthalt zu tun. Könnten Sie mir etwas über Steuerbegünstigung sagen?«

»Meinen Sie wirklich Steuerbegünstigung, die ja legal ist, oder Steuerhinterziehung?«

»Erstere. Nehmen wir an, ich komme in den Besitz einer großen Geldsumme. Lässt sich das Abführen von Steuern umgehen, wenn ich für zwölf Monate ins Ausland fahre?«

»Das hängt davon ab, wie Ihnen diese große Geldsumme zugefallen ist. Sprechen Sie von einer Erbschaft, einem Geschenk, einem Totogewinn, dem Verkauf von irgendwelchen Grundstücken oder Aktien? Sie haben doch nicht etwa einen Bankraub vor?«

»Nein, ich denke da an Geld, das ich verdient habe – mit einem erfolgreichen Theaterstück oder einem Roman, mit einem Bild oder einer Filmrolle.«

»Wenn Sie schlau sind, haben Sie den Honorarvertrag so abfassen lassen, dass Sie Ihr Geld nicht innerhalb eines Fiskaljahrs erhalten. Doch darüber weiß Ihr Steuerberater besser Bescheid als ich.«

»Aber nehmen wir mal an, dass ich nicht mit einem derartigen finanziellen Erfolg gerechnet habe.«

»Dann können Sie der Besteuerung entgehen, indem Sie für die Dauer des nachfolgenden Fiskaljahrs Ihren Wohnsitz ins Ausland verlegen. Sie wissen ja sicherlich, dass auf diese Weise verdientes Geld erst ein Jahr später versteuert werden muss.«

»Könnte ich trotzdem übers Wochenende oder für einen kurzen Urlaub in meine Heimat zurückkommen?«

»Nein. Nicht einmal für einen einzigen Tag.«

»Und wenn ich schlichtweg heimfahren muss? Ich könnte ja Heimweh haben.«

»Davon würde ich Ihnen dringend abraten. Steuerflüchtlinge können sich Heimweh nicht leisten.«

»Und wenn ich trotz allem heimgefahren bin?«

Er stieß einen Seufzer aus. »Falls Sie eine verbindliche Auskunft haben möchten, müsste ich zunächst mal nachsehen, ob es da einen Präzedenzfall gibt. Aber es ist, wie ich schon sagte, eher ein Problem für Ihren Steuerberater als für mich. Ich könnte mir allerdings denken, dass Sie dann die Steuer für das Einkommen, das Sie im Vorjahr erzielt haben, nachzahlen müssten.«

»Und wenn ich meine Heimreise der Steuerbehörde verheimlicht habe?«

»Dann könnten Sie wegen versuchter Steuerhinterziehung gerichtlich belangt werden. Vermutlich wird man darauf verzichten, wenn die Summe nicht besonders groß ist. Aber die fällige Steuer werden Sie schon nachzahlen müssen. Schließlich ist es ja die Pflicht der Finanzbeamten, die Steuern gemäß dem geltenden Satz einzutreiben.«

»Und wie hoch ist der?«

»Derzeit liegt der höchste Steuersatz für Einkommen dieser Art bei sechzig Prozent.«

»Und wie war das 1977?«

»In jener grauenhaften Zeit lag er deutlich höher. Achtzig Prozent oder mehr bei steuerpflichtigen Einkommen von 24 000 Pfund aufwärts. Das waren in etwa die Richtwerte.«

»Sie hätten einen also damals ruinieren können?«

»In den Konkurs treiben meinen Sie? Das wäre eingetreten, wenn Sie so unvernünftig gewesen wären, das gesamte Einkommen aus dem Vorjahr auszugeben, weil Sie meinten, es würde nicht besteuert werden. Der Tod und die Steuer erwischen uns nun einmal alle.«

»Ich danke Ihnen für diese Auskunft. Sie haben mir sehr geholfen. Was bin ich Ihnen schuldig? Wenn es mehr als zwei Pfund sind, muss ich Ihnen einen Scheck ausstellen. Ich habe mein Scheckheft dabei.«

»Es hat ja nicht besonders lange gedauert, nicht wahr? Außerdem hat Miss Magnus sicher schon abgerechnet und die Kasse abgeschlossen. Sagen wir, die Beratung war gratis.«

»Das kann ich nicht annehmen! Ihr Zeitaufwand muss doch honoriert werden!«

»Dann stecken Sie eben ein Pfund in mein Sparschwein, und die Sache ist erledigt. Wenn Sie Ihren Bestseller geschrieben haben, wenden Sie sich an mich, um sich ausführlich beraten zu lassen, und ich werde Ihnen dafür ein hohes Honorar abknöpfen.«

Das besagte Sparschwein stand auf seinem Schreibtisch, und zwar in Gestalt eines bunt bemalten, traurig dreinblickenden Spaniels, der zwischen seinen Vorderpfoten eine Geldbüchse mit dem

Namen einer bekannten Tierschutzorganisation hielt. Cordelia steckte zwei zusammengefaltete Pfundnoten hinein und nahm sich fest vor, Sir George nur ein Pfund in Rechnung zu stellen.

Und dann fiel ihr alles wieder ein. Höchstwahrscheinlich würde sie Sir George überhaupt keine Rechnung stellen können. Wahrscheinlich würde sie mit weniger Geld nach Hause fahren, als sie losgezogen war. Sir George hatte ihr zwar ein Honorar zugesichert, aber wie viel konnte sie für diesen tragischen Vorfall verlangen? Wäre es nicht so etwas wie Blutgeld? Und welche Dienstleistungen sollte sie bloß auf der Rechnung aufführen? Es war schon sonderbar, wie viele kleine Komplikationen sich aus einer großen Komplikation wie einem Mord ergaben! Selbst mitten im Tode, dachte sie, sind wir vom Leben umfangen. Der Alltag lässt sich nicht so einfach abschütteln.

Zwei Minuten vor der vereinbarten Zeit war sie am Hafen. Sie war überrascht und ein wenig irritiert, weil die Barkasse noch nicht da war, sagte sich aber, Oldfield sei sicherlich auf Courcy mit irgendeinem Auftrag aufgehalten worden. Es war ja auch noch etwas zu früh. Sie setzte sich auf einen Poller und war froh über eine kleine Pause. Aber das, was sie heute entdeckt hatte, ließ ihr keine Ruhe. Sie stand wieder auf und ging an der Hafenmauer auf und ab. Unten schlug die träge einströmende Flut gegen die bemoosten Steine, und unter der rasch dunkler werdenden Wasserfläche wiegte der Seetang seine bizarren, gespenstischen Wedel. Es wurde allmählich dunkler und kühler. In den Häusern, die sich an den Hang schmiegten, ging hinter den Fenstern mit den zugezogenen Vorhängen nach und nach das Licht an, und die geschlängelten Straßen bekamen einen festlichen Schimmer im Licht der Laternen. Passanten und Feriengäste hatten längst ihre Quartiere aufgesucht. Nur hin und wieder hörte sie einsame Schritte auf dem Kai. Die kleine

Stadt versank in einer fröstelnden, herbstlichen Stille, als bereue sie die übertriebene Lebensfreude der vorherigen Stunden. Die Düfte des Sommers waren verweht. Über dem Hafen breitete sich kräftiger Meeresgeruch aus.

Sie schaute noch einmal auf ihre Uhr. Es war halb sieben, was die Schläge einer entfernten Kirchturmuhr bestätigten. Sie ging zur Hafeneinfahrt und schaute zur Insel hinüber. Von der Barkasse war nichts zu sehen. Bis auf ein paar heimkehrende Boote, die mit schlaffen Segeln ihre Ankerplätze ansteuerten, war das Meer leer.

Wieder ging sie auf und ab. Der mauve- und purpurfarben gestreifte Abendhimmel wurde immer dunkler, und ein fahler Mond zog einen zitternden Lichtstreifen übers Meer. Das ferne Courcy hob sich wie ein geducktes Tier vom fahlen Horizont ab. Die einfallende Nacht schien die Distanz zu vergrößern. Man konnte sich schwer vorstellen, dass nur zwei Meilen Wasser jenes dunkle, unheimliche Land von all den Lichtern und der Heimeligkeit von Speymouth trennten. Cordelia überlief ein Schauer. Sie dachte an Gorringes Erzählung, die sie eindringlich ergriff wie ein kindlicher Albtraum. Jetzt konnte sie verstehen, warum die Insel all die Jahrhunderte hindurch bei den hiesigen Fischern als verflucht gegolten hatte. Sie musste an den Mann denken, der damals, der Pest und der tobenden See trotzend, die Überfahrt gewagt hatte, um schreckliche Rache zu nehmen.

Mittlerweile war es halb acht. Aus irgendeinem Grund würde Oldfield nicht mehr kommen. Sie konnte getrost den Kai verlassen, um in Courcy anzurufen, ohne dass sie befürchten musste, die Barkasse zu verpassen. Sie erinnerte sich, dass sie unweit des Viktoria-Denkmals zwei Telefonzellen gesehen hatte. Beide waren frei. Als sie die Tür hinter sich zuzog, stellte sie erfreut fest, dass die Zelle nicht demoliert war. Sie ärgerte sich, dass sie sich Gorringes Telefonnummer nicht notiert hatte … und befürchtete schon, Gorringe könne in seinem Drang nach Ungestörtheit auf einer Geheimnummer bestanden haben. Doch dann fand sie die Nummer. Sie war unter Courcy und nicht unter seinem Namen aufgeführt. Sie wählte und hörte es am anderen Ende klingeln. Dann hob jemand ab, antwortete ihr aber nicht. Sie bildete sich sogar ein, dass sie leises Atmen hörte. Aber es konnte auch eine Täuschung sein.

»Hier ist Cordelia Gray«, wiederholte sie. »Ich rufe aus Speymouth an. Die Barkasse hätte mich um sechs Uhr abholen sollen.«

Noch immer keine Reaktion. Sie sagte es noch einmal lauter, aber am anderen Ende herrschte weiterhin Schweigen. Sie hatte das untrügliche und irgendwie unheimliche Gefühl, dass dieser Jemand – wer immer den Hörer abgenommen hatte – nicht reden wollte. Sie legte auf und wählte noch einmal. Doch diesmal hörte sie das Besetztzeichen. Der Hörer musste neben der Gabel liegen.

Sie ging zum Hafen zurück, rechnete aber nicht mehr damit, dass die Barkasse mittlerweile eingetroffen war. Sie sah, dass auf einem der festgemachten Boote Licht brannte und sich jemand zu bewegen schien. Sie trat näher und erblickte ein nicht eben gepflegtes, aber stabiles Holzboot mit einer mittigen klobigen Kajüte, mit braunen Segeln und einem Außenbordmotor. Die Steuerbordlampe brannte, und hinten lag ein zusammengelegtes Schleppnetz. Allem Anschein nach wollte der Seemann nachts fischen. Auf dem Boot musste es eine kleine Kombüse geben, denn aus der Kajüte drang der appetitanregende Duft nach gebratenem Speck, der den Teer- und Fischgeruch überlagerte. Als sie hineinschaute, zwängte sich ein stämmiger, bärtiger junger Mann aus der Kabine und musterte zunächst den Himmel und dann Cordelia. Er trug eine geflickte Wolljacke und Fischerstiefel und biss in ein dickes Sandwich. Mit dem fröhlichen roten Gesicht und dem dichten schwarzen Haar sah er wie ein netter Seeräuber aus.

»Könnten Sie mich nach Courcy bringen, falls Sie auslaufen?«, rief sie ihm zu, ohne lange zu überlegen. »Die Barkasse von Courcy ist nicht gekommen. Ich muss aber heute Nacht unbedingt zurückfahren.«

Er trat ein paar Schritte vor, biss von dem fetttriefenden Brot ab und musterte sie mit Augen, die pfiffig, aber nicht unfreundlich waren.

»Auf Courcy soll jemand ermordet worden sein«, erwiderte er. »Eine Frau, nicht wahr?«

»Ja, die Schauspielerin Clarissa Lisle. Ich war auf der Insel, als es passiert ist. Ich müsste auch jetzt dort sein. Um sechs hätte mich die Barkasse abholen sollen. Ich muss unbedingt heute Nacht noch zurück.«

»Sieh an, eine Frau ist ermordet worden! Das ist auf Courcy nichts Neues. – Ich will an der südöstlichen Landspitze fischen und kann Sie mitnehmen, wenn Sie wirklich rübermöchten.«

Weder seine Stimme noch seine Miene verrieten Neugier.

»Ja, ich möchte rüber«, sagte sie schnell. »Ich zahle auch den Sprit.«

»Das brauchen Sie nicht. Der Wind ist kostenlos. Den gibt es reichlich draußen in der Bucht. Sie können sich höchstens an Bord nützlich machen.«

»Fragt sich nur, wie. Aber wenn Sie mich anweisen, werde ich schon an der richtigen Leine ziehen.«

Er nahm sein Sandwich in die linke Hand, wischte die Rechte an der Strickjacke sauber und streckte sie aus, um ihr an Bord zu helfen.

»Wie lange wird die Überfahrt dauern?«, fragte sie.

»Wir haben die Flut gegen uns. Gut vierzig Minuten etwa. Vielleicht auch länger.«

Er verschwand in der Kajüte, während sie abwartend am Bug Platz nahm. Wenig später kam er wieder und brachte ihr ein Sandwich – kross gebratene, kräftig duftende Speckstücke zwischen dicken, knusprigen Brotscheiben. Erst als sie hineinbiss und sich dabei fast den Kiefer ausrenkte, merkte sie, wie hungrig sie eigentlich war. Sie bedankte sich. Sichtlich zufrieden, dass seine Verköstigung so gut ankam, sagte er: »Unterwegs gibts dann noch Kakao!«

Er stakste an der Kajüte vorbei zum Heck. Gleich darauf sprang der Motor an, und das kleine Boot löste sich vom Kai.

44. KAPITEL

Es war kaum zu glauben, dass sie erst vor drei Tagen nach Courcy gekommen war. Diese kurze Zeit erschien ihr wie mehrere Jahre voller aufregender Ereignisse, in denen sie ein anderer Mensch geworden war. Es kam ihr vor, als sei sie damals ein Kind gewesen, das aufgeregt und erwartungsvoll beim ersten Anblick der sonnenbeschienenen Schlossmauern, der Zinnen, des hohen, weithin sichtbaren Turms den Atem angehalten hatte. Doch als nun das kleine Fischerboot die Landzunge umrundete, stockte ihr fast der Atem. Das Schloss war hell erleuchtet. Hinter allen Fenstern brannte Licht. Das hohe, klar abgegrenzte Turmfenster warf wie eine Leuchtboje einen hellen Streifen übers Meer. Das Schloss schien unbewohnt und heiter über den Felsen zu schweben, unter dem indigoblauen Himmel dahinzugleiten und mit seiner Helligkeit die nahen Sterne zu überstrahlen. Nur der Mond, fahl wie ein Kreis aus Reispapier, konnte sich noch behaupten, bis ihn eine zerfaserte Wolke verschleierte.

Sie blieb auf dem Kai stehen, bis das Fischerboot wieder abgelegt hatte. Einen Augenblick war sie versucht gewesen, dem Bootsführer zuzurufen, er möge in Rufweite warten. Doch dann sagte sie sich, dass sie sich damit nur lächerlich mache. Schließlich würde sie ja Gorringe nicht allein treffen. Selbst wenn Whittingham zu schwach war, um ihr helfen zu können, würden noch Roma, Simon und Sir George da sein. Und warum sollte sie Angst haben, selbst wenn die anderen nicht anwesend waren? Sie traf ja nur auf jemanden, der ein Motiv gehabt hatte. Doch ein Motiv machte einen Menschen noch lange nicht zum Mörder. Außerdem war sie Romas Meinung: Gorringe war nicht so kaltblütig, so bedenkenlos, konnte niemanden so hassen, dass er einen Mord begehen würde.

Die Terrasse war in silbriges Licht getaucht. Sie ging weiter, als würde auch sie schweben, und näherte sich geräuschlos der offen stehenden Terrassentür. Plötzlich erschien Gorringe – eine dunkle Silhouette vor dem Lampenlicht – und blieb abwartend stehen. Er trug seinen Smoking und hielt ein Glas mit Rotwein in der linken Hand. Ein Anblick wie ein klar strukturiertes Gemälde. Sie bewunderte die Maltechnik des Künstlers: die selbstbewusste Haltung der Gestalt, den wirkungsvoll hingesetzten roten Farbtupfer im Glas, der die dunklen Umrisse der Figur hervorhob, das Weiß des Hemdes, die alles dominierenden Augen, die der ganzen Komposition gleichsam erst ein Zentrum, einen Sinn verliehen. Hier begann sein Königreich, sein Refugium. Hier galt sein Befehl. Die Beleuchtung diente allein dazu, seine Macht zu demonstrieren. Als sie auf ihn zutrat, redete er sie in beiläufigem Konversationston an und begrüßte sie, als habe sie den Nachmittag mit Einkäufen auf dem Festland verbracht. Aber dachte er wirklich, dass sie damit ihre Zeit verbracht hatte?

»Guten Abend, Cordelia! Haben Sie schon gegessen? Ich habe mit dem Dinner nicht gewartet. Für mich habe ich nur eine Suppe und ein Kräuteromelett gemacht. Soll ich Ihnen auch eins machen?«

Cordelia ging in den Salon. Hier brannten nur die Wandleuchten, und eine Tischlampe tauchte den Sitzplatz vor dem Kamin in ein behagliches Licht. In den Winkeln war es dunkel. Über den Teppich und die Wände huschten lange Schatten. Das Feuer im Kamin musste schon vor einiger Zeit angezündet worden sein. Ein einziger Kloben brannte ruhig vor sich hin.

Cordelia nahm ihre Tasche von der Schulter und fragte: »Wo sind denn die anderen?«

»Ivo hat sich hingelegt, da er sich nicht wohlfühlt. Er möchte morgen nach Hause fahren, wenn es ihm besser geht. Roma ist abgereist. Sie wollte unbedingt nach London zurück. Sir George hat einen seiner geheimnisvollen Anrufe bekommen, der ihn zu einem Treffen nach Southampton beorderte. Roma ist dann mit ihm gefahren. Sie kommen nicht mehr zurück. Allerdings werden sie morgen noch zur Voruntersuchung in Speymouth sein. Und Simon hatte keinen Hunger und ist auf sein Zimmer gegangen.«

Sie waren also doch allein, wenn man von dem kranken Whittingham und Simon absah.

»Wieso war die Barkasse nicht in Speymouth?«, fragte sie und hoffte, dass er ihre Verärgerung nicht merkte. »Oldfield sollte mich doch um sechs Uhr abholen!«

»Dann muss er oder ich Sie missverstanden haben. Er kommt erst morgen früh mit der *Shearwater* zurück. Er verbringt die Nacht bei seiner Tochter in Bournemouth.«

»Ich habe dann angerufen, aber jemand muss den Hörer nach dem Klingeln neben den Apparat gelegt haben.«

»Tja, so habe ich heute auf das Läuten des Telefons reagiert. Es waren schlichtweg zu viele Anrufe, zu viele Reporter.«

Sie standen nebeneinander vor dem Kaminfeuer. Sie nahm den Zeitungsausschnitt aus ihrer Tasche und reichte ihn Gorringe.

»Ich bin nach Speymouth gefahren, um das hier zu finden.«

Er nahm den Ausschnitt nicht, schaute ihn noch nicht einmal

an. »Hab ich mir fast gedacht. Ich gratuliere Ihnen. So viel Erfolg hätte ich Ihnen nicht zugetraut.«

»Wieso? Weil Sie das Foto aus dem Zeitungsarchiv entfernt hatten?«

»Ja, ich habe es vor etwa einem Jahr vernichtet«, antwortete er unbeeindruckt. »Schien mir eine vernünftige Vorsichtsmaßnahme zu sein.«

»Ich habe trotzdem eins aufgestöbert.«

»Das sehe ich. Sie sehen abgespannt aus, Cordelia«, sagte er unvermittelt. »Wollen Sie sich nicht setzen? Möchten Sie einen Rotwein oder einen Brandy?«

»Ein Glas Rotwein bitte.«

Sie musste zwar einen kühlen Kopf bewahren, aber der Gedanke an ein Glas Wein war unwiderstehlich. Ihr Mund fühlte sich so trocken an, dass sie kaum sprechen konnte. Er holte ein Glas aus dem Esszimmer, schenkte es voll, goss sich selbst nach und setzte sich, wobei er die Karaffe in der Nähe abstellte. Sie hatten es sich beiderseits des Kamins bequem gemacht. Cordelia bildete sich ein, noch kein Sessel sei so bequem gewesen, noch kein Wein habe je so gut geschmeckt. Gorringe begann ruhig und emotionslos zu reden, als sprächen sie über die belanglosen Vorkommnisse an einem ereignislosen Tag.

»Ich kam damals zurück, um meinen Onkel zu besuchen. Ich war ja sein Erbe, und er wollte mich sehen. Wahrscheinlich hätte er nicht begriffen, dass ich nicht heimkehren konnte, weil ich für ein Jahr der Steuer entgehen wollte. Das überstieg sein Denkvermögen. Er konnte sich nicht vorstellen, dass jemand des Geldes wegen ein Jahr lang etwas tat, das er im Grunde gar nicht wollte, irgendwo wohnte, wo er eigentlich nicht sein mochte. Schade, dass Sie ihn nicht gekannt haben. Sie beide hätten sich gut verstanden. Es war überdies nicht schwer, unbemerkt ins Land zu kommen. Ich flog von Paris nach Dublin und dann mit einer Aer-Lingus-Maschine nach Heathrow. Von dort fuhr ich mit der Bahn nach Speymouth und rief das Schloss an, damit mich William Mogg, der Kammerdiener meines Onkels, am Abend mit der Barkasse abholte. Die beiden lebten schon seit vierzig Jahren auf der Insel. Ich schärfte Mogg ein, ja niemandem zu sagen, dass er mich gesehen hatte. Das war eigentlich unnötig, denn Mogg redete nie über etwas, das seinen Herrn betraf. Drei Monate nach dem Tod meines Onkels starb auch er. Wissen Sie, ich ging damals überhaupt kein Risiko ein. Mein Onkel wollte, dass ich komme, und ich kam eben.«

»Andernfalls hätte er vielleicht sein Testament geändert.«

»Das war boshaft, Cordelia! Ob Sie's glauben oder nicht – diese Möglichkeit hat mich damals nicht beeinflusst. Ich habe nicht daran geglaubt. Ich mochte meinen Onkel. Ich sah ihn zwar nur selten – Kurzbesuche schätzte er nicht, nicht einmal von seinem künftigen Erben –, aber wenn ich meine alljährliche Pflichtvisite machte, verband uns beide etwas. Liebe war es nicht. Ich glaube, er liebte nur William Mogg. Und ich bin mir nicht sicher, ob ich überhaupt weiß, was das Wort eigentlich bedeutet. Aber was immer es gewesen sein mag, mir lag viel daran. Ich mochte ihn. Er war zäh, widerborstig, mutig. Er war sein eigener Herr. Wie ein alter Stammeshäuptling hauste er in seinem weitläufigen Schlafzimmer und blickte aufs Meer hinaus. Er fürchtete sich vor nichts, vor gar nichts. Eines Tages bat er mich, ihm etwas Blue-Stilton-Käse zu besorgen, den er für sein Leben gern aß. Seit gut dreißig Jahren hatte er ihn nicht mehr bekommen. Er und William Mogg lebten mehr oder weniger von dem, was die Insel hergab. Butter und Käse machten sie sich selbst. Ich weiß nicht, warum er plötzlich den Stilton haben wollte. Außerdem hätte er ja Mogg losschicken können. Aber nein, er schickte mich.«

»Deswegen fuhren Sie also nach Speymouth?«

»Ja, deswegen. Wenn ich nicht so fürsorglich gewesen wäre, hätte Clarissa das Foto nicht gesehen, hätte sie mich nicht zur Inszenierung der *Herzogin von Amalfi* erpressen können, wäre sie noch am Leben. Merkwürdig, nicht? Die Behauptung, dass eine gütige Macht unser Leben lenkt, ist doch blanker Unsinn. Das wurde mir schon mit acht Jahren klar, als meine Mutter ihr Flugzeug, mit dem sie nach Hause kommen sollte, um wenige Minuten verpasste und die nächste Maschine nahm, mit der sie dann abstürzte. Es lag also an den Ampeln in Paris, die nicht rechtzeitig von Rot auf Grün geschaltet hatten. Nein, der Zufall bestimmt unser Leben und unseren Tod. Wenn Sie Clarissas Leben weit genug zurückverfolgen, werden Sie feststellen, dass eine Scheibe Blue-Stilton-Käse den Ausschlag gab. Das Gute erzeugt das Böse, wenn Ihnen diese Worte überhaupt etwas sagen.«

Whittingham hatte mit ihr über das gleiche Thema gesprochen. Aber diesmal brauchte sie nichts zu erwidern.

»Ein Mensch sollte den Mut haben, seinen Überzeugungen gemäß zu leben«, fuhr er fort. »Wenn man wie ich annimmt, dass wir nur dieses eine Leben haben, dass wir ebenso wie die Tiere sterben, dass alles, was uns umgibt, letztlich unwiderruflich verloren ist, dann müssen doch solche Ansichten unsere Lebensweise beeinflussen.«

»Millionen Menschen sind der gleichen Ansicht und bemühen sich trotzdem in ihrem Leben um Güte, Freundlichkeit und Hilfsbereitschaft.«

»Weil Güte, Freundlichkeit und Hilfsbereitschaft ihnen weiterhelfen. Auch ich bemühe mich darum. Wer gut leben will, muss sich schon ein bisschen beliebt machen. Und ein paar tugendhafte Ungläubige haben sich vielleicht sogar ein wenig Hoffnung oder Furcht bewahrt, dass es ein Leben nach dem Tode gibt, eine Belohnung oder Strafe, eine Wiedergeburt. Aber das gibt es nicht, Cordelia! Das gibt es nicht. Uns erwartet nur das Nichts, in das wir ohne jede Hoffnung eintauchen.«

Sie musste daran denken, wie er Clarissa in dieses Nichts befördert hatte, und musterte fassungslos sein freundlich lächelndes Gesicht mit der aufgesetzten kummervollen Miene, als sei ihr erst jetzt bewusst geworden, was er getan hatte.

»Aber Sie haben ihr doch das Gesicht eingeschlagen! Immer wieder darauf eingeschlagen! Dazu waren Sie in der Lage!«

»Das war nicht schön. Falls es Sie tröstet – ich musste die Augen schließen. Es hat ewig gedauert. Es war grauenhaft. Das Fleisch schien die spröden Knochen zu schützen. Es waren so viele Knochen. Ihr Splittern hörte sich an, als würde ich wie einst in meiner Kindheit Karamellbonbons aus der Form brechen. Unsere alte Köchin ließ mich das immer machen. Es war das Schönste für mich, sie herauszubrechen, wenn sie abgekühlt waren. Und als ich dann die Augen öffnete und hinunterblickte, gab es Clarissa nicht mehr. Es hatte sie schon vorher nicht mehr gegeben. Aber jetzt, als ihr Gesicht nicht mehr zu erkennen war, konnte ich mich nicht mehr erinnern, wie sie ausgesehen hatte. Clarissa, das war für mich nur ein Gesicht gewesen. Nachdem es vernichtet war, wusste ich, was ich schon immer gewusst hatte: Es war lächerlich anzunehmen, dass sie auch eine Seele hatte.«

Du darfst nicht ohnmächtig werden, sagte sich Cordelia. Nur nicht ohnmächtig werden! Du musst ruhig bleiben. Du darfst jetzt nicht durchdrehen.

Seine Stimme klang schwächer, war aber deutlich zu verstehen: »Als ich als sechzehnjähriger Schuljunge zum ersten Mal auf die Insel kam, wusste ich, was ich mir vom Leben wünschte. Nicht Macht, nicht Erfolg, nicht Sex mit Männern oder Frauen. Das ist für mich schon immer verschwendete Intelligenz gewesen, verbunden mit Scham. Es war nicht einmal Geld, abgesehen von dem, das meinem Wunschtraum diente. Ich wollte einen Ort, der mir gehörte. Diese Insel hier. Ein Haus. Dieses Haus hier. Ich wollte diese Aussicht hier, das Meer ringsum. Mein Onkel wollte auf der Insel sterben. Ich wollte darauf leben. Courcy war meine einzige Leidenschaft. Und diesen Besitz wollte ich mir nicht von einer nymphomanischen, zweitklassigen Schauspielerin wegnehmen lassen.«

»Und deswegen haben Sie Clarissa umgebracht?«

Er schenkte ihr und sich nach und schaute sie an. Sie hatte das Gefühl, als würde er etwas abschätzen, ihre Reaktion vielleicht, sein Bedürfnis, sich ihr anzuvertrauen, oder vielleicht die Zeit, die ihnen noch blieb. Dann lächelte er. Es war ein echtes Lächeln, das beinahe in ein richtiges Lachen mündete.

»Meine liebe Cordelia, glauben Sie denn wirklich, dass Sie hier bequem im Sessel mit einem Mörder Château Margaux trinken? Trotzdem, ich bewundere Ihre Kaltblütigkeit. Nein, ich habe sie nicht umgebracht. Ich habe mir gedacht, das hätten Sie längst begriffen. Nein, ich bin nicht so mutig oder gefühllos. Sie war schon tot, als ich ihr das Gesicht einschlug. Jemand war vor mir da gewesen. Nein, sie hat nichts mehr gespürt. Und wenn man nichts mehr empfindet, ist alles unwichtig, ist alles gleichgültig. Das, worauf ich da einschlug, lebte nicht mehr. Es war nicht Clarissa.«

Natürlich, sie hätte es sich denken können. Was hatte sie nur so blind gemacht? Diesen Gedanken hatte sie doch schon vorher gehabt. Clarissa musste tot gewesen sein, als er mit dem Marmorarm auf sie einschlug, jener Nachbildung des Arms einer längst verstorbenen Prinzessin, die zufällig genauso geheißen hatte wie das Mädchen, das über ein Jahrhundert später ohne den Trost seiner Mutter in einem Londoner Krankenhausbett gestorben war.

»Es gab keine Blutspritzer«, sagte er. »Woher auch? Sie war ja schon tot. Es ist nicht so schwer, auf einen Toten einzuschlagen. Es fließt kein Blut. Schmerz- oder Schuldgefühle gibt es nicht. Ich deckte damit nur den Mörder. Ich gebe zu, ich habe es hauptsächlich aus Eigennutz getan. Ich musste unbedingt diesen verräterischen Zeitungsausschnitt finden, um ihn zu vernichten. Ich wusste, dass er sich irgendwo im Zimmer befand. Das war so einer ihrer schäbigen kleinen Tricks – ihn bei sich zu tragen, ihn hin und wieder aus der Handtasche zu nehmen und so zu tun, als würde sie die Rezension lesen. Trotzdem habe ich mich durchaus selbstlos um den Mörder gesorgt. Es hat mir gefallen, ihm eine Fluchtmöglichkeit zu eröffnen, die er ergreifen konnte, wenn er den nötigen Mumm hatte.«

»Vielleicht hat Clarissa noch Fotokopien des Zeitungsausschnitts besessen?«

»Denkbar ist es schon, aber nicht wahrscheinlich. Und was würde das ausmachen? Sie würden mit den Sachen in ihrer Wohnung gefunden. Belanglose Dinge, die man mit den Resten ihres im Grunde banalen Lebens wegwirft, mit all den halb leeren Cremetiegeln, den vergilbten Liebesbriefen, den gesammelten Theaterprogrammen. Selbst wenn George Ralston solche Kopien gefunden und ihre Bedeutung erkannt hätte – was höchst unwahrscheinlich ist –, hätte er nichts getan. George hätte es nicht als seine Pflicht angesehen, dem Fiskus die Arbeit abzunehmen. Ich bin damals nur einen Tag und eine Nacht hier gewesen, um einem sterbenden alten Mann Gesellschaft zu leisten. Hätten Sie mich etwa, falls Sie es gewusst hätten, angezeigt?«

»Nein.«

»Und werden Sie's jetzt tun?«

»Ich muss es. Die Situation ist anders. Ich muss die Polizei – nicht den Fiskus – darüber informieren. Das ist meine Pflicht.«

»Nicht doch, Cordelia! Das müssen Sie keineswegs. Reden Sie sich nicht ein, dass Sie keine andere Wahl haben!«

Sie gab ihm keine Antwort. Er lehnte sich vor und goss Wein in ihr Glas.

»Nein, die Vorstellung, dass es noch Kopien geben könnte, machte mir keine Angst. Ich konnte es nur nicht riskieren, dass die Polizei den einen Zeitungsausschnitt in ihrem Zimmer fand. Ich wusste, dass sie ihn entdecken würden, falls er irgendwo versteckt war. Außerdem suchte die Polizei nach einem Motiv. Alles, was sich in ihrem Zimmer befand, musste konfisziert, registriert, analysiert und untersucht werden. Es war zwar denkbar, dass man aus dem Zeitungsausschnitt keine weiteren Schlüsse ziehen würde, dass man darin wirklich nur die Besprechung eines Theaterkritikers sehen würde, die Clarissa in ihrer Sentimentalität aufbewahrt hatte. Aber warum ausgerechnet diese Besprechung einer keineswegs aufsehenerregenden Aufführung in einem Provinztheater? Man sollte nicht damit rechnen, dass die Polizei dumm ist.«

»Es war also Simon«, sagte sie gepresst. »Armer Simon. Wo ist er denn jetzt?«

»Auf seinem Zimmer. Er ist in Sicherheit, keine Sorge. Aber wollen Sie nicht erfahren, wie es sich abgespielt hat?«

»Er kann das doch nicht geplant haben! Simon doch nicht. Er hat es bestimmt nicht gewollt.«

»Geplant hat er es nicht. Ob er es gewollt hat? Wer weiß schon, was er gewollt hat? Aber was er auch wollte, sie ist nun einmal tot. Er hat mir gestanden, dass Clarissa ihn auf ihr Zimmer beordert hatte. Den anderen sollte er sagen, dass er zum Schwimmen gehe. Er sollte unter seine Jeans die Badehose anziehen, eine halbe Stunde warten, nachdem sie gegangen war, und dann dreimal an ihre Zimmertür klopfen. Sie würde ihm aufmachen. Sie wollte etwas mit ihm besprechen. Worum konnte es nur gehen? Um sie selbstverständlich. Worüber sprach denn Clarissa am liebsten? Aber der Arme machte sich etwas vor und glaubte, sie wolle ihm mitteilen, er könne aufs Royal College gehen, dass sie für sein Musikstudium aufkäme.«

»Aber warum wollte sie ausgerechnet Simon um sich haben? Warum gerade ihn?«

»Das werden wir wohl nie erfahren. Aber ich habe eine Vermutung. Vor einer Aufführung schlief Clarissa gern mit jemandem. Vielleicht zog sie daraus die nötige Selbstsicherheit, vielleicht befreite sie sich so von ihrer Anspannung, vielleicht war es für sie die einzige Möglichkeit, das Grübeln abzustellen.«

»Aber Simon? Ausgerechnet dieser Junge! Das kann sie doch nicht gewollt haben!«

»Möglich. Vielleicht wollte sie diesmal nur mit jemandem reden, jemanden um sich haben. Und aus Frauen hat Clarissa sich noch nie etwas gemacht, das dürfen Sie nicht persönlich nehmen, liebe Cordelia. Sie mag sich auch gedacht haben, dass sie Simon in mehr als einer Hinsicht einen Gefallen tat. Clarissa konnte sich einfach nicht vorstellen, dass es einen Mann gab – zumindest einen normalen Mann –, der nicht mit ihr ins Bett wollte, wenn er sie denn haben konnte. Und der Gerechtigkeit halber: die Männer haben sie in dieser Wahrnehmung nur unterstützt. Hätte es einen besseren Zeitpunkt gegeben, Simon eine solche ›Fortbildung‹ zu geben, als an jenem sonnigen Nachmittag nach einem, wie ich mir einbilde, exzellenten Lunch, als Clarissa sich nach einer neuen Erfahrung sehnte, nach einer Abwechslung, die sie von der bevorstehenden Aufführung ablenken konnte? Wer wäre sonst dafür infrage gekommen? George, der arme, ritterliche Trottel, der ihren guten Ruf durch Lügen schützte, hat vermutlich nicht mehr mit ihr geschlafen, seit er feststellen musste, dass sie ihn betrog. Von mir konnte sie nichts mehr erwarten. Und Whittingham? Ivo hatte sie ja schon mal gehabt. Und können Sie sich vorstellen, dass sie Ivo hätte haben wollen, selbst wenn er dazu noch in der Lage gewesen wäre? Hätte sie die vom Tod gezeichnete trockene Haut streicheln, den Geschmack des Todes auf der Zunge spüren, verwesendes Fleisch riechen wollen? Wer außer Simon blieb denn übrig, wenn man sich in Clarissa hineinversetzt?«

»Scheußlich ist es trotzdem!«

»Doch nur, weil Sie jung, hübsch und empfindlich sind. Mit einem anderen Jungen und zu einem anderen Zeitpunkt wäre nichts dabei gewesen. Ein anderer Junge wäre ihr vielleicht dankbar gewesen. Simon Lessing aber war an einer anderen Fortbildung interessiert. Außerdem hat er romantischere Vorstellungen. Was sie in seinem Gesicht gesehen hat, war nicht Begierde, sondern Ekel. Ich kann mich da auch täuschen. Vielleicht hat sie das nicht so klar gesehen. Clarissa ging den Dingen selten auf den Grund. Jedenfalls bestellte sie ihn zu sich. Und er gehorchte, wie auch ich mich dem Wunsch meines Onkels gefügt hatte.«

»Was ist dann passiert? Wie haben Sie es herausbekommen?«

»Ich habe Grogan angelogen, was den Zeitpunkt angeht, zu dem ich mein Zimmer verließ. Ich habe mich gleich umgezogen, sodass ich etwa um zwanzig Minuten vor zwei an Clarissas Zimmer vorbeikam. In diesem Augenblick hat Simon die Tür geöffnet und herausgespäht. Es war purer Zufall. Wir blickten einander an. Sein Gesicht war aschfahl, sein Blick starr. Ich fürchtete schon, er würde ohnmächtig werden. Ich habe ihn ins Zimmer gestoßen, bin ihm gefolgt und habe die Tür verschlossen. Er hatte nur seine Badehose an. Hemd und Jeans lagen auf dem Boden. Und Clarissa lag rücklings auf dem Bett. Sie war tot.«

»Wie können Sie da so sicher sein? Warum haben Sie keinen Arzt kommen lassen?«

»Liebe Cordelia, ich führe zwar ein zurückgezogenes Leben, kann aber durchaus feststellen, ob ein Mensch tot ist. Ich habe mich selbstverständlich vergewissert, indem ich ihren Puls gefühlt habe. Sie hatte keinen. Ich habe den Zipfel meines Taschentuchs über ihren Augapfel gezogen, was sehr wehtut. Keine Reaktion.

Simon hatte mit der Schmuckschatulle zugeschlagen und ihr den Schädel zertrümmert. Die Schatulle lag noch auf ihrer Stirn. Merkwürdigerweise hat Clarissa nur wenig geblutet. Simon hatte am Unterarm nur einen kleinen Blutspritzer. Und ihr lief etwas Blut aus dem linken Nasenloch. Es war schon fast geronnen, als ich sie sah, obwohl sie erst zehn Minuten tot war. Es sah wie eine gezackte Schnittwunde aus, wie eine Entstellung über dem offen stehenden Mund. Im Tode lächerlich auszusehen ist wohl die allerletzte Demütigung, gegen die wir nichts tun können. Clarissa wäre empört gewesen. Sie kannten sie ja! Außerdem haben auch Sie sie gesehen.«

»Sie vergessen da etwas«, entgegnete Cordelia. »Ich habe sie erst später gesehen. Ich habe Clarissa gesehen, nachdem Sie sie so zugerichtet hatten. Da wirkte sie keineswegs mehr lächerlich.«

»Tut mir leid, Cordelia. Das hätte ich Ihnen gern erspart. Aber ich dachte mir, es könnte verdächtig wirken, wenn ich Clarissa gefunden hätte. Wenigstens das habe ich aus der Lektüre von Kriminalromanen gelernt: Man sollte es tunlichst vermeiden, eine Leiche zu entdecken.«

»Hat er Ihnen denn gesagt, warum er sie umgebracht hat?«

»Er hat etwas wirr geredet. Außerdem wollte ich ihn vor allem da wegbringen und nicht die psychologischen Hintergründe seiner Tat aufdecken. Jedenfalls hatten beide nicht bekommen, was sie wollten. Clarissa muss Scham und Ekel in seinem Blick gesehen haben. Und er in ihrem, dass er all seine Hoffnungen begraben musste. Sie hat ihn damit aufgezogen, dass er sexuell ein Versager ist. Sie hat ihm vorgeworfen, dass er genauso wie sein Vater zu nichts tauge. Und als sie halb nackt auf dem Bett lag und ihn hämisch anlachte, sich über ihn und seinen toten Vater lustig machte, all seine Hoffnungen zerstörte, muss er die Kontrolle über sich verloren haben. Er griff nach der Schmuckschatulle, dem einzigen Gegenstand, der als Waffe infrage kam, und schlug damit zu.«

»Und was ist dann passiert?«

»Können Sie sich das nicht denken? Ich habe ihm gesagt, was er tun muss. Ich habe ihm eingepaukt, was er der Polizei sagen soll. Dass er nach dem Lunch zum Schwimmen gegangen ist, wie er es uns auch gesagt hat. Dass er eine Stunde am Strand herumgeschlendert und danach ins Wasser gegangen ist. Dass er sich etwa um Viertel vor drei auf den Weg zum Schloss gemacht hat, um sich umzuziehen. Dann habe ich ihm in Clarissas Bad den kleinen Blutfleck abgewaschen. Danach habe ich das Becken mit Toilettenpapier trocken gewischt und das Papier im WC hinuntergespült. Ich fand auch den Zeitungsausschnitt. Es dauerte gar nicht lange. Er konnte sich nur in ihrer Handtasche oder in der Schmuckschatulle befinden. Danach habe ich Simon ins Zimmer nebenan gebracht und ihm eingeschärft, wie er aus Ihrem Badezimmerfenster die Feuerleiter hinunterklettern soll, ohne die Sprossen mit den Händen zu berühren. Er war wie ein willenloses, gehorsames Kind und wirkte erstaunlich gefasst. Ich sah noch zu, wie er – die Schatulle unterm Arm – die Feuerleiter hinabstieg, zum Rand der Klippe ging und das Kästchen ins Wasser warf, wie ich es ihm gesagt hatte. Falls die Polizei es herausfischt, wird sie feststellen, dass die wertvollsten Stücke fehlen. Ich habe sie nämlich vorher herausgenommen und später woanders im Meer versenkt. Verzeihen Sie mir, wenn ich Ihnen mein Vertrauen nicht dadurch beweise, dass ich Ihnen die Stelle zeige. Es hätte ja nicht geklappt, wenn die Polizei hinterher herausgefunden hätte, dass aus der Schatulle nur ein mutmaßlicher Zeitungsausschnitt entwendet wurde. Simon ist dann ins Wasser gesprungen, und ich habe ihn zur Westbucht hinüberschwimmen sehen.«

»Noch jemand muss ihn beobachtet haben: Munter vom Fenster im Turmzimmer aus. Von dort sieht man die Feuerleiter nämlich.«

»Ich weiß. Das versuchte er uns in seinem betrunkenen Zustand klarzumachen, als Simon und ich ihn in sein Zimmer brachten. Aber das war nicht weiter wichtig. Munter war verschwiegen. Ich versicherte Simon, dass er sich da keine Sorgen zu machen brauche. Munter hätte jedes Geheimnis, das mich betraf, mit ins Grab genommen.«

»Das hat er ja dann auch passenderweise getan. Aber hätten Sie einem Trinker in dieser Hinsicht trauen können?«

»Munter konnte ich trauen, betrunken oder nüchtern. Ich habe ihn übrigens nicht umgebracht. Auch Simon nicht, soviel ich weiß. Das war wirklich ein tödlicher Unfall.«

»Was haben Sie danach getan?«

»Ich musste möglichst rasch handeln. Der Zeitdruck und das Risiko beflügelten mich geradezu. Die Inszenierung dieser rätselhaften Tat gelang mir ebenso gut wie der Plot für mein Buch *Autopsie*. Ich entfernte das Make-up von Clarissas Gesicht, damit die Polizei nicht dachte, sie habe vorher noch Besuch gehabt. Dann musste ich sämtliche Spuren verwischen, die darauf hindeuteten, wie sie ermordet worden war, und eine Tatwaffe unterschieben, die Simon nicht mitgebracht haben konnte, weil er gar nichts davon wusste. Es musste eine Tatwaffe sein, die die Polizei auf den Gedanken brachte, der Mord habe etwas mit den Drohbriefen zu tun. Ich sagte Simon nichts davon und berührte die Leiche erst, nachdem er verschwunden war. Unwissenheit war sein bester Schutz. Er brauchte dann nicht zu schwindeln oder sich zu verstellen. Von dem Marmorarm wusste er nichts. Clarissas zerschmettertes Gesicht hat er nicht gesehen.«

»Den Marmorarm hatten Sie vorher schon eingesteckt?«

»Ja, ich hatte den Marmorarm und den Drohbrief bei mir. Ich wollte ja beides in die Schatulle legen, die Clarissa in der zweiten Szene im dritten Akt öffnen sollte. Das hätte zwar geheim in letzter Minute geschehen müssen und viel Geschicklichkeit erfordert, aber ich hätte es schon geschafft. Und ich kann Ihnen versichern, die Wirkung wäre spektakulär gewesen. Diese Szene hätte sie wahrscheinlich nicht bis zum Ende durchgespielt.«

»Haben Sie sich deswegen sozusagen als Regieassistent betätigt und sich um die Requisiten gekümmert?«

»Selbstverständlich. Das lag doch nahe. Alle nahmen an, dass ich die Sachen, die mir gehörten, im Auge behalten wollte.«

»Und nachdem Sie Clarissas Gesicht zerstört hatten, haben Sie Simons Sachen unter Ihrer Jacke versteckt und zur Bucht gebracht?«

»Wie gut Sie sich auf solche falschen Spiele verstehen, Cordelia! Ich hätte die Sachen zwar lieber etwas weiter entfernt am Strand abgelegt, aber dazu reichte die Zeit nicht. Ich schaffte es nur noch bis zu der kleinen Bucht jenseits der Terrasse. Und dann schlenderte ich durch den Arkadengang zum Theater, wo ich mich mit Munter vergewisserte, dass alle Requisiten da waren. Ich sollte vielleicht noch erwähnen, dass ich mir in Clarissas Zimmer keine Sorgen wegen meiner Fingerabdrücke zu machen brauchte. Denn es ist schließlich mein Haus. Die Möbel, die Kunstgegenstände und auch der Marmorarm gehören ja mir. Wenn meine Fingerabdrücke darauf waren, so konnte das niemanden stutzig machen. Ich machte mir nur Gedanken über den Abdruck meiner Hand am Knauf der Verbindungstür. Denn daraus konnte man schließen, dass ich ihn zuletzt berührt hatte. Darum habe ich hinterher, nachdem wir beide die Leiche gefunden hatten, genau darauf geachtet, dass ich die Tür öffne.«

»Haben Sie auch die Drohbriefe geschickt? Haben Sie weitergemacht, als Tolly damit aufhörte?«

»Sie wissen also von Tolly? Ich habe Sie unterschätzt, Cordelia! Ja, es war gar nicht so schwer. Als die arme Tolly ihren Kummer in der Religion zu betäuben versuchte, setzte ich das Werk fort, allerdings mit einem künstlerischen Einschlag. Daraufhin wandte sich Clarissa an die Polizei. Das gefiel mir keineswegs, weshalb ich einen Plan ausheckte, der dann auch prompt das Interesse der Polizei erlahmen ließ. Clarissa war eigentlich ein ausnehmend dummer Mensch. Sie hatte einen guten Instinkt, aber keine Intelligenz. Mein Erfolg hing von zwei Dingen ab: von Clarissas Dummheit und ihrer Angst vor dem Tod. Als Tolly aufhörte, ihre kleinen Zettel mit den Bibelzitaten von Mühlsteinen um den Hals zu schicken, begann ich mit meinen Gemeinheiten, wobei mir Munter gelegentlich half. Mein Ziel war es, sie als Schauspielerin zu ruinieren, weil ich nur dadurch meine Ungestörtheit, meine friedliche Insel zurückgewinnen konnte. Denn nur als Schauspielerin hatte Clarissa Macht über mich. Sie wäre nie mehr nach Courcy gekommen, wenn sie sich in meinem Theater für alle Zeiten blamiert hätte. Sobald sie ihr Selbstvertrauen ein für alle Mal verloren hätte und ihre Karriere zu Ende wäre, hätte ich meine Freiheit wieder. Ich kann nicht sagen, dass sie eine gemeine Erpresserin war. Das hatte sie auch gar nicht nötig. Sie war 1977 zufällig auf das Foto gestoßen. Clarissa genoss es, allerlei peinliche Geheimnisse über ihre Bekannten in Erfahrung zu bringen. Und jetzt hatte sie eins, das sie drei Jahre für sich behielt, bevor sie ihren Nutzen daraus zog. Es war mein Pech, dass die Restaurierung des Theaters und ihre Krise als Schauspielerin zeitlich zusammenfielen. Plötzlich gab es da etwas, das sie von mir bekommen konnte. Und sie verfügte über die Mittel, ihren Willen durchzusetzen. Ich muss sagen, dass sie mich mit einem Höchstmaß an Takt und Diskretion erpresste.« Unvermittelt neigte er sich zu Cordelia und sagte: »Wir werden ihn nicht länger schützen können, Cordelia. Er hat angefangen zu trinken. Sie müssen es doch selbst bemerkt haben. Und er macht Fehler. Zum Beispiel den Versprecher, der Roma aufgefallen ist. Woher hätte er wissen können, wie Clarissas Schmuckschatulle aussah, wenn er sie nie gesehen oder in der Hand gehabt hätte? Er wird weitere Fehler machen. Ich mag den Jungen, er ist durchaus talentiert. Ich habe mein Möglichstes getan, um ihn zu schützen. Nachdem Clarissa schon seinen Vater zugrunde gerichtet hatte, sollte ihr nicht auch noch sein Sohn zum Opfer fallen. Aber ich habe mich in ihm getäuscht. Er hat nicht das Zeug, die Sache unbeschadet durchzustehen. Grogan ist kein Dummkopf.«

»Wo ist denn Simon jetzt?«

»Wie ich schon sagte, auf seinem Zimmer, soviel ich weiß.«

Sie musterte sein Gesicht, die mädchenhaft glatte Haut, die vom Kaminfeuer leicht gerötet war, die kohlschwarzen Augen, den ständig lächelnden Mund. Sie hatte das Gefühl, als würde eine unwiderstehliche Macht sie in dem bequemen Sessel festhalten. Und dann erkannte sie mit einem Mal, worauf er aus war, als habe ihr der Rotwein auf geheimnisvolle Weise einen klaren Kopf beschert. Seine wohlüberlegten Erläuterungen, der Wein, sein kumpelhafter Ton, die komfortable Atmosphäre, die ihre Müdigkeit angenehm einhüllte – all das waren doch nur Mittel, damit die Zeit verging, damit sie bei ihm blieb. Selbst der Raum schien sich mit ihm gegen sie verschworen zu haben – mit seinem behaglichen Kaminfeuer, der unwirklichen Atmosphäre mit den langen, zuckenden Schatten, mit der weit geöffneten Terrassentür, durch die die undurchdringliche Schwärze der Nacht und das stetige, einlullende Rauschen des Meeres eindrangen.

Sie packte ihre Umhängetasche und rannte aus dem Zimmer. Sie eilte mit hallenden Schritten den Gang entlang, die breite Treppe hinauf, riss die Tür von Simons Zimmer auf und schaltete das Licht an. Das Bett war zwar aufgeschlagen, aber der Raum war leer. Wie von Sinnen durchsuchte sie ein Zimmer nach dem anderen. Nur in einem befand sich jemand. Whittingham lag im sanften Licht der Nachttischlampe rücklings auf seinem Bett und schaute zur Decke empor. Als sie näher trat, merkte er wohl, dass sie Hilfe brauchte. Aber er lächelte nur traurig und schüttelte bedauernd den Kopf. Mit ihm konnte sie nicht rechnen.

Sie konnte noch den Turm und das Theater absuchen, aber vielleicht befand sich Simon gar nicht mehr im Schloss. Die ganze Insel bot sich ihm ja als Versteck: Klippen und Hügel, Wiesen und Wälder. Die dunkle Insel mit all ihren Schlupfwinkeln war wie eine Muschel, aus deren höhlenartigem Inneren nur Meeresrauschen drang. Doch es gab auch noch das Büro und die Schlossküche, wobei es ziemlich unwahrscheinlich war, dass er sich dort versteckt hatte. Sie rannte den gefliesten Korridor entlang und warf sich gegen die Tür zum Büro. Dann blieb sie wie erstarrt stehen. Die zweite Vitrine mit den schauerlichen Erinnerungsstücken aus der Viktorianischen Zeit war aufgebrochen. Jemand hatte das Glas eingeschlagen. Sie blickte hinein und sah, dass etwas fehlte: die Handschellen. Und da wusste sie, wo sie Simon finden würde.

45. Kapitel

Sie warf die Umhängetasche auf den Schreibtisch und nahm nur die Taschenlampe mit. Sie hätte gerne ihren Ledergürtel dabeigehabt. Aber er war nicht mehr um ihre Taille geschlungen. Sie musste ihn im Laufe des Tages irgendwo verloren haben. Sie konnte sich nur noch erinnern, dass sie ihn in der Toilette eines Lebensmittelgeschäftes, die sie auf dem Weg zur Benison Row aufgesucht hatte, noch gehabt hatte. In ihrem Eifer, diese Miss Costello ausfindig zu machen, musste sie ihn nachlässig zugeschnallt haben. Als sie über den Rasen zum dunklen Wald hastete, wünschte sie, sie hätte diesen Talisman bei sich, als könne er ihr die nötige Kraft verleihen.

Vom Mond beschienen tauchte unheimlich und geheimnisvoll die Kirche vor ihr auf. Aus dem offenen Portal fiel kein Lichtschein. Der fahle Schimmer, der durchs Ostfenster drang, wies ihr jedoch den Weg zur Krypta, sodass sie die Taschenlampe nicht brauchte. Auch die Tür zur Gruft stand offen. Der Schlüssel steckte im Schloss. Gorringe musste Simon gesagt haben, wo er ihn finden könne. Der staubige Geruch der Krypta schlug ihr entgegen. Sie blieb nicht stehen, um das Licht anzumachen, sondern folgte dem schwankenden Lichtstreifen ihrer Taschenlampe, vorbei an den aufgetürmten Schädeln mit den grienenden Mündern, bis die schwere, eisenbeschlagene Tür auftauchte, hinter der der Geheimgang lag. Auch diese Tür stand offen.

Sie wagte nicht zu laufen, da der Gang gewunden und der Boden uneben war. Sie erinnerte sich, dass die Lampen im Gang nach einiger Zeit automatisch erloschen, und knipste im Vorbeigehen jeden Schalter an. In wenigen Minuten würde es hinter ihr wieder dunkel werden, sodass sie wie auf einer Lichtinsel immer tiefer in die Finsternis eindrang. Der Weg schien kein Ende zu nehmen. Waren sie vor zwei Tagen wirklich so weit gegangen? Sie geriet in Panik und befürchtete schon, sie sei irgendwo falsch abgebogen und habe sich nun in einem Tunnellabyrinth verlaufen. Doch dann erspähte sie die zweite Stufenreihe und gleich darauf den Lichtschimmer aus der niedrigen Höhle über dem Teufelskessel. Die einzige Glühbirne unter dem Schutzgitter brannte. Die Falltür war hochgeklappt und lehnte an der Höhlenwand. Cordelia kniete sich hin und schaute Simon geradewegs ins Gesicht. Er blickte sie wie ein verängstigter Hund mit weit aufgerissenen Augen an, sodass sie das Weiße darin sah. Sein linker Arm befand sich über seinem Kopf und war mit einer Handschelle an der obersten Sprosse befestigt. Die Finger hingen schlaff herunter und wirkten zart und blass wie die eines Kindes, ganz anders als die starken Finger, die sie über die Klaviertasten hatte gleiten sehen. Das unaufhaltsam steigende Wasser, das wie dunkles Öl gegen die Wände des Teufelskessels schwappte und im Licht der Höhle schimmerte, hatte schon Simons Schultern erreicht.

Sie kletterte zu ihm hinunter. Das Wasser war beißend kalt. »Wo ist der Schlüssel für die Handschellen?«, fragte sie.

»Ich habe ihn fallen lassen.«

»Fallen lassen oder weggeworfen? Simon, ich muss wissen, wo er ist.«

»Ich habe ihn einfach fallen lassen.«

Nein, er brauchte ihn gar nicht wegzuwerfen. Angekettet und hilflos, wie er war, konnte er ohnehin nicht an den Schlüssel herankommen, selbst wenn der ganz nahe lag, selbst wenn er sich noch so sehr anstrengte. Sie hoffte nur, dass der Boden im Teufelskessel felsig und nicht mit Sand bedeckt war. Sie musste den Schlüssel einfach finden. Es gab keinen anderen Ausweg. Sie hatte sich alles genau überlegt. Es würde mindestens fünf Minuten dauern, bis sie zum Schloss gelangte. Dann noch mal fünf Minuten für den Rückweg. Und wo würde sie einen Werkzeugkasten finden? Oder eine Feile, mit der sich der Metallbügel durchfeilen ließ? Selbst wenn ihr jemand im Schloss helfen würde, reichte die Zeit nicht aus. Wenn sie Simon jetzt allein ließ, würde er ertrinken.

»Ambrose hat mir gesagt, dass ich für den Rest meines Lebens im Gefängnis sitzen würde. Oder in der Psychiatrie von Broadmoor«, flüsterte Simon.

»Er hat Sie angelogen.«

»Das würde ich nicht aushalten, Cordelia! Niemals!«

»Das brauchst du auch nicht. Totschlag ist kein Mord. Du wolltest sie ja nicht umbringen. Und verrückt bist du auch nicht.«

Gorringes Worte klangen ihr im Ohr: »Wer weiß schon, was er gewollt hat? Aber was er auch wollte, sie ist nun einmal tot.«

Sie brauchte so viel Licht wie möglich. Sie knipste die Taschenlampe an und legte sie auf die oberste Leitersprosse. Dann pumpte sie die Lunge voll Luft und glitt vorsichtig in das glucksende Wasser. Sie durfte den Grund so wenig wie möglich aufrühren. Das Wasser war eiskalt und so trüb, dass sie nichts erkennen konnte. Ihre Hände schoben sich über den Boden, tasteten ihn ab, fühlten grobkörnigen Sand und unnachgiebigen, scharfkantigen Felsen. Umherwabernder Seetang umschlang ihren Arm wie eine wabbelige Hand, die sie festhalten wollte. Aber ihre tastenden Finger berührten nichts, was ein Schlüssel hätte sein können. Sie tauchte auf und schnappte nach Luft.

»Jetzt sag mir genau, wo du den Schlüssel fallen gelassen hast!«

»Hier etwa! So habe ich den rechten Arm ausgestreckt. Dann habe ich ihn fallen lassen.«

Sie ärgerte sich über sich selbst. Sie hätte ihn zuerst nach der Fallrichtung fragen sollen, bevor sie den sandigen Boden aufwühlte. Jetzt war der Schlüssel vielleicht für immer verloren. Sie musste den Boden so sachte wie möglich absuchen. Und ruhig bleiben und sich Zeit lassen. Aber viel Zeit blieb ihr nicht. Das Wasser stand ihnen schon bis zum Hals.

Sie tauchte wieder unter und versuchte methodisch, die Stelle abzutasten, die Simon angegeben hatte. Wie Krabben krochen ihre suchenden Finger über den Sand. Zweimal war sie aufgetaucht und hatte Angst und Verzweiflung in seinen Augen gesehen. Aber beim dritten Versuch stieß ihre Hand auf etwas Metallenes und sie kam mit dem Schlüssel nach oben.

Ihre Hände waren beinahe starr vor Kälte. Sie konnte kaum den Schlüssel festhalten und hatte Angst, er würde ihr entgleiten und nicht den Weg ins Schloss finden.

Als Simon sah, wie ihre Hände zitterten, flüsterte er: »Ich bin es nicht wert. Ich habe auch Munter umgebracht. Ich konnte nicht einschlafen und bin durch den Rosengarten gegangen. Ich war in der Nähe, als er hineinstürzte. Ich hätte ihn retten können. Aber ich bin weggerannt, weil ich mich nicht um ihn kümmern wollte. Ich habe einfach so getan, als hätte ich ihn nicht gesehen, als sei ich nicht da gewesen.«

»Denk jetzt nicht daran! Wir müssen hier raus! Du musst raus aus dem kalten Wasser.«

Endlich steckte der Schlüssel im Schloss. Einen Augenblick fürchtete sie, dass er nicht passte, dass es der falsche Schlüssel war.

Aber dann ließ er sich mühelos umdrehen. Die Schelle sprang auf. Simon war frei.

Und dann passierte es. Die Falltür klappte mit einem dröhnenden Knall herunter. Der Lärm schien die ganze Insel zu erschüttern. Die Eisenleiter, an der sie sich mit klammen Händen festhielt, erzitterte. Das Wasser wallte hoch und brach sich mit Gischtschwaden an den Höhlenwänden. Es war, als würde der Teufelskessel gleich bersten und die tobende Brandung einlassen. Entsetzt sah Cordelia die eingeschaltete Taschenlampe von der obersten Sprosse herabrutschen und ins Wasser fallen, wo sie noch kurz aufschimmerte und dann erlosch. Um sie herum wurde es dunkel. Und noch bevor der Lärm verhallt war, hörte Cordelia ein anderes Geräusch: Metall schrammte kreischend über Metall. Nicht einmal, sondern mehrmals. Was das Knirschen bedeutete, war so schrecklich, dass sie ihren Kopf mit dem klatschnassen Haar zurückwarf und in der Finsternis aufschrie: »Nein! Bitte nicht!«

Jemand – und sie wusste, wer es nur sein konnte – hatte die Falltür zugeworfen. Und dieser Jemand hatte jetzt auch noch die beiden Riegel zugeschoben. Damit war ihr Schicksal besiegelt. Über ihnen war massives Holz, ringsum Felsen, und das Wasser stieg immer höher.

Sie richtete sich auf und stemmte die Hände mit aller Kraft gegen die Falltür. Sie zog den Kopf ein und versuchte es mit der Schulter. Die Tür gab nicht nach. Wie hätte es auch anders sein können? Sie merkte, dass sich Simon zu ihr hochzog und dann mit den flachen Händen vergeblich gegen das Holz hämmerte. Sehen konnte sie ihn nicht. Die Dunkelheit war undurchdringlich, wie eine erstickende Decke, deren Schwere ihr den Atem nahm. Sie hörte Simon vor Angst wimmern, roch seinen Schweiß, hörte sein keuchendes Atmen, das dumpfe Herzpochen, das auch von ihr kommen konnte. Sie streckte die Arme nach ihm aus und streichelte tröstend sein

Gesicht, das nass vor Meerwasser und Tränen war. Sie spürte, wie seine zitternden Hände über ihre Wangen, die Augen und ihre Lippen fuhren.

»Müssen wir jetzt sterben?«, fragte er.

»Vielleicht. Aber wir haben noch eine Chance. Wir können versuchen zu schwimmen.«

»Ich will lieber hierbleiben und bei Ihnen sein. Ich will nicht allein sterben.«

»Wir dürfen uns nicht aufgeben. Wir müssen es versuchen. Und ich werde es nicht ohne dich versuchen.«

»Gut, ich versuchs. Wann?«, flüsterte er.

»Jetzt gleich. Solange wir noch genug Luft haben. Du schwimmst zuerst. Ich folge dir.«

Das war besser für ihn. Wer zuerst untertauchte, kam leichter durch und wurde nicht durch paddelnde Füße behindert. Und wenn Simon aufgeben sollte, hatte sie vielleicht noch die Kraft, ihn vor sich herzuschieben. Einen Moment überlegte sie, was sie tun sollte, wenn sich der Spalt verengte und sein eingeklemmter Körper die Flucht unmöglich machte. Aber sie verdrängte den Gedanken. Simon war jetzt sicher weniger stark als sie. Kälte und Todesangst hatten ihn geschwächt. Er musste als Erster losschwimmen. Der Wasserspiegel stand mittlerweile so hoch, dass nur noch ein kaum wahrnehmbarer Schimmer anzeigte, wo sich der Spalt befand. Der Lichtstrahl lag wie ein blasser Milchfleck auf der dunklen Oberfläche. Die nächste Woge würde ihn verwischen, und dann saßen sie ohne jeglichen Anhaltspunkt in völliger Dunkelheit gefangen. Sie zog ihren klatschnassen Strickpullover aus. Gemeinsam ließen sie die Leiter los und schwammen zur Mitte des Teufelskessels, wo die Höhlendecke noch am höchsten war. Dann drehten sie sich auf den Rücken und holten tief Luft. Das Felsdach streifte beinahe Cordelias Stirn. Kühle Süßwassertropfen fielen ihr wie ein letzter Gruß aus der Welt da draußen auf die Zunge. »Los jetzt!«, befahl sie leise. Ohne zu zögern, ließ er ihre Hand los und glitt ins Wasser. Sie atmete zum letzten Mal tief ein, warf sich herum und tauchte hinterher.

Sie musste um ihr Leben schwimmen, und das war alles, was ihr durch den Kopf schoss. Es war keine Zeit zum Überlegen gewesen, und sie war überhaupt nicht vorbereitet auf die Dunkelheit, das eisige Wasser und die Gewalt der hereinströmenden Flut. Sie hörte nur das Dröhnen in ihren Ohren, spürte nur den Schmerz in der Brust und die dunkle Flut, gegen die sie ankämpfte wie ein verängstigtes in die Enge getriebenes Tier. Das Meer war der Tod, gegen den sie sich mit ihrem Überlebensdrang, ihrer Jugend, ihrer Hoffnung zur Wehr setzte. Sie hatte kein Zeitgefühl mehr. Die Flucht durch diese Hölle hätte schon Minuten oder gar Stunden dauern können, dabei waren es nur Sekunden. Sie nahm den wild paddelnden Menschen vor sich gar nicht wahr. Sie hatte Simon, Ambrose Gorringe, ihre Todesangst völlig vergessen, wollte bloß nicht sterben. Und dann, als der schmerzhafte Druck kaum noch auszuhalten war, als ihre Lungen zu bersten drohten, sah sie, dass das Wasser über ihr heller wurde, durchscheinender, sanfter, warm wie Blut. Und sie schwamm nach oben zur Luft, zur Oberfläche, zu den Sternen.

Es war wie eine Wiedergeburt. Nach der Beklemmung, dem verzweifelten Kampf, der Dunkelheit und der Angst spürte sie, wie ihr das Blut wieder warm durch die Adern strömte. Und es war wieder hell ringsum. Sie wunderte sich, dass das Mondlicht so warm, so sanft, so wohltuend wie ein Sommertag sein konnte. Auch das Meer war überhaupt nicht mehr kalt. Sie drehte sich auf den Rücken und ließ sich mit ausgebreiteten Armen treiben. Die Sterne schienen sie zu begleiten. Sie war überglücklich, dass sie da waren, und lachte ihnen in ihrer Freude zu. Und es überraschte sie gar nicht, dass sich Schwester Perpetua mit ihrer weißen Flügelhaube über sie beugte.

»Da bin ich, Schwester!«, flüsterte sie. »Da bin ich wieder.«

Doch seltsamerweise schüttelte Schwester Perpetua zwar freundlich, aber bestimmt den Kopf, und die weiße Flügelhaube entschwand, bis nur noch der Mond, die Sterne und das menschenleere Meer übrig blieben. Und dann wusste sie mit einem Mal, wer und wo sie war. Der Kampf war noch nicht zu Ende. Sie musste mit aller Kraft gegen ihre Mattigkeit, gegen das überwältigende Glücksgefühl, gegen diese Zufriedenheit ankämpfen. Denn der Tod, der sie nicht mit Gewalt hatte vernichten können, näherte sich ihr nun heimtückisch.

Doch dann sah sie im Mondlicht ein Segelboot auf sie zukommen. Zuerst meinte sie, es handle sich um eine Erscheinung, die sie sich in ihrer Erschöpfung einbildete, die sich ebenso verflüchtigen würde wie Schwester Perpetuas Gesicht mit der weißen Haube. Erst als es immer größer wurde und sie darauf zuschwamm, kam es ihr bekannt vor. Auch den Mann mit dem wirren Haar erkannte sie wieder. Es war das Fischerboot, das sie nach Courcy gebracht hatte. Sie hörte das Plätschern der Wellen vorm Bug, das Knacken der Planken, das Flattern der Segel. Die vierschrötige Gestalt hob sich dunkel vor dem Himmel ab, während sie die Segel einholte. Der Außenbordmotor dröhnte leise. Der Bootsführer manövrierte mit der Breitseite auf sie zu. Er wollte sie an Bord ziehen. Das Boot schwankte etwas und schien dann zu stehen. Schmerzhaft spürte sie, wie sie jemand an den Armen packte. Gleich darauf lag sie auf den Deckplanken, und der Mann kniete neben ihr. Er schien keineswegs überrascht zu sein, sie zu sehen. Er stellte auch keine Fragen. Er zog seinen Sweater aus und deckte sie damit zu. Sobald sie sich etwas erholt hatte, flüsterte sie: »Was für ein Glück, dass Sie noch da waren!«

Er deutete auf den Mast, an dem festgebunden wie ein Wimpel ihr Ledergurt hing.

»Ich wollte Ihnen das da bringen.«

»Sie wollten mir meinen Gürtel bringen?«

Sie wusste nicht, was daran so komisch war, warum sie am liebsten in hysterisches Gelächter ausgebrochen wäre.

»Ich wollte noch bei Mondschein auf der Insel landen, obwohl Gorringe was gegen ungebetene Gäste hat. Ich wollte den Gürtel am Kai lassen, wo Sie ihn am Morgen bestimmt gefunden hätten.«

Die Anwandlung von Hysterie war vorüber. Sie richtete sich auf und blickte zur Insel hinüber und zu dem dunklen Klotz da drüben, der unverrückbar wie ein Fels wirkte und in dem alle Lichter erloschen waren. Doch dann brach der Mond hinter einer Wolke hervor, und auf einmal war es ein schimmerndes Märchenschloss. Jeder Ziegelstein war deutlich zu sehen. Der Turm war wie mit Silber überzogen. Hingerissen bestaunte sie den zauberhaften Anblick. Dann fiel ihr dumpf alles wieder ein. Hielt Gorringe nach ihr Ausschau, dort oben auf seiner Zitadelle, das Fernglas vor den Augen? Suchte er das Meer nach einem auf und nieder tanzenden Kopf ab? Sie konnte sich vorstellen, wie alles verlaufen wäre, wenn sie sich ausgepumpt gegen den Sog der zurückflutenden Wellen über den kiesigen Untergrund zum Strand hochgekämpft und dann in seine grausamen Augen geschaut hätte. Sie wäre in ihrer Erschöpfung auf einen ausgeruhten Gegner gestoßen. Sie überlegte, ob er es über sich gebracht hätte, sie kaltblütig umzubringen, und gelangte zu dem Schluss, dass es schwer für ihn gewesen wäre, vielleicht sogar unmöglich. Denn es war viel leichter, nur die Falltür zuzuklappen, die Riegel vorzuschieben, alles Übrige dem Meer zu überlassen. Romas Ausspruch fiel ihr ein: »Bei Ambrose ist sogar das Grauen wie aus zweiter Hand.« Aber hätte er sie am Leben lassen können, nachdem er wusste, was sie herausgefunden hatte?

»Sie haben mir das Leben gerettet«, sagte sie.

»Ich habe Ihnen höchstens etwas Schwimmen erspart. Sie hätten es auch allein geschafft. Zum Strand ist es nicht mehr weit.«

Er fragte nicht, warum sie zu dieser Stunde leicht bekleidet im Meer geschwommen war. Nichts schien ihn zu erstaunen oder aus der Fassung zu bringen. Erst da fiel ihr Simon ein.

»Wir waren zu zweit«, erklärte sie hastig. »Es war noch ein Junge bei mir. Wir müssen ihn suchen. Er muss hier irgendwo sein. Er ist ein durchtrainierter Schwimmer.«

Doch im mondbeschienenen Meer war nichts zu sehen. Eine Stunde lang suchten sie weiter, tuckerten mit gerefften Segeln und gedrosseltem Motor entlang der Küste langsam hin und her. Cordelia hockte zusammengekauert an der Bordkante und spähte nach einer Bewegung auf der Wasserfläche aus. Schließlich musste sie akzeptieren, was sie schon vorher befürchtet hatte. Simon war zwar ein guter Schwimmer gewesen, aber Kälte und Angst und vielleicht auch das Gefühl der Ausweglosigkeit mussten ihn dermaßen geschwächt haben, dass ihn letztlich die Kräfte verlassen hatten. Sie war zu erschöpft, um Trauer darüber zu empfinden. Sie empfand nicht einmal Enttäuschung. Und dann bemerkte sie, dass sie langsam auf den Kai von Courcy zutrieben. Bestürzt protestierte sie: »Nicht nach Courcy, nach Speymouth.«

»Wollen Sie zum Arzt?«

»Nicht zum Arzt, zur Polizei.«

Ohne weitere Fragen zu stellen, wendete er das Boot. Sobald es ihr wieder warm geworden war und sie sich ein wenig erholt hatte, stand sie auf, um ihm beim Segelsetzen zu helfen. Doch sie schien keine Kraft in den Armen zu haben. »Gehen Sie doch in die Kajüte, und versuchen Sie zu schlafen!«, riet er ihr.

»Wenns Ihnen nichts ausmacht, würde ich lieber an Deck bleiben.«

»Von mir aus. Sie stören mich nicht.«

Er holte ein Kissen und einen Wettermantel aus der Kajüte und bereitete ihr am Mast ein Lager. Als Cordelia zu den gleichgültig funkelnden Sternen emporblickte, das Flattern des Segels am Großbaum und das Geplätscher der Wellen unterm Bug hörte, wünschte sie, die Fahrt würde nie enden, diese friedliche, schöne Pause zwischen dem überstandenen und dem drohenden Schrecken möge nie aufhören.

Wie zwei vertraute Freunde segelten sie durch die stille Nacht dem Hafen von Speymouth entgegen. Dann musste sie eingeschlafen sein. Sie nahm nur noch dumpf wahr, dass das Boot die Kaimauer entlangschrammte, dass er sie an Land trug, seine Hand ihre Brust streifte, sein Sweater nach Meer roch und sein Herz genauso stark pochte wie ihres.

46. Kapitel

Die nächsten zwölf Stunden hatte Cordelia nur als eine wirre Folge unzusammenhängender Eindrücke in Erinnerung, als ein Durcheinander einzelner Bilder und Menschen, die eine klickende Kamera erstaunlich klar festgehalten und für alle Zeit in ihrer seltsamen Alltäglichkeit fixiert zu haben schien.

Zum Beispiel einen riesigen, schielenden Teddybären auf dem Schreibtisch im Polizeirevier, der mit einem Schildchen am Hals am Ende der Schreibtischplatte an der Wand lehnte. Dann eine Tasse mit starkem Tee, der auf die Untertasse übergeschwappt war. Zwei durchweichte Kekse, die sich allmählich auflösten. Warum hatten sich ihr ausgerechnet diese Bilder eingebrannt? Dann Chefinspektor Grogan in einer blauen Strickjacke mit zerfranstem Bündchen, der sich etwas Eigelb vom Mund wischte und auf sein Taschentuch blickte, als sei er ebenso erstaunt wie sie, dass er so spät noch einen Imbiss zu sich nahm. Sie sah sich selbst, wie sie – Gesicht und Arme unter einer kratzenden Wolldecke – zusammengesunken im Fond eines Polizeiwagens saß. Dann das Foyer eines kleinen Hotels, wo es nach einer lavendelhaltigen Möbelpolitur roch und ein kitschiges Bild hing: der Tod Nelsons an Deck seines Schiffes. Eine freundlich aussehende Frau, die die Polizeibeamten gut zu kennen schien und die ihr die Treppe hinaufhalf. Ein kleines, nach hinten hinaus gelegenes Zimmer mit einem Bettgestell aus Messing und einer Mickey-Mouse-Abbildung auf dem Lampenschirm. Als sie morgens aufwachte, fand sie ihre Jeans und das T-Shirt säuberlich zusammengelegt auf dem Stuhl neben ihrem Bett und nahm sie in die Hand, als gehörten die Sachen jemand anderem. Sie überlegte, dass die Polizei noch in der Nacht nach Courcy gefahren sein musste. Sonderbar, dass man sie nicht mitgenommen hatte. Ein alter Mann, den Zipfel der Papierserviette hinter den Hemdkragen gestopft, ein grellrotes Muttermal im Gesicht, saß stumm zusammen mit ihr und den zwei Polizistinnen im Frühstückszimmer. Dann die Polizeibarkasse, wie sie gegen den auffrischenden Wind die Bucht durchquerte; darauf sie selbst, eingeklemmt zwischen Sergeant Buckley und einer uniformierten Polizistin wie eine bewachte Gefangene. Eine Möwe mit krummem, kräftigem Schnabel, die über ihnen kreiste und sich wie eine Galionsfigur auf der Bugspitze niederließ. Und dann ein Anblick, der all diese merkwürdigen Szenen mit einem Mal entschlüsselte, das Grauen des gestrigen Tages wachrief, ihr die Brust einschnürte: Ambrose Gorringe, wie er allein am Kai auf sie wartete. Neben diesen zusammenhangslosen Bildern erinnerte sie sich noch an die vielen Fragen, an unzählige, immer wieder gestellte Fragen, an neugierige Gesichter, an Münder, die sich öffneten und automatenhaft wieder schlossen. An die Vernehmungen erinnerte sie sich hinterher ganz genau, nicht aber an den Ort. War es im Polizeirevier gewesen? Im Hotel? Auf der Barkasse? Auf Courcy? Vielleicht überall. Vielleicht waren all die Fragen von mehreren Stimmen gestellt worden. Sie schien von Ereignissen zu erzählen, die jemand anders erlebt hatte, jemand, den sie gut kannte. Im Kopf der Erzählerin war alles ganz deutlich gespeichert, obwohl es vor langer Zeit, vor Jahren geschehen war, damals, als Simon noch lebte.

»Sind Sie sicher, dass die Falltür, als Sie ankamen, hochgeklappt war?«

»Ja.«

»Die hochgeklappte Tür lehnte also an der Höhlenwand?«

»Muss sie wohl, wenn sie offen war.«

»Wenn sie offen war! Sie behaupten, dass sie offen war. Sind Sie sicher, dass nicht Sie die Klappe geöffnet haben?«

»Da bin ich mir sicher.«

»Wie lange waren Sie schon bei Simon Lessing im Teufelskessel, als Sie die Klappe zufallen hörten?«

»Das weiß ich nicht genau. Jedenfalls schon so lange, dass ich ihn nach dem Schlüssel für die Handschellen fragen, danach tauchen, den Schlüssel finden und Simon befreien konnte. Vielleicht acht Minuten.«

»Sind Sie sich ganz sicher, dass die Falltür dann verriegelt wurde? Haben Sie beide versucht, die Tür hochzudrücken?«

»Zuerst habe ich es allein versucht. Dann zusammen mit Simon. Ich wusste aber, dass es sinnlos war. Ich hatte das Knirschen der Riegel deutlich gehört.«

»Haben Sie sich vielleicht weniger angestrengt, weil Sie meinten, dass es sinnlos sei?«

»Ich habe mir alle Mühe gegeben. Ich habe mich mit der Schulter dagegengestemmt. Es ist doch eine völlig natürliche Reaktion, dass man es versucht. Trotzdem wusste ich, dass es sinnlos war. Ich hatte deutlich gehört, wie die Riegel zugeschoben wurden.«

»Trotz des Rauschens der Flut haben Sie dieses leise Geräusch vernommen?«

»Im Teufelskessel hat man nicht viel von der Flut gehört. Das Wasser stieg so leise, als würde man einen Teekessel füllen. Das machte es so grauenhaft.«

»Sie hatten Angst und Sie froren. Meinen Sie, dass Sie die Kraft gehabt hätten, die Tür hochzudrücken, wenn sie zufällig zugefallen wäre?«

»Es war kein Zufall. Wie kann so was Zufall sein? Ich habe doch genau gehört, wie jemand die Riegel zugeschoben hat.«

»Einen oder beide?«

»Beide. Ich habe zweimal gehört, wie Metall über Metall schrammte.«

»Ist Ihnen bewusst, was das heißt? Ihnen ist doch klar, was Ihre Aussage bedeutet?«

»Natürlich.«

Dann musste sie mit ihnen zum Teufelskessel gehen. Es war nicht gerade freundlich oder feinfühlig von ihnen. Aber das war nicht ihre Aufgabe. Auf die Falltür waren helle Scheinwerfer gerichtet. Ein Mann kniete daneben und trug mit den behutsamen Pinselstrichen eines Malers Puder auf, um Fingerabdrücke kenntlich zu machen. Sie klappten die Tür hoch, lehnten sie aber nicht gegen die felsige Wand, sondern bewegten sie so lange sachte hin und her, bis sie von selbst halbwegs senkrecht stand. Dann traten sie zurück und warteten, bis sie nach wenigen Sekunden von selbst krachend zufiel. Cordelia, die das Geräusch vom Vortag noch im Ohr hatte, erschauerte. Dann musste sie die Tür selbst hochklappen. Sie war schwerer, als sie vermutet hatte. Und darunter sah sie dann die Eisenleiter, die in die tödliche Unterwelt führte, die halbkreisförmige Ausgangsröhre, durch die etwas Tageslicht schimmerte, das dunkle, stark riechende Wasser, das gegen die Felswände schwappte. Sie musste sogar hinunterklettern, und die Tür wurde über ihr zugemacht. Dann stemmte sie sich wie verlangt mit der Schulter dagegen und konnte die Tür mühelos hochheben. Einer der Beamten stieg danach zu ihr herunter, worauf sie die Falltür schlossen und die Riegel leise zuschoben. Sie wusste, dass sie feststellen wollten, wic viel sie hatte hören können. Anschließend sollte sie die Falltür senkrecht stellen, was ihr nicht gelang. Dann ein zweites Mal. Sie sagten nichts, als es ihr wiederum nicht gelang. Sie fragte sich, ob sie dachten, sie habe sich nicht ernsthaft bemüht. Und die ganze Zeit über sah sie den ertrunkenen Simon vor sich, den weit aufgerissenen Mund, die starren Augen, die wie ein toter Fisch im Wasser auf und nieder tanzende Leiche, die die Ebbe davontrug.

Und wenig später saß sie allein in einem Winkel am Kai, abgesehen von der wortkargen Polizeibeamtin mit dem verschlossenen Gesicht, und wartete neben der Polizeibarkasse, auf der sie Courcy für immer verlassen würde. Ihre Schreibmaschine und ihr Handgepäck befanden sich zu ihren Füßen. Der Wind wehte noch, aber mittlerweile war die Sonne herausgekommen. Sie spürte die wohltuende Wärme auf dem Rücken. Seit dem vergangenen Tag hatte sie das Gefühl, ihr würde nie mehr warm werden.

Plötzlich fiel ein Schatten auf die Platten. Gorringe hatte sich ihr geräuschlos genähert und stand nun neben ihr. Die Polizistin war außer Hörweite. Gorringe redete, als sei sie gar nicht vorhanden, als gebe es nur sie beide.

»Ich habe Sie gestern Nacht vermisst und mir Ihretwegen Sorgen gemacht. Die Polizei hat mir mitgeteilt, dass man Sie in einem Hotel untergebracht hätte. Hoffentlich waren Sie zufrieden mit Ihrem Zimmer.«

»Ich denke schon. So genau weiß ich es nicht mehr.«

»Sie haben der Polizei selbstverständlich alles gesagt. Das war zumindest aus ihren abweisenden, forschenden, leicht verlegenen Mienen abzulesen, die sie mir gegenüber aufsetzten, als sie mir gestern Nacht noch einen späten, wenn auch nicht unerwarteten Besuch abstatteten.«

»Ja, ich habe ihnen alles gesagt.«

»Man kann ihre Freude geradezu riechen. Verständlicherweise. Wenn Sie nicht lügen, sich getäuscht haben oder verrückt sind, haben sie einen ganz dicken Fisch an der Angel. Ihnen allen winkt eine Beförderung. Sie haben mich allerdings noch nicht verhaftet, wie Sie sehen. Die Situation ist auch zweifellos ungewöhnlich. Sie erfordert Takt und behutsames Vorgehen. Deswegen werden sie sich Zeit lassen. Im Augenblick beschäftigt sie noch immer die Falltür. Sie müssen sich schlüssig werden, ob sie nun zufällig zugefallen ist oder ob Sie tatsächlich hören konnten, dass jemand die Riegel zugeschoben hat. Denn als die Polizei gestern Nacht hier war – in höchster Aufregung, muss ich sagen –, war die Falltür zwar geschlossen, aber nicht verriegelt. Ich glaube nicht, dass auf den Riegeln irgendwelche brauchbaren Fingerabdrücke zu finden sein werden, oder sind Sie da anderer Meinung?«

Plötzlich fühlte sie eine enorme, überwältigende Wut in sich aufsteigen, als könne ein einziger schwacher Frauenkörper den Zorn aller armen Kreaturen in sich bannen, die jemals skrupellos umgebracht wurden.

»Sie haben Simon ermordet!«, schrie sie ihm ins Gesicht. »Und Sie haben versucht, auch mich umzubringen. Auch mich! Und das nicht aus Notwehr, nicht einmal aus Hass. Mein Leben war Ihnen weniger wert als Ihre Bequemlichkeit, Ihr Besitz, Ihre private Welt! Mein Leben zählte nichts dagegen!«

»Falls Sie das annehmen, ist Ihre Empörung verständlich«, erwiderte er gleichmütig. »Aber wissen Sie, Cordelia, ich habe der Polizei gesagt und ich sage es auch Ihnen, dass es sich so nicht abgespielt hat. Es ist schlichtweg nicht wahr. Niemand hat versucht, Sie umzubringen. Niemand hat die Riegel zugeschoben. Als Sie zum Teufelskessel kamen, war die Falltür geschlossen. Sie haben sie ein wenig angehoben, sodass Sie gerade noch hindurchschlüpfen konnten, und sind zu Simon hinuntergeklettert. Aber Sie haben die Falltür nicht hochgeklappt. Sie haben sie entweder zurückfallen lassen oder nur ein wenig angehoben, sodass sie von selbst wieder zugefallen ist. Sie waren verängstigt, durchgefroren, erschöpft. Sie hatten einfach nicht mehr die Kraft, die Tür hochzudrücken.«

»Und was ist mit Ihrem Motiv, dem Foto im *Speymouth Chronicle?*«

»Was für ein Foto? Es war unklug von Ihnen, Ihre Umhängetasche mit dem Pressefoto auf dem Schreibtisch im Büro liegen zu lassen. Ein verständliches Versehen in Ihrer Angst um Simon. Aber mir kam es zugute. Sagen Sie mir bloß nicht, dass Sie das Foto noch nicht vermisst haben!«

»Die Polizei vernimmt die Frau, die es mir gegeben hat. Es wird sich herausstellen, dass ich den Zeitungsausschnitt hatte. Dann wird man eben versuchen, einen weiteren aufzutreiben.«

»Dann muss die Polizei aber schon viel Glück haben. Und selbst wenn man einen zweiten findet und dieser nach vier Jahren noch genauso gut erkennbar ist wie der, der nicht mehr da ist, ist meine Schuld noch keineswegs bewiesen. Ich muss irgendwo in England einen Doppelgänger haben. Vielleicht war es gar ein ausländischer Tourist. Sagen wir, ich habe irgendwo auf der Welt einen Doppelgänger. Ist denn das so ungewöhnlich? Von Monat zu Monat wird es schwieriger, mir nachzuweisen, dass ich 1977 in England war. In einem Jahr hätte mir selbst Clarissa nichts mehr anhaben können. Selbst wenn sich mein Aufenthalt beweisen ließe, macht mich das noch lange nicht zum Mörder oder zum Komplizen eines Mörders. Simon Lessing hat sich selbst umgebracht. Und er hat Clarissa ermordet. Er hat es mir gestanden, bevor er verschwunden ist. Er hat Clarissa den Schädel eingeschlagen, in seinem Hass und Ekel ihr Gesicht verwüstet und ist dann durchs Badezimmerfenster geflüchtet. Und als er gestern Nacht den Gedanken an seine Tat und ihre Folgen nicht mehr ertragen konnte, hat er versucht, sich umzubringen. Trotz Ihres heldenhaften Rettungsversuchs ist ihm das auch gelungen. Sie haben Glück gehabt, dass er Sie nicht mit in den

Tod gerissen hat. Ich hatte mit alldem nichts zu tun. So lautet meine Aussage, liebe Cordelia, und nichts, was Sie da fabulieren mögen, kann sie widerlegen.«

»Warum sollte ich etwas zusammenfabulieren? Warum sollte ich lügen?«

»Das hat mich die Polizei auch gefragt. Ich habe ihnen gesagt, dass junge Frauen bekanntermaßen eine blühende Fantasie haben und dass Sie außerdem etwas Schreckliches erlebt hatten. Und ich habe erwähnt, dass Sie ein Detektivbüro besitzen, das – Sie mögen entschuldigen, wenn ich meine Schlüsse aus Äußerlichkeiten gezogen habe – nicht gerade viel Geld abwirft. Sie müssten eine Unsumme investieren, um die Publicity zu bekommen, die dieser Fall Ihnen bescheren könnte, sofern es tatsächlich zur Anklage kommt.«

»Wer wünscht sich schon Publicity für einen Misserfolg?«

»Ich an Ihrer Stelle würde da nicht so schwarzsehen! Sie haben viel Mut und Scharfsinn bewiesen. Mehr, als es die reine Pflichterfüllung von Ihnen verlangt hat, wie der arme George sagen würde. Ich denke nicht, dass George das Gefühl hat, Sie seien Ihr Honorar nicht wert gewesen. Falls Sie jedoch auf Ihrer Darstellung beharren«, fuhr er fort, »steht mein Wort gegen Ihres. Simon ist tot. Ihn betrifft das Ganze nicht mehr. Aber für uns beide wird es keine besonders angenehme Erfahrung.«

Glaubte er denn, dass sie nicht daran gedacht hatte, an das monatelange Warten, an all die Vernehmungen, an den Prozess, an die neugierigen Augen der Zuschauer, an den Urteilsspruch, der sie als Lügnerin oder – schlimmer noch – als publicitygeile Hysterikerin brandmarken konnte?

»Ich weiß«, erwiderte sie. »Aber ich bin unangenehme Erfahrungen gewohnt.«

Er wollte die Sache also bis zum bitteren Ende durchfechten. Noch gestern Nacht, als er ihren Rettungsversuch abgewartet hatte, musste er sein weiteres Vorgehen geplant, neue glaubhafte Lügen ausgeheckt haben. Er würde all seine Durchtriebenheit, sein Renommee, sein Wissen, seine Intelligenz in die Waagschale werfen. Bis zum letzten Atemzug würde er um sein privates Königreich kämpfen. Sie sah seinen spöttisch verzogenen Mund, seinen gelösten, zuversichtlichen Gesichtsausdruck. Er schien sich schon auf die Unterbrechung der Langeweile zu freuen, in der Vorfreude auf seinen Erfolg zu schwelgen. Er würde mit allen nur denkbaren juristischen Kniffen arbeiten, sich die besten Anwälte nehmen. Er würde dem Kampf nicht ausweichen und weder jetzt noch später klein beigeben.

Aber wie könnte er, falls er den Prozess gewinnen würde, mit dem Wissen um seine Tat leben? Vermutlich würde es ihm nicht viel ausmachen, ebenso wenig wie Clarissa der Tod von Vicky beunruhigt hatte. Oder Sir George die Mitschuld an Carl Blythes Tod. Nein, man brauchte nicht an Buße zu glauben, wenn man mit Schuldgefühlen fertigwerden wollte. Sie hatte ihre Mittel, er seine. Gorringe würde sich schon zu helfen wissen. Und war denn das, worauf er sich da eingelassen hatte, so ungewöhnlich? Tagaus, tagein gerieten Menschen unverhofft in unwiderstehliche Versuchung. Ambrose Gorringe war ihr erlegen. Was hätte ihm auch die Kraft verleihen können, ihr zu widerstehen? Wer sich so lange von den Menschen ferngehalten hatte, vom menschlichen Leben mit all seinen Abgründen, konnte kein Mitgefühl mehr empfinden.

»Lassen Sie mich bitte allein!«, sagte sie. »Ich möchte Sie nicht mehr sehen.«

Er rührte sich nicht von der Stelle. Nach einer Weile sagte er ruhiger und freundlich: »Es tut mir leid, Cordelia. Es tut mir wirklich leid.«

Als würde er jetzt erst die stumme uniformierte Polizistin bemerken, fügte er noch hinzu: »Ihr erster Besuch auf Courcy ist nicht so glücklich verlaufen, wie ich es erhofft hatte. Ich wünschte, es wäre anders gekommen. Verzeihen Sie mir!« Sie wusste, das war das einzige Eingeständnis, zu dem er sich je herablassen würde. Vor Gericht hatte es keine Gültigkeit. Es würde nie als ein Beweis gewertet werden. Trotzdem glaubte sie, auch wenn es ihr schwerfiel, dass es ehrlich gemeint war. Sie blickte ihm nach, als er beschwingt auf sein Schloss zuging. Chefinspektor Grogan kam ihm entgegen. Ohne miteinander zu reden, traten sie ins Haus.

Sie blieb sitzen und wartete. Ein blutjunger Polizeibeamter in Uniform mit einem Gesicht wie ein Engel von Donatello näherte sich ihr.

»Sie werden am Telefon verlangt, Miss Gray!«, sagte er errötend. »In der Bibliothek.«

Es war Miss Maudsley, die sich trotz ihrer Aufregung alle Mühe gab, verständlich zu sprechen.

»Hoffentlich bereite ich Ihnen keine Umstände mit meinem Anruf, Miss Gray. Der junge Mann am Telefon hat mir versichert, dass ich nicht störe. Er war übrigens sehr liebenswürdig. Ich wollte nur wissen, wann Sie heimkommen. Wir haben nämlich einen neuen Auftrag erhalten. Ein überaus dringender Fall. Es geht um ein entlaufenes Siamkätzchen, ein Seal-Point. Es gehört einem Mädchen, das vor ein paar Tagen nach einer Leukämiebehandlung aus dem Krankenhaus entlassen worden ist. Sie hatte das Kätzchen erst seit einer Woche, als sie es zur Heimkehr geschenkt bekam. Und nun ist sie untröstlich. Bevis ist gerade wegen einer Rolle unterwegs. Wenn ich jetzt nach dem Kätzchen suche, ist niemand im Büro. Außerdem hat Mrs Sutcliffe vorhin angerufen. Nanki-Poo, ihr Pekinese, ist wieder mal entwischt. Sie möchte, dass wir ihn so schnell wie möglich finden.«

»Hängen Sie einen Zettel an die Tür: Wir haben morgen um neun wieder geöffnet«, ordnete Cordelia an. »Dann können Sie das

Büro zumachen und nach dem Kätzchen suchen. Rufen Sie noch Mrs Sutcliffe an und sagen Sie ihr, dass ich mich heute Abend wegen Nanki-Poo bei ihr melde. Ich bin jetzt auf dem Weg zur gerichtlichen Untersuchung. Es kann also nicht mehr lange dauern. Ich nehme dann den Nachmittagszug.«

Sie überlegte, ob man sie davon abhalten konnte. Die Polizei wusste ja, wo man sie finden konnte. Trotzdem würde Courcy sie nicht so leicht loslassen. Vielleicht nie. Aber es wartete ein neuer Auftrag auf sie. Ein Auftrag, der dringend war und den sie auch bewältigen konnte. Ihr war klar, dass solche Fälle sie nicht für den Rest ihres Lebens befriedigen würden, aber das Einfache machte ihr nichts mehr aus. Sie sehnte sich sogar danach. Denn Tiere quälten einander weder mit Todesdrohungen noch muteten sie einem zu, dass man ihr grauenhaftes Ende miterleben musste. Sie halsten einem keine psychischen Probleme auf, horteten keine Reichtümer, lebten nicht in der Vergangenheit. Auf Liebesentzug reagierten sie nicht mit Schmerzensschreien. Sie verlangten nicht, dass man ihretwegen log, und versuchten nicht, einen zu ermorden.

Sie verließ die Bibliothek und trat auf die Terrasse. Grogan und Buckley standen reglos da und warteten auf sie: Grogan am Bug der Polizeibarkasse, Buckley am Heck. Sie erinnerten an unbewaffnete Ritter, die ein sagenumwobenes Schiff bewachten, das ihren König nach Avalon tragen sollte. Als sie stehen blieb und die beiden anschaute, spürte sie auch deren eindringliche Blicke. Sie hatte das Gefühl, dass dieser Augenblick von großer Bedeutung war und dass sie alle drei das spürten, es aber nie aussprechen würden. Auch die beiden befanden sich in einem Dilemma. Wie weit konnten sie sich auf Cordelias Verstand, ihre Ehrlichkeit, ihr Gedächtnis, ihren Mut verlassen? Konnten sie ihr berufliches Ansehen als Polizeibeamte von Cordelias Standhaftigkeit abhängig machen, selbst wenn es vor Gericht hart auf hart kommen sollte? Wie würde sie sich schlagen, wenn es zum Prozess kam und sie ganz auf sich gestellt als Zeugin vor dem Crown Court aussagen musste? Doch die Bedenken der beiden berührten sie nicht, als ginge sie das, was sie tun, denken oder planen mochten, nichts an. Alles würde schließlich irgendwann zu Ende sein, wie auch die beiden da und sie selbst eines Tages ihr Ende finden würden. Im Laufe der Zeit würden ihre Aussagen mit den halb vergessenen Geschichten um Courcy verschmelzen – mit Carl Blythes einsamem Tod, mit Lillie Langtrys prunkvollen Auftritten, mit den zerfallenden Totenschädeln in der Gruft. Auf einmal kam sie sich unverwundbar vor. Die Polizisten mussten sich schon selbst entscheiden. Sie hatte sich bereits entschieden, ohne zu zögern, ohne lange nachzudenken. Sie würde die Wahrheit sagen. Und sie würde heil herauskommen. Nichts konnte sie erschüttern. Sie rückte die Umhängetasche zurecht und ging entschlossen auf die Barkasse zu. In diesem Augenblick überkam sie das Gefühl, dass Courcy, dass alles, was an diesem verhängnisvollen Wochenende in ihrem Leben geschehen war, ihrer Zukunft, ihrem unbeirrbar pochenden Herzen ebenso wenig anhaben konnte wie das blaue, unerschütterliche Meer.

P. D. James, 1920–2014, gelangte mit ihren Kriminalromanen zu Weltruhm und gilt über alle Landesgrenzen hinweg als die unangefochtene Queen of Crime. Da ihr Mann unheilbar krank aus dem Zweiten Weltkrieg zurückkehrte, musste sie als junge Frau für sich und ihre beiden Töchter selbst sorgen und arbeitete zunächst in einer Krankenhausverwaltung. Nebenbei begann sie mit dem Schreiben. Nach dem Tod ihres Mannes wechselte sie in die Kriminalabteilung des britischen Innenministeriums, wo sie viel Inspiration für ihre Romane fand.

Ihre Bücher erreichten Millionenauflagen, und P. D. James wurde mit Preisen überhäuft. 1983 wurde sie von der Queen in den Order of the British Empire aufgenommen und 1991 zum Mitglied des House of Lords ernannt. Nachdem P. D. James als junge Frau darunter gelitten hatte, dass ihre Familie zu arm war, um ihr ein Studium zu ermöglichen, war sie am Ende ihres Lebens von sieben englischen Universitäten zur Ehrenprofessorin ernannt worden.

Georg Auerbach übersetzt aus dem Englischen und hat u. a. mehrere Bücher von P. D. James ins Deutsche übertragen.